KNAUR

Über die Autorin:
Luisa Frey ist Jahrgang 1984 und studierte Englische Literaturwissenschaft und Musikwissenschaft in München und London. Schon als Kind liebte sie es, in die Welt von selbst erdachten Geschichten abzutauchen, und sobald sie schreiben konnte, brachte sie diese auch zu Papier. Ihren ersten historischen Roman begann sie während des Studiums und kann sich heute ein Leben ohne das Schreiben nicht mehr vorstellen. Sie lebt mit ihrem Partner in München und arbeitet als Redakteurin für einen großen Zeitschriftenverlag. Wenn sie nicht schreibt oder liest, verbringt sie ihre Zeit am liebsten draußen im Grünen oder bereist die Welt.

LUISA FREY

Die Gräfin ohne Land

ROMAN

KNAUR

Besuchen Sie uns im Internet:
www.knaur.de

Aus Verantwortung für die Umwelt hat sich die Verlagsgruppe Droemer Knaur zu einer nachhaltigen Buchproduktion verpflichtet. Der bewusste Umgang mit unseren Ressourcen, der Schutz unseres Klimas und der Natur gehören zu unseren obersten Unternehmenszielen. Gemeinsam mit unseren Partnern und Lieferanten setzen wir uns für eine klimaneutrale Buchproduktion ein, die den Erwerb von Klimazertifikaten zur Kompensation des CO_2-Ausstoßes einschließt. Weitere Informationen finden Sie unter: www.klimaneutralerverlag.de

FSC
www.fsc.org
MIX
Papier aus verantwortungsvollen Quellen
FSC® C014496

Originalausgabe Oktober 2021
Knaur Taschenbuch

Ein Imprint der Verlagsgruppe
Droemer Knaur GmbH & Co. KG, München

Redaktion: Heike Fischer
Covergestaltung: ZERO Werbeagentur, München
Coverabbildung: Collage unter Verwendung von Bildern von Lauren Taliana / Arcangel Images und Shutterstock.com
Satz: Adobe InDesign im Verlag
Druck und Bindung: GGP Media GmbH, Pößneck
ISBN 978-3-426-52696-5

2 4 5 3 1

Personenverzeichnis

*Historisch verbürgte Personen sind mit einem * markiert*

*Gräfin Alexandrine von Taxis**, Generalpostmeisterin des Heiligen Römischen Reiches Deutscher Nation

*Genoveva Anna von Taxis**, Tochter von Gräfin Alexandrine

*Lamoral Claudius von Taxis**, Sohn von Gräfin Alexandrine

*Susanna Jacobe von Taxis**, Postmeisterin in Augsburg

*Johann Baptista von Taxis**, ihr Sohn

Sigismondo Sfondrati, Generalkapitän der Spanischen Niederlande und Marquis de Montafié*

*David Frey**, Reichspostverwalter in Augsburg

Elias Oppenheimer, Hoffaktor von Kaiser Ferdinand III.

Christophe de Longwy, königlicher Berater

*Maximilian von und zu Trauttmansdorff**, kaiserlicher Geheimer Rat, Kämmerer und Obersthofmeister

Kaiser Ferdinand III. *, König von Ungarn, Kroatien und Böhmen und römisch-deutscher Kaiser

*Johann Rudolf Reichsgraf von Puchheim**, kaiserlicher Oberstkämmerer

*Johann Georg Bellnern**, Postreiter und späterer Postmeister der taxischen Station in Bruchsal

*Johann Christoph von Paar**, oberster Hofpostmeister und kaiserlicher Rat von Kaiser Ferdinand II.

*Rudolf von Paar**, oberster Hofpostmeister und Großprior des Malteserordens in Böhmen

*Peter Paul Rubens**, Maler und Diplomat

*Loeb Heschel Chalfan**, Arzt aus Wien
Monsieur Flamisol, Gildemeister der Tuchweber in Brüssel
Annabelle von Arenberg, Comtesse aus Brüssel
Editha von Arenberg, deren ältere Schwester
Emile, Privatsekretär von Alexandrine von Taxis
Balthasar Radebrecht, Postreiter von Alexandrine
Johann Pelzer, königlich-schwedischer Postmeister zu Köln

1.

Am Hof der Infantin Isabella von Spanien,
Statthalterin der Spanischen Niederlande in Brüssel, 1633

Alexandrine

»Die Gräfin ohne Land«, hörte sie das Flüstern in ihrem Rücken, und obwohl die Stimme leise war, entging ihr der beißende Spott darin nicht.

Langsam hob sie den Kopf und schaute stur geradeaus auf die kristallenen Lüster, die im Schein unzähliger Kerzen an der Decke funkelten.

Sie brauchte sich nicht umzublicken. Es spielte keine Rolle, wer ihr diese Beleidigung zugeraunt hatte, denn die hier Versammelten dachten eh alle das Gleiche. Und sie hatten ja recht. Denn ihre Familie gehörte nicht der Aristokratie an und besaß kein Territorium. Sie hatte sich innerhalb der letzten hundert Jahre buchstäblich emporgearbeitet, indem sie für den Kaiser Maximilian I. einen Post- und Kurierdienst aufgebaut hatte. Erst seit gut zehn Jahren besaßen die Taxis überhaupt einen Grafentitel. Und das Lehen, das die Familie vom römisch-deutschen Kaiser Ferdinand II. empfangen hatte, war nicht etwa Land. Sondern das Recht, die Post im gesamten Heiligen Römischen Reich befördern zu dürfen. Wie Bauern oder Krämer.

Und doch war bis vor ein paar Jahren noch alles anders gewesen. Vor Leonhards überraschendem Tod. Stolz hatte sich Alexandrine an der Seite ihres Mannes auf dem gesellschaftlichen Parkett in Brüssel bewegt. Und nicht nur dort. Überall im Reich war man dem Grafen und seiner Ehefrau mit Ehrerbietung und Respekt begegnet.

Der eigentliche Grund für den Spott und die Missgunst lag woanders, das wusste Alexandrine. Der Grund war sie selbst: eine Frau, die die Führung der kaiserlichen Reichspost als Vormund für ihren kleinen Sohn einforderte und dies dank der Unterstützung der Infantin Isabella von Spanien auch durchgesetzt hatte. Und das in Zeiten des seit Jahren andauernden Krieges.

Natürlich musste sie scheitern.

Der neuerliche Verlust des Frankfurter Postamtes und der gesamten Route zwischen Frankfurt und Leipzig an die Schweden war dafür schließlich Beweis genug.

Sie faltete die Hände vor dem Bauch, richtete sich zu ihrer vollen Größe auf und schritt in den Saal. Unzählige Augenpaare folgten ihr.

Alexandrine war nicht schön, das war sie nie gewesen. Mit ihren kräftigen dunklen, stets ein wenig widerspenstigen Haaren und ihrer markanten Mundpartie entsprach sie kaum dem zarten, sinnlichen Ideal der adeligen Damen an den Höfen Europas. Und in den letzten Jahren hatten sich zudem noch Falten in ihr Antlitz gegraben und ihre Züge härter gemacht. Alexandrine war dies gerade recht. Noch nie war Schönheit ein Trumpf gewesen, den sie wie so viele andere Frauen zu gegebener Zeit hätte ausspielen können. Schon immer waren es ihr Verstand und ihr natürlicher Hang zur Dominanz, mit denen sie die Aufmerksamkeit der Menschen auf sich zog.

Jeder Tag, den sie als Familienoberhaupt der Taxis und als Generalpostmeisterin erlebte, war ein Kampf. Sie hatte sich daran gewöhnt. Hatte sich an die dauernde Anspannung gewöhnt, sobald sie das gräfliche Palais verließ, an die nicht enden wollenden Fallen, die man ihrem Postunternehmen zu stellen versuchte, und an die Feindseligkeit ihrer Geschäftspartner, die nur auf einen Fehler von ihr zu lauern schienen.

Und irgendwann hatte sie sogar richtiggehend Gefallen daran gefunden, sich beweisen zu müssen, gegen Widerstände anzukämpfen und den Fluch ihres Geschlechts für sich zu nutzen, um die Menschen um sie herum mit ihrer Durchsetzungskraft und ihrer Hartnäckigkeit zu verblüffen.

»Habt Ihr gehört, was Johann von den Birghden in Frankfurt als königlich-schwedischer Postmeister mit seinen neuen Streckenabschnitten auf die Beine gestellt hat? In kürzester Zeit?« Nicht zufällig wurde das Thema angeschnitten, als Alexandrine an den zwei sauertöpfischen, stets in Schwarz gekleideten Meistern der Brüsseler Tuchwebergilde vorbeischritt.

Sie spürte ein warnendes Kribbeln im Nacken, wusste, dass es besser wäre, wenn sie einfach weiterlaufen und die spöttelnden Stimmen ignorieren würde. Dennoch blieb sie stehen, wartete einen Moment und drehte sich dann bedächtig zu den beiden Männern um.

»Ihr sprecht so bewundernd von den Schweden, Flamisol. Man könnte direkt meinen, dass es mit Eurer Unterstützung für Kaiser Ferdinand nicht weit her ist. Schließlich sind es doch *seine* Gebietsverluste, die zu einer Übernahme der Poststationen geführt haben.« Alexandrine lächelte mit der geduldigen Nachsicht, die man für gewöhnlich Kindern oder Greisen entgegenbrachte.

»Aber beste Gräfin, wo denkt Ihr hin, davon sprechen wir doch gar nicht. Es geht um die neuen Postrouten, die von den Birghden innerhalb weniger Wochen aufgebaut hat. Nach Speyer und Straßburg, sogar bis nach Zürich. Eine bemerkenswerte Leistung!«

»Übernommen, wolltet Ihr wohl sagen, mit roher Waffengewalt«, hielt ihm Alexandrine entgegen, nun merklich kühler.

»Was spielt das für eine Rolle?« Der Kaufmann wischte ihre Erwiderung mit einer nachlässigen Handbewegung fort.

»Eine entscheidende sogar. Denn genauso, wie sich von den Birghden diese Stationen einverleibt hat, werde ich sie der kaiserlichen Reichspost wieder zurückholen.«

Flamisols wieherndes Lachen hallte durch den Saal des Palais am Coudenberg, pikierte Blicke streiften sie, die Gespräche um sie herum verstummten.

»Entschuldigt, Gräfin von Taxis, aber das ist zu komisch. Ich stelle mir gerade vor, wie Ihr mit wehenden Röcken und erhobenem Degen gegen die schwedischen Reihen reitet wie eine zweite Jeanne d'Arc«, spottete er.

Sein Begleiter starrte Flamisol einige Wimpernschläge lang ungläubig an, zerrte am Knopf seines steifen Rüschenkragens und ließ die Hand wieder sinken, während sein Blick unruhig zwischen Alexandrine und Flamisol hin und her flatterte. Offenbar wartete er nur darauf, dass die nur mühsam verhohlenen Spitzen in offene Feindseligkeit umschlugen.

Alexandrine überging Flamisols höhnische Bemerkung. Seine Beleidigungen waren plump, einfallslos, ein Zeichen geistiger Trägheit.

»Ihr bedient Euch meines Geschlechts doch nur als Ausrede für Hilflosigkeit, das wisst Ihr selbst, Flamisol.«

»Das Gros der Damen bedient sich dieser Ausrede äußerst gerne.«

»Das Gros der Damen führt auch keine Geschäfte«, entgegnete Alexandrine.

»Aus gutem Grund.« Seine Augen glitten über Alexandrines hochgewachsenen, kräftigen Körper. Auch wenn die Gräfin zwei Kinder geboren hatte und bereits jenseits der vierzig war, besaß sie nicht die üppigen Rundungen, die Frauen ihres Alters oft entwickelten. Alexandrine hielt nichts von Völlerei, von den süßen Küchlein und fettigen Braten, denen ihre Freundinnen, so wenige es mittlerweile auch sein mochten, so gerne frönten. Genuss war für Alexandrine gleichbedeutend mit Schwäche und Schwäche nichts anderes als der Verlust von Kontrolle und Disziplin.

Und Alexandrine verlor niemals die Kontrolle, ganz besonders nicht über sich selbst.

Auch Gefühle erlaubte sie sich selten, und wenn, dann nur heimlich, versteckt, damit sie sich vor niemandem eine Blöße gab.

»Zweifelt Ihr an meinem Entschluss, mir die Poststationen zurückzuholen, Flamisol? Ihr solltet mich mittlerweile besser kennen«, sagte sie scharf. Ganz genau hatte sie Flamisols abschätzigen Blick auf ihrem Körper gespürt und hätte ihm in diesem Moment am liebsten eine Ohrfeige verpasst.

Der schnaubte und hielt den zweiten Gildemeister am Ärmel zurück, als dieser versuchte, sich in einem unbemerkten Moment davonzumachen.

»Nein, aber an Eurer Finanzkraft. Und ich mache mir Sorgen um Eure Zukunft, Gräfin.« Ein schmieriges, siegessicheres Lächeln zog über das Gesicht des Kaufmannes. Ebenso wie die anderen Stadtoberen hatte er mitbekommen, dass Alexandrine eines der Brüsseler Bankhäuser um einen Kredit gebeten hatte. Neuigkeiten verbreiteten sich schnell, selbst in einer so großen Stadt wie Brüssel. Vor allem, wenn es um den Bankrott einer der bekanntesten Familien der Stadt ging …

»Ihr kennt die Geschäfte, Ihr wisst, dass es ein stetiges Auf und Ab ist, also mimt jetzt nicht den besorgten Stadtrat. Ihr wartet doch ohnehin nur darauf, Euch das Taxische Palais und das Mandat für die Briefbeförderung innerhalb der Stadtmauern und in der gesamten Provinz zu sichern«, fuhr sie Flamisol über den Mund.

Für einen winzigen Moment sackten die Mundwinkel des Gildemeisters nach unten, Alexandrine wartete ein Weilchen, genoss das Gefühl des kleinen Triumphes, das sich in ihr ausbreitete, und erfreute sich an dem wachsenden Ärger, der in den hellen, blutunterlaufenen Augen des Kaufmannes funkelte.

»Und was sagt der Kaiser dazu, dass Ihr plötzlich Eure eigenen Truppen anwerbt und gegen die Reichsstände und die Schweden ins Feld schickt? Ihr habt keine Erlaubnis dafür, und der Kaiser wird eine Gefahr in Euch sehen, genauso wie in den Kurfürsten.«

»Es ist doch ganz einfach: Wenn einen die Tat anklagt, so muss einen der Erfolg entschuldigen.« Alexandrine spürte, wie sie die

Oberhand gewann. Denn zumeist zeigte sich Überraschung auf den Mienen ihrer Gesprächspartner, wenn sie ein Wortgefecht für sich entschied. Und zumeist wich diese innerhalb weniger Wimpernschläge dem Ärger. Oder der Angst.

»Ihr steht kurz vor dem Ruin, Gräfin von Taxis. Eure eigenen Truppen aufzustellen ist doch nur das letzte Zucken eines bereits toten Kadavers.«

Alexandrine lachte amüsiert auf. Aber das Herz schlug heftig in ihrem Brustkorb.

Der Mann hatte recht. Allein dieses Jahr hatte Alexandrine bereits zwanzigtausend Gulden für die Schutzreiter der Postboten ausgegeben und trotzdem viele ihrer Poststationen verloren. Die Salve Guardie, die kaiserlichen Schutz- und Geleitbriefe, die jeden Boten vor Übergriffen von verfeindeten Kriegsparteien bewahren sollten, waren schon seit Langem das Papier nicht mehr wert, auf das sie geschrieben waren.

Die Kassen der Taxis waren so gut wie leer, und der Verlust von weiteren Postrouten bedeutete einen empfindlichen Einschnitt ins Einkommen der Familie, ein Einkommen, mit dem Alexandrine schon längst kalkuliert hatte.

»Ihr werdet untergehen, Gräfin von Taxis. Und dann werdet Ihr schon sehen, wo Euch Euer arrogantes und gotteslästerliches Männergehabe hingebracht hat.«

»Falsch, Flamisol. Wir werden zurückkommen, und wir werden das Postgeschäft dominieren, genauso wie wir es bereits seit hundert Jahren tun.« Alexandrines Stimme war rau vor Zorn.

»Mir scheint, die Gräfin von Taxis frönt wieder einer ihrer liebsten Beschäftigungen«, drang eine belustigte Stimme zu ihnen. »Dem Streitgespräch.«

»Rubens«, Alexandrine drehte sich um und blickte in die braunen Pupillen des Malers, die stets ein wenig von seinen Augenlidern verdeckt waren, wie bei einer Katze, die scheinbar schläfrig das Geschehen um sich herum beobachtete. Sofort breitete sich ein Lächeln auf ihren Zügen aus.

»Was bringt Euch an den Hof der Infantin? Ich dachte, Ihr reist erneut zum englischen König?« Neben seiner äußerst einträglichen Tätigkeit als Künstler widmete sich der Maler auch immer wieder diplomatischen Missionen und vermittelte zwischen den spanischen Habsburgern und dem englischen Königshaus.

»Ihr gestattet?« Ohne auf die Frage der Gräfin einzugehen, legte Peter Paul Rubens ihren Arm sanft auf den seinen und führte sie von den beiden Meistern der Tuchwebergilde weg.

»Alexandrine, Alexandrine, wann werdet Ihr es endlich lernen …«, seufzte er gespielt theatralisch. Schon vor Jahren hatte Alexandrine den Maler und Diplomaten am Hof der spanischen Infantin kennengelernt, und vom ersten Augenblick an war eine innige Freundschaft zwischen ihnen entstanden.

»Wo ist nur die Infantin? Wenn sie bei ihren eigenen Bällen nicht anwesend ist, stürzen sich die Herrschaften wie die Geier auf alles, worüber es anscheinend lohnt, sich die Mäuler zu zerreißen«, bemerkte Alexandrine.

»Nun, dazu gibt ihnen die Herrin der Postreiter aber auch ausreichend Anlass, meint Ihr nicht?«, scherzte Rubens und ließ verbindlich seine Hand auf ihrem Arm liegen.

»Die Herrin der Postreiter«, wiederholte Alexandrine und musste schmunzeln. »Das gefällt mir. Wie geht es Eurer süßen, kleinen Ehefrau?«

Aber Rubens hatte bereits den Kopf gewandt. Ein französischer Gesandter hatte den Raum betreten und zog die Aufmerksamkeit aller auf sich. Ein Raunen ging durch den Saal, niemand hatte auf diesem Ball mit dem Erscheinen eines Mannes aus dem feindlichen Lager gerechnet.

»Entschuldigt, Alexandrine, wenn ich Euch kurz alleine lasse.« Rubens verbeugte sich galant. »Schafft Ihr es, zumindest für einige

Momente keinen Streit mit einem der Stadtoberen vom Zaun zu brechen?« Er zwinkerte ihr zu und eilte davon. Doch noch ehe die Wärme seiner Hand auf Alexandrines Ärmel verflogen war, erstarb ihr Lächeln.

Ihr steht kurz vor dem Ruin, Gräfin von Taxis.

Flamisols gehässige Stimme echote in ihrem Kopf.

Das durfte nicht passieren. Niemals würde sie das Postgeneralat verlieren, das ihre Familie im Jahr 1501 für die Spanischen Niederlande sowie für Burgund und das Heilige Römische Reich übernommen hatte. Niemals.

Sie musste Elias schreiben. Er war ihre letzte Rettung.

2.

Taxische Poststation in Brüssel, Dezember 1633

Genoveva

»Deshalb bitten wir Euch untertänigst, uns Verstärkung zu schicken …«, las Emile vor, stockte und hielt das Schreiben auf Armlänge von sich weg, damit er die Schrift besser erkennen konnte.

»… um die schwedischen Usurpatoren wieder aus unseren Stationen vertreiben und von den Birghden, diesen schamlosen Verräter, erneut an die Reichspost binden zu können. Hochachtungsvoll, Gerard Vrints«, leierte Genoveva herunter und ließ sich auf die schartige Sitzbank plumpsen. Den überraschten Blick des alten Sekretärs beantwortete sie mit einem Schulterzucken. »Ich habe den Brief bereits gelesen. Und alles, was ich lese, merke ich mir eben. Das weißt du doch, Emile.«

Dieser ließ sich ein wenig steif neben Genoveva nieder und rutschte hinter den Arbeitstisch, auf dem fein säuberlich geordnete Briefstapel lagen.

Sie waren alleine in der Schreibstube des Brüsseler Taxispalais, in dem auch die taxische Poststation untergebracht war. Von dem Prunk, der in den Privatgemächern der Familie Taxis herrschte, war hier jedoch nichts zu finden. Geradezu karg war die Poststube ausgestattet, einige dunkel eingelassene Schreibtische standen nebeneinander, mehrere Sitzbänke säumten die Wände, und der einzige Farbtupfer war das taxische Wappen mit dem Reichsadler und dem Dachs auf blauem Grund, das über der Tür thronte. Von der breiten Fensterfront aus konnte man direkt auf das Hauptportal der Kathedrale Notre-Dame du Sablon blicken und hatte jeden der ankommenden Reiter, die durch das Eingangstor zum Posthof kamen, im Blick.

Genoveva zog das Nasenwasser hoch, war schon drauf und dran, es an ihrem Handrücken abzuwischen, als Emile ihr kommentarlos, aber mit vorwurfsvollem Räuspern ein Taschentuch hinhielt. Seit ihre Mutter Generalpostmeisterin war und kaum noch Zeit mit ihren Kindern verbrachte, war es immer mehr der Privatsekretär der Gräfin, der versuchte, Genoveva und ihrem drei Jahre jüngeren Bruder Lamoral etwas Erziehung angedeihen zu lassen. Aber während der kleine, kränkelnde Lamoral noch ehrfürchtig zu dem ergrauten Sekretär aufschaute, hatte Genoveva schon vor einiger Zeit beschlossen, dessen zweifellos gut gemeinte Ratschläge, sie solle weniger Zeit in der Poststation verbringen, ganz einfach zu ignorieren.

Die letzten Jahre über war die Brüsseler Poststation Genovevas Welt geworden.

Sie liebte das aufgeregte Treiben im Innenhof, die vielen, weit gereisten Passagiere, die hier beim Pferdewechsel Rast machten, die unzähligen Briefe, die registriert und umverteilt werden mussten und aus den entferntesten Landstrichen und Fürstentümern stammten. Genoveva liebte es zu schreiben, zu sortieren, nach einem langen Tag das Postbuch zuzuklappen und mit einem zufriedenen Lächeln und angenehm schmerzenden Fingern auf die Leistung des Tages zu blicken.

Nur an eine Sache würde sie sich wohl nie gewöhnen: an die feuchte, kriechende Kälte, die in dem dicken Gemäuer saß, denn meist stand die Tür zum weiträumigen Innenhof offen. Postreiter gingen ein und aus, Händler, Ministeriale und auch besser betuchte Bürger, für die es mittlerweile zum guten Ton gehörte, Briefe an ihre Familie oder Freunde im gesamten Reich und über dessen Grenzen hinaus zu verschicken.

»Das sind keine guten Neuigkeiten«, sagte Emile und deutete mit ausgestrecktem Finger auf das Schreiben.

»Ich glaube, das letzte Mal, als gute Neuigkeiten bei uns ankamen, lag ich noch in den Windeln …« Genoveva rieb sich mit ihren tintenbekleckten Fingern über den Nasenrücken, ertappte sich selbst dabei und hoffte, dass nicht wieder ein paar schwarze Schlieren auf ihrer Haut zurückblieben, für die ihre Mutter sie schelten würde. Sie hielt sich ihr Brillenglas vor die Augen und kontrollierte blinzelnd die Begleitschreiben der eben angekommenen Postreiter. Jeder von ihnen war verpflichtet, stets ein solches mitzuführen und es ordnungsgemäß mit der Anzahl der beförderten Briefpakete, deren Gewicht und der Reitgeschwindigkeit auszufüllen.

Nur in einigen wenigen Poststationen auf den Hunderten von Meilen langen Routen durch Europa durften die Postsäcke überhaupt geöffnet und die Briefe neu verteilt werden. Innsbruck und Augsburg waren solche strategisch wichtigen Verteilerstationen. Und Brüssel.

Genoveva hatte die wetterfesten Postsäcke oder Postfelleisen, wie die Reiter die Säcke stets nannten, zusammen mit den Begleitschreiben an sich genommen und kontrollierte nun akribisch mithilfe einer an der Decke befestigten Händlerwaage, ob die Angaben der Begleitschreiben auch wirklich stimmten. Denn war das nicht der Fall, mussten die Postfelleisen auf der Strecke geöffnet und ihnen Schreiben entnommen worden sein, wofür der jeweilige Reiter sich vor dem Postmeister der Station zu verantworten hatte. Eigentlich war das hier in Brüssel Alexandrine von Taxis, aber da sie so oft verreist war, hatte Emile diese Aufgabe kommissarisch von ihr übernommen.

Die Männer hatte Genoveva nach deren Ankunft sofort in die Gesindeküche des taxischen Palais geschickt, wie sie es immer tat, wenn neue Reiter ankamen. »Die Postillione arbeiten hart«, pflegte ihre Mutter immer zu sagen. »Deshalb ist es unsere Pflicht, sie ordentlich zu versorgen.«

Genoveva hatte gerade erst das zweite Schreiben samt Postsack überprüft und es im klobigen Postbuch protokolliert, als die Tür aufgerissen wurde und ihre Mutter hereinbrauste, die wie so oft den Maler Rubens im Schlepptau hatte. Ein vertrautes Bild für Genoveva, denn Rubens war ein Hausfreund der Familie Taxis. Die geweiteten Augen der Gräfin und ihre fest aufeinandergepressten Lippen hingegen waren ihr weniger vertraut.

Genoveva ließ das Augenglas sinken. Etwas hatte ihre Mutter verärgert. Oder war sie sogar betrübt? Selten zeigte die Gräfin Gefühle, nicht einmal vor ihren eigenen Kindern. Jedenfalls konnte sich Genoveva nicht daran erinnern, wann sie ihre Mutter das letzte Mal traurig gesehen hatte. Selbst als diese damals die Nachricht aus Prag vom Tode des Vaters erreicht hatte, war sie ruhig und beherrscht geblieben, und Genoveva hatte sich kurzzeitig gefragt, ob die Mutter ihren Vater überhaupt geliebt hatte.

»Die Infantin Isabella ist heute Nacht verstorben. Das ganze Land trägt Trauer«, erklärte sie knapp, noch ehe Genoveva eine Begrüßung oder gar eine Frage an sie hätte richten können. Eilig schritt die Gräfin zum Tisch, ihr Blick fiel auf die verschiedenen Briefstapel, die Emile gerade angefangen hatte, nacheinander zu öffnen, und klaubte darin herum.

Rubens' mitleidiger Blick folgte ihr. »Ihr solltet Euch ein wenig ausruhen, Alexandrine, diese Neuigkeiten haben Euch sicher …«

Mit einer energischen Handbewegung schnitt sie ihm das Wort ab. »Dafür ist jetzt keine Zeit, Rubens, das wisst Ihr so gut wie ich. Mit der Infantin haben wir einen der wichtigsten Protektoren unserer Familie verloren.«

»Und ich hatte schon gedacht, dass Ihr tatsächlich einmal bekümmert wärt«, murmelte Rubens ein wenig verdrießlich. Suchend schaute er sich um, fand aber keinen anderen Bediensteten als den Sekretär. »Wein?«, fragte er dennoch. Dann blieb sein Blick an Genoveva hängen. Kaum merklich schüttelte er den Kopf.

»Ich sehe schon, selbst Eure Tochter verbannt Ihr Tag und Nacht in diese elende Poststube.«

Genoveva spürte Unwillen in sich aufsteigen. Vermutlich dachte er, was alle dachten: Ein so junges Ding wie sie hatte nichts zu suchen in der Gesellschaft von Postreitern und Geschäftskunden. Ein Salon, ein Stickrahmen, vielleicht ein Cembalo, das wäre der passendere Zeitvertreib für eine Grafentochter. Genoveva verzog abschätzig die Mundwinkel bei dem Gedanken.

»Ich bin freiwillig hier!«, widersprach sie, aber Rubens schien schon gar nicht mehr auf sie zu achten, genauso wenig wie Emile oder ihre Mutter, was Genoveva nur noch mehr ärgerte.

Natürlich war ihrer Mutter daran gelegen, dass Genoveva das gesamte Postgeschäft erlernte. Natürlich hieß ihre Mutter es gut, dass sie in der Lage war, die meisten Arbeiten in einer Poststation alleine verrichten zu können. Schließlich musste sie all das beherrschen, wenn sie einmal Anwärterin auf die Generalpostmeisterstelle werden wollte. Seit Jahren kämpfte ihr kleiner Bruder Lamoral, bis zu dessen Volljährigkeit ihre Mutter vom Kaiser lediglich stellvertretend als Generalpostmeisterin eingesetzt worden war, mit einem Lungenleiden. Genoveva war die zweite Erbin in der Linie der Taxis, die das Amt übernehmen würde. Und sollte es so weit kommen, wollte sie später einmal ebenso erfolgreich sein wie ihre Mutter.

Aber auch wenn Rubens Genovevas Anwesenheit in der Poststation gerade kritisiert hatte, mochte sie den Maler. Vor etwa drei Jahren hatte er versucht, Genoveva zu porträtieren. Sie musste damals zwölf oder dreizehn gewesen sein. Es war ein Gefallen gewesen, den er ihrer Mutter erwies, denn Rubens wäre im Traum nicht darauf gekommen, die kleine, schmale Genoveva mit ihren grünen Augen und ihren buschigen, dunklen Brauen zu malen. Rubens' bevorzugte Modelle waren blonde, üppige Mädchen mit durchscheinender Haut und wasserblauen Augen, die genauso wie seine blutjunge Ehefrau aussahen.

Genoveva war damals jedoch so unruhig auf ihrem Stuhl hin und her gerutscht und hatte sich ständig irgendwo gekratzt, weil es sie überall plötzlich so furchtbar juckte, dass der Maler schon nach Kurzem sein Vorhaben mit einem entnervten Schnauben aufgegeben und sie zurück in die Poststube entlassen hatte. Ihre Mutter war indigniert gewesen, hatte sich aber von den charmanten und wortgewandten Entschuldigungen des Malers besänftigen lassen und weder ihm noch ihrer Tochter gegrollt. Lamoral hatte sich alsdann als geduldiger erwiesen und sein Porträtbild die Mutter vollends befriedet.

Die Gräfin nahm den geöffneten Brief entgegen, den ihr Emile mit betretener Miene hinhielt, und warf einen prüfenden Blick zu ihrer Tochter, den diese mit einem Kopfnicken beantwortete. Ja, sie wusste bereits, was in dem Brief stand. Nachrichten, die von einer der vielen taxischen Poststationen kamen, las Genoveva immer als Erstes, und für gewöhnlich kümmerte sie sich auch um die Belange der vielen Stationen, sobald sie etwas mit der Buchhaltung oder Briefverteilung zu tun hatten. Nur besonders wichtige Nachrichten zeigte sie ihrer Mutter.

Wie zum Beispiel das Schreiben des ehemaligen Frankfurter Postmeisters Gerard Vrints, das sie gerade in Händen hielt und das nichts anderes als ein Hilferuf gewesen war. Nach Frankfurt waren nun auch Nürnberg und Aschaffenburg in die Hände der Schweden gefallen. Und auch die Angriffe auf Köln nahmen stetig zu. Die Familie Taxis drohte damit ihre wichtigste und gleichzeitig letzte verbleibende Postroute an die Schweden zu verlieren: die Strecke zwischen Antwerpen und Venedig. Ebenjene Strecke, die den Erfolg und den Reichtum der Grafen von Taxis vor mehr als hundert Jahren begründet hatte.

Damals waren es noch einfache Reiterstafetten gewesen, die das gigantische, aber zerstückelte Habsburger Reich miteinander verbunden hatten. Die Herrscherfamilie war auf die taxischen Reiter angewiesen gewesen, denn sie beförderten Nachrichten zwischen dem Heiligen Römischen Reich, den Spanischen Niederlanden, Österreich, Italien und sogar Spanien. Anfänglich hatten die Zuwendungen der Habsburger auf dem spanischen Königsthron die teuren, aber schnellen Reiter, die Tag und Nacht mit den Briefen der Habsburger unterwegs gewesen waren, finanziert. Nach dem Bankrott der Spanier waren es aber immer mehr auch die Privatkunden, große Handelshäuser, Geistliche und Bürger, deren Briefe und Päckchen den Taxis ihr Einkommen garantierten. Dutzende Stationen und immer weiter verästelte Strecken, die das gesamte Heilige Römische Reich abdeckten, hatte Genovevas Großvater aufgebaut. Selbst ihre Mutter hatte ihrem ärgsten Konkurrenten, der österreichischen Hofpost der Familie von Paar, noch einige Stationen abluchsen können.

Mittlerweile war die taxische Post schneller als alle Botenanstalten der Reichsstädte oder der großen Handelshäuser. Selbst die Fugger und die Nürnberger Familie Tucher griffen auf die taxischen Reiter zurück, denn sie verfügten über das zuverlässigste Transportsystem. Alle fünf Meilen fand ein Reiterwechsel statt, egal ob am Tag oder zu Nachtzeiten. Ein Brief von Brüssel nach Venedig hatte bis vor Kurzem nur noch zehn Tage gebraucht.

Aber dann war der Krieg gekommen.

Mit gerunzelter Stirn las die Gräfin den Brief, den Emile ihr übergeben hatte, dann meinte sie: »Ich habe unser Vorhaben schon viel zu lang aufgeschoben. Ich brauche Truppen, damit wir den Schweden die Poststationen wieder abnehmen können. Die Strecke zwischen Brüssel und Wien ist das Rückgrat des Reiches und die einzige Route, die wir im Moment noch bedienen können. Wir werden sie nicht auch noch verlieren«, erklärte sie, die Augen noch immer auf das Schreiben gerichtet.

Als keiner der Anwesenden reagierte, wandte sie sich mit aufforderndem Blick an Rubens.

»Es wird kein leichtes Unterfangen, Söldner zu finden, die es mit den allmächtigen Schweden aufnehmen«, antwortete dieser rasch.

Alexandrine stieß verächtlich Luft durch die Nase aus. »Die allmächtigen Schweden. Dass ich nicht lache! Die konnten ihre Position doch nur durch die List und den Verrat der Reichsstände stärken.«

»Nun ja, so ist eben der Krieg, Gräfin …« Der Maler zuckte mit den Schultern.

»Ich bezahle regelmäßig und gut. An wen kann ich mich wenden?«, überging Alexandrine seinen Einwand. Wie immer verschwendete sie keine Zeit mit Geplänkel.

»Der spanische Generalkapitän Sigismondo Sfondrati weilt gerade in der Stadt«, erklärte Rubens, der stets mit erstaunlicher Akkuratesse über alles Bescheid wusste, was sich innerhalb der Brüsseler Stadtmauern so tat. »Er wird Euch sicher behilflich sein können, wenn Ihr auf meine Empfehlung hin zu ihm kommt. Ich würde ihm eher trauen als dem Grafen von Arenberg, man munkelt so dies und das, was Letzteren und seine fehlende Treue gegenüber den Habsburgern betrifft.«

Genoveva warf ihm einen empörten Blick zu. Die zweitälteste Tochter des Grafen von Arenberg, Annabelle, war ihre beste Freundin. Jede Stunde, die Genoveva nicht in der Poststation arbeitete, versuchte sie, mit ihr gemeinsam im Stadtpalais Arenberg zu verbringen. Es lag so nah am Familiensitz der Taxis, dass sich Genoveva manchmal sogar heimlich zu Fuß dorthin schlich. Sehr zum Leidwesen ihrer spröden Gesellschafterin, die Genovevas Mutter vor einigen Jahren für ihre Tochter in Dienst genommen hatte. Für gewöhnlich versuchte Genoveva, Fräulein von Brandt abzuschütteln, um deren Ergüssen über das ziemliche Verhalten junger Adelsfrauen zu entkommen.

Aber einmal mehr entging den Erwachsenen Genovevas Unmut, was ihr einen frustrierten Seufzer entlockte.

»Jedoch frage ich mich, mit Verlaub, wie Ihr die Truppen bezahlen wollt«, gab Rubens zu bedenken.

Alexandrine legte den Kopf schräg und blickte den Maler versonnen an. »Das lasst einmal meine Sorge sein«, erklärte sie, was selbst Genoveva einen Moment lang verblüffte.

Die Kassen der Taxis waren so leer, dass die Gräfin sogar den Vorbereitungen zu dem alljährlichen, ausschweifenden Weihnachtsfest Einhalt geboten hatte, um nicht unnötig Geld zu verprassen.

»Unsere Reiter für einen Monat loszuschicken, fünfzehn Mann, das würde bedeuten, ich bräuchte …« Alexandrines Stimme wurde leiser, ihre Lippen bewegten sich lautlos.

»Siebentausend Gulden, Maman«, half Genoveva aus.

Rubens' Augenbrauen schossen nach oben, er wandte sich zu ihr. Zum ersten Mal seit geraumer Zeit.

»Richtig, Kind, siebentausend. Siebentausend Gulden, die ich zu Anfang nächsten Jahres haben werde.«

»Euer heimlicher Gönner, nehme ich an?« Rubens spitzte anzüglich die Lippen, kippte den gesamten Inhalt des Zinnbechers die Kehle hinab und brummte wohlig.

»Kein Wunder, dass Eure diplomatischen Bemühungen für die Infantin Isabella in England im Sande verlaufen sind, Rubens. Ihr wisst einfach nicht, wann es besser wäre, nicht mehr weiterzusprechen. Beschränkt Euch doch in Zukunft auf Euer florierendes Kunstgewerbe«, bemerkte Alexandrine trocken.

Abwehrend hob der Maler die Hände. »Schon gut, Gräfin, schon gut.« Ohne hinzusehen, stellte er sein Trinkgefäß auf dem Schreibtisch ab, auf einige Pergamente. Kleine Tröpfchen liefen den Becherrand hinunter und versickerten in dem Papier, noch ehe Emile die Dokumente hastig darunter hervorziehen konnte. Mit finsterem Blick wischte er mehrmals darüber, konnte aber den kreisrunden, dunkelroten Rand nicht mehr entfernen.

»Am besten mache ich mich gleich auf zu meinem Freund Sfondrati, bevor ich noch weiter in den Genuss Eurer scharfen Zunge komme.« Der Maler zupfte etwas beleidigt einige Flusen von den schwarzen, geplusterten Ärmeln seiner Jacke und wandte sich zur Tür.

»Aber, aber, Rubens, seid Ihr so schnell eingeschnappt? Natürlich begleite ich Euch. Verhandlungen über meine Reisebegleiter führe ich lieber selbst, das wisst Ihr doch«, erwiderte Alexandrine, legte Rubens die Hand auf den Arm und schenkte ihm ein gewinnendes Lächeln, dem er bereits nach wenigen Atemzügen erlag. Auch wenn die Wortgefechte zwischen dem Maler und der Gräfin oftmals scharf klangen, wusste Genoveva doch, dass es niemals zu ernstlichem Streit zwischen ihnen kam.

»Ihr wollt doch wohl nicht selbst bei diesem Himmelfahrtskommando mitreiten?« Rubens schien ehrlich überrascht.

»Selbstverständlich werde ich das.«

»Grässliche Idee«, tat er ihren Vorschlag ab.

»Die einzig richtige Idee, denn ich habe stets das Gefühl, dass die Moral meiner Männer zu wünschen übriglässt, wenn ich sie nicht persönlich antreibe.«

»Da wage ich natürlich nicht zu widersprechen, Gnädigste.«

Da gibt es auch nichts zu widersprechen, stimmte ihm Genoveva in Gedanken zu. Mehrmals im Jahr bereiste Alexandrine die Postrouten im gesamten Reich und stattete den wichtigsten Poststationen der Taxis Stippvisiten ab. Sie kontrollierte die dortigen Bücher und stellte sicher, dass die Beförderungszeiten eingehalten wurden, die Männer ihren Sold erhielten und die Postpferde nicht zuschanden geritten wurden. Die Gräfin war bekannt für ihren Fleiß und ihren eisernen Willen und vor allem dafür, stets persönlich nach dem Rechten zu sehen – selbst wenn die Poststationen mehrere Tagesritte voneinander entfernt lagen.

War die Gräfin nicht verreist, verbrachte sie ihre Zeit im Brüsseler Posthof. Zu Anfang war Genoveva nur so oft in der Schreibstube aufgetaucht, um mehr von ihrer Mutter zu haben. Irgendwann hatte sie dann verstanden, dass sie deren Aufmerksamkeit und vielleicht sogar ein kleines bisschen mehr Zuneigung am ehesten bekam, wenn sie sich für die Abläufe in der Poststation interessierte und dort selbst Aufgaben übernahm – erfolgreich natürlich. Und da Schreiben und Rechnen Genoveva stets besonders leichtgefallen waren, sogar noch leichter als ihrem Bruder, hatte auch sie begonnen, ihre Tage im geschäftigen Brüsseler Posthof zu verbringen. Und mit der Zeit hatte sie so viel Gefallen an der Arbeit in der Schreibstube gefunden, dass sie sich kaum mehr außerhalb blicken ließ.

Gedankenverloren rollte Genoveva die Schreibfeder zwischen Daumen und Zeigefinger hin und her, doch auch wenn es vielleicht so aussah, als folge sie dem Gespräch nicht mehr, hörte sie genau zu, überlegte, wog ab. Die Reise, die ihre Mutter gerade plante, würde eine der wichtigsten werden, seit sie zur Generalpostmeisterin ernannt worden war. Bereits mehrmals war Alexandrine von Taxis zu Brennpunkten im Reich geritten, vornehmlich an der Seite ihres Augsburger Reichspostverwalters David Frey, um Stationen und Routen zu sichern. Aber dieses Mal ging es um mehr als ein paar Poststationen. Es ging um ihre Existenz.

Bald vollendete Genoveva ihr sechzehntes Lebensjahr, ein Alter, in dem viele ihrer Freundinnen bereits ans Heiraten dachten. Und sie? Sie führte die Bücher der Familie, traf Entscheidungen, die Tausende von Gulden bewegten, organisierte die Postrouten mit Dutzenden Stationen. Und trotzdem hatte sie das Gefühl, dass niemand sie ernst nahm. Ihre Mutter nicht, Rubens nicht, ja selbst Emile behandelte sie manchmal noch wie ein Kind.

Und sie hatte es satt, ständig übergangen und übersehen zu werden.

Sie wollte so sein wie ihre Mutter, anerkannt und respektiert werden für das, was sie leistete.

Sie holte tief Luft und räusperte sich.

»Ich werde mitkommen.« Die Köpfe ihrer Mutter und des Malers fuhren herum, ein missbilligendes Zungenschnalzen war von Emile zu hören.

»Kommt gar nicht infrage«, bestimmte ihre Mutter.

»Und mit welchem Recht schlagt Ihr Eurer Tochter die Bitte ab, wenn ich fragen darf?« Rubens faltete die Hände vor dem Bauch. Er schien sich heute einen Spaß daraus zu machen, die Gräfin zu reizen.

»Sie ist noch ein Kind«, zischte Alexandrine Rubens zu, und ihre Vehemenz wischte den heiteren Ausdruck aus seinem Gesicht.

»Ich bin fast sechzehn, Maman. Ich führe seit zwei Jahren die Bücher hier in Brüssel. Ich möchte dich unterstützen, ich möchte von dir lernen und der Familie helfen.«

»Was du am besten tust, indem du mich hier vertrittst«, wehrte ihre Mutter ab, und ein unnachgiebiger Ausdruck trat auf ihr Gesicht, den Genoveva nur zu gut kannte und fürchtete.

»Du brauchst jemanden, der die Bücher in den eroberten Stationen in Ordnung bringt«, versuchte Genoveva es erneut. Diesmal ohne ein Flehen in der Stimme. »Du weißt, dass ich schneller bin als alle anderen. Ich werde Anwärterin sein auf die Stelle des Generalpostmeisters, das haben wir doch schon längst beschlossen. Und dafür muss ich lernen, wie du die anderen Stationen führst. Oder nicht?«

Die dunklen Augen ihrer Mutter ruhten auf ihr, ein durchdringender Blick, dem Genoveva um jeden Preis standhalten wollte. Sie musste diese Diskussion für sich entscheiden.

»Seid nicht so kalt, Alexandrine. Eure Tochter möchte bei Euch sein, so gestattet ihr doch den Wunsch«, meldete sich nun auch Rubens wieder zu Wort und schlug dabei einen vertraulichen Tonfall an.

»Es herrscht Krieg dort draußen!«, herrschte ihn die Gräfin an und deutete anklagend zum Fenster.

»Der herrscht schon, seit Genoveva das Licht der Welt erblickt hat. Und nur Gott weiß, wie lang er noch dauern wird. Ich gebe Euch einen Rat, Gräfin: Bereitet Euer Kind lieber selbst auf das Leben dort draußen vor, bevor es andere tun.«

Einen kurzen Moment schloss Alexandrine die Augen, ein leichtes Zucken um ihre Lippen. Genoveva wagte nicht zu atmen, achtete auf jede Regung im Gesicht ihrer Mutter.

»Nun gut«, sagte diese schließlich. »Du wirst mich begleiten.« Ihre Stimme klang schon wieder geschäftsmäßig und kühl, aber trotzdem machte Genovevas Herz vor Freude einen Sprung.

Die Gräfin wandte sich an Rubens. »Und Ihr habt mich gerade weitere fünfhundert Gulden für den persönlichen Begleitschutz meiner Tochter gekostet.«

Der Maler beantwortete den Vorwurf lediglich mit einem breiten Grinsen.

3.

Palais Sfondrati in Brüssel

Alexandrine

»Eine Sache noch. Wer ist Euer bester Mann?«, fragte Alexandrine.

Der Generalkapitän musterte die Gräfin mit zusammengekniffenen Augen, als wüsste er den Hintergrund für ihre Frage nicht recht einzuordnen. Sigismondo Sfondrati mochte Ende zwanzig sein, vielleicht sogar jünger, aber der Krieg hatte bereits deutliche Spuren in seinem Gesicht hinterlassen. Eine Narbe teilte seine Augenbraue und zog sich in kaum verheiltem Rosarot über die gesamte linke Gesichtshälfte. Ein oder zwei Mal war er in Gedanken mit dem Finger darübergefahren, und Alexandrine hatte daraus geschlossen, dass sie noch immer schmerzen musste.

Sein Teint verriet seine italienischen Vorfahren, und sein Hemd, sein Wams, seine Hose, selbst seine breitkrempigen Stiefel, alles in Schwarz, zeichneten ihn als Soldaten aus. Alexandrine hatte die letzten Jahre über genügend von ihnen kennengelernt. Oftmals kleideten sie sich in dunkle Farben und gaben sich so eine Aura des Verwegenen und Gefährlichen. Denn im Krieg galt das gleiche Prinzip wie im Geschäft: Wer es von Anfang an schaffte, Respekt, womöglich sogar Angst zu schüren, hatte später ein leichteres Spiel. Auch Alexandrine hatte das lernen müssen.

Sfondrati mochte vom Krieg gezeichnet sein, aber er hatte nicht den gehetzten Ausdruck in den Augen, den sie so häufig bei den Männern sah, die sich bei ihr als Postreiter verdingen wollten. Für gewöhnlich lehnte sie solche Bewerber ab, denn es war nur eine Frage der Zeit, bis die Angst sie übermannen und sie auf der Strecke einen Fehler begehen würden, den sie zumeist mit ihrem Leben bezahlten.

Verschwundene oder gar tote Postreiter kamen Alexandrine teuer zu stehen, denn sie musste nicht nur deren Familien mehrere Monate ihres Verdienstes auszahlen. Für gewöhnlich gingen ihr dadurch auch die Postfelleisen mit Dutzenden von Briefen verloren, die niemals ankommen würden, und sie musste die Beschwerden ihrer Kunden abwiegeln, nicht selten von hochgestellten Persönlichkeiten. Selbst der Kaiser hatte ihr letztes Jahr eine Abmahnung zukommen lassen und drohte ihr nun mit einer weiteren.

Schnell war sie sich mit dem spanischen Generalkapitän handelseinig geworden. Rubens hatte nicht einmal zwischen ihnen vermitteln müssen und sich deshalb fast schon etwas beleidigt über die fehlende Aufmerksamkeit dem schweren Wein und dem Salzgebäck gewidmet, das Sfondrati hatte auftragen lassen.

Solange Eis und Schnee den Kontinent im Griff hatten, gab es kaum Kampfhandlungen zwischen den Kriegsparteien. Die Männer, die nicht nach Hause zu ihren Familien entlassen worden waren oder gar kein Zuhause mehr ihr Eigen nannten, überwinterten mit dem gesamten Tross in riesigen Lagern. Sie waren verfroren, ausgehungert und frustriert vor Langeweile. Alexandrine wusste, dass ihnen und ihren Truppenführern ein kleines Zubrot bis zum Frühjahr gerade recht kam.

Sie hatte Sfondrati jedoch klargemacht, dass sie nur mit den besten Kämpfern aus seinen mehreren Hundertschaften Soldaten ins Feld ziehen würde und dass diese selbst für ihre Reitpferde und ihre Ausstattung aufkommen müssten. Deshalb hatte sie auch den saftigen Preis akzeptiert, den Sfondrati ihr unterbreitete. Er belief sich auf deutlich mehr, als Alexandrine zunächst kalkuliert hatte. Und trotzdem würde sie ihn zahlen, denn der Ruf, den der Generalkapitän und seine Kavallerie genossen, war exzellent.

Es war ihre letzte Chance, die Postroute zu halten, und als Sfondrati ihr zugesichert hatte, eine kleine, schlagkräftige Truppe zusammenzustellen, die den Schweden das Fürchten lehren würde, hatte sie an seinen Worten nicht den leisesten Zweifel gehegt.

Sfondrati, der Marquis de Montafié, entstammte einem alten, ehrwürdigen Adelsgeschlecht, und seine Familie hatte sich bereits vor Generationen den spanischen Habsburgern verschrieben. Deshalb hatten die Sfondrati ihren Familienstammsitz auch nach Brüssel in die Spanischen Niederlande verlegt. Aufgrund seines militärischen Könnens und seines Erfolgs auf den Schlachtfeldern Europas hatte Sigismondo die letzten Jahre über das besondere Vertrauen der Infantin Isabella genossen – und damit nun auch das Alexandrines.

Außerdem mochte sie den Mann. Er verlor kein überflüssiges Wort, sein Angebot war teuer, aber nicht überzogen, und er hatte sie sofort über die Risiken ihres Unternehmens aufgeklärt. Er war ehrlich zu ihr gewesen und hatte sie wie einen ihm ebenbürtigen Geschäftspartner behandelt. Für gewöhnlich taten das ihre Handelspartner erst, nachdem sie diesen mit einigen scharfzüngigen Kommentaren den Kopf zurechtgerückt hatte.

»Ihr fragt nach meinem besten Mann? Das kommt ganz darauf an, wofür«, antwortete Sfondrati nun geschäftsmäßig und verschränkte die Arme vor der Brust, als wüsste er bereits, was Alexandrine verlangen würde.

»Für den persönlichen Geleitschutz meiner Tochter.«

Sfondrati stutzte. »Eure Tochter wird Euch begleiten?«

Er spähte über die Schulter in den Innenhof, und Alexandrines Blick folgte dem seinen. Das Fensterglas war von Blasen und Schlieren durchzogen, sodass Alexandrine nur unscharf erkennen konnte, dass Genoveva neben der Kutsche stand und mit der Schuhspitze Kieselsteine gegen die Mauer trat. Ganz und gar nicht das Verhalten, das einer jungen Dame geziemte. *Wie kommt es, dass meine Tochter derart ihr Benehmen vergisst?*, fragte sich Alexandrine insgeheim und musste einige Momente überlegen, wann sie Genoveva überhaupt das letzte Mal außerhalb der Schreibstube gesehen hatte.

»Die dort unten?«, fragte Sfondrati, und Alexandrine hörte den Spott aus seinen Worten sehr wohl heraus.

»Treibt es nicht auf die Spitze, Generalkapitän«, ihre Stimme war leise, aber so schneidend, dass sie spürte, wie sich Rubens neben ihr versteifte und den Becher, den er gerade zum Trinken angesetzt hatte, wieder sinken ließ.

Sigismondo nickte mit unbewegter Miene, wartete jedoch ein Weilchen mit seiner Antwort. Er schien zu überlegen.

»Dann werde ich Euch selbst begleiten«, beschied er. »Allerdings liegt mein Sold auch über dem meiner Männer. Bei dem Doppelten, um genau zu sein.«

Forschend ruhten seine Augen dabei auf Alexandrine, und diese erwiderte seinen Blick, lange und unverwandt. Er prüfte sie, und sie wusste es. Er prüfte, wie viel ihr die Sicherheit ihrer Tochter wert war. Er prüfte, ob sie mehr Kaufmann war oder mehr Mutter.

»Einverstanden«, sagte sie schließlich.

Sfondrati lächelte. Offenbar hatte sich sein Verdacht bestätigt, er sah in Alexandrine eine übervorsichtige Glucke, die jeden Preis für die Sicherheit ihrer Kinder zahlen würde, mochte er auch noch so vermessen sein. Alexandrine spürte ein Kribbeln im Nacken, wie immer, wenn sie anfing, sich über irgendetwas zu ärgern.

Als sie ihm die Hand hinstreckte, um das Geschäft zu besiegeln, wurde Sfondratis Lächeln ein wenig steif. Wohl weil dies keine Geste war, die er von Frauen kannte, mutmaßte Alexandrine mit Genugtuung.

Sein Blick wanderte zwischen ihrer ausgestreckten Hand und ihrem Gesicht hin und her, reflexartig zuckten seine Finger, aber dennoch zögerte er. Als er einschlug und Alexandrines kräftigen Händedruck bemerkte, weiteten sich seine Augen ein klein wenig.

»Das Leben Eurer Tochter ist Euch viel wert«, bemerkte er.

»Zu Eurem Vorteil, Sfondrati.« Alexandrine verstärkte ihren Griff und zog den Generalkapitän näher zu sich heran. Sie flüsterte: »Ich zahle Euch eine geradezu absurde Menge an Geld, damit Ihr Genoveva mit Eurem Leben schützt. Sollte ihr etwas zustoßen, werdet Ihr bereuen, diesen Handel jemals mit mir eingegangen zu sein, haben wir uns verstanden?«

Sfondratis Lächeln erstarb. Er mochte scharfe Worte von einer Frau vielleicht nicht gewohnt sein, dennoch verfehlten sie ihre Wirkung nicht. Alexandrine sah, wie der Adamsapfel an seinem Hals auf und ab hüpfte, als er schluckte.

Rubens berührte Alexandrine leicht an der Schulter und bedeutete ihr, mit ihm ein paar Schritte abseits zu gehen. »Droht dem Mann nicht, er ist gefährlich!«, riet er. »Zudem grenzt der Preis, den Sfondrati für seine Dienste verlangt, an eine Unverschämtheit.«

»Ich werde ihn dennoch zahlen«, erwiderte Alexandrine gedämpft.

»Ihr werdet günstigere Truppen finden, mit Leichtigkeit.«

»Hattet Ihr mir nicht gesagt, Sfondrati wäre einer der besten Truppenführer des Landes?«

»Das habe ich wohl, nur …«

»Dann werde ich keine weitere Zeit verschwenden, mich auf einen anderen Truppenführer einzulassen. Sfondrati mag überheblich sein, aber er scheint mir aufrecht und ehrlich. War es außerdem nicht *Eure* Idee, meine Tochter mit auf die Reise zu nehmen?«

Rubens verzog den Mund. »Wie Ihr wollt, Gräfin. Ich hätte von Euch jedoch ein kleines bisschen mehr Verhandlungsgeschick erwartet.« Er bedachte sie mit einem kritischen Blick, geradezu vorwurfsvoll, was Alexandrine reizte.

»Es geht hier um unsere Existenz«, erklärte sie scharf. »Wir werden unsere Hauptpostroute schützen, koste es, was es wolle. Und es wird Zeit, dass Genoveva alle Facetten des Postgeschäfts kennenlernt. Sie wird mitkommen.« Dann hob sie die Stimme. »Genoveva wird Anwärterin zur Generalpostmeisterin. Genauso wie mein Sohn Lamoral Claudius. Beide sind die Zukunft der Familie, und ich werde alles tun, damit unsere Dynastie weiterbestehen wird.«

Selbst wenn er es gewollt hätte, Sfondrati hätte ihre Worte nicht überhören können.

Alexandrine wandte sich an ihn und hielt seinen Blick fest. »Ihr schützt meine Tochter nicht nur, sondern bindet sie bei den Vorbereitungen zu unserer Unternehmung auch mit ein. Und am besten beginnt Ihr sofort damit.« Damit stieß sie das mit Butzenscheiben verglaste Fenster auf. Genovevas Blick wanderte nach oben. Ein kleiner Wink, und ihre Tochter machte sich auf den Weg.

Genoveva

»Ja, Maman?« Genoveva trat hinter der Magd über die Türschwelle, dicht gefolgt von Emile. Sie kniff die Augen ein wenig zusammen, damit sie die Anwesenden im Raum schärfer sehen konnte.

Sie befand sich im Kabinett des Palais Sfondrati. Die gekalkten Mauern waren im unteren Bereich mit dunklem Holz vertäfelt, ebenso wie die Decke, einige Wachskerzen flackerten in den Wandhalterungen und verströmten einen angenehmen Geruch. Mehrere Stühle reihten sich um einen breiten Tisch, vor dem ihre Mutter und Rubens mit einem Mann zusammenstanden, der beide um mehr als einen Kopf überragte. Er sah aus wie ein Kämpfer, aufrecht und kräftig, und seine Muskeln zeichneten sich unter den engen, schwarzen Hemdsärmeln ab. Überhaupt trug er nur Schwarz. Er hatte lange, dunkelbraune Haare, die im Nacken mit einem Samtband zusammengebunden waren. Eine schmale Narbe durchtrennte seine linke Augenbraue und zog sich bis zu seinem markant geschnittenen Kiefer hinab. Er blickte ihr entgegen, und als Genoveva nahe genug an ihn herangetreten war, um seinen Gesichtsausdruck zu deuten, sprang sie der mürrische Spott in seinen Augen geradezu an.

Das musste der Truppenführer sein, der Hausherr dieses Palais, Sigismondo Sfondrati, den ihre Mutter soeben damit beauftragt hatte, ihren Geleitschutz zu stellen.

Genoveva erwiderte seinen durchdringenden Blick, blieb im Dunkel seiner Augen hängen und schaffte es nicht, wieder woanders hinzusehen.

»Du arbeitest zusammen mit dem Generalkapitän den Proviantplan aus«, drang die Stimme ihrer Mutter zu ihr, sodass sich Genoveva erst jetzt mit ein klein wenig Verzögerung zu Alexandrine umwandte. »Wir brechen gleich nach dem Jahreswechsel auf, zu Frühlingsbeginn im März sollten wir zurück sein. Ich möchte morgen die Kalkulation haben und noch vor dem Sonnabend alle Händler beauftragen können, geht das in Ordnung?«

»Selbstverständlich, Maman.«

Sfondrati schnaubte, und Genoveva konnte nicht sagen, ob seine Reaktion dem Befehl ihrer Mutter oder ihrer widerstandslosen Zustimmung geschuldet war. In jedem Falle machte er keinen Hehl daraus, dass ihm irgendetwas ganz und gar nicht passte.

Ihre Mutter warf dem Mann einen warnenden Blick zu. »Haltet Eure Missbilligung im Zaum, Sfondrati, schließlich bezahle ich Euch dafür.« Dann wandte sie sich an ihren Sekretär. »Emile, du bleibst bei meiner Tochter und hilfst bei der Faktorierung und den einzelnen Kalkulationen.«

Ein kurzes Nicken zur Bestätigung. Wortlos verlief die Verständigung zwischen der Gräfin und dem Sekretär, wie immer. Manchmal hatte Genoveva das Gefühl, dass sich ihre Mutter mit ihrem Angestellten besser als mit ihr, der eigenen Tochter, verstand.

»Seid doch so nett und stellt mir Eure Kutsche zur Verfügung, damit ich zurück in die Poststation fahren und Rubens wieder in den Coudenberg-Palast bringen kann. Ich habe seine Zeit schon viel zu lang in Anspruch genommen«, sagte diese nun an Sfondrati gewandt, und es handelte sich dabei keinesfalls um eine Bitte.

»Selbstverständlich, Gräfin.« Der Generalkapitän rief etwas auf Italienisch in den Innenhof, wartete die knappe Bestätigung seines Kutschers ab und machte eine einladende Geste zur Tür. »Es wird sogleich angespannt, Gräfin.«

Ihre Mutter schenkte Genoveva einen letzten, prüfenden Blick, hakte sich in den ihr angebotenen Arm von Rubens ein und verließ grußlos Sfondratis Kabinett.

Schritte klackerten auf den steinernen Treppen, die große Eingangstür knallte, dann wurde es ruhig im Haus. Irgendwo draußen auf der Straße kläffte ein Hund.

Moment um Moment verstrich, in dem keiner sprach. Genoveva hörte Sfondratis regelmäßige Atemzüge und beobachtete ihn scheu aus dem Augenwinkel. Obwohl sie die Gegenwart von Männern gewohnt war, machte sie irgendetwas an diesem Mann nervös. Verlegen rieb sie sich über den Nacken, strich ihren Rock glatt und wusste plötzlich nicht mehr, wohin mit ihren Händen.

Emile räusperte sich, und das schien auch Sfondrati wieder zum Leben zu erwecken.

»Nun denn, wollen wir?«, fragte er an den Sekretär gewandt und deutete auf den großen Tisch in der Mitte des Raumes. Er öffnete eine der darin eingelassenen Schubladen und beförderte einige Rollen Papier, ein Tintenfässchen und Schreibfedern zutage, die er in die Mitte des Tisches schob.

»Bitte, bedient Euch am Wein und dem Gebäck, Mademoiselle, der Sekretär Eurer Mutter und ich werden nicht lange brauchen«, erklärte der Generalkapitän.

Genoveva beschloss, seine Aufforderung zu ignorieren. Natürlich würde sie bei den Kalkulationen helfen. Sie tastete prüfend über die Schreibfedern, fand Gefallen an einer besonders großen und nahm diese an sich. Sie setzte sich, bedeutete Emile, es ihr gleichzutun, zog eines der Papiere zu sich heran, entkorkte das Tintenfässchen, tauchte die Spitze der Feder hinein und streifte die überflüssige Tinte ab.

»Du fertigst die Abschriften für die einzelnen Händler an, einverstanden?«, fragte sie den Sekretär mit gedämpfter Stimme, der bestätigend nickte.

Erst jetzt bemerkte sie den durchdringenden Blick des Truppenführers, der am anderen Ende des Raumes stand und offenbar jede ihrer Bewegungen verfolgt hatte. »Wir bedürfen Eurer Hilfe nicht, Mademoiselle, macht Euch keine Mühe.« Sfondratis Tonfall war freundlich und verbindlich. Aber er machte vollkommen klar, wie wenig er es wünschte, dass Genoveva sich in die vorzunehmenden Berechnungen einmischte.

Etwas verunsichert wanderten ihre Augen von links nach rechts. War es klug, dem Geschäftspartner ihrer Mutter einfach zu widersprechen? Dem Hausherrn dieses Palais? Dann aber stieg Widerwillen in ihr auf. Sfondrati mochte es sich vielleicht nicht vorstellen können, aber sie besaß einiges an Erfahrung bei Proviantberechnungen. Außerdem war sie überzeugt davon, dass sie schneller rechnen konnte als der Generalkapitän. Und ohne Fehler.

»Meine Mutter hat befohlen, dass ich die Berechnungen gemeinsam mit Euch mache.«

Sfondrati seufzte. »Nun gut. Wir werden fünfzehn Mann sein«, begann er. »Hinzu kommen Eure Mutter und Ihr selbst, wie ich erfahren habe, deshalb …«

Ein kleines, stolzes Lächeln huschte über Genovevas Gesicht, Sfondrati stockte. Sofort wurde Genoveva wieder ernst.

»Bei den täglichen Rationen an Brot und Fleisch rechne ich mit zwei Pfund Brot und einem Viertelpfund Fleisch pro Tag«, erklärte Sfondrati.

Einen kurzen Moment überschlug Genoveva die Zahlen. »Wenn Ihr erlaubt, Generalkapitän. Ihr seid nicht besonders freizügig mit

Euren Männern. Meine Mutter legt Wert darauf, dass die Postreiter und auch Eure Männer immer ausreichend versorgt sind«, erklärte sie.

Er kam näher und stützte sich mit beiden Händen an der Tischkante ab. »Ich wäre Euch sehr verbunden, wenn Ihr mir nicht sagen würdet, wie ich meine Männer zu behandeln habe«, noch immer klang er freundlich, aber jetzt, da er ihr so nah war, konnte Genoveva den Ausdruck, der in seinen Augen lag, erkennen. Und der hatte nichts, aber auch gar nichts mit seinen höflichen Worten gemein.

Genoveva beschlich ein ungutes Gefühl. »Aber …«

»Wollen wir einfach weitermachen?«, überging Sfondrati ihren Einwand.

Genoveva zögerte. Sie war nicht in der Poststation, in ihrer vertrauten Umgebung, wo man ihren Willen respektierte, schon allein deshalb, weil sie die Tochter der Generalpostmeisterin war. Offenbar scherte das Sfondrati nämlich nicht im Geringsten. Er sah in ihr ein einfältiges, junges Ding, das hier vielleicht gerade einmal eine kleine Schreibübung machte, weil seine Mutter dies so wünschte. Und was noch viel schlimmer war: Er nahm nicht ernst, was sie sagte. Genoveva hatte genügend Verpflegungspläne von Postreitern gesehen, sie wusste genau, dass die Rationen zu knapp bemessen waren.

»Eis und Schnee werden unser Fortkommen erschweren, wir werden für mehr Tage Verpflegung einkalkulieren müssen«, beharrte Genoveva.

»Eis und Schnee erschweren ebenso das Fortkommen unserer Feinde. Die Schweden rechnen im Februar mit keinen Angriffen und werden ihre Gebiete nicht patrouillieren. Wir werden schnell und unbehelligt vorankommen.«

»Was, wenn …«, fing Genoveva erneut an.

»Meine Männer werden nicht hungern«, unterbrach Sfondrati sie, und allmählich schien er die Geduld zu verlieren. »Aber ich werde trotzdem so wenig Proviant wie möglich auf den Packpferden mitschleppen lassen, denn das macht uns langsam und unflexibel.«

»Und wie soll das bitte funktionieren?«, verlangte Genoveva trotzig zu wissen.

Sfondrati schien sich innerlich zur Ruhe zu rufen und bedachte Genoveva mit einem resignierten Blick. »Ihr versteht nichts vom Krieg, Comtesse, und das ist auch besser so. Wir werden unterwegs genügend Möglichkeiten finden, unsere Vorräte aufzufüllen.«

Was Sfondrati da erzählte, war vollkommener Unsinn. Es war tiefster Winter, die Märkte leer, selbst in einer reichen Stadt wie Brüssel hatten die Händler kaum noch etwas anzubieten. Sie würden auf dem Land überhaupt keinen Proviant finden, es sei denn, sie plünderten einige …

Genoveva hielt inne. Der Gedanke, der sie beschlich, war geradezu ungeheuerlich. Plante er denn ernstlich, unterwegs einige Bauernhöfe zu überfallen?

Sie wollte zur Widerrede ansetzen, aber Sfondrati ließ sie gar nicht erst zu Wort kommen.

»Schluss jetzt!«, befahl er, nicht besonders laut, aber dennoch zornig. »Ich werde bezahlt, um auf Euch achtzugeben, nicht dafür, dass mir ein Kind sagt, wie ich meine Männer zu versorgen und meine Arbeit zu erledigen habe. Also tut mir und vor allem Euch den Gefallen und unterlasst es einfach!«

Ein, zwei Atemzüge lang starrte Genoveva den Generalkapitän an, senkte dann aber hastig den Blick. Sie ärgerte sich über das arrogante Gehabe dieses Mannes und darüber, dass er ihre Einwände einfach ignorierte. Mehr noch, es machte sie wütend, sogar so wütend, dass ihr plötzlich Tränen in den Augen brannten.

Auf gar keinen Fall durfte sie sich jetzt die Blöße geben und anfangen zu heulen wie ein eingeschüchtertes, kleines Kind.

Also reiß dich zusammen, in Gottes Namen.

»Habt Ihr eine Preisliste der Händler vorliegen?«, fragte Emile in die betretene Stille hinein, und Genoveva war ihm dankbar, dass er damit Sfondratis Aufmerksamkeit auf sich zog.

Dieser kramte ein Weilchen in einer der Schubladen, dann reichte er dem Schreiber ein verknittertes, fleckiges Dokument. Emile strich es mit einer Handkante glatt und begann, das Geschriebene darauf zu studieren. Auch Genoveva versuchte, einen Blick zu erhaschen, aber obwohl Emile das Papier unbemerkt etwas näher in ihre Richtung schob, konnte sie die Schrift nicht entziffern. Einen kurzen Moment zögerte sie, dann fischte sie ihr Brillenglas aus dem roten Samtbeutel, der stets an ihrem Gürtel baumelte, und hielt es sich vor die Augen. Hinter sich hörte sie ein kurzes Lachen.

Genovevas Wangen wurden heiß. Sie ließ augenblicklich das Brillenglas sinken und starrte auf das Papier vor sich.

Natürlich lachte er sie aus, weil sie ein Augenglas benutzte wie ein altes Weib. Was hatte sie auch anderes erwartet? Sfondrati war ein ungehobelter Klotz ohne Respekt und Manieren, und ganz offensichtlich bereitete es ihm Freude, sie zu verspotten.

Alles, was mehr als zwei Armlängen von ihr entfernt war, sah Genoveva nicht mehr scharf. Wenn sie ihre Augen zusammenkniff, konnte sie zwar ein wenig mehr erkennen, auf diese Entfernung hin lesen konnte sie allerdings nicht. Dazu brauchte sie ihre Sehhilfe, und wenn sie sich alleine wähnte oder nur Emile und ihre Familie zugegen waren, benutzte sie diese auch. Eine edle, vergoldete Fassung rahmte die dicken Gläser, und mithilfe eines silbernen Stabs konnte sie sich die Brille vor die Augen halten. Aber all der Schmuck änderte nichts daran, dass sich Genoveva ihres Makels schämte.

Ganz besonders in diesem Moment.

Sie hatte wirklich wissen wollen, wie Sfondrati kalkulierte, und deshalb dieses eine Mal ihre Scheu überwunden und die Brille hervorgeholt. Schließlich wollte sie ihre Mutter nicht enttäuschen, jetzt, wo ihr diese gestattet hatte, sie auf dem Feldzug zu begleiten. Außerdem musste sie Sfondrati beweisen, dass sie nicht das unbedarfte Küken war, für das er sie hielt, und sie weit mehr konnte, als nur bis hundert zu zählen.

Im Grunde durfte sie ihm wegen seines Verhaltens nicht einmal einen Vorwurf machen. Die meisten ihrer adeligen Freundinnen konnten kaum rechnen. Was sie als Mädchen lernten, war Musizieren, Zeichnen und ein wenig Schreiben.

Aber nun hielt Sfondrati sie nicht nur für unfähig, sondern hatte sich sogar noch über sie lustig gemacht. Als sie beharrlich schwieg, die Hände im Schoß gefaltet, den Kopf gesenkt, ließ er hörbar die Luft aus den Backen entweichen.

»Ihr seid wirklich noch ein Kind.« Er ignorierte Genovevas aufgebrachten Blick. »Was hat sich Eure Mutter nur gedacht, Euch mit auf einen Feldzug nehmen zu wollen …«

Genoveva antwortete nicht.

»So lasst uns weitermachen, in Gottes Namen, ich habe nicht ewig Zeit«, fügte er versöhnlicher hinzu.

Mit einem fast tonlosen Ächzen erhob sich Emile und stellte sich neben den Generalkapitän. Gemeinsam kalkulierten sie die Proviantmengen für die nächsten Wochen.

Genoveva rechnete im Kopf mit, erkannte dabei eine Ungereimtheit und warf Emile einen zweifelnden Blick zu. Dieser stutzte, rechnete erneut, diesmal ohne Fehler.

Leise lächelte Genoveva in sich hinein, und mit ein klein wenig Genugtuung bemerkte sie zudem, dass Sfondrati die stumme Verständigung zwischen ihr und Emile nicht entgangen war.

Als die beiden Männer fertig waren, kontrollierte Sfondrati ein letztes Mal das Geschriebene. »Die Proviantlisten bedürfen noch Eurer Unterschriften, Comtesse.«

Genoveva angelte sich eine der Schreibfedern, streckte die Hand fordernd nach den Listen aus, doch Sfondrati umrundete den Tisch und legte sie vor Genoveva ab. Er beugte sich über sie, um das Tintenfässchen heranzuholen, und sein Wams berührte dabei Genovevas Wange. Die plötzliche Nähe zu dem Truppenführer ließ Genoveva erstarren. Nur langsam zog Sfondrati das Tintenfässchen näher, entsetzlich langsam, fand Genoveva, und die Feder in ihrer Hand begann leicht zu zittern.

»Eure Mutter bezahlt mich fürstlich dafür, dass ich Euer persönlicher Begleitschutz werde, Mademoiselle Genoveva. Also gewöhnt Euch schon einmal an meine Gegenwart«, raunte er ihr zu. Sie war nicht sicher, wie er seinen letzten Kommentar gemeint hatte, und auch nicht, was sie von dieser plötzlichen Annäherung halten sollte. Aber die Selbstsicherheit – oder war es sogar Selbstgefälligkeit? –, mit der er gerade zu ihr gesprochen hatte, ärgerte sie.

Hastig unterzeichnete sie die Papiere, schob sie von sich und stand auf, peinlich darauf bedacht, den Generalkapitän dabei nicht zu berühren. Noch immer stand er seitlich vor ihr an der Tischkante und machte ihr keinen Fingerbreit Platz.

Sie zwängte sich an ihm vorbei, zerrte an ihrem Rock, der sich zwischen Bank und Tischbein verfangen hatte, und kam erst frei, als Sfondrati das Möbelstück mit dem Fuß ein wenig zur Seite schob.

»Wollen wir, Emile? Meine Mutter muss die Kalkulationen sehen, ehe wir sie den Händlern weiterleiten. Unsere Aufgabe hier ist erfüllt.« Sie warf Sfondrati einen wütenden Blick zu, den dieser mit einem geradezu unverschämten Lächeln erwiderte.

»Auf bald, Comtesse«, verabschiedete er sich und machte eine galante Verbeugung, auf die Genoveva nicht reagierte. Ebenso grußlos wie ihre Mutter verließ sie den Raum, eilte die Treppe hinunter und presste die Lippen zusammen, als sie mit hastigen Schritten über den Kies des Vorplatzes ging.

Sigismondo Sfondrati war ein furchtbarer Kerl.

Er war selbstherrlich, ungehobelt und hielt sie offenbar für eine vollkommene Idiotin.

Was hatte sich ihre Mutter nur gedacht, ausgerechnet ihn zu ihrem persönlichen Geleitschutz zu machen?

Mit einem lauten Knall warf sie die Kutschtür zu und hämmerte mit der Faust gegen die vordere Wand, um dem Kutscher zu bedeuten, dass er anfahren konnte.

Sie musste mit Annabelle sprechen. Über alles. Am besten sofort.

4.

Palais von Arenberg, Brüssel

Genoveva

Ein Diener öffnete die breite Eingangstür, zuerst nur einen kleinen Spalt, um zu sehen, wer sich vor der Schwelle befand, und um nicht zu viel von der kalten Dezemberluft hereinzulassen. Als er Genoveva erkannte, ließ er unverzüglich die Tür aufschwingen, verneigte sich knapp und deutete mit mürrischer Miene nach oben. Etwas, das alle Diener im Palais von Arenberg gemeinsam hatten, war die erstaunliche Ungeduld und Freudlosigkeit, mit der sie ihre Aufgaben erfüllten. *Als ob jeder Besucher, der sich erdreistet, das Palais zu betreten, und ihnen damit noch mehr Arbeit aufhalst, eine Zumutung für sie ist,* dachte Genoveva, als sie ihre Stiefel an den breiten Leintüchern abstreifte, die den Marmor der untersten Treppenstufen vor dem Straßendreck schützen sollten. Umständlich versuchte sie, die Ränder der Schuhsohlen zu reinigen, verknitterte dabei das Leinen und hinterließ breite, braune Schlieren auf dem roten Marmor. Prompt vernahm sie hinter sich das missbilligende Räuspern des Dieners und stieg hastig weiter in das erste Stockwerk hinauf, in dem sich der beheizte Salon befand.

Annabelle und ihre ältere Schwester Editha hatten Besuch: zwei Männer, die am blau-weiß gekachelten Ofen standen, die Köpfe zusammensteckten und ihre Pfeifen pafften. Sie nickten Genoveva zu, als sie den Raum betrat, beachteten sie danach aber nicht weiter. Der eine von ihnen war Graf von Egmont, Edithas Verlobter, den anderen hatte Genoveva noch nie gesehen. Zumindest vermutete sie das, denn ohne ihr Brillenglas konnte sie das Gesicht des Mannes nicht genau erkennen. Aber es war ihr peinlich, ihre Sehhilfe hervorzuholen, Sfondratis Spott gerade eben war für heute mehr als genug. Sie kniff die Augen zusammen, strengte sich an, gab aber nach einem Atemzug auf, denn sie wollte nicht starren.

Überschwänglich umarmte Annabelle ihre Freundin und klopfte auffordernd neben sich auf das Sofa, damit Genoveva sich setzte. Editha nickte lediglich, murmelte einen verhaltenen Gruß, unterkühlt fast, so schien es Genoveva. Wie immer eigentlich, wenn sie Annabelle besuchte. Die von Arenberg entstammten einem der ältesten Adelsgeschlechter der Spanischen Niederlande, und Editha war darauf bedacht, stets den richtigen Umgang zu pflegen. In ihren Augen waren die Taxis Emporkömmlinge. Vor weniger als zehn Jahren erst hatten sie vom Kaiser den Grafentitel erhalten, und vor allem Genoveva, die ihre Tage schreibend und rechnend in der Poststation verbrachte, war nicht die Art von Gesellschaft, die sich Editha von Arenberg für ihre Schwester Annabelle wünschte. Sie betrachtete Genoveva als unschicklichen Umgang und vielleicht sogar als eine Person mit schlechtem Einfluss auf ihre kleine Schwester.

Annabelle, die ein so sonniges und offenes Gemüt hatte, dass sie Genoveva im Palais von Arenberg stets wie ein Rotkehlchen in einem Nest voller Spatzen vorkam, ließ sich jedoch von ihrer großen Schwester nicht beeinflussen. Genoveva und sie waren unzertrennlich, standen einander sogar noch näher als die beiden Schwestern. Vielleicht war es ja genau das, was Editha so an Genoveva störte?

Genoveva setzte sich, denn Annabelles stets in Schwarz gekleidete, deutsche Gesellschafterin Fräulein von Hofstedt las aus einem Buch vor, ein moralisches Traktat und damit eine der wenigen Lektüren, die für adelige Damen als passend erachtet wurden. Genoveva befand sie für ebenso langweilig wie veraltet und sandte ein kurzes Dankgebet gen Himmel, als das Fräulein nach nur wenigen Sätzen seinen Vortrag beendete.

Kurz wurde es ruhig im Raum, Genoveva rutschte auf dem Sofa hin und her. Leise knisterte das Feuer in dem großen Ofen. Er war verkleidet mit weiß glänzenden Kacheln, die mit fein ziselierten Pinselstrichen in tiefem Blau verziert waren. Jagdszenen wechselten sich darauf mit idyllischem Landleben ab, und als Genoveva noch jünger gewesen war, hatte sie Stunden damit verbracht, sich die Malereien anzusehen und sich die jeweils zu ihnen passenden Geschichten auszudenken. Auf den Ecken des Ofens reckten sich Tierskulpturen in die Höhe: Hirsche, Rehe, selbst ein dicker, borstiger Eber saß auf einer der Säulen und riss drohend sein Maul auf.

Genoveva strich mit den Händen über den gelben Samt des Sofas, und Annabelles skeptischer Blick folgte ihrer Bewegung. Sie verzog den linken Mundwinkel, die Augenbrauen wanderten fordernd nach oben.

Rück schon raus mit der Sprache, bedeutete sie damit ihrer Freundin.

Genoveva holte tief Luft, und ihr Blick flatterte ein letztes Mal zu den Herren, die noch immer nahe beim Ofen standen und sich gedämpft unterhielten.

»Ich werde meine Mutter begleiten, auf den Postkurs nach Köln. Wir werden die verlorenen Stationen zurückgewinnen. Anfang Januar geht es los.«

Das leise Gespräch der Männer versiegte.

Die Wanduhr tickte laut, und Genoveva kam es so vor, als schlüge sie heute noch unregelmäßiger als sonst. Annabelle rührte in ihrer Tasse mit dem warmen Kräutersud, der silberne Löffel stieß an das dünne, mit Blumen berankte chinesische Porzellan. Sonst war es still. Sehr lange war es still. Ein Räuspern, Editha hielt sich eine Serviette vor den Mund und griff nach dem Handstickrahmen, der neben ihrem Sessel in einem kleinen Körbchen lag. Mit stoischer Ruhe und ausdrucksloser Miene begann sie, die Nadel in winzigen Abständen durch den Stoff zu führen.

Dann fand Annabelle ihre Sprache wieder. »Im Januar? Aber da ist doch unser Ball im Palais Arenberg, wir haben bereits fest mit dir gerechnet, es werden so viele …«

»Es gibt Wichtigeres als den Ball, Annabelle«, unterbrach sie Genoveva ernst und fühlte sich dabei ungewohnt bedeutsam, fast schon erwachsen.

Annabelles sonst so heitere Miene verdüsterte sich. »Du wirst schon genauso wie deine Mutter«, schmollte sie leise, und Genoveva konnte die Verletzung aus ihrem Tonfall heraushören. Annabelle und sie waren beste Freundinnen, und schon seit Monaten hatten sie sich auf das festliche Ereignis gefreut. Viele Brüsseler Familien luden zu Anfang des neuen Jahres zu Bällen ein, um die langen, finsteren Winternächte ein wenig zu verkürzen, und zum ersten Mal durften nun auch Annabelle und Genoveva daran teilnehmen. Sie hatten es gemeinsam tun wollen, es wäre das vielleicht aufregendste Erlebnis ihres bisherigen Lebens geworden.

Aber jetzt musste Genoveva fort, und keinen Moment hatte sie in der Diskussion mit ihrer Mutter am Vormittag auch nur ein einziges Mal an Annabelle oder den Ball gedacht. Obwohl sie ihrer Freundin hoch und heilig versprochen hatte, daran teilzunehmen.

Wirst du wirklich so wie Maman? Gibt es für dich auch nur noch das Geschäft?

Aber Genoveva ließ sich ihren Zweifel nicht anmerken. »Meine Mutter ist Generalpostmeisterin, sie …«

»Schon gut, meine Liebe. Das Geschäft ist das Geschäft«, seufzte Annabelle und schnupperte an dem honigtriefenden, klebrigen Pistaziengebäck, das ihr ein livrierter Diener anbot. Ein kaum merkliches Nicken, und der Diener legte ihr ein Kuchenstück auf den Teller. Annabelle stach ein Stück davon ab, biss genüsslich mit geschlossenen Augen hinein und konnte ein wohliges Stöhnen nicht unterdrücken, was ihr einen tadelnden Blick ihrer Schwester einbrachte. Aber sie bemerkte ihn nicht einmal.

Genoveva musste schmunzeln. Sie liebte Annabelle, dafür, dass sie sich über solche Kleinigkeiten wie einen Kuchen, ein glänzendes Haarband oder ihre neuen, samtüberzogenen Schuhe so sehr freuen konnte. Annabelle war die zweite Tochter des Grafen von Arenberg und mit ihren fünfzehn Jahren sah sie bereits aus wie eine vollendete Dame: Blauäugig, zart, aber wohlgeformt, und Dutzende Verehrer warteten nur darauf, dass die blonde Schönheit bald ihr Debüt auf einem der zahlreichen Bälle der Stadt gab. Und das aus gutem Grund. Nicht nur war der Name ihrer Familie angesehen und eine Einladung bei ihr begehrt. Annabelle wusste auch, wie man sich benehmen musste, um Aufmerksamkeit zu erhalten, ohne dabei unanständig zu wirken. Als hätte sie es jahrelang geübt, war ihr genau klar, wann man vertrauliche Worte in jemandes Ohr flüstern musste, wann man etwas Keckes antwortete und wann man mit keuschem Blick den Kopf senkte.

Bald würde sie heiraten, standesgemäß, verstand sich, vielleicht sogar einen spanischen Adeligen, und zu ihm nach Madrid ziehen. Aber dennoch hatte sie sich einen Großteil ihrer kindlichen Unbeschwertheit bewahrt.

Genoveva war ernster und pflichtbewusster als ihre Freundin – und das musste sie auch sein. Denn seitdem ihr Vater gestorben und ihre Mutter das Oberhaupt des Familienunternehmens geworden war, hatte es keinen Tag gegeben, an dem sie nicht zumindest einige Stunden in der Brüsseler Poststation verbracht hatte. Gleich nachdem Gräfin Alexandrine zur Generalpostmeisterin berufen worden war, hatte sie begonnen, ihre beiden Kinder auszubilden. Schneller als alle ihre Freunde hatte Genoveva Lesen und Schreiben gelernt, und je öfter ihr drei Jahre jüngerer Bruder Lamoral Claudius kränkelte und wochenlang mit Husten und Fieber das Bett hüten musste, desto mehr hatte sich ihre Mutter auf Genoveva konzentriert. Es galt, dass nun auch sie die Anwartschaft zur Generalpostmeisterin vom Kaiser erhalten musste – und das konnte sie nur, so hatte ihre Mutter es ihr stets eingebläut, wenn sie fähig war und viel arbeitete, sehr viel härter noch, als es ein Mann hätte tun müssen.

Genau das machte Genoveva nunmehr, jeden einzelnen Tag. Und sie war gut in dem, was sie tat. Als sie elf war, konnte sie bereits schneller schreiben und rechnen als der Brüsseler Hauptpostmeister, mit dreizehn hatte ihre Mutter ihr die Führung der Bücher übergeben.

Genovevas Stärke war ihr Gedächtnis. Alles, was sie las, versuchte sie zu verstehen. Und sobald sie etwas verstanden hatte, konnte sie es sich merken, Wort für Wort.

Allerdings wussten nur wenige Menschen von Genovevas herausragenden Fähigkeiten, und nicht zuletzt ihre Mutter hatte ihr stets eingeschärft, nicht darüber zu sprechen.

»Die Aufmerksamkeit der Obrigkeiten zu genießen, ist gut, jedoch muss es sich dabei um die richtige Art von Aufmerksamkeit handeln«, erklärte die Gräfin ihr ein ums andere Mal.

»Wir werden mit Söldnern in das Heilige Römische Reich reiten, mit mehr als nur ein paar Schutzreitern, mit einem richtigen, kleinen Heer«, antwortete Genoveva jetzt ihrer Freundin und merkte selbst, dass sie vor Aufregung ganz schnell redete und sich dabei beinahe verhaspelte. Sie räusperte sich und fuhr ruhiger fort: »Meine Mutter hat eben Truppen bei einem Spanischen Generalkapitän rekrutiert.«

Ein Lachen erscholl vom Ofen her. Belustigt, missbilligend, höhnisch? Genoveva wusste es nicht. Aber die so offensichtlich geringschätzigen und verurteilenden Blicke, die Graf von Egmont und sein Begleiter ihr vom Kamin aus zuwarfen, ärgerten Genoveva.

Die Männer murmelten etwas, ein weiteres, trockenes Lachen, ein Kopfschütteln, dann pafften sie weiter ihre Pfeifen.

Herausgeputzt wie Gockel, dachte sich Genoveva, während sie mit wachsendem Ärger die Männer in ihren edlen Seidengewändern musterte, die Locken sorgsam frisiert, die Hände fein manikürt. *Reich geerbt, ohne jemals selbst etwas vollbracht zu haben.*

Und mit einem Mal verstand sie, warum ihre Mutter stets so wütend von Bällen und Banketten heimkehrte.

»Genoveva, bist du verrückt geworden? Du kannst doch nicht in den Krieg ziehen! Dafür bist du doch gar nicht gemacht.« Eine steile Falte grub sich in Annabelles sonst so makellos glatte Stirn. Genoveva griff rasch nach ihrer Hand und drückte sie.

»Meine Mutter hat die besten Truppen Brüssels zu unserem Schutz angeworben. Uns wird nichts passieren. Dort, wo die Kämpfe stattfinden, werden wir uns gar nicht aufhalten, glaub mir«, erklärte sie mit mehr Selbstsicherheit, als sie tatsächlich verspürte. Es war Winter, nicht alle Söldner hielten sich in den Lagern ihrer Dienstherren auf. Ständig hatten die Postreiter mit marodierenden Truppen zu tun, die hinter jedem Strauch lauern konnten und alles und jeden überfielen, der es wert zu sein schien, ausgeblutet zu werden.

Im Grunde hat Annabelle recht, erkannte Genoveva. Das, was ihre Mutter plante, war nicht nur gefährlich, es kam geradezu einem Selbstmordkommando gleich.

»Wie lange wollt ihr denn fortbleiben?« Mit einem bestickten, weißen Taschentuch tupfte sich Annabelle die Nase.

»Einen Monat, vielleicht zwei.«

»Ihr solltet den Krieg den Männern überlassen, Mademoiselle von Taxis«, meldete sich Editha zu Wort.

»Meine Mutter schaut lieber selbst nach dem Rechten, sie …«

»Ich kann meiner Verlobten nur beipflichten.« Graf von Egmont trat nun zu ihnen ans Sofa und legte Editha eine Hand auf die Schulter. »Weiber haben im Krieg nichts verloren. Ihr werdet mehr Schaden anrichten als der Unternehmung nutzen.«

Genoveva wollte etwas Passendes erwidern, etwas, das dem Mann seine vermessene Arroganz klarmachte und ihn ruhigstellte, aber wie meistens, wenn sie sich auf ein Wortgefecht einlassen wollte, fiel ihr nichts ein.

»Habt Ihr Gräfin Alexandrine von Taxis bereits kennengelernt, werter Vetter?«, fragte Annabelle mit Unschuldsmiene.

»Nein«, noch immer behielt der Graf seinen blasierten Unterton bei und fegte sich einige Fussel vom Wams, wo gar keine waren.

»Dann maßt Euch auch nicht an, über die Generalpostmeisterin des Heiligen Römischen Reiches zu urteilen. Auch Ihr wollt schließlich Eure Briefe pünktlich und sicher erhalten, nicht wahr?«, wies sie ihn zurecht.

Genoveva erfreute sich einen Moment lang an den herunterfallenden Mundwinkeln des Grafen, dann spürte sie Annabelles schlanke Finger am Handgelenk.

»Komm, Genoveva, lass uns in den Garten gehen und etwas frische Luft schnappen, mir wird es hier zu stickig.« Sie warf dem Grafen von Egmont einen letzten, missbilligenden Blick zu, der Editha nach Luft schnappen ließ, und Genoveva konnte sich ein Lächeln nicht mehr verkneifen. In aller Ruhe stand sie auf, genoss noch kurz die betretene Stille im Raum, raffte ihre Röcke und folgte Annabelle in das riesige Treppenhaus des Palais.

Die Tür fiel ins Schloss, Genoveva griff nach Annabelles Hand und formte mit den Lippen ein lautloses Dankeschön. Annabelle kicherte, wurde aber gleich wieder ernst. »Ich kann den Grafen nicht ausstehen«, flüsterte sie, und ihre Absätze klackerten auf den Marmortreppen, als sie nach unten liefen. »Er hält alle für minderbemittelt, sogar meine Schwester, obwohl sie bald heiraten werden, und sie lässt sich seine ständige Herablassung auch noch bereitwillig gefallen, kannst du dir das vorstellen?«, plapperte Annabelle vor sich hin und pustete sich eine Strähne, die sich aus ihrem Dutt gelöst hatte, aus dem Gesicht. »Seine selbstherrliche und arrogante Art ist geradezu abstoßend.«

Genovevas Schritte wurden langsamer. »Noch so einer …«

Auch Annabelle blieb nun stehen und musterte ihre Freundin. »Ich werde das Gefühl nicht los, dass du mir noch etwas erzählen musst«, bemerkte sie mit einem immer breiter werdenden Grinsen. »Und ich habe auch schon eine wunderbare Idee, wo wir das am besten tun können.«

»Ach ja?«, zweifelte Genoveva. Immer, wenn Annabelle eine wunderbare Idee hatte, heckte sie etwas aus, das sich ganz und gar nicht ziemte. Auch wenn Annabelle aussah wie ein Gemälde, das geradezu perfekte Abbild einer vorbildlichen Grafentochter, führte sie stets irgendetwas im Schilde, das sie als adelige Jungfrau eigentlich unterlassen sollte. Oder als Frau, gleichgültig, welcher Herkunft.

Graf von Arenberg war zumeist an den Höfen im weit entfernten Spanien oder auf einem der vielen Kriegsschauplätze unterwegs, die die Habsburger mit der halben Welt unterhielten, und Annabelle und ihre sieben Jahre ältere Schwester Editha waren mit Ammen und Zofen groß geworden. Ihre Mutter war kurz nach Annabelles Geburt verstorben. *Vielleicht ist es auch dieser Schicksalsschlag, der Annabelle und mich so sehr verbindet,* dachte Genoveva. Sie beide hatten in ihrem bisherigen Leben mehr Bedienstete gesehen und um sich gehabt als ihre eigenen Eltern. Einsamkeit war schon, seit sie denken konnte, Genovevas treuer Begleiter gewesen, und sie vermutete, dass es Annabelle ebenso ergangen war.

»Wann hast du das letzte Mal etwas Verbotenes getan?«

Spitzbübisch war Annabelles Lächeln, aber noch ehe Genoveva antworten konnte, zog ihre Freundin sie auch schon weiter.

5.

Palais von Arenberg

Genoveva

Sie querten die Eingangshalle des Palais, liefen vorbei an den hohen Marmorsäulen des Hauptportals, dorthin, wo keine Kerzen mehr die Räume erleuchteten, wo keine Gobelins und Vertäfelungen die Wände schmückten und die Herrschaft kaum jemals einen Fuß hinsetzte. Die Wirtschaftsräume, das Reich des Gesindes im Palais von Arenberg, waren genauso schlicht wie die Herrschaftsräume prunkvoll, und Genoveva wartete insgeheim darauf, dass sie jeden Moment ein echauffiertes Räuspern einer der Diener oder Mägde aufhalten würde.

Sie passierten einige Zwischenräume, in denen das Geschirr der Familie fein säuberlich gestapelt in Schränken lagerte, unzählige Bronzeteller und Kelche, das chinesische Porzellanservice, das ein Vermögen wert war, vergoldete, riesige Servierplatten, die mit Bändern an den Holzregalen befestigt waren und die Genoveva einige Atemzüge lang bestaunte, ehe Annabelle sie weitertrieb. Im hintersten Raum, kurz vor dem Ausgang zum Garten, saß der griesgrämige Diener, der Genoveva zur Haustür hereingelassen hatte, und polierte im Licht einer funzeligen Trankerze das Silberbesteck.

Er hob den Blick, als er die Schritte der Mädchen hörte, deutete mit unbewegter Miene ein Kopfnicken an und widmete sich, ohne ein Wort zu verlieren, wieder seiner Arbeit. Offenbar war es nicht das erste Mal, dass Annabelle seinen Weg in den Gesinderäumen kreuzte.

Dann traten sie ins Freie, die feuchte Dezemberluft kroch sofort unter Genovevas Kleider und ließ sie frösteln. Sie blieb einige Momente lang stehen wie ein störrischer Esel, rieb sich die Arme, wollte zurück ins Haus und von der Dienerschaft ihren Mantel verlangen, aber Annabelle zog sie einfach weiter durch die Gartenanlage des Stadtpalais der von Arenberg. Abgeräumte Blumenbeete wechselten sich mit kahlen Apfel- und Kirschbäumen ab, an denen noch vereinzelte, braune Blätter hingen, dazwischen Kieswege, die bei besserem Wetter zum Flanieren einluden. Im Vorbeigehen griff Annabelle hinter eine der Engelsfiguren aus Sandstein entlang des Pfades, die neu waren und deshalb noch hell aus dem braunen Einerlei des winterlichen Gartens hervorstachen. Mit spitzen Fingern förderte sie ein dunkles Beutelchen zutage und lief dann weiter auf das Stallgebäude zu, das einen kleinen Innenhof umschloss. Der Geruch von Pferdemist schlug ihnen entgegen, vereinzeltes Schnauben war hinter der geschlossenen Stalltüre zu hören. Ein Windstoß trieb trockenes Laub und Äste in ihre Richtung und wirbelte sie um ihre Röcke. Selbst an einem so sauberen Ort wie dem Palais von Arenberg fand sich in den hintersten Ecken noch etwas Unrat, mit dem der Wind spielen konnte. Das Gerippe einer halb zerlegten, nur notdürftig mit einer Plane verdeckten Kutsche stand in einer Ecke, einige verrostete Wagenräder lehnten an der Stallwand, und die verwitterten Speichen lagen teils herausgebrochen auf der Erde.

»Hier sind wir ungestört«, erklärte Annabelle, zufrieden mit der Wahl ihres Verstecks. »Außer einigen Stallknechten verirrt sich niemand hierher. Und die verraten uns nicht.«

Genoveva rieb sich die Nase. »Ungestört wobei eigentlich?«

Annabelle beugte sich nach vorne und schüttelte den Beutelinhalt in den Kies: eine Pfeife, ein kurzer Stößel, Feuerstein und Zunderschwämmchen und ein weiteres, noch kleineres Beutelchen, das Annabelle sofort an sich nahm.

»Woher hast du das alles?«, wollte Genoveva flüsternd wissen, auch wenn es dafür keinen Grund gab, weil sie vollkommen alleine im Hof standen.

»Von Friedrich, unserem ehemaligen Kutscher, erinnerst du dich an ihn? Der Alte schläft, stundenlang. So tief, dass man ihm sogar seine geliebte Pfeife entwenden kann, ohne dass er es bemerkt.« Annabelle kicherte, etwas zu hoch und zu schrill. Sie war nervös. Beide waren sie nervös, denn sie taten etwas Verbotenes. Die Pfeife zu rauchen, mochte in den letzten Jahren in Mode gekommen sein, vor allem reiche Kaufleute und der Adel hatten Gefallen daran gefunden, jedoch war der Genuss des Tabaks nur Männern vorbehalten.

Großzügig stopfte Annabelle die klebrig braunen Blättchen in den runden Pfeifenkopf und ließ dabei achtlos einige zu Boden segeln. Mit dem Fingerknöchel drückte sie die Masse fest, roch daran und verzog das Gesicht.

»Woher weißt du, wie man eine Pfeife stopft?«, wollte Genoveva wissen, die jeden von Annabelles Handgriffen aufmerksam verfolgte. Diese wandte sich mit gespielter Empörung Genoveva zu. »Nur weil ich nicht jede freie Minute meines Lebens in einer düsteren Schreibstube kauere, heißt das noch lange nicht, dass ich auf den Kopf gefallen bin. Tabak rein, feststopfen, anzünden, fertig. Was soll da schon dabei sein?«

»Lieber in einer Schreibstube kauern als im Salon Blümchen sticken«, entgegnete Genoveva, musste jedoch grinsen.

»Blümchen sticken kannst du doch gar nicht«, murmelte Annabelle, während sie die gestopfte Pfeife kritisch beäugte. Ein beiläufiger Kommentar, als Scherz gemeint, doch sie hatte recht.

»Und ich werde mich auch weiterhin weigern, es zu lernen. Ich kann schreiben, rechnen, denken. Mehr brauche ich nicht«, trotzte Genoveva.

»Manchmal redest du schon wie ein Mann …«

Eigentlich gefiel Genoveva der Gedanke. »Apropos Mann. Der Truppenführer, den meine Mutter beauftragt hat … was für ein entsetzlicher Mensch! Er ist genauso wie Graf von Egmont, nur hässlicher und ungehobelter.«

»Ich muss gestehen«, erwiderte Annabelle, »ich glaube, alle Männer sind so. Herrschsüchtig, arrogant, ohne Manieren … wie war noch einmal sein Name?«

»Sigismondo Sfondrati«, Genoveva äffte die tiefe Stimme des Generalkapitäns nach, streckte die Nase dabei hoch in die Luft, breitete ihre Arme aus und richtete ihre Worte gen Himmel. »Darf ich vorstellen, der klügste, mächtigste und erfahrenste Feldherr der Welt, Seine Durchlaucht, Sigismondo Sfondrati.«

Annabelle prustete los.

»Erst hält er mich für ein dummes Kind, aber sobald ich eine Erklärung für seine Berechnungen von ihm fordere, wird er zornig. Außerdem hat er eine hässliche Narbe im Gesicht und furchtbar lange, dunkle Haare, wie ein Stallbursche.«

»Und was hast du mit ihm zu tun?«, wollte Annabelle wissen.

»Er ist mein Begleitschutz auf der Reise«, murmelte Genoveva, während sie in die Hocke ging und sich Feuerstein und Zunderschwämmchen auf dem Boden zurechtlegte. »Meine Mutter bestand darauf, dass ich einen Leibwächter erhalte … Was gibt es denn da bitte zu grinsen?«, fuhr sie ihre Freundin an.

»Wenn mich nicht alles täuscht, sind die Sfondratis ein bedeutendes italienisches Adelsgeschlecht. Und Sigismondo Sfondrati ein Junggeselle«, gab Annabelle zu bedenken.

»Und wennschon? Er kann der König von Frankreich sein, er muss nur seinen Auftrag erfüllen, der Rest interessiert mich nicht«, tat Genoveva den Einwurf ihrer Freundin ab.

Dennoch brachten sie Annabelles Worte ins Grübeln. Aber nein, es war nichts weiter als ein Zufall, dass ausgerechnet dieser Mann ihr Schutzbeauftragter war. Sie hatte doch die Diskussion zwischen Rubens und ihrer Mutter mit eigenen Ohren verfolgt.

»Typisch Taxis«, seufzte Annabelle und begutachtete Genovevas Vorbereitungen. »Bereit?«, fragte sie.

Genoveva nickte und begann, zügig mit dem Feuerstahl gegen den Feuerstein zu schlagen, um Funken zu erzeugen. Ein Weilchen dauerte es, Annabelle warf einige nervöse Blicke über die Schultern, denn auf der anderen Seite des Stalls erscholl der Hufschlag mehrerer Pferde, Rufe, ein Wiehern. Dann endlich stob ein Funke auf das kleine Zunderschwämmchen, es begann zu schwelen, und Genoveva steckte es eilig in den Pfeifenkopf. Ein dünnes Fähnchen süßlichen Qualms stieg auf. Genoveva warf ihrer Freundin einen unsicheren Blick zu.

»Ich glaube, wir müssen daran ziehen«, erklärte Annabelle mit konzentrierter Miene, setzte den Pfeifenhals vorsichtig an die Lippen und saugte ein wenig daran. Nichts passierte.

»Du musst stärker ziehen«, drängte Genoveva, und Annabelle atmete tiefer ein. Ein Moment verstrich, und noch einer. Dann begann sie aus voller Kehle und immer wieder nach Luft schnappend zu husten.

Lachend nahm Genoveva die Pfeife an sich und zog selbst daran. Auf ihre Zunge legte sich ein bitterer, rauchiger Geschmack, und augenblicklich spürte sie ein entsetzliches Kratzen in der Kehle. Auch sie musste unkontrolliert husten, während Annabelle ihr die Pfeife abnahm und ein weiteres Mal gierig daran zog.

Als sich Genoveva ein wenig beruhigt hatte und Annabelle ihr auffordernd die Pfeife entgegenstreckte, versuchte auch sie es erneut. Solange sie es vermochte, behielt sie den Rauch in ihrem Mund, dann stieß sie ihn würgend wieder aus.

»Was macht ihr da?«, eine herrische Stimme erscholl am anderen Ende des Hofs. Mit tränenden Augen blickte Genoveva in die Richtung des Fragestellers, sah jedoch nur die Umrisse eines Mannes, der eiligen Schrittes näher kam. Als Genoveva ihn erkannte, schloss sie resigniert die Augen.

»Seid ihr denn vollkommen verrückt geworden?« Sfondrati entriss Genoveva die Pfeife, die diese ohne Widerstand hergab.

Annabelle war mit einem Mal ungewöhnlich blass um die Nase. »Wer …«, begann sie mit dünner Stimme und räusperte sich dann, aber der Generalkapitän kam ihr zuvor.

»Sigismondo Sfondrati, Generalkapitän König Philipps des Vierten von Spanien, zu Euren Diensten.«

»Comtesse Annabelle von Arenberg«, stellte Genoveva ihre Freundin vor, blinzelte, denn der Boden unter ihren Füßen schien sich plötzlich zu wölben. Sie blickte verwirrt auf ihre Schuhe und ruderte leicht mit den Armen, denn sie fürchtete zu fallen. Sfondrati griff nach ihrem Ellbogen und hielt sie fest.

Genoveva wunderte sich über die angenehme Wärme seiner Hand, die durch den dünnen Stoff ihres Kleides drang, und drehte sich langsam und bedacht zu Sfondrati um, denn bei jeder schnellen Bewegung wurde ihr schwindlig. Aus irgendeinem Grund schien er wütend zu sein.

»Eure Mutter sucht Euch, Comtesse, sie wird gleich hier sein«, wie aus weiter Ferne klang seine Stimme in ihrem Ohr, der Verdruss darin entging ihr jedoch nicht. Genoveva suchte nach einer Antwort und schluckte, denn plötzlich war ihr furchtbar übel. Ihr Blick fiel auf Annabelle, die mehrmals mit geöffnetem Mund tief ein- und ausatmete.

»Annabelle?« Genoveva schüttelte sie leicht an der Schulter.

»Mir ist gar nicht gut«, murmelte diese mit geschlossenen Augen.

»Herr im Himmel!«, stieß Sfondrati leise hervor und zog plötzlich ein oder zwei Mal an der Pfeife. Er blies den Rauch in einer großen Wolke vor die Mädchen und nahm dann einige Schritt Abstand von ihnen.

Eine zweite Silhouette erschien im Hofeingang, diesmal erkannte Genoveva sie sofort. Die Gräfin von Taxis näherte sich ihnen mit in die Hüften gestemmten Händen.

»Was um alles in der Welt macht ihr hier?«, verlangte sie barsch zu wissen. »Wo sind die Kalkulationen, und wieso hast du Emile alleine zurück in die Schreibstube geschickt?«

Eines von Annabelles kleinen Schoßhündchen flitzte zu ihrer Überraschung auf sie zu und begann, aufgeregt japsend um die Röcke seines Frauchens zu springen. »Selbst Eure Schwester wusste nicht, wo Ihr Euch aufhaltet, Comtesse von Arenberg«, schalt Genovevas Mutter weiter.

Statt zu antworten, ging Annabelle in die Knie, streichelte den Kopf des Spaniels und ließ sich das Gesicht von ihm ablecken.

Genovevas unsicherer Blick irrte einen Moment zum Generalkapitän, der ein weiteres Mal an der Pfeife zog und den Rauch diesmal in kleinen Ringen in die Luft steigen ließ.

Alexandrines Augen verengten sich, schweiften zwischen den beiden Mädchen und dem Soldatenführer hin und her.

»Annabelle wollte mir ihren neuen Reitsattel zeigen«, log Genoveva schließlich und gab sich dabei alle Mühe, ihre Stimme wie immer klingen zu lassen. Dennoch wurde sie das Gefühl nicht los, dass ihre Mutter ihr kein Wort glaubte. Die Gräfin wandte sich an Sfondrati, doch nicht etwa, um das Wort an ihn zu richten, sondern lediglich, um ihm einen vernichtenden Blick zuzuwerfen.

»Wir fahren zurück zur Poststation, ich nehme an, du möchtest mich begleiten?«, erklärte die Gräfin.

»Selbstverständlich, Maman«, beeilte Genoveva sich zu sagen, raffte ihre Röcke und eilte mit unsicheren Schritten zu ihrer Mutter. Sfondrati folgte ihnen in einigem Abstand.

»Ich zahle Euch nicht horrende Summen, damit Ihr meine Tochter belästigt und ihr auch noch solche Unarten wie das Pfeiferauchen beibringt«, warf ihre Mutter ihm vor, als er fast auf gleicher

Höhe mit der Gräfin war. »Ich warne Euch, Sfondrati. Wenn ich noch einmal das Gefühl bekomme, Ihr könntet Euch unpassend benehmen, seid Ihr Euren Auftrag schneller los, als Ihr ein Ave-Maria aufsagen könnt.«

Aber ihr Zorn prallte an dem Truppenführer ab. Unbeeindruckt zog er ein weiteres Mal an der Pfeife und ließ den Rauch genüsslich aus seinem leicht geöffneten Mund aufsteigen.

»Seid unbesorgt, Gräfin«, versicherte er. »Ich pflege ohnehin nicht zu beten. Und Ihr tätet gut daran, in Zukunft ein besseres Auge auf Eure Tochter zu haben.«

Entweder war ihre Mutter bereits zu weit entfernt, sodass ihr die unverschämte Antwort entgangen war, oder aber sie überhörte den Kommentar geflissentlich.

Sfondrati begleitete Genoveva nicht in Richtung des Hauptportals, wo die Kutsche der Taxis zwischen den steinernen Zaunpfählen zu sehen war, sondern spazierte langsam in Richtung des Stalls davon. Im Vorbeigehen raunte er Genoveva zu: »Ihr steht in meiner Schuld, Comtesse.«

Genoveva ignorierte seine Worte und entriss dem Diener, der nach draußen in den Garten gekommen war und unauffällig hinter ihnen herlief, ihren Mantel. Dann warf sie Annabelle einen entschuldigenden Blick zu, den diese mit glasigen Augen erwiderte, und hastete zur Kutsche, in der ihre Mutter bereits mit Grabesmiene auf sie wartete.

6.

Dormagen, Februar 1634

Genoveva

Seit mehr als einer Woche waren sie nun schon unterwegs, und mittlerweile hatte Genoveva eine stoische Gleichgültigkeit entwickelt gegenüber den Beschwerlichkeiten, die das Leben auf der Straße mit sich brachte. Am ersten Abend hatte sie kaum ein Stöhnen unterdrücken können, als sie nach endlosen Stunden des Reitens mit steif gefrorenen Gliedern aus dem Sattel ihres Pferdes gerutscht und die Knie einfach unter ihr weggeknickt waren. Bevor sie vor den Augen der gesamten Gesellschaft auf allen vieren im Dreck hätte landen können, hatte Sfondrati sich allerdings vor sie gestellt und sie so unauffällig am Arm festgehalten, dass niemand ihr Malheur bemerkte. Vermutlich waren Sfondrati auch die Tränen der Erschöpfung nicht entgangen, die Genoveva sich hastig aus den Augenwinkeln geblinzelt hatte. Den stummen Dank, den Genoveva ihm sandte, hatte er mit einem kaum merklichen Nicken erwidert.

Seitdem hatte sie gelernt, mit ihrem ewig schmerzenden, wund gerittenen Gesäß und den zitternden Beinen zu leben. Noch nie hatte sie so viele Stunden auf dem Rücken eines Pferdes verbracht. Sie hatte sich auch an den vom Regen vollgesogenen Reitmantel gewöhnt, der einfach nicht mehr trocken werden wollte, an den wässrigen Eintopf und das alte Brot, das man ihnen in den Herbergen kredenzte, und an die verdorbenen, schmalen Strohbetten, die sie sich mit ihrer Mutter jeden Abend teilte.

Und sie hatte sich an den Schatten gewöhnt, der sie seit ihrem Aufbruch in Brüssel auf Schritt und Tritt begleitete.

Sfondrati wich niemals von Genovevas Seite, passte unterwegs sein Pferd stets an ihr Reittempo an, bezog in den Gasthäusern und Herbergen jede Nacht das Zimmer neben dem ihren. Und war Genoveva zu Anfang seine ständige Gegenwart noch unangenehm gewesen, hatte sie sich mittlerweile daran gewöhnt.

Aber obwohl er sich stets in Genovevas Nähe aufhielt, war es offensichtlich, dass er der Anführer der Söldnertruppe war. Ruhig, jedoch unmissverständlich erteilte er seinem Dutzend Männer Befehle, hatte es aber seinem Obristen überlassen, die Vorhut zu bilden und die Vorstöße in die Poststationen zu koordinieren, während er bei Genoveva und ihrer Mutter zurückblieb. Die Männer hatten Respekt vor Sfondrati und fügten sich stumm seinen Befehlen. Einzig der Obrist diskutierte unterwegs gelegentlich die Tagesetappen und die Vorgehensweise, mit der sie sich die Poststationen wieder zu sichern gedachten.

Obwohl sie schon viele Tage Seite an Seite mit dem Generalkapitän geritten war, hatte Genoveva bislang kaum ein Wort mit ihm gesprochen. Zwar unterhielt sich Sfondrati viel und ausführlich mit ihrer Mutter, Genoveva bedachte er jedoch lediglich mit prüfenden Blicken, versicherte sich, dass sie die langen Ritte durchhielt und dass sie sich niemals zu weit von der Gruppe entfernte.

Ob das eherne Schweigen zwischen ihnen herrschte, weil Sfondrati Genoveva nach wie vor als lästiges Kind betrachtete, welches es um des Soldes willen zu hüten galt, oder weil er ihrer Mutter nach deren deutlicher Warnung bezüglich seines Verhaltens im Palais von Arenberg keinerlei Grund des Anstoßes mehr liefern wollte, wusste Genoveva nicht. Jedenfalls waren ihre Tagesetappen schweigsam verlaufen, einsam fast, und mehr als einmal hatte Genoveva sich gefragt, warum ihre Mutter sie überhaupt mitgenommen hatte.

Bereits zwei der kürzlich verlorenen Stationen hatten die Söldner wieder unter die Hoheit der Taxis gebracht, jedoch hatte es selbst nach der Sicherstellung der Stationen keine Aufgaben für Genoveva gegeben. Geradezu vorbildlich waren dort die Bücher geführt worden, und ohne Probleme hatte Alexandrine einen der Postangestellten, die ihre Unternehmung begleiteten, als Interimspostmeister einsetzen können. Die meisten von ihnen waren ohnehin ebenjene Postmeister, die von den Schweden vor einigen Monaten vertrieben worden waren. Gerard Vrints zum Beispiel war einer von ihnen. Schon vor vielen Monaten hatte er die Frankfurter Poststation räumen müssen und kämpfte nun mit einem geradezu fanatischen Elan gegen die schwedischen Besatzer.

Die wieder eingesetzten taxischen Postmeister würden nun die schwedischen Bücher in die taxischen überführen, die nächsten Postreiter der Reichspost in Empfang nehmen und sicherstellen, dass keinerlei Reiter der königlich-schwedischen Post mehr die Station bedienen konnten.

Alexandrines Strategie, einen winterlichen Feldzug zur Rückeroberung ihrer Poststationen zu führen, hatte sich als äußerst erfolgreich erwiesen, denn keiner der von den Schweden eingesetzten Postmeister hatte mit einem Angriff gerechnet. Und angesichts einer Gruppe kampflustiger, bis an die Zähne bewaffneter Kavalleristen hatten sie die Stationen ohne großen Widerstand übergeben.

Genoveva war überrascht gewesen, mit welcher Selbstverständlichkeit die Männer in die Gebäude eingedrungen waren, Drohungen ausgesprochen und die dort eingesetzten Dienstleute der Schweden vor die Tür gesetzt hatten. Geradezu routiniert war ihr das Vorgehen der Männer erschienen.

Dann hatte sie verstanden, dass das Kriegsgeschäft weit mehr war als nur der Kampf Mann gegen Mann auf dem Feld. So zumindest kannte sie es aus Heldengeschichten und den wenigen Kriegsberichten, die sie heimlich und versteckt vor ihrem Hauslehrer in der Taxisbibliothek gelesen hatte.

Aber auch wenn bis zu diesem Tag der gesamte Feldzug reibungslos verlaufen war, hatte Genoveva an diesem Morgen ein mulmiges Gefühl.

Sie waren besonders früh aufgebrochen. Nachts hatte es viel geregnet, der Nebel hing zwischen den Stämmen, die Wipfel schienen im noch dunklen Himmel zu verschwinden, und die braunen Wiesen waren schwer von Nässe. Kurz nach ihrem Aufbruch war der Regen in Schnee übergegangen, der zwar nicht liegen blieb, aber die Wege in braunen Morast verwandelte, der vom Hufschlag der Pferde bis zu den Knien der Reiter hochspritzte. Es war noch nicht viel los auf den Straßen, und sie konnten ein strammes Tempo reiten. Oftmals waren die Wege, die sie die letzten Tage über benutzt hatten, große Handelsstraßen gewesen, auf denen ihnen ein beständiger Strom von Händlern, Vaganten, Mönchen oder anderen Reisenden entgegengekommen war. Genoveva hatte bemerkt, dass jedermann sie mied und die Leute sich bei ihrem Anblick nicht selten sogar an den Wegesrand verzogen. Erst später war ihr klar geworden, wie viel Misstrauen und Angst die zwei edel gekleideten Frauen mit einem ganzen Trupp an Waffenträgern auf ihren riesigen Schlachtrössern bei den anderen Reisenden hervorrufen mussten.

Heute nun wollten sie die letzte Station vor Köln zurückerobern und damit die Route bis zur freien Reichsstadt wieder gänzlich unter die Herrschaft der Taxis stellen.

Bisher hatten sie nicht viel vom Krieg gesehen. Nur eine Handvoll ausgebrannter Häuser und Bauerndörfer hatten sie passiert, aber selbst dort hausten noch Menschen, nicht nur zurückgelassene Greise, sondern auch junges Volk, Familien mit Kindern, die bereits mit dem Wiederaufbau der Gebäude begonnen hatten.

Einmal waren sie an einer Gruppe Eichen vorbeigeritten, an denen mehrere Leichen baumelten, und das bereits seit einer Weile, denn Ungeziefer hatte sich über die Körper hergemacht. Genoveva hatte nur kurz dem Reiz des Schrecklichen nachgegeben und einen

Blick riskiert, ehe sie wieder den Kopf gewandt und stur auf ihre behandschuhten Hände geblickt hatte, die sich um den Sattelknauf krampften.

Keiner hatte gesprochen.

Und nun waren sie in Dormagen. In zwielichtigem Grau lag die Station vor ihnen, und jedem war sofort klar, dass irgendjemand den Postmeister gewarnt haben musste. Denn feindselig und trutzig begrüßte sie das verriegelte Tor zum Posthof, und die wenigen Fenster, die nach draußen zur Straße hin lagen, waren mit Holzbrettern vernagelt. Schwaches Licht drang durch die Ritzen, und aus dem Kamin stieg eine dünne Rauchfahne in den Morgenhimmel. Man erwartete sie bereits.

Gedämpft beriet sich Sfondrati mit seinem Obristen. Genovevas Mutter schloss zu ihnen auf und mischte sich lautstark ein. Sie beharrte darauf, bei der bewaffneten Eroberung dabei zu sein. Genoveva beobachtete ein kurzes Wortgefecht zwischen ihrer Mutter und dem Generalkapitän, ehe dieser mit verärgerter Miene nickte, sein Pferd wendete und auf Genoveva zuhielt.

»Wir verstecken uns abseits der Straße!«, rief er ihr von Weitem zu und bedeutete ihr, ebenfalls ihr Pferd zu wenden.

»Aber was ist mit meiner Mutter?«, wandte Genoveva ein und suchte den Blickkontakt mit ihr. Nur einen Lidschlag lang hielt diese den Blick ihrer Tochter fest, ein stummes Nicken, ein verhaltener Gruß mit der Hand, dann wandte sich die Gräfin ab.

Genoveva drückte die Fersen in die Flanken ihrer Stute, sie wollte zu ihrer Mutter aufschließen, sie musste mit ihr sprechen, sie davon abhalten, bei den Kämpfen zugegen zu sein. Es war zu gefährlich, viel zu gefährlich, ihre Mutter war doch vollkommen wehrlos.

Doch hart griff Sfondrati in ihre Zügel und brachte so die aufgebracht wiehernde Stute zum Stehen, noch ehe diese richtig angaloppiert war.

»Was habe ich Euch gesagt, Comtesse!«

Seine Worte waren so scharf, sein Blick so zornig, dass Genoveva es nicht wagte, sich ihm zu widersetzen. Sie überließ ihm die Zügel, ihre Stute folgte dem Generalkapitän nur zu bereitwillig, und in leichtem Trab verließen sie das Dorf, bis sie die ersten Waldausläufer hinter einem verwüsteten Bauernhof erreichten.

»Wir warten hier«, erklärte er knapp. Er lenkte beide Pferde hinter die kahlen Äste einer Bauminsel inmitten brachliegender Felder. Wie dürre Finger, die in den Himmel wiesen, wurden die Büsche von dem allmählich aufkommenden, eisigen Schneewind hin und her gepeitscht. Außer dem Heulen des Windes, der durch die ausgebrannten Fensterlöcher des Gebäudes pfiff, hörten sie nichts.

Das Knallen von Schüssen zerriss nach wenigen Atemzügen die Stille, gefolgt von Schreien, die durch die Morgendämmerung hallten. *Maman wird nichts passieren, sie hat doch ihren Begleitschutz,* redete Genoveva sich ein. Aber ein verstohlener Blick aus dem Augenwinkel genügte, damit sich ihr Magen schmerzhaft zusammenzog. Denn anders als sonst hatte der Generalkapitän einen angespannten Gesichtsausdruck. Die Lippen fest aufeinandergepresst, zeigte sich eine steile Falte zwischen seinen Augenbrauen, die ihr sonst noch nie aufgefallen war.

Stumm saßen sie in ihren Sätteln, lauschten dem nicht abebben wollenden Geschrei, und Genovevas Beine begannen so stark zu zittern, dass ihre Stute unruhig wurde und hin und her tänzelte. Sie schloss die Augen und versuchte, ihre Anspannung und Angst mit einigen tiefen Atemzügen aus dem Körper weichen zu lassen. Dann hielt sie inne.

Leise, aber deutlich mischte sich Hufschlag unter den Kampfeslärm, und beängstigend schnell schwoll er an. Genoveva reckte den Hals. Zwischen den Zweigen hindurch konnte sie eine Handvoll Reiter ausmachen, die sich von der Straße her, tief über die Hälse der Pferde gebeugt, in gestrecktem Galopp ihrem Versteck näherten.

Sofort zog Sfondrati sein Schwert und hielt einen Arm schützend vor Genoveva.

»Runter vom Pferd!«, befahl er leise, ohne den Blick von den Reitern zu nehmen.

Genoveva rührte sich nicht. Was Sfondrati da verlangte, machte überhaupt keinen Sinn. Wieso jetzt absteigen? Sollte sie fliehen müssen, wäre sie auf diesem morastigen Boden zu Pferd doch viel schneller als zu Fuß.

»Hört Ihr nicht? Runter vom Pferd!«, drängte Sfondrati.

»Wieso sollte ich?«, erwiderte Genoveva verständnislos, aber dann war es bereits zu spät. Einer der Reiter wandte wie zufällig den Kopf und starrte in ihre Richtung. Nach kurzem Zögern löste er sich aus der Gruppe und ließ sich zurückfallen.

»Was habe ich gesagt?«, herrschte Sfondrati sie an. Genoveva zuckte zusammen und rutschte aus dem Sattel. Er tat es ihr gleich, packte sie an der Schulter und zerrte sie hinterhalb der Pferde ins Gebüsch.

Der Fremde gab seinem Tier die Sporen und hielt im Galopp auf sie zu.

Fluchend drängte Sfondrati Genoveva so tief in die Sträucher, dass die Zweige ihr schmerzhaft in den Rücken stachen. Der Rest der Reiter hatte sich mittlerweile aus ihrem Blickfeld entfernt und folgte weiterhin der Straße, die direkt zur Poststation führte.

Mittlerweile war das Trommeln des Hufschlags auf der Grasnarbe bedrohlich nah gekommen. Der Reiter zügelte sein Pferd, und als wäre dessen aufgebrachtes Schnauben ein Zeichen für Sfondrati, trat dieser vor das Gebüsch.

Auch wenn Genoveva im ersten Tageslicht das Gesicht des Fremden nicht genau erkennen konnte, sah sie doch dessen zufriedenes Lächeln, das immer breiter wurde, je länger sein Blick auf Genoveva ruhte. Sie senkte den Kopf und begann, lautlos zu beten.

»Ich störe Euch wohl bei Euren Vergnügungen?«, fragte der Mann auf Deutsch mit aufgesetzter Freundlichkeit, und Genoveva meinte, etwas Lüsternes in seinem Tonfall zu vernehmen. Schlagartig wurde ihr übel.

»In der Tat, Ihr stört«, antwortete der Generalkapitän, ebenfalls auf Deutsch, und Genoveva wunderte sich einen Moment lang, wie gut er diese Sprache beherrschte.

»Dann lasst Ihr mich wohl teilhaben an Eurem sicher wohlverdienten Preis?«

»Scher dich zum Teufel«, erwiderte Sfondrati mit rauer Stimme, noch bevor der Fremde den letzten Satz beendet hatte. Genoveva konnte von hinten sehen, wie sich Sfondratis gesamter Körper spannte, wie er leicht in die Knie ging, jederzeit bereit, einen Angriff abzuwehren.

»Ich weiß nicht, wer die junge Dame ist, aber das Geld, das sie besitzt, rieche ich bis hierher«, plauderte der Mann, als hätte er Sfondratis Forderung überhaupt nicht gehört. »Ich denke, sie sollte mich ein Stückchen begleiten.«

»Verschwinde!« Sfondrati sagte es diesmal so laut und deutlich, dass der Mann es beim besten Willen nicht mehr überhören konnte. Gleichzeitig brachte er das blankgezogene Schwert in Angriffsstellung.

Erst jetzt erkannte Genoveva die vielen Pistolen am Gürtel des Fremden, und auch der Generalkapitän hatte mittlerweile seine zweite Hand am Griff seiner Schusswaffe.

Das Nächste, was Genoveva wahrnahm, war ein ohrenbetäubender Knall, der sie zusammenschrecken ließ. Gleich darauf setzte ein schmerzhaft hohes Summen in ihren Ohren ein, das alle Geräusche um sie herum schluckte. Sie nahm den beißenden Geruch von Schießpulver wahr, sah, wie sich ein Handgemenge zwischen den beiden Männern entspann und ihre Stute vor der plötzlichen Bewegung scheute.

Genoveva kauerte sich tiefer in die Zweige und den aufgeweichten Erdboden, spürte ein leichtes Beben unter ihren Füßen, machte Hufe aus, die durch die Luft wirbelten, und vergrub den Kopf unter ihren Armen.

Das Donnern eines zweiten Pistolenschusses ließ Genoveva wieder aufblicken, sie sah noch den Ruck, der durch den Körper ihres Pferdes ging, und hörte ein schmerzerfülltes Wiehern. Dann knickten die Beine unter dem Tier weg. Genoveva konnte nicht schnell genug ausweichen, und der massige Pferdekörper begrub sie unter sich. Schmerz explodierte in ihrem Brustkorb, und etwas Warmes ergoss sich über ihren Hals. Genoveva wand sich, versuchte freizukommen, aber ihre linke Körperhälfte steckte fest. Immer schwerer lastete das Tier auf ihr und presste ihr die Luft aus den Lungen, sie ächzte, schaffte es nicht einmal mehr zu schreien. Lautlos schluchzte sie, presste die Lider aufeinander, denn mit jedem Atemzug wurde der stechende Schmerz in ihrem Brustkorb stärker.

Dann packte sie jemand am Arm, zerrte an ihrer Schulter, und mit einem Ruck war das Gewicht, das auf ihr lastete, verschwunden. Sie wollte sich aufrichten, aber ihr fehlte die Kraft in den Beinen dazu. Sie spürte Hände, die ihre Oberarme fest umfasst hielten und sie nicht mehr losließen.

Die dunklen, sorgenvollen Augen des Generalkapitäns tauchten vor ihr auf. »Seid Ihr verletzt, Comtesse?«, fragte er zwischen keuchenden Atemzügen. Genoveva brauchte einen Moment, ehe sie es schaffte, den Kopf zu schütteln.

Sobald Sfondratis Hände sie nicht mehr stützten, sackte sie zu Boden. Ihr ganzer Körper bebte. Sie blickte an sich hinab, sah überall Blut und hörte ein Schluchzen. Erst nach einigen Herzschlägen erkannte sie, dass sie selbst es war, die diese Geräusche von sich gab.

»Das ist nicht Euer Blut«, hörte sie eine Stimme, aber die Bedeutung der Worte kam nicht bei ihr an. »Genoveva?«

»Hm?« Sie starrte auf ihre zitternden, kalkweißen Hände, von denen Blut tropfte.

»Schau mich an«, befahl Sfondrati.

Sie blickte zu ihm auf. Er hielt ihren Blick fest und versicherte sich, dass sie ihm zuhörte. »Du gehst jetzt zu diesem Baumstumpf und setzt dich darauf. Und dann rührst du dich nicht vom Fleck. Kannst du das für mich tun?«

»Ja.« Genoveva nickte, kam unsicher nach oben, schaffte es aber, die wenigen Schritte alleine zu gehen, ehe sie auf den Baumstumpf sank. Erst jetzt nahm sie ihre unmittelbare Umgebung wieder wahr. Vor ihr lag ihre Stute, zur Seite gestürzt. Ein Schuss hatte ein hässliches Loch in ihren Kopf gefetzt. In Stößen quoll Blut und eine weißliche Masse daraus hervor. Die Beine des Pferdes zuckten noch, und seine trüber werdenden Augen fixierten Genoveva.

Sie hob den Arm, wollte Sfondrati zu sich rufen, aber dieser stand bereits vor ihr, ein Messer in der Hand.

»Schau jetzt weg«, sagte er. Genoveva schaffte es trotzdem nicht, ihren Blick von dem sterbenden Tier zu lösen, wollte die Hand ausstrecken, um es zu streicheln und zu trösten. Doch Sfondrati war schneller, und mit einer einzigen, kraftvollen Bewegung schnitt er die Kehle des Tieres auf. Nur wenige Augenblicke zuckte es noch, der Blutfluss wurde stärker, dann brachen die Augen.

Einen Moment noch hielt Genoveva ihren Blick auf das tote Tier gerichtet. Dann kam sie mit einem Ruck nach oben, taumelte zur Seite und übergab sich.

7.

Dormagen, kurze Zeit später

Genoveva

Genoveva fühlte sich elend. Ihre Beine zitterten noch immer, sie war mit einem Mal so müde und schwach, dass ihr Kopf schmerzte und ihr Blick verschwamm, fast als wäre sie betrunken. Sie wollte den säuerlichen Geschmack auf der Zunge loswerden mit einem Schluck Wein, oder auch nur mit Wasser. Mit irgendetwas, das flüssig war.

Aber es gab nichts. Denn bevor die Schutztruppe den Posthof erobern konnte, hatten die Schweden den Brunnen zugeschüttet und die Hälfte der Gebäude in Brand gesteckt. Nur mit Mühe hatten die Schutzreiter die Feuernester löschen können.

In einer schlammigen Pfütze vor dem Haupttor hatte Genoveva versucht, sich das Blut von ihrem Kleid zu waschen, es aber nach wenigen Versuchen aufgegeben. Sie hatte den Mantel enger um die Schultern gezogen, ihn bis oben hin zugeknöpft und sich notdürftig die Blutspritzer aus dem Gesicht gerieben.

Einen kurzen Moment hatte Genoveva Erschrecken auf den Zügen ihrer Mutter ausgemacht, als sie ihr derart besudelt im Sattel vor Sfondrati sitzend entgegengeritten war. Deren Augen waren über ihren Körper geglitten, hatten dann Sfondrati fixiert, und binnen weniger Atemzüge hatte sich ein stummer, aber wütender Vorwurf auf das Gesicht ihrer Mutter gelegt. Aber noch bevor sie diesem mit einem ungehaltenen Kommentar Luft verschaffen konnte, hatte der Generalkapitän bereits abwehrend die Hände gehoben und sich erklärt. Ein versprengter Trupp protestantischer Soldaten habe sie passiert, einer davon sogar bedroht. Er habe den Fremden abgewehrt, und dabei sei Genovevas Pferd in die Schusslinie geraten und verendet. Genoveva sei unversehrt, er selbst habe nur einen Kratzer aus dieser Auseinandersetzung davongetragen, behauptete Sfondrati.

Erst als Genoveva die Rechtfertigung des Generalkapitäns mit brüchiger Stimme bestätigte, hatte ihre Mutter sich mit der Erklärung zufriedengegeben.

Umständlich stieg Genoveva noch vor Sfondrati aus dem Sattel und lief auf ihre Mutter zu, um diese zu umarmen. Doch die unterkühlte, geradezu abwehrende Miene ihrer Mutter ließ ihre Schritte langsamer werden.

»Maman, ich bin so froh, dass es dir gut geht. Ich hatte solche Angst um dich«, fing Genoveva unsicher an, traute sich dann aber nicht mehr, weiterzusprechen.

»Sei nicht albern, Kind. Wofür habe ich denn die Truppen dabei«, tat ihre Mutter Genovevas Bedenken ab.

Genoveva ließ die Arme sinken. »Ich bin so durstig und müde. Können wir nicht …«, sie wollte, dass ihre Mutter sie anblickte, sie wollte, dass ihre Mutter sie anhörte, dass sie verstand, welche Angst sie gerade ausgestanden hatte.

»Dafür ist jetzt keine Zeit. Wir müssen sofort nach Köln«, erklärte diese. »Wir müssen über die weiteren Poststationen verhandeln, das weißt du so gut wie ich, Mädchen. Wenn wir die Route nicht innerhalb kürzester Zeit komplettieren, waren all unsere Anstrengungen umsonst. Willst du das etwa?«

Eine Frage, die keine Frage war. Natürlich würde Genoveva nichts tun, um den Erfolg des Unternehmens zu gefährden, vor allem nicht, indem sie irgendeiner Gefühlsduselei oder körperlichen Schwäche nachgab. Etwas, das ihre Mutter verabscheute. Aber obwohl Genoveva verstand, dass ihre Mutter vor den Männern keine Schwäche zeigen wollte, und auch wusste, dass die Zukunft der Familie von der schnellen Rückeroberung der Postrouten abhing, hatte sie dennoch auf etwas Verständnis gehofft.

Einen Herzschlag lang meinte Genoveva sogar, etwas in den Augen ihrer Mutter aufglimmen zu sehen: Wärme, vielleicht sogar Mitgefühl. Ihre Hand zuckte, als wolle sie sie auf Genovevas Scheitel legen, sie trösten, wie Mütter ihre Töchter eben trösteten. Aber die Stimme von Gerard Vrints erscholl in ihrem Rücken.

»Gräfin, wir sollten bald aufbrechen«, drängte er, und Genoveva hasste ihn in diesem Moment dafür. Der Glanz in den Augen ihrer Mutter erlosch, und sie nickte Genoveva lediglich zu und strich ihre Röcke glatt, wie sie es immer tat, wenn sie sich sammeln musste.

Ein letzter, prüfender Blick, um sicherzugehen, dass die Tochter ihre Schwäche unter Kontrolle brachte und Haltung bewahrte, vor allem vor den Postreitern. Erst als Genoveva kaum merklich nickte, wandte sich ihre Mutter um.

»Wollen wir?« Sie deutete einladend zu der Gruppe, die sich auf einer Seite des Posthofs zusammengeschart hatte. Eine Geste, die eigentlich Männern vorbehalten war, eine stumme Machtdemonstration, der der Postmeister kommentarlos Folge leistete.

Genoveva spürte ein Ziehen in ihrem Brustkorb, das ihr die Kehle hinaufstieg und sie eng werden ließ. Ein oder zwei Mal schluckte sie, blinzelte das verräterische Brennen aus den Augen und atmete mehrmals tief ein und aus, dann war das Gefühl wieder verschwunden.

Du hast es doch selbst gewollt.

Sie hatte gewusst, wie wichtig dieser Feldzug gegen die Schweden war und wie sehr ihre Mutter diesen mit aller Härte und Rücksichtslosigkeit verfolgen würde. Nicht umsonst hatte sie für eine geradezu horrende Summe eine Gruppe von Kavalleristen der Spanischen Niederlande in ihre Dienste gestellt und sogar einen Generalkapitän mit dem Schutz ihrer Tochter beauftragt. Alles hing von dem Erfolg dieses Vorhabens ab, denn ohne das Postgeschäft stand die Familie vor dem Nichts. All der Luxus in ihrem Palais in Brüssel, die wunderschönen Möbel, der Schmuck, die Kleider, das Leben, das sie kannten, würden sie dann verlieren, hatte die Mutter ihr und ihrem jüngeren Bruder Lamoral erklärt.

Einen Moment noch starrte Genoveva auf ihre von der Kälte und den stundenlangen Ritten aufgerissene Haut, die sich über ihren Fingerknöcheln spannte. Was Annabelle wohl zu ihrer heruntergekommenen Erscheinung sagen würde? Zu dem verdreckten Mantel, den zerzausten Haaren, den schwarzen Rändern unter den Nägeln?

Sie schüttelte den Gedanken ab, presste die Lippen aufeinander und blickte auf. Sfondrati beobachtete sie.

Einmal mehr verfluchte sie ihr schlechtes Augenlicht, denn sie konnte seinen Gesichtsausdruck nicht erkennen. Aber das musste sie gar nicht, sie konnte sich nur allzu gut vorstellen, was in ihm vorging. Vermutlich dachte er gerade, was für ein verweichlichtes Ding sie doch war. Zu begriffsstutzig war sie gewesen, um sich vor dem Feind zu verstecken, zu langsam, um dem fallenden Pferd auszuweichen, und beim ersten Anblick von Blut hatte sie sich übergeben. Und nun bettelte sie auch noch um die Aufmerksamkeit ihrer Mutter wie ein kleines Kind.

Vielleicht hat Annabelle doch recht, dachte sich Genoveva niedergeschlagen. *Ich bin für den Krieg nicht gemacht.*

Rasch drehte sie dem Generalkapitän den Rücken zu. Sie konnte nicht einmal sagen, wieso es sie so störte, wenn er schlecht von ihr dachte. Aber es war so.

Ganz und gar nicht damenhaft zog sie im Verborgenen das Nasenwasser hoch, rieb sich mit dem Ärmel, den sie weit über das Handgelenk hinabgezogen hatte, über das Gesicht und sah sich zum ersten Mal seit ihrer Ankunft aufmerksam im Posthof um.

Der Innenhof war quadratisch, und der schlammige Boden von unzähligen Hufen aufgeworfen. Unrat und Heureste lagen halb versunken im Dreck vor dem Gerippe der ausgebrannten Stallungen. Dorthin hatte sich auch Sfondratis Schutztruppe zurückgezogen, sich trotz der Nässe auf dem Boden niedergelassen und begonnen, ihre Waffen in Ordnung zu bringen.

Ein kleines Feuer nahe dem Eingangstor qualmte. Der beißende Rauch, der in trägen Schwaden durch den Hof waberte, stieg nur allmählich durch den Nieselregen in das Grau des Morgenhimmels auf.

Ein Grüppchen von Männern stand um es herum, sie hielten die Hände den wärmenden Flammen entgegen. Genau wie die Söldner waren sie dunkel gekleidet, die breitkrempigen Hüte hatten sie tief ins Gesicht gezogen. Es waren die Postreiter, die im Gefolge der Gräfin reisten, um die neu eroberten Poststationen sofort zu bemannen. Gedämpft unterhielten sie sich, einer machte einen Scherz, auf den raues Gelächter folgte.

Sollten Briefe oder Päckchen in den Poststationen von den Schweden zurückgelassen worden sein, würden sie diese ohne Verzögerung, nunmehr jedoch unter dem Siegel der Reichspost weiterbefördern. Das Porto wurde schließlich stets vom Empfänger gezahlt, noch nicht ausgelieferte Briefe waren also bares Geld wert, und momentan hatten die Taxis jeden Kreuzer bitter nötig. Jede der Reichspoststationen verfügte nicht nur über einen Postmeister und einen Schreiber, sondern immer auch über einen Pferdeknecht. Er war für die Handvoll Rösser verantwortlich, die an private Kunden verliehen werden konnten. Und natürlich mussten in jeder Station mindestens zwei Reiter bereitstehen, die für die Beförderung der Briefe in den Postsäcken verantwortlich waren.

Seit Genoveva denken konnte, war sie an die Gegenwart der Postreiter gewöhnt. Sie waren roh im Umgang, vernarbt an Körper und Seele, hatten harte, unnachgiebige Gesichter. Meist waren es ehemalige Soldaten, die die Truppen verlassen hatten, um taxische Postreiter zu werden. Darum waren sie auch geübt im Umgang mit Waffen, wehrhaft und gerissen. Was sie auch sein mussten, denn die Arbeit als Postreiter war nicht minder gefährlich als das Soldatendasein in den kaiserlichen Truppen. Täglich wurden sie von Räubern und Gesindel verfolgt oder sogar gestellt. Wer sich derer nicht entledigen konnte, bezahlte oft mit seinem Leben.

Gräfin Alexandrine vergütete die Reiter angemessen für ihr Risiko, jedenfalls weitaus besser, als der Kaiser seine Truppen bezahlte. Und anders als dieser stellte Genovevas Mutter sicher, dass die Männer ihren Sold immer und ausnahmslos pünktlich erhielten.

Aber nicht nur das machte den Ruf der Gräfin bei ihren Untergebenen aus. Diese sagten ihr auch nach, sie führe das Unternehmen mit harter Hand, ohne dabei willkürlich oder gar ungerecht zu werden.

Ebenso, wie sie ihre Familie führt, schoss es Genoveva durch den Kopf, als sie in das Gebäude trat und zielsicher die Poststube ansteuerte, um sich einen ersten Überblick über die Briefe und Bücher in Dormagen zu verschaffen. Erstaunlich klein kam ihr die Schreibstube vor, mehrere schmale Fenster spendeten nur spärliches Tageslicht, und irgendjemand hatte bereits einige der stinkenden Talgkerzen angezündet, die den Raum in ein warmes, heimeliges Licht tauchten. Auf dem dunkel eingelassenen, mit schlammigen Stiefelspuren übersäten Holzboden lagen einige umgeworfene Postfelleisen, aus denen zusammengeschnürte Briefpäckchen herausgepurzelt waren.

Sie hatten Glück, denn die schwedischen Besatzer hatten die Poststation verlassen, ohne sich um die Briefe zu scheren, die weiterbefördert werden mussten. Die mit ihnen zusammen gereisten Postreiter würden diese im Auftrag der kaiserlichen Reichspost nun sofort weiterleiten.

Genoveva leerte alle Postsäcke und ordnete die Briefstapel fein säuberlich auf dem Tisch nach Destination. Viele der Briefe mussten nach Frankfurt und nach Regensburg, einige sogar nach Prag, und Genoveva machte Vermerke dazu im Stationspostbuch.

Das Arbeiten in der Schreibstube beruhigte sie auf eine seltsame Art und Weise. Endlich konnte sie das machen, wofür sie mitgekommen war: die Postreiter organisieren, die Stationsbücher in Ordnung bringen, damit der Ruf, die Taxis-Post wäre die schnellste und zuverlässigste in ganz Europa, gewahrt blieb. Und zum ersten Mal seit ihrem Aufbruch tat sie etwas, das sie kannte und worin sie gut war. Etwas, das ihr ein klein wenig Sicherheit zurückgab nach dem Schrecken des Morgens.

Immer wieder vernahm sie die Stimme ihrer Mutter, die im Posthof Befehle erteilte.

Sie hatte sich verändert die letzten Jahre über. Nach dem Tod des Vaters war sie zum Oberhaupt der Familie aufgestiegen und hatte sich den Posten des Generaloberpostmeisters erkämpft. Und obwohl Genoveva damals erst zehn gewesen war, hatte sie schnell festgestellt, dass ihre Mutter strenger geworden war und unnachgiebiger. Dass von einem Tag auf den anderen ein Gut für sie schwerer wog als alles andere: der Erfolg des taxischen Postunternehmens.

Genoveva verließ die Stube, blieb aber auf der Schwelle zur Haustür stehen und blickte nach draußen.

Ihre Mutter war mittlerweile zu den Postreitern getreten, und Genoveva verfolgte jede ihrer Gesten. Egal, wie ungehobelt und halsstarrig die Männer oft waren, sobald Alexandrine in ihrem Befehlston zu ihnen sprach, hatte Genoveva das Gefühl, dass sie sich in Hunde verwandelten. Ihr Rückgrat krümmte sich, die Schultern fielen herab, und ein oder zwei Mal hatte sie sich sogar eingebildet, dass sich ihre Ohren flach an den Kopf anlegen würden.

Genoveva konnte es ihnen nachfühlen, denn sie selbst wusste nur allzu gut, wie es sich anfühlte, sich den Missmut der Gräfin zuzuziehen. Die wurde zwar nie ausfallend und nur selten laut, aber die Kälte in ihrer Stimme, der eisige Blick der Geringschätzung, oder schlimmer noch, der Enttäuschung, traf Genoveva stets härter, als ein gebrülltes Wort es jemals vermocht hätte.

Mit einem Wink in Richtung ihrer Tochter entließ Alexandrine die Männer.

Sie schauten nun zu ihr, und all jene Reiter, die neu im Gefolge der Gräfin waren, runzelten zweifelnd die Stirn.

Genoveva ignorierte deren skeptische Blicke, nickte ihnen zu und verschwand erneut im Inneren des Gebäudes, eine stumme Aufforderung, ihr zu folgen. Nun war es Genovevas Aufgabe, die Briefpäckchen an die Männer zu verteilen und sie mit Schutzbriefen auszustatten, damit sie unbehelligt zur nächsten kaiserlichen Poststation kommen würden. Als die Männer die Stube betraten, hatte Genoveva sich bereits hinter die Briefstapel gesetzt und das Buch aufgeschlagen, das ab sofort wieder als taxisches Postverzeichnis von Dormagen dienen würde.

»Einer von euch muss hierbleiben, bis der ordentliche Postmeister eintrifft«, begrüßte Genoveva die Männer.

Ein Murren, finstere Blicke.

Genoveva schluckte und fragte sich, wie es ihre Mutter nur immer wieder schaffte, diesen Männern gegenüber so souverän zu bleiben.

Einen Moment zögerte sie. »Anton, Ihr werdet die Station vorerst bemannen«, bestimmte sie schließlich.

Sie sah das Kopfschütteln, das er andeutete, und wartete auf den Widerspruch, der ihm bereits auf der Zunge lag. »Ihr kümmert Euch umgehend um die nächste Fuhre der wöchentlichen Ordinaripost von Brüssel nach Venedig. Da sie als regelmäßige Postverbindung jeden Samstag in Brüssel auf den Weg gebracht wird, darf sie niemals länger als ein paar Tage auf sich warten lassen. Bis dahin werden wir auch die nachfolgenden Poststationen gesichert und die gesamte Route wieder komplettiert haben.«

Antons Mundwinkel sanken nach unten. »Ich werde nicht in diesem gottverlassenen, von Gesindel wimmelnden …«

»Es ist ein Befehl der Gräfin«, unterbrach ihn Genoveva barsch. Das stimmte zwar nicht ganz, denn ihre Mutter hatte ihr freie Hand gelassen, diese Entscheidung zu treffen, aber es war das Erste, was

Genoveva eingefallen war. »Zwingt mich nicht, sie zurückzuholen.«

Genoveva spürte den Schweiß, der ihr am Rücken klebte, trotz der eisigen Kälte in der düsteren Poststube. Sie knetete die kalten, feuchten Finger in ihrem Schoß, aber sie schaffte es, dem Blick des Reiters standzuhalten.

Was, wenn er sich trotzdem widersetzte? Würde sie dann wie ein verängstigtes Kind zu ihrer Mutter laufen und sie um Hilfe bitten?

»Also?«

Anton nickte knapp. »Meinetwegen …«, gab er nach.

Genoveva ließ erleichtert die Luft durch die Backen entweichen und vernahm das Schnauben eines anderen Postreiters. Ihr Blick tastete suchend über die Gesichter der fünf Männer. Außer Anton kannte sie noch keinen der anderen Postreiter, ihre Mutter musste sie kurz vor ihrem Aufbruch in Brüssel rekrutiert haben. Einer von ihnen starrte sie herausfordernd an, und Genoveva erwiderte seinen Blick einige Wimpernschläge, ehe sie anfing, die Briefstapel an die anderen Männer zu verteilen. Mit voller Absicht ließ sie den Mann warten, der ihr seine Geringschätzung so unverhohlen gezeigt hatte.

Schließlich waren nur noch er und Anton mit ihr im Raum.

Keiner sprach. Genoveva ließ sich Zeit, genau, wie ihre Mutter es immer machte, hob den Blick und fixierte den Mann.

»Ihr, wie ist Euer Name?«

»Johann Georg Bellnern«, antwortete er knapp. Die Tatsache, dass er sie ohne Titel oder Respektsbekundung ansprach, zeigte Genoveva deutlich, dass er sie nicht im Geringsten ernst nahm.

»Also, Bellnern, Ihr übernehmt die Briefe in Richtung Prag – bringt sie sicher bis Köln und übergebt sie dort dem kaiserlichen Postmeister. Anschließend begebt Ihr Euch auf schnellstem Wege zurück nach Dormagen und helft Anton, den Posthof wieder in Ordnung zu bringen und die Stallungen neu aufzubauen.«

»Zu Befehl, Fräulein Postmeisterin«, sagte er, ein anzügliches Grinsen auf den Lippen, und als er Genoveva den Stapel abnahm, berührte er ihre Hand. Länger, als es nötig gewesen wäre.

Es war Zufall, natürlich musste es ein Zufall gewesen sein, aber genau in diesem Moment wurde die Tür aufgerissen; Sfondrati stiefelte mit gewohnt grimmiger Miene herein, baute sich neben Bellnern auf, und sofort ließ dieser Genovevas Hand wieder los.

»Verliert keine Zeit und achtet in Zukunft auf Euren Umgangston. Und Euer Benehmen«, wies Genoveva ihn zurecht.

Wieder schnaubte der Mann und blickte zuerst zu Sfondrati und dann mit so viel Geringschätzung auf Genoveva hinab, dass sie ein mulmiges Gefühl bekam.

»Weiberwirtschaft«, murmelte er. Seine Oberlippe zuckte, während er sich umdrehte und die Stube verließ.

Genoveva holte Luft, um Bellnern für seine Unverfrorenheit zurechtzuweisen, aber sie war zu langsam. Die Tür knallte ins Schloss, und Genoveva starrte auf die rostigen Eisennägel der Türbeschläge.

»Er wird sich nicht lange halten, wenn er so weitermacht«, kommentierte Anton trocken.

»Meint Ihr?«

»Wenn Eure Mutter davon erfährt, wird sie …«

»Sie wird es nicht erfahren, denn das hier ist mein Problem«, entgegnete Genoveva so vehement, dass Anton sie verwundert ansah.

Sie wusste, sie besaß nicht die beeindruckende Erscheinung ihrer Mutter, ihre Stimme war mädchenhaft hoch, ihr Körper zierlich und ihre Züge genauso weich und verträumt wie die ihres Vaters. Aber sie hatte es satt, dass sie deswegen niemand ernst nahm. Sie wollte die Aufgaben erfüllen, die ihre Mutter ihr zugestanden hatte, sie wollte Verantwortung übernehmen und sich nicht ständig Anfeindungen ausgesetzt sehen oder gar Geringschätzung erwehren müssen.

Doch sofort taten Genoveva ihre scharfen Worte leid. Anton war ein guter Mann, geduldig, freundlich, verlässlich. Sie hatte kein Recht, ihn so anzufahren.

»Tut mir leid, Anton«, räumte sie ein. »Ich bin ein wenig müde und gereizt, aber ich möchte meine Probleme gerne alleine lösen.«

»Ach?«, ließ Sfondrati sich vernehmen, der die Unterhaltung bisher stumm verfolgt hatte, und schon spürte Genoveva wieder Ärger in sich aufwallen. »Glaubt Ihr etwa, der Mann hat sich nur gefügt, weil Ihr in die Poststube gestiefelt seid und Euch hier aufgebaut habt wie ein Bauer?«, fuhr sie ihn an.

»Glaubt Ihr, er hat klein beigegeben, nur weil Ihr mit Eurer Piepsstimme seinen Gehorsam verlangt habt?«, entgegnete er.

»Natürlich«, behauptete Genoveva, sehr viel sicherer, als sie es in Wahrheit war.

»Redet es Euch nur ein, Comtesse. Aber ich beherrsche die Sprache, die diese Männer sprechen, Eure Mutter übrigens auch. Umso mehr wundert es mich, dass sie noch immer nicht verstanden hat, dass eine Poststube nicht der richtige Ort für eine junge Grafentochter ist. Es ist viel zu gefährlich für Euch.«

»Was, bitte, soll hier gefährlich sein?« Genoveva deutete mit einer weit ausholenden Geste in den Raum, aber irgendetwas in seinen Worten hatte sie berührt. War er ehrlich besorgt um sie, oder erfüllte er einmal mehr lediglich seine Aufgabe?

Sfondrati blickte sie geraume Zeit einfach nur an. »Ich hoffe für dich, dass du es nie herausfinden wirst, Genoveva«, sagte er mit rauer, so leiser Stimme, dass sie nicht sicher war, ob sie ihn überhaupt richtig verstanden hatte.

Aber ihr blieb keine Zeit, nachzufragen, denn Sfondrati nickte Anton zum Gruß und verließ schnellen Schrittes den Raum.

»Und ob das der richtige Ort für mich ist! Ihr werdet schon noch sehen, Sfondrati!«, rief sie ihm hinterher. Genoveva wusste nicht, ob er ihre Antwort noch gehört hatte. Ärgerlich ballte sie die Hände zu Fäusten, wollte sie schon auf den Tisch niedersausen lassen, als sie Anton bemerkte, der sie reglos beobachtete. Sofort ließ sie die Arme wieder sinken.

Etwas Fürsorgliches stahl sich in seinen Blick, mit seiner Pranke klopfte er Genoveva auf die Schulter, und eigenartigerweise empfand sie die Berührung des alten Postreiters in diesem Moment als tröstlich.

»Lasst ihn nur reden, Comtesse. Er weiß nichts über das Leben in den Poststationen. Und außerdem: Was kümmert Euch das Geschwätz eines Soldaten?«

»Ihr habt recht, Anton. Was kümmert mich das Geschwätz eines Soldaten«, wiederholte sie leise, drückte dankbar seine Hand, aber das Gefühl der Schmach, das sich in ihrem Magen eingenistet hatte, wollte trotzdem nicht vergehen.

8.

Königlich-schwedische Poststation in Köln

Alexandrine

Der königlich-schwedische Postmeister zu Köln, Johann Pelzer, riss die Tür auf und stürmte in die Schreibstube. Dort fiel sein Blick auf Alexandrine, und er gefror mitten in der Bewegung: seinen hageren, geradezu absonderlich langen Körper ein wenig nach vorne gebeugt, den Rücken gekrümmt. Fast hätte Alexandrine gelacht bei seinem Anblick.

Keinen Lidschlag später richtete er sich zu seiner vollen Größe auf, die Augen so weit aufgerissen wie ein Fisch, und starrte sie einige Momente nur an. Alexandrine sah buchstäblich, wie er nachdachte, abwägte, kombinierte.

Genau wie die Männer ihrer Schutzwache trug auch Alexandrine meist Schwarz. Im ersten Jahr nach dem Tod ihres Mannes war es der Trauerflor gewesen, der sie dazu gezwungen hatte, dann hatte sie erkannt, dass diese düstere Farbe die Menschen auf eine seltsame Art und Weise beeindruckte. Und auch wenn sich Alexandrine bei ihren Geschäften auf ihre Schlagfertigkeit und Überzeugungskraft verlassen konnte, so schadete es doch nicht, auch mithilfe des Aussehens ein wenig einzuschüchtern.

Endlich schaffte es Pelzer, das Wort an Alexandrine zu richten. »Welche Ehre, die Gräfin höchstselbst stattet uns einen Besuch ab.« Der Mann überragte Alexandrine um mehr als einen Kopf, obwohl er noch gut zwei Schritte von ihr entfernt stand. Er trug einen ausgeblichenen, roten Mantel, der ihm an den Ärmeln zu kurz war und seine knochigen Handgelenke bloß legte. Alexandrine wäre nicht überrascht gewesen, wenn dieser Mann sich samt der Poststation auch die Kleider seines Vorgängers, des taxischen Postmeisters, angeeignet hätte.

Sein Gesicht wurde beherrscht von einer enormen Hakennase, seine schwarzen Augen erinnerten Alexandrine an die einer Krähe, und sein kurzes Haupthaar war zwar ebenso dunkel wie deren Gefieder, aber strähnig und matt. Sie konnte außerdem riechen, dass er sich seit Tagen nicht mehr gewaschen hatte.

»Und wenn ich mich nicht täusche, lief ich eben an Eurer reizenden Tochter vorbei. Genoveva, nicht wahr? Man sprach, sie wird diesen Winter debütieren?«

Kleine Schweißperlen glänzten auf der Stirn des Mannes. Nicht zufällig erwähnte er ihre Tochter. Er wollte sie provozieren, ihr drohen, und er wählte dafür den denkbar einfachsten Weg, von dem er meinte, er wäre Alexandrines Schwachstelle. Ihre Kinder.

»Ihr seid erstaunlich gut unterrichtet über die Brüsseler Neuigkeiten«, antwortete Alexandrine ungerührt.

»Nun, ich betreibe schließlich die königlich-schwedische Poststation in Köln«, brüstete sich Pelzer, und Alexandrine meinte zu sehen, wie er bei seinen letzten Worten noch um einen oder zwei Fingerbreit größer wurde. Sie wandte sich ab, ließ ihren Blick über das Schreibpult schweifen, auf dem wild übereinandergeworfene Papiere lagen, einige abgebrochene Schreibfedern, bekritzelte Pergamentfetzen, zerfledderte Bücher. Alexandrine seufzte, als sie scheinbar mäßig interessiert an das Pult trat, mit dem Zeigefinger einige geöffnete Briefe zu sich heranzog und kurz darin las.

»… und ganz zufällig öffnet Ihr auch einige der Briefe, die die Familie Taxis betreffen, nicht wahr?« Sie fixierte Pelzer erneut und machte einen drohenden Schritt auf ihn zu. Überrascht von Alexandrines Annäherung, wich er nach hinten aus, wie sie befriedigt feststellte.

»Dafür habt Ihr keine Beweise!«, stieß er hervor.

»Euer loses Mundwerk reicht vollkommen aus«, sagte Alexandrine sanft.

»Nun, wenn Ihr nichts Weiteres zu tun habt, als mir Beleidigungen an den Kopf zu werfen, so entschuldigt mich, ich habe zu tun, denn die nächste Postlieferung aus den Niederlanden wird jeden Moment erwartet.«

»In der Tat«, stellte Alexandrine gedehnt fest. »Die nächste Lieferung wird ankommen, Ihr habt ja vollkommen recht. In Dormagen haben wir bereits die Reiter vorausgeschickt. Aber die Postfelleisen werden nicht mehr unter dem königlich-schwedischen Siegel befördert werden, sondern wieder mit der taxischen Reichspost.«

Ein kurzes, hartes Lachen, so unecht, dass Alexandrine die sich dahinter verbergende Unsicherheit geradezu ansprang.

»Ihr könnt mir jetzt ankündigen und drohen, soviel Ihr wollt, Gräfin von Taxis. Unsere schwedischen Verbündeten sind so stark wie nie, und wir werden diese Stadt nicht verlassen, genauso wenig wie dieses Land, und schon gar nicht werde ich diese Station räumen. Außerdem duldet der Rat, ja, billigt er die königlich-schwedische Poststation sogar.«

»Doch nur, weil Ihr dem Stadtrat versichert habt, dass die städtischen Boten ebenso wie die königlich-schwedische Post nunmehr Briefe ausliefern dürfen«, stellte Alexandrine ein wenig überdrüssig fest, denn warum sonst hätte sich die eigentlich habsburgertreue Stadt auf eine schwedische Poststation einlassen sollen? Seit jeher waren die Botenanstalten der Reichsstädte ein kleiner, aber zäher Konkurrent der Reichspost gewesen. Und schon immer konnten sie sich dabei auf das Protektorat der vornehmlich protestantischen Stadträte verlassen. Zumeist waren es gar keine professionellen Reiter oder Boten, sondern fahrende Handwerker, Bauern oder gar Metzger gewesen, die die Briefe von Mitbürgern bis zur nächsten Ortschaft für ein kleines Entgelt mitnahmen. Daher rührte auch der in Alexandrines Ohren so grotesk anmutende Name »Metzgerpost«. Alexandrine hatte jedoch niemals Nebenboten in den Städten, in denen es auch Stationen der Reichspost gab, geduldet und dies auch mehrmals mit Beschwerden beim Kaiser durchgesetzt.

»Richtig. Etwas, das die taxischen Repräsentanten stets abgelehnt hatten«, bestätigte Pelzer.

»Würdet Ihr lang genug in Eurem Amt verweilen, würdet auch Ihr verstehen, weshalb.«

Pelzers Mundwinkel zuckten. Vermutlich fragte er sich gerade, ob er Alexandrines Drohung richtig verstanden hatte.

»Was soll das nun heißen?«, verlangte er zu wissen, wobei seine Stimme beim letzten Wort nach oben ausbrach.

»Nun, ich habe nicht vor, Euch aus meiner Poststation zu werfen wie einen räudigen Köter, falls es das ist, was Ihr meint«, erklärte Alexandrine, ließ ihre Augen dabei auf Pelzer ruhen, der unbehaglich das Gewicht von einem Fuß auf den anderen verlagerte. Auch wenn sie nichts lieber als das getan hätte. Aber Alexandrine hatte sich dazu entschieden, nicht die gesamte Route mit Waffengewalt unter die Herrschaft der Taxis zurückzubringen. Vor allem nicht einen strategisch so bedeutsamen Posten wie den in Köln. Denn ihr wahrer Gegner Johann von den Birghden war ein mächtiger Mann, der nach vielen Jahren im Dienste der Familie Taxis zuletzt von Frankfurt aus für den schwedischen König ein weitverzweigtes Postwegenetz im römisch-deutschen Reich aufgebaut hatte. Vor allem in den protestantischen Gebieten war es ihm leichtgefallen, neue Postrouten zu eröffnen – schließlich war er, anders als die Familie der Taxis, selbst ein Protestant. Ihm einige ländliche Stationen zu entreißen, wie Alexandrine es die letzten Tage über gemacht hatte, würde ihm nicht wehtun. Jetzt aber gedachte sie, ihm ein Angebot zu machen. Er war ein fähiger und guter Geschäftsmann. Und die Zukunft war ungewiss, jeden Tag konnte sich das Kriegsglück gegen den Kaiser wenden und dieser weitere Gebiete an die Schweden verlieren. Alexandrine hatte nicht vor, von den Birghden zu ihrem erbitterten Feind zu machen, der nie wieder dazu bereit wäre, ein Gespräch mit ihr zu führen. Zumindest noch nicht.

»Ich habe heute im Morgengrauen eine Nachricht per Extrapost an von den Birghden nach Frankfurt übersandt. Ich erwarte morgen eine Antwort, denn ich komme nicht mit unlauteren Absichten. Ihr könnt Euer eigenes Postamt eröffnen in Köln, neben dem Reichspostamt, wenn Ihr garantiert, dass unsere Beförderung unbehelligt bleibt.«

Pelzer schüttelte missbilligend den Kopf. »Erzählt mir nicht, dass die taxische Post, wenn sie in Köln wieder Fuß fasst, mit den Briefen der Protestanten und der Schweden kein Schindluder treiben würde. Wer weiß schon, wo Ihr überall Eure schwarzen Kabinette verborgen habt!«

»Die Reichspost unterhält keine sogenannten schwarzen Kabinette, in denen sie unerlaubt Briefe öffnet! Wir befördern alle Sendungen unangetastet, egal, welcher Absender und wohin, solange das Porto bezahlt wird. Sagt das Eurem König und sagt das auch von den Birghden, dem Verräter, denn er selbst hat genügend Jahre im Dienste des Hauses Taxis gestanden, um zu wissen, dass unsere Briefbeförderung über alle Zweifel erhaben ist.«

»Mehr als die städtischen Stafetten werden wir als Konkurrenten in Köln nicht akzeptieren«, beharrte der Mann.

»Dann begeht Ihr einen Fehler.«

»Von den Birghdens Postdynastie ist die Zukunft. In so kurzer Zeit konnte er mehr aufbauen als die Taxis in Jahrzehnten. Sosehr Ihr dies auch abstreiten mögt, wisst Ihr doch, dass ich recht habe, Gräfin.«

»Der Schwache hat niemals recht«, sagte Alexandrine kalt, und sie meinte zu erkennen, wie Pelzer einen kurzen Moment den Atem anhielt.

»Da draußen stehen zwölf Soldaten der Kavallerie, der Elite-Einheit eines spanischen Generalkapitäns. Sie sind bewaffnet, sie sind gefährlich und folgen jedem meiner Befehle. Ihr räumt das Postamt und schlagt Eure Zelte woanders innerhalb der Stadtmauern auf. Tut Ihr das nicht, werde ich meinen Männern befehlen, Euch nicht nur aus diesem Postamt zu werfen, sondern auch gleich vor die Tore der Stadt. Ihr habt die Wahl.«

»Dass ich mir von einer Frau so etwas …«

»Sfondrati!«, brüllte Alexandrine, fixierte dabei aber den Postmeister. Nur einen Augenblick später wurde die Tür aufgestoßen, der Generalkapitän und sechs seiner Männer betraten den Raum, die Schwerter klirrten, frisch poliert glänzten die vielen Pistolen an ihren Gürteln. Die Arme vor der Brust verschränkt, nahm Sfondrati Aufstellung, einige seiner Soldaten hatten ihre Hände bereits auf dem Schwertknauf.

»Ihr werdet Monsieur Pelzer und seine gesamte Mannschaft vor die Tore der Stadt begleiten. Und seid nicht allzu zimperlich, denn ich werde das Gefühl nicht los, dass sich Pelzer nicht ganz im Klaren darüber ist, mit wem er es hier eigentlich zu tun hat.«

»Was fällt Euch ein«, fuhr der Postmeister auf. Sfondrati baute sich vor ihm auf, ohne die Miene zu verziehen. »Abmarsch!«, befahl er, und als Pelzer sich nicht rührte, gab er ihm einen kurzen, aber wirkungsvollen Stoß gegen die rechte Schulter. Der Mann schwankte wie ein Schilfrohr im Wind, offenbar hatte er der Kraft des Generalkapitäns nichts entgegenzusetzen.

»Wo sind die Postreiter und Knechte?«, fragte Sfondrati barsch.

»Draußen, im Stall, aber ich werde nicht …«

»Genug«, unterbrach ihn Sfondrati, packte den Mann von hinten am Kragen und schob ihn vor sich her wie ein trotziges Kind. »Dann werden wir die Herren eben auch noch mit einpacken.«

Alexandrine beobachtete das Schauspiel mit ein wenig Schadenfreude, wie sie sich eingestehen musste. Wäre Pelzer nur ein kleines bisschen weniger arrogant gewesen, hätte er sie nicht wieder auf ihr Geschlecht reduziert, sondern sie als Verhandlungspartner betrachtet, wäre sie auf ihn zugekommen, hätte ihm vielleicht sogar ein Angebot gemacht. Aber er hatte stattdessen die Wut geschürt, die schon seit Wochen in ihrer Seele brannte, und das hatte sie jegliche Gnade vergessen lassen.

Eher zufällig fiel Alexandrines Blick auf den Stapel an ungeöffneten Briefen, die zu einem losen Bündel zusammengeschnürt waren. Briefe nach Brüssel, es würde sie nicht wundern, wenn auch einige Briefe an sie selbst dabei wären …

Nur wenige der Schreiben nahm sie vom Stapel und legte sie beiseite, bis ihr Blick auf ihren eigenen Namen fiel. Der Absender war David Frey, der taxische Reichspostverwalter in Augsburg. Ohne zu zögern, brach sie das Siegel.

Verehrte Gräfin,
der lose Tropf Birghden zu Frankfurt nimmt wie der Feind Euer Gnaden ein Amt nach dem anderen weg. Schon seit Wochen erreicht mich keine regelmäßige Ordinaripost mehr aus Rheinhausen und Nürnberg, daher muss ich annehmen, dass er sich auch dieser beiden Ämter bemächtigt hat. Nicht Virgil Ehinger, der Nürnberger Postmeister, sondern sein Schreiber Franz Albrecht unterschreibt plötzlich alle Briefe, irgendetwas stimmt dort nicht.

Alexandrine ließ das Schreiben sinken, ihre Hand krampfte sich in das Papier und verknitterte es.

Hört das denn nie auf?

Sie schloss die Augen, biss die Zähne fest aufeinander, ließ langsam die Luft durch ihre Nase entweichen und versuchte, sich zu sammeln.

Bleib ruhig, ganz ruhig, wiederholte sie immer wieder in Gedanken.

Einige Momente verstrichen, und Alexandrine öffnete die Augen. »Wir müssen weiter nach Süden reiten«, sprach sie leise zu sich selbst. »Wir können Nürnberg und Rheinhausen nicht auch noch an die Schweden abgeben, unter keinen Umständen. Noch ist Zeit, bevor der Krieg wieder losbricht.«

»Gräfin?« Merkwürdig sanft kam ihr die Stimme des Generalkapitäns vor, fast schon vorsichtig? Sie entdeckte ihn auf der Türschwelle. Alexandrine konnte nicht ausschließen, dass er bereits schon länger dort stand.

»Entschuldigt, doch ich konnte Eure Worte gerade nicht überhören.«

Alexandrine legte den Kopf schräg, aber bemühte sich nicht, ihren Schrecken über das, was sie gerade gelesen hatte, vor ihm zu verbergen. »Unser Feldzug ist noch nicht zu Ende«, erklärte sie sich hastiger, als ihr lieb war. Sie räusperte sich.

Sfondrati schüttelte den Kopf, und Alexandrine hätte ihn für seinen mitleidigen Blick in diesem Moment am liebsten gebeutelt.

»Der Kaiser zieht seine Truppen ein. Wir werden keine weiteren Stationen erobern können für Euch. Ich muss mich mit meinen Männern unverzüglich auf den Rückweg machen.« Entschuldigend hob er die Hände.

»Wofür bezahle ich Euch eigentlich?«, fuhr sie ihn an, aber sie wusste, dass diese Diskussion bereits verloren war, noch ehe sie richtig begonnen hatte.

»Ich stehe im Dienst der Habsburger, Gräfin.« Sfondratis Tonfall war nun merklich kühler. »Und auch wenn es Euch fremd sein mag, dass meine Käuflichkeit Grenzen kennt und mir meine Ehre wichtiger ist als mein Geldbeutel, so solltet Ihr Euch mittlerweile zumindest nicht mehr darüber wundern. Ich breche morgen mit meinen Männern auf. Es steht Euch frei, uns nach Brüssel zu begleiten oder weiter in Köln zu verweilen.«

Er wandte sich schon zum Gehen, hielt dann jedoch inne und drehte sich noch einmal zu Alexandrine um.

»Ihr habt nicht mehr in der Hand, ob die Taxis die Postrouten halten können oder nicht. Der Krieg wird es entscheiden, vielleicht sogar noch diesen Sommer. Zieht Euch zurück nach Brüssel, wenn ich Euch einen Rat geben darf, Ihr seid hier nicht mehr sicher. Gott, wenn es ihn denn gibt, wird sich für eine der beiden Seiten entscheiden«, sagte er, und Alexandrine spürte, wie sie ein entsetzliches Gefühl von Hilflosigkeit ergriff und sie zu lähmen drohte.

Sie betete dafür, dass Gott sich für die richtige Seite entschied.

9.

Kurfürstentag in Regensburg, Dezember 1636

Alexandrine

Gott hatte sich entschieden, aber Alexandrine war sich nicht mehr sicher, ob er auch wirklich für die richtige Seite Partei ergriffen hatte. Zwei Sommer waren mittlerweile ins Land gegangen, wie Ungeziefer waren die Soldaten des Kaisers und der Schweden über das Land hergefallen, hatten es ausgeblutet und verwüstet. Aber die Habsburger hatten die Schweden zurückdrängen können, die Schlacht von Nördlingen vor zwei Jahren hatte die Katholische Liga und den Kaiser als Sieger hervorgehen lassen, und auch die Taxis hatten es aufgrund der schwedischen Gebietsverluste geschafft, alle Stationen bis auf Leipzig wieder unter ihre Fittiche zu nehmen.

Doch nun stand sie hier, im Reichssaal zu Regensburg, und musste sich mit dem Größenwahn eines kleinen Mannes herumschlagen, der es sich offenbar zur Aufgabe gemacht hatte, ihr das Leben schwer zu machen.

Alexandrine blickte sich um. Gleich als sie den Saal das erste Mal betreten hatte, waren ihr die kunstvollen Wandmalereien in Gold, Rot und Grüntönen aufgefallen, die mehrere in Deckenhöhe liegende große Fenster umrahmten. Unter diesen waren schwere Gobelins an den Wänden angebracht, die mythische Szenen zeigten, mit Schlangen, Schwertern, halb nackten Frauen … Der Reichssaal war ein Raum, in dem sich für gewöhnlich nur Männer aufhielten, stellte Alexandrine ein wenig verdrossen fest.

Einen kurzen Moment lang schloss sie die Augen. Sie roch das Wachs der frisch gewienerten Dielen am Boden, die Ausdünstungen unzähliger, schwitzender Leiber, hörte ein erwartungsvolles Murmeln, das von beständigem Husten, Räuspern und Schniefen untermalt wurde. Es war Dezember, und offenbar litten viele Versammlungsteilnehmer unter triefenden Nasen und einem schmerzenden Hals.

Alexandrine atmete tief ein und aus, damit sie innerlich ruhiger wurde, sich konzentrieren konnte und die richtigen Worte fand für die Diskussion, die nun gleich folgen würde.

Nur kurz war sie den Verhandlungen gefolgt, die vor ihrem Streitfall geführt worden waren, aber sie war dabei das Gefühl nicht losgeworden, dass sie sich eigentlich auf einer Bühne befand. Derjenige, der eindrucksvoller vortragen konnte, war der Gewinner der verbalen Schlachten, die hier vor der Versammlung des Reichstages ausgetragen wurden. Die Abgesandten von sieben Kurfürsten, Dutzende von Reichsfürsten und mindestens ebenso viele Vertreter der Reichsstädte waren zusammengekommen, um über drängende Fragen des Reichs zu entscheiden. Die Wände waren zugestellt mit Sitzbänken, ebenso die gesamte hintere Hälfte des Saals. Mittlerweile aber war es später Nachmittag, der Kurfürstliche Kollegialtag tagte bereits seit den frühen Morgenstunden, und die Reihen der Teilnehmer hatten sich deutlich gelichtet. Einige der Gesandten der Reichsfürsten waren um die Mittagszeit herum von einem Unwohlsein befallen worden und hatten die Versammlung verlassen müssen. Die wenigsten von ihnen zogen sich jedoch tatsächlich in ihre vollkommen überteuerten Kammern zurück. Viel eher vermutete Alexandrine sie in den unzähligen Spelunken Regensburgs, in denen man vortrefflich essen, trinken und herumhuren konnte.

Als sie die Augen wieder öffnete, fiel ihr Blick auf die glänzende Halbglatze Johann Christoph von Paars, dem Hofpostmeister und damit wichtigsten Mann der kaiserlichen Hofpost. Demonstrativ hatte er ihr den Rücken zugekehrt und wartete mit ungeduldig tippendem Fuß auf die Rückkehr des Prinzipalkommissars, den offiziell beauftragten Vertreter des Kaisers.

Vor zwölf Jahren hatte der alternde Kaiser seinem langjährigen Bekannten von Paar für eine nicht zu verachtende Summe das kaiserliche Hofpostamt verliehen und ihn damit an die Spitze der österreichischen, böhmischen und ungarischen Post gesetzt. Die Hofpost bediente ein beträchtliches Gebiet, und an Dutzenden Stationen des Habsburgerreiches übergaben Reichspost und Hofpost einander die Postsäcke. Die kaiserliche Hofpost war der größte Konkurrent der taxischen Reichspost, und viele Routen waren unter den beiden Familien aufgeteilt.

Von Paar hatte Beschwerde gegen die Taxis eingereicht, und Alexandrine hatte sich nicht lang bitten lassen und umgehend eine Gegenklage geführt, die nun hier am Kurfürstlichen Kollegialtag in Regensburg verhandelt wurde. Geschäftsschädigung, Kompetenzüberschreitung, eine ganze Menge gewichtig klingender Worte enthielt der Beschwerdebrief von Paars, der Alexandrine lediglich ein müdes Lächeln entlockt hatte. Sie wusste, dass von Paar sich revanchieren wollte, dafür, dass sie ihm vor einigen Jahren zehn seiner Stationen zwischen Augsburg und Prag abgeluchst und sie der Reichspost einverleibt hatte. Seit dem Jahr 1527 hatten die von Paars diese Postroute bedient, und mit deren Übernahme hatte sich die Reichspost eine direkte Route bis hinein nach Böhmen gesichert. Johann Christoph von Paar hatte getobt und in einem wutentbrannten Schreiben Rache geschworen. Alexandrine hatte sich nichts weiter dabei gedacht, denn seit jeher lag die Familie von Paar mit den Taxis im Clinch.

Nun aber schien von Paar sein Vorhaben in die Tat umsetzen zu wollen, denn er hatte neben seiner Klage gegen die Taxis auch den Antrag gestellt, künftig alle kaiserlichen Briefe des Kollegialtages in Regensburg befördern zu dürfen. Und das, obwohl Alexandrine die Posthalterei in Regensburg seit sechs Jahren zu ihrem Gebiet zählte und die kaiserliche Hofpost hier nichts mehr zu melden hatte.

Die Eingangstür öffnete sich, eilende Schritte mischten sich unter das Gemurmel. Alexandrine drehte sich um. Der Prinzipalkommissar, der Vertreter des altersschwachen und kränkelnden Habsburger Kaisers auf dem Kollegialtag, lief herein, einen ganzen Stapel Papiere unter dem Arm. Er hatte die Verhandlung zwischen ihr und von Paar unterbrochen und sich entschuldigt, da die Blase ihn bereits seit mehreren Stunden gedrückt hatte. Nun lief er zurück zu seinem Vorsitzenden-Stuhl, der auf einem Podest unter einem Baldachin aus schwerem Brokat thronte, sodass jeder der Versammlungsteilnehmer ihn sehen konnte.

Ein Nicken des Prinzipalkommissars, nachdem er sich gesetzt hatte, bedeutete Alexandrine, dass sie weitersprechen durfte. Erst jetzt drehte sich auch von Paar wieder zu ihr um, aber noch immer blickte er sie nicht an. Alexandrine richtete trotzdem das Wort an ihn.

»Nur weil der Kaiser hier weilt, wollt Ihr nun also auch seine Briefe aus Regensburg befördern, obwohl die Stadt gar nicht zu Eurem Gebiet gehört? Wo kämen wir denn da hin? Der Kaiser ist ständig auf Reisen, wollt Ihr zukünftig im ganzen Reich die Post befördern?«

»Ein charmanter Gedanke!«, erwiderte von Paar.

»Macht Euch nicht lächerlich, von Paar, woher wollt Ihr denn plötzlich die vielen Reiter nehmen, um diese Strecken überhaupt bemannen zu können …«, tat Alexandrine seinen Einwurf ab und wandte sich dann an den Prinzipalkommissar, der, ohne die Miene zu verziehen, der Diskussion gefolgt war. »Eure Hoheit, wir bitten, diesem Gesuch nicht stattzugeben.«

»Nun, der kaiserliche Geheime Rat in Wien hat angeordnet, die Frage vom Kurfürstlichen Kollegialtag in Regensburg entscheiden zu lassen – und das wird er auch. Ihr müsst Euch also noch ein wenig gedulden, Gräfin«, wiegelte der Prinzipalkommissar ab.

»Wenn wir die kaiserlichen Briefe auch auf deutschen Gebieten übernehmen, dann werden wir die städtischen Nebenboten zulassen. Und auch kurfürstliche«, meldete sich von Paar zu Wort und blickte sich erwartungsvoll um. Ein erstauntes Raunen ging durch die Halle. Natürlich hatte dieser Trumpf noch kommen müssen. Von Paar würde alles sagen, um die kurfürstlichen Gesandten in seinem Sinne entscheiden zu lassen, auch wenn es ihm völlig unmöglich war, seine Versprechungen in die Tat umzusetzen.

Alexandrine rollte mit den Augen, blickte einen Moment lang auf das kaiserliche Wappen zu ihrer Linken, das farbenprächtig an die Wand gemalt war, ehe sie von Paar fixierte. »Ihr wisst nicht, wovon Ihr sprecht, bester Paar.«

»Ich bin nicht Euer ›Bester‹, und unser Angebot an den Reichstag steht.«

Alexandrine wandte sich an den Prinzipalkommissar, der etwas verdrießlich auf den Briefstapel neben seinem Stuhl linste. Vermutlich die weiteren Beschwerden, die heute noch verhandelt werden mussten.

»Wenn der Kurfürstliche Rat Nebenboten und die Hofpost neben der Reichspost in Städten zulässt, wird kein Beförderer überleben können. Das würde nur zu einem Gewirr aus Boten und Kompetenzen kommen, die Tarife würden sich gegenseitig so weit in den Keller treiben, dass ein Wirtschaften nicht mehr möglich ist, und das gesamte Postsystem, das wir die letzten hundert Jahre für das Reich aufgebaut haben, würde zersplittern und untergehen. Der Krieg beutelt das Land schon schlimm genug, wollt Ihr nun auch an seine restlichen, noch verbleibenden Strukturen gehen?«

Den letzten Satz hatte Alexandrine nicht mehr an den Kommissar gerichtet, sondern sie hatte sich umgewandt und direkt die Gesandten der Kurfürsten angesprochen, die in Reih und Glied auf ihren Bänken saßen.

Es wäre ihr Untergang. Alles, wofür Alexandrine die letzten Jahre gekämpft hatte, alle Erweiterungen der Routen, die nun endlich, nach so langer Zeit Gewinn abwarfen und die Familie finanziell auf solide Beine stellten, wären umsonst gewesen. Niemals würde Alexandrine das zulassen.

»Ihr habt kein Recht auf all diese Stationen«, fing von Paar erneut an. »Auch nicht auf die bis nach Trient, denn Ihr habt sie mir heimtückisch gestohlen.«

Die Miene des Prinzipalkommissars wurde düsterer, erste, leise Gespräche kamen im Raum auf. Viele der Anwesenden folgten der Diskussion überhaupt nicht mehr, erkannte Alexandrine. Vor allem jetzt nicht mehr, da von Paar irgendwelche alten Geschichten auspackte, die von keinerlei Interesse für die aktuelle Streitfrage waren.

»Unser Vetter Octavio aus Augsburg hat damals lediglich das gemacht, was jeder Mann mit Verstand getan hätte«, erklärte Alexandrine. Eine alte, leidige Geschichte, bei der der Augsburger Zweig der Taxisfamilie unternehmerisches Geschick bewiesen hatte. Von Paar, der die Route bis nach Trient eigentlich bediente, hatte seine Reiter nicht mehr bezahlt. Diese hatten die Briefe deshalb nicht länger zuverlässig befördert, und Octavio von Taxis hatte kurzerhand eigene Reiter auf die Strecke geschickt und die Route bedient. Ohne kaiserliche Zustimmung war es damals geschehen, aber keiner der Kunden, die nun endlich wieder ihre Briefe zuverlässig befördert wussten, hatte sich je darüber beschwert. Stillschweigend war die Route auf diese Weise zu einer Taxisroute geworden, obwohl sie eigentlich zur Hofpost gehört hatte.

»An Euch gerissen habt Ihr sie! Schamlos!«, fuhr von Paar auf, und sein Kopf nahm allmählich eine ungesunde, bläulich rote Farbe an.

»Redet keinen Unsinn, von Paar«, tat Alexandrine seinen Vorwurf ruhig ab. »Ihr habt Eure Reiter nicht bezahlt, sie ritten unzuverlässig, und Octavio hat ihnen eben ihren Sold garantiert, und zwar bis nach Trient. Und das ist schließlich in unser aller Sinne, nicht wahr?«, fragte Alexandrine nunmehr wieder an den Prinzipalkommissar gewandt, dem der Zorn mittlerweile ins Gesicht geschrieben stand.

»Schluss jetzt«, donnerte dieser durch den Raum. Nur noch das Schnarchen eines der Jagdhunde des sächsischen Gesandten war zu hören.

»Die Briefe des Kaisers und seiner Stellvertreter werden, solange der Kollegialtag in Regensburg weilt, durch die von Paars befördert«, erklärte er an Alexandrine gewandt. Alexandrine spürte ein Kribbeln im Nacken. »Alle anderen Briefe, und ich meine *alle*«, er funkelte dabei von Paar an, »werden von der Taxis-Post befördert. Die generelle Entscheidung über Euren Antrag, die alle Reichsgebiete umfasst, wird erst nach den Stellungnahmen der Kurfürsten fallen. Wir werden Euch Nachricht darüber zukommen lassen.« Er blickte suchend zur Tür. »Die Nächsten, bitte!«, rief er und wandte sich wieder an Alexandrine und von Paar. »Ihr dürft Euch entfernen.« Er wedelte mit der flachen Hand, Alexandrine machte einen Knicks und schritt aus dem Saal, dicht gefolgt von Johann Christoph von Paar.

»Ihr werdet schon sehen! Die Gesandten sind unserer Diskussion gerade eben mit Interesse gefolgt. Sie werden in meinem Sinne entscheiden«, schimpfte er halblaut von hinten. Abrupt blieb Alexandrine stehen und drehte sich langsam zu von Paar um, der fast in sie hineingelaufen wäre. »Die kaiserliche Reichspost hat die Schweden überlebt, wir werden auch die Anfeindungen von einem Wurm, wie Ihr es seid, überleben, ganz egal, wie die Kurfürsten entscheiden mögen.«

Von Paars Gesicht wurde starr, er schnappte nach Luft, seine bläulich rote Gesichtsfarbe wurde noch dunkler. »Was fällt Euch ein«, stieß er hervor. »Mir solche Belei… aaah!« Sein letztes Wort ging in einen Schrei über, er fasste sich an die linke Seite seiner Brust, presste die Hand darauf und sank ein wenig in die Knie. Reflexhaft griff Alexandrine nach ihm, versuchte, ihn zu stützen, aber er war zu schwer für sie. Gemeinsam sanken sie zu Boden. Einige livrierte Diener eilten heran und halfen den beiden auf, doch von Paar konnte sich nicht mehr auf den Beinen halten.

»Ein Schwächeanfall, vielleicht sogar Schlimmeres, bringt ihn sofort in seine Gemächer und holt einen Arzt«, befahl Alexandrine. Einen Moment noch starrten die Lakaien mit schreckgeweiteten Augen auf das dunkel angelaufene, erschlaffte Gesicht des Österreichers. Erst als Alexandrine »Worauf wartet ihr noch?« brüllte, erwachten sie aus ihrer Erstarrung und schleiften von Paar die Treppen des Regensburger Rathauses hinunter. Erst jetzt bemerkte Alexandrine, dass sie selbst am ganzen Körper zitterte.

10.

Gasthof »Zum goldenen Kreuz«, Haidplatz, Regensburg

Genoveva

Mit Schwung warf ihre Mutter die Tür ins Schloss, als sie von der Verhandlung des Kurfürstlichen Kollegialtages ins Gasthaus zurückkehrte. Sie blieb in der Mitte des Raumes stehen, sah sich suchend um, bis ihre Augen den Weinkrug samt den zwei Bechern neben Genovevas Bett entdeckten. Wortlos marschierte sie darauf zu, wollte sich einen Becher vollschenken, aber nur ein müder Tropfen rann daraus hervor. Die Gräfin kniff ein Auge zusammen, spähte in das bauchige Gefäß hinein und stellte es mit einem Knall wieder ab.

Stumm hielt Genoveva ihrer Mutter den eigenen Becher hin, den sie gerade eben gefüllt hatte. Diese leerte ihn mit einem Zug.

»Von Paar, dieser Wicht, möchte in allen Städten des Reiches Poststationen aufbauen. Für die kaiserliche Hofpost. Und hier in Regensburg möchte er sogleich damit beginnen und noch für diesen Kollegialtag die Briefe befördern«, eröffnete Alexandrine ihrer Tochter und ließ sich schwer neben diese auf die Bettstatt fallen. Die Strohmatratze unter ihr wippte.

»Bitte, was?« Genoveva glaubte, sich verhört zu haben.

»Ja, du hast richtig verstanden. Und gerade eben erlitt er einen Schwächeanfall. Fiel schreiend in sich zusammen wie ein leerer Mehlsack, ganz rot war er im Gesicht … Wo ist eigentlich Lamoral?«

»Ausgegangen, er …« Aber Genoveva musste ihre Erklärungen nicht weiter ausführen, denn Lamoral kam soeben zur Tür hereingeschlüpft. Zwar war er wieder von seinem Lungenleiden genesen, aber er war noch immer dünn, geradezu dürr für seine fünfzehn Jahre, und jeden Tag schien er ein Stückchen mehr zu wachsen. Seine dunkelbraunen Haare waren strubbelig und standen in alle Richtungen ab. Und schon jetzt wurde sein Gesicht dominiert von der Hakennase, die er von seinem Großvater geerbt zu haben schien, wie ihre alternde Gesellschafterin nicht müde wurde zu betonen.

»Ich habe dich zum Gasthaus eilen sehen, Mutter, und bin dir gleich nachgekommen.« Seit ein paar Monaten brach ihm die Stimme immer wieder nach oben aus, was Genoveva stets dazu veranlasste, ihn damit aufzuziehen.

»Gut gemacht, mein Sohn. Wir haben etwas zu besprechen«, erklärte Alexandrine, und Genoveva verzog unwillig die Mundwinkel. Seit Lamoral gemeinsam mit ihrer Mutter und ihr die Postrouten bereiste, schienen Komplimente und Lob bei ihrer Mutter locker zu sitzen, sehr viel lockerer, als es zuvor jemals der Fall gewesen war.

Und ihre Mutter hatte ja recht. Aufgeweckt war der Junge, sprach schon jetzt vier Sprachen fließend, beherrschte sogar das Deutsche so gut, dass er für seine Mutter oftmals den etwas komplizierteren Schriftverkehr übernahm. Er rechnete vielleicht noch nicht so schnell wie Genoveva und würde sich vermutlich niemals Sachverhalte und Briefinhalte so gut merken können wie seine große Schwester, aber in dem einen Jahr, das er nun gemeinsam mit ihr in die Lehre bei ihrer Mutter ging, hatte er große Fortschritte gemacht.

Doch obwohl Genoveva ihrem Bruder all diesen Zuspruch gönnte und selbst ganz vernarrt war in Lamoral, die Bohnenstange, versetzte ihr die viele Bestätigung, die ihr Bruder mit einem Mal von ihrer Mutter bekam, jedes Mal einen Stich.

»Unser Problem sind nicht mehr die Schweden, Kinder. Von Paar möchte im ganzen Reich Stationen der kaiserlichen Hofpost eröffnen«, wiederholte die Gräfin.

Einen kurzen Moment herrschte Schweigen.

»So lasst ihn doch«, wandte Lamoral ein. »Er wird kein Geld damit verdienen. Der Kaiser besitzt das Privileg, dass alle seine Briefe im gesamten Reich umsonst befördert werden müssen. Wenn das zukünftig nun die Hofpost übernimmt, müssen wir es nicht mehr tun. Mit den kaiserlichen Briefen machen wir doch jedes Jahr riesige Verluste, oder nicht?«

»Lamoral hat recht«, bekräftigte Genoveva die Worte ihres Bruders. »Von Paar wird an seinen eigenen Plänen zugrunde gehen.«

»So einfach ist das leider nicht«, widersprach die Gräfin. »Das Problem ist nicht von Paar, sondern die Entscheidung des Kurfürstlichen Kollegiums. Es schert die Kurfürsten nicht, dass von Paar sich in diesem Fall finanziell übernehmen und ruinieren wird, sie wollen nur den Beschluss, versteht ihr?«

Lamoral begann, an seinem Fingernagel zu kauen. »Warum?«

Geistesabwesend zog Genoveva ihrem Bruder die Hand vom Mund weg, denn ihr dämmerte langsam, worauf ihre Mutter hinauswollte. »Die Kurfürsten gieren danach, ihre eigenen Postanstalten zu gründen, nicht wahr?«, fragte sie. »Sie wollen sich unabhängig machen vom Kaiser, vor allem jetzt, da sein unerfahrener Sohn bald den Thron besteigen wird.«

»Ganz genau, Genoveva. Noch sitzen wir fest im Sattel, auch in den kurfürstlichen Städten, aber wenn die Kurfürsten nun entscheiden, dass neben der Reichspost auch die Hofpost im ganzen Reich agieren darf, dann …«

»… werden sie genau diese Entscheidung als Grundlage nehmen, um in ein paar Jahren ihre eigenen Postanstalten zu gründen«, ergänzte Genoveva den Satz ihrer Mutter.

Schweigen.

»Die Kurfürsten werden alles daransetzen, uns zu verdrängen, und von Paar, dieser Schuft, macht sich das natürlich zunutze!«, sagte die Gräfin schließlich in die Stille hinein. »Und er selbst ist viel zu kurzsichtig, um zu erkennen, dass er damit an seinem eigenen Stuhl sägt. Sie werden eine Entscheidung treffen und sich dann zurücklehnen und abwarten. Jetzt, zu Kriegszeiten, ist ihnen das Investment noch zu unsicher, da halten sie schön ihre Füße still und lassen uns Himmel und Hölle in Bewegung setzen, um die Routen am Laufen zu halten. Doch sobald das Land befriedet ist, werden sie ihre Chance ergreifen«, echauffierte sich Alexandrine so laut, dass im Nebenzimmer jemand gegen die Wand pochte.

»Aber was können wir tun, Maman?«, fragte Lamoral vorsichtig, denn genau wie Genoveva wusste er, dass man die Gräfin am besten nicht noch weiter reizte, wenn sie bereits in Rage war.

»Wir können nicht dauerhaft als stimmloser Bittsteller auf dem Kurfürstlichen Kollegialtag auftreten. Sie sehen uns als Krämer ohne Land an, als emporgekommene Bürger, die auf Gedeih und Verderb der kaiserlichen Gnade ausgeliefert sind. Sie erkennen uns nicht als ihresgleichen an.«

»Dann müssen wir unserer Familie eben zu einem besseren Stand verhelfen auf dem Kollegialtag«, warf Lamoral ein, lauter und sicherer als noch zuvor. Er stand auf, begann, im Raum auf und ab zu laufen, die Hände hinter dem Rücken gefaltet, genauso, wie ihr Vater es immer gemacht hatte. Genoveva konnte sich noch genau daran erinnern, und für einen kurzen Moment schlich sich ein wehmütiges Gefühl in ihr Herz.

»Wie sollen wir das anstellen?«, wollte sie wissen.

»Wir müssen uns absichern, in alle Richtungen«, erklärte ihre Mutter. »Zum einen werde ich einige gelehrte Männer damit beauftragen, nach unseren Wurzeln in der Lombardei zu forschen. Noch heute schicke ich eine Nachricht an Julius Chifletius, er wird mir dabei sicher behilflich sein können.«

»Es kann Jahre dauern, bis die Herren etwas finden werden«, warf Genoveva ein. »Bis dahin ist es vielleicht schon zu spät.«

»Richtig, Mädchen. Und ich kann mich auch nicht darauf verlassen, dass die Männer wirklich etwas über die Familie deines Vaters herausfinden werden, was sich in unserem Sinne verwerten lässt.«

»Aber wenn du möchtest, dass sie etwas finden, dann werden sie das auch, Maman«, sagte Genoveva leise und ignorierte Lamorals erstaunten Blick.

Ein kleines, anerkennendes Lächeln huschte über das Gesicht ihrer Mutter, kurz strich sie ihr über den Kopf, und ein wohliges, warmes Gefühl machte sich in Genovevas Brustkorb breit.

»Aber wir alle werden unserer Pflicht für die Familie nachkommen, nicht wahr, mein Kind?«, hörte sie die Stimme ihrer Mutter, und das angenehme Gefühl verschwand. Genoveva öffnete die Augen wieder.

»Aber natürlich, Maman«, stimmte sie zu, verwundert über deren sanften Tonfall.

Gerade, als sie Luft holte, um zu fragen, wie ihre Mutter den letzten Satz gemeint hatte, drang das Gebimmel von Totenglocken zu ihnen in den Herbergsraum. Gespenstisch und dumpf hallte deren Klang durch die Gassen.

Die Gräfin sandte ihrer Tochter einen alarmierten Blick, fast gleichzeitig stürzten sie ans Fenster und rissen es auf.

»Was ist passiert?«, rief Alexandrine die Straße hinab, doch keiner der Passanten reagierte. Noch einmal rief sie, diesmal blieb ein Händler stehen, der sich mit einem überladenen Handkarren voller Töpfe und Pfannen über das Kopfsteinpflaster mühte.

»Der kaiserliche Hofpostmeister von Paar ist gestorben!«, antwortete dieser, die Hand am Mund zu einem Trichter geformt.

Das Glockengeläut verklang, eine eigenartige Stille legte sich über die Gassen, und erst jetzt erkannte Genoveva, dass alles Blut aus dem Gesicht ihrer Mutter gewichen war.

11.

Schloss Egmont nahe Brüssel, Januar 1637

Genoveva

»Gibt es Neuigkeiten von deinem Vater?«, fragte Genoveva und versteckte ihr Gesicht sogleich wieder hinter ihrer mit bunten Mustern verzierten venezianischen Maske. Sie wollte nicht erkannt werden, ganz besonders nicht von Monsieur Flamisol, dem Vorsitzenden der Tuchwebergilde, der mit gewohnt freudloser Miene an ihnen vorüberschritt. Er hielt die Hände im Rücken verschränkt und schob seinen beachtlichen Bauch vor sich her, zweifellos auf der Suche nach jemandem, mit dem er über das Elend und die Verdorbenheit der Menschheit diskutieren konnte.

Graf von Egmont hatte zum Ball geladen, zu einem Maskenball, und halb Brüssel schien seiner Einladung gefolgt zu sein. Hunderte Gäste tranken und tanzten im großen Saal des Schlosses, und es war so laut, dass Genoveva mit ihrem Ohr ganz nah an Annabelle herankommen musste, um sie zu verstehen.

»Nein, er ist immer noch eingekerkert in Madrid und wartet auf seine Gerichtsverhandlung. Ich kann nicht fassen, dass König Philipp ihn des Verrats bezichtigt! Mein armer Vater, was muss er nur für Höllenqualen leiden …«

»Hm«, machte Genoveva. »Hochadelige Gefangene leiden für gewöhnlich nicht allzu viel, ihr Arrest besteht vielmehr aus einer reichhaltigen Bibliothek, noch reichhaltigerem Essen und einer gelegentlichen Einladung zu Festivitäten am spanischen Hof.«

»Woher willst du das denn wissen?«

»Ist nur eine Vermutung«, Genoveva zuckte mit den Schultern und hoffte, dass Annabelle nicht weiterfragen würde. Nach dem Vorbild der Franzosen hatten auch die Taxis kürzlich einige schwarze Kabinette errichtet. Für ihre Lehnsherren, die Habsburger, hatte ihre Mutter erklärt. Es sei ihre Vasallenpflicht. Sie überwachten die Briefe, die für Kaiser Ferdinand und auch für König Philipp von Spanien von Bedeutung sein könnten, und informierten die Herrscherhäuser bei brisanten Inhalten, jedoch war sich Genoveva nicht sicher, ob ihre Mutter inzwischen nicht auch anderen, zahlungskräftigen Kunden Spionagedienste anbot. Denn finanziell zumindest hatten sich die Taxis erholt in den letzten zwei Jahren, und Genoveva hatte sich nie erklären können, woher der plötzliche Geldfluss in ihren Kassen stammte. Ihr Bruder Lamoral betreute mittlerweile viele der taxischen Bücher und Bilanzen. Bereits seit zwei Jahren unterstützte er Genoveva nun schon in der Brüsseler Poststation und übernahm immer mehr Aufgaben von ihr. Und obwohl ihre Mutter beteuerte, dass auch Genoveva ihre Anwartschaft auf die Generalpostmeisterstelle erhalten würde, wusste sie doch, dass sie eigentlich nie dafür vorgesehen gewesen war.

Sie mochte die Erstgeborene sein, aber sie war eine Frau.

Und die Tatsache, dass ihre Mutter sie mit einem Mal auf einen Ball nach dem anderen schleifte und nicht müde wurde, ihr dort eine ganze Armada von jungen Männern vorzustellen, hatte Genoveva misstrauisch werden lassen. Jetzt, da Lamoral sich bester Gesundheit erfreute und er so geschickt alle Aufgaben in der Brüsseler Poststation übernahm, bekam Genoveva immer mehr das Gefühl, nicht mehr gebraucht zu werden.

Die Maske vor dem Gesicht, ließ Genoveva den Blick durch den Raum schweifen. Kristallene Lüster mit Hunderten von Kerzen erhellten den gesamten Saal, auf einem Podest saß ein knappes Dutzend Musiker, die, ohne müde zu werden, einen Reigen nach dem anderen aufspielten. Unzählige Spiegel, die zwischen dem Stuck in den Wänden eingelassen waren, ließen den Saal noch größer und prachtvoller erscheinen. Farbenfroh und ausgelassen wogte die Menge durch den Saal, tanzte, sang, lachte. Annabelle ließ sich anstecken von der fröhlichen Stimmung, zog Genoveva von den Balkonen mit sich hinunter auf das Parkett, und sie reihten sich ein in einen schnellen Reigen, gaben sich der Melodie und dem Tanz hin. Bei jeder Schrittfolge lag Genovevas Handfläche auf der eines anderen Tanzpartners, Genoveva kannte keinen von ihnen, denn alle hielten sich hinter ihren Masken versteckt.

Dann zog sie plötzlich ein dunkel gekleideter Herr aus der Menschenmenge, und für einen Augenblick musste Genoveva ihre Überraschung überwinden, denn er tanzte den Reigen am Rand des Parketts nur mit ihr alleine. Auch er trug eine Maske, war vollkommen in Schwarz gekleidet – ein Mitglied der Kaufmannsgilde womöglich? Sie mochte seine Berührungen, die Art und Weise, wie er sie ohne Scheu beim Tanz führte, an der Hüfte fasste, sie herumwirbelte.

Irgendetwas an den Bewegungen des Mannes kam ihr bekannt vor. Sie waren geschmeidig, erinnerten sie an die einer Katze. Auch seine Hände schienen ihr seltsam vertraut, sie waren kräftig, und einige dunkle Haare kräuselten sich auf dem Handrücken. Vielleicht doch einer von Graf Egmonts Cousins? Aber noch ehe sie sich weiter darüber Gedanken machen konnte, war der Reigen vorüber, und der Fremde verschwand zwischen den Menschen auf der Tanzfläche. Einen Moment noch blickte Genoveva ihm hinterher, eine seltsame Enttäuschung in der Brust.

Wer war dieser Mann?

Sigismondo

Er hasste Bälle. Wirklich, er konnte sie nicht ausstehen. Dieses affektierte Geplänkel, das weibische Herumtanzen, die ermüdenden, betrunkenen Konversationen, die man sich gegenseitig zubrüllte, weil es viel zu laut war für eine normale Unterhaltung. Stets ließ er sich irgendwelche Ausreden für seine Freunde einfallen, warum er nicht auf diesen oder jenen Ball gehen konnte. An diesem Abend hatte ihn sein Einfallsreichtum allerdings im Stich gelassen, und noch bevor er seinem grinsenden, rothaarigen Cousin Robert eine fadenscheinige Erklärung auftischen hatte können, hatte dieser ihn schon kurzerhand am Ärmel gepackt und in Richtung seiner Kutsche bugsiert.

Sigismondo hatte seinen Widerstand aufgegeben, denn er hatte gerade ohnehin viel freie Zeit zur Hand, wie immer, wenn Eis und Schnee das Land im Griff hielten. Bereits seit November war er zurück in seinem Palais in Brüssel, denn nach der Schlappe bei der Schlacht von Wittstock hatte der Kaiser große Teile seiner Truppen entlassen. Er verbrachte seine Tage nun mit Übungskämpfen gegen seine Obristen im Innenhof des Palais, der ermüdenden Lektüre einiger philosophischer Traktate und dem übermäßigen Konsum von saurem, deutschem Wein.

Also hatte Sigismondo sich eine von Roberts venezianischen Masken aufschwatzen lassen, seinem Cousin Einhalt geboten, damit er sich in seiner Ankleidekammer noch rasch sein neues, schwarzseidenes Wams überziehen konnte, und war ihm schließlich mit verdrießlicher Miene gefolgt, um ihn auf den Maskenball des Grafen von Egmont zu begleiten.

Aber dann war der Abend überraschend vergnüglich geworden, und er hatte seinen Plan, die Gesellschaft bereits nach Kurzem wieder zu verlassen, über den Haufen geworfen. »Schau dich um! Such dir ein Mädchen zum Vergnügen, es war noch nie leichter als diesen Winter, glaub mir«, hatte Robert ihm zugeraunt und ihn auch keinen Moment aus den Augen gelassen, damit er sich unter keinen Umständen heimlich davonstehlen konnte.

Sigismondo fischte sich bei einem vorbeilaufenden Diener einen vollgefüllten Becher Wein vom Tablett, lehnte sich über das Geländer eines der vielen Balkone, von denen aus man einen guten Überblick über den gesamten Saal hatte, und trank.

Als er Genoveva von Taxis unter den Tanzenden ausmachte, war er verwundert, verblüfft fast. Sie trug ein grünes Kleid, die gleiche Farbe, in der auch ihre Augen strahlten. Größer schien sie ihm als noch vor zwei Jahren, und ihr gesamter Körper war rundlicher geworden, ihr Gesichtsausdruck war sanft, die Wangen vom Wein und dem Tanzen gerötet.

Und jedes Mal, wenn sie mit ihrer Freundin sprach und die Maske anhob, konnte Sigismondo den Blick nicht mehr von ihr wenden. Ihre braunen Haare waren zu einer kunstvollen Frisur zusammengesteckt, aus der sich eine Strähne gelöst und um ihren blütenweißen Hals gelegt hatte, wo sie bei jeder Bewegung über ihr Schlüsselbein strich. Sie bewegte sich elegant, Sigismondo meinte gar, dass sie über die Tanzfläche schwebte. Er leerte seinen Becher, stellte sicher, dass seine Maske auch sein gesamtes Gesicht verdeckte, und machte sich auf zur Tanzfläche.

Alexandrine hatte gewusst, dass es Probleme geben würde. Misstrauische Blicke, Gerede, einige ihrer Geschäftspartner hatten die letzten Wochen über sogar Unpässlichkeiten vorgeschützt, nur, um sie nicht treffen zu müssen. Von Paars plötzlicher Tod wäre nicht mit rechten Dingen zugegangen, vor ein paar Wochen am Kollegialtag in Regensburg, munkelten sie. Natürlich hatte sich niemand getraut, ihr das offen ins Gesicht zu sagen. Emile hatte ihr berichtet, dass die Postreiter es sich zuflüsterten, hinter vorgehaltenen Händen, und durch Zufall hatte er es mitgehört.

Alexandrine war das Geschwätz der Leute bereits gewohnt und scherte sich nicht viel darum, denn ihre Position als Generalpostmeisterin, die ihr Lehen direkt vom Kaiser empfing, machte sie fast unverwundbar. Aber sie war eine Frau, und auch wenn sie eine Gräfin war, gehörte sie doch nicht dem Hochadel an, was ihr größter und auch einziger Schutz wäre, um nicht von einigen fanatischen Gelehrten aus Rom und einer Handvoll Geistlicher und Amtsleute, die daraus zweifellos ihren Vorteil ziehen würden, der Hexerei bezichtigt zu werden. Auch die Patrizierin und Kölner Postmeisterin Katherine Henot hatte diesen Schutz vor neun Jahren nicht besessen. Und so hatten sie auch all ihre Standhaftigkeit und Charakterstärke unter Folter nicht vor einer Verurteilung als Hexe und ihrer Hinrichtung bewahrt.

Was Alexandrine allerdings noch viel mehr beunruhigte, waren die beiden Nachrichten, die sie vor gut einer Woche erreicht hatten. Die erste, das Gutachten des Kurfürstentages, war wenig überraschend. Es enthielt genau den Inhalt, den sie bereits erwartet hatte:

> An allen Orten, wo keine Ordinaripost verkehrt, sind reitende oder fußläufige Boten billigend zuzulassen, auch in den Territorien der Reichsstände. Zudem sind kaiserliche Briefe in allen Territorien des Heiligen Römischen Reiches von der kaiserlichen Hofpost, die Briefe aller anderen Untertanen von der Reichspost zu befördern.

Die von Paars hatten ihren Willen durchgesetzt, sie durften nun auf dem gesamten Reichsgebiet die kaiserlichen Briefe befördern, selbst wenn die Taxis bereits Poststationen in diesen Städten etabliert hatten.

Alexandrine gab ihnen einige Monate, vielleicht ein Jahr, bis sie sich finanziell so übernommen hätten, dass sie ihre Geschäfte auf dem Reichsgebiet einschränken und ihre Wunden in Österreich und Böhmen lecken würden. Dass städtische Nebenboten, die sogenannte Metzgerpost, allerdings auch in den Taxisgebieten Briefe befördern durften, selbst wenn ein Reiterwechsel nicht gestattet war und sie damit bedeutend langsamer waren als die Taxis-Post, wurmte Alexandrine. Es würde endlose Auseinandersetzungen geben. Sie würde die Anzahl ihrer Männer auf den Strecken aufstocken müssen, damit sie die Kontrolle über die Metzgerpost behielten und die Nebenboten nicht doch unerlaubterweise Reiterwechsel vornahmen, um schneller voranzukommen.

Der zweite Brief jedoch, der ebenfalls letzte Woche angekommen war, hatte Alexandrine schwer zu denken gegeben. Er war ohne Absender gewesen, jedoch hatte sie anhand des Briefpakets, in dem er mit anderen Schreiben zusammengeschnürt gewesen war, erkannt, dass er aus Wien stammen musste.

Der Tod Johann Christoph von Paars lastet auf Euren Schultern. Er wird Euer Untergang sein, hatte in dem Brief gestanden, ohne Absender, anonym, die Schrift so regelmäßig geschrieben, dass nicht einmal ihr Kryptograf sagen konnte, ob sie von einem Mann oder einer Frau stammte.

Alexandrine hatte sofort gewusst, dass sie handeln musste, und genau deshalb war sie heute auch hier, auf dem winterlichen Maskenball des Grafen von Egmont.

Sie war auf der Suche nach dem Mann, der ihr nun am schnellsten aus der Klemme helfen konnte.

Und es dauerte auch nicht allzu lange, bis sie ihn erkannt hatte, trotz seiner Maske. Noch immer trug er die Haare im Nacken mit einem Samtband zusammengebunden, noch immer kleidete er sich ausschließlich in Schwarz, genau wie sie selbst, sogar auf einem Maskenball, auf dem sich die anderen Gäste mit bunten Farben und ausgefallenen Kostümen gegenseitig zu übertrumpfen suchten.

Vergeblich hatte Rubens noch im Taxispalais versucht, Alexandrine dazu zu bewegen, endlich eine andere Tracht als ihren Trauerflor zu tragen. Aber sie hatte nichts hören wollen von seinen Überzeugungskünsten, ihn schließlich mit seiner wunderschönen und schon wieder schwangeren Ehefrau vorgeschickt, damit er Genoveva und Lamoral bereits auf den Ball brachte. Sie habe noch etwas zu tun, hatte sie vorgeschützt. Jedoch war sie nur in die verlassene, mondbeschienene Poststube gegangen, hatte sich mit geschlossenen Augen in die Mitte des Raumes gestellt und der Stille gelauscht, in sich selbst hineingelauscht, ob das, was sie nun tun würde, wirklich die richtige Entscheidung war.

Und sie war zu dem Schluss gekommen, dass sie nicht nur richtig war, sondern sogar die einzige, die ihnen nun schnell helfen würde.

Ohne Kutsche, nur auf dem Rücken ihres Pferdes, hatte sie sich auf den Weg zum Schloss gemacht und die überraschten Blicke der Bediensteten ignoriert, die ihr dort das Pferd abnahmen und in die Ställe führten.

Zunächst hatte Alexandrine sich im Hintergrund gehalten und auf einem der Balkone einen Überblick verschafft. Sie beobachtete die vielen, lachenden und grölenden Menschen, die gleich einem bunten Fleckenmeer im Saal unter ihr wogten. Die Brüsseler suchten Unterhaltung, sie wollten ausgelassen sein, und unbeschwert, sich wegträumen von den Grausamkeiten des alltäglichen Lebens. Mit geradezu unstillbarer Gier schienen sich die Menschen in die diesjährige Ballsaison zu stürzen, sie wollten das Leben spüren, die Liebe schmecken, denn man konnte nicht wissen, wann all die Freude und Ausgelassenheit zu Ende wäre und der Krieg wieder an den Mauern der Stadt anklopfen würde. Mittlerweile gab es niemanden mehr auf diesem Kontinent, der nicht vom Krieg betroffen war, der nicht Besitztümer, oder schlimmer noch, Familienmitglieder verloren hatte.

Alexandrine jedoch gab sich diesen irrationalen Gefühlen nicht hin, diesen Sentimentalitäten, die zu nichts führten außer einem dicken Schädel und Gewissensbissen am nächsten Morgen. Sie hatte eine Aufgabe, eine dringende Aufgabe sogar, die sie heute erfüllen würde.

Zielstrebig schritt sie die Treppe nach unten auf die Tanzfläche, hielt auf den Generalkapitän zu, wurde mehrmals von Tanzenden angerempelt, aber kämpfte sich schließlich zu ihm durch.

»Auf ein Wort, Sfondrati!«, rief sie ihm über die Köpfe, die wackelnden Hüte und Haartürme hinweg zu. Zuerst schien der Generalkapitän konsterniert darüber zu sein, dass er erkannt worden war, dann jedoch nahm er seine Maske ab, und seine Lippen umspielte ein amüsiertes Lächeln.

»Habt Ihr wieder einige Poststationen zu erobern, Gräfin von Taxis?«, antwortete er, verbeugte sich galant und bot ihr seinen Arm an, aber Alexandrine reagierte darauf nicht.

Sie blickte ihn nur an, lange und unverwandt.

Wenn sie ihm das Angebot nun machte, würde sie es nicht mehr rückgängig machen können. Sie zögerte, ballte die Hände und öffnete sie einen Atemzug später wieder.

»Seid so gut und folgt mir«, sagte sie schließlich.

12.

Taxispalais, Brüssel, Januar 1637

Genoveva

Schon am Nachmittag hatte Genoveva begriffen, dass irgendetwas ganz und gar nicht stimmte. Sie hatte sich gewundert, als ihre Mutter Gäste für das Abendessen angekündigt und der Küche die Zubereitung eines Festmahls aufgetragen hatte, mit so vielen Gängen, wie sie es nur von hohen Festtagen kannte.

Zunächst hatte Genoveva sich gefreut und eilig ein Pergament bekritzelt, eine kurze Nachricht an Annabelle, um auch diese für den besagten Abend einzuladen. Seit der Festnahme ihres Vaters vor einigen Monaten verließ ihre Freundin kaum noch das Haus. Genoveva, die immer mehr Aufgaben in der Brüsseler Poststube an ihren Bruder abgab, besuchte sie deshalb umso häufiger, aber die Unbeschwertheit und Lebenslust, die Annabelle stets ausgestrahlt hatte, schienen ihr die letzten Wochen über abhandengekommen zu sein.

Eine kleine Feier wird ihr guttun, hatte sich Genoveva gedacht, aber gerade, als sie dem Boten eine Münze in die Hand gedrückt hatte und ihn mit der Nachricht ins Palais Arenberg losschicken wollte, tauchte ihre Mutter im Flur auf. Ein Fingerschnippen, der Bote blieb stehen, händigte der Gräfin das Schreiben aus und machte sich eiliger davon, als Genoveva protestieren konnte.

»Du solltest heute Abend dein bestes Kleid anziehen, Mädchen. Das grüne, das du auch am Ball vor einer Woche getragen hast«, erklärte ihre Mutter, während sie das Siegel brach und das Schreiben überflog.

Genoveva wunderte sich. Für gewöhnlich kümmerte sich ihre Mutter nicht darum, an wen sie schrieb, und schon gar nicht legte sie ihr nahe, wie sie sich kleiden sollte.

»Gut, dass du deine Freundin einlädst, heute Abend ist ein gebührender Anlass … Bote?«, rief sie das Treppenhaus hinunter, und der Mann, der gerade eben noch davongestoben war, polterte die Stufen zurück nach oben.

»Bringt dies ins Palais von Arenberg. Und sorgt dafür, dass Comtesse Annabelle zum Abendläuten auch eine Kutsche zur Verfügung hat, sie wird mit uns gemeinsam dinieren«, ordnete Alexandrine an.

»Was meinst du mit gebührendem Anlass?«, wollte Genoveva wissen.

»Lass uns in dein Gemach gehen, Genoveva, ich habe etwas mit dir zu besprechen. In aller Ruhe.« Selten sprach ihre Mutter sie mit ihrem Namen an, und meistens verhieß diese Förmlichkeit nichts Gutes.

»Wie du meinst, Mutter«, Genoveva öffnete die Tür in ihr Schlafzimmer und ließ ihre Mutter vor sich eintreten. Die Gräfin setzte sich, räusperte sich und faltete die Hände im Schoß, als suche sie nach den richtigen Worten, um dieses Gespräch zu beginnen. Genoveva folgte ihr langsam in den Raum, blieb jedoch neben dem Kanapee stehen.

»Wir alle haben eine Aufgabe zu erfüllen, nicht wahr, Mädchen?«, fing Alexandrine mit überraschend sanfter Stimme an. Einige Momente verstrichen, erst dann verstand Genoveva, dass ihre Mutter offenbar auf eine Bestätigung wartete. Sie schluckte schwer und rang sich ein nervöses Nicken ab.

»Es sind schwierige Zeiten für unsere Familie. Wir müssen die Taxis stärken, gegenüber dem Kaiser und den Kurfürsten. Und dazu brauche ich deine Unterstützung.«

Genoveva spürte, wie ihr mit einem Mal kalt wurde, die Finger klamm, denn allmählich beschlich sie eine furchtbare Ahnung, von was ihre Mutter gerade sprach.

»Du wirst heiraten, Genoveva, in ein altes, bedeutendes Geschlecht. Es wird uns genau die Sicherheit geben, die wir jetzt so bitter nötig haben.«

Genoveva zwang sich, tief und ruhig zu atmen. Sie versuchte, einen klaren Gedanken zu fassen, aber ihr Kopf war leer.

»Was?«, sagte sie bloß.

»Heute Abend werde ich deine Verlobung bekannt geben«, erklärte ihre Mutter. Bedacht sprach sie jedes Wort aus, schaute Genoveva dabei tief in die Augen, als wolle sie allein mit ihrer Willenskraft verhindern, dass ihre Tochter jetzt die Nerven verlor.

Genoveva schaffte es nicht mehr, einen ganzen Satz zu formulieren.

»Wen?«, krächzte sie, räusperte sich. »Wen soll ich heiraten?«, wiederholte sie mit festerer Stimme.

»Du kennst ihn bereits, er ist ein Freund der Familie.«

Genoveva schüttelte den Kopf. Ihre Beine fühlten sich weich an, und kleine, schwarze Punkte begannen, vor ihren Augen zu tanzen. Von wem sprach ihre Mutter? In Genovevas Kopf überschlugen sich die Gedanken, aber ihr wollte einfach niemand einfallen, der ein passender Heiratskandidat für sie wäre.

»Es ist schon beschlossene Sache, Kind. Heute Abend feiern wir eure Verlobung. Er wird bald eintreffen.«

»Wer ist es denn, in Gottes Namen?« Genoveva merkte selbst, wie fremd ihre Stimme mit einem Mal klang, fast schrill.

»Sigismondo Sfondrati.«

Genovevas Knie gaben nach, schwer sackte sie nach unten auf das gepolsterte Sofa.

»Das geht nicht.«

»Natürlich geht das, die Hochzeit wird noch vor dem Frühjahr stattfinden, denn es könnte sein, dass der Generalkapitän wieder in den Krieg ziehen muss, sobald das Tauwetter einsetzt.«

»Ich kann ihn nicht heiraten.«

»Wieso, wenn ich fragen darf?«, verlangte nun ihre Mutter zu wissen, und Genoveva nahm die Ungeduld in ihrer Stimme wahr.

»Ich kann ihn nicht ausstehen. Und er mich auch nicht«, fast verhaspelte sie sich, so schnell waren die Sätze aus ihrem Mund gekommen. Ihre Finger krallten sich in ihre Röcke. »Hörst du? Er hasst mich, er findet mich unreif und hässlich, er verabscheut mein schlechtes Augenlicht, ich kann mich noch genau erinnern, was er vor zwei Jahren zu mir gesagt hat. Er kann der Hochzeit nicht zugestimmt haben. Bitte, Mutter!«

Sie flehte, Genoveva wusste genau, dass sie flehte, aber es war ihr in diesem Moment egal.

»Er schien mir nicht abgeneigt zu sein, und schneller, als ich vermutet hatte, stimmte er zu«, widersprach ihre Mutter ruhig.

Ein Moment der Stille entstand. Genoveva starrte auf ihre ineinander verschlungenen Finger, die feucht vor Schweiß waren. Langsam hob sie den Kopf und erwiderte den durchdringenden Blick ihrer Mutter.

»Wie viel Mitgift bekommt er?«, fragte sie mit heiserer Stimme.

Fast schon stolz erschien ihr die Gräfin, als sie lächelte. »Du hast einiges über Geschäfte gelernt die letzten Jahre.«

»Woher willst du das Geld überhaupt nehmen für die Mitgift?«, verlangte Genoveva zu wissen. »Ich kenne unsere Bücher. Wir können uns keine Hochzeit leisten.«

»Natürlich können wir das, das Geld für die Hochzeit wird nicht aus unseren Beständen beglichen werden. Außerdem geht es doch gar nicht darum«, sagte sie.

»Worum denn dann?«, fragte Genoveva.

»Ich glaube, er mag dich.«

Ihre Mutter musste wahnsinnig geworden sein.

»Das kann nicht dein Ernst sein!«, fuhr Genoveva auf, und es scherte sie in diesem Moment nicht, dass sie ihrer Mutter gegenüber nun den falschen Ton anschlug. »Er ist ein eingebildeter, verrohter

Berserker, der nichts anderes im Sinn hat als Kampf und Krieg. Er ist doch überhaupt nicht in der Lage, irgendetwas zu fühlen!«

»Ist das so?« Der Anflug eines Lächelns huschte über das Gesicht der Gräfin.

Ihre eigene Mutter verschacherte ihr Leben und ihre Zukunft, und es belustigte sie auch noch? Genoveva spürte, wie ihr Ärger wuchs.

»Das kannst du nicht von mir verlangen, Maman!« Sie erhob sich abrupt.

»Ich kann es von dir verlangen, Genoveva von Taxis, und ich werde es. Es ist deine Pflicht, die Verantwortung zu übernehmen, die unser Name für uns alle bedeutet.«

»Was, wenn ich nicht möchte?«

»Denkst du, ich wurde jemals gefragt, ob ich den Posten der Generalpostmeisterin übernehmen und meine Tage im Straßendreck zwischen Wegelagerern und Postreitern verbringen möchte? Es geht hier nicht um deinen Willen oder meinen Willen. Es geht hier um etwas viel Größeres, nämlich die Zukunft unserer Familie«, erwiderte die Gräfin so laut, dass Genoveva bestürzt schluckte.

»Wieso kann ich das nicht, indem ich weiter in den Poststationen helfe?«, versuchte sie es nun in einem versöhnlicheren Tonfall. »Ich führe die Bücher sauberer und schneller als alle, sogar als Lamoral! Du selbst hast gesagt, dass mein Gedächtnis phänomenal ist, ein Geschenk Gottes hast du es genannt! Wieso kann ich es nicht weiter in den Dienst unseres Hauses stellen?«

»All das ist ab jetzt Lamorals Aufgabe«, erklärte die Gräfin. Sie war immer noch freundlich und geduldig, obwohl Genoveva ihr so viele Widerworte gab. Unter normalen Umständen hätte ihre Mutter dieses Gespräch schon längst abgebrochen. *Sie bemüht sich. Sie versucht, es dir einfacher zu machen,* erkannte Genoveva. Und trotzdem stiegen ihr die Tränen in die Augen. Kraftlos sank sie erneut auf das Kanapee und schaffte es nicht mehr, dem Blick ihrer Mutter standzuhalten.

Sie musste den Tatsachen ins Gesicht schauen. Sie könnte ihre Anwartschaft zur Generalpostmeisterstelle ja noch immer bekommen, vermutlich würde sie das auch, trotz einer Heirat. Denn jederzeit konnte Lamoral irgendetwas zustoßen, und dann wäre sie die nächste Erbin des Generalpostmeisterlehens. Im Grunde genommen war sogar ihre Mutter stets nie mehr als die Stellvertreterin ihres kleinen Bruders gewesen, genauso wie sie zur Stellvertreterin ihrer Mutter ausgebildet worden war. Die Wahrscheinlichkeit aber, dass Genoveva wirklich einmal an die Spitze der Familiendynastie vorrücken würde, war geradezu verschwindend gering.

»Was versprichst du dir überhaupt von einer Hochzeit mit Sfondrati?«, verlangte sie zu wissen.

»Er hat beste Verbindungen zu den spanischen Habsburgern und auch zum Sohn des Kaisers. Nur Gott weiß, wie lange Ferdinand noch leben wird. Wenn sein Sohn ihm auf den Thron nachfolgt, brauchen wir einen Fürsprecher bei Hofe. Außerdem hält Sfondrati einen Markgrafentitel in seiner italienischen Heimat.«

Genoveva überlegte. »Was, wenn ich weiterhin für die Taxis arbeiten möchte?«

»Das ist etwas, das du mit deinem zukünftigen Ehemann besprechen musst, mein Kind.«

»Man kann mit ihm nicht sprechen.«

»Man kann mit jedem Menschen sprechen, ganz sicher auch mit Sfondrati, denn er ist ein vernünftiger Mann. Auch du wirst das erkennen.«

Stille.

»Also«, sagte ihre Mutter, während sie aufstand. »Ich kann mich auf dich verlassen, dass du heute Abend deinen zukünftigen Ehemann mit Würde und dem ihm gebührenden Respekt empfängst.« Die dunklen Augen lagen prüfend auf ihr. »Nicht wahr?«, fragte sie, und erst nach einigen, zähen Atemzügen schaffte Genoveva ein mechanisches Nicken.

13.

Taxispalais, Brüssel

Sigismondo

Sie hatte ihm zur Begrüßung die Hand gereicht, ohne ihm dabei auch nur ein einziges Mal in die Augen zu sehen, und jetzt saß sie ihm gegenüber an der mit feinem Silber, Kristallgläsern und allen erdenklichen Köstlichkeiten gedeckten Tafel, neben der Comtesse von Arenberg, und behandelte ihn wie Luft.

Er unterhielt sich mit der Gräfin zu seiner Rechten und dem jungen Lamoral von Taxis zu seiner Linken, der ihn voller Begeisterung mit Fragen zur Schlacht von Nördlingen und seinen Kampfstrategien überschüttete. Gar nicht stumm zu kriegen war der Junge, und Sigismondo antwortete meist halbherzig, denn in Gedanken war er woanders. Bei jemand anderem.

Der alternde Maler Peter Paul Rubens und seine hochschwangere Ehefrau waren ebenfalls anwesend, und sein Cousin Robert schien sich vortrefflich mit den beiden zu unterhalten, wie Sigismondo mit wachsendem Unmut bemerkte. Überhaupt schien sich jeder an der recht kleinen Tafel gut zu amüsieren – bis auf das Verlobungspaar.

Wieso verstimmte es ihn eigentlich so, dass Genoveva ihn vollkommen ignorierte? Die Gräfin von Taxis hatte ihm ein Angebot gemacht, das äußerst lukrativ für ihn war. Ein Geschäft, mehr nicht. Sein Leben fand ohnehin nicht hier in Brüssel statt, sondern auf den Schlachtfeldern Europas. Er würde seine zukünftige Ehefrau kaum zu Gesicht bekommen, warum also maß er ihrem Wohlwollen solche Bedeutung zu?

Einmal mehr riskierte er einen Blick zu ihr.

Blass sah sie aus, und ernst. Die grünen Augen waren weit aufgerissen und irrten unstet durch den Raum wie bei einem gehetzten Reh. Fast schon tat sie ihm leid, und ihn beschlich das Gefühl, dass die Grafentochter bis vor wenigen Stunden noch gar nichts von ihrer eigenen Verlobungsfeier gewusst hatte.

Den ganzen Abend über hatte sie nichts von ihrem Essen angerührt, kaum ein Wort gesprochen, selbst nicht mit ihrer Freundin, mit der sie vor einer Woche auf dem Ball noch so ausgelassen herumgealbert hatte. Wie zwei Lämmer auf der Schlachtbank saßen die beiden jungen Frauen nebeneinander, und Sigismondo meinte bemerkt zu haben, wie die Comtesse von Arenberg mehrmals unter dem Tisch Genovevas Hand nahm.

Der gläserne Weinkelch vor ihr war, selbst nachdem die Süßspeisen abgetragen worden waren und die Gräfin von Taxis sich zu einer kleinen Ansprache erhob, noch halb gefüllt.

Die Gespräche verstummten, sobald die Gräfin stand, und einen winzigen Moment lang meinte Sigismondo, Unbehagen über ihr Gesicht huschen zu sehen. Aber sofort war der Ausdruck wieder fort, und ein Lächeln breitete sich auf ihren Zügen aus.

»Wir haben uns heute Abend versammelt, weil es eine freudige Nachricht zu feiern gibt«, begann sie.

Genoveva sah ihn an, zum ersten Mal. Der Kerzenschein spiegelte sich im dunklen Grün ihrer Augen, und etwas Verletzliches lag darin, eine Verletzung vielleicht sogar. Und eine Bitte. Ganz deutlich konnte er es in ihren Augen erkennen, sie flehte ihn an, stumm, und er meinte zu erkennen, dass sich ihre Lippen lautlos bewegten.

»Ich möchte die Verlobung meiner Tochter Genoveva bekannt geben, und es ist mir eine besondere Freude, Sigismondo Sfondrati bald meinen Schwiegersohn nennen zu dürfen. Erheben wir unsere Gläser und trinken auf das glückliche Brautpaar.«

Noch immer hielt Genoveva seinen Blick fest, noch immer lag dieses Flehen in ihren Augen, und er wusste sich nicht anders zu helfen, als sie anzulächeln, aufmunternd, wie er meinte, und beruhigend.

Die Gräfin hob ihren gläsernen Pokal, alle Anwesenden standen auf und prosteten einander zu.

»Auf das junge Brautpaar!«, gab die Gräfin vor, und die Gäste wiederholten die Worte, ehe sie tranken.

Genovevas Gesichtsausdruck hatte sich verändert, ihre ganze Körperhaltung hatte sich verändert, und die Angst in ihren Augen war wie fortgeblasen. Kalt und feindselig schaute sie ihn jetzt an, und Sigismondo erkannte den Blick wieder, denn vor zwei Jahren hatte Gräfin Alexandrine ihn mehr als einmal mit genau dem gleichen bedacht.

Er erwiderte ihre abweisende, zornige Miene mit einem selbstsicheren Nicken, und sofort schien seine Verlobte wieder in sich zusammenzufallen. Sie presste die Lippen aufeinander und starrte auf das unberührte Silberbesteck vor ihrem Teller. Sobald die Gräfin das Glas auf dem Tisch absetzte und wieder erste Gespräche aufkamen, schob Genoveva lautlos den Stuhl nach hinten und verließ den Raum, ohne um Erlaubnis zu fragen und ohne sich auch nur einmal umzublicken.

Genoveva

Sie hatte es einfach nicht mehr ausgehalten. Die aufgesetzte Freundlichkeit ihrer Mutter, die selbstgefällige Miene von Sfondrati, der ihre stumme Bitte, einzuschreiten und der Verlobung zu widersprechen, mit Freude und Genugtuung, so schien es ihr, hatte abblitzen lassen.

Sie wollte alleine sein und hatte sich ein Stockwerk höher zurückgezogen in den kleinen Salon. Hier würde sie niemand vermuten und auch niemand finden.

Als das Knarzen von Sohlen auf dem Holzboden zu ihr drang, langsame Schritte, die plötzlich innehielten, drehte sie sich unwillig um. Sie rechnete mit einem Diener. Doch Sfondrati verharrte an der Türschwelle.

Er stand einfach nur da und schaute sie an.

Schwaches Mondlicht schien durch die Fenster, vermochte kaum den Raum zu erhellen, und Genoveva konnte den Ausdruck auf seinem Gesicht nicht erkennen. Die vielen Verstrebungen zwischen den Butzenscheiben zeichneten ein eigentümliches Muster auf ihn und die frisch eingelassenen Holzdielen des Bodens.

Mit langsamen, bedächtigen Bewegungen schloss Sfondrati die Tür hinter sich und kam ein, zwei Schritte in den Raum hinein.

Genoveva setzte zum Sprechen an, besann sich dann jedoch und blieb stumm.

»Ja? Gibt es etwas, das du mir sagen willst?«, fragte Sigismondo. Breitbeinig war er vor ihr zum Stehen gekommen, nah genug, dass sie seine Gesichtszüge nun erkennen konnte, und Genoveva fragte sich, ob nicht genau das seine Absicht gewesen war. Die Arme hingen locker seitlich herab, einen winzigen Moment lang blieb ihr Blick auf seinen großen Händen hängen, und sie schluckte. Das milchige Mondlicht spiegelte sich auf dem silbernen Anhänger, den er um den Hals trug.

Als er einen weiteren Schritt nach vorne tat, stieß sie hastig hervor: »Wir können nicht heiraten.«

Noch einen Schritt kam er näher, und Genoveva wich unwillkürlich zurück, bis sie den glatten, kühlen Marmor einer der Säulen, die in die Wand eingelassen waren, zwischen ihren Schultern spürte. Ihre Hände fuhren nach hinten, und fast meinte sie, ein Lächeln in Sfondratis Gesicht zu sehen, aber vermutlich spielte ihr nur das Mondlicht einen Streich.

»Nicht?«, fragte er und machte einen weiteren Schritt auf sie zu. Wie in Gottes Namen kam sie nur weg von hier?

»Ihr habt nichts für mich übrig, ich nicht für Euch, es geht also nicht«, erklärte Genoveva und versuchte, so bestimmt wie möglich zu klingen.

Sfondrati lachte leise.

»Da gibt es nichts zu lachen«, erwiderte Genoveva und spürte, wie Ärger in ihr aufstieg. Mit einem Schlag wurde Sfondrati wieder ernst.

»Nein, das gibt es wirklich nicht«, stimmte er mit so kühler, rauer Stimme zu, dass Genovevas Knie zu zittern begannen. Schnell hob er die Hand, und Genoveva kniff unwillkürlich die Augen zusammen. Mit angehaltenem Atem wartete sie auf rügende Worte, vielleicht sogar auf einen Schlag, sie wusste es nicht.

»Genoveva?«

Zögerlich öffnete sie die Lider wieder, Sigismondo schaute sie an, und sie konnte sehen, dass ihre Reaktion ihn aus der Fassung gebracht hatte.

»Was?«, fragte sie und beäugte seine Hand, die er nun erneut hob. Diesmal jedoch reckte sie ihr Kinn trotzig nach vorne und verschränkte die Arme vor der Brust. Als Antwort erschien ein kleines Lächeln auf seinen Lippen, er stützte sich mit einer Hand gegen die Wand mit der Säule in ihrem Rücken, sah ihr dabei die ganze Zeit in die Augen.

Sie saß fest.

Er war nun so nah bei ihr, dass sie seinen Geruch wahrnahm. Sie erinnerte sich daran, an das Leder seines Wamses, an das Metall der vielen Schnallen, die er zur Mitführung seiner Waffen am Gürtel angebracht hatte. Heute mischte sich das Aroma von Wein in seinen Atem dazu und der leichte Duft von Seife. Sie mochte den Geruch. Trotz der Dunkelheit konnte sie sehen, wie sein Blick über ihr Gesicht tastete und auf ihrem Mund zum Ruhen kam.

»Heiraten in unseren Kreisen hat nichts mit Wollen zu tun, Genoveva. Außerdem …« Er hob seine freie Hand in Richtung ihres

Gesichtes, und Genoveva konzentrierte all ihre Kraft darauf, einfach ruhig weiterzuatmen.

»Woher willst du überhaupt wissen, dass ich nichts für dich übrighabe«, flüsterte er und umfasste ihr Kinn. Sie konnte seine warmen Finger spüren, seine trockene Haut, als er ihren Kopf ein wenig zu sich drehte und sich nach unten beugte. Sein Daumen fuhr in einer kleinen, streichelnden Bewegung über ihre Wange, und Genoveva merkte, wie ihr Herz heftig pochte. Sigismondos Mund war so nah an ihrem, dass sie seine Atemzüge auf der Haut spüren konnte. Ihr eigener Atem ging stoßweise, krampfhaft versuchte sie, sich an der Säule hinter ihr festzuhalten, sich zumindest anzulehnen, denn ihre Beine fühlten sich mit einem Mal so weich an, als könnten sie jeden Moment unter ihr nachgeben. Irgendetwas in ihr wollte seine Berührung erwidern, wollte mehr spüren von seiner Wärme und seiner Haut, und ohne dass sie es wollte, geschweige denn kontrollieren konnte, näherte sie ihre Lippen den seinen. Sie schloss die Augen.

Doch plötzlich war sein Gesicht weg. Als sie die Lider wieder öffnete, sah sie ein Glühen in seinen Augen, ein Triumph lag darin, den Genoveva nicht verstand.

»Was redest du da nur«, flüsterte er. »Und ob du mich willst.«

Er brachte einen Schritt Abstand zwischen sie beide, Genoveva spürte, wie ihr heiß wurde, wie ihr Gesicht plötzlich brannte vor Scham. Nur einen winzigen Moment noch hielt sie seinem Blick stand, biss die Zähne zusammen und stieß ihn unsanft mit dem Ellbogen zur Seite, was ihm ein leises Glucksen entlockte. Er hob beide Arme in einer ergebenen Geste und ließ sie bereitwillig passieren.

Genoveva hielt ihren Blick gesenkt, eilte davon, polterte die Treppen nach unten, lief in ihre Schlafkammer, schlug die Tür ins Schloss, lehnte sich mit dem Rücken dagegen und rang nach Atem.

Sie verabscheute Sigismondo Sfondrati.

14.

Taxispalais, Brüssel

Genoveva

Schon längst befanden sich die Gräfin und Lamoral in der Poststation, als Genoveva am nächsten Morgen den Frühstücksraum betrat. Dabei war es noch nicht einmal richtig Tag geworden. Dunstiges Blau spannte sich vor den Fensterscheiben, so dunkel, dass Genoveva ihr Spiegelbild im Glas erkennen konnte. Da niemand von der Dienerschaft im Raum war, ließ sie sich auf einen der gepolsterten Stühle fallen, streckte die Beine von sich und rieb sich über das Gesicht.

Sie hatte schlecht geschlafen. Eigentlich hatte sie gar nicht geschlafen. Immer wieder war Sfondratis triumphierendes Grinsen vor ihren Augen erschienen, die ganze Nacht lang. Noch immer durchlief sie eine heiße Welle der Scham, wenn sie daran dachte, wie sie sich ihm mit geschlossenen Augen und gespitzten Lippen entgegengereckt hatte.

Sie konnte sich nicht erinnern, jemals so gedemütigt worden zu sein. Nie würde sie ihm dieses Verhalten verzeihen können, niemals.

Ihr Blick fiel auf ein Silbertablett mit einigen Briefen für ihre Mutter. Sie waren bereits vorsortiert, Emile teilte sich diese Aufgabe mittlerweile mit Lamoral, und alle Briefe, die es bis in den Frühstücksraum geschafft hatten, waren wichtig.

Genoveva kippelte ihren Stuhl ein wenig zur Seite, konnte die Siegel des obersten Schreibens trotzdem nicht erkennen, und fischte es schließlich vom Stapel, ehe sie noch das Gleichgewicht verlieren und mitsamt dem Stuhl umkippen würde.

Das Siegel trug den Stempel der Metropolitankirche zu Besançon. Julius Chifletius, der Mann, den ihre Mutter mit der Ahnenforschung der Familie Taxis beauftragt hatte, musste endlich geantwortet haben. Kurz starrte sie auf den Brief, wog ihn in der Hand und überlegte.

Seit Tagen fragte ihre Mutter schon nach einem Antwortbrief von Chifletius. Selten tat sie das, eigentlich konnte sich Genoveva nicht daran erinnern, dass ihre Mutter jemals mit so viel Ungeduld auf eine Nachricht gewartet hatte. So schnell wie möglich sollte der Kanoniker Beweise finden, die die Stellung der Taxis gegenüber den Kurfürsten und dem neuen Kaiser stärken und sie damit vor beiden noch einmal besser schützen würden.

Und eine kleine Hoffnung beschlich Genoveva. Wenn Chifletius sofort nach Italien reiste, wo die Wurzeln der Familie Taxis lagen, wenn er dort so schnell wie möglich eine Verbindung der Taxis zum italienischen Hochadel entdecken würde, dann müsste sie möglicherweise nicht …

Mit fliegenden Fingern öffnete sie das Pergament und beugte sich tief darüber, damit sie es mühelos entziffern konnte.

Verehrte Gräfin,
es wäre mir eine große Ehre, Euren Auftrag und die milde Spende, die Ihr dafür unserem Kloster stiften wollt, anzunehmen. Allerdings bin ich zu dieser Stunde auf dem Weg nach Rom für Nachforschungen im Namen des Vatikans. Es grämt mich, von Eurer Bedrängnis zu hören, jedoch wird meine momentane Aufgabe mich ein oder zwei Jahre beanspruchen, dann jedoch stelle ich Euch gerne mein gesamtes Wissen und all meine Tatkraft zur Verfügung, um die Wurzeln Eurer hochgeachteten Familie zu erforschen.

Genoveva ließ das Schreiben sinken. Ihr Mund war mit einem Mal ganz trocken geworden.

Als der rotbäckige Hausdiener schwungvoll eintrat, einen Teller mit Rührei auf den Fingern balancierend und diesen mit einer eleganten Bewegung vor ihr abstellte, schaffte sie es nicht einmal, seinen Gruß mit einem Nicken zu beantworten.

»Wohl bekomm's, Comtesse«, sagte er mit einem unverdrossenen Lächeln, verbeugte sich und war schon wieder verschwunden.

Genoveva blickte auf das Ei, von dem noch der Dampf aufstieg. Die Köchin hatte sogar ein wenig Käse darübergestreut, der allmählich schmolz.

Eigentlich liebte sie Eier zum Frühstück, vor allem Eier mit Käse, nur heute war ihr nicht nach Essen zumute. Die erzwungene Verlobung hatte ihr auf den Magen geschlagen, und obwohl sie gestern Abend beim Bankett keinen Krümel angerührt hatte, fühlte sich ihre Kehle noch immer wie zugeschnürt an. Und das Schreiben gerade eben hatte es nicht besser gemacht.

Ein wenig lustlos stocherte sie in ihrem Essen herum und legte die Gabel schließlich beiseite.

Ihre Mutter war in Schwierigkeiten, daran hatte Genoveva keinen Zweifel, auch wenn die Gräfin nicht darüber sprach.

Sie braucht deine Unterstützung.

Vielleicht war ihr die Entscheidung, ihre Tochter zu vermählen, gar nicht so leichtgefallen, wie Genoveva bisher angenommen hatte? Vielleicht war es wirklich die einzige Möglichkeit, die Familie momentan zu schützen?

Genoveva kaute abwesend auf ihrer Unterlippe, ertappte sich dabei und hörte sofort damit auf.

Wieso stellte sie sich eigentlich so an? Ungeachtet dessen, wie sehr sie Sfondratis Arroganz und Selbstgefälligkeit verabscheute, musste sie ihrer Verantwortung der Familie gegenüber doch gerecht werden. Bald würde sie neunzehn Jahre alt werden. Sie war erwachsen, gebildet und von klein auf darauf getrimmt worden, die Familie und das Geschäft zu unterstützen.

Auch ihre Mutter gab schließlich alles für die Familie. Unermüdlich bereiste sie die Strecken. Stets blieb sie aufrecht und stark, hatte für jede noch so verfahrene Situation eine Lösung parat. Die Gräfin trug eine schwere Bürde als Generalpostmeisterin, hatte sich auf diesem Posten aber dennoch behauptet, trotz allem Gerede, und obwohl viele Widersacher versucht hatten, ihr Steine in den Weg zu legen. Und erst jetzt, da Genoveva älter war, begann sie zu begreifen, wie viel Kraft und Disziplin ihre Mutter dafür aufbringen musste. Jeden Tag aufs Neue.

Sie würde ihre Mutter jetzt nicht im Stich lassen und sie enttäuschen.

Und deshalb würde sie auch heiraten.

Sicher würde Sfondrati sie außerdem nur selten mit seiner Anwesenheit beglücken, und sie könnte ihr Leben wie gehabt gemeinsam mit Annabelle und in der Poststation verbringen. Sie hätte im Palais Sfondrati unweit des königlichen Palasts am Coudenberg in der Brüsseler Oberstadt zudem ihren eigenen Haushalt, für den sie verantwortlich war. Sie hätte Bedienstete, wäre ihre eigene Herrin und müsste niemandem Rede und Antwort stehen für das, was sie tat.

Sie würde Sfondrati einfach meiden, so gut es ging, und alles wäre in schönster Ordnung. Ihre Mutter würde sicher stolz auf sie sein.

Ein kleines Lächeln huschte über ihr Gesicht, während sie den Brief wieder sorgsam faltete, das Siegel über einer Kerze ein wenig erwärmte und es erneut fest auf das Papier drückte.

Die Gräfin hatte vollkommen recht gehabt. Genoveva konnte helfen, sehr sogar, denn ihre Eheschließung war von unschätzbarem Wert für die Familie.

Sie selbst, Genoveva, war von unschätzbarem Wert für die Familie.

Sie griff erneut nach der Gabel und schaufelte sich eine große Portion Ei in den Mund.

Jetzt war sie hungrig.

15.

Taxispalais, private Schreibstube der Gräfin von Taxis

Alexandrine

Es war in Ordnung.

Sie durfte traurig sein, sie durfte weinen, denn sie war alleine, und die Tür zu ihrem Schreibzimmer war verriegelt.

Alexandrine hatte eben ihre Tochter weggeschickt, nachdem diese ihr erstaunlich gefasst mitgeteilt hatte, dass sie Sfondrati ehelichen würde, wenn nötig, auch schon nächste Woche, bevor der Generalkapitän wieder ins Feld zog.

Nicht, dass Genoveva eine Wahl gehabt hätte, aber wenn sie sich bereitwillig in ihr Schicksal fügte, würde es deutlich angenehmer für sie werden.

Erst dann hatte Alexandrine den Stapel an Briefen vom Silbertablett genommen, der im Frühstücksraum den ganzen Tag auf sie gewartet hatte. Einige unwichtige Nachrichten waren dabei gewesen, sie würde Emile noch einmal erklären müssen, welche Siegel und Absender die wirklich bedeutenden waren, mit denen sie die Korrespondenz selbst führen musste.

Chifletius' geschwollene Zusage hatte ihr ein wenig auf den Magen geschlagen, denn zwei Jahre war eine lange Zeit. Aber sie würde trotzdem niemand anderen beauftragen, denn der Franzose war ein bedeutender Gelehrter, berühmt für seinen Scharfsinn und seinen unermüdlichen Fleiß. Wenn jemand die Wurzeln ihrer Familie ausfindig machen konnte, dann er. Bis dahin würde ihr Genovevas Hochzeit mit Sfondrati einen Schwiegersohn bescheren, der aufgrund seiner Abstammung und seiner guten Verbindungen zu den

Habsburgern, nicht nur zu den spanischen, sondern auch den österreichischen, die unmittelbare Gefahr bannte und die üblen Nachreden verstummen ließe.

Und dann hatte sie den letzten Brief im Stapel entdeckt.

Den Brief von Elias. Sofort hatten ihre Finger zu zittern begonnen, und sie hatte sich selbst für ihre Albernheit gescholten. Warum wurde sie nervös, wenn sie einen Brief von Elias bekam? Warum noch immer?

Es war doch schon so lange her.

Ihr Herz raste, als sie das Siegel erbrach.

Liebste Alexandrine, gerne helfe ich dir, denn der Schwur, den ich dir damals geleistet habe, gilt noch immer, mein Engel. Er gilt für immer, genauso, wie du für immer in meinem Herzen bleiben wirst.

Tränen waren ihr in die Augen gestiegen, sie hatte ein Brennen in der Kehle gespürt, und die altbekannte Trauer hatte sich wieder in ihrem Körper eingenistet, ein Schmerz, den ihr Herz mit jedem Schlag durch ihren Körper pumpte, bis die ganze Welt ihr bedeutungslos und grau erschien.

Sie hatte sich setzen müssen, sich zusammengekrümmt und die Beine ganz nah an ihren Oberkörper herangezogen.

Sie wusste später nicht mehr zu sagen, wie lange sie in dieser Position in ihrem Sessel verharrt hatte. Der Straßendreck auf ihren Absätzen hinterließ dunkle Flecken auf dem Polsterstoff. Es scherte sie nicht. Sie schlang ihre Arme um die Beine, wiegte sich hin und her und legte den Kopf auf die Knie an ihrer Brust.

Wie gern würde sie doch die Nähe eines vertrauten Menschen spüren, eine warme Hand, die sie streichelte und tröstete, Arme, die sie umschlossen, die sie einfach nur hielten, ein Vertrauter, der ihr Entscheidungen abnahm und sagte, dass alles gut werden würde.

Aber sie durfte es nicht, niemals durfte sie es.

Es war eine Bedingung ihres verstorbenen Mannes gewesen. Sie durfte nie wieder heiraten, sie musste ledig bleiben, sonst konnte sie ihren Sohn nicht als Statthalter und Generalpostmeisterin vertreten, so stand es in seinem Testament. Affären wären undenkbar, denn immer, wirklich immer kamen sie irgendwann ans Tageslicht, und Alexandrines Ruf war ohnehin schon zweifelhaft und durch von Paars überraschenden Tod geradezu ruiniert. Sie durfte niemanden in ihr Leben lassen, denn ihre Gefühle und ihre Schwäche könnten den Untergang ihrer Familie bedeuten.

Deshalb war sie die letzten Jahre über auch so abweisend den wenigen Männern gegenüber gewesen, die ihr Avancen gemacht hatten. Schroff und unterkühlt war sie stets, und scharfzüngig. Denn Wut und Abwehr machten es leichter, ihre Sehnsucht in Schach zu halten und nicht weich zu werden.

Härte gegen sich selbst und ein nicht kleiner werdendes Pensum an Arbeit war ihre Strategie, Gefühle aus ihrem Kopf und ihrem Herzen zu verbannen.

Nur selten übermannten sie diese trotzdem, und jedes Mal, wenn Elias ihr schrieb, wenn sie ihn wieder um einen Gefallen bitten musste, überfielen sie sie wie eine Naturgewalt.

Alexandrine vergrub ihr Gesicht in der Lehne des Sessels, spürte die heißen Tränen, die ihre Wangen hinabliefen und im samtenen, gelben Stoff versickerten.

Wieso war es nur so schwer? So verdammt schwer?

Es klopfte, Alexandrine schrak nach oben.

Sie räusperte sich. »Ich wünsche, nicht gestört zu werden!«, rief sie mit rauer Stimme in Richtung der geschlossenen Tür. Schritte entfernten sich.

Alexandrine stand auf, wusch sich das Gesicht mit dem eiskalten Wasser in ihrer Waschschüssel, strich sich die widerspenstigen Strähnen aus dem Gesicht und betrachtete ihre verquollenen, geröteten Augen in dem ein wenig verzerrten Spiegel.

Du bist Alexandrine von Taxis, Herrin der Reichspost.

Vergiss deine Gefühle, denn sie machen dich schwach und angreifbar. Elias weiß nicht, wie dein Leben aussieht, und er wird es auch nicht erfahren. Du hast ihn seit deiner Hochzeit nicht mehr gesehen, und du wirst ihn auch nie wiedersehen.

Nie wieder.

Ein unnachgiebiger Zug legte sich um Alexandrines Mund, die Augen wurden ernst.

Sie nickte ihrem Spiegelbild zu, richtete ihren Kragen und atmete tief aus. Sie musste nach Sfondrati schicken, damit sie die Hochzeitsfeierlichkeiten besprechen konnten.

16.

Taxispalais, Februar 1637

Genoveva

»Müsst Ihr bald wieder ins Feld?«, erkundigte sich Lamoral mit glühenden Augen, und wie jedes Mal, wenn er sich in der Nähe des Generalkapitäns aufhielt, wich er Sfondrati nicht von der Seite. Wie ein Schwamm saugte er jedes Wort auf, das von ihm kam.

»Ich denke, recht bald, aber ich habe noch keine Nachricht vom Kaiser erhalten. Wenn du möchtest, erkläre ich dir bei Gelegenheit unsere Feldstrategien«, schlug er vor. Lamorals Augen weiteten sich vor Begeisterung, er nickte eifrig, aber noch ehe er antworten konnte, fuhr Sfondrati fort: »Sei so gut und lass mich kurz mit deiner Schwester alleine, wir haben etwas zu besprechen.«

»Selbstverständlich, Generalkapitän«, Lamoral verließ den kleinen Salon, ebenjenen Raum, in den Sfondrati Genoveva gestern gefolgt war. Der Junge warf Sfondrati ein verschwörerisches Lächeln zu, bevor er die Tür hinter sich schloss.

Es war nicht auszuhalten.

»Euer Bruder scheint mehr für mich übrigzuhaben als Ihr selbst, Comtesse«, bemerkte der Generalkapitän, als er sich wieder an Genoveva wandte.

»Er kennt Euch auch noch nicht so gut wie ich«, antwortete sie spitz.

»Bin ich Euch so ein Gräuel?«

Genoveva presste die Lippen aufeinander.

»Und dennoch habt Ihr der Eheschließung mit mir zugestimmt, schon nächste Woche, wie mir Eure Mutter gerade eben erzählt hat.«

»Das ist richtig.«

Sfondrati nickte und ließ Genoveva nicht aus den Augen.

»Was ist?«, fragte sie angriffslustig. »Wollt Ihr mich jetzt erneut bloßstellen, so wie gestern Abend?«

»Bloßgestellt habe ich Euch?«

»Ja, das habt Ihr.«

»Vielleicht habe ich dir einfach nur etwas zeigen wollen«, sagte er leise und kam näher auf sie zu.

»Was denn zeigen wollen?«, fragte sie mit belegter Stimme.

Jedes Mal, wenn dieser Mann ihr nahe war, wurde sie nervös, und ihr Herz begann, wie wild zu pochen. Was in Gottes Namen war eigentlich mit ihr los?

»Dass du mich nicht so sehr hasst, wie du mich glauben machen willst.« Noch immer stand er vor ihr, sie traute sich nicht, zu ihm aufzusehen, starrte auf sein Wams und sein Kinn, auf die Haare seines dunklen, kurz getrimmten Bartes.

Aber dieses Mal war Genoveva gewappnet. Sie brachte Abstand zwischen sie beide, verschränkte die Arme und sah ihm nun direkt in die Augen. »Das ist wohl Eure Masche, nicht wahr?«

Genoveva konnte genau erkennen, wie Sigismondo stutzte. »Was für eine Masche?«

»Euch die Damen zu sichern«, stieß Genoveva vehement hervor. »Sie durch Eure Nähe und Erscheinung und ein paar passende Worte so zu beeindrucken, dass sie sich Euch wie Lämmer hingeben.«

Sigismondo lächelte, begann sogar zu lachen.

Lachte er sie etwa aus? Genoveva spürte Ärger in sich aufsteigen. Aber sie verzog keine Miene, sondern fixierte Sigismondo, und er wurde wieder ernst.

»Ich muss dich nicht mehr sichern, Genoveva, denn du gehörst mir in einer Woche sowieso. Mit Haut und Haar«, sagte er, und fast meinte Genoveva eine Drohung aus seinen Worten heraushören zu können.

»Freut Euch nicht zu früh, Generalkapitän«, konterte sie. Er würde sie nicht wieder so unsicher und hilflos erleben wie gestern. Dieses Mal blieb sie Herrin der Lage. Ihre feuchten, eiskalten Finger versteckte sie hinter dem Rücken.

»Versuch nicht, mich zu blenden, Genoveva, ich durchschaue dich sowieso. Du bist nicht wie deine Mutter, nicht so gefühlskalt und stark. Du bist weich, und du hast Angst, ich sehe es ganz genau.«

»Vor Euch? Eine Taxis hat keine Angst, merkt Euch das«, fuhr sie ihn an. Angriff war die beste Verteidigung, das hatte ihre Mutter sie gelehrt. Allerdings merkte Genoveva selbst, dass die Gräfin dabei weit weniger plump und hilflos wirkte als sie.

Für einen winzigen Moment schloss Sigismondo die Augen, zumindest meinte Genoveva das gesehen zu haben. Dann wandte er sich abrupt ab, öffnete eines der Fenster und beobachtete ein Weilchen das Treiben im Innenhof. Einige neue Postreiter aus England mussten angekommen sein, heute war der Tag, an dem sie eintreffen sollten. Schnauben und Rufe drangen zu ihnen nach oben. Sigismondo wandte sich um und lehnte sich mit dem Hintern gegen das Fenstersims. Er sah nachdenklich aus.

»Wenn das der Ton ist, den Ihr mir gegenüber anschlagen wollt, bitte«, sagte er nüchtern, distanziert, ganz anders, als er vorhin noch mit ihr gesprochen hatte. »Im Übrigen habe ich meine Meinung nicht geändert über die Anwesenheit von jungen Frauen in Poststationen.«

Genoveva wurde warm. Wieso schaffte sie es eigentlich nicht, auch nur eine einzige Unterhaltung mit diesem Mann zu führen, ohne dass diese vollkommen aus dem Ruder lief und in einem von gegenseitigen Vorwürfen gespickten Streit endete?

»Und warum sagt Ihr mir das?«, verlangte sie zu wissen.

»Damit Ihr Euch schon einmal drauf einstellen könnt, Eure Tage nicht mehr in der Gesellschaft von grobschlächtigen Postreitern zu verbringen.«

»Die Poststation ist meine Welt.«

»Das Palais Sfondrati ist jetzt Eure Welt, Comtesse.«

Genoveva legte den Kopf ein wenig schräg. »Als ob Ihr das überhaupt mitbekommen würdet, Ihr verbringt Eure Tage doch ohnehin auf dem Feld und schlagt irgendwelchen Franzosen oder Schweden die Köpfe ein.«

»Ich schlage niemandem die Köpfe ein, zumeist jedenfalls nicht, und ich werde mitbekommen, was Ihr in Brüssel treibt, verlasst Euch drauf.«

Genoveva holte Luft, wollte etwas erwidern, wusste jedoch nicht, was sie ihm nun noch antworten konnte. Und sie verfluchte sich dafür, dass ihr in Streitgesprächen stets viel zu spät eine passende Antwort einfiel. Denn das Schlimme war: Er hatte recht. Er war ihr Ehemann und konnte ihr als solcher natürlich befehlen, was sie zu tun und zu lassen hatte.

Aber sie würde einen Weg finden, ihren Willen durchzusetzen. Natürlich würde sie das.

Misstrauisch beäugte sie Sfondrati, als er sich ihr wieder näherte. Doch dieses Mal nahm er einfach nur ihre Hand und hauchte einen Kuss darauf. Er lächelte, ein Funkeln in den Augen, und als hätte er ihre Gedanken erraten, sagte er: »Egal, wie sehr du gerade meinst, mich verabscheuen zu müssen, Genoveva. Ich freue mich, dich nächste Woche meine Ehefrau nennen zu dürfen.«

Ihr Herz machte einen Satz, sie wollte etwas erwidern, etwas Freundliches, aber er ließ ihr keine Zeit dazu, sondern verließ den Raum, ohne sich noch einmal umzublicken.

Genoveva stieß frustriert die Luft aus.

Wieso um alles in der Welt musste dieser furchtbare Mensch stets das letzte Wort behalten?

Sie fröstelte, schlug das offene Fenster mit Schwung wieder zu und machte sich auf den Weg in die Schreibstube. Der Ort, an dem sie sich sicher am besten ablenken konnte von dem seltsamen Gefühl, das sich gerade in ihrem Brustkorb eingenistet hatte.

17.

Poststube des Taxispalais, Brüssel

Genoveva

Zweifelnd blickte Lamoral sie an. Auch er trug bereits sein bestes Gewand, der weiße Kragen lag frisch gestärkt über dem hoch taillierten, hellroten Wams, und seinen breitkrempigen Hut mit den farblich passenden, hellroten Federn hatte er sorgsam auf einem Stuhl neben der Eingangstür abgelegt.

»Bist du dir sicher, dass du hier sein solltest, Genoveva?«

Erstaunlich, wie der Junge bereits formulieren konnte und einen Vorwurf so verpackte, dass es vordergründig gar kein Vorwurf mehr war.

»Ja, ich bin mir sicher«, antwortete Genoveva ungeduldig. »Oder willst du dieses Wusts hier alleine Herr werden?« Sie deutete mit ihren tintenverschmierten Fingern auf einen wilden Haufen von Briefen und Schriftrollen. Einmal mehr hatte es Ärger gegeben auf den Strecken, diesmal auf denen in Frankreich. Boten waren tagelang nicht mehr hier im Verteilerzentrum in Brüssel angekommen, und man hatte die Postfelleisen schon verloren geglaubt. Die Gräfin hatte trotzdem Reiter ausgesandt, und sie konnten die Postsäcke schließlich sicherstellen – in einer Spelunke an der Grenze zu den Vereinigten Niederlanden, bei einem Postreiter, der so betrunken war, dass er noch nicht einmal mehr mitbekam, dass alle seine geraubten Postfelleisen weiter nach Brüssel wanderten. Und er in Verwahrungshaft.

Jedenfalls waren die Briefe schon um mehrere Tage verspätet und mussten noch heute auf den Weg gebracht werden.

»Genoveva?«, sagte Lamoral.

»Hm?«, machte sie und schrieb den Satz zu Ende.

»Genoveva?« Diesmal klang Lamoral richtiggehend alarmiert. Genoveva schaute ihn an, folgte seinem Blick und sprang auf. Der weite, gebauschte Ärmel ihres Hochzeitskleides hatte das Tintenfässchen umgeworfen, und von ihr unbemerkt hatte sich der Stoff bereits vollgesogen, ein fast daumengroßer schwarzer Fleck prangte unter ihrem Ellbogen. Sie mochte sich gar nicht vorstellen, wie viele Gulden ihre Mutter dem Schneider bezahlt hatte, der innerhalb weniger Tage ihr Hochzeitskleid hatte anfertigen müssen. Der grün schimmernde, schwere Brokatstoff war durchwirkt von goldenen Blumen und betonte die Farbe ihrer Augen und ihre helle Haut. Ein ausladender, seidig glänzender weißer Spitzenkragen verlief von ihrem Mieder rund um ihren Nacken, und eine goldene Korsage, eng und hoch tailliert, brachte ihren Oberkörper perfekt zur Geltung. Ehrfürchtig hatte Genoveva ihr Spiegelbild betrachtet, als sie sich heute am frühen Morgen zum ersten Mal in ihrem Kleid gesehen hatte.

»Nein, nein, nein, nein …«, hektisch lief sie zu dem Eimer mit Wasser, der stets neben der Eingangstüre stand, damit die Reiter ihre Stiefel vom gröbsten Dreck befreien konnten. Sie tauchte ihre Hand hinein, schwappte das noch erstaunlich klare Wasser gegen den Ärmel, rieb darüber, aber der Fleck schien sich dadurch nur noch weiter auszudehnen. Wurde zu einem hässlichen, schwarzgrauen Mal.

»Wenn du den Arm dicht am Körper lässt, sieht ihn keiner«, bemerkte Lamoral.

»Und wie soll ich dann tanzen, Schlaukopf?«, fuhr Genoveva ihn an, hörte aber auf zu reiben, es war sinnlos.

Die Tür wurde geöffnet. »Sosehr ich deinen Arbeitseifer schätze, Genoveva, wir müssen los zu deiner Trauung. Du solltest gar nicht hier sein.«

Genoveva und Lamoral sahen ihrer Mutter entgegen, warteten auf das Donnerwetter, das unweigerlich folgen würde, wenn sie den Fleck entdeckte. Aber nichts passierte. Die Gräfin blickte vom einen zum anderen und zog die Brauen hoch. »Was ist?« Keiner antwortete. »Also los jetzt, die Kutsche wartet!«

Sie wandte sich um, lief schnellen Schrittes die Treppe hinab, während Genoveva und Lamoral einen erleichterten Blick austauschten.

Sie hatte den Fleck nicht entdeckt.

Lamoral polterte seiner Mutter hinterher, Genoveva blieb noch einen Augenblick lang stehen, ließ ihren Blick über die vertraute Poststube schweifen, über das Chaos an Schreibfedern und Briefen, und mit einem Mal wurde ihr die Kehle eng.

Doch erst in der Kutsche, als ihre Gesellschafterin den Kranz in Genovevas Haaren richtete, erst als Ruhe einkehrte und niemand mehr sprach, spürte Genoveva ihr Herz mit einem Mal bis zum Hals hinauf schlagen, den Schweißfilm, der ihren Körper überzog und ihr schweres Kleid an ihrer Haut kleben ließ.

Sie würde gleich heiraten.

In weniger als einer Stunde wäre sie nicht mehr Genoveva von Taxis, ihr Name lautete dann Genoveva Sfondrati, und den Gedanken, dass sie damit auch der Besitz ihres Ehemannes war, führte sie am liebsten gar nicht zu Ende.

Ihre Kleidung, ihre Habseligkeiten samt all ihrer Bücher waren längst ins Palais Sfondrati geschafft worden, wo auch die Feierlichkeiten stattfinden würden. Sie selbst hatte kaum etwas davon mitbekommen, denn mit unstillbarem Eifer hatte sie sich in die Arbeit der Poststation gestürzt und die Einwände ihrer Mutter und ihres Bruders ignoriert. Vom Morgengrauen bis in die Nachtstunden hinein hatte sie die Bücher kontrolliert und verbessert, als müsse sie jeden Moment in der Schreibstube noch auskosten, da es ihr letzter sein könnte. Und Sfondratis Abneigung gegen ihre Arbeit in der Poststation nach zu urteilen, stimmte das vermutlich auch.

Als sie am Eingangsportal der mächtigen Kapellekerk angekommen waren, ihr Bruder sie den mit Hagebutten und Tannenzweigen geschmückten Kirchgang entlangführte und die gut zwei Dutzend Gäste, die der kurzfristigen Einladung Folge hatten leisten können, ihre Köpfe nach ihr umdrehten, meinte Genoveva, keine Luft mehr zu bekommen. In ihren Ohren begann es zu dröhnen, sie atmete schneller, aber das schien es nur noch schlimmer zu machen.

Ihr Bruder warf Genoveva einen nervösen Blick zu und beschleunigte seine Schritte. Er wollte sie ohne Zwischenfälle vor dem hell erleuchteten Altar abliefern. Einen winzigen Moment lang schloss Genoveva die Augen, um sich zu sammeln, öffnete sie wieder und konzentrierte sich auf die weißen Marmorfliesen, die den schwarz gekachelten Kirchenboden durchbrachen, und schon waren sie vorne angelangt.

Sfondrati drehte sich um, und seine Augen lagen forschend auf ihr. Einmal mehr war er dunkel gekleidet, nur diesmal war sein Wams mit goldenen Knöpfen versetzt. Er stand aufrecht, sein rothaariger Cousin neben ihm.

Lamoral übergab ihre zitternde Hand an den Generalkapitän, der griff danach, schnell, aber bestimmt, hielt die ihre fest, drückte sie, und Genoveva merkte, wie ihr Zittern unter der Wärme und dem Druck seiner Hand augenblicklich nachließ.

18.

Kapellekerk, Brüssel

Sigismondo

Eigentlich tat sie ihm leid. Mit nur einem Schulterblick erfasste er die nackte Panik, die Genoveva auf dem Weg zum Altar mühsam zu überspielen versuchte. Ihre Schritte wirkten hölzern, so als liefe sie auf Stelzen, und jede Bewegung näher zum Altar – näher zu ihm – schien sie Überwindung zu kosten. Mehrmals schloss sie die Augen, und Sigismondo meinte sogar, dass ihre Lippen ein wenig bebten. Blutleer waren sie und hoben sich kaum von ihrer hellen Haut ab, die Sigismondo nochmals blasser zu sein schien als sonst. Er kannte den Ausdruck in ihren weit aufgerissenen, dunkelgrünen Augen, denn er hatte ihn schon einmal gesehen, damals, beim Angriff kurz vor Dormagen.

Wie ein kleines, frierendes Vögelchen wurde sie von Lamoral zu ihm geführt, dem anzusehen war, wie unangenehm ihm diese ganze Brautübergabe war. So schnell wie möglich schien er sie hinter sich bringen zu wollen, und geradezu hastig und mit ungewohnt ernster Miene überreichte er ihm die Hand seiner Schwester. Genovevas Finger zitterten, und verbissen starrte sie an ihm vorbei nach vorne auf den kleinen, goldglänzenden Altar, über dem sich der in einem hellen Blau gestrichene, prächtige Altarraum wölbte.

Und das Seltsame war: Obwohl sie drauf und dran war, die Nerven zu verlieren, sah sie noch immer anmutig dabei aus. Das grün-goldene Kleid schimmerte im Schein der vielen Kerzen, die in Ständern entlang der Säulen des Hauptschiffs aufgestellt waren.

Ein Blumenkranz aus getrockneten Rosen schmückte ihr offenes, braun gewelltes Haar und verströmte einen leichten Duft. Sigismondo bemerkte selbst, wie er sie anstarrte.

Sie ist wunderschön.

Und sofort verspürte er das Bedürfnis, ihr helfen zu wollen und ihr die Angst zu nehmen, die sie so offensichtlich beherrschte.

Absichtlich ließ er sich Zeit. Er nahm ihre Hand in seine, hielt kurz inne und drückte sie sanft. Er wollte Genoveva aus ihrem Gehäuse der Angst herausholen, und es schien zu funktionieren. Sie schaute ihm in die Augen und nickte ihm sogar zu. Ihre klammen Finger entspannten sich, sie richtete sich ein wenig auf, und um ihre Lippen legte sich ein entschlossener Zug. Noch immer war offensichtlich, dass sie sich überallhin wünschte, nur nicht hierher, aber der panische Ausdruck, den Sigismondo noch vor Kurzem in ihren Augen gesehen hatte, war verschwunden.

Trotzdem versicherte er sich, dass sie stehen konnte, dass sie jetzt nicht die Nerven verlor, und erst nach einem kurzen, bestätigenden Händedruck von ihr drehte er sich zum Priester.

Der Trauung selbst zollte Sigismondo nicht sonderlich viel Aufmerksamkeit. Der weiß gekleidete Priester, dessen Gesichts- und Haarfarbe von der seiner Robe kaum zu unterscheiden war, ergoss sich in einem ermüdenden Sermon über eheliche Pflichten, der durchdringende Geruch des Weihrauchs bereitete ihm wie stets Kopfschmerzen, und erst, als der Priester bei der eigentlichen Trauzeremonie angekommen war, stellte Sigismondo erstaunt fest, dass auch er ein wenig nervös war. Sein Blick ruhte auf dem Priester und folgte den Bewegungen seiner Lippen. Er blieb an dessen gelb verfärbten Zähnen hängen, aber seine Worte kamen nicht bei ihm an. Er wunderte sich über die knotigen Brandnarben, die dessen Hände entstellten, und warf Genoveva einen verstohlenen Blick zu. Diese schaute zum Priester und hing mit konzentrierter Miene an seinen Lippen. Ihr hastiger Seitenblick verriet jedoch, dass sie sich sehr wohl der Aufmerksamkeit ihres zukünftigen Ehemannes bewusst war.

»Seid Ihr hierhergekommen, um nach reiflicher Überlegung und aus freiem Entschluss den Bund der Ehe zu schließen?«, drangen die Worte des Priesters in Sigismondos Bewusstsein.

Reiflicher Überlegung? Nun ja. Er hatte nicht lange für seine Entscheidung gebraucht, denn Alexandrine von Taxis hatte schlagende Argumente hervorgebracht. In Form einer saftigen Mitgift, die sie ihm zusicherte, sollte er sich zu einer Ehe mit ihrer Tochter entschließen. Die Summe war so hoch gewesen, dass Sigismondo zunächst misstrauisch geworden war. Aber die Gräfin hatte ihm versichert, dass Genoveva unbefleckt war und er nicht für den Balg eines anderen einstehen müsste – und er vertraute ihrem Wort, denn er hatte sie vor zwei Jahren auf ihrem gemeinsamen Feldzug als aufrechte, verlässliche Auftraggeberin kennengelernt. Ihre einzige Bedingung war, dass die Hochzeit so bald wie möglich stattfinden würde.

Zunächst befand Sigismondo diesen Vorschlag für absurd und machte auch keinen Hehl daraus. Dann jedoch war er ins Grübeln gekommen. *Eurem Haushalt fehlt eine Frau,* hatte sie ihm mit dezent amüsiertem Blick erklärt, und als Sigismondo sich ein, zwei Atemzüge lang Zeit ließ, ehe er antwortete, hatte sich ein wissendes Lächeln auf ihre sonst so ernste Miene gelegt.

Und im Grunde genommen hatte die Frau recht. Das Brüsseler Palais Sfondrati war das meiste Jahr über verwaist und bedurfte einer Hausherrin, da brauchte sich Sigismondo gar nichts vorzumachen. Sein Bruder Carlo war bereits als Jüngling zurückgekehrt in ihre italienische Heimat, obwohl der Brüsseler Familienzweig der Sfondrati schon seit Generationen hier in den Spanischen Niederlanden verwurzelt war. Seine Eltern waren vor Jahren dahingeschieden, und sein nichtsnutziger Cousin Robert war der einzige nahe Verwandte, den es noch hier in Brüssel gehalten hatte.

Sigismondo hatte die letzten Winter über alleine in seinem Palais verbracht. Beinahe täglich war er aus lauter Langeweile vor die Tore der Stadt zum Winterlager seiner Truppen geritten, hatte mit ihnen Kampfübungen durchgeführt und für Ordnung unter seinen Männern gesorgt, aber irgendetwas fehlte ihm dennoch.

Auch wenn er umgeben war von seinen Männern, hatte er sich alleine gefühlt, so leer und kalt wie ein trockengefallener Brunnenschacht. Und immer öfter hatte er sich dabei ertappt, wie er seine Einsamkeit jeden Abend in einer nicht unerheblichen Menge Wein ertränkte.

Trotzdem hatte er in den letzten beiden Jahren das Frühjahr nicht mehr so voller Tatendrang herbeigesehnt wie so viele Jahre zuvor. Der Krieg hatte begonnen, ihn anzuwidern. Er sah keinen Sinn mehr darin, täglich sein Leben zu riskieren und zu kämpfen. Zuerst war es gegen die Niederländer gegangen, danach waren die Schweden der Feind gewesen, nun die Franzosen. Es wollte einfach nicht aufhören. Sobald ein Gegner besiegt war, tauchte wie die Geißel Gottes am Horizont der Nächste auf. Und Sigismondo wusste mittlerweile nicht einmal mehr, wofür er eigentlich kämpfte. Für den Machterhalt des Habsburger Kaisers? Für den katholischen Glauben? Die Freiheit von Flandern vor französischer Besatzung? Oder für alles zusammen?

Es ging nicht mehr um Überzeugungen, um die richtige Seite. Schon lange nicht mehr. Selbst große Truppenführer wechselten die Dienstherren, allein in seinen eigenen Truppen wurden mittlerweile sieben verschiedene Sprachen gesprochen. Der vermaledeite Krieg hatte ein Eigenleben entwickelt und war zu einem unkontrollierbaren Monstrum herangewachsen. Und im Grunde ging es nur um eines: Geld und Macht.

Zweifel hatten sich eingeschlichen bei Sigismondo, und sie wucherten Monat für Monat wie ein Geschwür in seiner Seele. Niemals hatte er ein Wort darüber verloren, aber nicht nur seine

Aufgabe als spanischer Generalkapitän, sondern sein gesamtes Leben erschien ihm farblos, freudlos, es hatte den Geschmack verloren.

Vielleicht war es die Kriegsmüdigkeit, die ihn nach einem harten Sommer bei der Verteidigung von Les Avins und Löwen mürbegemacht hatte, oder vielleicht war es die Laune eines Moments gewesen, möglicherweise aber auch einfach nur der Wein, der aus ihm sprach, an jenem Ballabend im Januar. Oder es war die Überraschung gewesen, als er Genoveva wiedererkannte und fasziniert von der jungen Frau gewesen war, die aus ihr geworden war. Jedenfalls hatte er noch an diesem Abend in eine Heirat eingewilligt.

Jedoch war ihm klar, dass Alexandrine nicht ohne Gegenleistung so tief in die Taschen gegriffen und ihm die Hochzeit mit Genoveva richtiggehend vergoldet hatte. Und er war schon sehr gespannt darauf, wann Alexandrine bei ihm anklopfen und seine Loyalität gegenüber der angeheirateten Taxisfamilie einfordern würde. Dass dies passieren würde, daran hegte er keinen Zweifel.

»Ich frage dich, Genoveva von Taxis, willst du Sigismondo Sfondrati lieben und achten und ihm die Treue halten alle Tage deines Lebens?«, riss ihn nun die Stimme des Priesters aus seinen Gedanken. Er wandte den Kopf.

Stille. Genovevas Lippen zuckten, Sigismondo blickte sie an und merkte, dass sich sein Puls beschleunigte. Sie würde doch wohl nicht ernsthaft jetzt, direkt vor dem Altar …

»Ja«, ihre Stimme klang deutlicher und überzeugter, als er es erwartet hatte. Er lächelte Genoveva aufmunternd zu, aber ihr Gesicht blieb versteinert.

»Und willst du, Sigismondo Sfondrati, Marquis de Montafié, Genoveva von Taxis lieben und ehren und ihr die Treue halten bis ans Ende deiner Tage?«

»Ja«, antwortete er, ohne Zögern, und wunderte sich über seinen rasenden Herzschlag.

»Dann erkläre ich Euch nun vor Gottes Angesicht zu Mann und Frau.«

Ein wenig unwirklich kam es ihm vor, als er seiner Ehefrau den Ring ansteckte und ihre eiskalten, schmalen Hände den Ring über seinen Finger streiften. Nur einen kurzen Moment hielt sie seinen Blick dabei fest und schaute dann wieder auf die Brokatstola, die der Priester über ihre verschränkten Hände legte.

Ein Weilchen noch dauerte die liturgische Messe, dann setzte das Orgelspiel ein. Robert grinste ihn an, schlug ihm auf die Schulter, und der Auszug begann.

Genoveva

Sie war gar nicht so schlimm gewesen – die Trauung in dem ausgekühlten, grauen Gemäuer der Kapellekerk. Und sie war schneller über die Bühne gegangen, als Genoveva zu Anfang befürchtet hatte. Davon mitbekommen hatte sie ohnehin kaum etwas, denn sie war viel zu sehr damit beschäftigt gewesen, ihre Angst in Schach zu halten. Sie hatte sich fest vorgenommen, ruhig zu bleiben, und souverän. Genau, wie ihre Mutter es in jeder Situation war. Genau, wie sich eine zukünftige Gräfin eben betragen würde.

Aber daraus war nichts geworden. Wie die Böe eines Herbststurms war Panik über sie hinweggefegt, sobald sie das Kirchenportal passiert hatte. Ihr ganzer Körper hatte zu beben begonnen, unter ihren Achseln und in ihrem Nacken hatte es gestochen, sie hatte gemerkt, wie ihr der kalte Schweiß ausbrach. Alleine hätte sie ihre Angst kaum unter Kontrolle gebracht. Aber sie war nicht alleine gewesen, dort vor dem Altar.

Sigismondo musste ihren Gemütszustand erkannt haben, denn er hatte nach ihrer Hand gegriffen und sie einfach gehalten. Er hatte sie dabei nicht einmal angeblickt, sondern einfach nur festgehalten. Seine Berührungen waren wie ein Anker gewesen, der sie zurückholte ins Hier und Jetzt und das eisige Gefühl der Hilflosigkeit für kurze Zeit vertrieb.

Schweigend waren sie nach der Zeremonie in der Hochzeitskutsche nebeneinandergesessen. Sie fuhren hinauf in die Oberstadt zu Sfondratis Palais, das sich mit seinen vielen Türmen und Winkeln so passgenau an die Rückseite des Coudenberg-Palastes anschmiegte. Genoveva hatte auf den goldenen Ring an ihrem Finger gestarrt, der ihr fremd war und sich auch fremd und ungewohnt schwer anfühlte. Sigismondo hatte mehrere Male den Kopf gewandt und sie lange und unverwandt angesehen. Ganz genau hatte sie seine Blicke auf sich gespürt, aber sie hatte so getan, als bemerke sie sie nicht, und mit konzentrierter Miene die vorbeifliegenden Häuser und das Treiben auf den Straßen beobachtet. Als sie am Taxispalais vorbeifuhren, senkte sie die Augen. Sie ertrug den Anblick ihrer Heimat nicht mehr, die ihr so vertraut war und die jetzt nicht mehr ihr Zuhause war.

Sie scheute sich vor einem direkten Austausch mit Sfondrati, obwohl er jetzt ihr Ehemann war. Oder vielleicht genau deshalb. Wie sollte sie ihm nun begegnen, ihn ansprechen? Denn warum sollte jetzt alles ganz anders zwischen ihnen sein? Noch nie hatte sie ein Gespräch mit Sfondrati geführt, das nicht in gegenseitigen Vorwürfen, oder schlimmer noch, in Streit gemündet war. Auch wenn sie seine gelassene Ausstrahlung und Selbstsicherheit gerade eben in der Kirche beruhigt hatte, fühlte sie sich nun, als steuere sie auf ein schwarzes Loch zu. Sie konnte sich nicht ausmalen, wie es weiterging und ihre gemeinsame Zukunft aussehen sollte. Dass sie nun mit Haut und Haar diesem Mann angehörte. Ihm gehörte. Und mit jeder Wagenlänge, die sie dem Palais Sfondrati näher kamen, wuchs auch die Verzweiflung in ihr und ließ einen dicken Kloß in ihrem Hals entstehen.

Sofort nach ihrer Ankunft im Palais begann die Begrüßung der Hochzeitsgäste und erlöste sie von dem unangenehmen Schweigen zwischen ihr und ihrem Angetrauten. Wäre ihre Mutter nicht gewesen, die neben Sigismondo als Erste alle Gäste namentlich und gebührend willkommen hieß, hätte sie die meisten der Gratulanten nicht einmal gekannt. Aber sie machte gute Miene zum bösen Spiel – wie schon den ganzen Tag über – und lächelte, neigte huldvoll den Kopf, lächelte wieder. Zwei Mal nahm Genoveva sich einen der gläsernen Weinpokale vom Tablett, die die Bediensteten den Gästen gleich bei der Eingangstür reichten, und leerte diese in einem Zug. Als sie nach dem dritten Becher griff, spürte sie Sigismondos Berührung auf ihrem Handrücken. Eine liebevolle Geste, er führte ihre Hand an seine Lippen und drückte einen langen, innigen Kuss darauf.

So zumindest musste es aussehen.

Genoveva machte noch nicht einmal den Versuch, sich ihm zu widersetzen. Das hätte hier, vor den Gästen, nur zu einem Eklat geführt.

»Ihr wollt mir vorschreiben, wie viel ich trinke?«, zischte sie dennoch, lächelte dann dem jüngsten Bruder des Grafen von Nassau zu, als er vor sie trat und sich verbeugte, erkannte aber an dessen verwirrter Miene, dass ihr Lächeln wohl gründlich misslungen war. Der Strom der Gäste wollte einfach nicht abebben, stets tauchten neue Verwandte, Bekannte oder Stadtoberen im breiten Eingangsportal auf, und Genoveva hatte das Gefühl, dass das Lächeln ihr schon längst im Gesicht eingefroren war.

»Ganz und gar nicht«, erwiderte Sigismondo, als für ein paar wenige Augenblicke kein Gratulant mehr vor ihnen stand. »Nur würde ich eine betrunkene Braut, noch ehe das Bankett begonnen hat, als persönliche Beleidigung auffassen. Und das wollen wir doch nicht, oder?«

Zorn flammte in Genoveva auf, aber ihr blieb keine Zeit, etwas zu erwidern, denn schon stand der nächste Gast mit gütigem Lächeln vor ihr, dessen Glückwünsche sie formelhaft erwiderte, ohne dass ihr überhaupt bewusst war, was sie da eigentlich sagte.

Das Bankett ließ Genoveva mit ungerührter Miene über sich ergehen. Es hatten sich achtzig, vielleicht hundert Gäste eingefunden, und auch wenn die Sitzgelegenheiten zu Anfang etwas beengt erschienen, fanden sie an der Tafel und im Festsaal des Palais problemlos Platz. Er war hell erleuchtet von unzähligen Kerzenhaltern an den Wänden und wirkte längst nicht so düster wie vor zwei Jahren, als sie im Vorbeigehen einen kleinen Blick durch den offenen Türspalt hineingeworfen hatte. Die ihr bereits bekannten, erstaunlich schmucken und edel wirkenden Gobelins hingen noch immer unter den breiten Fenstern, die weit über Kopfhöhe ins Mauerwerk eingelassen waren. Auch die hölzerne Saaldecke war heller und freundlicher, als Genoveva sie in Erinnerung hatte, und am Ende des Saals konnte sie ganz verschwommen sogar einige Bilder ausmachen, Porträts vornehmlich. Und sie wäre nicht überrascht gewesen, wenn diese von Rubens oder zumindest einem seiner zahlreichen Schüler stammten.

Sfondrati ein Kunstliebhaber?, fragte sie sich insgeheim, als sie Platz nahm an der Tafel, an der schon bald die vielen Gänge, die das Hochzeitsmenü zu ihrem großen Verdruss umfasste, serviert werden würden. Genoveva hatte sich vollkommen herausgehalten, als es um die überstürzte Organisation der Feierlichkeiten gegangen war. Ihre Mutter, die sich ja ohnehin vortrefflich mit Sfondrati zu verstehen schien, hatte dies übernommen, wahrscheinlich um sicherzustellen, dass die Hochzeit ihrer Tochter gebührend begangen wurde.

Zuvorkommend offerierte der Generalkapitän Genoveva den Stuhl, half ihr, die Röcke unter der tief hängenden, weißen Damast-Tischdecke zu verstauen, und erst als er und ihre Mutter sich ebenfalls setzten, begann das Festmahl.

Das Schlimme war: Sfondrati schien sich bestens zu amüsieren. Er plauderte mit ihrer Mutter über ihren Kopf hinweg, scherzte mit seinem Cousin, stieß mit Gästen an, die Genoveva noch nie in ihrem Leben gesehen hatte. Als ob er nicht gerade eben eine fast vollkommen Fremde geheiratet hätte.

Alles auf dieser Feier kam Genoveva unwirklich und befremdlich vor. Annabelle war anwesend und warf ihrer Freundin besorgte Blicke zu, aber sie saß an der langen Hochzeitstafel so weit von Genoveva entfernt, dass sie sich außer der kurzen, formelhaften Begrüßung und einer flüchtigen Umarmung am Eingang noch nicht einmal hatten austauschen können.

Genoveva stocherte auf ihrem Teller herum. Ein Stück Fleisch, das in reichlich Soße schwamm. Ganz leicht stieg ihr der Geruch von dunklem Bier in die Nase, aber Genoveva wusste nicht, was genau sie da essen sollte. Sie hatte keinen Appetit und außerdem keine Lust mehr, weiterhin gute Miene zum bösen Spiel zu machen und so zu tun, als wäre sie glücklich darüber, diese Verbindung eingegangen zu sein. Sie starrte auf die kleinen Flammen des dreiarmigen Kerzenleuchters direkt vor ihrer Nase und hüllte sich in trotziges Schweigen.

Sigismondo schien zwar zu bemerken, dass sie nichts aß, ließ sich jedoch kein zweites Mal zu einem Kommentar hinreißen. Wildschweinbraten, Gänseleber, fein gewürzte Pasteten – nichts davon brachte Genoveva herunter. Unberührt wanderte ein Teller nach dem anderen mit den köstlichsten Speisen zurück in die Küche. Die konsternierten Blicke der Bediensteten ignorierte sie.

Vielleicht wollte sie auch ein klein wenig provozieren, musste sie sich im Stillen eingestehen. Denn Sigismondos tadelnde Bemerkung bei der Begrüßungszeremonie geisterte noch immer in ihrem Kopf herum, und insgeheim wartete sie nur darauf, das Streitgespräch weiterführen zu können. Sie würde eine weitere solche Maßregelung nicht auf sich sitzen lassen. Er sollte wissen, was es bedeutete, eine Taxis zu heiraten.

Ganz früh am Morgen, als die Zofen ihr das üppige Hochzeitskleid anlegten, hatte sie sich dies schon geschworen, weshalb sie ihm nun bei der ersten Meinungsverschiedenheit keinesfalls wie ein Schaf Folge leisten würde.

Aber ihr Entschluss, ihm die kalte Schulter zu zeigen, war bereits beim Betreten der Kirche ins Wanken geraten. Vor dem Altar hatte Sfondrati so festlich und schön ausgesehen, dass Genovevas ohnehin nervöser Magen zu flattern begonnen hatte. Ganz in Schwarz und Gold war er gekleidet, der Bart sauber getrimmt, die Haare ordentlich zurückgebunden. Und ein warmer Glanz war in seinen dunklen Augen gelegen, die er nicht mehr von ihr genommen hatte, bis sie bei ihm vorne angekommen war. Mit keinem Wort und keiner Geste hatte er ihre Nervosität verspottet, wie sie es insgeheim erwartet hatte, sondern stattdessen versucht, ihr Sicherheit zu geben. Und etwas in ihr war aufgebrochen, war ganz weich geworden in diesem Moment.

Vielleicht war das auch der Grund gewesen, warum Genoveva sich tatsächlich während des Banketts mit dem Wein zurückgehalten hatte. Nun jedoch leerte sie ihren halb vollen Pokal mit einem Schluck, bevor sie von Sigismondo auf die freie Fläche des Parketts geführt wurde, um den Tanz zu eröffnen.

Die Gäste machten ihnen Platz und bildeten einen lockeren Kreis um das Hochzeitspaar. Sigismondo stand ihr gegenüber und war ihr plötzlich näher als den ganzen bisherigen Abend. Die Musik setzte einen Moment aus, erwartungsvolle Stille füllte den Saal, und Genoveva hatte das Gefühl, die Zeit bliebe stehen. Langsam legte sie ihre Hände auf seine Schultern. Sie spürte seine angespannten Muskeln unter dem Hemd und nahm den leichten Geruch seines Parfums wahr. Es war schwer und erdig und passte so gut zu seiner dunklen Erscheinung. Sie mochte es.

Es war das erste Mal, dass Genoveva Sigismondos Körper bewusst berührte. Ohne Not, ohne Angst und nicht, um einfach nur seine Hand zu halten. Ein warmes Kribbeln breitete sich in ihrem Bauch aus, als sie seinen brennenden Blick erwiderte. Es musste der Wein sein, redete sie sich ein. Natürlich war es der Wein, der sich in ihrem leeren Magen nun bemerkbar machte.

Ein Lächeln lag auf Sigismondos Gesicht, als die Musik zu spielen begann, und ein Strahlen in seinen Augen, als sie die ersten Tanzschritte gemeinsam machten.

Von einem Moment auf den anderen erlosch es jedoch. Sein Blick war an ihrem Ellbogen hängen geblieben, während sie ihre erste Runde beim Reigentanz drehte. Er wandte den Kopf, fixierte einen Punkt am Ende des Saals, als versuche er, sich zu sammeln, und lächelte dann wieder, aber Genoveva bemerkte sehr wohl, dass es nicht mehr das unbeschwerte, ehrliche Lächeln von gerade eben war. Er musste sich anstrengen, um seine Züge zu kontrollieren, schien sich über etwas zu ärgern.

Sobald sich das Parkett mit den Gästen füllte, führte er sie etwas abseits der Tanzenden.

Er deutete auf den Tintenfleck an ihrem Ärmel, sein bohrender Blick traf sie, und er gab sich keine Mühe mehr, seine Wut zu überspielen. Mit den Fingerspitzen hielt er den Ärmelstoff mit dem Fleck fest und zog daran.

»Ich weiß genau, wie das passiert ist.«

»Ach ja?«, entgegnete Genoveva spitz, aber mit gedämpfter Stimme.

»Du warst in der Poststube, noch vor der Eheschließung, obwohl ich es dir verboten habe.«

»Und das meint Ihr, aufgrund dieses kleinen Fleckchens beweisen zu können?«, entgegnete Genoveva, spürte aber, dass er sie bereits in die Defensive gedrängt hatte. Denn er hatte ja recht. Vor einer Woche hatte er ihr zu verstehen gegeben, wie wenig er es schätzte, wenn sie in der Poststube arbeitete. Das hatte sie natürlich nicht davon abgehalten, es trotzdem zu tun. Ganz im Gegenteil hatte sie es sogar vorwiegend aus genau diesem Grund getan. Natürlich war er nun verärgert darüber.

Er kam ihr so nah, dass seine Wange die ihre streifte. Sie zuckte unter der Berührung zurück, aber er hielt sie am Arm fest. Sein Griff schmerzte, als er ihr ins Ohr raunte: »Selbst am Tag deiner Hochzeit widersetzt du dich meinem Willen.«

Du widersetzt dich meinem Willen. Ja, sie mochte nun seine Ehefrau sein, aber sie war immerhin eine Grafentochter und keine Dienstmagd. Er konnte ihr nicht einfach etwas befehlen. Sie biss die Zähne zusammen, wollte etwas erwidern, aber Sigismondo ließ sie nicht zu Wort kommen, sondern zog sie hinter einen der vielen Paravents, die die Wände des Saals schmückten und ihn vor der direkten Hitze abschirmten, die zwei riesige Kamine abstrahlten.

»Wisst Ihr eigentlich, was Ihr von mir verlangt?«, sagte Genoveva schließlich doch, als sie keiner mehr sehen konnte.

Sigismondo seufzte. »Du. Sag Du. Wir sind jetzt verheiratet, Genoveva, schon vergessen?«

Aber sein Einwand konnte den Ärger über seine herablassende Art nicht dämpfen.

»Die Poststube ist mein Ein und Alles. Mein Leben! Ich kann doch nicht von einem Tag auf den anderen aufhören, dort zu arbeiten.«

»Natürlich kannst du das. Dein Name lautet jetzt Genoveva Sfondrati, und dein Leben spielt sich nun im Palais Sfondrati ab. Du wirst deine Rolle als meine Ehefrau erfüllen und nicht mehr die der Tochter von Gräfin Alexandrine.«

»Und was soll ich im Palais bitte den lieben langen Tag anfangen?«, fuhr sie ihn an.

»Das, was andere Ehefrauen auch machen«, erwiderte er hitzig. »Sticken, nähen, Musik machen. Den Haushalt führen. Was weiß denn ich?« Er gestikulierte etwas hilflos, ließ die Hände dann sinken und schaute sie einfach nur an.

Genoveva erwiderte seinen Blick und merkte, wie ihr Herz plötzlich schneller schlug.

»Ich verlange von Euch doch auch nicht, dass Ihr für immer die Schlachtfelder hinter Euch lasst und stattdessen in Schreibstuben und Kabinetten Eure Männer wie Spielzeugfiguren über die Landkarten schiebt«, setzte sie dagegen.

Sigismondos Gesicht wurde mit einem Mal ganz weich, was Genoveva nicht verstand. Hörte er ihr überhaupt zu? Er schien sie nicht im Geringsten ernst zu nehmen, so kam es ihr vor.

»Und warum würdest du das nicht verlangen?«, fragte er, ein kleines Lächeln auf den Lippen.

»Es ist Euer … dein Lebensinhalt, genauso wie die Poststation meiner ist.«

»Und das ist der einzige Grund?«, bohrte er nach.

Irgendetwas in Genoveva sträubte sich dagegen, ihm zu antworten. Zumindest ihm wahrheitsgemäß zu antworten. Denn es war tatsächlich nicht der einzige Grund, warum es ihr ein Dorn im Auge war, dass Sfondrati schon in ein paar Tagen wieder ins Feld ziehen würde. Der vorangegangene Satz war ihr herausgerutscht, obwohl sie ihn gar nicht hatte sagen wollen, denn schließlich war sie wegen seiner ständigen Bevormundung wütend auf ihn. Sie würde ihm jetzt unter keinen Umständen offenbaren, was sie tatsächlich fühlte. Dass sie sich eigentlich Sorgen machte um ihn.

»Weil ich nicht möchte, dass Euch … dass dir …«, Genoveva senkte den Blick. Sie musste aufhören, so viel Wein zu trinken. Er half ihr ganz und gar nicht, die Contenance zu bewahren und die Worte zu kontrollieren, die sie von sich gab.

Sie räusperte sich. »Spielt keine Rolle«, meinte sie und wedelte das Gesagte mit der Hand fort. Sigismondo hielt sie fest.

»Und ob das eine Rolle spielt«, sagte er und schaute ihr dabei in die Augen. »Genoveva«, flüsterte er, und sie spürte, wie sich das gleiche, seltsame Kribbeln im Magen ausbreitete wie gerade eben beim Tanz. Er umfasste ihre Taille und zog sie ganz nahe zu sich heran, griff in ihre Locken und ließ sie durch seine Finger gleiten.

Der Blick, mit dem er sie betrachtete, schien jeden Flecken ihres Gesichts zu vermessen und ließ ihre Knie weich werden. Genoveva versuchte, ruhig zu bleiben und ruhig zu atmen.

Er beugte sich nach vorne, und sie wusste, er würde sie küssen.

Richtig küssen.

Seine Wange berührte ihre, sein Mund schwebte über ihrem, und erst nach einigen quälend langen Augenblicken, in denen Genoveva meinte, keine Luft mehr zu bekommen, berührten seine Lippen die ihren, so sanft, aber bestimmend, dass sie das Gefühl hatte, unter seiner Berührung zu schmelzen. Er umschmeichelte ihre Unterlippe, streichelte dabei mit dem Daumen über ihre Wange, und wie von selbst öffnete Genoveva die Lippen, gewährte seiner Zunge Einlass, die vorsichtig ihren Mund erforschte. Sein Kuss war mit einem Mal nicht mehr sanft, er war wild, hungrig, so voller Leidenschaft, dass er sie mit sich riss. Wäre nicht auf einmal die kräftige Hand in ihrem Rücken gewesen, die sie stützte, wäre Genoveva wahrscheinlich zu Boden gesunken.

Sigismondo

Er hatte ein leichtes Ziehen in seiner Brust gespürt, als sein Gesicht so nah an ihrem war, als er den Duft ihrer Haare und ihrer Haut hatte riechen können. Aber als seine Lippen ihre berührten, als er sie schmeckte, so verführerisch und warm, als ihr zarter, zerbrechlicher Körper mit einem Mal unter seinen Händen auf seine Berührungen reagierte und seine Leidenschaft erwiderte, geschah etwas Seltsames. Denn das amüsante, leichte Geplänkel, das er erwartet hatte, der kurze Kuss, den er ihr hatte rauben wollen, wuchs sich auf einmal zu einem gewaltigen, unkontrollierten Feuer aus, das seinen gesamten Körper erfasste und seinen Verstand aussetzen ließ.

Er bedeckte ihr Gesicht und ihren Hals mit leichten, sanften Küssen, hörte ihr Stöhnen und bemerkte, wie er allmählich die Kontrolle zu verlieren begann.

Sein Körper spannte sich, der Drang, mehr von ihr zu spüren, ihre seidenweiche Haut zu berühren, über ihre Rundungen zu streicheln, wurde so stark, dass es fast wehtat.

Er zwang sich dazu, sich von ihr zu lösen, und schob sie ein Stück weit von sich. Noch einen Moment hielt er die Augen geschlossen, ehe er sie schwer atmend öffnete und sah, dass Genovevas Lider noch immer gesenkt waren.

Er betrachtete sie und beobachtete, wie auch Genoveva langsam wieder zu sich kam.

»Die Feier ist noch nicht zu Ende«, erklärte er mit belegter Stimme, räusperte sich und bot ihr seinen Arm an. »Lass uns noch ein wenig unsere Pflicht tun und der Gesellschaft beiwohnen.«

Bevor wir zur anderen Pflicht kommen, dachte er bei sich. Und auch wenn er es nicht erwarten konnte, Genoveva mit in seine Bettstatt zu nehmen, beschlich ihn gleichzeitig ein unangenehmes Gefühl. Er mochte sie, er mochte sie wirklich. Er wollte, dass es ihr gut ging, und dass sie sich wohl und sicher fühlte an seiner Seite.

Wie konnte er es anstellen, dass Genoveva ihn nach dieser Nacht nicht hasste?

19.

Palais Sfondrati, Brüssel

Alexandrine

Bisher ist der Abend ein voller Erfolg, dachte Alexandrine bei sich. Sie nickte einem der livrierten Bediensteten zu, die unaufhörlich Servierbretter mit klobigen Glaspokalen zwischen den Gästen balancierten und Erfrischungen offerierten. Prompt kam der untersetzte, kahlköpfige Diener vor ihr zum Stehen, sie entschied sich für das am wenigsten gefüllte Glas und nippte daran. Heißer Würzwein. Für gewöhnlich eine Methode, billigen oder verdünnten Fusel zu übertünchen. Aber Alexandrine schmeckte heraus, dass in diesem Fall nicht versucht worden war, das fehlende Aroma des Weins durch Zugabe von Zucker zu vertuschen. Auf Genovevas Hochzeit wurde ausschließlich teurer Burgunder gereicht, nicht etwa der saure Brüsseler Wein, der direkt vor den Toren der Stadt angebaut wurde. Dazu gab es Wildschwein und Rehbraten, Austernmuscheln, Fisch und Geflügel und die zuckrig süßen Apfel- und Birnenwaffeln des besten Bäckers der Stadt.

Alexandrine hatte sich die Feier etwas kosten lassen, und auch Sfondrati hatte seinen Anteil dafür ohne große Bedenken lockergemacht.

Und das war auch gut so. Die Kirchenbänke der Kapellekerk waren zur Trauung bei Weitem nicht so spärlich besetzt gewesen wie befürchtet. Nicht nur Sfondratis recht magere Verwandtschaft und seine wenigen Brüsseler Bekannten hatten der Messe beigewohnt. Auch eine erstaunliche Menge ihrer eigenen Familie und Bekannten waren angereist. Natürlich war Anton von Taxis, der einarmige

Cousin ihres verstorbenen Gemahls, aus Antwerpen gekommen und hatte seine reizende Tochter Marie-Louise mitgebracht. Aber auch der junge Johann Baptista von Taxis aus Augsburg, ein Neffe Leonhards, und seine Mutter Susanna waren anwesend – selbst einige Angehörige der Innsbrucker Taxis-Linie hatten die mühsame Anreise auf sich genommen, um Genoveva die Ehre zu erweisen. Ihr höchstpersönlich die Ehre zu erweisen.

Nicht einmal der scharfe Briefwechsel von vor ein paar Wochen hatte die Augsburger davon abgehalten. Bei dem Gedanken daran zog Alexandrine unwillkürlich die Schultern nach oben, ließ sie aber nur einen Atemzug später wieder sinken.

Schon seit sie ihr Amt angetreten hatte, waren die jährlichen Abgaben, die die Mitglieder der Taxisfamilie für ihre Pachten an das Brüsseler Hauptquartier abtreten mussten, ein Streitpunkt. Dass die Zahlungen vertraglich vereinbart waren, war für die liebe Verwandtschaft offenbar unerheblich. Jedes Jahr aufs Neue klagten sie über fehlende Einnahmen, nicht enden wollende Übergriffe, über die angeblich schlechteste Saison seit Langem. Doch trotz ihres ständigen Jammerns war das Einkommen, das sie aus den ihnen verpachteten Stationen bezogen, beträchtlich, und je gewinnbringender sie im ganzen Reich arbeiteten, desto mehr Abgaben flossen natürlich auch nach Brüssel ab und Alexandrine zu. Und diese benötigte sie dringend, noch immer. Jedes Jahr verbrachte Alexandrine deshalb geraume Zeit damit, nicht nur den Anfeindungen der Konkurrenz zu trotzen, sondern auch die Schäfchen der eigenen Familie in der Spur zu halten. Wenn es sein musste, auch durch persönliche und zumeist unangekündigte Stippvisiten im ganzen Reich.

Aber trotz aller Streitereien hatten die Taxis eine Art Familienethos. Egal wie zerrüttet die Verhältnisse auch schienen, dem Kaiser gegenüber traten sie stets geschlossen auf und hielten den Stürmen des Reiches stand wie die weitverzweigten Äste einer knorrigen Eiche.

Das war nicht immer so gewesen. Selbst Leonhard hatte noch im Zwist mit seinem eigenen Vater gelegen, einem schrulligen Alten, der daran zweifelte, dass Leonhard in der Lage war, einen männlichen Nachkommen zu zeugen. Leonhard war darüber düpiert und Alexandrine zornig gewesen. Sie hatte es dem alten Lamoral niemals verziehen, dass er ernsthaft erwog, sein Lehen einem anderen Verwandten zu vermachen statt seinem eigenen Sohn. Deshalb hatte sie Leonhard auch dazu bewegt, beim Kaiser durchzusetzen, dass das Reichspostgeneralat der Taxis zukünftig nicht nur auf männliche Nachkommen, sondern auch auf deren Ehefrauen und Töchter übertragen werden konnte. Kaiser Ferdinand II. kannte Leonhard und Alexandrine persönlich, er hatte um den Ehrgeiz und den Erfolgswillen der Grafen von Taxis gewusst und deshalb ihrem Wunsch entsprochen.

Stolz war durch Alexandrines Adern geflutet, als sie vor der ersten Kirchenbank gestanden und den Blick über die gut gefüllten Kirchenbänke hatte schweifen lassen. Und noch stolzer war sie insgeheim auf ihre Tochter. Als diese von ihrem mindestens ebenso nervösen Bruder zum Altar geführt worden war, hatten Alexandrine Zweifel beschlichen, ob Genoveva wirklich in der Lage war, den Tag zu überstehen. Aber dann hatte Sfondrati ihre Hand in seine genommen, und irgendetwas schien zwischen den beiden vorgegangen zu sein. Denn plötzlich war ihre Tochter ruhig geworden und hatte die Vermählung mit überraschender Souveränität gemeistert.

Sie hatte die richtige Entscheidung getroffen, ein beruhigender Gedanke. Auch wenn es nach außen hin manchmal anders aussehen mochte, wollte Alexandrine immer nur das Beste für ihre Kinder. Schließlich war das Wohl ihrer Nachkommenschaft eng mit dem Erfolg ihres Familienunternehmens verknüpft. Und die Familie Taxis brauchte beides, um bestehen zu können.

Alexandrine faltete die Hände vor dem Bauch. Ihr schwarzes, mit Seidenfäden durchwirktes Kleid hatte sie zur Feier des Tages um eine goldene Korsage ergänzt, ungewohnt farbenfroh für Alexandrine. Die gebauschten Ärmel wurden kurz unterhalb der Ellbogen von breiten, weißen Spitzenmanschetten komplettiert, und ihren Hals zierte ein hochgeschlossener, seidiger Spitzenkragen. Eine schwarze Schleife, die sie in ihrem Rücken gebunden hatte, zeichnete sie als Witwe aus. Und auch wenn sie nichts hören wollte von Rubens' ewigem Gerede über die neueste Mode und die gefragtesten Farben, so war sie am heutigen Morgen doch zufrieden gewesen, als sie ihr Spiegelbild kontrolliert und einige widerspenstige Strähnen mit etwas Wasser zurück in ihre Hochsteckfrisur gestrichen hatte.

Sie fiel auf an diesem Abend, und genau das war es, was sie wollte. Statt eines Patriarchen hatte sie vor dem Hochzeitspaar gestanden und alle Gäste begrüßt, hatte jeden Namen ihrer Verwandtschaft gekannt, nicht zuletzt, weil sie mit Emile noch den gesamten gestrigen Abend über die Gästeliste durchgegangen war und sich zu jedem der Besucher die letzten Korrespondenzen in Erinnerung gerufen und deren genaues Verhältnis zum Brüsseler Familienzweig rekapituliert hatte.

Sie musste Präsenz zeigen, und selten gab es dafür so eine hervorragende Möglichkeit wie auf der Hochzeit ihrer Tochter. Und ihr Plan schien aufzugehen.

Eine ganz leise Stimme in ihrem Kopf flüsterte ihr jedoch zu, dass es nicht nur die Anerkennung der Verwandtschaft war, die sie an diesem Abend suchte. Und sosehr sich Alexandrine auch anstrengte, diese Stimme zum Verstummen zu bringen, sie schaffte es nicht.

Denn sie wollte, dass er sie sah.

Er war ein geladener Gast, und sie hatte seine Blicke auf sich gespürt, seit er den Festsaal betreten hatte. In der Schlange der Gratulanten hatte David Frey dem Hochzeitspaar seine Ehrerbietung erwiesen und Alexandrine lediglich mit höflichem Abstand zugenickt. Genauso, wie es ein Angestellter der Generalpostmeisterin eben machte.

Lange hatte sie sich zusammengerissen und dem Drang, ihn in der Besuchermenge auszumachen, nicht nachgegeben. Dann hatte sie sich jedoch nach ihm umgesehen, und sie hatte nicht lange suchen müssen. Wie ein Magnet zog er ihre Aufmerksamkeit auf sich. Ihre Blicke kreuzten sich, und Alexandrine wurde klar, dass er sie schon ein Weilchen betrachtet haben musste. Länger, als es sich für einen ihrer Untergebenen ziemte.

Er schenkte ihr ein anerkennendes Nicken, und auch wenn es Alexandrine vollkommen lächerlich vorkam, rieselte ein leises Gefühl der Zufriedenheit durch ihren Körper. Verborgen prostete er ihr mit seinem Glas zu. Dann wandte er sich ab, obwohl er genau wusste, dass sie noch immer zu ihm hinsah. Er schaute nach vorne zu den Tanzenden, und Alexandrine erahnte ein kleines Lächeln auf seinen Lippen. Es galt ihr.

Sie musterte ihn ausgiebig. Einige Silberfäden hatten sich in sein kurzes, lockiges Haupthaar gestohlen die letzten Jahre über. Einen winzigen Moment lang stellte sie sich vor, wie es wäre, mit ihren Fingern durch es hindurchzufahren, schüttelte den Gedanken aber sofort wieder ab. Die Kriegsjahre hatten allen Beschäftigten im taxischen Postunternehmen viel abverlangt. Besonders David Frey, der als Reichspostverwalter im Süden des Reiches Alexandrines Interessen vertrat. Die vielen Routenverlegungen, die Rügen des Kaisers, die nicht enden wollenden Angriffe der Schweden und nun die der Franzosen hatten ihn altern lassen.

Trotzdem war er noch immer ein schöner Mann. Er war nicht besonders groß und überragte die hochgewachsene Alexandrine nur um eine Handbreit. In etwa gleich alt waren sie, und anders als so viele andere Männer, schob er keinen beständig wachsenden Bauch vor sich her. Er war wendig und schlank, und man sah ihm an, dass er täglich viele Stunden im Sattel verbrachte. Seine braunen Augen waren sanft, seine Lippen voll und sinnlich. Ein Faltenkranz bildete sich um seine Augen herum, wenn er lächelte. Und er lächelte oft. Manchmal fragte sich Alexandrine, wie dieser Mann trotz der vielen Widrigkeiten, die sich in seinem Leben bereits vor ihm aufgetan und die er hatte meistern müssen, stets noch ungetrübten Mutes sein konnte.

Eine Frau trat zu ihm und begann ein Gespräch. Susanna Jacobe von Taxis, die Mutter des jungen Augsburger Postmeisters Johann Baptista, arbeitete eng und oft mit David Frey zusammen. Alexandrine musste sich ein Augenrollen verkneifen, als sie erkannte, mit welch strahlenden Augen sie den Reichspostverwalter ansah, ja geradezu anhimmelte, während sie ohne Unterlass auf ihn einredete.

Sie wandte sich ab, und für einen Moment schoss ihr der fürchterliche Gedanke durch den Kopf, dass sie David Frey gerade selbst ganz ähnliche Blicke zugeworfen haben könnte.

Mittlerweile war das Festbankett aufgelöst worden, und Sigismondo und Genoveva eröffneten gerade den ersten Tanz.

Sfondratis Anwesen war überraschend ansehnlich, ganz anders, als man es von einem alleinstehenden Militär erwartete. Er hatte das Grundstück vor einigen Jahren gekauft, als die alte Domäne der Ravensteins abgerissen worden war, und dieses Haus neu erbauen lassen. Alexandrine hatte den Eindruck, ein Hauch von Italiens mondänem Flair würde durch die Räume wehen. Viele von ihnen waren mit Wandmalereien oder Gobelins geschmückt. Römische Ruinen waren auf ihnen dargestellt, toskanische Landhäuser mit Zitronen- und Orangenbäumen, sogar Palmen vertrieben den lichtarmen, niederländischen Winter. Fenster mit Butzenscheiben säumten die gesamte Wandbreite des Festsaals und erinnerten Alexandrine so sehr an den Reichssaal in Regensburg. Mehrere metallene Paravents schirmten die Hitze der beiden Kamine ab und boten den Gästen Rückzugsmöglichkeiten. Gerade eben war Genoveva mit Sfondrati hinter einem verschwunden. Es war das zweite Mal an diesem Tag, dass Alexandrine eine Auseinandersetzung zwischen dem Hochzeitspaar witterte. Nun, sie mussten sich erst kennenlernen und zusammenraufen, und Alexandrine wusste sehr wohl, dass es nicht einfach werden würde für Genoveva mit ihrer so eigenwilligen Vorliebe zum Rechnen und Schreiben. Nach allem, was sie bisher von Sfondrati wusste, hieß er es nicht gut, dass Genoveva weiterhin die Poststation unterstützte. Das bedeutete einen herben Verlust für das Unternehmen, denn niemand rechnete schneller und konnte Korrespondenzen besser wiedergeben als Genoveva. Ihr kleiner Bruder würde niemals die herausragenden Fähigkeiten seiner großen Schwester besitzen. Aber Genovevas Aufgabe war nun einmal eine andere, und Alexandrine hatte außerdem den Eindruck, dass Sfondrati ihrer Tochter wohlgesonnen war. Eigentlich sogar mehr als das. Auch wenn sie gerade noch zweifelte, ob sich Genoveva ihres Glückes überhaupt bewusst war, so apathisch, wie sie die letzte Stunde über an der Hochzeitstafel gesessen hatte.

Sie konnte es ihr nicht verdenken. Auch Alexandrine war auf ihrer eigenen Hochzeit nervös gewesen, obwohl sie um einige Jahre älter und um einiges erfahrener gewesen war als Genoveva. Ein leises Gefühl von Wehmut flackerte in ihr auf, als sie an die Jugend ihrer Tochter dachte.

Sie sollte sich glücklich schätzen, so schnell verheiratet worden zu sein.

Auch wenn sie dies noch nicht einsah. Denn somit blieb ihr der Kummer erspart, ihr Herz schon vorher an jemand anderen verschenkt zu haben.

So wie Alexandrine es getan hatte.

Mit gebrochenem Herzen war sie damals vor den Altar getreten und hatte es den ganzen Abend über nicht geschafft, ein Lächeln auf ihr Gesicht zu zwingen. Die fröhlichen Hochzeitsgäste und die ausgelassene Stimmung auf der Feier waren ihr wie Fratzen vorgekommen damals. Vermutlich ging es Genoveva gerade ähnlich. Aber Alexandrine hatte an jenem Abend dazugelernt, und auch Genoveva würde dies tun. Denn es brachte nichts, Gefühle, die niemals gelebt werden konnten, zuzulassen oder ihnen gar hinterherzulaufen. Noch dazu, wenn andere – oder eine gesamte Hochzeitsgesellschaft – dies mitbekamen.

Ich weiß, dass wir diese Verbindung aus rein dynastischen Gründen eingehen müssen. Aber lass es dir um der Vernunft willen nicht so sehr anmerken wie am heutigen Abend.

Niemals würde sie diese Worte Leonhards vergessen, als er in ihrer Hochzeitsnacht mit ihr allein in seinem Schlafgemach gewesen war und auf sie herabgeblickt hatte. Sie hatte nur noch ihr seidiges Nachtgewand getragen und sich so furchtbar nackt gefühlt, so verwundbar und ausgeliefert. Er hatte sie nicht angerührt und sich einfach neben sie ins eheliche Bett gelegt. Alexandrine hatte in der Dunkelheit stumme, bittere Tränen vergossen.

Erst als Alexandrines Herz allmählich vergaß, als sie sich an den Alltag mit einem fremden Mann an ihrer Seite gewöhnt und sie erkannt hatte, dass sie sich in ihrem Intellekt gegenseitig befeuern konnten, hatte Leonhard sich ihr auch körperlich genähert.

Schnell hatte Alexandrine herausgefunden, dass sie und Leonhard gemeinsam sehr erfolgreich sein konnten, denn sie hatten einander in ihren Fähigkeiten und Neigungen geradezu perfekt ergänzt. Wie von selbst hatten sie zusammengearbeitet, und erst Wochen nach der Trauung, auf einer Reise in das Heilige Römische Reich, hatte er die Ehe vollzogen. Seine Zurückhaltung hatte ihm Alexandrines Loyalität eingebracht, auch über seinen Tod hinaus.

Alexandrine war klar geworden, dass eine Vernunftehe erfolgversprechender war als gefühlsverseuchte Verbindungen, die das Denkvermögen lähmten. Brennende Liebe und verzehrende Leidenschaft hatte es zwischen ihr und ihrem Mann nie gegeben. Vielmehr waren es gegenseitiger Respekt und vor allem der gemeinsame Erfolgswille gewesen, die Alexandrine und Leonhard zusammengeschweißt hatten.

Aber dann war Leonhard auf einer Reise nach Prag plötzlich erkrankt. Er war noch geistesgegenwärtig genug gewesen, seine Nachfolge in einem Testament zu regeln, das vom Kaiser bestätigt wurde. Zurück zu seiner Familie nach Brüssel hatte er es nicht mehr geschafft.

Statt um ihren Mann zu trauern, war Alexandrine zunächst wütend gewesen. Rasend wütend sogar, denn sie hatte sich betrogen gefühlt, allein gelassen mit einer Aufgabe, die ihr zu groß erschien. Die Reichspost in Zeiten des Krieges zu führen, war für einen Mann bereits eine kaum zu bewältigende Aufgabe – für eine Frau schien sie vollkommen unerfüllbar.

Aber nur wenige Tage hatte sich Alexandrine ihrem Leid hingegeben und ihrer Wut auf ihren Ehemann, weil er sie so früh alleine gelassen hatte. Dann war ihr naturgegebener Trotz wieder in ihr erwacht und ihr eiserner Wille, eine Charaktereigenschaft, die sich seit Jahrhunderten durch die Familie der de Rye zog, der sie entstammte. Sie hatte die Vormundschaft für ihre beiden Kinder übernommen und sich an die Spitze der Reichspost gekämpft. Vor allem die Fürsprache der Infantin Isabella hatte ihr den Weg dazu bereitet und sowohl die spanischen als auch die österreichischen Habsburger dazu bewogen, sie mit dem Amt der Generalpostmeisterin zu betrauen.

Sie hatte seitdem alles dafür getan, ihrer Rolle gerecht zu werden und den Habsburgern wie auch ihrer eigenen Familie zu dienen.

Die Hochzeit ihrer Tochter mit einem Sfondrati war dabei nur ein Faden des feinen Geflechts, das die Dynastie der Taxis mittlerweile auf dem gesamten Kontinent gesponnen hatte.

Alexandrine winkte erneut einem der Bediensteten. Sie stellte ihren geleerten Pokal auf seinem Tablett ab, nahm einen weiteren an sich und setzte zum Trinken an.

Dann blieb ihr Blick an einem Mann hängen. Er schien nicht so recht zu der ausgelassenen und fröhlichen Hochzeitsgesellschaft zu passen. Mit hinter dem Rücken gefalteten Händen stand er in der weit geöffneten Eingangstür und starrte zu ihr herüber. Seine Augen waren eisblau, das Gesicht regungslos, wie aus Marmor gemeißelt, und er wandte seinen Blick nicht einmal von Alexandrine ab, als er von einem tanzenden Pärchen angerempelt wurde. Alexandrine nahm sich Zeit und erwiderte seinen Blick, während sie mehrere, tiefe Züge aus ihrem Pokal nahm.

Er war klein und schmal, kleiner als sie selbst, schätzte Alexandrine. Er besaß den Körper eines Knaben, obwohl sich bereits ergraute Strähnen oberhalb seiner Schläfen zeigten. Seine steife Körperhaltung, der Gesichtsausdruck, der sich nicht veränderte, alles an ihm glich einer Drohung. Sein bestätigendes Nicken war für Alexandrine keine Überraschung mehr. Es war eine unausgesprochene Aufforderung. Er verschwand im Treppenhaus, und ohne Zögern folgte ihm Alexandrine, und obwohl sie nicht wusste, wo genau er hingelaufen war, trieb sie ein Gefühl hinaus in den Innenhof des Palais. Sie durchschritt die hell erleuchtete Eingangstür, machte noch ein, zwei Schritte hinaus auf den Kies in Richtung des Brunnens und schaute sich um. Und sie hatte sich nicht getäuscht. Etwas abseits in einer Ecke der Hausmauer stand der Mann, eine Fackel in Händen.

Während sie auf ihn zuschritt, fragte sie sich, woher er diese so schnell aufgetrieben hatte, fand aber auf die Schnelle keine Antwort darauf.

»Gräfin von Taxis«, er beugte den Kopf leicht. Es war das Mindestmaß an Ehrerbietung, das er ihr nun zollte, nachdem er sie drinnen im Saal bereits so ungeniert angestarrt hatte.

Alexandrine antwortete nicht. Es war eine Strategie, ihr Gegenüber reden zu lassen und einfach nur zuzuhören, denn für gewöhnlich fühlten sich die Menschen zur Konversation bemüßigt, wenn man schwieg. Und mochten sie auch noch so sehr versuchen, mit ihrem wahren Anliegen hinter dem Berg zu halten, innerhalb kürzester Zeit verplapperten sie sich doch.

Einige Momente verstrichen, es blieb still zwischen ihnen. Ein leichter, eisiger Luftzug strich um die Hausecke, ließ das Feuer der Fackel tanzen und Alexandrine frösteln.

Ohne auf eine Aufforderung zu warten, nahm der Mann seinen Mantel ab und reichte ihn Alexandrine. Sie war drauf und dran, ihn abzulehnen, aber die Kälte biss ihr in die Gliedmaßen, also warf sie sich den Mantel über die Schultern.

Kleine, weiße Dampfwolken stiegen von seinem Mund auf, als er nun endlich sprach.

»Ich komme mit einem Anliegen zu Euch«, begann der Mann. Sein Französisch trug einen harten Akzent. Er musste aus dem Osten des Reiches stammen, aus Böhmen oder Ungarn vielleicht.

»Sprecht«, forderte Alexandrine ihn auf.

»Versucht mit Eurer Reichspost nicht, die Hofpost der Herren von Paar daran zu hindern, im Reich Fuß zu fassen.«

Alexandrine schnaubte leise. »Wie käme ich dazu?«, tat sie das Gesagte ab. »Die von Paars werden sich von ganz alleine ruinieren, und zwar noch bevor das Jahr zu Ende ist.«

Inzwischen hatte Rudolf von Paar, ein Bruder des dahingeschiedenen Johann Christoph von Paar, die Nachfolge an der Spitze der kaiserlichen Hofpost angetreten und schickte sich an, das Geschäft ebenso wenig Erfolg versprechend weiterzuführen, wie der Verstorbene es getan hatte.

»Das wage ich zu bezweifeln, denn Rudolf von Paar kann auf Ressourcen zurückgreifen, die Ihr nicht einmal erahnt.« Der Ausdruck in seinen eisblauen Augen war leidenschaftslos, eigentlich leblos, und etwas in seinem Gesicht kam ihr auf einmal vage bekannt vor. Aber sie konnte sich einfach nicht entsinnen, was es war. Irgendetwas stimmte nicht mit ihm, Alexandrine spürte es ganz genau. Noch immer war ihr kalt, trotz des Mantels. Und sie beschlich das ungute Gefühl, dass es nicht die Witterung war, die ihr eine Gänsehaut über den Rücken schickte.

»Euer Dienstherr hat nicht einmal den Schneid, sich persönlich mit mir auseinanderzusetzen?«

»Mein Dienstherr«, wiederholte der Mann spöttisch. »Er hat Besseres zu tun. Von Paar mag außerdem mein Auftraggeber sein, jedoch bin ich aus freien Stücken hier. Es war mir ein persönliches Anliegen, Euch zu warnen, Gnädigste.«

»Und weshalb?«

»Uns verbindet mehr, als Ihr meint«, räumte der Mann ein.

Alexandrine reagierte nicht, blickte den Mann weiter gelassen an, jedoch war sie ins Grübeln gekommen.

»Und Ihr werdet mir sicherlich gleich den Gefallen tun und mir einen kleinen Hinweis geben, worum es sich dabei handeln könnte. Denn ich vergesse keine Gesichter«, sagte sie, ein klein wenig ungehaltener, als sie es eigentlich gewollt hatte.

»Seid Ihr sicher, Gräfin?«, antwortete er, und Alexandrine verengte die Augen, aber obwohl ihr der Mann nach wie vor vage bekannt vorkam, konnte sie ihn immer noch nicht zuordnen.

»Effugere non potes necessitates, potes vincere«, flüsterte er, fixierte Alexandrine dabei, und sie wusste genau, dass er auf die Reaktion in ihrem Gesicht lauerte wie ein Falke auf seine Beute.

Und trotzdem entglitten ihr die Züge. Alexandrine merkte es und ärgerte sich im gleichen Moment darüber. Denn niemals kam dies vor, niemals verlor sie die Kontrolle.

Aber dieser Satz traf sie.

Du kannst den Zwängen nicht entkommen, aber du kannst sie besiegen. Ein Ausspruch Senecas, der zu ihrem Leitspruch und dem ihrer ersten großen Liebe geworden war. Sie hatten einander Mut zugesprochen mit diesem Satz, wenn einer von ihnen diesen aus dem Blick verloren hatte. Die Konventionen hatten die Beziehung zwischen ihnen unmöglich gemacht. Jahrelang hatten sie ihre Liebe verheimlicht. Irgendwann hatten ihre Familien geahnt, dass sich da etwas anbahnte, zwischen Elias, dem Juden am Habsburger Hof, und der Tochter des Grafen de Rye. Sie beide hatten innerhalb ihrer Familie für eine Eheschließung gekämpft. Alexandrine war sogar in den Hungerstreik getreten damals. Vergebens. Sie hatte Elias nie wiedergesehen und sich von ihren Eltern und ihrem älteren Bruder Francis dazu drängen lassen, dem weltlichen Leben vollkommen zu entsagen. Sie war bereits Stiftsdame in Mons gewesen, als Leonhard von Taxis völlig überraschend um ihre Hand angehalten hatte.

»Ihr mögt einen hochrangigen Militär in Eure Familie eingeheiratet haben – ein geschickter Schachzug im Übrigen, muss ich gestehen. Aber versucht nicht, mithilfe seiner Ressourcen und Verbindungen gegen die Hofpost vorzugehen«, drang die Stimme des Fremden zu ihr. Ganz leicht schüttelte Alexandrine den Kopf, um die Lähmung loszuwerden, die ihren Geist befallen hatte.

»Ich sagte bereits, das ist nicht mein Anliegen. Im Übrigen überschätzt Ihr die Bedeutung, die die kleine Meinungsverschiedenheit mit dem *Freiherrn* von Paar auf die Eheschließung meiner Tochter mit dem Marquis de Montafié hat.«

Natürlich hatte dieser Fremde recht mit seiner Vermutung. Zumindest teilweise. Die Heirat in die Familie eines Markgrafen sollte die Position der Taxis gegenüber dem Kaiser verbessern. Vor allem, da Rudolf von Paar, der Bruder des verstorbenen Johann Christoph, ganz besonders gute Verbindungen zum kaiserlichen Hof besaß. Nicht nur war er Oberststallmeister und Kämmerer am Hofe von Kaiser Ferdinand II. gewesen. Er war zudem Großprior des Johanniterordens in Böhmen und genoss beste Verbindungen in den kaiserlichen Geheimen Rat, so viel wusste Alexandrine. Das würde sie aber natürlich niemals zugeben.

»Und schon wieder bemüht Ihr diesen vermessenen Standesdünkel, der Euch und Eurer Familie von Geburt an im Blut liegt«, erwiderte der Mann mit rauer Stimme, schnell und mit so viel Groll, dass Alexandrine stutzte. »Wie meint Ihr das?«, hakte sie nach.

»Es liegt in Eurem eigenen Interesse, von Paar gewähren zu lassen, Gräfin«, versuchte der Mann sie abzuspeisen. Aber dieses Mal würde sie ihm nicht wieder die Kontrolle über das Gespräch überlassen.

»Was soll dieses kryptische Gerede?«, herrschte Alexandrine ihn an. Mit voller Absicht hielt sie ihren Ärger nun nicht länger zurück. »Ihr macht undurchsichtige Andeutungen, erdreistet Euch haltloser Beleidigungen und werft mir Senecas Ausspruch hin, wie einem Hund den Knochen?«

»Ein vortrefflicher Vergleich! Und genau wie der Hund werdet Ihr einige Zeit daran zu knabbern haben. Verschwendet Eure Kraft also nicht auf andere Dinge.«

»Und für so eine plumpe Warnung bemüht Ihr Euch eigens auf die Hochzeit meiner Tochter? Von Paar hätte mir auch einfach einen Brief schreiben können.«

»Meint Ihr immer noch, ich sei ausschließlich im Auftrag von Paars hier?«

Alexandrine kniff die Augen zusammen.

»Ich habe schon einmal Schicksal gespielt für die Familie von Taxis, und ich bin mir sicher, Ihr habt diesen Tag verflucht. Fordert mich nicht ein zweites Mal heraus. Nicht am Hochzeitstag Eurer Tochter. Einem Tag, an dem Ihr die Zukunft Eures Hauses *sichern* wollt und nicht verspielen, oder etwa nicht?«

Alexandrine starrte ihn an. Wie irregeleitete Pfeile schossen die Gedanken durch ihren Kopf, aber sie bekam keinen davon richtig zu fassen. Wovon redete dieser Mann? Hatte Elias ihn geschickt? Nur er kannte den lateinischen Satz zwischen ihnen. Und was meinte ihr Gegenüber mit *Schicksal gespielt?*

Die Augen des Mannes zuckten in Richtung Eingangstür, dann streckte er den Arm aus. Einige Momente starrte Alexandrine verständnislos auf seine geöffnete Handfläche. Erst dann begriff sie, dass er seinen Mantel zurückforderte. Mit einem Ruck zog sie ihn sich von den Schultern. Der Mann legte sich den Umhang mit einem süffisanten Lächeln um, nickte noch einmal und schritt, ohne ein weiteres Wort zu verlieren, davon. Der Mantel flappte ihm träge um die Schultern, als er allmählich im Dunkel des Tores verschwand.

Alexandrine blinzelte. Selten verliefen Gespräche derart unbefriedigend für sie wie dieses. Drohungen war sie gewohnt, aber dass der Fremde sich gottesgleich zum Schicksalsbringer aufschwang und sich dabei ausgerechnet dieses Spruchs bediente, konnte kein Zufall sein.

»Gräfin?«, hörte sie eine Stimme in ihrem Rücken und fuhr herum.

Als sie erkannte, wer vom Haupteingang zu ihr herüberschritt, entspannte sie sich wieder. »David«, begrüßte sie ihren Postverwalter. »Keine Notwendigkeit für Etikette. Wir sind unter uns.«

»Wer war das, Alexandrine?«, fragte er leise und klang eher neugierig als besorgt. Selten hörte sie jemanden ihren eigenen Namen sagen, und es fühlte sich jedes Mal merkwürdig an. Einen Augenblick herrschte gespannte Stille zwischen ihnen.

Beinahe ein Jahr hatten sie sich nicht mehr gesehen und auch auf der Feier bisher kein Wort miteinander gewechselt.

Ungewohnt nah stand er vor ihr, und sofort hatte Alexandrine das Gefühl, dass in seiner Gegenwart etwas in ihr erwachte, das sie am liebsten sofort im Keim erstickt hätte.

»Das wüsste ich selbst nur zu gern«, gestand sie, wandte sich abrupt ab und starrte auf das Einfahrtstor, durch das der Mann schon längst entschwunden war. Was sie aber damit eigentlich bezwecken wollte, war, Abstand zu David zu gewinnen.

»Du solltest zurück nach drinnen gehen, das Hochzeitspaar wird sich bald zurückziehen, schätze ich.« Er offerierte ihr seinen Arm.

Alexandrine blickte darauf und schüttelte ganz leicht den Kopf. Wie gerne hätte sie sich an ihm festgehalten, nur ganz kurz, denn ihre Knie kamen ihr gerade seltsam schwach und zittrig vor. Aber das durfte sie nicht, sie wusste es genauso gut wie er. Nach einigen Atemzügen, die Alexandrine einfach nur stillstand, ließ er seinen Arm wieder sinken, machte einen Schritt zur Seite und deutete einladend in Richtung Eingangstür.

»Nach Euch, Madame.«

20.

Palais Sfondrati, Brüssel

Genoveva

»Es wird Zeit, dass wir uns zurückziehen, Genoveva.«

Sie starrte auf den gläsernen Pokal in ihren Händen, fuhr mit den Fingern die grün und blau eingefärbten Wölbungen nach, die wie runde, glatte Auswüchse den breiten Stiel des Glases schmückten. Aber sie sah nicht auf.

»Genoveva, schau mich an.« Es klang nicht nach einer Bitte, ganz und gar nicht. Es war ein Befehl. Genoveva hob den Kopf und merkte selbst, wie sie dabei die Zähne zusammenbiss. Laut hörbar atmete sie aus und versuchte, sich zu entspannen. Sie hatte verstanden, was jetzt stattfinden musste. Beim Aufstehen fing sie den beruhigenden Blick ihrer Mutter auf, den sie mit einem stoischen Nicken beantwortete, nahm die ihr dargebotene Hand ihres Ehemanns und folgte ihm. Aber sie waren nicht die Einzigen, die sich erhoben, denn einige der jüngeren Gäste liefen johlend und feixend hinter ihnen her, ebenso wie der Priester, der die Bettstatt segnen würde.

Sigismondo blieb stehen, drehte sich um, und ohne dass er etwas sagen musste, zogen sich die jungen Männer zurück und vermieden den Blick des Generalkapitäns wie ein Rudel eingeschüchterter Hunde. Dann wurde Genoveva von Sigismondo die Treppe hinaufgeführt, in sein Schlafgemach. Das Zimmer war geräumig, es roch nach frischer Luft und ganz leicht nach Lavendel. Es war kühl, aber vor Kurzem hatte jemand ein Feuer im Kamin entzündet, und dessen einladendes Knistern und die Wärme seiner Flammen breiteten sich bereits im Raum aus. Ein ausladendes, klobiges Himmelbett aus Walnussholz stand in der Mitte des Zimmers. Die dunkelgrünen Vorhänge waren zurückgezogen und gaben den Blick frei auf die makellos weißen, frischen Betttücher. Der Priester tropfte Weihwasser darauf, nuschelte ein hastiges Gebet und suchte dann so schnell wie möglich das Weite.

Die Tür schloss sich hinter ihm, die Schritte des Priesters verklangen, ebenso wie das Getrappel und das fröhliche Gejohle der anderen Hochzeitsgäste, die sich am Fuß der Treppe herumgedrückt hatten und nun zur Feier zurückkehrten. Es musste kurz vor Mitternacht sein.

Gedämpft drangen die Stimmen aus dem Festsaal zu ihnen, vermischten sich mit dem leisen Knistern des Feuers und dem Rauschen in Genovevas Ohren. Etwas verloren stand sie in der Mitte des Raumes, die Hände vor dem Bauch gefaltet, und wusste nicht, wohin mit sich. Sigismondos dunkle Augen fixierten sie, und sie spürte, wie ihr Herz unter seinem Blick schneller schlug und ihr allmählich warm wurde.

Mit ihren eiskalten, klammen Händen fuhr sie sich über den Nacken und genoss die Kühle auf ihrer Haut. Sie vermied den Blick auf die vorbereitete Bettstatt und schaffte es auch nicht mehr, Sigismondo anzusehen. Ihre Aufmerksamkeit galt stattdessen der einsamen, brennenden Kerze, die auf einem Nachttisch neben dem Bett stand.

Sigismondo machte keine Anstalten, sich ihr zu nähern. Er blieb einfach nur an die Eingangstür gelehnt stehen und beobachtete sie.

»Wir müssen das hier nicht tun«, erklärte Genoveva in die Stille hinein, und geringe Hoffnung keimte in ihr auf, dass sie ihren Ehemann überzeugen könnte, ihr das, was jetzt folgen würde, zu ersparen. Ihre Mutter hatte sie gestern zur Seite genommen, natürlich hatte sie das. Und ihr einen kleinen Vortrag über den Vollzug der Ehe gehalten. *Es kann schön sein, weißt du, mein Kind,* hatte sie gesagt. *Und wenn es das nicht ist, wirst du es trotzdem über dich ergehen lassen. Sfondrati ist kein Unmensch, aber der Akt ist Teil deiner Eheschließung.* Und Genovevas Magen hatte sich bei diesen Worten zusammengezogen.

Sigismondo stieß die Luft geräuschvoll durch die Nasenlöcher aus, ein herablassendes Geräusch, fand Genoveva.

»Wenn wir es nicht tun, kann ich morgen die Ehe annullieren.« Ohne sie aus den Augen zu lassen, kam er langsam einige Schritte näher. »Willst du das?« Er legte den Kopf schräg, um besser in ihr Gesicht blicken zu können. Sie ersparte ihm die Mühe und schaute ihn nun wieder direkt an.

Er ärgert sich noch immer darüber, dass ich in der Poststube gewesen war, heute, am Tag meiner Hochzeit, dachte sie und wurde das Gefühl nicht los, dass er sie das nun spüren lassen wollte, Genoveva merkte es sogar trotz ihres vom Wein berauschten Bewusstseins. Sie hatte sich, kurz bevor sie sich in seine Gemächer zurückgezogen hatten, noch vorsorglich einen bis an den Rand gefüllten Becher die Kehle hinabgestürzt. Und der Wein wirkte, denn sie spürte dessen Wärme, die sich, vom Magen ausgehend, in ihren Gliedmaßen ausbreitete und sie ein wenig ruhiger werden ließ.

»Was ich will, scheint hier doch sowieso keine Rolle zu spielen«, sagte Genoveva trotzig.

Sigismondo nickte und kam noch einen Schritt näher. »Dieses Gespräch führten wir doch bereits. Erinnerst du dich?«

Sehr wohl erinnerte sich Genoveva. Denn sie war empört gewesen und wütend und hätte gerne weiter mit ihm darüber gestritten. Aber dann hatte ihr Körper, dieser elende Verräter, mit einem Mal auf Sigismondos Nähe reagiert. Er hatte sie geküsst, und ihre Wut war wie fortgeblasen gewesen.

Und schon wieder war er ihr so nah, dass sie nicht einmal mehr richtig zu ihm aufblicken konnte. Sie spürte die Wärme, die sein Körper ausstrahlte, und nahm seinen Duft wahr.

Er beugte seinen Kopf zu ihr herunter, strich ihr die Haare hinter die Schulter und berührte mit seinen Lippen ganz sanft die Haut an ihrem Nacken. Ein leiser Schauer durchlief Genoveva, und wie von selbst glitten ihre Hände nach oben, umfassten seine Schulter und den Hals.

»Zieh mich aus, Genoveva«, hauchte er in ihr Ohr, bestimmt und ruhig, und Genoveva wusste nicht, wieso, aber sie gehorchte. Was war auch schon dabei, diesem Mann, ihrem Mann, aus dem Wams zu helfen? Sie machte sich an den vergoldeten Knöpfen zu schaffen, aber ihre Finger zitterten dabei so stark, dass sie es einfach nicht schaffte, diese zu öffnen.

Sigismondos warme Hand umschloss ihre Finger und ließ sie einige Augenblicke auf seiner Brust ruhen. »Lass nur, ich mach schon«, sagte er leise und knöpfte sein Wams auf, ohne sie dabei aus den Augen zu lassen. Er streifte es ab, zog sich auch das Hemd über die Schultern und ließ beides achtlos zu Boden fallen. Dann zog er seine schwarzen Lederstiefel aus. Als Genoveva realisierte, dass er sich auch an seiner Hose zu schaffen machte, trat sie hastig einen Schritt zurück. Sigismondo hielt inne.

»Genoveva?«

Sie rührte sich nicht. »Schau mich an«, bat er. Sie hob den Kopf, und ihr Blick blieb an seinem Oberkörper hängen, muskulös und übersät mit Narben. Einige schwarze Härchen kräuselten sich auf seiner Brust. Genoveva schluckte schwer und versuchte, wieder Herr über das merkwürdige Gefühl in ihrer Herzgegend zu werden, und den unerklärlichen Drang, seine nackte Haut zu berühren.

»Ich gehöre dir, und du gehörst jetzt mir, verstehst du?«, hörte sie ihn sagen. »Du musst dich nicht schämen vor mir, für gar nichts.«

Überrascht schaute Genoveva zu ihm auf. Meinte er wirklich, was er sagte? Oder versuchte er nur, sie in Sicherheit zu wiegen, damit sie gefügig wurde?

Langsam hob er den Arm, drehte sie herum, sodass sie mit dem Rücken zu ihm stand. Er hauchte ihr einen leichten Kuss auf die Wange. Mit sicheren Bewegungen öffnete er ihr verschnürtes Mieder im Rücken. Er tat es nicht zum ersten Mal, Genoveva merkte es ganz genau und schloss die Augen. Ihr Herz raste. Sie würde sich vollkommen bloßstellen vor ihm, sie würde sich anstellen wie ein dummes Kind. Sie hatte doch keine Ahnung, was sie nun tun sollte. Bedächtig streifte er ihr Kleid nach unten und half ihr, aus ihm herauszusteigen.

Nun stand sie vor ihm, nur noch spärlich von ihrem durchscheinenden Unterkleid verhüllt. Sie hielt die Luft an, nahm all ihren Mut zusammen und strich mit den Fingerspitzen Sigismondos Arm entlang, glitt nach oben bis zu seiner Schulter. Sie wunderte sich über die Zartheit seiner Haut, mochte das Spiel der Muskeln darunter, die so viel Kraft ausstrahlten. Sie hatte sich dabei ertappt, wie sie ihn heute Abend nach dem Kuss ein paar Mal beobachtet, seine Statur bewundert und sich gefragt hatte, wie er wohl ohne Kleider aussah.

Jetzt wusste sie es, aber sie war so überwältigt von seiner Nähe und seiner Nacktheit, dass sie vollkommen überfordert war.

Ihre Hand verharrte auf seiner Schulter, sie traute sich nicht, weiter nach unten zu streichen und seine Brust zu berühren.

»Hilf mir, ich weiß nicht, was ich …«, flüsterte sie, aber noch ehe sie den Satz zu Ende führen konnte, war er schon bei ihr, beugte sich zu ihr herunter, und seine Lippen berührten ihre. Sanft waren sie, weich, und die Wärme seines Körpers umfing sie und hüllte sie ein. Seine Hand ruhte auf ihrem Hinterkopf, er hielt sie, und sie spürte, dass sie sich nicht länger bedroht und verängstigt fühlen musste. Seine Berührung gab ihr Sicherheit, genau wie vor einigen Stunden vor dem Altar.

Dann spürte sie seine Zunge in ihrem Mund, die um ihre Zunge kreiste, und ihr ganzer Körper reagierte mit einem Mal, ein ihr bislang unbekanntes Gefühl rauschte durch ihre Adern, das jede Faser ihres Körpers zu entzünden schien. Seine Hände waren auf ihrem Rücken, ihrem Gesäß, und irgendwie schaffte er es, das Band an ihrem Unterkleid zu lösen und aufzuschnüren, während er sie küsste. Es fiel zu Boden, und plötzlich stand sie nackt vor ihm. Sie löste sich von ihm, wollte schon beschämt die Augen senken, aber sein Blick, der über ihren Körper glitt, war so voller Bewunderung und Begehren, dass sie innehielt.

Etwas zwischen ihnen schien sich verschoben zu haben. Er reagierte auf sie, auf ihren Körper und ihre Nacktheit. Sie hatte den Eindruck, dass nicht er, sondern sie die Kontrolle gewann über die Situation, obwohl sie sich auf einem Terrain bewegte, das ihr vollkommen unbekannt war.

Dennoch wusste sie nicht, was sie als Nächstes tun sollte, und zögerte.

»Wie viel Erfahrung hast du eigentlich?«, wollte er wissen. Seine Stimme klang ein wenig belegt. Sie senkte den Kopf und schüttelte ihn. Was konnte sie schon antworten? Jungfräulichkeit war eine Voraussetzung für die Eheschließung, sie war das wohl wichtigste Gut, das sie mit in die Ehe bringen konnte. Und so richtig geküsst hatte sie auch noch nie jemanden, und fand das auch gut und richtig so. Aber dennoch hätte sie sich in diesem Moment gewünscht, nicht ganz so ahnungslos und hilflos zu sein, wie sie sich gerade fühlte. Sie wollte ihm gefallen, erkannte sie verwundert. Sie wollte, dass er auf sie reagierte und dass er sie begehrte.

Wieso war es ihr überhaupt wichtig, dass ihm gefiel, was sie tat? Wieso war es ihr wichtig, was er jetzt gerade von ihr dachte?

Er atmete hörbar aus und drängte sie ein wenig nach hinten. Sie spürte den hölzernen Bettrahmen an ihren Waden, und schon fiel sie nach hinten, hinein in das riesige Himmelbett. Ihr Haar ergoss sich über die weißen Betttücher, und ihr Blick fiel auf die dunklen Schnitzereien im Holz über ihr. Sigismondo stand vor ihr, blickte auf sie herab, und sie fühlte sich ihm so ausgeliefert, dass sie sich von ihm wegdrehen, die Beine anziehen und Abstand gewinnen wollte.

»Bleib!«, sagte er bloß, den Blick konzentriert, fast ernst, und Genoveva traute sich nicht, sich ihm zu widersetzen. Er schnürte seine Hose auf, ohne die Augen von ihr abzuwenden, streifte sie ab, und Genoveva erhaschte einen kurzen Blick auf sein Geschlecht, ehe sie schluckte und die Lider schloss. Es konnte nicht sein, dass er damit …

Sie dachte den Gedanken lieber nicht zu Ende, robbte auf den Ellbogen bis an den Kopfteil des Bettes, aber Sigismondo war schon bei ihr und legte sich neben sie.

Seine Hände und sein Mund waren plötzlich überall, streichelten sanft über ihre Brüste und ihren Bauch und liebkosten sie. Überall, wo er sie berührte, hatte sie das Gefühl, dass ihre Haut zu glühen begann. Sie umfasste seinen Kopf, löste das Band aus seinen Haaren und erkannte, dass er diese kürzer hatte schneiden lassen. Sie vergrub ihre Finger in seinen dunklen Locken, zog ihn näher zu sich heran und küsste ihn. Sie spürte ein Verlangen im ganzen Körper, das ihr fremd war, aber es beherrschte sie, war so beängstigend stark, dass sie nicht anders konnte, als all ihr Gefühl in ihren Kuss zu legen. Ihre Zunge kreiste in seinem Mund, fordernd und wild, und er erwiderte ihren Kuss, streichelte über ihre nackten Brüste, zog ganz leicht an ihren Brustwarzen, und Genoveva stöhnte. Plötzlich merkte sie, wie Sigismondo sich auf beide Arme stützte und einige Handbreit Abstand zwischen sie brachte.

Sie öffnete die Augen und begegnete fragend seinem Blick.

»Ich mache nichts, was du nicht willst, Genoveva«, sagte er mit ein wenig atemloser, rauer Stimme. Sie antwortete nicht.

»Willst du, dass ich mit dir schlafe?«

Seine Brust hob und senkte sich, er atmete schwer, Genoveva sah es ganz genau. Er versuchte, die Kontrolle zu behalten, und sie freute sich über die Wirkung, die sie auf ihn hatte.

Sie nickte, ein wenig zögerlich, aber sie nickte, denn sie spürte die Wärme in ihrem Schoß und die ungewohnte Feuchtigkeit, und sie wollte mehr davon.

»Sag es mir.«

»Ich will dich«, flüsterte sie unwillkürlich, und ihr Blick war gefangen von dem Begehren in seinen dunklen Augen. Langsam, ganz langsam drängte er sich mit seinem Körper zwischen ihre Beine. Wieder küsste er sie, sie spürte seine Hand, die er auf ihren Bauch legte und die immer tiefer wanderte, bis sie zwischen ihren Beinen angekommen war. Sie erstarrte, zog scharf die Luft ein, und erst als er ihr Zögern mit einem weiteren Kuss erstickte und unendlich sanft über ihre Scham streichelte, entspannte sie sich wieder.

Dann war er über ihr, drückte seine Hüften noch fester gegen ihr Becken – und das Verlangen in ihr war auf einen Schlag verschwunden.

Genovevas Puls raste, sie riss die Augen auf und hielt die Luft an. Sie legte die Hand auf seine Brust, wollte ihm Einhalt gebieten und spürte seinen schnellen Herzschlag unter ihrer Handfläche. »Sigismondo«, sagte sie und wollte, dass er sich zurücknahm, aber er küsste sie erneut. Immer heftiger drängte er sich an sie, und sie spürte sein hartes Glied zwischen ihren Beinen, einen Druck, der immer stärker wurde.

»Entschuldige bitte«, flüsterte er ganz nah an ihrem Ohr.

Schon im nächsten Augenblick ging der Druck zwischen ihren Beinen in Schmerz über, es brannte in ihrem Unterleib, und sie versuchte, sich ihm zu entwinden, wollte ausweichen, aber das ganze Gewicht seines Körpers lastete auf ihr, in ihr, und sie konnte nirgendwohin. Sie wimmerte, der Schmerz war so gewaltig, dass ihr die Tränen in die Augen schossen. Sie kniff die Lider zusammen, hörte Sigismondo stöhnen, als er erneut in sie hineinstieß, nicht schnell und auch nicht fest, aber Genoveva spürte trotzdem nichts anderes als diesen wütenden, pulsierenden Schmerz in ihrem Unterleib. Er bog ihren Kopf zur Seite und legte seine Wange an ihre, hielt ihr Gesicht in seiner Hand, aber auch das konnte ihr keine Sicherheit mehr geben. Für einen Moment bewegte er sich nicht, verharrte in ihr drinnen. Er küsste sie, aber sie war wie erstarrt und konnte seine Liebkosungen nicht erwidern. Noch zwei Stöße machte er, dann hielt er inne, ein Zittern ging durch seinen Körper, und schwer atmend sank er auf ihren Leib.

»Genoveva, es tut mir leid, ich wollte nicht …«, er führte den Satz nicht zu Ende, offenbar war es ihm unangenehm.

Aber es spielte keine Rolle mehr.

Nichts spielte mehr eine Rolle. Genoveva fühlte sich wund und zerbrochen. Sie rollte sich zur Seite, drehte ihm den Rücken zu und versuchte mit aller Macht, ihre Tränen und ihr Entsetzen in Schach zu halten. Sie starrte auf die gewundenen Holzpfeiler des Bettes, und als er den Arm um sie legte, zuckte sie unter seiner Berührung zusammen. Sie spürte Feuchtigkeit zwischen ihren Beinen, sie roch Blut und noch etwas anderes.

»Das nächste Mal werde ich es besser für dich machen, das verspreche ich dir.« Und Genoveva wurde ganz übel, wenn sie nur daran dachte, dieses Grauen erneut erleben zu müssen.

Sie nickte nur, konnte ihren Ehemann dabei aber nicht ansehen, sondern blieb verkrampft und mit zusammengekniffenen Augen auf der Seite liegen. Sigismondo zog eine Decke vom Fußende des Bettes über sie, breitete sie über ihre nackten Schultern und legte sich neben sie.

Erst, als seine Atemzüge regelmäßiger wurden und sie sicher war, dass er schlief, rollte sie sich auf den Rücken zurück und ließ ihren Tränen freien Lauf. Stumm zuckten ihre Schultern, sie schniefte, so leise sie konnte, atmete tief ein und aus, um sich wieder zu beruhigen.

Finger tasteten nach ihr, eine warme, raue Hand umschloss ihre und ließ sie nicht mehr los, die ganze Nacht.

21.

Taxispalais Brüssel

Alexandrine

Bernsteinfarben und samtig leuchtete der Whiskey in Alexandrines Glas, und das unruhige Flackern des Kaminfeuers spiegelte sich darin. Als sie das erste Mal an ihm nippte, musste sie sich zusammennehmen, um nicht das Gesicht zu verziehen. Offenbar gelang es ihr nicht besonders gut, denn David Frey entfloh ein kleiner, amüsierter Lacher.

»Der irische Whiskey scheint wohl doch etwas zu stark zu sein«, bemerkte er, obwohl er selbst bisher nur wenige, vorsichtige Schlucke davon genommen hatte. Offenbar wollten sie beide bei klarem Verstand bleiben.

Gemeinsam mit Francois Matton, einem weiteren Reichspostverwalter von Alexandrine, war er kürzlich ins englische Königreich gereist und hatte das Destillat aus London mitgebracht. Es war bedeutend stärker als der Wein, den Alexandrine für gewöhnlich trank, sogar stärker als der schwere Portwein, von dem sie sich abends nach getaner Arbeit ab und an einmal ein Gläschen gönnte. Ein warmes Brennen lief ihre Kehle hinab, als sie einen weiteren Schluck nahm, und sie genoss das erdige Aroma, das sich in ihrem Mund ausbreitete.

Sie saßen im kleinen Salon des Taxispalais, die beiden bequemen Stühle mit den Armlehnen und Kissen vor das heimelig knisternde Feuer geschoben. Mit Einbruch der Dunkelheit und damit früher als sonst hatte Alexandrine ihre Korrespondenzen unterbrochen und auch ihren Sekretär nach Hause geschickt. Zunächst hatte sich dieser gesträubt, denn der Stapel an Schreiben, die noch beantwortet werden mussten, wollte nicht kleiner werden. Genoveva und ihre flinke Hand fehlten im täglichen Postbetrieb, hatte sich Alexandrine eingestehen müssen und Emile sogleich beauftragt, nach einem zusätzlichen Schreiber Ausschau zu halten.

Als David Frey schließlich in der Poststube aufgeschlagen war, hatte der Sekretär verstanden und sich ohne weiteres Murren Alexandrines Anordnung gefügt. Das versonnene Lächeln auf seinen Lippen, als er den Posthof verließ, hatte sie geflissentlich ignoriert.

Etwas verstohlen blickte sie zu David. Im goldenen Schein des Feuers glühten seine Augen dunkel, als sich ihre Blicke ineinander verfingen.

»Verrätst du mir nun, wer dieser Mann gestern war?«, fragte er nach einem Weilchen, ohne Alexandrine dabei aus den Augen zu lassen.

Nichts hätte sie lieber getan als das. Aber sie hatte tatsächlich keine Ahnung, um wen es sich handelte, obwohl sie seit gestern weitreichende Erkundigungen angestellt hatte. Doch es war, als hätte der Erdboden sich aufgetan und den Fremden verschluckt. Niemand hatte ihn gesehen, keine der Stadtwachen an Brüssels Toren hatte einen Reiter des Nachts passieren lassen, und die Männer, die Alexandrine noch am Abend der Hochzeit auf den Fremden angesetzt hatte, waren heute am späten Vormittag ohne jede Spur in den Posthof zurückgekehrt.

Sofort hatte sie Extraboten losgeschickt, an die verschwiegensten und einflussreichsten ihrer Postmeister im ganzen Reich. Sie hatte ihnen eine Beschreibung des Mannes mitgegeben und um Auskunft gebeten, falls sie diesen sichteten.

»Ich wünschte, ich wüsste es«, sagte sie wahrheitsgemäß. »Aber ich werde nicht lange brauchen, um herauszufinden, wer dieser Mann ist, und was es mit seinen plumpen Drohungen auf sich hat.«

»Er hat dir gedroht?«, fragte David. Schneller und schärfer, als es einem Verwalter eigentlich zustünde.

Alexandrine verzog ein wenig verdrossen die Mundwinkel. Er gab nicht auf. Sobald sie unter vier Augen waren, schien David Frey es sich zur Aufgabe gemacht zu haben, sie nicht mehr als die Generalpostmeisterin zu sehen, und sich selbst nicht mehr als ihren Untergebenen.

Das Schlimme daran war: Alexandrine machte es noch nicht einmal etwas aus. Denn auch wenn es eine Anmaßung war, wie er mit ihr sprach, tat es gut, jemanden zu haben, wenn auch nur für einen Moment, der nachfragte und mit dem sie sich die Verantwortung teilen konnte, anstatt ganz auf sich alleine gestellt durch die Welt zu gehen.

Und sie hatte sich seine Indiskretion ja auch selbst eingebrockt, damals, in jener verhängnisvollen Nacht vor zwei Jahren in Füssen.

»Du weißt, dass ich ihn finden und zur Rechenschaft ziehen werde, wenn er dir droht.«

Alexandrine lachte. »Wenn du jeden, der mich bedroht, finden und zur Rechenschaft ziehen wolltest, wärst du bis an dein Lebensende beschäftigt.«

Langsam schüttelte David den Kopf. »Dieser Mann war anders. Er hat dir zugesetzt.«

Auch wenn das Selbstbewusstsein, das David ihr gegenüber an den Tag legte, und die Selbstverständlichkeit, mit der er ihre Schwachstellen ansprach, sie eigentlich beeindruckten, keimte nun doch Widerwillen in ihr auf.

»Woher willst du das wissen?«, fragte sie angriffslustig.

»Ich habe es dir angesehen«, antwortete er ruhig, so als hätte er bereits mit Widerworten gerechnet.

»Du kennst mich doch gar nicht«, konterte sie, fühlte sich aber ertappt.

»Ich kenne dich besser, als du meinst.«

Alexandrine atmete tief aus und schloss für ein oder zwei Herzschläge die Augen. Sie hatte gerade keine Lust, ein Streitgespräch mit ihm anzufangen. Unweigerlich würde sie dann irgendwann ihren Trumpf aus dem Ärmel ziehen und ihm zu verstehen geben, dass er ihr Untergebener war und sie seine Widerworte nicht duldete. Oder dulden konnte. Sie wusste nicht, wieso, aber bei David sträubte sich stets etwas in ihr, ihn seine Position ihr gegenüber so stark spüren zu lassen.

»Du meinst mich zu kennen, aufgrund dieser einen Nacht, in der wir beide unserer Schwäche nachgegeben haben?«, sagte sie schließlich trotzdem, auch wenn sie ihm insgeheim recht geben musste. Mit geradezu gespenstischer Treffsicherheit schien er ihrem Gesicht abzulesen, was in ihr vorging. Obwohl sie stets so stolz war auf die Contenance, die sie immer und in jeder Lebenslage behielt.

»Du wirfst es mir auch noch nach zwei Jahren vor«, merkte er leise an und klang eine Spur traurig dabei.

»Ich dir? Sicher nicht. Ich werfe es mir selbst vor. Es war unverzeihlich. Und überflüssig.«

»Es war eine der schönsten …«, aber er führte den Satz nicht zu Ende, und Alexandrine war froh darüber, denn sie spürte, wie ihr Herz einen Moment stolperte. Sie nahm einen großen Schluck aus ihrem Glas, damit er ja nicht wieder in ihren Zügen lesen konnte, und diesmal verzog sie ihr Gesicht mit voller Absicht.

David sollte ruhig wissen, was sie von seiner melancholischen Verklärung ihrer gemeinsamen Nacht hielt. Einmal, ein einziges Mal, hatte sie sich übermannen lassen von ihren Gefühlen. Vor zwei Jahren, als sie gemeinsam gegen die schwedischen Übernahmen ihrer Poststationen im äußersten Süden des Landes gekämpft hatten. Ihre Lage war beinahe hoffnungslos gewesen, und Alexandrine hatte bereits damit gerechnet, dass das Schrecklichste passieren, sie ihre letzte Poststrecke über die Alpen verlieren und der Ruin des Unternehmens Wirklichkeit werden würde. Auch Davids Bemühungen um die Sicherheit der Strecken waren gescheitert, und wie zwei Ertrinkende hatten sie sich in ihrer Verzweiflung aneinandergeklammert damals, im Füssener Posthof. Hatten ihren Frust und ihre Wut mit ihrer Körperlichkeit für einige Stunden zum Verstummen gebracht.

»Es war ein Fehler«, sagte Alexandrine geradeheraus.

»Es war kein Fehler«, widersprach er. »Ich habe genau gesehen, was es mit dir gemacht hat. Wie du warst, damals, in dieser Nacht.«

»Schluss jetzt«, fuhr sie ihm über den Mund und stand auf. Sie leerte ihr Glas, schluckte ein wenig mühsam, ignorierte das Brennen in ihrem Magen, und stellte das Trinkgefäß auf dem bronzenen Beistelltischchen zwischen ihnen ab.

Sie konnte sehen, wie ihre Abweisung ihn erzürnte, und allmählich war ihr nun doch danach, sich mit ihm zu streiten. Sie schämte sich für das, was in jener Nacht passiert war, und konnte gut darauf verzichten, dass David immer wieder den Finger in diese Wunde legte.

»Alexandrine«, begann er, hielt dann inne und massierte sich einen Moment lang die Nasenwurzel, während er mit sich rang. »Glaubst du, ich durchschaue dich nicht? Deine ganze Unnahbarkeit, deine Strenge? Ich kenne die Regeln, die dir auferlegt wurden im Testament deines Mannes. Du weißt, dass du keine Zuneigung mehr empfinden darfst …«

»Natürlich darf ich Zuneigung empfinden«, protestierte sie.

»Aber du verbietest es dir, zumindest versuchst du das. Du versuchst, dich zu schützen, indem du jeden von dir fernhältst, der dir zu nahekommen könnte.«

Und nun sagte sie es doch: »Was erlaubst du dir eigentlich, so mit mir zu sprechen? Du bist mein Angestellter, in Gottes Namen!«

Ein oder zwei Herzschläge lang schien es Alexandrine, als hätte sie es endlich geschafft, und David so sehr vor den Kopf gestoßen, dass er die Unterredung beendete. Aber auch wenn ihm ganz kurz die Züge entglitten, fasste er sich sogleich wieder. Langsam erhob er sich aus seinem Stuhl. »Ich spreche nicht mit dir als dein Angestellter. Ich spreche mit dir als Mensch. Als denkender, fühlender Mensch. Und als Mann. Denn ich habe auch eine andere Seite von dir kennengelernt …«

»Ich habe dir gesagt, dass du sie nie wieder erwähnen sollst«, unterbrach sie ihn. »Was damals in Füssen geschehen ist, wird für immer dortbleiben.«

Sie merkte, wie ihr heiß wurde. Wie etwas in ihr zum Schwingen kam, als er diese Nacht ansprach. Etwas, von dem sie nicht wollte, dass es wieder in ihr geweckt wurde.

Noch als sie neben ihm gelegen war, damals, ihren Arm festgeklemmt unter dem selig schlafenden, nackten Mann, hatten die Gedanken und Gewissensbisse in ihrem Kopf zu kreisen begonnen.

Sie hatte an jenem Abend ihren Schutzschild abgelegt und zugelassen, dass ihre Gefühle über sie hereingebrochen waren wie eine Naturgewalt. Sie hatten sich mit wilder, geradezu verzweifelter Leidenschaft geliebt. Und für einige kostbare Stunden hatte Alexandrine alles um sich herum vergessen. All ihre Ängste und Probleme waren wie fortgeblasen gewesen, und es hatte nur sie und David gegeben. Sie hatte erkannt, wie ausgehungert sie war nach Nähe und nach Zuneigung.

Noch viele Monate lang hatte sie bei der Erinnerung an David Herzklopfen bekommen, hatte in dieser Zeit halbherzige Entscheidungen getroffen, wie sie meinte, und war unkonzentriert gewesen. Mit beängstigender Heftigkeit hatte ihr Körper nach mehr Nähe zu ihm verlangt. Woraufhin sie sich geschworen hatte, nie wieder ihrer Schwäche nachzugeben und die Kontrolle zu verlieren.

Seitdem hatten sie sich nur drei Mal gesehen. Die Schweden hatten große Teile ihrer Eroberungen wieder verloren, die Postrouten verliefen wieder wie gewohnt, und es hatte keine Notwendigkeit mehr bestanden, dass Alexandrine weiterhin Zeit im Süden des

Reiches, dem Verwaltungsgebiet von David Frey, verbrachte. Sie korrespondierten in regelmäßigen Abständen in Briefen und besprachen Neuigkeiten und Probleme. Ihr Austausch blieb rein geschäftlich. Zwar hatte David ihr bei jedem ihrer wenigen Treffen zu verstehen gegeben, wie sehr er sie schätzte, aber es war nie wieder etwas passiert zwischen ihnen, und sie hatten zu dem stillen Übereinkommen gefunden, diese Nacht nicht mehr zu erwähnen. Bis heute.

»Du fürchtest dich vor den Konsequenzen einer Liebschaft«, stellte er nach einer geraumen Zeit des Schweigens fest.

»Ich fürchte mich vor gar nichts«, hielt sie ihm entgegen, kam sich aber selbst ein wenig albern vor bei dieser Behauptung.

»Außer vor dir selbst«, murmelte er, leise zwar, aber Alexandrine verstand es dennoch. Und einen Moment lang wusste sie nichts zu antworten.

»Du weißt, dass ich nie wieder heiraten und mir auch keine Affären leisten kann. Es ist ein Privileg von euch Männern, sich eine Liebschaft nach der anderen zuzulegen und diese dann wieder in der Bedeutungslosigkeit verschwinden zu lassen. Als Frau, als Unternehmerin, ist solch ein Verhalten jedoch undenkbar. Vor allem jetzt, da unsere Stellung zum zukünftigen Kaiser Ferdinand III. noch auf wackeligen Beinen steht.«

David trank sein Glas aus, stellte es in aller Ruhe neben ihres auf den Tisch und erhob sich nun ebenfalls.

»Ich weiß, Alexandrine.« Er umrundete den Lehnstuhl und stand nun direkt vor ihr. Seine Nähe ließ ihr Herz schneller schlagen. Einen kurzen Moment lang schloss sie die Augen, und plötzlich spürte sie seine Handfläche auf ihrer Wange. Sie zuckte nicht zurück, sondern gab ihrem Impuls nach und schmiegte ihr Gesicht hinein.

Mit beiden Händen hielt er ihren Kopf nun fest, küsste sie auf den Scheitel, und wo seine Lippen sie berührten, begann Alexandrines Haut zu glühen. Einige Atemzüge lang verharrten sie so, dann brachte David wieder Abstand zwischen sie beide. Sein Blick war unergründlich, einen Moment noch schien es Alexandrine, als wolle er etwas sagen, aber er nickte schließlich nur und verließ, ohne ein weiteres Wort zu verlieren, den Raum.

Reglos blieb Alexandrine stehen und spürte dem Gefühl nach, das seine warme Hand auf ihrem Gesicht hinterlassen hatte.

Mit einem lauten Knall zerplatzte ein Harztropfen in einem der Scheite des Kaminfeuers, ließ sie zusammenfahren und brachte sie wieder in die Wirklichkeit zurück. Und plötzlich war es wieder da, dieses sehnsüchtige Brennen hinter ihrem Brustbein, dieses altbekannte Gefühl, das sie sofort mit einem tiefen Atemzug versuchte zu verbannen.

22.

Palais Sfondrati, Brüssel

Genoveva

Es war Ende Februar. Zwei Wochen waren seit ihrer Hochzeit vergangen, und Genoveva kam es so vor, als wären es die längsten zwei Wochen ihres Lebens gewesen. Bereits am Tag nach ihrer Hochzeit war Sigismondo abgereist.

Sie hatte ihm beim Abschied die Hand gereicht und ihm dabei nicht einmal in die Augen blicken können, so sehr hatten ihr der Schrecken und der Schmerz der letzten Nacht noch in den Knochen gesessen, und sie hatte an seiner Körperhaltung und dem leisen Ton, der über seine Lippen gekommen war, gemerkt, dass ihn ihre Abweisung verletzte. Und schon als sich die Tür leise hinter ihm schloss und der Hufschlag auf dem gepflasterten Hof erscholl, hatte es ihr leidgetan. Sie hatte ihm nachlaufen wollen, war aber nur bis zum Fenster gekommen und einfach stehen geblieben. Und sie hätte schwören können, dass sich Sigismondo am großen Eingangstor noch einmal umgedreht und zu ihr nach oben geblickt hatte, jedoch hatte sie es nicht genau erkennen können. Sie wusste nicht einmal, wohin er ritt und wie lange er fortblieb. Erst der Kammerdiener hatte Genoveva eröffnet, dass der Generalkapitän zu einem militärischen Treffen nach Münster gereist war und man mit mehreren Wochen rechnen müsste, ehe er zurück war.

Dann hatte der Winter noch einmal mit ganzer Kraft das Land mit seinem eisigen Atem zum Erstarren gebracht, und die gesamte Stadt schien unter dem Eissturm wie erfroren. Annabelle war bei ihrer Schwester und deren Ehemann auf dem Schloss in Löwen, ihre Mutter verreist, und so blieb Genoveva nichts anderes übrig, als ruhelos durch das ihr noch fremde Palais zu streifen.

Einen Vormittag lang hatte sie versucht, die Aufgaben einer Hausherrin zu erfüllen und das Regiment über den Haushalt an sich zu reißen. Aber Sfondrati verfügte über einen Hausdiener, einen Kammerdiener, mehrere Küchenmägde, Stallknechte und einen Koch und hatte sogar eine Zofe für sie angestellt, die allesamt strikt darauf beharrten, ihre täglichen Verrichtungen zu machen, und Genoveva jegliche Mitarbeit verweigerten.

Nun saß sie wieder im Salon, hatte sich ein Weilchen die Hände am knisternden Feuer gewärmt und sich dann in einen der beiden dunkelgrün bespannten Lehnsessel plumpsen lassen. Sie rutschte breitbeinig mit dem Hintern bis an die Kante, und ein kleines Lächeln der Genugtuung huschte über ihre Lippen. Viktoria, ihre alternde Zofe, würde sie jetzt sicherlich für ihr schlechtes Benehmen tadeln. Aber sie hatte heute ihren freien Tag, und Genoveva verbrachte den Morgen unbehelligt im Salon. Ihr Blick fiel auf das kleine Tischchen zwischen den Lehnsesseln, auf dem ein Bücherstapel lag. Traktate vornehmlich, ihre Mutter hatte es sich nicht nehmen lassen, ihr einige aus der taxischen Bibliothek zu schicken.

Mit einem resignierten Seufzer griff sie nach dem obersten, klappte die abgegriffene Kladde auf und blätterte so lange darin herum, bis sie eine Seite fand, die sie noch nicht gelesen hatte. Zumindest nicht öfter als zwei Mal. Das machte sie vornehmlich, um nicht jegliches Zeitgefühl zu verlieren, und den Verstand womöglich gleich mit.

Aber bereits nach den ersten beiden Sätzen schweifte ihre Aufmerksamkeit ab, und sie starrte in die züngelnden Flammen, die in rasender Geschwindigkeit die frischen Holzscheite schwärzten.

Als sie am Tag nach der Hochzeit in der Poststation aufgetaucht war, hatte ihr Bruder sie mit eindeutigen Gesten wieder aus dem Haus geschickt. »Geh, Genoveva, du hast hier nichts mehr zu suchen.« Er hatte sich nicht getraut, sie anzufassen. Schließlich war er ihr kleiner Bruder. Was hatte er ihr schon zu befehlen?

Trotzig war Genoveva also stehen geblieben. »Er hat es dir aufgetragen, nicht wahr?«, hatte sie gefragt, und dabei unbändige Wut in sich aufsteigen gefühlt. Am liebsten hätte sie ihren Bruder angeschrien und am Kragen geschüttelt. Ganz genau hatte sie ihn beobachtet und hatte das schlechte Gewissen erkannt, das ihn trieb. Geantwortet hatte er ihr trotzdem nicht.

Erst Emile, der zu ihnen an die Türschwelle gekommen war, hatte die Situation entschärft. »Dein Bruder hat recht, Genoveva. Du bist jetzt eine Sfondrati, auch wenn nach wie vor Taxisblut durch deine Adern fließt, und deshalb ist deine Aufgabe nun auch die einer Gräfin Sfondrati.«

»Und welche wäre das, bitte schön?«, hatte Genoveva ihn angefahren.

»Werde gesehen, knüpfe Beziehungen zu Familien und Stellen, die auch für die Taxis wichtig sind.«

Werde gesehen. Knüpfe Beziehungen.

Genau das, was Genoveva abgrundtief hasste. Unverrichteter Dinge war sie ins Palais zurückgekehrt und hatte es geschlagene zwei Tage nicht mehr verlassen.

Doch nun hatte sie den Müßiggang satt. Dann würde sie jetzt eben gesehen werden, genau wie Emile es vorgeschlagen hatte.

Mit Schwung kam sie auf die Beine, ließ die Kladde achtlos auf den Stuhl fallen und schritt zielstrebig auf ihr Schlafgemach zu. Dort klaubte sie ihren Mantel, ihre pelzgefütterte Mütze und ihre dicken Winterstiefel aus der Kleidertruhe und machte sich auf den Weg zum großen Markt am Brüsseler Rathausplatz. Zu Fuß und ohne Begleitung. Sie hatte keine Lust auf die ewig hochgezogenen Augenbrauen des Kammerdieners, der anscheinend jede Bewegung von ihr als eine Verfehlung ansah und sicher darauf bestehen würde, sie bei Eis und Schnee mit der Kutsche zu bringen.

Sie schlich sich durch den Innenhof und schlüpfte an dessen Ende durch eine kleine, verrostete Tür auf die Gasse. Ohne sich umzublicken, lief sie los, wartete insgeheim aber darauf, dass der Diener mitsamt der Kutsche jeden Moment neben ihr auftauchen könnte. Deshalb wählte sie die jüdische Treppe und lief dann die kleinen, nicht gepflasterten Seitenwege in Richtung Unterstadt. Alle Straßen, die vom Coudenberg herunterführten, waren abschüssig, und mehrmals wäre sie beinahe auf den Eisplatten, die sich unter der dünnen, neuen Schneedecke gebildet hatten, ausgeglitten und gestürzt. Den Gedanken, dass es womöglich eine ganz miserable Idee gewesen war, bei dieser Witterung alleine durch die Gassen zu laufen, schob sie beiseite.

In der Brüsseler Oberstadt, wo sich die Residenzen und Palais der Adeligen rund um den Coudenberg-Palast scharten, waren die Gassen wie ausgestorben gewesen. Je näher Genoveva aber dem Marktplatz kam, desto belebter wurden diese. Vor den Schenken hatten sich Menschentrauben gebildet, die laut scherzend ihre Hände an Bechern voll heißer Getränke wärmten. Dick vermummt waren sie, aber Genoveva meinte, den einen oder anderen von ihrer Arbeit in der Poststation trotzdem zu erkennen. Sie zog sich die Mütze ein wenig tiefer ins Gesicht, denn sie verspürte keine Lust, sich jetzt auf ein Gespräch oder womöglich sogar auf unangenehme Fragen einzulassen.

Der Duft von heißen Maroni und stark gewürztem Wein, von geröstetem Fleisch und süßen Waffeln wehte ihr entgegen, als sie schließlich den Markt erreichte. Sie hörte einen Flötenspieler, der seinem Instrument eine fröhliche Melodie entlockte und dabei von einem zweiten Musiker auf einer Maultrommel begleitet wurde. Die beiden mussten hier bereits seit einem Weilchen stehen, denn ihre Nasen und Wangen waren rot gefroren. Genoveva kramte in ihrem Säckel, schnippte eine silberne Münze in den Schlapphut, der vor den Musikern auf dem Boden lag, und beantwortete das Kopfnicken des Mannes mit einem kleinen Lächeln.

Schon von Weitem war der hohe, sandsteinfarbene Kirchturm von Saint-Nicolas direkt hinter dem Rathausplatz zu sehen, und als sie um die Ecke bog und ihr Blick auf das prachtvolle Maison du Roi und das gigantische Rathaus gegenüber fiel, blieb sie einen Moment stehen. Schon seit Wochen war sie nicht mehr hier gewesen und wunderte sich, wie viele Menschen sich trotz des eisigen Wetters hier tummelten. Auch sie trat von einem Fuß auf den anderen, denn die Kälte biss ihr bereits in die Zehen. Der gesamte Platz war gut hundert Schritt lang und eingerahmt von schmucken Gildenhäusern. Jede Gilde der Stadt besaß ein Haus am Platz, in denen sich Verkaufs- und Versammlungsräume, aber auch Schreibstuben befanden. Ob Bäcker, Zimmerleute oder die hoch angesehenen Bogenschützen des heiligen Sebastian, die sogar die verstorbene Infantin Isabella als Ehrenmitglied in ihren Reihen hatten zählen dürfen, alle waren sie mit einem eindrucksvollen Haus vertreten und wetteiferten um die prunkvollste Fassade am großen Markt.

Das prächtigste und größte Gebäude war jedoch das Rathaus mit seinem gigantischen Turm. Mächtig und gen Himmel strebend wie eine Kathedrale, hatten die Stadt und deren Bürger sich mit seiner Errichtung selbst ein Denkmal gesetzt. Unzählige Heiligenfiguren schmückten seine Außenwände zwischen den vielen Fenstern, und der massive Turm mit dem vergoldeten, heiligen Michael an der Spitze dominierte den gesamten Platz.

Umso kleiner erschienen Genoveva die in etwa zwei Dutzend Buden, die sich in der Mitte des Platzes drängten, als müssten sie sich gegenseitig wärmen. Es war Markttag, und die Hartgesottenen unter den Händlern trotzten den eisigen Temperaturen und hielten ihre Waren feil. Eine erstaunliche Menge an Käufern hatte sich eingefunden und bevölkerte die Stände.

Die Damen hatten über ihren Hauben wollene Tücher oder dick gefütterte Pelzmützen aufgesetzt, die Feineren unter ihnen trugen auch eine schwarze Maske vor dem Gesicht – zum Schutz ihrer hellen Haut, denn die Wintersonne, auch wenn sie hinter einem trägen Wolkenschleier versteckt war, verbrannte die Gesichter und Hände unerbittlich. Sehr wohl besaß Genoveva ebenfalls eine solche Maske, jedoch hatte sie diese bei ihrem überstürzten Aufbruch in der Truhe vergessen. Und sie mochte diese ohnehin nicht besonders.

Sie rieb die Handflächen in ihren wollenen Fäustlingen aneinander, ballte und öffnete ihre Hände mehrfach und schlenderte auf die Buden zu. An einem Stand mit Brüsseler Spitzenborten blieb sie stehen, inspizierte das Angebot, überlegte gerade ohne großen Enthusiasmus, eine davon käuflich zu erstehen, als in ihrem Rücken eine laute Stimme erscholl.

»Die Gräfin Sfondrati, ganz alleine unterwegs?«

Genoveva drehte sich langsam um die eigene Achse und kniff die Augen zusammen, denn sie konnte nicht ausmachen, woher die Stimme gekommen war. »Wo ist denn der werte Ehemann?« Die Frage klang spitz und provozierend, und jetzt erkannte Genoveva auch, wer mit ihr sprach.

Der Gildemeister der Tuchweber, Monsieur Flamisol, stand hinter der nächsten Bude, die Arme vor seinem Wanst verschränkt, einen dicken Pelzmantel um die Schultern gelegt. Flamisol war ein sich offen bekennender Calvinist, aber auch Vorsteher seiner Gilde und bekleidete somit ein wichtiges Amt im Stadtrat. Schon seit Langem war es kein Problem mehr, dass Anhänger dieser Religion in den vornehmlich katholischen Spanischen Niederlanden bedeutende Positionen innehatten. Sie wurden nicht mehr verfolgt, wie noch vor mehr als sechzig Jahren, als der Blut-Rat unter dem Herzog von Alba in Brüssel herrschte und Tausende von Menschen aufgrund ihrer Konfession um ihr Leben brachte.

Flamisol machte keinen Hehl aus seinen Überzeugungen, und stets predigte er Genügsamkeit, Zucht und Gottesergebenheit. Was ihn jedoch nicht davon abhielt, seinen Wohlstand und Erfolg zur

Schau zu stellen, nicht zuletzt mit seinem enormen Bauch, der seine Vorliebe für das eine oder andere Fressgelage offenkundig machte.

»Er weilt momentan nicht in Brüssel«, erklärte Genoveva kurz angebunden, drehte sich wieder um und betrachtete konzentriert die weißen Spitzenbänder in der Auslage vor sich, auch wenn sie an deren Erwerb eigentlich gar nicht mehr interessiert war.

»Ist der Ehemann nicht zu Hause, sollte eine züchtige Ehefrau das Haus auch nicht verlassen.«

Genoveva hielt inne. Sie wusste, es war unvorsichtig, sich nun auf ein Streitgespräch mit dem Vorstand der Gilde einzulassen. Eigentlich war es sogar dumm. Aber es hatte sich in den letzten Tagen und Wochen so viel Frust in ihr aufgestaut, dass sie diesen Vorwurf nicht kommentarlos stehen lassen konnte.

»Ich bin die Gräfin Sfondrati, ich kann tun und lassen, was ich möchte«, fuhr sie den Händler an. Hinter diesem griffen seine zwei Töchter, deren lange, blonde Zöpfe unter ihren Hauben hervorbaumelten, einander an den Händen und zogen vorsorglich die Köpfe ein. Sie fürchteten sich vor der Reaktion ihres Vaters, ging Genoveva auf, die sich plötzlich auch ein klein wenig unbehaglich fühlte.

Aber die donnernde Erwiderung von Flamisol, die Genoveva und offenbar auch dessen Töchter erwartet hatten, blieb aus. Stattdessen stahl sich ein schmales, aber gehässiges Lächeln auf sein Gesicht. »Ich werde wohl mit Eurem Ehemann ein Wort wechseln müssen, wenn er zurück ist. Mir scheint, er hat Euch erst noch in die richtigen Bahnen zu lenken.«

Genoveva konnte nicht fassen, was der Mann gerade gesagt hatte. »Was erdreistet Ihr Euch, so mit mir zu sprechen, Flamisol?«

»Ach, hört mir doch auf! Ihr seid nichts weiter als ein verwöhnter Adelsspross, und daran ändert auch der Ehering an Eurem Finger nichts.«

Mit zittrigen Fingern zerrte sie an ihrem Schal und riss ihn sich schließlich vom Hals, so heiß war ihr geworden. Linderung konnte sie sich dennoch nicht verschaffen.

Sie bemühte sich um eine ruhige und feste Stimme, als sie erwiderte: »Ich habe das Recht, dorthin zu gehen, wo es mir beliebt. Und wenn Ihr meint, als verheiratete Frau sollte ich mich nur noch innerhalb der vier Wände meines Anwesens aufhalten, dann solltet Ihr womöglich Euer Weltbild überdenken.«

»Feindet Ihr mich nun aufgrund meiner religiösen Überzeugungen an?«, fragte er lauernd. Die ersten Passanten blieben stehen, bildeten einen Kreis um die Streitenden und verfolgten sensationslüstern den Schlagabtausch.

»Dreht mir nicht das Wort im Mund herum.«

»Ich habe es doch genau gehört, unter Zeugen! Das wird ein Nachspiel im Stadtrat haben, das verspreche ich Euch«, drohte Flamisol und zeigte dabei anklagend mit dem Finger auf Genoveva.

»Ihr könnt jeder Religion anhängen, der Ihr wollt, Flamisol. An was es Euch mangelt, ist Respekt Euren Mitmenschen gegenüber. Besonders, wenn diese einen Rock tragen.«

»Gott hat Euch und Eure schamlosen Reden dem Untergang geweiht!«, dröhnte er. »Euer Weg in den Abgrund ist schon längst vorbestimmt, Gräfin, auch wenn Ihr es nicht wahrhaben wollt!«

Genoveva schüttelte den Kopf und betrachtete das rot angelaufene Gesicht des Händlers. Er schnaufte schwer, als seine wurstigen Finger mit Vehemenz nach einigen Tuchballen griffen und diese neu aufstapelten, obwohl sie bereits geordnet waren.

»Ich warte nicht darauf, dass mich Gott oder mein Ehemann auf einen angeblich vorgezeichneten Pfad schicken. Ich gehe meinen eigenen Weg und nehme mein Schicksal selbst in die Hand, Flamisol. Und Euer blinder, religiöser Eifer ist genau der Grund, warum dieser Kontinent seit beinahe zwei Jahrzehnten im Krieg versinkt.«

Genoveva hatte den letzten Satz noch nicht beendet, als ihr bewusst wurde, dass sie ihn am besten gar nicht erst begonnen hätte.

Aber es war zu spät.

Einige Momente starrte Flamisol sie einfach nur an, die Augen aufgerissen, etwas dümmlich dreinschauend, so meinte sie. Seine Mundwinkel zuckten.

»Was Ihr von Euch gebt, ist gotteslästerlich und gefährlich, Madame«, erwiderte er mit einer eigentümlichen Ruhe in der Stimme. »Aber wen wundert es, bei dieser Mutter …«

»Es reicht, Flamisol!«, fuhr ihm Genoveva über den Mund, laut und unbeherrscht, das merkte sie selbst. Jegliche Unterhaltung, jegliche Geschäfte um sie herum waren zum Erliegen gekommen, und es herrschte eine erdrückende Stille.

»Ihr solltet jetzt gehen, Gräfin«, riet ihr der Spitzenhändler in ihrem Rücken. Sie kannte ihn, schon öfter hatte er Nachrichten bei ihr in der Poststube abgegeben. Genoveva schaute von ihm zu Flamisol, dessen Kopfschütteln ein so deutliches Urteil über Genoveva darstellte, dass sie ihn am liebsten angeschrien hätte. Aber sie drehte sich um und stapfte, ohne ein weiteres Wort zu verlieren, durch die Menschenmenge davon. Dabei rempelte sie eine Frau mit einem Korb voller Rüben an. Drohend atmete diese ein, hob bereits die Hand, um ihr Gezeter mit den entsprechenden Gesten zu untermalen, unterließ es jedoch, als sie Genovevas feine Kleider sah.

Genoveva beachtete sie nicht weiter.

Das klappt ja ganz wunderbar mit Emiles Vorschlag, dachte sie voller Verdruss. Innerhalb einer einzigen Unterhaltung hatte sie sich den Feind ihrer Mutter auch zu ihrem eigenen gemacht. Und ohne Zweifel war sie nun zum Stadtgespräch geworden.

Sie schniefte und schlang sich während des Gehens ihren Schal wieder um den Hals. Tatsächlich hatte Genoveva gedacht, dass sie freier und selbstbestimmter leben könnte, wenn sie erst einmal verheiratet war. Dass man sie anders ansehen würde. Aber erst jetzt begriff sie, was ihr Leben als Ehefrau wirklich bedeutete. Offenbar konnte sie nichts mehr tun ohne die Begleitung oder zumindest die Einwilligung ihres Ehemannes.

Genovevas Mundwinkel zuckten bei dem Gedanken.

Niemals würde sie das akzeptieren. Niemals würde sie dem Folge leisten, was sich nach der Annahme einiger altbackener Gildemeister der Stadt für eine Ehefrau schickte. Ihre Mutter hatte sich schließlich auch nie darum geschert, was die Leute von ihr dachten, und den ständigen Anfeindungen, vor allem innerhalb der Brüsseler Stadtmauern, stets Paroli geboten.

Erst jetzt bemerkte Genoveva, dass sie beinahe den gesamten Markt durchquert hatte.

Vor dem Brüsseler Weinhändler kam sie schließlich zum Stehen. Suchend ließ sie ihren Blick über die Ansammlung an kleinen und großen Fässern streifen, die auf und vor der Bude nebeneinander aufgereiht standen.

»Händler, was ist Euer bester Portwein?«

Der Mann deutete auf ein kleines, dunkles Fässchen auf seiner Theke. Genoveva nickte entschlossen. »Wie viel kostet es?«

»Einen Gulden, Madame.«

Ein horrender Preis. Aber das kümmerte Genoveva im Moment nicht.

»Ich nehme das ganze Fässchen. Besorgt einen Laufburschen und schafft es umgehend in das Palais Sfondrati.«

23.

Palais Sfondrati, Brüssel

Genoveva

Der Portwein klebte ihr süß auf der Zunge, als sie das erste Mal daran nippte. Ihr Magen machte sich mit einem Gluckern bemerkbar, denn eigentlich hatte sie Hunger. Aber essen war nicht das, was sie jetzt wollte. Sie wollte sich betrinken, bis die angenehme Lähmung des Weins einsetzte und sie vergaß, in welcher Falle sie nun saß. In einem Käfig, in dem sie noch weniger durfte als damals, als sie noch Genoveva von Taxis hieß.

Sie ließ den grün schimmernden Glaspokal zwischen ihren Fingern hin und her kreisen. Dicke Glasnoppen waren am Stiel angebracht, eigentlich etwas für das gemeine Volk, denn die Höcker verhinderten, dass das Gefäß aus den fettigen Fingern rutschen konnte. Der Adel hingegen aß mit Besteck, gesittet und langsam, aber schon seit sie klein war, hatte Genoveva diese Art von Gläsern gemocht, weil sie so lustig aussahen mit ihren Noppen und weil sich der Rotwein in diesen so schön spiegelte.

Sie kniff die Lider zusammen und leerte Schluck für Schluck das gesamte Glas. Nur Augenblicke später spürte sie die angenehme Wärme, die, von ihrem Magen ausgehend, in den gesamten Körper strahlte, unterdrückte einen Rülpser und goss sich ein weiteres Glas voll.

Es klopfte leise an der Tür, Genoveva ignorierte es, setzte das Glas erneut an die Lippen und zwang den Inhalt des halben Pokals hinunter. Ihr Magen rebellierte gegen die Flüssigkeit ohne jede feste Grundlage, aber das war Genoveva egal.

Die Tür öffnete sich eine Handbreit. Sfondratis Kammerdiener steckte seinen Kopf herein, und Genoveva blickte ihm feindselig entgegen. »Ich wünsche, nicht gestört zu werden«, fuhr sie ihn an.

»Madame, der Marquis …«

»Raus!«, brüllte Genoveva, stierte ihn an, und sofort verschwand der Kopf wieder in der Tür und der gesamte Zwischenfall im Nebel ihres betrunkenen Vergessens.

Aber der Schmerz und der Frust, den Genoveva mit dem Portwein versuchte zu ertränken, wollte sie trotzdem nicht loslassen.

Noch nie in ihrem Leben war Genoveva so deprimiert gewesen. Kein Tag war seit ihrer Hochzeit vergangen, an dem sie sich nicht in das Taxispalais und die Schreibstube gewünscht hätte. Der Posthof verfolgte sie, tagsüber in ihren Gedanken und nachts in ihren Träumen. Sie schleppte sich wie ein verwundetes Tier durch jeden Tag hindurch und fühlte sich dabei vollkommen nutzlos und hohl. Ihre Langeweile war entsetzlich.

Sie leerte das Glas und merkte, dass ihr die Beine schwer wurden. Ein weiteres Mal füllte sie den Pokal, ehe sie sich auf das Sofa fallen ließ, den Kopf auf die Rückenlehne legte und vergeblich versuchte, die feinen Schnitzereien an der dunklen Holzdecke zu erkennen. Sobald sie die Augen schloss, begann sich alles ganz furchtbar um sie herum zu drehen, deshalb ließ sie sie lieber offen.

Von weit entfernt hörte sie ein Wiehern, Poltern, das Schlagen von Türen, Rufe. Aber die Bedeutung der Geräusche kam bei Genoveva nicht an.

Ein kühler Luftzug strich plötzlich um ihre Knöchel, geradezu eisig war er, und ließ sie aufblicken.

Und einen Moment lang vergaß sie zu atmen.

Sigismondo stand in der Tür, kam erwartungsvollen Schrittes herein, wurde jedoch immer langsamer, je mehr er sich ihr näherte. Zwei Armlängen vor ihr blieb er stehen, sein Blick wanderte von ihrem leeren Weinpokal zu dem Portweinfässchen, unter dessen

Zapfhahn sich eine kleine, dunkelrote Pfütze gebildet hatte, die allmählich in der Tischplatte versickerte.

Er atmete ein, war drauf und dran, etwas zu sagen, unterließ es dann jedoch.

Auch Genoveva blieb stumm, und Augenblick um Augenblick verstrich, in dem sich die Eheleute einfach nur anstarrten.

Aber selbst in ihrem berauschten Zustand sah Genoveva, wie sich Unmut auf Sigismondos Züge legte.

»Was machst du hier?«, verlangte er schließlich barsch zu wissen. Es waren die ersten Worte, die er seit der Hochzeitsnacht an sie richtete, und sein Tonfall stachelte Genovevas schwelende Wut weiter an.

»Wonach sieht es denn aus?«, erwiderte sie, beugte sich zum Tisch und füllte sich demonstrativ das Glas erneut voll.

»Du betrinkst dich, am helllichten Tag?«

Genoveva nahm einen tiefen Zug, dann noch einen, aber das Schlucken fiel ihr plötzlich schwer. »Was soll ich denn sonst tun?«, schnauzte sie mit schwerer Zunge zurück, stellte den Pokal ab und spürte, wie die Leichtigkeit in ihrem Kopf auf einen Schlag etwas Bitterem wich.

»Egal, was. Alles ist sinnvoller, als sich einfach zu betrinken«, entgegnete er.

»Ah ja?«, fragte Genoveva. »Du meinst zum Beispiel mich in der Poststube nützlich zu machen, in der mich mein eigener Bruder auf deine Veranlassung hin aber nicht mehr arbeiten lässt, sondern vor die Tür setzt? Oder etwas in diesem Haushalt zu tun, wo du aber ohnehin schon für jeden Handgriff einen Bediensteten engagiert hast? Oder auf den Markt zu gehen, wo mich jeder Händler und Bürger schief ansieht, da ich ohne meinen werten Ehemann unterwegs bin? Was genau soll ich tun, Sigismondo, kannst du mir das verraten?«, brüllte sie, stierte ihn noch einen Moment lang an und erkannte die Verblüffung in seinem Gesicht.

Einige Augenblicke herrschte Stille.

»Bist du fertig?«, fragte er kühl. Er ließ sich nicht aus der Ruhe bringen, er reagierte einfach nicht, wie laut sie auch schrie. Und das machte Genoveva nur umso wütender.

»Ich bin noch lange nicht fertig«, fuhr sie auf. »Denn du? Was machst du? Du lässt mich hier, alleine, in deinem Palais verschimmeln. Hast du überhaupt einen Gedanken daran verschwendet, was ich tue? Oder denke? Einen einzigen? Von deinem Kammerdiener musste ich erfahren, wo du überhaupt hingeritten bist, vor zwei Wochen! Kannst du dir überhaupt vorstellen, wie ich mir vorkomme? Ich komme mir vor wie eine vollkommene Idiotin. Wie ein Kind! Aber das bin ich ja nun nicht mehr, nicht wahr?«, sagte sie bitter. »Meine Unschuld habe ich mittlerweile verloren, genauso, wie es sich gehört!« In Genovevas Worten lagen all ihr Schmerz, all ihre Enttäuschung der letzten Wochen. »Aber was rede ich denn da«, setzte sie ihren Redefluss fort. »Du suchst dir doch aus, was dir am besten passt. Am Tag behandelst du mich wie ein minderbemitteltes Gör, und nachts bin ich dir dann zu Diensten, richtig? So ist es doch, oder?« Abrupt stand sie auf, schwankte einen winzigen Moment, fand ihre Mitte allerdings sogleich wieder. Mit der flachen Hand stieß sie Sigismondo vor die Brust, damit er ihr aus dem Weg ging. Offenbar hatte ihn das überrascht, denn er hielt sich an der Tischplatte fest, wehrte sich aber nicht. Wutentbrannt lief Genoveva aus dem Zimmer, warf die Tür ins Schloss und blieb einen Moment nach Atem ringend stehen.

Sie blinzelte.

Was zum Teufel war gerade passiert? Hatte sie tatsächlich ihren Ehemann angebrüllt?

Sofort spürte sie Reue, die sich wie Gift in ihrer Brust ausbreitete, ihre Kehle hochkroch und dort einen dicken Kloß bildete.

Zum ersten Mal seit Wochen sah sie ihn wieder, denn auch wenn sie es sich nicht eingestehen wollte, sie hatte ihn vermisst. Ja, sie hatte ihn vermisst, und plötzlich stand er vor ihr. Und sie war betrunken wie eine Schankfrau.

Sie lief in die Schlafkammer, warf sich auf das Bett, schüttelte ihre Schuhe von den Füßen und rollte sich zusammen. Etwas Warmes lief ihre Wange herunter. Hastig wischte sie sich die Tränen fort, aber sie wollten nicht aufhören, aus ihren Augen zu quellen. Genoveva versteckte ihr Gesicht unter dem Arm, denn sie schämte sich vor sich selbst.

Eine geraume Weile lag sie einfach nur auf dem Bett, die Augen geschlossen, haderte mit sich, weil sie so viel getrunken, die Beherrschung verloren und sich zu einem Sklaven ihrer Gefühle gemacht hatte. Genau das, wovor ihre Mutter sie immer gewarnt hatte.

Sie wusste nicht zu sagen, wie lange sie dort in ihrem Dämmerzustand gelegen hatte, aber mittlerweile war es draußen dunkel geworden. Leise öffnete sich die Tür, jemand schloss die Fensterläden, zog die Decke unter ihr hervor und legte sie über sie. Genoveva traute sich nicht, die Augen zu öffnen. Zu sehr schämte sie sich für ihre Trunkenheit und ihren Ausbruch.

Die Matratze unter ihr bewegte sich, als Sigismondo sich neben sie legte. Vorsichtig schlang er einen Arm um sie und drückte ihr einen sanften Kuss auf die Haare.

Genoveva spürte die Wärme seines Körpers und schmiegte sich an ihn.

»Es tut mir leid«, flüsterte sie tonlos, aber noch immer schaffte sie es nicht, im sanften Licht der Nachtkerze die Augen zu öffnen und ihm ins Gesicht zu blicken.

»Ist schon in Ordnung«, antwortete er leise, zog sie noch enger an sich und hielt sie fest.

24.

Palais Sfondrati, Brüssel

Genoveva

Genoveva erwachte mit furchtbaren Kopfschmerzen. Noch ehe sie überhaupt die Augen öffnete, griff sie sich an die Stirn. Grelles Sonnenlicht schien zum Fenster herein und ließ sie blinzeln, als sie die Lider aufschlug. Jemand hatte die Läden geöffnet, und sie konnte Sigismondos verschwommene Silhouette im Gegenlicht ausmachen. Langsam und bedacht, jede schnelle Bewegung vermeidend, setzte sie sich auf. Das Hämmern unter ihrer Schädeldecke wurde wütender, sie stöhnte, rieb sich die Augen, und nahm schließlich Sigismondos hämisches Grinsen wahr.

»Kopfschmerzen?«

»Hm«, machte Genoveva bloß.

»Hier, trink das«, er hielt ihr einen Becher hin. Genoveva beäugte diesen misstrauisch. »Nimm schon. Ich habe bereits meine Erfahrungen mit dem einen oder anderen Kater.« Seine Stimme dröhnte laut in ihren Ohren, und einigermaßen willenlos griff sie nach dem Becher und trank. Es war klares, kaltes Wasser.

»Und gleich noch einen.« Er hielt eine Karaffe über ihren Becher und schenkte ihn erneut voll. Einige Tropfen rannen am Becherrand herunter und versickerten in dem zerknitterten, roten Stoff ihres Kleides. Genoveva starrte darauf und rieb mit dem Daumen darüber.

»Sigismondo?«

»Ja?«

»Es tut mir leid«, sagte sie und fühlte sich danach wie befreit. Sie konnte nicht mehr gutmachen, dass sie ihren Ehemann gestern angebrüllt hatte, vollkommen von Sinnen, ihn mit Vorwürfen überhäuft und überhaupt nicht mehr zu Wort hatte kommen lassen. Aber es erleichterte sie trotzdem, sich dafür zu entschuldigen.

Seine Miene blieb ernst. Er nickte, aber erwiderte nichts.

»Ich … ich hätte dich nicht anschreien dürfen. Ich fühlte mich allein gelassen und war übler Laune, ich hatte ein unangenehmes …«

»Ich weiß«, fiel er ihr ins Wort. Verblüfft hob Genoveva den Kopf. »Ich war ehrlich erstaunt, muss ich gestehen«, fuhr er mit undurchdringlicher Miene fort. Ganz genau achtete Genoveva auf seinen Tonfall und seine Züge auf der Suche nach Groll oder Missmut darin. Aber als sich ihr Blick einen Moment lang in seinem verfing, meinte sie sogar, dass seine Augen vergnügt aufblitzten.

»Die ganze Stadt spricht von eurem … Zusammenstoß«, erklärte er. »Die junge Gräfin Sfondrati liefert sich ein hitziges Streitgespräch mit einem der mächtigsten Männer der Stadt.« Er wartete kurz, vielleicht, um Genoveva die Möglichkeit zu geben, sich zu rechtfertigen. Aber sie schloss stattdessen voller Schmach die Augen, schluckte schwer und verfluchte ihre gestrige Unbeherrschtheit.

»Schlau war das nicht«, nahm er seine Erzählung wieder auf. »Deine Mutter hat ohnehin ständig Streit mit dem Stadtrat wegen der Öffnung der Tore für die Postreiter.«

Genoveva wusste das. Es war überlebenswichtig für das Verteilerpostamt in Brüssel, dass die Stadttore so früh wie möglich geöffnet wurden, auch im Winter – der Rat der Stadt stellte sich jedoch quer. Vor allem jetzt, zu Kriegszeiten. Erst, wenn die Kirchen acht Uhr schlugen, durften sie geöffnet werden. Viel zu spät für die Boten der Extrapost, die ihre Briefpakete ohne jegliche Verzögerungen weiterreichen mussten. Es hatte ein Übereinkommen gegeben, dass die Briefpakete an der Porte de Namur, dem nächsten Stadttor zum Taxispalais, in einem Krug über die Mauer gezogen wurden. Was zu Unmut beim Besatzungspersonal der Tore geführt hatte. Denn die Stadttore durften lediglich die Torwächter betreten, und deshalb oblag es ihnen nun auch, die Briefpakete in den schweren Tonkrügen über die Mauer zu ziehen. Und es waren viele Briefe, sehr viele sogar, die in Brüssel ankamen und umverteilt werden mussten. Und das beinahe jede Nacht.

Aber Genoveva machte sich nichts vor. Der eigentliche Grund, warum Flamisol und so viele andere Männer aus dem Stadtrat gegen die Gräfin von Taxis wetterten, war der, dass sie eine Frau war und ein florierendes Wirtschaftsunternehmen leitete. Ihre Mutter war erfolgreicher als die meisten Händler und Unternehmer innerhalb der Brüsseler Stadtmauern. *Flamisol ist ein neidischer, engstirniger Gockel.* Die Worte lagen Genoveva auf der Zunge, aber sie hielt sich zurück. Sie konnte nicht abschätzen, wie Sigismondo zu dem Gildemeister stand, und wollte ihrem Ehemann nicht noch weitere Gründe des Anstoßes liefern.

»Er war respektlos«, sagte sie deshalb nur.

»Ich wusste gar nicht, dass ihr Taxis auf einmal so standesbewusst seid und den Respekt der Bürger einfordert.« Zuckten seine Mundwinkel gerade? Versuchte er, sich ein Lachen zu verkneifen? Genoveva war drauf und dran, nach ihrem Brillenglas zu tasten, das noch immer an ihrem Rock hing. Sie hatte gestern Abend vollkommen vergessen, den Beutel abzunehmen. Überhaupt trug sie noch immer ihre Kleider, die sich klebrig und verschwitzt anfühlten. Sie musste sich dringend frisch machen.

Aber sie brauchte ihr Augenglas gar nicht mehr hervorzuholen, denn das Grinsen, das sich nun auf Sigismondos Gesicht ausbreitete, erkannte sie auch mit bloßem Auge.

»Flamisol ist ein rechthaberischer und selbstgerechter Besserwisser, wenn du mich fragst. Kein Wunder, dass du dich mit ihm in die Haare gekriegt hast.«

Erleichterung flutete durch Genovevas Körper, und sie ließ unwillkürlich die Luft aus den Backen entweichen.

»Das ist aber noch lange kein Grund, sich einfach so an den Rand der Bewusstlosigkeit zu trinken«, wandte Sigismondo ein, ernster als gerade eben noch.

»Es war auch nicht der einzige Grund«, murmelte Genoveva vor sich hin und zupfte nervös an ihren kalten Fingern. Als Sigismondo nicht antwortete, sondern das Schweigen zwischen ihnen anhielt, blickte Genoveva auf. Er betrachtete sie nachdenklich, als überlege er sich seine nächsten Worte ganz genau. Mit der Hand rieb er sich über den Nacken, schien noch einen Moment lang abzuwägen.

»Soll ich ehrlich sein?«, wollte er schließlich wissen. Ohne zu begreifen, was er damit meinte, nickte Genoveva, und ihr wurde ein bisschen bang.

»Ich habe es selbst oft genug getan.« Er zwinkerte ihr verschwörerisch zu.

»Was getan?«

»Mich betrunken. Heillos sogar.« Er zuckte entschuldigend mit den Schultern. »Und ich bin nicht stolz darauf.«

»Aber du bist ein Mann. Ihr tut so was eben.« Sein verständnisvoller Unterton überraschte Genoveva, und genau wie mit Komplimenten wusste sie nicht anders damit umzugehen, als sie herunterzuspielen.

»Ich habe mich nicht betrunken, weil ich ein Mann bin. Ich hoffe doch sehr, dass dies kein Grund ist, sich zu betrinken …« Er verzog sein Gesicht zu einer Grimasse und brachte Genoveva damit sogar ein wenig zum Lachen. »Ich habe mich betrunken, weil ich unglücklich war. Genauso wie du gestern. Ich muss mich bei dir entschuldigen, Genoveva.«

Sie wurde ganz still und schaute ihn nur an.

»Ich hätte nicht einfach losreiten dürfen am Tag nach unserer Hochzeit. Ich hätte noch bei dir bleiben sollen oder dir zumindest sagen müssen, wohin ich reite und für wie lange ich wegbleibe. Es ist dein Recht als Ehefrau, dass du das weißt, denn auch ich habe mir in der Nacht zuvor mein Recht als Ehemann genommen.«

Prüfend lag sein Blick auf ihr. Genoveva hielt ihm nicht stand und senkte den Kopf. Sie spürte, wie ihr Gesicht heiß wurde. Am liebsten hätte sie diese ganze, vermaledeite Hochzeitsnacht für immer aus ihrem Gedächtnis gestrichen.

»Genoveva?« Er ging vor ihr in die Hocke, und ihre Gesichter waren nun auf gleicher Höhe. »Ich werde dich nicht mehr ausschließen aus meinem Leben. Unserem Leben. Das verspreche ich dir. Und du musst es mir auch versprechen. Tust du das?«

Sie hatte Angst, dass ihre Stimme versagte, deshalb nickte sie nur, griff mit ihren kalten Fingern nach seiner Hand und drückte sie. Ein Einverständnis, das keiner weiteren Worte bedurfte.

Er legte einen Arm um sie, zog sie an sich und bettete ihren Kopf in die Beuge zwischen seinem Hals und seiner Schulter. Genoveva spürte, wie ihr Herz schneller schlug und sich ein wohliges Gefühl in ihr ausbreitete. Ganz fest drückte sie ihn an sich und konnte nicht genug bekommen von seiner Nähe.

Es war der Moment, in dem sie erkannte, dass sie drauf und dran war, ihr Herz an Sigismondo Sfondrati zu verlieren.

Sigismondo

Bereits am Hauseingang hatte Lucien, sein Kammerdiener, ihn abgefangen, ihm Reitmantel und Hut aus den Händen genommen und ihm mit halblauter Stimme von Genovevas kleinem Intermezzo auf dem Marktplatz berichtet. Dabei hatte er untypisch unterwürfig geklungen und ihm nicht einmal in die Augen gesehen. Vermutlich fühlte er sich schuldig, weil die Gräfin ohne Begleitung und ohne Kutsche durch die vereisten Gassen gelaufen war. Vollkommen zu Recht, fand Sigismondo, schließlich hatte er seinen Kammerdiener eigens instruiert, während seiner Abwesenheit ein Auge auf Genoveva zu haben. Sigismondo beließ es jedoch bei einem tadelnden Blick, der sich schnell in ein Grinsen verwandelte, als Lucien mit sichtlichem Unbehagen erzählte, wie die Gräfin mit dem Vorstand der Tuchgilde aneinandergeraten war und sich ein erstaunlich scharfes Wortgefecht geliefert hatte. Das den ganzen restlichen Tag noch Stadtgespräch gewesen war.

Sein Grinsen wuchs sich in ein herzhaftes Lachen aus, als er sich den aufgeplusterten, rotgesichtigen Flamisol vorstellte, wie er mit Genoveva stritt.

Er kannte den Händler und sein moralisches Gehabe, das er bei jeder sich bietenden Möglichkeit Lügen strafte, sobald er sich damit einen Vorteil verschaffen konnte. Er war einer dieser Opportunisten, vor denen man sich in Acht nehmen musste. Denn auch wenn er allen beständig Honig ums Maul schmierte, würde er doch selbst seinen engsten Freunden für den entsprechenden Gewinn, ohne zu zögern, den Dolch in den Rücken rammen. Und ganz besonders gerne tat Flamisol das, wenn es sich dabei um den vornehmlich katholischen Adel der Stadt handelte …

Aber nicht nur deshalb war er von Genoveva überrascht, musste Sigismondo sich eingestehen. Von dem verschüchterten Mädchen, das er vor zwei Wochen geehelicht hatte, war nicht mehr viel übrig geblieben. Vorzeitig hatte er seine Reise nach Münster abgebrochen, denn die Verhandlungen, die er im Auftrag König Philipps mit dem französischen Gesandten führte, waren fruchtlos geblieben.

Außerdem hatte er den Drang verspürt, zurück zu seiner jungen, überaus hübschen Ehefrau zu eilen. Als er dann aber endlich bei ihr war, hatte sie ihn angebrüllt wie eine Furie. Er hatte gar nicht gewusst, dass Genoveva zu einer solchen Vehemenz und Lautstärke fähig war.

Schon vor der Hochzeit war ihm klar geworden, dass sie anders war als die meisten anderen jungen Damen in ihrem Alter. Sie schien kein besonderes Interesse daran zu haben, das Haus ein wenig umzugestalten und sich schöngeistigen Dingen wie der Musik oder den ihm vollkommen unergründlichen Nähereien und Stickereien zu widmen. Wie ein Bluthund hatte sie sich in den Gedanken verbissen, weiter in der Poststation arbeiten zu wollen. Selbstredend vollkommen unpassend für eine Gräfin Sfondrati. Auch wenn ihre Mutter dies für eine Tugend hielt – eine Gräfin arbeitete nicht in einer Poststation. Vielleicht unterhielt sie Korrespondenzen und Verbindungen zu einflussreichen Personen, vielleicht erschien sie am Hof des königlichen Statthalters Don Fernando, der ja ihr unmittelbarer Nachbar war. All das konnte sie machen, falls sie es wollte.

Aber eine Gräfin führte um Himmels willen keine Bücher und wog Postpäckchen ab wie ein gewöhnlicher Schreiber. Er mochte sich die vielen gerümpften Nasen und herablassenden Bemerkungen seiner Nachbarn hier auf dem Coudenberg überhaupt nicht vorstellen. Von den anzüglichen Blicken und respektlosen Frotzeleien der Postreiter ganz zu schweigen. Er wusste genau, wie sich Männer in Gruppen verhielten. Jetzt, da Genoveva verheiratet war und seiner Verantwortung unterstand, hatte sie in einer Poststube nichts mehr zu suchen. Außerdem musste sie lernen, dass ihre Allianzen nun nicht mehr den Interessen der Familie Taxis dienten, sondern ihm – Sigismondo Sfondrati, dem Marquis de Montafié.

Das Verbot, nicht mehr in der Poststation arbeiten zu dürfen, war offenbar ein ausreichender Grund für sie, sich heillos zu betrinken.

Rasend wütend war er gewesen, und als sie aus dem Raum hinausgerauscht war, hatte er ihr schon hinterherlaufen und sie maßregeln wollen wie ein Kind.

Aber dann hatte er sich beherrscht, und nun war er sogar froh über seine Zurückhaltung. Zunächst hatte er das fast schon zur

Neige gegangene Fass geleert und sich von dem noch immer duckmäuserischen Lucien das Abendessen auftragen lassen. Und je voller sein Magen geworden war, desto mehr hatte sich sein schlechtes Gewissen geregt. Denn er kannte sie wohl, diese entsetzliche Langeweile, von der Genoveva gesprochen hatte. Winter für Winter hatte ihn das wochenlange Nichtstun mürbegemacht, und auch er hatte sich nicht anders zu helfen gewusst, als sich die Zeit mit Trinken zu verkürzen.

Auf einmal hatte er keine Lust mehr verspürt, sich mit seiner Ehefrau zu streiten. Eigentlich hatte er sich auf sie gefreut, er hatte sie auf seiner Reise nach Münster sogar vermisst und sich deshalb auch bemüht, freundlich und nachsichtig mit ihr zu sein.

Nach seiner Aussprache mit Genoveva hatte er sie genötigt, einige Bissen zu essen – der einzige Weg, einen flauen Magen und wütende Kopfschmerzen zu besänftigen. Und dann hatte er ihr vorgeschlagen, mit ihm zu den Eisläufern am Fischmarkt zu gehen, ein seliges Lächeln hatte sich auf ihrem Gesicht ausgebreitet, und bei dem Anblick hatte sich ein seltsames Wohlgefühl in Sigismondos Brustkorb ausgebreitet, das ihn selbst überraschte.

In tiefem, makellosem Blau spannte sich der Himmel über Brüssel, als sie kurz nach Mittag die backsteinrote Ummauerung des Palais hinter sich ließen. Die Luft war eisig, und der Schnee knirschte unter ihren Sohlen, als er mit Genoveva am Arm in Richtung Unterstadt lief. Und er genoss es, sie an seiner Seite zu haben. Seine Ehefrau. Er wunderte sich selbst, mit wie viel Stolz er die Grüße seiner Nachbarn und Bekannten erwiderte, die ihnen auf den Straßen begegneten.

Auch wenn Genoveva noch etwas blass um die Nase war, ließ sie sich keine Schwäche anmerken. Die frische Luft sollte ohnehin die letzten Reste ihres Katers vertreiben.

Es war ein prachtvoller Tag, fast windstill, und viele der Brüsseler nutzten den Sonnenschein und hielten sich draußen auf. Die

Straßen waren bereits vom tiefen Schnee befreit worden, und problemlos kamen sie zu Fuß zum alten Hafen, wo sich jetzt der Fischmarkt befand und ein Altwasser der Senne zu armdickem Eis gefroren war.

Dutzende Wagemutiger drehten dort auf Kufen ihre Runden, nicht alle beherrschten jedoch die Kunst des Eislaufens und purzelten und rutschten mit komischen Verrenkungen und unter dem Gelächter der Umstehenden über das Eis. Einige Grüppchen hatten sich zusammengefunden, um gemeinsam Golf zu spielen. Dabei schlugen sie einen mit Kuh-Haar gestopften Lederball mit ihren Holzknüppeln, an deren Ende sich eine längliche Verbreiterung befand, so nahe wie möglich an einen ins Eis gerammten Holzstab. Einige Schankwirte hatten unter den Überdachungen, die für gewöhnlich den Fischmarkt beherbergten, provisorische Stände aufgebaut und offerierten mit lauten Rufen heißen Würzwein und Maroni, und ganz am Ende des Altwassers, hinter den Brückenbögen, gab es sogar ein umgeworfenes Boot, das in dringenden Fällen als Abort diente. Auf den Ästen der kahlen Bäume, die das Kanalufer säumten, wippten Raben und Amseln, die sich um heruntergefallene Krümel stritten. Die Menschen genossen die freie Zeit. Das Eis und der Schnee zwangen sie zum Nichtstun, und das geschäftige Leben der Stadt war für ein Weilchen den winterlichen Vergnügungen gewichen.

Sigismondo nickte dem Grafen von Nassau zu, der die Hand zum Gruß erhoben hatte. Dessen extravagantes Schloss befand sich unweit seines Palais auf dem Coudenberg, auf der anderen Seite des königlichen Palastes. Die Herren von Nassau waren geradezu obszön reich und stellten dies gern und bei jeder Gelegenheit zur Schau. Das gräfliche Anwesen machte selbst dem königlichen Palast Konkurrenz, und die Empfänge und Bälle im Schloss Nassau waren legendär. Gemeinsam mit seiner Frau saß der Graf in einem prächtigen, roten Eisschlitten, vor den ein Pferd gespannt war, und ließ sich über die Brüsseler Kanäle ziehen.

»Sigismondo!« Er drehte sich herum, musste aber nicht lange suchen, denn der fuchsrote Haarschopf seines Cousins tauchte aus einem Pulk der Golfspieler auf. Robert winkte ungestüm und schlitterte zu ihnen herüber. Dabei verlor er mehrmals das Gleichgewicht, ruderte mit den Armen, um nicht hinzufallen, und entlockte Genoveva damit ein Kichern.

»Ich sehe schon, Ihr macht Euch über mich lustig, Gräfin«, begrüßte er sie mit einem breiten Grinsen, das sich über sein gesamtes, sommersprossiges Gesicht zog. Er schaffte es, trotz der Kufen an seinen Füßen eine galante Verbeugung zu machen, griff nach ihrer Hand und hauchte einen Kuss darauf, was Genoveva mit einem Lächeln beantwortete. Erst Sigismondos frostiger Blick ließ das Funkeln in seinen Augen erlöschen. Robert überging Sigismondos eifersüchtiges Schweigen, holte mit dem Arm weit aus und drosch seinem Cousin auf die Schulter.

»Schön, dass du wieder in der Stadt weilst, Sigismondo! Spielst du eine Runde mit?«, fragte er, drehte sich, noch ehe Sigismondo antworten konnte, um und brüllte quer übers Eis: »He, Johann, besorg uns noch einen Schläger!«

»Heute nicht, Robert, wirklich …«

»Dann spiele eben ich«, erklärte Genoveva. Beide Männer wandten die Köpfe.

»Genoveva, ich glaube nicht, dass du …«

»Stell dich nicht so an, Vetter. Ich pass schon auf deine Kleine auf«, sprang ihr Robert sofort zur Seite.

Sigismondo zog die Augenbrauen zusammen und spürte, wie ihm der Ärger über seinen Cousin den Puls in die Höhe trieb. Wie so oft reizte Robert ihn mit voller Absicht.

Sigismondo tippte ihm mit der Fingerspitze gegen das wattierte Wams. »Und aus genau diesem Grund wird sie das nicht tun.« Er hielt Genoveva den Arm hin, damit sie sich bei ihm einhaken und sie gemeinsam weiterlaufen konnten. Diese aber rührte sich nicht, blickte ihn nur an, und ihre Lippen formten ein lautloses *Bitte*.

Mit zusammengebissenen Zähnen beobachtete Sigismondo die Golfspieler, wie sie johlend den Ball in Richtung des Stabs schossen. Gerade eben hatte zum ersten Mal so etwas wie Eintracht zwischen ihm und Genoveva geherrscht, und er wollte diese nicht sofort wieder aufs Spiel setzen.

»Nun gut, wenn du das gerne möchtest«, er machte eine einladende Geste in Richtung der Golfgruppe und schaffte es gerade noch, seinem Cousin einen warnenden Blick zuzuwerfen. Dieser beantwortete ihn mit einem kleinen Augenzwinkern, ehe er gemeinsam mit Genoveva zu den Spielern aufschloss. Zunächst warfen die Männer ihr linkische Blicke zu, vor allem aber auch Sigismondo, und er nickte den Männern einen stummen Gruß zu. Schnell nahmen sie Genoveva in ihrer Mitte auf, nachdem sie sich herrenlose Kufen an die Sohlen geschnallt hatte, und das Spiel begann.

Und Genoveva machte sich nicht einmal so schlecht. Nacheinander durften alle Spieler den Ball schießen, und derjenige, dessen Ball dem Stock am nächsten zum Liegen kam, hatte gewonnen.

Als auch Genoveva einmal gewann, jubelte sie laut, warf die Arme in die Luft und strahlte über das ganze Gesicht. Sie schlitterte zu Sigismondo, umarmte ihn flüchtig und kehrte dann zu den Spielern zurück.

Und Sigismondo konnte gar nicht anders, als sich mit ihr zu freuen. Er mochte es, sie lachen zu sehen, und bemerkte ein weiteres Mal, wie dieses ungewohnte Wohlgefühl durch seinen Körper zog. Fühlte es sich so an, glücklich zu sein? Er wusste es nicht zu sagen, zu lange hatte er diese Empfindung schon vermisst.

Sigismondo bemerkte den dunklen Schatten, der sich neben ihm aufbaute, und nur ein Seitenblick genügte, und das leichte, schwebende Gefühl in seiner Brust war verschwunden.

»Meister Flamisol«, sagte er nüchtern.

»Generalkapitän«, der Gildemeister neigte huldvoll den Kopf, und Sigismondo musste ein Augenrollen unterdrücken. »Eure Frau spielt?«

»Ja. Warum auch nicht?«, entgegnete er und fühlte sich ertappt. Denn auch er hatte zunächst die gleichen Vorbehalte gehabt, als Genoveva mitspielen wollte. Aber das würde er gegenüber Flamisol natürlich niemals zugeben.

»Mit so vielen fremden Männern? Das macht Euch nichts aus?«

»Wieso sollte es?« Absichtlich ging Sigismondo nicht auf Flamisols Anspielungen ein.

»Die Gräfin kann selbst bestimmen, was sie macht«, sagte er bloß und war sich vollkommen bewusst, dass er Flamisol damit eine weitere Angriffsfläche bot.

»Damit widersprecht Ihr der gottgegebenen, christlichen Ordnung, Marquis.«

»Erspart mir Euren Sermon, Flamisol, seid so gut.«

Dieser nickte mit ebenjenem altklugen, besserwisserischen Gesichtsausdruck, der Sigismondo stets maßlos ärgerte. »Ihr werdet Euch noch wünschen, etwas besser hingehört zu haben, Marquis.«

»Leere Drohungen, das sind wir aus dem Stadtrat ja bereits gewohnt von Euch, nicht wahr?«, spottete Sigismondo und fragte sich, wie lange er den Händler wohl noch reizen könnte, bevor dieser wieder seinem cholerischen Naturell nachgab.

»Was wisst Ihr schon vom Rat der Stadt?«, fragte Flamisol scharf. »Ihr bringt Euch im Rat doch ebenso wenig ein wie all die anderen feinen Herrschaften dort droben auf dem Coudenberg. Aber seid gewarnt, Sfondrati. Das lose Mundwerk Eurer Angetrauten ist gefährlich. Ihre Mutter sitzt den Habsburgern auf dem Schoß, genauso wie Ihr selbst. Solche Menschen sehen wir nicht gerne innerhalb unserer Stadtmauern. Schließlich waren es die Habsburger und der ihnen hörige Adel, die damals vor fast hundert Jahren unseren angestammten Brüsseler Grafen von Egmont ermordet haben.«

»Ach, kommt mir doch nicht mit diesen alten Geschichten! Der Graf von Egmont hat seinen Landesherrn verraten und wurde deshalb gehängt. Er hatte es nicht anders verdient.«

»Gut zu wissen, wie Ihr über unsere Freiheitskämpfer denkt«, antwortete Flamisol verschnupft.

»Jeder darf denken, was er möchte, denn das Leben in den Städten ist frei, nicht wahr? Für Calvinisten, für Protestanten und auch für Anhänger der katholischen Habsburger. Schließlich ist auch ein Habsburger der Landesherr der Spanischen Niederlande. Mein und Euer Landesherr. Wenn Euch das nicht passt, müsst Ihr eben zu unseren Nachbarn in die Vereinigten Niederlande auswandern.«

Heftige religiöse Spannungen hatten vor gut fünfzig Jahren dazu geführt, dass sich der nördliche Teil der damals insgesamt siebzehn niederländischen Provinzen vom südlichen Teil abgespalten hatte. Der vorwiegend protestantische Norden erkannte die spanischen Habsburger nicht mehr als seine Herrscher an, und die sieben abtrünnigen Provinzen verwalteten sich dort nun selbst.

Einen Moment wartete Sigismondo darauf, dass der Händler noch etwas erwiderte, eine weitere Phrase aus seinem Sammelsurium an Vorurteilen und Gemeinplätzen, aber dieser beließ es bei einem vernichtenden Blick.

»Aber Ihr habt kein Interesse daran, Eure so lukrative Position im Brüsseler Stadtrat aufzugeben, habe ich recht? Und ebenso wenig Euren erfolgreichen Tuchhandel, für den es in Amsterdam ungleich viel mehr Konkurrenten gäbe. Das viele Geld, das Euch durch die Lappen ginge, stellt Euch nur vor! Da ist der Wunsch nach mehr Gleichgesinnten und Glaubensbrüdern plötzlich dann doch nicht so groß, Flamisol, habe ich recht?«

Erst jetzt bemerkte Sigismondo, dass Genoveva neben ihn getreten war und stumm die Diskussion verfolgte. Flamisols Augen irrten einen Moment lang zu ihr.

»Eure frisch vermählte Ehefrau scheint bereits ihren Einfluss auf Euch genommen zu haben. Ein Jammer, ich habe Euch immer für einen aufrechten Mann gehalten, Sfondrati«, erklärte dieser.

»Maßt Euch kein zweites Mal an, die Gräfin Sfondrati maßregeln zu wollen, Flamisol. Ihr mögt der Vorsitzende des Stadtrates sein, aber Ihr verkennt Eure Stellung.«

Er bot Genoveva den Arm an, sie hakte sich unter, und ohne Flamisol eines weiteren Blickes zu würdigen, verließen sie das Eis. Genoveva winkte Robert noch einen verhaltenen Gruß zu, dann stapften sie die Böschung hinauf in Richtung des Fischmarkts. Der Schnee war pulvrig und fein, und Eiskristalle rieselten in Sigismondos Stiefelschaft und schmolzen in seinen Strümpfen. Er genoss die kleine Abkühlung, denn ihm war warm geworden bei der Diskussion.

Als sie um die erste Ecke gebogen waren und die Eisfläche außer Sichtweite war, blieb Genoveva stehen. Verwundert drehte Sigismondo sich zu ihr, und plötzlich war sie ihm ganz nahe. Er wollte einen Schritt nach hinten machen, aber Genovevas kleine Hand hielt ihn an der Seite fest, und schneller, als er reagieren konnte, drückte sie ihre Lippen auf seine.

Nur einen Herzschlag lang berührte sie ihn, ein Kuss, so keusch und unschuldig, dass Sigismondo gar nicht auf die Idee kam, ihn zu erwidern. Schon brachte sie wieder Abstand zwischen sie beide, und ein kurzer Überraschungslaut entkam ihr, als sie in einer Schneewehe stecken blieb. Sigismondo hielt sie fest.

Er musste den Kopf ein wenig schräg legen, damit er in Genovevas Gesicht blicken konnte, denn sie hielt den ihren gesenkt. Bereute sie ihre Annäherung bereits? Sanft legte er seine Finger unter ihr Kinn und hob es an.

»Wieso tust du das?«, flüsterte er. Behutsam strich er ihr eine Haarsträhne hinter das Ohr. »Du weißt, dass es sich nicht gehört. Die vielen Leute um uns herum.«

»Ich … ich weiß«, antwortete Genoveva, und ihre Wangen waren gerötet. Dieses Mal wusste Sigismondo, dass es nicht von der Kälte kam. Offenbar hatte sie nicht nachgedacht und war einfach der Eingebung eines Moments gefolgt.

»Du hast mich verteidigt, gerade eben«, gab Genoveva zu. »Das war … freundlich.«

»Genoveva, du bist meine Ehefrau. Ich werde dich immer verteidigen«, sagte er heiser, »wenn es sein muss, sogar mit meinem Leben.«

Genoveva sah ihn mit ihren großen, grünen Augen an, und er erkannte die Rührung darin. Ihre Fingerkuppen strichen sanft über die Stoppeln auf seiner Wange, und er genoss ihre Berührung so sehr, dass er einen winzigen Moment lang seine Lider schloss. Er nahm ihre Hand, drehte sie langsam um und küsste ihre Handfläche.

»Lass uns nach Hause gehen«, sagte er und nahm wahr, wie Genoveva ein wenig unwohl von einem Fuß auf den anderen trat. »Jetzt schon?«, fragte sie.

»Du hast nichts zu befürchten«, raunte er ihr ins Ohr, und wenn auch etwas widerwillig, fügte sich Genoveva.

Er sah es erst, als er kurz vor der Eingangstreppe aus Granit stand, denn das Grau des Gefieders fügte sich wie von selbst in die Farbe des Gesteins ein.

Zwei Tauben lagen vor dem Hauptportal seines Palais, die Köpfe waren abgerissen, unter den Kadavern hatte sich eine Blutlache gebildet.

Sie waren noch warm.

25.

Stallungen des Taxispalais, Brüssel

Alexandrine

David Frey hat sich wirklich den richtigen Zeitpunkt ausgesucht, dachte sich Alexandrine verdrossen, als sie ihr Pferd am Zügel aus den Stallungen führte.

Sie verstand nicht, wieso er ausgerechnet jetzt wieder in ihrem Leben aufkreuzen und alles noch komplizierter machen musste, als es ohnehin bereits war.

Seit mehr als zehn Tagen hielt er sich nun in Brüssel auf, vornehmlich im Posthof, denn er beaufsichtigte die Rechnungslegung aller Stationen südlich der Donau bis nach Tirol. Alljährlich wurden diese zuerst im Verteilerpostamt in Brüssel zusammengefasst und dann an den kaiserlichen Geheimen Rat in Wien zur Einsichtnahme übersandt. Es war eine der Aufgaben, die Frey als Reichspostverwalter pflichtgemäß erfüllen musste. Nur dieses Jahr, so schien es Alexandrine, zogen sich die Schreibarbeiten ganz besonders lange hin.

Seine ständige Anwesenheit verwirrte sie. Ebenso wie die langen Blicke, die er ihr zuwarf, und das kleine Lächeln, das sie auf seinem Gesicht zu erkennen glaubte, sobald sie den Raum betrat. Denn jedes Mal schnellte ihr Pulsschlag dabei in die Höhe.

Natürlich hätte Alexandrine das ihm gegenüber niemals zugegeben. Es würde seine dreiste Behauptung, dass sie sich vor ihren eigenen Gefühlen fürchtete, nur bestätigen. Unter normalen Umständen hätte sie Frey sofort mit der gewohnten Strenge und ein paar klaren Worten des Posthofs verwiesen oder ihn vielleicht sogar seiner Position enthoben.

Aber im Moment hatte sie ganz andere Probleme. Das kurze Intermezzo mit dem ungeladenen Gast auf Genovevas Hochzeit machte ihr immer noch zu schaffen.

Ich habe schon einmal Schicksal gespielt für die Familie von Taxis, und ich bin mir sicher, Ihr habt diesen Tag verflucht. Fordert mich nicht ein zweites Mal heraus.

Die Worte hatten sich in Alexandrines Gedächtnis gebrannt. Nächtelang hatte sie gegrübelt, aber ihr war einfach keine logische Erklärung eingefallen. Außer dieser:

Leonhard war damals in Prag keines natürlichen Todes gestorben. Ihr ehemaliger Liebhaber Elias hatte ihn ermorden lassen, und zwar von dem Fremden, der ihr einen Besuch abgestattet hatte.

Auch wenn sie sich immer wieder einredete, dass das nicht sein konnte, und sie Elias eine solche Skrupellosigkeit – oder war es Rachsucht? – nie zugetraut hätte. Es war die einzig sinnvolle Schlussfolgerung.

Wie sonst hätte der Fremde den geheimen Satz zwischen Elias und ihr kennen können? Dieser war ein eindeutiges Indiz. Er stand für die Liebe zwischen ihnen, die nie hatte sein dürfen.

Und all die Jahre seit dem Tod ihres Mannes hatte Elias sie überaus großzügig unterstützt. Hatte ihr ein Darlehen nach dem anderen gewährt. Sie hatte es als Zeichen seiner Zuneigung gesehen und seine Hilfe angenommen. Wie blauäugig sie doch gewesen war, wie blind aufgrund ihrer eigenen, irregeleiteten Gefühle, denen sie nie hätte vertrauen dürfen. Natürlich hatte Elias ihr nicht aus Liebe ausgeholfen. Sein schlechtes Gewissen, das mochte es gewesen sein, unternehmerisches Kalkül womöglich. Schließlich hatte Alexandrine stets darauf bestanden, ihm die Darlehen samt Zinsen zurückzuzahlen.

Und genau deswegen durfte sie sich nun auch nicht von David Frey blenden lassen, gleichgültig, wie sehr sie seine Aufmerksamkeit auch genoss und wie sehr er mit seiner genauen Beobachtungsgabe und seinen schwingenden Reden versuchte, sich in ihr Herz zu schleichen.

Sie war mittlerweile alt genug und hatte dazugelernt.

Ihre Überlegungen zu Elias hatten ihr nun ohnehin die Augen geöffnet und ihr ein für alle Mal gezeigt, dass sie Gefühlsduseleien nicht zulassen durfte. Denn immer, wirklich immer und ausnahmslos kam etwas Schlechtes dabei heraus.

Heute Vormittag hatte sie endlich ein Antwortschreiben eines ihrer Kontaktmänner erreicht. Ausgerechnet der Kölner Postmeister Johann von Coesfeld hatte ihr den entscheidenden Hinweis liefern können. Skrupellos war er und kaltschnäuzig, und Alexandrine vertraute ihm nicht, obwohl er der Familie Taxis bereits seit Jahrzehnten treu ergeben war. Jahrelang war er der oberste Kölner Postmeister gewesen. Dann, vor gut zehn Jahren, hatte der Kaiser diese Stellung der jungen Katharina Henot verliehen, und von Coesfeld hatte sofort einen Streit mit der Postmeisterin begonnen. Ganz zufällig wurde die junge Frau zur gleichen Zeit der Hexerei angeklagt. Sie wurde gefoltert, verurteilt und verbrannt, ebenso wie ihre Denunziantin. Alexandrine war damals das Gefühl nicht losgeworden, dass von Coesfeld dabei seine Finger mit im Spiel gehabt hatte.

Für keine dieser Machenschaften hatte sie jedoch handfeste Beweise gehabt. Ihr Mann, der als Generalpostmeister die eigentliche Gerichtsbarkeit bei dem Streit zwischen Katharina Henot und von Coesfeld gewesen wäre, hatte die Anklage damals geflissentlich den Kölner Stadtoberen übertragen. Und Alexandrine selbst hatte sich, nach einer zweifellos gut gemeinten Warnung ihres Ehemannes, ebenfalls dazu entschieden, nicht weiter nachzubohren.

Seit ihrem Amtsantritt behielt sie ihre führenden Postmeister jedoch strenger im Auge und kontrollierte sie weit öfter, als es ihr Mann getan hatte.

Von Coesfeld hatte das neue Paar'sche Postamt zu Köln beobachten lassen – mit nichts anderem hatte Alexandrine gerechnet. Genau, wie sie vermutet hatte, gab es zwar eine wöchentliche Verbindung zwischen den Stationen der Hofpost, eine parallele Route zu ihrer eigenen von Brüssel nach Venedig. Jedoch schienen die Postsäcke kaum gefüllt und die Zahl der Kunden, die das Postamt betraten, verschwindend gering zu sein.

Etwas – oder besser gesagt, jemand – war von Coesfelds Spitzeln allerdings aufgefallen. Ein Mann war in der Station mehrmals ein und aus gegangen und hatte einige Stunden in der Schreibstube verweilt. Klein und schmächtig wäre er gewesen, mit leicht angegrauten Schläfen und einem stechenden Blick, der einem das Schlottern in die Glieder fahren lässt, hatten Coesfelds Männer berichtet.

Keine Stunde, nachdem sie dessen Brief erhalten hatte, brach Alexandrine in Brüssel auf.

Sie machte sich nichts vor. Es war eine Flucht. Natürlich wollte sie von Coesfelds Hinweis nachgehen, schließlich hatte sie mit Ungeduld darauf gewartet. Im Grunde genommen aber nahm sie Reißaus vor Davids ständiger Präsenz im Posthof und vor allem vor ihrer eigenen Schwäche. Mehrmals hatte sie sich dabei ertappt, wie sie drauf und dran war, ihn um eine weitere, abendliche Unterredung zu bitten. Doch das durfte sie auf keinen Fall, denn allmählich begann sie, an ihrer eigenen Standhaftigkeit zu zweifeln. Die Tatsache, dass der Fremde sich offenbar nun in Köln aufhielt, war ihr ein willkommener Grund, eigentlich eine willkommene Ausrede, um die Stadt schleunigst zu verlassen.

Außerdem ist es sowieso längst Zeit, dass ich mich wieder auf meine Strecken begebe, dachte sie, während sie ihr Bündel fest am Sattel ihres Pferdes verschnürte. Wie immer reiste Alexandrine nur mit leichtem Gepäck und verzichtete darauf, im Gegensatz zu vielen anderen Adeligen, extra Packpferde mitzuführen.

Bereits vier Beschwerdebriefe waren innerhalb der letzten zwei Wochen in Brüssel eingetrudelt. Wichtige Briefsendungen aus dem Süden des Reiches blieben aus, auch nach Wochen, und jeden Tag rechnete Alexandrine mit der nächsten kaiserlichen Abmahnung. Sie musste davon ausgehen, dass ganze Postsäcke irgendwo auf den Strecken abhandenkamen.

Jetzt, da die Schweden die Postrouten nicht mehr bedrohten, wucherte das Nebenbotenwerk wieder wie Unkraut. Sie hatte ein Vermögen dafür ausgegeben, dass während der schlimmen Kriegsjahre vor dem Prager Frieden von 1635 die Strecken erhalten blieben und dass der Kaiser und das Volk ihre Briefe sicher befördern konnten. Damals waren die Nebenboten kein großes Problem gewesen, denn sie hatten sich feige hinter den Stadtmauern versteckt. Sie hatten Angst gehabt vor dem Kriegsvolk und den hungrigen, gewalttätigen Söldnern. Nun trauten sie sich aber wieder heraus aus ihren Löchern und luchsten den Menschen ihre Briefe ab. Zu Preisen, die von der Reichspost nicht zu schlagen waren – was Alexandrine auch gar nicht anstrebte.

Denn die Reichspost war schneller und zuverlässiger als jede andere Botenanstalt in Europa und die Preise, die sie für die Briefpost und die Pakete verlangte, deshalb berechtigt. Selbst wenn die Nebenboten – und davon war auszugehen – die kaiserlichen Erlässe missachteten und illegal einen Pferdewechsel vollzogen bei ihrer Briefbeförderung, würden sie niemals das ausgeklügelte System schlagen können, das die Familie Taxis die letzten Jahrzehnte über aufgebaut hatte.

Ohnehin entzogen sich die vielen Metzgerposten und privaten Botendienste geschickt jeglicher Kontrolle, und vor allem die Reichsstädte schienen ein, wenn nicht gar zwei blinde Augen zu haben, wenn es darum ging, die Erlasse des Kurfürstlichen Kollegialtages in Regensburg durchzusetzen.

Ein paar dieser verlotterten Boten, die unter ihren Jacken eine Handvoll Briefe beförderten, störten Alexandrine noch nicht. Nur wenn die Nebenboten die Postreiter der Reichspost angriffen, sie niederschlugen und ihnen die Postsäcke abnahmen, machte dies Alexandrine zornig.

Dann keimte ein Verdacht in ihr auf. Was wäre, wenn Rudolf von Paar nicht nur diesen Fremden auf sie angesetzt hatte, um sie einzuschüchtern, sondern auch mit den Nebenboten paktierte? Sie durfte den neuen Hofpostmeister nicht unterschätzen, das durfte man bei keinem Feind. Sicherlich hatte er es nicht versäumt, direkt nach seinem Amtsantritt mit einigen der wichtigsten städtischen Anstalten ein paar verschwiegene Abkommen zu treffen, ging Alexandrine auf. Genauso wie es die Schweden gemacht hatten, um Fuß zu fassen. Nicht nachweisbar, selbstredend. Vermutlich übersahen die Metzgerposten die Reiter und Briefsäcke der Hofpost geflissentlich und attackierten ausschließlich die Reichspost.

Aber sie ließ sich weder übertölpeln noch für dumm verkaufen. Und schon gar nicht ließ sie sich von den haltlosen Drohungen dieses Fremden einschüchtern.

Sie würde herausfinden, warum so viele Briefsendungen plötzlich verloren gingen. Und sie würde diesen Fremden finden und stellen und zur Rechenschaft ziehen, wenn notwendig, sogar mit Gewalt.

Wer war er, dass er ihr einfach irgendwelche Brocken hinwarf und sie mit halb garen Sätzen abspeiste? Sie wollte Gewissheit, und die würde sie auch bekommen.

Die Sonne stand bereits tief über Brüssels Straßen und warf einen satten, buttergelben Lichtstreifen auf die Kathedrale Notre-Dame du Sablon, als Alexandrine ihr Pferd Ares am Zügel durch das Tor zum Posthof führte. Die unzähligen Heiligenfiguren an den Seitenschiffen leuchteten und wirkten so lebensecht, als würden sie sich jeden Moment regen und von ihrem steinernen Podest heruntersteigen. Nur einen Moment nahm sich Alexandrine Zeit, das Lichtspiel zu bewundern. Dann saß sie auf und ließ Ares mit einem sanften Zungenschnalzen anreiten. Im Trab passierte sie mit ihren beiden Schutzreitern die bauchige, aus hellem Stein gebaute Porte de Namur.

Sie hatte in der Kürze der Zeit keine weiteren Söldner organisieren können. So schnell wie möglich wollte sie nach Köln und noch vor Einbruch der Nacht zumindest die Strecke bis Löwen hinter sich gebracht haben.

Sobald sie die letzten Häuser der Brüsseler Vorstadt hinter sich gelassen hatten, trieb sie Ares zum Galopp an. Er war ein prächtiger Hengst, der in seiner Größe und Erhabenheit einem Schlachtross in nichts nachstand. Für gewöhnlich ging sie sorgsam mit dem Tier um und ließ es in den Poststationen versorgen, noch ehe sie selbst ein trockenes Dach über dem Kopf hatte und ein Becher Würzwein ihre steif gefrorenen Hände wärmte. Mittlerweile hatte sie sogar den Ruf, auch in den Poststationen ein ganz besonderes Augenmerk auf das Wohlergehen der Pferde zu haben, und diesen Ruf pflegte sie mit Bedacht.

Heute allerdings ließ sie Ares in gestrecktem Galopp über die dämmrigen Landstraßen fliegen, und ihre beiden Schutzreiter hatten Mühe, den Anschluss nicht zu verlieren.

Sie hatte sich einen schwarzen Schal über Nase und Mund gebunden, den sie unter ihrem Hut fest verknotet hatte. Er schützte ihr Gesicht vor dem schneidenden Wind – und nicht immer wollte sie auf ihren Routen sofort erkannt werden. Manchmal, wenn sie viele Tage auf den Poststrecken verbrachte, befreite sie sich von ihren Röcken und trug sogar Hosen wie ein Mann. Die gaben ihr mehr Bewegungsfreiheit und ermöglichten es ihr, schneller zu reiten als in ihren ausgreifenden Kleidern. Heute war ihr dafür jedoch keine Zeit geblieben, außerdem war sie peinlich darauf bedacht, nie mit Männerkleidern in den Städten unterwegs zu sein.

Der Schlamm spritzte ihr von dem scharfen Ritt bis an die Knie, und die wenigen Reisenden, die sich auf den Wegen befanden, drängten sich in die Hecken und an die Bäume am Wegesrand, um den drei vermummten Reitern Platz zu machen.

Mit einem kurzen Schulterblick vergewisserte sie sich, dass ihre beiden Begleiter nicht mehr als zwei Pferdelängen hinter ihr waren. Ares schnaufte, aber seine Hufe gruben sich mit der gleichen Beständigkeit in den aufgeweichten Boden wie noch vor einer Stunde, und die Hecken flogen als schwarze Schatten an ihr vorüber.

Sie hatte immer gedacht, Elias wäre ein Freund. Ein echter Freund, der stets bei ihr war, auch wenn er sich Hunderte Meilen entfernt befand. Besonders die letzten Jahre über war der freundschaftliche Austausch zwischen ihnen wieder erblüht, beinahe jeden Monat schrieben sie sich. Alexandrine hatte ihm ihre Sorgen und Nöte anvertraut, und er hatte ihr stets verständnisvoll, ja liebevoll geantwortet.

Bei dem Gedanken daran krampfte sich Alexandrines Magen zusammen. Aber sie gestattete sich nicht, ihre aufrechte Haltung im Sattel aufzugeben und sich auf den Rücken ihres Pferdes zu kauern wie ein Bauer.

Sie musste diese ganze Enttäuschung, die Wut und den Schmerz ablegen. All das machte sie nur schwach und angreifbar und vernebelte ihren Blick für das Wesentliche. Es würde sie nicht wundern, wenn Rudolf von Paar versuchte, Alexandrine mit diesem Fremden zu beschäftigen und ihre Aufmerksamkeit von dem abzulenken, was in ihren Poststationen und auf ihren Strecken tatsächlich geschah. Er wusste offenbar nicht, mit wem er es zu tun hatte. Aber sie würde nicht nur herausfinden, was dieser Mann im Schilde führte, sondern auch, wo die verlorenen Briefsendungen geblieben waren. Außerdem würde sie sich ein Bild machen auf der Strecke bis Augsburg und dann die Zahl ihrer Schutzreiter in ihren Stationen entsprechend erhöhen. Genau wie damals, als die Schweden ihr Unwesen im Land trieben.

Alexandrine stülpte den Schal unter ihr Kinn, zog den Rotz in ihrer Nase hoch und spuckte ihn neben sich auf den Boden.

Vor ihr begannen die Lichter von Löwen, am Horizont auf und ab zu tanzen. Einige wehmütige Momente lang wünschte sich Alexandrine, Genoveva wäre an ihrer Seite. Ihre rasche Auffassungsgabe und ihr phänomenales Erinnerungsvermögen wären genau das, was ihr nun weiterhelfen würde. Aber mit dem nächsten Atemzug ließ sie den Gedanken wieder fallen.

Sie hatte einen Entschluss gefasst. Von Löwen aus würde sie eine Nachricht an ihren Sekretär schicken, dass er ihr so bald wie möglich nachreiste und mit ihr gemeinsam den verlorenen Briefsendungen auf den Grund ging. Und ganz nebenbei herausfand, wer dieser Fremde war. Vor allem aber hatte Emile die Gabe, seine Dienstherrin von übereilten Entschlüssen abzuhalten und zur Vernunft zu bringen, wenn sie selbst nicht mehr in der Lage war, klar zu denken. Und um Himmels willen sollte er David Frey nicht verraten, wohin sie unterwegs war. Denn sie ahnte, oder befürchtete vielmehr, dass seine Drohung, diesen Fremden zu stellen, nicht einfach nur so dahingesagt gewesen war. Sie hatte in seinen Augen gesehen, dass es ihm ernst damit war. Aber Alexandrine würde nicht zulassen, dass er sich in ihre persönlichen Angelegenheiten mischte. Niemand durfte das, schließlich war sie die Generalpostmeisterin des Heiligen Römischen Reiches und sehr wohl in der Lage, dieser Situation alleine Herr zu werden.

Mit dem behandschuhten Handrücken wischte sie sich über den Mund, zog den Schal wieder über das Gesicht und drückte Ares die Fersen in die Flanken.

26.

Palais Sfondrati, Brüssel

Genoveva

»Und was ist mit mir?« Genoveva bemerkte selbst, dass sie schon wieder wie ein beleidigtes Kind klang, aber gerade eben hatte sie sich nicht länger beherrschen wollen. Sie legte die versilberten Spielkarten aus der Hand, obwohl sie ein so hervorragendes Blatt gehabt hatte. Aber ihr war nicht mehr nach Spielen zumute.

»Du bleibst natürlich hier in Brüssel«, erklärte Sigismondo, als wäre es das Selbstverständlichste der Welt.

»Wieso sollte ich?«

Etwas konsterniert blickte Sigismondo sie an. Mittlerweile hatte auch er seine Karten auf dem runden, rot marmorierten Spieltisch abgelegt, dessen Füße sich als bronzene Schlangenköpfe in den Boden wanden. Genoveva und er hatten die letzten zwei Wochen an diesem Platz viele vergnügte Stunden verbracht und sich erbitterte Duelle bei Kartenspielen und Schach geliefert. Aus dem Augenwinkel riskierte Genoveva einen kurzen Blick auf Sigismondos Karten. Sie hätte ihn in dieser Runde tatsächlich geschlagen.

»Du bist die Ehefrau des Marquis de Montafié, du bleibst in unserem Heim in Brüssel und begleitest mich nicht auf Feldzüge wie diese bemitleidenswerten Trossweiber und ihre Familien. Hast du überhaupt eine Vorstellung, wie elend die Zustände auf diesen Zügen sind?«

»Wenn ich mich recht erinnere, begibst du dich lediglich zu einem militärischen Treffen zum Hofkriegsrat nach Wien mit General Piccolomini und diesem Trauttmannsheim …«

»Trauttmansdorff«, verbesserte Sigismondo sie etwas verdrießlich. »Tu nicht so, als könntest du dir diesen Namen nicht merken. Du merkst dir alles, was du liest, und ganz offenbar hast du auch meine Korrespondenzen der letzten zwei Wochen gelesen. Ohne dass ich das bemerkt habe.«

»Und wennschon?« Genoveva erhob sich und stemmte ihre Fäuste in die Seiten. Natürlich hatte er recht. Sie hatte seine Briefe kontrolliert und wieder versiegelt, noch ehe Lucien sie in Sigismondos Schreibstube hatte bringen können. Sie hatte wissen wollen, was ihr Mann plante. »Mit deinen Versprechungen, mir gegenüber in allem offen zu sein, ist es ja wohl nicht weit her, hm?« Ganze zwei Tage lang hatte Sigismondo ihr gegenüber nichts von der Einladung an den Wiener Hof verlauten lassen. Der neu gekrönte Kaiser Ferdinand III. sei unpässlich und leide seit seinem Amtsantritt im Februar an Fieberschüben, hatte ein gewisser Heinrich von Schlick aus Wien berichtet. Nichtsdestotrotz hatte er Sigismondo geraten, seinen Antrittsbesuch bei dem jungen Kaiser nicht länger hinauszuzögern und einen persönlichen Bericht über die Versorgungslage der königlich-spanischen Truppen in Flandern abzugeben. Und bei dieser Gelegenheit sollte er auch gleich noch ein klein wenig Druck aufbauen, um finanzielle Mittel für Diversionen, also kleinere Feldzüge in französische Gebiete, die den Feind von den Hauptschauplätzen ablenken würden, zu sichern. Sie sollten die Aufmerksamkeit der Franzosen vom heiß umkämpften Flandern ablenken, und könnten unter Umständen auch recht einträglich für die chronisch leeren Kriegskassen der spanisch-niederländischen Truppen sein.

»Du willst, dass ich dir jede Kleinigkeit meiner Aufgaben als Generalkapitän erzähle? Du bist meine Ehefrau, nicht mein Privatsekretär!« Seine Stimme wurde ungeduldiger, und lauter.

»Redest du jetzt schon genauso wie Flamisol? Meinst du auch, ich sei ein wenig minderbemittelt und unfähig, allein aufgrund meines Geschlechts? Pah!«, machte Genoveva.

»Darum geht es doch gar nicht«, wehrte Sigismondo ab. »Du verkennst deine Stellung. Als Grafentochter von Taxis magst du gearbeitet haben, aber du bist nun eine Sfondrati. Dein Leben hat sich geändert, wann verstehst du das endlich?«

Doch ungeachtet dessen, wie oft Sigismondo ihr diesen Satz noch vorhielt, oder auch Emile, oder sogar ihre Mutter: Sie würde ihn nicht akzeptieren.

»Meine Mutter ist eine Gräfin, und sie arbeitet trotzdem in der Poststation, verbringt ihr halbes Leben auf den Straßen und behält ihre Männer im Blick«, beharrte Genoveva. »Und all das tut sie im Auftrag des Kaisers! Auch der neue Kaiser hat meine Mutter im Übrigen unverzüglich dazu verpflichtet und ihr vor wenigen Wochen das Lehen für die Postbeförderung schriftlich bestätigen lassen. Und wenn es nötig werden sollte, werde auch ich das Erbe der Taxis antreten. Egal, ob ich eine Sfondrati bin oder nicht!« Es tat ihr gut, diese Wahrheit endlich auszusprechen. Denn obwohl sie mit Sigismondo die letzten zwei Wochen Tag und Nacht gemeinsam verbracht hatte, hatten sie noch nicht darüber gesprochen, dass sie weiterhin die Anwartschaft auf die Generalpostmeisterstelle anstrebte. Auf den ausdrücklichen Wunsch ihrer Mutter und selbst ihres Bruders hin. Denn sollte diesem etwas zustoßen, wäre sie die Erbin des gesamten Postimperiums. Welchen Namen sie trug, ob sie verheiratet war oder nicht, war dabei unerheblich.

»Man merkt, dass ihr erst seit zehn Jahren Grafen seid«, warf Sigismondo ein, leise, mit ernster Stimme. Was seinen Einwand für Genoveva umso verletzender machte.

»Bereust du es, dass du eine Frau mit einem so dürftigen Stammbaum geehelicht hast, ja?«, griff sie seinen abschätzigen Kommentar sofort auf.

»Nein, Genoveva, das tue ich nicht. Auch wenn mir deine Mutter genügend finanziellen Anreiz geboten hat, dich zu heiraten, machen wir uns nichts vor. Aber das war nicht der Grund für unsere Verbindung. Denn ich *wollte* diese Ehe mit dir. Ich wollte dich, Genoveva, nicht die Mitgift. Und das, obwohl ich ganz genau wusste, dass deine Mutter für diese Ehe andere Motive hatte!«

»Lass endlich meine Mutter aus dem Spiel«, fuhr Genoveva zornig auf.

»Ganz sicher werde ich das nicht tun, denn sie wird kommen und an meine Tür klopfen, früher oder später. Deiner Mutter war klar, dass der alte Kaiser ein Freund eurer Familie war und dass ihr für seinen Sohn noch ein unbeschriebenes Blatt seid. Sie wollte meine guten Verbindungen zum kaiserlichen Geheimen Rat nutzen, und überhaupt wird sie versuchen, über meinen Titel die Stellung der Taxis im gesamten Heiligen Römischen Reich wenn nicht zu verbessern, dann zumindest zu sichern.«

Jedes Wort von Sigismondo stimmte, Genoveva wusste es nur zu gut. Aber sie wollte ihm in diesem Moment trotzdem nicht recht geben. Sie ließ sich wieder auf ihren gepolsterten Sessel sinken.

»Dann verschwinde eben«, forderte sie. Die Worte klangen wütender und verbitterter, als sie es beabsichtigt hatte. Aber das machte nichts.

»Was hast du zu mir gesagt?«, fragte er leise, und Genoveva merkte, wie ihr das Herz bis in den Hals hinauf schlug. Der Zorn in seiner Stimme war unverkennbar, und das machte sie unsicher. Sie antwortete nicht.

Mit einem raschen Schritt war er bei ihr. »Sag das noch mal«, verlangte er.

Gib jetzt nicht nach, bläute sie sich ein. *Lass dich nicht einschüchtern von seiner Wut.*

Sie blickte zu ihm auf und hielt seinem wütenden Blick stand. »Los, verschwinde schon! Du kannst es doch eh nicht erwarten, wieder von hier fortzukommen. Nun mach schon.« Mit einer wegwerfenden Geste deutete sie dabei Richtung Tür, obwohl sie die Worte bereits bereute, als sie sie aussprach.

Schneller, als Genoveva reagieren konnte, hatte er sie nach oben gerissen. Sein Griff um ihren Oberarm schmerzte, und sie war ihm plötzlich so nahe, dass seine stoßweisen Atemzüge durch ihr Haar strichen.

»Du wagst es, so mit mir zu sprechen?«

Sie konnte die Anspannung spüren, die zwischen ihnen lag, die mit jedem Wort, das sie wechselten, stärker wurde, unerträglich fast.

»Denkst du, ich habe Angst vor dir?«, trotzte Genoveva, blickte ihm in die Augen und schluckte schwer. Denn so, wie er sich neben ihr aufgebaut hatte, so nah und die Kiefer fest aufeinandergepresst, kroch tatsächlich Furcht in ihr empor.

»Vielleicht solltest du das ja«, flüsterte er. Dann wurde es ganz still zwischen ihnen. Genoveva wagte kaum, zu atmen. Sie erwartete etwas – weitere scharfe Worte, einen Schlag vielleicht sogar? –, und sie sah, dass Sigismondos Mundwinkel zuckten. Er rang mit sich.

Aber nichts geschah, und allmählich entspannte sich Genovevas verkrampfte Haltung, sie ließ die nach oben gezogenen Schultern sinken, atmete tief aus und wollte schon ihren Arm aus seiner Umklammerung lösen. Sigismondos Hand, die in ihre Haare griff und ihr Gesicht ganz nah an seines zog, hielt sie davon ab. Seine Augen tasteten über ihre Züge, einen Atemzug lang, dann noch einen, und als Genoveva blinzelte, lagen seine Lippen plötzlich auf ihren.

Sofort spürte sie seine Zunge, die in ihren Mund einbrach, fordernder als sonst, härter. Seine Hand krallte sich so fest in ihre Haare, dass es wehtat. Aber nur einen Moment lang schien er sich seinem Zorn hinzugeben. Genoveva wimmerte, und sofort wurde er wieder sanfter und liebkoste ihre Unterlippe, fast wie eine Entschuldigung kam es ihr vor. Er beugte ihren Kopf zur Seite und küsste ihren Hals bis zum Schlüsselbein hinab. Genoveva konnte nicht anders, sie stöhnte, ganz leise nur, und wusste nicht, wieso, aber plötzlich standen ihr Tränen in den Augen, und es gelang ihr nicht mehr, sich diese aus den Augenwinkeln zu blinzeln.

Ein Gefühl breitete sich in ihrer Brust aus, mächtig und unbeherrschbar. Sie wollte seine Nähe spüren, unbedingt sogar, aber gleichzeitig verabscheute sie ihn und seine herablassende Art. Sie drängte sich an ihn, krallte ihre Finger in seine Oberarme, sog seinen ihr mittlerweile so vertrauten Geruch ein und verfluchte ihren Körper dafür, dass er jedes Mal so sehr auf Sigismondo reagierte. Dass sie jedes Mal das Gefühl hatte, die Kontrolle zu verlieren, wenn er ihr ganz nah war, wenn er sie küsste und sie berührte.

Seit seiner Rückkehr aus Münster hatte er keine Annäherungsversuche mehr gemacht. Sehr wohl hatte Genoveva bemerkt, wie begehrlich seine Blicke gewesen waren, wie hungrig er sie jede Nacht betrachtet hatte, wenn sie nur mit ihrem dünnen Nachthemd bekleidet neben ihm unter die Bettdecke geschlüpft war. Er hatte sie geküsst, ihre Wangen gestreichelt, und seine Küsse hatten ihr den Atem geraubt. Sie hatte gemerkt, wie sie alles um sich herum vergessen hatte, ihr Schoß warm geworden und dieses unerklärliche Gefühl in ihr aufgestiegen war, dass sie immer noch mehr davon haben und weitermachen wollte. Aber er hatte immer wieder abgelassen von ihr. Schwer atmend hatten sich beide auf den Rücken gerollt und die Schnitzereien des Himmelbetts über ihren Köpfen betrachtet, ohne sie wirklich zu sehen. Nur allmählich hatten sie sich wieder beruhigt. Genoveva hatte gemerkt, wie das Verlangen in ihr jeden Tag gewachsen war, ihm einfach das Hemd über den Kopf zu ziehen, ihre Finger über seine Haut wandern zu lassen und seinen Körper zu entdecken. Einige Male war ihr schon der lächerliche Gedanke gekommen, dass er mit ihr spielte und sie absichtlich anheizte, aber niemals einen Schritt weiterging.

Sie hatte sich an seine Gegenwart gewöhnt. Daran, abends im Bett an ihn gekuschelt einzuschlafen, seinen Atemzügen zu lauschen, wenn sie nachts wach lag, an die schlaftrunkene Rangelei um die Bettdecke, die Sigismondo sie stets gewinnen ließ. An die gemeinsamen Frühstücke und Abendessen, ihre Spaziergänge durch den von der Frühlingssonne beschienenen Park des Coudenberg-Palais, in dem die ersten grünen Blättchen und Knospen an den Bäumen sprossen und das schmutzig graue Einerlei des Winters aufbrachen. Sie hatte sogar aufgehört, Annabelle zu vermissen, und war nicht einmal besonders getroffen gewesen, als ihr diese brieflich ankündigte, noch bis Anfang April in Löwen zu verweilen.

Nur heute spürte sie, dass etwas anders war als an den Tagen zuvor. Sie war enttäuscht und wütend auf Sigismondo, zum ersten Mal seit seiner Rückkehr. Es war, als hätte etwas in ihr drinnen zu brennen begonnen, seit er ihr seine Reisepläne mitgeteilt hatte. Ohne sie. Vielleicht war es die Angst vor der wochenlangen Einsamkeit hier im Palais. Vielleicht war es die Wut darüber, dass er ihr Versprechungen machte, die zu halten er nie die Absicht gehabt hatte.

Aber mit einer geradezu verzweifelten Unbedingtheit wollte sie Sigismondo spüren, seinen Körper, alles an ihm. Sie konnte nicht länger warten. Nicht, wenn sie wusste, dass er bald wieder fort wäre.

Sie legte die Hand auf seine Hüfte, nahm all ihren Mut zusammen und ließ sie weiter nach unten gleiten, in seinen Schritt. Er sog scharf die Luft ein, als sie ihre Hand dort ließ. Sie spürte seine Erregung, spürte, wie hart er war, und begann sanft, über den Stoff zu reiben.

»Genoveva, was machst du da«, keuchte er, aber sie hörte nicht auf mit ihren Bewegungen und erstickte seinen Protest in einem Kuss. »Wenn du nicht aufhörst, werde ich mich nicht mehr beherrschen …«

»Dann beherrsch dich nicht mehr«, flüsterte sie.

Sigismondo umfasste ihr Gesicht mit beiden Händen, sein Blick war dunkel und intensiv, und einen Moment lang wurde Genoveva wieder mulmig zumute.

»Bist du sicher, Genoveva?«

Sie nickte nur, aber als Sigismondo begann, ihr das Kleid am Rücken aufzuschnüren, bemerkte sie, wie nervös sie mit einem Mal war. Mit geübten Fingern lockerte er die Schnürung, öffnete die Schleifchen an ihren Ärmeln und zog ihr das Kleid über die Hüften nach unten.

Sie trug nur ein dünnes Unterkleid und weiße Strümpfe darunter, die ihr bis zu den Kniekehlen reichten. Einen Moment ließ er seinen Blick über ihren Körper schweifen, dann fuhren seine Finger langsam von ihrem Kinn über den Hals bis zu ihrer nackten Schulter, streiften den Träger des Kleids herunter, sodass der Ansatz ihrer Brüste zum Vorschein kam. Seine schwieligen Hände fuhren darüber, seine Daumen liebkosten ihre harten Brustwarzen, die sich durch den Stoff hindurch abzeichneten.

»Zieh es aus«, befahl er, und als Genoveva zögerte, streifte er mit einer fast beiläufigen Bewegung den zweiten Träger von ihrer Schulter, und das Kleid fiel bis zu ihrem Hüftgürtel hinab.

Genoveva wollte ihre nackten Brüste bedecken, aber Sigismondo hielt ihre Hand fest. »Ich möchte alles von dir sehen«, sagte er und öffnete mit der Linken den Gürtel, dabei blickte er ihr in die Augen.

»Zieh es aus«, forderte er erneut, und langsam zog Genoveva das Kleid über die Hüften und ließ es zu Boden fallen. Nun trug sie nur noch die Strümpfe.

Auch Sigismondo entledigte sich seiner Stiefel und der Hose, streifte sein Hemd über den Kopf und stand nun in seiner ganzen Nacktheit vor ihr.

Genoveva schaffte es nicht, ihn anzublicken, hielt den Kopf gesenkt und stellte fest, dass all ihr Mut, all ihre Wut mit einem Mal wie weggeblasen waren, jetzt, da sie so vollkommen schutzlos und unbedeckt vor ihm stand.

Er hielt ihr seine Hand hin. »Was möchtest du?«, fragte sie unsicher. Er drehte sie herum, bis sie mit dem Gesicht zum Pfosten des Himmelbetts stand. »Halte dich daran fest.«

Seine Worte waren nicht sanft oder liebevoll, sie waren klar, bestimmend, fast kühl. Und auch wenn Genoveva am ganzen Körper zu zittern begann, ließ sie sich darauf ein, denn seine Befehle gaben ihr ein seltsames Gefühl der Sicherheit und Orientierung.

Als Genoveva das Holz des Bettes unter ihren schwitzenden Handflächen spürte und ihr Körper immer stärker zu beben begann, glaubte sie, dass das alles ein einziger, großer Fehler gewesen war. Was hatte er denn überhaupt vor …

»Schsch«, flüsterte er in ihr Ohr, liebkoste ihre Schulter, und seine Finger fuhren über ihre Brüste, massierten sie sanft, und sofort entspannte sich Genoveva unter seinen Berührungen. Ihr Atem ging schneller, als er sie von hinten umarmte und zu sich heranzog. Er knabberte sanft an ihrem Ohrläppchen, seine Hände wanderten über ihre Rundungen immer tiefer und streichelten sie zwischen den Beinen. Genoveva bemerkte, wie feucht sie geworden war und wie er die Nässe mit seinen Fingern auf ihrer Haut verteilte. Er war ihr nun so nah, dass sie nicht mehr wusste, wo ihr Körper aufhörte und seiner anfing. Unwillkürlich bewegte sie ihre Hüfte, presste sie gegen sein Becken und spürte seine harte Erektion an ihren Pobacken.

»Nur Geduld«, flüsterte er ihr zu. Sie wusste nicht, was er von ihr erwartete und was sie nun tun sollte. Und plötzlich umfassten seine Hände ihre Hüften und drückten ihren Oberkörper leicht nach vorne. Noch immer hielt sie den Bettpfosten umklammert und stand nun vornübergebeugt da.

»Du brauchst keine Angst zu haben«, er flüsterte die Worte nur, streichelte ihr sanft über ihren Rücken. »Ich werde so vorsichtig sein, wie ich kann.«

Seine Hand kreiste um ihren Po, glitt zu ihrem Bauch und dann zwischen ihre Schenkel. Genoveva verkrampfte sich, aber als Sigismondo einen Finger in sie hineingleiten ließ, nicht tief, sondern gerade nur so weit, dass ihr ein unkontrolliertes Stöhnen über die Lippen trat, presste sie sich seiner Hand entgegen.

»Du bist so feucht«, sagte er, »und so warm.«

Wieder glitt er mit dem Finger in sie hinein, und Genoveva meinte, dass ihr ganzer Körper in Flammen stünde. Dann hielt er inne, sie stöhnte und spürte, wie sie ungeduldig wurde.

»Sigismondo«, sagte sie, als er sanft über ihre Pobacken streichelte.

»Was?«, fragte er, und Genoveva gab ihren Vorsatz, keinesfalls ihre Würde und Selbstkontrolle zu verlieren, auf.

»Bitte mach weiter.« Sie bettelte ihn geradezu an, aber das spielte keine Rolle mehr. Das Einzige, was zählte, waren er und sie, hier und jetzt.

»Damit, meinst du?« Sie spürte seinen Finger wieder in ihr, tiefer als noch zuvor, und kam ihm mit dem Unterleib entgegen, stöhnte auf, und es war ihr egal, ob sie dabei laut war und unbeherrscht.

Er streichelte sie wieder, und dann spürte Genoveva endlich, wie Sigismondo eine Hand auf ihr Steißbein legte, ihre Beine mit der anderen spreizte und ganz langsam und vorsichtig in sie eindrang, als würde er genau darauf achten, wie sie reagierte. Einen winzigen Augenblick lang verkrampfte sie sich, aber dann spürte sie, wie sich etwas in ihr regte, ein intensives, tierisches, vollkommen unkontrolliertes Gefühl, dem sie sich hingab, die Lust, ihn in seiner vollen Größe in sich zu spüren. Langsam zog Sigismondo sich wieder aus ihr heraus, und eine bebende Erwartung ergriff Genoveva. Als er sich erneut in sie hineinschob, tiefer noch als zuvor, krallten sich ihre Finger in das Holz.

»Ja«, keuchte sie, als Sigismondos Hüften gegen ihre Pobacken stießen, als er immer wieder Besitz ergriff von ihr, schneller wurde und härter zustieß. Und die Lust, von der sie gar nicht gewusst hatte, dass sie in ihr war, baute sich noch weiter auf in ihrer Mitte, genau dort, wo Sigismondo und sie sich vereinten. Mit jedem Stoß wurde sie stärker, unerträglich stark. Immer schneller stieß Sigismondo in sie hinein, bis er zu stöhnen begann und plötzlich etwas in Genoveva explodierte. Es war, als würde sie fallen, ihr ganzer

Körper zuckte, und dann hörte sie, wie Sigismondo nach zwei weiteren mächtigen Stößen ein erstickter Schrei entkam. Sie spürte, wie sich sein Samen in sie ergoss und sein Glied in ihr zuckte. Er hatte seinen Arm um sie geschlungen, richtete sie auf, presste sie an sich, als wolle er sie erdrücken, und vergrub sein Gesicht in ihrem Haar.

Als er sich aus ihr zurückzog, lief eine warme Flüssigkeit ihren Schenkel hinab. Sigismondo hob sie hoch und trug sie zum Bett. Dort nahm er sie in seine Arme, und ein nie gekanntes Gefühl der Nähe und Innigkeit entspann sich zwischen ihnen, eine unlösbare Verbindung, meinte Genoveva und wünschte sich, nie wieder aufstehen zu müssen.

Eine Weile lagen sie so da, erhitzt, die Beine und Arme ineinander verschlungen, und allmählich kamen sie wieder zu Atem.

»Es tut mir leid, falls ich zu …«, begann Sigismondo, aber Genoveva legte ihren Finger auf seine Lippen und brachte ihn so zum Verstummen.

»Du musst dich nicht entschuldigen. Es war wunderschön«, sagte sie, noch vollkommen überwältigt von der Gefühlsflut, die gerade durch ihren Körper gerollt war.

Sie strich ihm die Haare aus der Stirn und wischte mit dem Daumen eine Schweißperle fort. Sachte streichelte sie über seine Wange.

»Nimm mich mit, Sigismondo, bitte. Ich will nicht … ohne dich hierbleiben.«

Eine Bitte, die sie bis gerade eben einfach nicht über die Lippen bekommen hatte. Aber irgendetwas schien sich gelöst zu haben in ihr, denn jetzt machte es ihr nicht einmal mehr etwas aus, es auszusprechen. Der Stolz, der sie bisher davon abgehalten hatte, ehrlich zu ihm zu sein, war verschwunden. Da war keine Mauer mehr, die sie zwischen ihm und sich errichtet hatte, damit sie Sigismondo nur ja nicht zu viel von sich selbst preisgab.

Sie blickte ihm in die Augen, ernst und ruhig. »Wenn ich aufhören soll, für unser Postunternehmen zu arbeiten, dann lass mich wenigstens bei dir sein. Sonst weiß ich nicht, wofür ich dieses Opfer eigentlich bringen soll«, flüsterte sie.

Geraume Zeit schaute er sie einfach nur an. Dann zog er sie wieder zu sich heran. »Meine Genoveva«, murmelte er, atmete tief ein, und als er sich halb aufsetzte, meinte Genoveva den Schalk in seinen Augen zu erkennen. Mit einem Satz war er auf ihr, sodass Genoveva überrascht aufschrie. Sein Gewicht drückte sie in die weiche Matratze, und sein Gesicht schwebte direkt über ihrem.

»Na gut, du kleiner Sturkopf«, lenkte er ein. »Aber du reist als meine Ehefrau. Die Gräfin Sfondrati. Keinen Gedanken wirst du auf unserem Weg nach Wien an die Posthaltereien verschwenden, die wir passieren«, warnte er. »Und wir werden auch ganz sicher in keiner nächtigen.«

Mit einem erfreuten Quietschen schloss Genoveva ihre Arme um Sigismondos Nacken und drückte ihn so fest an sich, dass er so tat, als müsse er gleich ersticken. Als sie ihn nach einer Weile wieder losließ, lächelte er, und Genoveva küsste ihn so heftig, dass ihr die Lippen wehtaten.

27.

Poststation in Dormagen

Alexandrine

Früher als sonst brach die Dämmerung herein. Ein eisiger Wind trieb graue, regenschwangere Wolken über den Himmel, und Alexandrine beschloss, schon zwei Stationen vor Köln Rast zu machen. Vor dem Schließen der Tore hätten sie es ohnehin nicht mehr bis in die Reichsstadt geschafft.

Sie erinnerte sich noch genau an die Posthalterei von Dormagen, dieses gottvergessene, kleine Nest. Sie war eine der wenigen schwedischen Stationen gewesen, die sich vor mehr als zwei Jahren nicht kampflos ergeben hatten, damals, als Alexandrine mit ihrer Tochter und Sfondratis Männern ihre Posthaltereien zurückeroberte. Von der Verwüstung, die der Brand in den Gebäuden angerichtet hatte, war heute jedoch keine Spur mehr zu sehen.

Alexandrine hatte eine beträchtliche Summe in die Hand genommen, um die Gebäude so schnell wie möglich wieder instand zu setzen. Und als sie jetzt durch das Eingangstor ritt, meinte sie, sogar noch die Farbe der rot gestrichenen Fachwerkbalken und den frischen Kalkmörtel des Mauerwerks riechen zu können. Sie musste schmunzeln, als ihr Blick auf das protzige kaiserliche Wappen fiel, das über dem Rundbogen thronte. Es war fast doppelt so groß wie das an ihrem Brüsseler Verteilerpostamt.

Anton, den sie nach der Rückeroberung der Station kurzerhand als dortigen Postmeister behalten hatte, machte offenbar keinen Hehl daraus, dass es sich um eine kaiserlich protegierte Station handelte. Zwar war der ehemalige Postreiter stolz gewesen, als

Alexandrine ihn mit der Führung der Posthalterei beauftragt hatte. Aber er war kein solcher Blender und Angeber wie etwa der Nürnberger Postmeister Dubois, der es nicht müde wurde, bei Korrespondenzen seinen Titel als oberster Postmeister der Stadt anzuführen, und dennoch ständig Briefe verschlampte und fehlerhafte Abrechnungen schickte.

Das wuchtige, hölzerne Wappen über dem Eingangstor diente zur Abschreckung von Kriegsvolk. Es bedeutete, dass der Gasthof, der an die Poststation mit angeschlossen war und dem Pächter ein nicht unerhebliches Einkommen sicherte, von Söldnern und Soldaten nicht betreten oder geplündert werden durfte. Auch die Pferde – und das war eigentlich noch viel wichtiger – waren unantastbares Eigentum des Posthalters und durften ausschließlich für den Postbetrieb verwendet werden.

Als Anton der Gräfin und ihren beiden Begleitern bereits bei ihrer Ankunft wortkarg und mit grimmigem Gesicht seine Ehrerbietung erwies, war ihr sofort klar gewesen, dass etwas nicht stimmte. Sie hatte gar nicht erst nachzufragen gebraucht, sie hatte sich einfach nur umsehen müssen. Die gähnende Leere in der Poststube, das Fehlen jeglicher Briefe und Postsäcke waren Hinweis genug.

Seit vier Tagen schon fehlte die Ordinaripost von der Route aus Venedig, und selbst der Postreiter aus der Gegenrichtung war heute nicht angekommen, berichtete der Postmeister.

Einen Moment lang betrachtete Alexandrine seine finster zusammengezogenen, buschigen Augenbrauen, in die sich in den letzten zwei Jahren erstaunlich viel Grau geschlichen hatte, und wandte sich dann abrupt um.

»Ihr wartet hier auf Emile und seine Begleiter und folgt mir dann unverzüglich auf den Weg nach Borchem, verstanden?«, wies sie ihren ersten Schutzreiter an, der ihren Befehl mit erschreckter Miene erwiderte.

»Ihr kommt mit mir«, verlangte sie von dem anderen. »Wir reiten zur nächsten Station und sehen dort nach dem Rechten«, erklärte sie an Anton gewandt.

»Gräfin, Ihr könnt nicht einfach weiterreiten, mitten in der Nacht«, protestierte dieser halbherzig. Er kannte Alexandrine gut genug, um zu wissen, dass jeder Widerstand sinnlos war.

»Natürlich kann ich das. Wir werden der Sache unverzüglich auf den Grund gehen«, wies sie ihn zurecht und fixierte ihn dabei. Ein leiser Vorwurf lag in ihrer Stimme, und das war auch ihre Absicht. Natürlich hatte Anton nicht genügend Männer in der Station, um einen Suchtrupp loszuschicken. Aber irgendetwas hätte er dennoch tun können, statt sich in seiner Station zu verkriechen wie ein Maulwurf.

Doch im Grunde war Antons Zögern richtig. Alexandrine war sich vollkommen im Klaren darüber, dass es riskant war, mit nur einem Schutzreiter zur nächsten Poststation zu reiten. Die Gegend hier war unsicher, und die beiden ausgebliebenen Postreiter kein Einzelfall. Jedoch spürte sie wieder dieses nervöse Kribbeln im Magen, diese Aufregung, die sie seit Neustem befiel, wenn sie den Verdacht schöpfte, dass dieser Fremde bei irgendetwas seine Finger im Spiel hatte. Denn sollte der Reiter aus Köln auch in Borchem nicht angekommen sein, würde dies bedeuten, dass er sehr wahrscheinlich Köln nie verlassen hatte. Es konnte kein Zufall sein, dass ausgerechnet in der Stadt, in der dieser Mann gesichtet worden war, die Postreiter samt ihrer Fracht verschwanden …

Die Strecke nach Borchem betrug höchstens eine Meile, sie hatte den Schutzbrief des Kaisers in der Manteltasche und einen bewaffneten Schutzreiter an ihrer Seite. Was konnte da schon passieren?

Das ungute Gefühl, das Alexandrine trotzdem beschlich, ignorierte sie.

Als sie Dormagen verließen und den dort anschließenden Wald passierten, setzte der Regen ein. Die Tropfen prasselten laut auf

Alexandrines Kapuze, dämpften die Geräusche um sie herum und machten sie damit auch taub für jedes verräterische Anzeichen, sollten sie nicht alleine sein. Zumindest war Alexandrines Augenlicht gut, trotz ihres Alters und trotz der mondlosen, regnerischen Nacht, und sie konzentrierte sich auf jede Bewegung, auf jede ungewohnte Silhouette, die sie am Wegesrand entdeckte. Ihrem Schutzreiter bedeutete sie mit einer knappen Handbewegung, sich hinter ihr zu halten.

Als ein Ast laut neben ihr knackte, zuckte sie innerlich zusammen, ihr Herz setzte einen Schlag lang aus, aber sie ließ sich zu keiner abrupten Bewegung hinreißen. Unter dem Mantel tastete ihre Hand zum Lauf der Pistole, die sie vor die Brust geschnürt trug.

Sie konnte nicht schießen, natürlich konnte sie das nicht, aber darum ging es auch gar nicht. Allein die Tatsache, dass sie eine Waffe bei sich trug und damit auf jemanden zielen konnte, würde reichen, um wertvolle Augenblicke zu gewinnen, in denen sie mithilfe ihres Verstandes die Situation entschärfen oder ihr Schutzreiter eines Angreifers Herr werden konnte.

Binnen kürzester Zeit war Alexandrines Mantel vollgesogen und schwer von eisigem Wasser. Es gefiel Alexandrine: die Kälte, die Schmerzen in den steif gefrorenen Fingern, mit denen sie kaum noch die Zügel halten konnte. Denn es trieb sie voran und machte sie nur umso wütender. Auf den Unbekannten, auf von Paar, auf die ganze Welt.

Etwas regte sich zu ihrer Rechten. Oder hatte sie sich das nur eingebildet?

Nur ein leichter Zug an den Zügeln ließ Ares langsamer werden. Geschickt lenkte ihr Schutzreiter sein Pferd zwischen das ihre und den dunklen Fleck im Straßengraben. Alexandrine schob sich die regenschwere Kapuze aus der Stirn, um besser sehen zu können.

Dort bewegte sich etwas, ganz sicher.

»He, wer ist da?«, rief sie laut und unwirsch und unterdrückte mit einem tiefen Atemzug das Zittern in ihren Armen und Beinen.

Keine Antwort.

Dann vernahm sie ein Stöhnen, es war ganz eindeutig ein Stöhnen. Sie konnte einen Arm ausmachen, eine Hand, die sich wie zum Gruß hob.

Es könnte eine Falle sein. Wenn sie nun abstieg, gab sie ihre letzte Sicherheit und die Schnelligkeit ihres Rosses auf. Unentschlossen blickte sie sich um, lauschte ganz genau auf ein Knacken im Unterholz, Schritte im Kies, Hufschlag. Sie sollte zurückreiten und einen ihrer Männer aus Dormagen hierherschicken.

Und dennoch blieb Alexandrine.

Der Mann, der im Dreck vor ihnen lag, versuchte, sich aufzusetzen, und selbst im Dunkel der Nacht erkannte Alexandrine, dass sein Gesicht blutüberströmt war.

Als sie zudem das Gelb der taxischen Uniform und darauf das ihr so wohlvertraute blaue Wappen mit dem Dachs und dem Adler des Kaisers ausmachen konnte, glitt sie ohne weiteres Zögern aus dem Sattel und ging vor dem Mann auf die Knie.

»Helft mir, ich wurde überfallen«, jammerte dieser. Alexandrine packte ihn an den Schultern und versuchte, ihn vom Boden hochzuhieven. Erst als ihr Schutzreiter hinzukam, brachten sie ihn in den Stand. Einige Schritte strauchelten die beiden Männer in der aufgeweichten Erde nach hinten und stießen gegen den Leib ihres Pferdes, das nervös schnaubte.

Als der Reiter erkannte, wer da vor ihm stand, weiteten sich seine Augen. »Gräfin von Taxis«, stieß er hervor und kam erneut ins Schwanken.

»Schon gut, Mann«, versuchte sie, ihn zu beruhigen. »Was ist Euch geschehen?«

»Ich … ich wurde überfallen, von den Metzgerposten der Stadt Köln.«

Eine Windböe peitschte den Regen direkt in Alexandrines Gesicht, und für einige Momente wandte sie sich ab, um den Tropfen zu entgehen, die wie Nadeln in ihre Haut stachen.

»Seid Ihr sicher, dass es kein Kriegsvolk war, das Euch das Pferd und die Briefe abgenommen hat?« Schon vor Jahren hatte der Rat der Stadt Köln sich verpflichtet, keine Nebenboten mehr zuzulassen, und Johann von Coesfeld hielt stets wie ein Schießhund ein besonders scharfes Auge darauf, dass diese Zusicherung auch eingehalten wurde.

»Ganz sicher, Gräfin, es waren keine Söldner. Es waren Boten, einer hatte sogar ein Posthorn umgehängt.«

Die gewöhnlichen Stadtbotenanstalten, die sich zumeist einiger dahergelaufener Bauernburschen bedienten, besaßen nicht das Recht, Posthörner mit sich zu führen. Nur die Boten der Reichspost durften diese tragen und benutzen.

Und die der Hofpost des Freiherrn von Paar.

Alexandrine presste ihre Kiefer so fest aufeinander, dass ihre Zähne zu schmerzen begannen.

»Und woher wollt Ihr wissen, dass der Mann aus Köln kam?«

»Er hat es mir selbst gesagt.«

Alexandrine nickte. »Könnt Ihr laufen?«

Mit verbissener Miene sah der Mann an sich herab. »Selbstverständlich, Madame.«

Alexandrine wusste, dass er log. Etwas ratlos blickte sie sich um und erinnerte sich. Es war nur ein kurzer Weg bis zu dem kleinen Unterstand, der sich an einer Lichtung am Wegrand befand. Eigentlich war er für Vieh gedacht, aber gerade eben erschien er ihr der beste Platz, um dort zu warten.

»Was genau hat der Bote gesagt?«, wollte Alexandrine wissen, während sie sich den Arm des Mannes um die Schulter legte und dem Schutzreiter zunickte, der auf die andere Seite des Verletzten gewechselt war. Die Zügel ihres Pferdes in der einen Hand und den

Mann auf der anderen Seite, schleppten sie ihn in Richtung des Unterstandes.

»Ausgelacht hat er mich, nachdem er mir mit einem Holzknüppel eins übergezogen hatte, ich aus dem Sattel gerutscht bin und mir das Bein gebrochen habe. Ein Kölner Stadtbote sei er, und er würde mir nun die Arbeit abnehmen und die Briefe. Gräfin, reitet weiter und schickt den Postmeister, um mich abzuholen. Ihr dürft nicht hierbleiben. Es ist viel zu gefährlich«, beschwor er sie, blickte sich hektisch um, und sie konnte noch immer den Schrecken in seiner Stimme hören.

Mittlerweile waren sie bei der kleinen Überdachung angekommen und ließen den Mann vorsichtig zu Boden gleiten. Nichts von dem, was er Alexandrine erzählte, ergab Sinn.

Mit einem Ächzen setzte sich der Mann auf etwas aufgeweichtes Heu, das von vielen kleinen Hufen im Dreck festgetrampelt worden war. Es roch ein wenig nach Ziege, und Alexandrine dachte am besten gar nicht darüber nach, ob sie mit ihren Absätzen gerade in feuchter Erde oder nicht vielleicht doch in den Hinterlassenschaften irgendeines Tieres versunken war.

Sie schickte ihren Schutzreiter zurück nach Dormagen, damit er Verstärkung anforderte und ein zusätzliches Pferd besorgte, um den Verletzten zu transportieren. Nur unter Protest hatte er Alexandrine und den Verletzten zurückgelassen, und als sein Hufschlag verklang, war es einige Zeit still zwischen den beiden. Alexandrine lauschte dem Prasseln des Regens auf dem Schindeldach. Und merkte, wie der Ärger in ihr über von Paar mit jedem Atemzug größer wurde.

Natürlich würde er seinen Boten anschaffen, sich unter keinen Umständen als Hofpost zu erkennen zu geben. Natürlich würden diese lauthals behaupten, sie seien Metzgerposten, und als solche des Nachts die Männer der Reichspost überfallen und ihnen die Pakete abnehmen. Aber es ließ sich leicht nachvollziehen, welche

Päckchen und Briefe der Mann verloren hatte. Denn die Bestimmungsorte waren im Postamt zu Köln vermerkt. Und sie würde ihre Angestellten am Zielort dokumentieren lassen, dass die Hofpost die Briefe auslieferte, obwohl sie ursprünglich der Reichspost übergeben worden waren. Lästig waren diese Nachforschungen, sie kosteten Zeit und Geld, aber Alexandrine würde Beweise sammeln, und dann würde sie gegen Rudolf von Paar Klage führen auf dem nächsten Kurfürstentag. Und diese Klage würde sie gewinnen, und nicht einmal die hervorragenden Verbindungen von Paars zum Geheimen Rat in Wien, den der neue Kaiser dieser Tage vereidigt hatte, konnten ihm dann noch helfen.

Erst jetzt bemerkte Alexandrine, dass der verletzte Bote sie unverhohlen anstarrte. Einige Atemzüge lang befürchtete sie, dass sie ihren Ärger allzu offensichtlich auf ihren Zügen zur Schau gestellt hatte.

»Wieso seht Ihr mich so an?«, verlangte sie zu wissen.

»Mit Verlaub, Gräfin. Man spricht viel über Euch in den Stationen. Dass Ihr resolut seid und streng. Aber ich habe nicht erwartet, dass Ihr einem einfachen Postreiter in seiner Not zur Seite steht.«

»Das ist eine ganz einfache Rechnung. Jeder Mann kostet mich Geld, jeder verlorene Postsack ebenfalls. Wenn ich Euch im Straßengraben Eurem Schicksal überlassen hätte, wäre es zweifelhaft, ob Ihr es überhaupt durch die Nacht geschafft hättet«, tat sie seine milden Worte ab.

Der Mann nickte. »Man sagt Euch nach, Ihr wäret kalt und berechnend.«

Alexandrine zuckte mit den Schultern. »Ein Kompliment, nehme ich an.«

Auch sie hatte sich mittlerweile an einer einigermaßen trockenen Stelle niedergelassen und saß nun mit dem Rücken an die Holzwand gelehnt im Dreck.

»Es stimmt nicht«, fuhr der Mann unbeirrt fort. »Ihr habt ein großes Herz, Madame.«

»Und das meint Ihr aus einem Akt der Barmherzigkeit herauszulesen?«, erwiderte sie und war froh, dass sie das Gesicht des Mannes im Dunkeln nicht genau erkennen konnte.

»Ein großes Herz wäre der Untergang der Familie Taxis. Es ist nicht das, was uns erfolgreich macht«, gab sie zu bedenken.

»Das, was Euch erfolgreich macht, ist die Loyalität Eurer Untergebenen«, erklärte der Mann.

Alexandrine schwieg ein Weilchen. Sie räusperte sich.

»Genügend von uns haben Angebote bekommen, Ihr wisst es sicher besser als ich«, fuhr der Postreiter fort. »Vor einigen Jahren waren es die Schweden, jetzt sind es die Kurfürsten und dieser von Paar, die in Euren Reihen wildern und die Fähigsten der Postmeister und Reiter abzuwerben versuchen. Und wisst Ihr was?« Er machte eine kleine Pause. »Keiner der Postreiter, der Euch einmal persönlich kennengelernt hat, hat seinen Dienst bei der Reichspost aufgegeben. Jetzt verstehe ich auch, wieso.«

Etwas in Alexandrine begann sich zu regen, ihr Herz pumpte ein Gefühl durch ihre Adern, das sie schon lange nicht mehr gespürt hatte. Sie musste blinzeln, denn sie merkte plötzlich, dass ihr vor Rührung die Tränen in die Augen stiegen. Für einen Moment vergaß sie ihren Zorn auf den Fremden, auf Elias, selbst auf von Paar.

Und sie wusste wieder, wieso sie sich täglich aufs Neue all den Widrigkeiten und Unwägbarkeiten stellte, diesen Kampf führte, an dem sie oft schier verzweifelte. Es war nicht nur, um den Namen Taxis größer zu machen und das Erbe für ihre Kinder zu erhalten. Sie tat es auch für die vielen Menschen, die ihr unterstanden und für die sie, Alexandrine von Taxis, die Verantwortung trug. Ihre Postreiter schauten zu ihr auf, sahen in ihr womöglich sogar ein Vorbild, obwohl sie eine Frau war. Und deshalb riskierten sie täglich ihr Leben dafür, dass das Herz des Landes weiterschlug und die Nachrichten der Menschen befördert wurden. Die Postreiter, ihre Postreiter, waren die heimliche Kraft, die die Menschen im Reich miteinander verband, obwohl Hunderte von Meilen zwischen diesen lagen.

Nichts von diesen Gedanken offenbarte Alexandrine. Sie nickte nur. »Wie ist Euer Name?«, wollte sie wissen.

»Balthasar Radebrecht, Gräfin.«

»Madame?«, hallte da eine wohlbekannte Stimme durch die Dunkelheit. Eine Fackel kam tanzend näher.

An seiner Haltung konnte sie erkennen, dass es Emile war, der dort in der Dunkelheit auf sie zugaloppierte, ein weiteres Pferd am Zügel und einige Männer im Schlepptau.

Er war schnell gewesen, wunderte sich Alexandrine. Er musste bereits am Tag nach ihrer Nachricht aus Löwen aufgebrochen sein.

»Gott sei es gedankt, Ihr kommt genau zur richtigen Zeit«, stieß sie hervor. »Wie immer«, fügte sie leise hinzu, nur an sich selbst gerichtet.

28.

Bruchsal, April 1637

Genoveva

Bereits als sie von den Pferden absaßen, bereute Genoveva ihren Vorschlag.

Nach so vielen Aufenthalten in Gasthöfen hatte sie Sigismondo dazu überredet, zur Abwechslung wieder einmal in einer der Wirtschaften zu nächtigen, an die auch eine taxische Poststation angeschlossen war. Für gewöhnlich erkannte man Genoveva dort als Tochter der Generalpostmeisterin und behandelte sie und ihre Begleitung äußerst höflich und zuvorkommend. Auch ohne dass sie das Wappen vorzeigen musste, das in ihren Mantelkragen eingenäht war. Und vielleicht würde sie dort auch auf Bekannte aus der Brüsseler Poststation treffen.

Der Posthof zu Bruchsal entsprach jedoch nicht dem, was sich Genoveva von einer Station der Reichspost erwartet hatte. Der Innenhof war kahl, und zwischen den Pflastersteinen begann das erste Grün zu sprießen. An den Weinranken, die sich um das verrottete, feuchte Holz der Balkone wanden, flatterten noch einige letzte, verdorrte Blätter aus dem Vorjahr. Die Handvoll Volieren, die unter den Regenrinnen angebracht waren, schaukelten traurig und leer im aufkommenden Wind, und einige der Gitterstäbe waren eingedrückt. In der Mitte des Platzes befand sich ein baufälliger Brunnen, auf dem sich Laub und Unrat sammelten. Schon lange schien ihn niemand mehr benutzt zu haben, und Genoveva fragte sich, woher der Wirt eigentlich das Wasser für die Gäste der Wirtschaft nahm.

Um mehr als ein Stockwerk überragte das Nachbargebäude den Posthof. Es war ein weiterer Gasthof, zweifellos der erste am Platz, und selbst ohne Brille hatte Genoveva das blau-goldene Wappen der Familie von Paar erkannt, mit den zwei Adlern und den beiden Geißböcken, das mannshoch neben dem breiten Einfahrtstor prangte. Auch wenn sie die letzten zwei Wochen auf ihrer Reise stets vorgegeben hatte, sich nicht für die Posthöfe am Weg zu interessieren, so schaute sie insgeheim doch genau hin, holte manchmal bei ihnen entgegenkommenden Postreitern sogar heimlich ihr Augenglas hervor, damit sie erkennen konnte, ob es ein Postillion der Reichspost war oder vielleicht doch ein Konkurrent der städtischen Botenanstalten oder gar der Hofpost.

Und je weiter sie in den Süden des Reiches kamen, desto häufiger entdeckte Genoveva in den Orten, in denen eine Reichspoststation war, auch eine der Hofpost. Meist waren dies heruntergekommene Schenken, in bemitleidenswertem Zustand. Die Wirte verfügten auch über ein oder zwei alte Klepper und wollten sich ein Zubrot zu ihrer Gastwirtschaft verdienen, indem sie zusätzlich ihre Dienste als Postmeister anboten. Stallknechte wurden so kurzerhand zu Postreitern, und die Wirte führten die Bücher – zumeist mehr schlecht als recht. Dennoch war Genoveva erstaunt, wie schnell Rudolf von Paar in der Lage gewesen war, genügend Wirtschaften zu finden, um einen eigenen Postkurs zu eröffnen. Und ganz besonders staunte sie nun hier, in Bruchsal, denn ausgerechnet der größte und reichste Gasthof des Ortes diente auch als Niederlassung der Hofpost. Die Station der Taxis, direkt daneben, wirkte im Gegensatz dazu geradezu schäbig.

Sfondrati jedoch schien der schlechte Zustand des Gebäudes keineswegs zu stören. Die monatelangen Feldzüge durchs Reich mussten ihn abgehärtet haben, mutmaßte Genoveva gedankenverloren und wäre dabei beinahe Simon auf die Füße gestiegen, einem ihrer Schutzreiter, der ihr auffordernd die Hand hinhielt. Er hatte bereits die Zügel von Sigismondos Hengst in der Hand und wollte nun auch Genoveva das Pferd abnehmen und es in die Ställe der Herberge führen.

Genoveva nickte ihm dankend zu und lief zur Eingangstür, ohne auf Sigismondo zu warten. Endlich waren sie in einer taxischen Poststation, und auch wenn sie noch nie hier gewesen war, fühlte es sich trotzdem so an, als betrete sie bekanntes Territorium. Als käme sie nach Hause.

Der schlechte Eindruck, den sie von den Außengebäuden des Posthofs gewonnen hatte, bestätigte sich allerdings auch, als sie die Gaststube betrat, dicht gefolgt von Sigismondo. Sicherlich passte es ihm nicht, dass sie alleine vorausgegangen war. Absichtlich drehte sie sich nicht um zu ihm, aber sie meinte, seinen vorwurfsvollen Blick im Nacken zu spüren.

Die Gaststube war duster, die Fenster zum Innenhof waren klein und die Butzenscheiben verdreckt. Der Wirt, der vor einem mehrere Ellen hohen Weinfass kauerte, hielt eine Kerze in der Hand und hantierte an dessen Zapfhahn. Alle anderen Lampen waren noch nicht angesteckt, obwohl es bereits dämmerte. Es roch nach kaltem Rauch und Bratfett, und Genoveva meinte sogar, dass der Gestank des Aborts in die Gaststube hineinzog. Die Wände waren verrußt, vermutlich zog der Kamin schlecht, der wie ein tiefschwarzes Loch zu ihnen herüberstarrte.

Eine getigerte Katze miaute durchdringend in einer Ecke, huschte jedoch eilig zwischen Sigismondos Beinen hindurch zur Tür hinaus, als der Wirt mit einem seiner hölzernen Werkzeuge nach ihr warf.

In einer Ecke machte Genoveva ein Schreibpult und eine Händlerwaage aus, die an der Decke befestigt war und schief herabhing. Die Gewichte auf der einen Seite der Waage waren seit dem letzten Wiegen nicht entfernt worden. Einige Papiere stapelten sich auf der Tischplatte, zwei oder drei waren zu Boden gesegelt, und die Staubschicht, die sich auf ihnen gebildet hatte, verriet Genoveva, dass diese dort bereits seit geraumer Zeit ihren letzten Ruheplatz gefunden hatten. Zweifellos bestand die gesamte Poststation aus nicht viel mehr als diesem einen Schreibtisch. Nirgends sah Genoveva das Postbuch, das eigentlich das Herzstück einer jeden Station sein sollte.

Sie überlegte gerade, wie sie es schaffen könnte, ihrer Mutter einen Beschwerdebrief über die Zustände in der Poststation Bruchsal zu schicken, ohne dass Sigismondo es mitbekam, als ihr etwas an der Gestalt des Wirts bekannt vorkam. Noch immer hantierte er mit dem Rücken zu ihnen am Weinfass, obwohl er gar nicht überhören hatte können, dass Gäste in die Stube eingetreten waren.

Als er sich umdrehte, brauchte Genoveva nur einen Lidschlag, bis sie ihn erkannte.

»Bellnern«, sagte sie bloß und wunderte sich, wie sehr der Mann innerhalb von zwei Jahren gealtert war. Seine Augen wirkten klein und verquollen, rot-bläuliche Tränensäcke hingen darunter. Er war ein Trinker, seine grobporige Haut verriet es ebenso wie sein alkoholschwangerer Atem, der selbst auf mehrere Schritt Abstand hin noch zu riechen war. Nur zu gut erinnerte sich Genoveva an den ehemaligen Postreiter, der ihr damals, in der Station Dormagen vor zwei Jahren so respektlos gegenübergetreten war. Und sie fragte sich insgeheim, wie dieser Mann es bis zum Postmeister einer eigenen Station hatte schaffen können.

»Wir kennen uns, Madame?«, erwiderte er und neigte fragend den Kopf, aber Genoveva sah genau, wie ein Erkennen über sein Gesicht huschte, als sein Blick auf Sigismondo fiel.

Genoveva stieß abschätzig die Luft durch die Nase. »Ich befürchte, ja, auch wenn ich ein Wiedersehen gerne vermieden hätte.«

»Ihr wünscht ein Zimmer für zwei?«, überging er Genovevas Vorwurf und wandte sich an Sigismondo.

»Richtig. Meine Männer nächtigen in den Unterkünften der Postreiter.«

»Ihr habt Glück, denn unser bester Raum ist noch frei«, erklärte Bellnern. *Vermutlich ist noch jeder Raum frei in dieser Absteige,* schoss es Genoveva durch den Kopf, aber sie verkniff sich den Kommentar.

»Abendessen gibt es in zwei Stunden. Eure Männer werden die Ställe bereits gefunden haben, sie liegen rechter Hand. Der Abort und die Unterkünfte der Postreiter links. Folgt mir bitte.« Er deutete in Richtung der niedrigen Tür zum Flur, vor der Sigismondo den Kopf einziehen musste, um sich nicht am Rahmen zu stoßen.

Bellnern lief ihnen voran, die speckige, ausgelatschte Treppe hinauf. Mit einem undurchdringlichen Lächeln wies er auf eine Tür, die bereits offen stand. Sigismondo ging hinein, und Genoveva warf Bellnern im Vorbeigehen noch einen abschätzigen Blick zu.

Sobald die Tür geschlossen und Genoveva sicher war, dass der Wirt sich entfernt hatte, sagte sie: »Erzähl mir nicht, dass du dich nicht mehr an ihn erinnerst.«

»Du meinst den Wirt? Natürlich erinnere ich mich.«

»Und du meinst nicht, du hättest es ihn wissen lassen sollen?«

»Wieso sollte ich? Wir nächtigen unter demselben Dach wie er, und er verköstigt uns. Und so wie diese Bude hier aussieht, werden wir auch die einzigen Gäste heute bleiben. Ich habe keinerlei Interesse daran, ihn zu verärgern.«

Genoveva ließ sich mit einem Ächzen auf die Bettstatt fallen, die bedenklich unter ihrem Gewicht knarzte. Sie würde sich nicht wundern, wenn es in dieser gottverlassenen Absteige auch Wanzen gäbe …

Mit einem Ruck richtete Genoveva sich auf und beäugte misstrauisch die Bettwäsche. Ein, zwei Mal boxte sie in die Kissen und Decken und wartete, dass etwas herausgekrochen kam. Als sich nichts rührte und sie nur Sigismondos amüsiertes Glucksen hinter sich vernahm, atmete sie frustriert aus.

»Ich sehe mal nach unserem Gepäck«, erklärte sie ein wenig verschnupft und machte sich auf den Weg nach unten. In der Tür wäre sie fast mit einem Boten zusammengestoßen. Ein kurzer Blick genügte. Er war ein Bote der Extrapost, denn er trug sowohl das Posthorn als auch die Armbinde, die ihn als Stafettenreiter erkennbar machte. Diese genossen unter den Postreitern einen besonderen Status, denn die Briefe der Extrapost waren besonders eilig und das Porto besonders teuer, und sie wurden ohne jegliche Verzögerungen zu jeder Tages- und Nachtzeit befördert. Seine Kleidung war verschmutzt, und trotz der kühlen Frühjahrsluft draußen schwitzte er.

»Eine Nachricht für den Generalkapitän«, erklärte er atemlos. Genoveva deutete einladend in den Raum hinein, wo Sigismondo sichtlich überrascht wartete.

Eigentlich interessierte es sie brennend, welch dringende Nachricht ihren Ehemann gerade erreicht hatte, aber die Chance, sich ungestört ein Weilchen in der Station umsehen zu können, war einfach zu verlockend. Er würde ihr erzählen, was in der Meldung stand. *Oder auch nicht,* flüsterte eine leise, grimmige Stimme in ihrem Kopf.

Gerade als Genoveva den Innenhof betrat, passierte ein weiterer Bote in vollem Galopp das Tor. Kurz vor dem Brunnen riss er hart an den Zügeln seines Pferdes, es wieherte laut, und Genoveva verzog mitfühlend das Gesicht. Hatte ihre Mutter nicht erst kurz vor ihrer Hochzeit eine schriftliche Ermahnung an alle Poststationen geschickt, dass mit den Postpferden sorgsam umgegangen werden musste?

Indigniert beobachtete sie, wie der Reiter aus dem Sattel sprang, den Postsack aus der Halterung knüpfte und ihn schulterte. Vom anderen Ende des Innenhofs, dort, wo die Schlafräume der Postillione lagen, hallte lautes Johlen herüber. Wie in vielen Stationen hatten die Postreiter vor ihrem Schlafgebäude ein kleines Feuer angesteckt, um das sie sich des Abends versammelten, sich austauschten und dem ein oder anderen Becher Wein zusprachen, wenn sie nicht gerade für eine Fuhre der Extrapost losreiten mussten.

Drei Männer zählte Genoveva am Feuer, die miteinander scherzten. Zwei von ihnen trugen die gelb-blaue Uniform der Taxisreiter, jedoch erkannte Genoveva selbst aus einiger Entfernung, wie verschmutzt und wenig gepflegt diese waren.

Der Ankömmling hob die Hand, und statt seinen Briefsack in die Poststube zu bringen, wie es seine Pflicht gewesen wäre, schritt er geradewegs auf seine Freunde zu.

Sein Pferd ließ er gesattelt mitten im Hof stehen. Es senkte müde den Kopf und rupfte zwischen den Pflastersteinen ein paar welke, braune Grashalme heraus.

Genoveva wusste, es war eine miserable Idee, sich einzumischen.

Nicht nur war es unschicklich, eine ganze Gruppe von Männern anzusprechen, auch wenn sie gesellschaftlich weit unter ihr standen. Sigismondo hatte es ihr zudem ausdrücklich verboten, sich mit den Postangestellten zu befassen, und bisher hatte sie sich auch ausnahmslos daran gehalten. Überraschend harmonisch waren die letzten zwei Wochen verlaufen, seitdem sie Brüssel verlassen hatten. Was vermutlich daran lag, dass Genoveva sich stets brav auf ihrem Pferd hinter Sigismondo hielt, keine seiner Entscheidungen kommentierte oder gar hinterfragte und all ihre Anstrengungen darauf verwandte, freundlich zu sein. Und eigentlich fiel es ihr nicht einmal besonders schwer. Sie hatte ihren Ehemann wirklich begleiten und der Einsamkeit des riesigen Brüsseler Palais entfliehen wollen, in dem sie nichts anderes zu tun hatte, als die Wände anzustarren und sich langsam, aber sicher Rundungen anzufressen, die einer Bäckersfrau alle Ehre machten.

Sobald sie jedoch in den Posthof eingeritten waren, hatte Genoveva ein eigentümliches Gefühl beschlichen. Die Station war für eine Taxisstation untypisch heruntergewirtschaftet und verkommen, und Bellnerns Verhalten war, wenn nicht befremdlich, so doch zumindest ungewöhnlich gewesen. Als wäre ihm ihre Anwesenheit unangenehm. Sie konnte nicht anders, sie musste sich einfach umsehen.

Einen kleinen Moment wartete sie noch, um sich zu sammeln. Sie räusperte sich, damit ihre Stimme nicht allzu dünn klang, und schritt dann auf die Männer zu.

Als sie merkten, dass sich Genoveva näherte, verstummte ihre Unterhaltung.

»Ein prächtiges Pferd reitet Ihr da«, begrüßte sie den gerade angekommenen Reiter auf Französisch. Sie wusste, dass viele der Postillione mindestens einer weiteren Sprache mächtig waren, und Genoveva vermutete, dass sie neben Deutsch auch Französisch sprachen. Ihrer Mutter war stets daran gelegen, dass ihre Angestellten versierter und gewandter waren als die Metzgerposten.

»Eigentlich schade, dass es so nass geschwitzt und erschöpft nicht in die Stallungen kommt, meint Ihr nicht?«, fragte Genoveva weiter, ließ ihre Augen absichtlich einige Momente lang auf dem vollen Briefsack verharren, der schon längst in der Poststube hätte sein sollen.

Die Haltung des Mannes versteifte sich. »Mit Verlaub, Madame. Mischt Euch nicht in Angelegenheiten ein, die Euch nicht betreffen«, speiste er sie ab. Zwar nicht unwirsch, aber doch herablassend genug, dass Genoveva drauf und dran war, ihm ihren Namen zu offenbaren. Ihren Mantel mit dem Wappen hatte sie bereits abgelegt, und nichts an ihr verriet, dass sie die Tochter der Generalpostmeisterin war.

»Wenn ich mit ansehen muss, wie ein so schönes Tier schlecht behandelt wird, dann betrifft mich das ganz einfach«, erwiderte Genoveva. »Ich werde mich beim Postmeister über Euch beschweren.«

Keine Antwort. Einen Moment noch verharrte sie vor den Männern, die sie mit ungeduldigen Mienen anstarrten. Sie wollten ihre

Unterhaltung fortführen, ihre rauen Scherze weitertreiben, und Genovevas Anwesenheit störte sie. Es interessierte sie nicht, was Genoveva zu sagen hatte. Sobald sie verschwieg, wer sie wirklich war, Genoveva Sfondrati, Tochter der Generalpostmeisterin und selbst Anwärterin auf das Postgeneralat, war sie nichts weiter als eine junge Frau. Eine Gräfin vielleicht, aber das war noch kein Grund für die Männer, sie ernst zu nehmen oder ihr zuzuhören.

Wut stieg in Genoveva empor und machte ihr einige Momente lang das Atmen schwer, als sie sich mit zu Fäusten geballten Händen umdrehte und zögerlich zurück zur Gaststube lief.

»Wer ist denn die?«, hörte sie die Stimme des hageren Boten auf Deutsch in ihrem Rücken. Auch wenn Genoveva die Sprache bei Weitem nicht so gut beherrschte wie Lamoral, verstand sie die Männer dennoch problemlos.

»Irgendeine Gräfin«, antwortete ein anderer beiläufig. Genovevas Schritte wurden langsamer, und sie ignorierte das hungrige Rumoren in ihrem Bauch, das sich prompt auf den Duft von frisch gebratenem Fleisch meldete, der von der Küche herüberwehte.

»Was interessiert die sich denn für unsere Pferde?« Hörte sie Argwohn in seiner Stimme?

»Langeweile, vermute ich. Vielleicht lastet der werte Ehemann sie nicht genügend aus.« Sie lachten kurz und rau. Genoveva unterdrückte ein Augenrollen. Sie kannte die Gespräche der Postreiter und ihre schlüpfrigen Bemerkungen, in die viele ihrer Unterhaltungen irgendwann unweigerlich mündeten.

»Wenn sie mir so viel zahlt wie von Paar, kann sie mir gerne schlaue Ratschläge geben. Ansonsten interessiert mich nicht, was die hochwohlgeborene Dame anzubringen hat.«

Genoveva blieb abrupt stehen.

Sie befand sich in einer taxischen Poststation. Alle Postreiter, die hier ein und aus gingen, egal, ob sie gerade ihre Uniform trugen, weil sie von einem Ritt zurückkehrten, oder ihre normale Kleidung, weil sie gerade eine Pause machten, durften ausschließlich im Dienste der Familie Taxis stehen. Nur in den Übergangsstationen, wenn eine Reichspostroute in eine Hofpostroute mündete und umgekehrt, trafen sich die konkurrierenden Reiter. Ansonsten war ihnen der Zutritt zu den jeweils anderen Stationen unter Strafe verwehrt.

Ganz ohne Zweifel waren alle Männer in diesem Posthof taxische Postreiter.

Wie konnte es sein, dass von Paar sie ebenfalls bezahlte?

Gerade als sie Luft holte, sich erneut umdrehen und den Männern in ihrer Irritation eine unüberlegte Frage stellen konnte, wurde die Tür aufgerissen. Sigismondo trat auf die Schwelle, und noch ehe sich sein Blick auf Genoveva richtete, schweifte er zu den Postreitern.

»Was machst du hier draußen? Simon ist mit dem Gepäck doch längst auf unser Zimmer gekommen?«, fragte er, und sein stechender Blick erinnerte sie an den eines Adlers.

Sie erwiderte ihn und merkte, wie ihr warm wurde. *Du hast nichts getan, was er dir vorwerfen könnte,* beruhigte sie sich in Gedanken. Und trotzdem wusste sie nicht, was sie ihm antworten konnte. Frische Luft schnappen? Sich die Beine vertreten, nach einem ganzen Tag im Sattel?

Sigismondo würde ihr niemals glauben.

»Ich wollte noch einmal nach meiner Stute sehen, ich hatte den Eindruck, sie würde zu Ende des Tages ein wenig lahmen«, versuchte sie es schließlich.

Ein letzter, drohender Blick zu den Postreitern, die ungeniert zu ihnen herüberstarrten, dann hefteten sich Sigismondos Augen wieder auf Genoveva. Er glaubte ihr nicht, sie merkte es ganz genau.

»Dafür gibt es unsere Schutzreiter und auch die Stallknechte«, tadelte er sie. »Komm rein, du wirst dich noch verkühlen.« Mit dem Rücken hielt er die schwere Eingangstür auf und bedeutete ihr, voranzugehen. Aber anders als in den letzten zwei Wochen berührte er sie dabei nicht leicht am Arm oder am Rücken, um ihr seine Zuneigung oder zumindest sein Wohlwollen zu zeigen. Die Tür fiel hinter Genoveva ins Schloss. Lauter, als es notwendig gewesen wäre, kam es ihr vor.

Zu Genovevas Überraschung hatten sich doch noch einige Gäste in der Wirtsstube eingefunden. Eine italienische Familie mit einer ganzen Schar Kinder, die meisten davon nur wenige Jahre jünger als Genoveva, hatte zwei der wenigen Tische zusammengeschoben, an denen sie nun laut und ausgelassen speiste. Genoveva war froh über den Lärm, denn er machte das bleierne Schweigen zwischen Sigismondo und ihr erträglicher.

Eine spindeldürre, hohlwangige Schankmagd servierte auch ihnen einen Teller mit Brühe, in der zwar nur wenige Fetzen Rindfleisch, dafür aber umso mehr Fettaugen schwammen. Wortlos begann Genoveva, die Suppe in sich hineinzulöffeln. Zwar bemerkte sie wohl, dass Sigismondo nicht aß und jede ihrer Bewegungen verfolgte, aber sie beschloss, ihn nicht weiter zu beachten.

»Und, hast du etwas entdecken können?«, wollte er schließlich wissen, griff nach seinem Löffel und begann, langsam zu essen.

Genoveva schreckte von ihrem Suppenteller hoch. »Was?«, fragte sie und wusste einige Momente lang tatsächlich nicht, wovon Sigismondo sprach.

»Dein Pferd. Rhea. Hast du irgendeine Verletzung bemerkt?«

Einen Atemzug brauchte Genoveva noch, ehe sie verstand. »Ach, Rhea«, beeilte sie sich zu sagen. »Nein, ich habe nichts Verdächtiges bemerkt an ihren Beinen und Hufen«, log sie. Der Blick, mit dem Sigismondo sie bedachte, war unergründlich, aber sie wurde das Gefühl nicht los, dass er noch immer zweifelte. Offenbar schöpfte er bereits bei der ersten Gelegenheit Verdacht, sie könnte sich wieder in die Postgeschäfte einmischen.

Zu Recht, meldete sich eine leise, aber vorwurfsvolle Stimme in ihrem Kopf, die Genoveva sofort beiseiteschob.

Sie nahm sich ein Bratenstück von der Platte, die die Magd vor ihnen abgestellt hatte, griff nach dem Brot, das alt und trocken unter ihren Fingern zerbröselte, und tauchte es in den Fleischsaft.

Und sie wünschte sich, Sigismondo würde aufhören, sie so anzusehen. Sie fühlte sich ertappt, denn tatsächlich grübelte sie, seit sie die Türschwelle übertreten hatte, darüber nach, wie sie noch einmal zu den Postreitern gelangen konnte. Ohne dass ihr Ehemann dies mitbekam.

»Du bist hungrig«, bemerkte Sigismondo leise.

Genoveva nickte und schob sich ein großes Stück Brot in den Mund, nur, um nicht antworten zu müssen.

»Wir müssen zurück nach Brüssel.«

Einen Moment vergaß Genoveva zu kauen und blickte ihren Ehemann verblüfft an. Sie musste einen Schluck Wein nehmen, damit sie das trockene Brot herunterbrachte.

»Hat es was mit dem Boten zu tun, der eben ankam?«

Sigismondo nickte. »Es gab wieder Angriffe an der französischen Grenze. Unten, bei Charleroi. Ich muss zurück an den Hof zu Don Fernando, mir dort meine Befehle abholen. Möglicherweise werde ich mit meiner Tercio sogar eine Belagerung durchführen müssen.«

Genoveva versuchte, das schlechte Gefühl in ihrer Magengrube zu ignorieren, und sagte leichthin: »Dann reiten wir eben zurück nach Brüssel.«

»Morgen früh brechen wir zeitig auf. Wir werden schneller reiten müssen als auf dem Hinweg«, erklärte er. »Schaffst du das?«

In gespielter Empörung zog Genoveva die Brauen zusammen. »Natürlich schaffe ich das.« Sie schaufelte eine gehäufte Gabel des überraschend zart gebratenen Fleischs in sich hinein und kaute ausgiebig darauf herum, während sie überlegte.

Sie musste herausfinden, was es mit den Postreitern auf sich hatte, die von Paar bezahlte. Noch heute Nacht, und ohne dass Sigismondo etwas davon mitbekam, denn ohne Zweifel wäre er wütend, wenn er von ihren Nachforschungen erfuhr.

Nur wie konnte sie ihn ablenken? Zumindest für kurze Zeit?

Während sie noch kaute, blieb ihr Blick an dem Weinkrug hängen, der unangetastet, aber bis an den Rand gefüllt zwischen ihnen stand.

Und dann kam ihr eine Idee.

Es war gar nicht so schwer gewesen. Sigismondo hatte wenig gegessen und war offenbar durstig, denn er hatte sich über Genovevas plötzliche Aufmerksamkeit und Liebesbekundungen so sehr gefreut, dass er sich nur zu bereitwillig einen Becher nach dem anderen hatte einflößen lassen.

Auch Genoveva hatte getrunken, jedoch nippte sie nur jedes Mal an ihrem Becher, wenn Sigismondo seinerseits einen tiefen Zug nahm. Müde war er geworden, die Lider waren ihm zugefallen, Genoveva hatte es genau erkannt, und auch wenn sie sich ein kleines bisschen schlecht fühlte dabei, ziemlich schlecht sogar, freute sie sich doch insgeheim darüber, dass ihr Plan so hervorragend aufging.

Sie hatte ihn nach oben gebracht, mit einigen Küssen und netten Worten ins Bett komplimentiert und angezogen auf der Matratze neben ihm gewartet, bis er einschlief. Als er begann, laut zu schnarchen, löschte sie die beiden Kerzen im Leuchter, die bereits bis auf die bronzenen Halterungen heruntergebrannt waren, und stopfte ihr zweites Reisekleid unter die Daunendecke, die sie sorgsam darüber drapierte, sodass es auf den ersten Blick aussah, als hätte sie sich die Decke über den Kopf gezogen und würde darunter schlafen. Danach schlich sie sich, so leise sie konnte, aus dem Zimmer.

Es war ruhig in der Schankstube, als sie an ihr vorbeilief. Es musste bereits weit nach Mitternacht sein, und auch die lärmende

Familie war mittlerweile zu Bett gegangen. Unter dem Türspalt hindurch schimmerte Licht zu ihr in den Flur. Genoveva hielt inne, hörte aber nur das unregelmäßige Ticken der altersschwachen Wanduhr in der Stube.

Sie hatte keinen Plan. Sie hatte gehört, was der Postreiter gesagt hatte: Von Paar, der Herr der Hofpost, bezahlte einen taxischen Postreiter. Das war ungeheuerlich, und sie musste der Sache auf den Grund gehen, auch wenn sie noch keine Ahnung hatte, wie sie das anstellen sollte.

Lautlos schlüpfte sie durch die Eingangstür und blieb im Schatten des kleinen Vordaches stehen. Die Brille vor Augen, blickte sie sich um.

Das Feuer vor den Unterkünften der Postreiter glomm nur noch schwach, und einer der Männer, ebenjener, der kurz vor dem Abendessen angekommen war, saß in sich zusammengesunken davor. Aus den geöffneten Fenstern der Gesindeunterkünfte drang lautes Schnarchen, ein Pferd schnaubte im Stall, sonst war es ruhig.

Als Genoveva näher kam, erkannte sie den noch immer prall gefüllten Postsack, auf den sich der Mann mit dem Ellbogen gestützt hatte und eingeschlafen war. Sie beugte sich über den Reiter und konnte den Wein riechen, den sein Körper ausdünstete. Sie hatte schon die Hand ausgestreckt, um ihn zu schütteln und für seine Schluderei Rechenschaft zu verlangen, als ihr etwas an dem Postsack auffiel.

Er war bereits geöffnet.

Das Zugband war aufgeknotet, und neben ihm lagen vereinzelte Briefe im Dreck. Sogar eine Handvoll Schnüre, mit denen die Briefpäckchen für gewöhnlich zusammengebunden waren, bemerkte Genoveva auf der Erde.

Niemand durfte die Postsäcke öffnen außer dem Postmeister persönlich in der Poststube. Die verschnürten Briefpäckchen wiederum durften nur in den wenigen Verteilerpostämtern im ganzen Reich umgepackt und neu verteilt werden. In allen anderen Postämtern war dies strengstens untersagt und stand sogar unter Strafe.

Genoveva schluckte. Was war hier eigentlich los?

Sie kniete sich auf den Boden und nahm eine der Schnüre an sich. Kaum benutzt waren sie, hell und sauber, und Genoveva spürte sogar noch ihre wächserne Ummantelung. Es bestand kein Zweifel, die Schnüre konnten erst vor Kurzem hier in den Dreck geworfen worden sein. Leicht hob sie die Öffnung des Sacks an, peinlich darauf bedacht, den Reiter nicht zu wecken. Zoll für Zoll schob sie ihre Hand in den Sack, als der Mann plötzlich auffuhr, sich vom Sack herunter auf die Seite rollte und mit einem lauten Schnarcher nach Luft rang. Genoveva machte einen Satz nach hinten und meinte, das Herz bliebe ihr vor Schreck stehen. Aber der Mann schmatzte nur mit geschlossenen Augen, grummelte etwas Unverständliches und sank wieder in sich zusammen. Genoveva legte die Hand auf ihr wild pochendes Herz und hielt die Luft an, während das Schnaufen des Mannes regelmäßiger wurde. Erst als sie sich vollkommen sicher war, dass er wieder tief und fest schlief, atmete sie laut hörbar aus.

Vorsichtig tastete sie in den Postsack hinein und zog einige Päckchen daraus hervor. Sie waren alle fein säuberlich verschnürt nach Zielorten, genau wie es sich gehörte. Anhand der Namen, die teils auf den Rückseiten der Briefe vermerkt waren, erkannte Genoveva, dass es sich um eine Fuhre aus Frankreich handeln musste. Das Glimmen des Feuers war gerade hell genug, dass sie die Absender erkennen konnte.

Ein Geräusch ließ Genoveva hochschrecken, das Schlagen einer Tür im Nachbarhaus und Schritte auf dem Schotter, die sich von der Straße her näherten. Blinzelnd blickte sie sich um, verfluchte ihr schlechtes Augenlicht, meinte aber einen Mann ausmachen zu können, der sich zum Einfahrtstor hereinbewegte.

Als sie Absätze auf den Pflastersteinen des Innenhofs klackern hörte, kauerte sich Genoveva, so flach sie konnte, hinter dem

Postreiter auf den Boden. Sie war versucht, die Augen zuzukneifen wie ein Kind, erkannte dann selbst, wie lächerlich das war, und spähte gebannt in Richtung des wankenden Mannes.

Hochgewachsen und hager wirkte er, die Schultern waren ein wenig nach vorne gekrümmt. Es musste Bellnern sein, der gerade aus dem benachbarten Gasthof zurückkehrte.

Der Gasthof, der auch die Poststation der Hofpost beherbergte.

Mit klopfendem Herzen verfolgte Genoveva seine Schritte. Er blickte sich nicht im Hof um, und Genoveva atmete unwillkürlich aus, als er in der Tür zur Gaststube verschwand. Das Licht in der Poststube wurde heller, sie vernahm das Rücken von Stühlen und Tischen. Dann wurde es wieder ruhig.

Ein letztes Mal warf sie einen Blick auf den Reiter, der nun ausgestreckt gleich neben seinem Sack lag und mit seinen Schuhsohlen bedrohlich nah an das glimmende Feuer kam. Wenn sie herausfinden wollte, was hier vor sich ging, brauchte sie den Reiter nicht mehr danach zu fragen. Bellnern, der Postmeister der Station, war derjenige, der seine Finger mit im Spiel hatte, haben musste, dessen war sich Genoveva sicher.

Als sie vor der verschlossenen Tür in der Gaststube stand, straffte sie sich, strich ihren Rock glatt und trat, ohne anzuklopfen, ein.

Bellnern, der breitbeinig in seinem Stuhl lümmelte, ein Dokument in seiner Rechten, einen Zinnbecher – zweifellos mit Wein – in seiner Linken, hob den Kopf. Genoveva meinte, dass er zusammenzuckte und seine Augen einen Lidschlag lang erschrocken zum Kaminfeuer irrten. Sicher war sie sich jedoch nicht.

Absichtlich ließ sie die Tür offen stehen. Sie hatte keine Zeit gehabt, sich Gedanken zu machen, womit sie ihn nun eigentlich konfrontieren und was sie ihn fragen wollte. Aber sie war sich durchaus bewusst, dass die Situation unangenehm für sie werden könnte und es gut wäre, wenn dies möglichst viele Gäste mitbekommen würden.

»Was wollt Ihr hier?«, verlangte er zu wissen und starrte ihr feindselig entgegen. Wenn Genoveva noch unsicher gewesen wäre, ob Bellnern sich von ihr gerade bei irgendetwas gestört fühlte, hätte sie für ihre Vermutung keine bessere Bestätigung finden können.

»Ich bin ein Gast in diesem Haus, darf ich mich nicht in der Wirtsstube aufhalten?«, fragte sie spitz.

»Nach Mitternacht sollten die Gäste sich auf ihren Zimmern befinden, das gilt für Krämer ebenso wie für Grafen«, erklärte er, aber Genoveva überging seinen Einwand und machte noch ein paar Schritte in den Raum hinein.

»Habt Ihr die heutige Sendung schon bekommen?«, fragte sie beiläufig und verschränkte die Hände vor ihrem Bauch, damit deren Zittern nicht so offensichtlich war.

Bellnern musterte sie mit glasigen Augen, und sie merkte, wie unter seinem Blick allmählich Furcht in ihr nach oben kroch. Er war sichtlich angespannt, und genau wie vor zwei Jahren strahlte er Unberechenbarkeit und Gewalttätigkeit aus. Genoveva unterdrückte den Impuls, sofort davonzulaufen.

»Seid Ihr auf Kontrollritten wie Eure werte Frau Mutter?«, entgegnete er.

»Nein«, sagte Genoveva wahrheitsgetreu. »Ich frage aus reinem Interesse.«

Der Mann hatte den Kopf wieder gesenkt, blickte auf sein Pergament und deutete mit dem Weinbecher in eine Ecke, in der sich einige leere Postsäcke und ein paar Briefpäckchen stapelten.

»Dort sind sie. Morgen früh werden sie weiterbefördert, der nächste Postillion bricht noch vor dem Morgengrauen auf.«

Er log. Genoveva wusste es nur zu genau, denn die Briefpäckchen, die noch immer im Hof lagen, waren noch nicht einmal registriert worden. Und so betrunken, wie Bellnern war, wäre er dazu auch nicht in der Lage.

»Und was ist mit dem Postsack dort draußen?« Mit dem ausgestreckten Arm deutete sie in Richtung des Fensters, dessen Läden mittlerweile geschlossen waren.

Bellnern blinzelte. Einige Augenblicke verharrte er, als überlege er etwas. Dann legte er ohne Eile das Papier zur Seite, stellte den Becher ab und erhob sich.

»Was habt Ihr vor?«, fragte Genoveva, viel zu schnell, fast panisch und wünschte sich im gleichen Moment, sie hätte besonnener reagiert.

Du darfst jetzt keine Angst haben.

»Wie kommt Ihr denn darauf, dass dort draußen ein Postsack liegt?«, fragte er mit schräg gelegtem Kopf und kam langsam auf sie zu. Er drohte ihr, Genoveva war sich dessen vollkommen bewusst. Er benutzte seine körperliche Überlegenheit, um sie einzuschüchtern, was ihm auch verdammt gut gelang, wie sie beunruhigt merkte. Sie schluckte schwer.

»Bleibt stehen, Bellnern.« Genoveva versuchte, so viel Gelassenheit wie möglich in ihre Stimme zu legen, scheiterte aber kläglich.

»Was ist denn auf einmal los mit Euch?«, fragte er arglos, als spräche er zu einem Kind, und der kalte, harte Ausdruck in seinen Augen ließ die nackte Panik in Genoveva ausbrechen.

Du musst weg von hier, schoss es ihr durch den Kopf. Ihr Blick irrte zur offenen Eingangstür, nur wenige Schritte von ihr entfernt.

»Habt Ihr Angst vor mir? Die Tochter der Generalpostmeisterin, die Frau des Generalkapitäns fürchtet sich vor einem einfachen Postmeister? Was könnte ich Euch denn wohl antun?« Er hob beide Arme in einer Unschuldsgeste, aber er war schon so nah bei ihr, dass seine Schuhspitzen ihren Rock berührten.

»Fasst mich nicht an«, zischte sie, wollte einen Schritt nach hinten machen, spürte aber eine Tischkante an ihren Oberschenkeln. Sie saß fest.

»Nein? Weil was dann, hm? Kommt dann wieder Euer werter Ehemann und schlägt mich in die Flucht wie ein echter Ritter? Ich wusste schon damals, dass er es auf Euch abgesehen hatte.« Genoveva blickte verwirrt zu ihm auf. Wovon sprach dieser Mann? Ganz nah war er bei ihr, sein säuerlicher Atem strich über ihre Wange, und Genoveva wurde übel.

»Oder wollt Ihr Euch wieder weinend an den Rockzipfel Eurer Mutter klammern?«, stichelte Bellnern weiter.

»Was erlaubt Ihr Euch …«, entgegnete Genoveva. Sie spürte, wie ihr das Gespräch entglitt, wie es eine Wendung nahm, die in einer Katastrophe enden würde.

»Das Problem ist nur«, fuhr er fort. »Weder Eure Mutter noch Euer Ehemann sind gerade hier. Nur Ihr und ich. Wenn das nicht ein Wink des Schicksals ist, meint Ihr nicht?«

»Ich schreie, das ganze Haus wird mich hören«, versuchte es Genoveva. Aber mit einer Schnelligkeit, mit der sie nicht gerechnet hatte, presste er seine Hand auf ihren Mund.

»Schreien wollt Ihr?« Er lachte, und es klang beängstigend gehässig. »Um Hilfe rufen, vor dem bösen, bösen Postmeister, nicht? Ihr seid noch genauso schwächlich und hilflos wie vor zwei Jahren. Spielt Euch auf und tut so, als hättet Ihr Ahnung, nur aufgrund Eurer Herkunft. Doch tippt man Euch nur einmal an«, leicht stieß er mehrmals mit dem Finger gegen ihre Schulter. »Fallt Ihr auch schon um. Ihr seid gar nicht in der Lage zu begreifen, wie das Postgeschäft wirklich läuft, Ihr habt dazu gar nicht das Zeug und die Fähigkeiten, die es für die Führung einer solchen Unternehmung braucht. Eure Mutter weiß es, und Euer Ehemann ebenso. Also versucht gar nicht erst, hier herumzuschnüffeln und so zu tun, als hättet Ihr Befugnisse in dieser Posthalterei, denn die habt Ihr nicht.«

Sein starrer Blick fixierte sie, sein Gesicht war direkt vor ihrem. Genoveva versuchte, seine Hand loszuwerden, die sich so fest um ihren Kiefer schloss, dass es schmerzte, sie versuchte, mehr Luft zu bekommen, denn sie sah auf einmal, dass dunkle Flecken vor ihren Augen zu tanzen begannen.

»Ich werde der Gräfin von Euren Machenschaften berichten«, nuschelte sie in seine Hand hinein.

»Nichts werdet Ihr Eurer werten Mutter verraten, denn nichts davon stimmt«, sagte er mit einer eigentümlichen Ruhe. Seine Hand lag plötzlich auf ihrem Bauch, rutschte nach unten in ihren Schritt, er griff zu, hart und fest, keuchte in ihr Ohr, und Genoveva dachte nicht mehr nach. Ob es blinde Wut über seine Anmaßung oder der nackte Wille, zu überleben, war, der in ihr aufstieg, wusste sie nicht.

Wie von selbst schlossen sich ihre Finger um den Henkel des Glaskrugs, den sie hinter sich hatte ertasten können. Sie holte aus und drosch ihn Bellnern gegen den Schädel. Der Krug splitterte, und mit einem lauten Klirren fielen die Scherben zu Boden. Bellnern stöhnte, drehte sich einmal um die eigene Achse, bevor er in die Knie ging und dann mit einem dumpfen Aufprall auf dem Holzboden aufschlug. Atemlos starrte Genoveva auf ihn hinab. Blut sickerte aus einer Wunde an seiner Stirn, tropfte auf den Boden und begann, immer stärker zu fließen. Er rührte sich nicht mehr.

Was hatte sie getan? Was um alles in der Welt hatte sie gerade getan?

Wie gelähmt stand sie da, wagte nicht, sich zu ihm hinunterzubeugen und seinen Herzschlag zu ertasten. Zu sehr fürchtete sie, dass da nichts mehr war, was sie erfühlen konnte. Dass sie gerade etwas Unverzeihliches getan hatte.

Natürlich hast du ihn nicht umgebracht, er ist nur bewusstlos, redete sie sich ein. Ihr Blick irrte im Raum umher und blieb am Schreibtisch hängen. Sie stieg über den leblosen Körper hinweg, bemerkte selbst, wie mechanisch sie sich dabei bewegte und sich nur noch auf das konzentrierte, was sie als Nächstes tun musste.

Beweise finden.

Vor dem Schreibpult hielt sie sich die Brille vor die Augen, um die Inhalte der dort angehäuften Briefe schneller überblicken zu können. Aber ihre Hände zitterten so stark und unkontrolliert, dass sie das Brillenglas wieder sinken ließ.

Sie schloss die Augen und atmete tief ein und aus. Einmal, dann noch einmal.

Bleib ruhig, redete sie sich gut zu.

Das Postbuch lag aufgeklappt auf dem Schreibtisch, der letzte Eintrag war mehr als eine Woche alt. Die Postsendungen des heutigen Abends hatte er also noch nicht einmal vermerkt. Genoveva stöberte durch die wild aufeinandergeworfenen Papiere neben dem Buch. Rechnungen, eine Lieferantenliste für die Gastwirtschaft.

Ein Stapel Briefe lag an der Tischkante, zusammengeschnürt mit einem Band, das nicht die gelbe und rote Farbe der Reichspost hatte. Als sie sich tiefer darüber beugte, sah sie einen Vermerk und kniff die Augen zusammen, um auch wirklich sicher zu sein, was sie da las.

Kaiserliche Hofpost. Es war ein Päckchen für die Hofpost. Sortierte Bellnern hier etwa Briefe um? Arbeitete er gar für die Hofpost? Für von Paar?

Ohne lange nachzudenken, schnürte sie das Paket auf.

Die meisten Siegel waren klein und unscheinbar, von Bürgern, einigen Gräfinnen, die vielleicht der Verwandtschaft schrieben. Die Briefe stammten allesamt aus Frankreich. Dennoch waren es ganz normale Briefe. Wenn Bellnern sie bei der Reichspost abzweigte und sie für die weitere Beförderung der Hofpost übergab, wieso tat er es nur mit einigen wenigen und nicht mit allen aus dem Postsack, der noch immer draußen lag? Schließlich würde er damit von Paar eine nicht unerhebliche Summe an Portogeldern in die Hände spielen.

Hatte es womöglich etwas damit zu tun, dass alle diese Briefe aus Paris stammten?

Ratlos schaute sie sich weiter im Raum um. Etwas Weißes fiel ihr ins Auge, das am Rand des Kamins zwischen den Holzscheiten hervorblitzte.

Der Rest eines Briefes. Genoveva stürzte zum Kamin und zog mit spitzen Fingern das noch glimmende Pergament heraus, verbrannte sich daran und wedelte mit der Hand, damit der Schmerz verging.

Nur noch wenige Zeilen des Briefes waren lesbar. Der Rest war so verkohlt, dass das Papier in ihren Händen zerfiel und die Aschefetzen langsam zu Boden segelten.

…n Sachsen-Weimar wendet sich gegen Hochburgund. Wir brauchen Verstärkung, um unsere Festungen zu halten.
Federigo Duca di Savelli, General Seiner Majestät Kaiser Ferdinand III., 02. März 1637

Genoveva hatte diesen Namen noch nie gehört. Aber ihr war klar, dass es sich hier um eine dringende Nachricht handelte, die unverzüglich an den kaiserlichen Hof nach Wien gelangen musste. Ein General Seiner Majestät bat um Verstärkung, der Brief war von höchster Dringlichkeit. Ohne Zweifel war diese Nachricht nicht mit der Ordinaripost, sondern mit einem Stafettenreiter der Extrapost verschickt worden, der auch hier in Bruchsal einen Pferdewechsel hatte vornehmen müssen. Bellnern musste den Brief aus dem Verkehr gezogen haben, und zwar schon vor vielen Tagen. Vielleicht war der Postmeister aufgrund von Genovevas Ankunft nervös geworden und hatte die Briefe deshalb erst an diesem Abend zerstört?

Genoveva wischte in der Asche herum, die sich um die brennenden Scheite gebildet hatte, auf der Suche nach weiteren Spuren von verbrannten Briefen. Aber sie konnte nicht mehr ausmachen, ob noch andere Schreiben den Flammen zum Opfer gefallen waren.

Trotzdem fügte sich in Genovevas Kopf langsam ein Bild zusammen.

Schon damals, als sie noch in der Brüsseler Station gearbeitet hatte, waren die Beschwerden häufiger geworden, dass Briefe wochenlang, wenn nicht gar um Monate verspätet ankamen oder vollkommen verschwanden. Keiner wusste, wo sich die Briefe während dieser langen Zeit aufgehalten hatten oder wohin sie verschwunden waren.

Genoveva ahnte nun, was tatsächlich passiert war. Bellnern steckte unter einer Decke mit der Hofpost, diesem verfluchten Rudolf von Paar. Anders war nicht zu erklären, was sie heute bei den Postreitern am frühen Abend zufällig mitgehört hatte. Denn offenbar schmierte von Paar die taxischen Angestellten, damit sie Briefe absichtlich langsamer transportierten oder überhaupt nicht.

Aber das, was Bellnern hier tat, war nicht nur Schlamperei mit Briefen und verspäteten Postsendungen. Es ging nicht mehr nur darum, der Reichspost zu schaden.

Was Genoveva hier aufgedeckt hatte, war Verrat an Kaiser Ferdinand.

Denn Bellnern leitete nicht nur Briefe der Reichspost an die Hofpost um. Sondern er sortierte Briefpäckchen aus und vernichtete Dokumente, die wichtig waren für den Kriegsfortschritt des Kaisers.

Keinen Augenblick länger durfte sie warten. Sie musste sofort dem Kaiser berichten, welch falsches Spiel hier gespielt wurde.

Ihr Blick zuckte zu Bellnern, der noch immer reglos dalag. Mit einem Satz war sie bei ihm, kauerte sich über ihn, rang ihren Ekel nieder und kam mit ihrem Kopf ganz nah an seinen. Mit angehaltenem Atem lauschte sie. Und tatsächlich spürte sie seine Atemzüge auf ihrer Haut und wäre vor Erleichterung beinahe umgekippt.

Sie musste mit Sigismondo sprechen. Unverzüglich. Er kannte diesen General Savelli sicherlich, er wusste, was zu tun war.

Aber was sollte sie ihm sagen? Dass sie nicht hatte schlafen können und Bellnern zufällig beim Verbrennen der Briefe beobachtet und ihn niedergeschlagen hatte? Dass sie sich einmal mehr dem Willen ihres Ehemannes und Vormundes widersetzt hatte und auf eigene Faust in der Poststation herumgeschnüffelt hatte?

Würde er ihr überhaupt glauben? Außerdem musste er zurück nach Brüssel, so rasch wie möglich, denn sein Dienstherr hatte nach ihm gerufen. Keinen Tag durfte er verlieren. Selbst wenn er ihr glaubte, er konnte gar nicht mit ihr nach Wien reisen, um Bellnerns Machenschaften am kaiserlichen Hof aufzudecken.

Besser wäre es, sie würde direkt ihrer Mutter davon berichten. Ohne Verzögerung, noch heute Nacht. Aber wie sollte sie an einen Boten kommen, dem sie vertrauen konnte? Hier in der Station Bruchsal gab es niemanden.

Sie musste raus aus dieser Ortschaft, zur nächsten Station nach Linkenheim, vielleicht besser noch nach Bretten, der dortige Postmeister war ihr zumindest bekannt. Aber nachts, alleine. Das konnte sie nicht. Vielleicht könnte sie einen der Schutzreiter …

Doch niemals würden diese Genovevas Befehl ausführen, ohne vorher Sigismondo davon zu unterrichten. Er würde erfahren, was Genoveva hier gemacht hatte, und wütend werden.

Dann hallte ein Satz durch Genovevas Kopf.

Ihr seid gar nicht in der Lage zu begreifen, wie das Postgeschäft wirklich läuft, Ihr habt das Zeug nicht und die Fähigkeiten, die es für die Führung einer solchen Unternehmung braucht. Eure Mutter weiß es und Euer Ehemann ebenso.

Hatte Bellnern recht? Lief sie nun wieder zu ihrer Mutter oder ihrem Ehemann, weil sie selbst zu unbedarft war, dieses Problem zu lösen? Unfähig, schwächlich und verweichlicht?

Sie barg das Gesicht in ihren Händen und verharrte einige Momente mit geschlossenen Augen auf der Stelle.

Als sie sie wieder öffnete, hatte sie einen Entschluss gefasst.

Sie würde Bellnerns Worte Lügen strafen. Sie würde auch ihrem Mann beweisen, dass sie nicht das unbeholfene Vögelchen war, für das er sie hielt oder halten wollte. Er konnte sie nicht einfach aus dem Postgeschäft heraushalten, denn es war ihre Bestimmung. Die Geschicke des Hauses Taxis und ihr eigenes Schicksal waren untrennbar miteinander verbunden, und niemals wollte sie ihr Leben in der Bedeutungslosigkeit der Brüsseler Salons fristen.

Sie würde diese Intrige aufdecken, und zwar alleine. Sie würde allen beweisen, dass mehr in ihr steckte. Genauso, wie ihre Mutter es nach dem Tod ihres Vaters vor zehn Jahren getan hatte. Auch sie hatte damals niemanden um Hilfe gebeten. Auch sie löste ihre Probleme stets selbst und war dabei immer erfolgreich.

Sie konnte dieses falsche Spiel nicht einfach mit ansehen und darauf hoffen, dass ihr Ehemann die Güte besaß, ihr zuzuhören. Und vermutlich würde er ihren Verdacht ohnehin als Hirngespinst abtun. Natürlich würde er das.

Sie würde selbst an den kaiserlichen Hof nach Wien reisen, noch heute Nacht würde sie aufbrechen. Sigismondo konnte sie nicht aufhalten, denn er würde nichts davon mitbekommen. Sie würde berichten, mit welch unlauteren Mitteln von Paar versuchte, das Postgeschäft der Taxis zu unterwandern. Spätestens in Augsburg konnte sie einen engen Vertrauten ihrer Mutter, den Reichspostverwalter David Frey, zurate ziehen und ihn um Verstärkung bitten, falls er gerade in der Stadt weilte. Er wusste sicher Mittel und Wege, um ihrer Mutter eine sichere Nachricht zukommen zu lassen. Und dann würde sie dem Kaiser höchstpersönlich Bellnerns Verrat an den Habsburgern offenlegen. Es war der beste Beweis, den sie ihrer Mutter und Lamoral erbringen konnte, dass sie nicht einfach so aufs gesellschaftliche Parkett abgeschoben werden konnte. Sie war ebenso wichtig für den Erfolg des Hauses Taxis wie Lamoral. Und nun konnte sie zeigen, was wirklich in ihr steckte und was sie zu erreichen vermochte. Wer sie wirklich war.

Sie nahm das Päckchen mit den Briefen an sich, die Bellnern an die Hofpost hatte abzweigen wollen, und warf einen letzten Blick auf den Postmeister, der sich langsam wieder zu regen begann und leise wimmerte.

Sie musste nun schnell sein.

Sie hastete nach oben, wartete einen winzigen Moment, um sich zu sammeln, ehe sie leise zur Kammertür hereinschlüpfte.

Den Geldbeutel. Den schweren Reisemantel. Die festen Reitstiefel. Eilig klaubte sie zusammen, was sie benötigte, versuchte dabei, keinerlei verräterische Geräusche zu verursachen, aber Sigismondos Atemzüge waren noch immer tief und regelmäßig.

Sie tappte zurück zur Kammertür, die Hand schwebte bereits über der Klinke, aber dann ließ Genoveva sie wieder sinken.

Sie konnte ihn nicht einfach so zurücklassen.

In der Dunkelheit riss sie eine Seite aus einem ihrer Bücher, die auf dem Nachtkästchen aufgestapelt lagen. Hastig kritzelte sie eine kurze Nachricht auf den nicht bedruckten Rand, legte sie auf ihr Kopfkissen und blickte noch einen Moment lang auf Sigismondo hinab, der nun leise vor sich hin schnarchte.

Sie traute sich nicht, ihm einen Kuss auf die Stirn zu geben, auch wenn sie es so gern getan hätte.

Er würde ihr verzeihen.

Er musste ihr verzeihen.

29.

Posthof Cannstatt in der Nähe von Stuttgart

Genoveva

Genoveva fühlte sich beobachtet.

Sie schloss die Augen und konzentrierte sich.

Das leise schlürfende Geräusch von Rhea, als sie aus dem Holzzuber trank. Die Vögel in den Baumwipfeln rund um den Cannstatter Posthof, die sich mit ihrem Zwitschern zu überbieten versuchten. Das gedämpfte Scheppern von Geschirr, das durch die geschlossene Küchentür zu ihr nach draußen drang.

Nichts davon war ungewöhnlich. Genoveva öffnete die Augen, blinzelte, konnte aber dennoch kaum schärfer sehen. Sie war vollkommen alleine hier im Innenhof, und egal, wie oft sie sich in der Nacht und auch am Morgen eingebildet hatte, hastiges Hufgetrappel hinter sich zu hören oder Blicke im Nacken zu spüren – es war jedes Mal ein Hirngespinst gewesen. Genauso wie jetzt auch.

Mit beiden Händen schöpfte sie das Wasser aus dem gleichen Zuber, aus dem Rhea gerade trank – auch wenn die Brühe trüb war. Sie klatschte sich das eiskalte, feuchte Nass ins Gesicht, japste nach Luft und rieb sich den Straßenstaub von der Haut.

Als sie in Bruchsal aufgebrochen war, hatte sie nur in etwa gewusst, in welche Richtung sie musste. Immer nach Osten, dort, wo die Sonne aufgehen würde. *Immer der großen Straße folgen, an Weggabelungen immer die größere Abzweigung nehmen,* hatte Emile sie einmal gelehrt, als sie gemeinsam unterwegs gewesen waren. Und genauso hatte sie es bisher gehalten.

Als der Tag angebrochen war und immer mehr Händler, Bauern und sogar Mönche die große Straße bevölkerten, hatte sie erkannt, dass sie sich bereits in der Nähe von Stuttgart befinden musste. Der Gegenverkehr wurde stärker, ebenso wie die Schmerzen in ihren Oberschenkeln und dem Rücken. Bleierne Müdigkeit hatte sie erfasst, und als selbst Rheas Trab unregelmäßiger wurde und sie spürte, wie der Pferdekörper unter ihr pumpte, hatte Genoveva beschlossen, eine Pause einzulegen, und die nächste Poststation angesteuert. Immerhin war es schon später Vormittag gewesen.

Cannstatt war eine unbedeutende Posthalterei, die hauptsächlich zum Pferdewechsel genutzt wurde, hatte sie sich erinnert, als ein Ziegenhirte ihr auf dem Weg den Namen der vor ihr liegenden Ortschaft zurief.

Zwar war der Wirt überrascht gewesen, als sie ihm ihren Namen nannte, aber er hatte ihr, ohne zu zögern, ein Zimmer zur Verfügung gestellt, in dem sie einige Stunden ruhen konnte. Absichtlich hatte sie ihm ihren Mädchennamen genannt, Genoveva von Taxis, denn das ersparte ihr unliebsame Nachfragen. Sicher hatte hier, so weit weg von Brüssel, noch niemand von ihrer Hochzeit mit Sigismondo Sfondrati gehört, und schließlich war es nichts Besonderes, dass die Taxis ihren Stationen immer wieder einmal Stippvisiten abstatteten. Womöglich war ihre Mutter sogar schon mehrmals auf Besuch in Cannstatt gewesen, oder zumindest hatte der zuständige Verwalter David Frey persönlich die Bücher kontrolliert. Der Wirt hatte die Bücher und Postverzeichnisse deshalb auch schon dienstbeflissen hervorgeholt, aber Genoveva hatte nur abgewunken.

Sie stand noch immer über den Trog gebeugt und streifte sich gerade gründlich das Wasser aus dem Gesicht, als ein Räuspern sie nach oben fahren ließ. Ein Pferdeknecht, zumindest dem Geruch nach zu urteilen, den er verströmte, stand am anderen Ende des Zubers und tätschelte Rheas Hals. Das Tier scheute nicht. Und auch wenn Genoveva es niemals zugeben würde, beobachtete sie die Reaktion ihres Tieres auf die Menschen um sie herum stets genau und beurteilte sie nicht selten danach.

»Wenn es recht ist, Madame, sattle ich ab und bringe es in den Stall …« Sein Deutsch trug einen breiten Akzent, aber Genoveva verstand es trotzdem und nickte dem Mann dankbar zu. »Bitte gut abreiben«, schickte sie ihm hinterher, als er mit Rhea am Zügel in Richtung Stalltor trottete.

Wie von selbst glitt ihre Hand zum Mantel über ihrer Brust, als sie ihm hinterherblickte. Eine versteckte Innentasche verbarg die Briefe, die sie an sich genommen hatte. Sie waren nun das wichtigste Gut, das sie besaß, und sie würde diese zumindest bis Augsburg bringen. Dort lebte nicht nur Verwandtschaft, sondern auch der Reichspostverwalter David Frey, einer der engsten Vertrauten ihrer Mutter. Er würde Genoveva helfen können, die kostbare Fracht unbehelligt an den Wiener Hof zu transportieren.

Sie betrat das kleine Herbergszimmer, das der Wirt ihr zugewiesen hatte. Es war nicht besonders sauber, und da auch das Bettzeug fleckig war, legte sie sich mit den schmutzigen Stiefeln und dem schlammbespritzten Rock darauf. Einen kleinen Moment lang genoss sie das Gefühl, den Rücken endlich wieder strecken zu können. Sie gab einen Seufzer von sich, räkelte sich und versuchte, eine bequeme Position zu finden. Aber die Pritsche war hart, und die hölzernen Verstrebungen drückten ihr nach einer Weile ins Rückgrat. Sie drehte sich auf die Seite, spürte das Holz nun unter ihrer Schulter und rollte sich zurück in ihre Ausgangsposition.

Dennoch fand sie keine Ruhe.

Auch wenn sie es sich am liebsten nicht eingestanden hätte, wusste sie genau, warum.

Sie fühlte sich schuldig.

Nur einen bekritzelten Zettel als Erklärung hatte sie ihrem Ehemann hinterlassen, als sie aufgebrochen war. Nun, einige Stunden später, kam ihr dies ungeheuerlich vor.

Als Sigismondo nach der Hochzeitsnacht abgereist war, ohne ihr zu sagen, wo er sich aufhielt, war sie zornig gewesen. Zumindest hatte ihr damals aber die Dienerschaft über seinen Verbleib Auskunft geben können.

Sigismondo jedoch hatte keine Ahnung, wo seine Ehefrau gerade war. Sie war ihm einfach davongelaufen, auf ihrer ersten gemeinsamen Reise, obwohl er überhaupt nichts falsch gemacht hatte. Sie hatte ihm sogar geschworen, nichts zu unternehmen, was auch nur im Geringsten mit der Reichspost zu tun hatte.

Vielleicht hätte sie ihn doch wecken und um Hilfe bitten sollen? Der halb verbrannte Brief Savellis war unmissverständlich. Er hätte ihr vermutlich geglaubt, obwohl er sicher verärgert gewesen wäre über ihre Schnüffelei.

Hatte sie sich am Ende von Bellnerns Gerede provozieren lassen? War es womöglich sogar ihr verletzter Stolz gewesen, der sie zu ihrer überstürzten Flucht getrieben hatte?

Genoveva schloss die Augen und schluckte schwer, denn je länger sie über ihr Handeln sinnierte, desto schlechter fühlte sie sich. Was würde sie an Sigismondos Stelle tun, wenn er sie einfach alleine zurückließe in einer Herberge mit nichts weiter als einem Fetzen Papier ohne richtige Erklärung?

Sie wäre rasend wütend auf ihn, an die Gurgel würde sie ihm gehen.

Und sie wäre enttäuscht.

Ein bitteres Gefühl breitete sich in Genovevas Brustkorb aus. Sie legte die Armbeuge auf ihr Gesicht und versuchte, dieses grässliche Gefühl mit tiefen Atemzügen zu verdrängen.

Langsam atmete sie ein und aus. Einmal, noch einmal.

Dann schlug sie die Augen wieder auf, stand auf und begann, im Raum auf und ab zu laufen. Ihr Blick blieb an dem Krug hängen, den der Wirt ihr in die Kammer hatte bringen lassen. Sie schenkte sich den tiefroten Wein ein, der verheißungsvoll in den Becher plätscherte. Als sie daran nippte und spürte, wie er ihr wohlig die Kehle hinabrann, nahm sie einige tiefe Züge.

Sie stellte den Becher wieder ab, trommelte mit den Fingern auf die Tischplatte, entsetzte sich über die dunklen Ränder unter ihren Fingernägeln und vergrub beide Hände im Schoß.

Dann blieb ihr Blick an dem Mantel hängen, den sie neben sich auf der Pritsche abgelegt hatte. Langsam zog sie den Packen mit den Briefen daraus hervor und wog ihn in der Hand.

Auf keinen Fall durfte sie ihn verlieren. Auch wenn sie nicht wusste, ob die Schreiben überhaupt von Belang waren. Aber warum sonst hätte Bellnern sie aussortiert? Sie mussten auf irgendeine Weise bedeutsam sein. Sie strich mit dem Daumen über das Tuch, in das sie die Schreiben vorsichtshalber eingeschlagen hatte.

Was, wenn sie die Briefe verlor? Oder womöglich sogar ausgeraubt wurde? Dann wusste sie noch nicht einmal, was drinstand.

Sorgsam schlug sie das Tuch auf und starrte auf die Anschrift des obersten Briefes. Sollte sie vielleicht …

Genoveva rang mit sich. Es verstieß gegen das Ethos der Postreiter, die Briefe zu öffnen, die sie transportierten. Mehr noch, es war verboten. Aber sie war nun einmal kein Postreiter, und sie wurde das Gefühl nicht los, dass die Schreiben wichtig waren.

Wenn sie sie ein einziges Mal, vielleicht zwei Mal las, konnte sie deren Inhalt Wort für Wort wiedergeben, selbst für den Fall, dass sie sie verlieren würde.

Ihre Hand tastete seitlich nach unten und wollte schon wie gewohnt nach dem Brillenbeutel greifen. Er war leer. Sie blickte an sich hinab, tastete erneut, hektischer diesmal.

Die Brille war nicht da. Einen Moment war ihr Kopf vollkommen leer, dann kam wie ein Blitz die Erinnerung zurück. Sie musste sie liegen gelassen haben, auf Bellnerns Schreibtisch.

Sie hätte lachen können über ihre eigene Gedankenlosigkeit, wäre es nicht so tragisch gewesen und sie nun blind wie ein Maulwurf.

Sie schluckte. *Haben Bellnern und mein Mann womöglich doch recht gehabt,* dachte sie beklommen. Sie war noch nicht einmal in der Lage, auf ihre eigenen Sachen achtzugeben.

Genoveva schloss die Augen, ließ den Kopf in den Nacken fallen und stieß ihn mehrmals gegen das Mauerwerk in ihrem Rücken.

Es war eine vollkommen idiotische Idee gewesen, einfach davonzulaufen.

Sie ballte die Hände, die Fingernägel gruben sich in ihre Handflächen, sie spürte den Schmerz, doch schon beim nächsten Atemzug schob sie ihre Zweifel wieder beiseite.

Keinesfalls gab sie jetzt auf.

Etwas ruppiger, als sie es eigentlich beabsichtigt hatte, öffnete sie die Briefe, einen nach dem anderen. Sie musste sich die Schreiben näher vors Gesicht halten, als sie es gewohnt war, damit sie diese entziffern konnte, aber es ging.

Alle Briefe stammten aus Paris. Es waren persönliche Nachrichten, vornehmlich von Frauen, die über Belanglosigkeiten wie den langen Winter, die miserable Dienerschaft oder den Gestank der Pariser Straßen lamentierten.

Dann fiel ihr ein besonders breites Siegel auf. Ihre Finger tasteten darüber. Sie ging zum Fenster, hielt es schräg gegen das einfallende Licht, schaute einmal, dann noch einmal, damit sie sich auch ja nicht täuschte. Mit spitzen Fingern schälte sie das Siegel vom Papier und versuchte, es so wenig wie möglich zu beschädigen.

Mein hochgeachteter Oppenheimer,
vergütet Rudolf von Paar für seine treuen Dienste dem Hause Bourbon gegenüber mit 2500 Florin jährlich.
Mit freundschaftlichem Gruß
François Sublet, Seigneur de Noyes, Baron de Dangu im Auftrag des Seigneur du Plessis

Genovevas Mund wurde trocken.

Mehrmals hatte sie bereits Briefe dieses François Sublet in den Händen gehalten, die letzten Jahre über. Sublet hatte einen sagenhaften Aufstieg am Hof des französischen Königs hingelegt, wie ihre Mutter ihr damals berichtete. Erst voriges Jahr war er zum Staatssekretär für das Kriegswesen ernannt worden. Er war ein Protegé und Favorit des Seigneur du Plessis. Besser bekannt als Kardinal von Richelieu, Erster Minister Frankreichs und damit nach dem französischen König der mächtigste Mann im Staat.

Wenn Rudolf von Paar Zahlungen im Auftrag des Kardinals bekam, dann bedeutete das, dass …

Genoveva ließ das Schreiben sinken. Sie schüttelte den Kopf, als würde der Gedanke dadurch an Ungeheuerlichkeit verlieren.

Von Paar, der Hofpostmeister von Kaiser Ferdinand III., arbeitete für den französischen König, denn dieser entstammte dem Haus Bourbon. Nichts anderes konnte das Schreiben bedeuten. Von Paar verhinderte zum Vorteil der Franzosen, dass die so wichtigen Briefwechsel von der kaiserlichen Front ihr Bestimmungsziel erreichten, indem er diese über Mittelsmänner wie diesen Bellnern verschwinden ließ. Savellis verbrannter Hilferuf war der beste Beweis dafür. Sie holte tief Luft und merkte erst jetzt, dass sie die ganze Zeit über den Atem angehalten hatte.

Vor knapp zwei Jahren hatten die Franzosen aufgehört, die Schweden mit ihrer verdeckten Kriegsführung finanziell zu unterstützen, und hatten König Philipp, dem spanischen König aus der Habsburger Linie, ganz offen den Krieg erklärt. Zwar fühlte sich Kaiser Ferdinand seinem Schwager in Spanien verpflichtet, befand sich jedoch noch in Verhandlungen mit Frankreich, denn genau wie jeder andere Mann im Habsburger Reich war er kriegsmüde und interessiert an einem Generalfrieden. Es war offensichtlich, dass Ferdinand den Konflikt, den sein sturköpfiger spanischer Vetter mit den Franzosen begonnen hatte, nur ungern auch auf sein eigenes Reichsgebiet ausweiten wollte. Dennoch war es bereits zu Kriegshandlungen zwischen Ferdinands Truppen und den Franzosen gekommen – auf die Letztere nun unbemerkt Einfluss nahmen.

Kaiser Ferdinand wollte den Krieg mit den Franzosen nicht, deshalb hatte er sogar einen Friedenskongress in Köln einberufen. Als Genoveva mit Sigismondo vor einigen Tagen durch die Stadt gereist war, hatten sie in ihrer Herberge die Gesellschaft einiger heillos betrunkener Diplomaten genossen. Diese schlugen sich die Zeit mit Trinken und Würfeln tot und warteten auf ihre französischen Verhandlungspartner. Aber wie es schien, hatte es der französische König bisher versäumt, seine Diplomaten in die freie Reichsstadt zu schicken.

Genoveva wusste von den vielen französischen Briefboten, die im Brüsseler Palais ein und aus gingen, dass Frankreich in seinem Inneren gegen massive Widerstände zu kämpfen hatte. Die jahrelangen, versteckten Zahlungen an die Feinde des Kaisers waren teuer, und die zusätzlichen Kriegsabgaben, die nun nötig geworden waren, trafen die Bevölkerung hart. Regelmäßig kam es zu Bauernaufständen, vor allem in der Champagne und der Picardie, durch die auch die Postrouten führten. Mehrmals schon waren die Postreiter einer Horde erboster Bauern in die Hände gefallen, die alle Reisenden attackierten, die es wert erschienen, ausgeraubt zu werden. Die Boten selbst kamen für gewöhnlich mit dem Leben davon, erreichten Brüssel jedoch mit leerem Säckel und, was noch viel schlimmer war, mit leeren Postsäcken und zumeist auch ohne Pferd.

Einen Moment noch starrte sie auf das Schreiben. Dann faltete sie es sorgfältig. Aber sie verschnürte es nicht zusammen mit den anderen Briefen des Stapels, sondern versteckte es in ihrem Mieder.

Sie musste sofort weiter nach Augsburg und so schnell wie möglich mit David Frey sprechen. Es war keine Zeit für eine Pause, auch wenn Rhea diese dringend benötigte.

Wohl oder übel musste sie ihre Stute hier in Cannstatt zurücklassen und sich ein Pferd der Posthalterei leihen.

Wenn sie zügig ritt, könnte sie schon morgen in Augsburg sein. Dort musste sie eine sichere Möglichkeit finden, ihre Mutter zu benachrichtigen. Sie mussten von Paars Machenschaften so schnell wie möglich dem kaiserlichen Hof offenbaren, ehe er mit seinen Unterschlagungen noch mehr Schaden anrichten konnte.

Am besten würde sie auch Sigismondo eine Nachricht zukommen lassen, dass sie in Sicherheit war und er sich nicht länger um sie sorgen musste. Ins Palais Sfondrati nach Brüssel würde sie das Schreiben schicken, per Extrapost. Denn sicherlich würde Sigismondo nicht auf die Idee kommen, ihr zu folgen. Schließlich war er Generalkapitän, musste seinen Pflichten nachkommen, und Don Fernando hatte nach ihrem Ehemann geschickt.

Ganz bestimmt war er bereits auf dem Weg nach Brüssel.

30.

Poststation in Bruchsal

Sigismondo

Genoveva musste wahnsinnig geworden sein.

Sigismondo raufte sich die Haare und hätte sie sich am liebsten ausgerissen vor lauter Wut.

Der Tag hatte so schön begonnen. Sanft hatten ihn die Sonnenstrahlen geweckt, die ihren Weg durch die zugezogenen Fensterläden fanden. Er hatte das warme Gefühl auf seiner Haut genossen und mit geschlossenen Augen nach links getastet. Doch dort, wo eigentlich die wundervollen Rundungen seiner Ehefrau sein sollten, war seine Hand in Daunenkissen versunken. Ein Auge geöffnet, hatte er weitergetastet, unter der Bettdecke, schneller und immer hektischer. Doch außer grobem Filzstoff war dort nichts. Mit einem Ruck war er nach oben gekommen und hatte auf das Bett neben sich gestarrt.

Es war leer. Ein Kleid war unter die Decke gestopft, damit es so aussah, als schliefe jemand darunter.

Einige Herzschläge brauchte Sigismondo, bis er begriff. Dann war ihm auf einmal, als hätte ihm jemand in die Magengrube geschlagen.

Hastig griff er nach dem Fetzen Papier, der auf dem eingedellten Kopfkissen lag. Es war eine herausgerissene Buchseite, der nicht bedruckte Rand des Papiers mit einer gekritzelten Nachricht. Sigismondo musste es etwas weiter von sich weghalten, um die verschmierten, krakeligen Buchstaben darauf entziffern zu können.

Bellnern hat den Kaiser und die Reichspost verraten. Er macht gemeinsame Sache mit der Hofpost. Ich muss unverzüglich nach Wien reisen und den Kaiser davon in Kenntnis setzen. Verzeih mir.
Genoveva

Einige Atemzüge lang starrte er auf das Papier. Er las die Worte, aber er verstand deren Bedeutung nicht. Oder vielmehr wollte er deren Bedeutung nicht verstehen.

Sein Blick wanderte im Raum umher. Genovevas dicker, wollener Reitmantel war weg. Ihre Stiefel ebenfalls.

Seine Ehefrau war ihm davongelaufen. Er schloss die Augen.

Mit Daumen und Zeigefinger drückte er so fest gegen seine Augäpfel, dass er kleine, weiße Sternchen blitzen sah. Er atmete gequält aus, ließ die Hand wieder sinken und blinzelte.

Niemals hätte er sie mit auf die Reise nehmen dürfen. Auch wenn die Brüsseler Gilden, oder besser gesagt Flamisol, ihm damals mit den zwei toten Tauben vor seinem Eingangsportal eine Drohung geschickt hatten – Genoveva wäre hinter den dicken Stadtmauern und in seinem Palais sicherer gewesen als hier.

Und sie hätte bedeutend weniger Unsinn anstellen können.

Denn zweifellos war sie verrückt. Wirklich, sie war verrückt. Faselte irgendetwas von einer Verschwörung gegen den Kaiser und lief einfach davon. Mitten in der Nacht.

Sicher war sie nicht so töricht gewesen, ohne einen seiner Schutzreiter aufzubrechen. Nachts alleine in diesem Gebiet loszureiten, grenzte für einen Mann bereits an Lebensmüdigkeit. Für eine Frau …

Ein verhaltenes Klopfen an der Tür riss ihn aus seinen Überlegungen.

»Ja?«, antwortete er unwirsch.

Der Kopf von Simon, seinem Schutzreiter, tauchte in der Tür auf.

»Generalkapitän, das Pferd Eurer …«, er verstummte, sein Blick wanderte einen Lidschlag lang durch das Zimmer.

Sigismondo starrte ihn an, als hätte er, Simon, höchstpersönlich Genoveva mitten in der Nacht vom Posthof gejagt. Und tatsächlich hätte Sigismondo Simon auch am liebsten die Schuld an dieser ganzen Misere in die Schuhe geschoben. Einfach nur, weil es das beklemmende Gefühl in seiner Brust vielleicht ein klein wenig erträglicher gemacht hätte.

»Raus!«, brüllte Sigismondo so zornig, dass Simon augenblicklich den Kopf zurückzog und lautlos die Tür schloss.

Natürlich hatte sie keinen Schutzreiter mitgenommen, denn das wäre zur Abwechslung ja einmal vernünftig gewesen. Aber zur Vernunft war seine Frau ganz offenbar nicht fähig.

Mit einem Wutschrei fegte er den Wasserkrug von dem kleinen Tischchen neben sich und stierte auf die Scherben und die Pfütze, die sich auf den Holzbohlen bildete und seine Zehen benässte.

War es am Ende doch ein Fehler gewesen, diese Frau zu ehelichen? Bisher hatte ihm die Einheirat in die Taxisfamilie nichts als Ärger eingebracht. Und so wie es aussah, würde sich das in naher Zukunft auch nicht ändern.

Don Fernando hatte nach ihm geschickt. Es kam erneut zu Kriegshandlungen in den Spanischen Niederlanden. Es war seine Pflicht, sich unverzüglich nach Brüssel zu begeben.

Tat er das nicht, würde er sich nicht nur den Groll seines Landesherrn zuziehen, er machte sich auch eidbrüchig. Ein Vergehen, das an Verrat grenzte.

Und das musste er tatsächlich riskieren, nur um seine wild gewordene Ehefrau einzufangen, die einfach nicht verstehen wollte, wo ihr Platz im Leben war.

Einen winzigen Moment lang beschlich ihn zwar der Gedanke, dass Genoveva mit ihrer Vermutung recht haben könnte und sie tatsächlich einen Verrat am Kaiser aufgedeckt hatte.

Aber hier? In dieser heruntergekommenen, unbedeutenden Provinzstation?

Der Gedanke war schlicht absurd, seine Wut so unermesslich, und er beschloss, dass dies alles gar nicht sein konnte.

Er zerknüllte das Papier in seiner Hand, stopfte es mit mehr Kraft als notwendig in seine Manteltasche und begann eilig, seine Kleider im Raum zusammenzusuchen.

Wieso war er überhaupt überrascht? Er hätte doch bereits ahnen müssen, dass Genoveva etwas im Schilde führte. Nur war er viel zu gutgläubig und einfältig gewesen, um dies zu erkennen. All das konnte doch kein Zufall sein. Der Wunsch, in diesem heruntergekommenen Posthof zu übernachten, das plötzlich lahmende Pferd, das den ganzen Tag über tadellos gelaufen war. Nicht einmal beim Abendessen hatte er verstanden, dass Genoveva mit ihrem ungewohnten Bedürfnis nach Nähe eigentlich etwas ganz anderes bezweckt hatte. Und er hatte sich von ihr abfüllen lassen wie ein Jungspund, der noch grün hinter den Ohren war. Von seiner eigenen Ehefrau.

Einen Moment hielt er inne, als er Genovevas zurückgelassene Bücher zu einem Bündel zusammenschnürte. Er blätterte durch das oberste. *La città del sole.* Die politische Schrift eines italienischen Mönches. Er hatte davon gehört, sie aber nie gelesen. Und es überraschte ihn, dass Genoveva so etwas las.

Was wusste er eigentlich über seine Ehefrau?

Er klappte das Buch zu und warf es zusammen mit den anderen in seinen Reisesack.

Wo waren überhaupt seine hirnlosen Schutzreiter, wenn man sie einmal brauchte? Wieso hatte seine Frau unbehelligt den Posthof verlassen können, mitten in der Nacht, ohne dass zumindest einer von ihnen es mitbekam?

Er schulterte den Sack, war schon an der Tür und hielt dann noch einmal inne.

Er brauchte seine Schutzreiter nicht zu beschuldigen. Denn im Grunde war es sein eigenes Versäumnis. Genoveva war seine Ehefrau, und deshalb war es auch seine Aufgabe, auf sie zu achten und sie zu beschützen.

Schwer fiel seine Hand auf die Klinke und stieß die Tür auf.

Er wusste nicht einmal, auf wen er wütender war. Auf seine Frau? Seine Soldaten? Auf sich selbst?

Auf dem ersten Treppenabsatz blieb er stehen.

Bellnern.

Er biss die Zähne zusammen, als er die weiteren Stufen herunterpolterte.

Zunächst einmal würde er sich diesen zwielichtigen Postmeister vorknöpfen und herausfinden, was letzte Nacht passiert war.

31.

Vor den Toren Augsburgs

Genoveva

In der letzten Nacht hatte Genoveva sich in einer beengten Kammer des Posthofs in Elchingen nur wenige Stunden Pause gegönnt. Noch vor Sonnenaufgang war sie erneut aufgebrochen, damit sie es auch wirklich an diesem Tag nach Augsburg schaffte.

Das Leihpferd war etwas hartmäulig und dickköpfig gewesen, aber nach den ersten Meilen hatten sie sich miteinander arrangiert und waren erstaunlich schnell vorangekommen.

Und kurz vor Sonnenuntergang blitzten tatsächlich die Stadtmauern von Augsburg vor ihr auf. So nah vor der Stadt war der Weg voller Händler mit ihren Karren. Die Reicheren unter ihnen besaßen Fuhrwerke, die von Eseln und Ochsen, ganz selten auch einmal von einem Pferd gezogen wurden. Einige Spielleute und Vagabunden kamen ihr entgegen, ebenso wie eine ganze Traube von Novizinnen, die reichlich unkeusch kicherten, als sie an den leicht bekleideten Spielleuten vorüberschritten. Nicht ganz zufällig ließen diese ihre Muskeln spielen, und erst der strenge Blick ihrer runzeligen Oberin brachte die jungen Frauen wieder zum Verstummen. Es musste Markttag gewesen sein, und die Menschen strömten wieder aus der Stadt heraus, denn viele der Händler und Vagabunden besaßen kein Bleiberecht und durften sich die Nacht über nicht innerhalb der Stadtmauern aufhalten.

Der Strom von Menschen, der ihnen entgegenzog, schien ihr Pferd nervös zu machen, und Genoveva hatte ihre Mühe, das erschöpfte Tier zu beruhigen. Seufzend saß sie ab und führte es das letzte Stück am Zügel.

Die Dämmerung ging in die Nacht über, und die Torwächter hatten die dicken, verwitterten Taue bereits gelöst, die die beiden Türflügel tagsüber fixierten, als Genoveva das Stadttor passierte. Laut krachend fielen die Tore hinter ihr ins Schloss, und unwillkürlich lief Genoveva ein Schauer über den Rücken. Obwohl sie selbst in einer Stadt aufgewachsen und die geschlossenen Tore des Nachts gewohnt war, fühlte sie sich unwohl.

Sie versuchte, die Empfindung abzuschütteln, und schritt, das Pferd am Zügel haltend, forsch voran, denn sie wollte keine Zeit verlieren. Sie musste sich mit David Frey beratschlagen, auf welche Weise sie von Paars Intrige am Wiener Hof am geschicktesten kundig machen konnten. Es war seine Angelegenheit, denn schließlich hatte sie die Briefunterschlagung in seinem Verwaltungsgebiet aufgedeckt, und er kannte sich aus mit den Gepflogenheiten am Hof.

Sie würde das Pferd bei David Frey unterstellen und erst morgen zurück zur Poststation bringen, wo es hingehörte.

Einmal war sie mit ihrer Mutter in Freys Haus unweit des Rathausplatzes gewesen, und nun versuchte sie, sich in der Dunkelheit an die Straßen zu erinnern, die sie nehmen musste, um dorthin zu gelangen. Lieber saß sie dabei nicht auf dem Rücken ihres Pferdes, denn zu Fuß war es einfacher für sie, sich zu orientieren und die Gassen und Häuser zu erkennen.

In einer so belebten Stadt wie Augsburg durch eine menschenleere Straße zu laufen, war nahezu unmöglich – sogar nach Sonnenuntergang. Auf jedem Platz stand noch ein Grüppchen Männer zusammen, die gemeinsam scherzten, durch jede Gasse wankte irgendein betrunkener Tagelöhner, der seinen Sold verprasste, stets drangen aus irgendeinem Winkel laute Stimmen, ein Lachen oder eine gepfiffene Melodie.

Auch auf dem weitläufigen Rathausplatz war noch einiges los. Besonders vor den zahlreichen Kaschemmen, die den Platz säumten, sammelten sich Menschentrauben, die das erste, milde Frühlingswetter genossen. Genoveva ließ sich von einem besonders herzhaften Lacher anstecken und musste unwillkürlich grinsen. Es tat gut, nach so vielen einsamen Stunden im Sattel wieder unter Menschen zu sein.

Das Pferd am Zügel, querte Genoveva die freie Fläche. Mächtig erhob sich das neu erbaute Rathaus mit seinen beiden Zwiebeltürmen in den sternenklaren Nachthimmel. Sie meinte sogar noch den überlebensgroßen Adler, der auf den Giebel gemalt war, zu erkennen, aber nahm sich nicht die Zeit, das Bauwerk zu bewundern. Ohnehin war es dazu schon zu dunkel, denn das Licht der dämmrigen Laternen vor den Trinkstuben reichte nicht weit.

Laut klapperten ihre Schritte und die Hufe ihres Pferdes über das Pflaster und vermischten sich mit den zotigen Lachern der angeheiterten Schenkenbesucher. Genoveva blieb stehen und verengte die Augen ein wenig, um schärfer sehen zu können und sich zu orientieren. Sie suchte den Eingang zu einer breiten Gasse auf der gegenüberliegenden Seite des Platzes. Wenn ihre Erinnerung sie nicht trog, musste am Ende dieser Gasse David Freys Haus liegen.

Noch während sie überlegte, schob sich ein weiteres Geräusch in Genovevas Bewusstsein. Waren da nicht Schritte gewesen, die sie im gleichen Moment, in dem sie stehen geblieben war, nicht mehr gehört hatte?

Genoveva schüttelte den Kopf. Sie mussten von einem der Schankgäste stammen, der nach Hause wankte. Beherzt lief sie los, in Richtung der Gasse. Aber sie ging langsamer als noch zuvor und konzentrierte sich stärker auf die Geräusche um sich herum.

Da waren sie wieder, Schritte, ganz eindeutig. Erneut blieb Genoveva stehen, zwei Schritte hallten noch hinterher, dann waren sie wiederum nicht mehr zu hören.

Sie spürte, wie sich die Härchen auf ihren Unterarmen aufrichteten. Sie musste wieder reiten, auf dem Rücken des Pferdes war sie bedeutend schneller und würde sich auch sehr viel sicherer fühlen.

Während sie den ersten Fuß in den Steigbügel stellte, warf sie einen unauffälligen Blick nach hinten und versuchte zu erkennen, ob sie wirklich jemand verfolgte. Aber die Häuserfassaden verschwammen mit den Gassen und Nischen vor ihren Augen, und sie konnte niemanden ausmachen. Mit einem Schwung saß sie auf, drückte die Fersen unsanft in die Flanken ihres Pferdes und ritt in die Gasse hinein, in der sie David Freys Haus vermutete. Sie merkte selbst, wie zittrig ihre Knie mit einem Mal waren. Ihre Finger krampften sich um die Zügel ihres Pferdes, dessen Ohren nervös zuckten.

Und jetzt hörte sie sie ganz genau, die Schritte, die hinter ihr zu vernehmen waren. Sie meinte sogar, ein unterdrücktes Husten zu hören, und feuerte ihr Pferd weiter an. Sie gewann Abstand, und die Schritte wurden leiser.

Kurz vor der nächsten Kreuzung erkannte Genoveva ein Haus mit einer kleinen roten Tür, die in ein größeres Tor eingelassen war. Die Farbe blätterte bereits vom Holz. Es war David Freys Haus, sie war sich vollkommen sicher. Noch war ihr Verfolger am anderen Ende der Gasse. Genoveva rutschte aus dem Sattel, warf sich gegen das Tor, tastete nach dem abgegriffenen, bronzenen Türklopfer und griff nach ihm, um ihn mit aller Kraft gegen die Tür krachen zu lassen.

Bitte, mach auf. Sofort.

Im Laufschritt kam jemand näher, Genoveva meinte sogar ein Keuchen zu hören, aber sie drehte sich nicht um.

»Aufmachen, David Frey, macht auf!«, brüllte sie, ihr Herz schlug ihr bis zum Hals, ihr Atem ging schneller.

Noch einmal schlug sie mit der Faust gegen das Tor, wimmerte, als sie ein Rascheln hinter sich vernahm. Ihr Verfolger konnte nur noch wenige Schritte von ihr entfernt sein. Niemals hätte sie absitzen dürfen, hier in dieser Gasse, in der keine Menschenseele unterwegs war.

Ihre linke Hand lag schon auf dem Sattelknauf, und sie nahm bereits Schwung, um erneut auf den Rücken ihres Pferdes zu gelangen, als sie jemand von hinten packte und mit brutaler Gewalt zurück und zu Boden riss.

Genoveva schrie auf, ihr Pferd scheute, sie sah Hufe über sich, rollte zur Seite, rappelte sich nach oben und lief los, ohne zu schauen, wohin.

Sie bog um die nächste Ecke, fand sich in einer weiteren, vollkommen verlassenen Gasse wieder, die Fensterläden der Häuser waren allesamt zugeklappt, nicht einmal ein Lichtschein drang mehr auf die Straße.

Laut hallten Schritte hinter ihr von den Gassenwänden wider. Genoveva nahm sich nicht mehr die Zeit, sich umzudrehen. Sie musste irgendwohin, wo andere Menschen waren, wo sie gesehen wurde.

Lauf schneller, konzentrier dich, spornte sie sich an, erreichte eine weitere Hausecke und bog ab in eine Gasse, von der sie hoffte, dass sie zurück zum Rathausplatz führte.

Die Beine taten ihr weh, sie hörte heftiges Atmen hinter sich und versuchte, ihre Schritte zu beschleunigen. Trotzdem hatte sie das Gefühl, nicht vom Fleck zu kommen. Es war wie in einem Albtraum.

Eine Hand krallte sich in ihre Haare, riss sie schmerzhaft nach hinten, eine zweite legte sich auf ihren Mund, noch ehe sie schreien und um Hilfe rufen konnte. Einige Schritte wurde sie bis in eine von einer funzeligen Laterne erleuchtete Nische mitgeschleift. Ein unsanfter Stoß drückte sie gegen eine Wand. Sie spürte einen Unterarm, der schmerzhaft gegen ihre Kehle drückte und ihr das Atmen schwer machte.

Ein Mann hielt sie fest, nicht größer als sie selbst. Seine eisblauen, kalten Augen starrten sie an, und ein feines Lächeln verzog seine schmalen Lippen. Ein Windstoß ließ die Laterne über ihnen gefährlich wackeln, dann erlosch das Licht.

32.

Zwischen Bruchsal und Augsburg

Sigismondo

Bellnern hatte sich natürlich verraten.

Zwar hatte er trotz Sigismondos Drohungen abgestritten, irgendetwas über Genovevas Verbleib zu wissen. Aber er schien nicht ganz auf der Höhe gewesen zu sein, denn seine Stirn war entstellt von einer enormen Platzwunde. Die Holzdielen in der Gaststube waren frisch geschrubbt, aber der beachtliche Blutfleck, der dort noch bis vor Kurzem gewesen sein musste, ließ sich noch gut erahnen. So oder so konnte sich Sigismondo nicht des Eindrucks verwehren, dass Genoveva etwas mit seiner Verletzung zu tun hatte, denn er hatte ihr Brillenglas gefunden, halb versteckt unter einer Rechnung auf dem Schreibpult. Ohne den Blick von Bellnern zu nehmen, hatte er es aufgehoben, die Halterung zwischen Daumen und Zeigefinger hin und her gerollt und sie schließlich in seiner Manteltasche verschwinden lassen.

Bellnern behauptete dennoch steif und fest, er wäre abends gestürzt und hätte die gesamte Nacht in seiner Kammer verbracht. Er hätte außerdem weder eine Ahnung, warum das Brillenglas der Gräfin auf dem Schreibpult liege, noch, wo seine Frau abgeblieben sein könnte. Einen kurzen Moment hatte Sigismondo erwogen, Bellnern mit Gewalt zum Reden zu bringen. Nachdem Genoveva aber aus freien Stücken abgereist zu sein schien, hatte er nicht noch mehr Zeit verlieren wollen und war, ohne seine Zeche zu begleichen, aufgebrochen. Kurz hinter der Ortschaft waren er und Simon jedoch schon wieder abgesessen und hatten sich und ihre Pferde hinter zwei ausladenden Weißdornbüschen versteckt, deren erste Blätter zu sprießen begannen.

Und es hatte nicht lange gedauert, bis ein Bote in gestrecktem Galopp den Weg entlanggeprescht war. Bereits von Weitem hatte Sigismondo das Pferd erkannt. Es stammte aus dem Stall der Posthalterei.

Die Unterredung war schnell verlaufen, und Sigismondo hatte dem Mann nicht allzu viele Schmerzen zufügen müssen, ehe er den Brief herausgerückt hatte. Er war an einen gewissen Rudolf von Paar adressiert, mit dem Vermerk, *ad manus proprias et non alterius*. Der Brief war vertraulich und durfte nur an Rudolf von Paar persönlich ausgeliefert werden.

Genoveva Sfondrati hat hier in Bruchsal ungeöffnete Nachrichten aus Paris entwendet, die von der Hofpost transportiert hätten werden müssen. Möglicherweise haben diese Briefe kompromittierende Inhalte. Wir müssen davon ausgehen, dass sie Euch auf der Spur ist. Seid gewarnt.
J. G. Bellnern, Bruchsal, 28. März 1637

Sigismondo hatte den Boten laufen gelassen, ihm zuvor jedoch noch die Information abgepresst, wohin er das Schreiben hätte bringen sollen: in die Poststation der Hofpost in Augsburg. Dem Zittern seiner Hände und der Schnelligkeit seiner Antwort nach zu urteilen, sagte er die Wahrheit. Augenscheinlich hielt sich Rudolf von Paar momentan in Augsburg auf, und ein ungutes Gefühl hatte Sigismondo beschlichen. Denn so wie es aussah, waren Genovevas Entdeckungen alles andere als ein Hirngespinst.

Die ersten dreißig Meilen auf der Straße Richtung Osten hatte Genoveva keinerlei Spuren hinterlassen. Niemand hatte eine einzelne Reiterin gesehen, keine der Wirtschaften an der Strecke hatte Gäste gehabt, und selbst die Posthaltereien schienen ahnungslos.

Einige bange Momente war Sigismondo von Schreckensvisionen heimgesucht worden: dass Genoveva überfallen und verschleppt worden wäre. Oder noch Schlimmeres. Dann aber rief er sich zur Vernunft. Wann war aus ihm eigentlich so ein Zauderer geworden, ein Schwarzmaler, eine besorgte Glucke?

Genoveva war womöglich wehrhafter und gerissener, als er es ihr zutraute. Schließlich war sie Gräfin Alexandrines Tochter. Und genau deshalb wusste er auch, wo er sie finden würde. Mittlerweile kannte er den Taxisclan, und ihm war klar, welch bedeutende Rolle die Familienbande spielten. Genoveva würde sich Verbündete suchen auf dem Weg nach Wien. In Augsburg oder spätestens in Innsbruck, und deshalb waren diese beiden Städte auch seine nächsten Anlaufstellen.

Als Sigismondo in einer der Poststationen am Weg kurz hinter Stuttgart zu Ohren kam, dass eine gewisse Genoveva von Taxis dort einige Stunden pausiert hatte, war er nicht nur rasend wütend geworden, weil sie ihren richtigen Namen verleugnet hatte. Er wusste nun auch, dass er auf der richtigen Fährte war. Er hatte sogar ihre Stute in den Stallungen stehen sehen und sie kurzerhand mitgenommen. Wenn er nun schnell wäre, könnte er sie noch in Augsburg abpassen und diesem ganzen Wahnsinn endlich ein Ende setzen.

Am Abend des zweiten Tages stand er vor den verschlossenen Toren der Stadt Augsburg.

Den Wachen gegenüber wies er sich als Generalkapitän des Statthalters Don Fernando der Spanischen Niederlande aus, zeigte sein Wappen, und man ließ ihn und Simon passieren. Seine anderen beiden Reiter hatte er bereits von Bruchsal aus mit einer Nachricht an seinen Landesherrn nach Brüssel geschickt. Dennoch wusste er genau, dass seine Befehlsverweigerung – denn nichts anderes war es, was er gerade beging – noch Konsequenzen nach sich ziehen würde. Im schlimmsten Falle würde man ihn des Hofes verweisen oder ihn sogar einkerkern. Aber daran wollte er jetzt nicht denken. Jetzt zählte nur, dass er Genoveva so schnell wie möglich fand.

Eher zufällig fragte er die beiden Torwachen nach ihr. Und tatsächlich erinnerte sich einer der beiden daran, eine einzelne, dunkelhaarige Frau mit einem völlig erschöpften Gaul, den sie am Zügel führte, gesehen zu haben. Vor nicht einmal einer Stunde.

Grimmige Genugtuung erfüllte Sigismondo, als er sich zu dem mehrstöckigen, gelb gestrichenen Stadthaus der Susanna Jacobe von Taxis durchfragte, in dem auch die Augsburger Station der Reichspost untergebracht war. Gleich hätte er seine Ehefrau wieder bei sich, und er würde mit seinem Unmut über ihr Verhalten ganz sicher nicht hinter dem Berg halten.

Etwas unwohl fühlte er sich, als er, seinen Hut in den Händen, die Stube der Susanna Jacobe von Taxis betrat. Denn bereits an den verwunderten Blicken der Hausherrin erkannte er, dass Genoveva sie nicht aufgesucht hatte. Weder der pickelige Jüngling Johann Baptista noch seine Mutter hatten etwas von Genoveva gehört oder gesehen.

»Aber wie kommt es, dass Eure Ehefrau ohne Euch weitergeritten ist, Marquis?«, fragte Susanna mit ebenjener Arglosigkeit, in der Sigismondo bereits einen Vorwurf mitschwingen hörte. »Mein Pferd lahmte auf der Strecke, und ich wollte meine Frau hinter den sicheren Mauern der Stadt wissen, wenn die Dunkelheit einbricht«, erklärte Sigismondo. Eine bessere Erklärung fiel ihm auf die Schnelle nicht ein.

Er kannte das ungleiche Mutter-Sohn-Gespann noch von seiner Hochzeit, obwohl er damals kein Wort mit den beiden gewechselt hatte. Jedoch erinnerte er sich noch genau an Genovevas flapsige Bemerkung, Susanna Jacobe von Taxis hätte Haare auf den Zähnen und ihren Sohn unter der Fuchtel. Sie hatte nicht übertrieben. Höflich wimmelte er ihre vehementen, fast schon unverschämten Nachfragen ab, ob er ihr denn keinen Schutzreiter mitgegeben hätte, und lehnte auch die ihm angebotenen Erfrischungen ab.

Als die Tür hinter ihm ins Schloss fiel, stieß er gequält die Luft aus und fragte sich einen Moment lang beklommen, ob wohl alle Taxisfrauen so anstrengend waren.

Simons bangen Blick, als dieser ihm wieder die Zügel seines Pferdes in die Hand drückte, beantwortete er mit einem düsteren Kopfschütteln.

Er müsste nun die gesamte Stadt durchkämmen, die Klöster abklappern, auch wenn er Genovevas Abneigung gegen diese Einrichtungen kannte. Denn wo sonst könnte sie sich noch aufhalten, wenn sie nicht in der Poststation untergekommen war? Es schickte sich nicht für adelige Frauen, in den städtischen Herbergen abzusteigen, und Sigismondo war sich sicher, dass Genoveva diese Konvention nur im äußersten Notfall nicht einhalten würde.

Das Problem war außerdem, dass er nicht einmal wusste, wie viele Frauenklöster es hier gab und wo sich diese befanden.

Mit der flachen Hand strich er über den Hinterlauf seines Pferdes, während er überlegte.

Er wusste, wo die Station der Hofpost war. Der Bote hatte ihm schließlich die Adresse verraten. Und er wusste auch, dass die Hofpost mit dem Unterschleif zu tun hatte, von dem ihm Genoveva in ihrer kurzen Nachricht berichtet hatte. Schließlich hatte Bellnern von Paar sogar vor ihr gewarnt.

Er würde von Paar damit konfrontieren. Möglicherweise wusste dieser, wo sich Genoveva aufhielt. Und gerade im Moment hatte Sigismondo das Gefühl, dass er ohnehin nichts mehr verlieren konnte.

»Wir gehen zur Hofpost«, beschied er Simon, ignorierte dessen Überraschung und hielt nach einem Passanten Ausschau, der ihm den Weg in die Steingasse erklären könnte.

Mit der Faust hämmerte Sigismondo wenig später an die Tür des recht unscheinbaren Fachwerkbaus, an dessen Wand das Wappen derer von Paar prangte. Ein Knecht öffnete sie einen Spaltbreit, lugte hinaus und wollte sie sofort wieder zuschlagen. Doch der Fuß, den Sigismondo geistesgegenwärtig in den Rahmen stellte, hielt ihn davon ab.

»Ich möchte Rudolf von Paar sprechen. Jetzt sofort«, verlangte er barsch. Als der Mann daraufhin nicht reagierte, sondern weiterhin nur zu ihm herauslinste, trat Sigismondo einmal kräftig gegen die Tür, und sie schwang auf.

»Nun mach schon und hör auf zu glotzen«, befahl er. Aber der Knecht musste sich gar nicht weiter bemühen, denn rechter Hand erschien ein Mann im Hausflur und gesellte sich zu seinem Bediensteten an die Türschwelle. Drei braun gescheckte Jagdhunde mit kurzem Fell folgten ihm kläffend, blieben dann aber neugierig schnuppernd vor Sigismondo stehen. Ein kurzer Blick genügte, und sie trollten sich wieder. Wie immer, wenn er auf Hunde traf. Er hatte ein Händchen für sie, obwohl er nur in seiner Jugend welche besessen hatte. Sein Auftreten und seine Art, mit ihnen umzugehen, schienen die Tiere zu beruhigen, denn anders als die meisten seiner Soldaten war er unterwegs im Feld noch nie von einem Hund angefallen oder gebissen worden.

Sigismondo blickte ihnen noch einen Atemzug lang hinterher, ehe er seine Aufmerksamkeit wieder dem Mann vor sich widmete.

Er musste um die fünfzig herum sein, schätzte Sigismondo. Seine Statur war schmächtig, die Ringe unter seinen Augen beträchtlich, und sein Gesichtsausdruck war unverkennbar verärgert. Offenbar fühlte er sich gestört.

»Wie kann ich helfen?«, fragte der Mann ihn dennoch höflich mit breitem, österreichischem Dialekt. Sein Schnurrbart war fein gepflegt und gezwirbelt. Vermutlich gehörte von Paar zu jenen Männern, die ihren Bart täglich mit einem Kamm in Form brachten. Seine Augenbrauen hingegen waren buschig und durchsetzt von widerspenstigen, grauen Härchen, die in alle Richtungen abstanden. Auch wenn seine Lippen geschwungen und voll wirkten, zogen sich die Mundwinkel wie bei so vielen älteren Menschen nach unten und zeugten von einem tief in seinem Wesen verwurzelten Verdruss. Vielleicht sogar von Verbitterung.

»Freiherr Rudolf von Paar?«, fragte Sigismondo.

»Ganz recht«, antwortete der Mann.

Sigismondo nickte, fixierte von Paar und fragte: »Wo ist Genoveva Sfondrati?«

Er machte sich nicht die Mühe, die Etikette einzuhalten und sich seinem Gegenüber zuerst vorzustellen. Seine Muskeln schmerzten von dem Gewaltritt der letzten zwei Tage, er war hungrig, müde und ja, er machte sich entsetzliche Sorgen um Genoveva.

Etwas perplex antwortete von Paar lediglich mit einem »Wie bitte?«.

»Wenn mich nicht alles täuscht, hat Euch gestern oder heute ein Schreiben eines gewissen Johann Georg Bellnern erreicht. Habe ich recht?«

Von Paars Gesicht verschloss sich, was Sigismondo schon Antwort genug war. Ziemlich sicher hatte der Bote mehrere Pferdewechsel vorgenommen und war deshalb bedeutend schneller in Augsburg angekommen als er selbst. Vermutlich sogar noch vor Genoveva.

»Ich weiß nicht, wovon Ihr sprecht, bester … wie war noch einmal Euer Name?«

»Sigismondo Sfondrati, Marquis de Montafié, Generalkapitän Seiner Exzellenz Don Fernandos und, wie es das Schicksal will, Ehemann von Genoveva Sfondrati. Ich verlange unverzüglich Auskunft.« Für gewöhnlich hielt Sigismondo nichts davon, auf seinen Titeln herumzureiten. Denn dort, wo es darauf ankam – im Feld und in der Schlacht –, waren sie nichts als aufgeblasene Worthülsen. Aber heute machte er eine Ausnahme.

»Beeindruckend, Eure Titel«, gab von Paar zurück und polierte die Fingernägel seiner rechten Hand am Ärmel. Dann sah er wieder auf. »Ihr seid also auf der Suche nach Eurer Ehefrau?«, spottete er und schüttelte mit dezent amüsiertem Blick den Kopf. Am liebsten hätte Sigismondo ihm sein arrogantes Lächeln aus dem Gesicht geschlagen.

»Wo ist sie?«, fragte er stattdessen ungehalten.

»Wie kommt Ihr darauf, dass ausgerechnet ich das wüsste?«

»Weil Euch Bellnern, dieser versoffene Hornochse, gewarnt hat. Irgendetwas scheint meine Ehefrau herausgefunden zu haben, das Euch in Schwierigkeiten bringen könnte. Mich interessiert nicht im Geringsten, was es ist. Aber ich will wissen, wo Genoveva Sfondrati steckt.«

Von Paar stieß abschätzig die Luft durch die Nase. »Ihr fantasiert, Sfondrati. Ich weiß weder, wer dieser Bellnern sein soll, geschweige denn, wo sich Eure Ehefrau aufhält. Also entschuldigt mich.« Er drehte sich um und gab seinem Bediensteten bereits ein Zeichen, die Tür wieder zu schließen.

Einen kurzen Moment überlegte Sigismondo, ob es tatsächlich schlau war, den Hofpostmeister zu provozieren. Andererseits war dies definitiv nicht der richtige Zeitpunkt für höfliche Zurückhaltung.

»Ich warne Euch, von Paar. Genoveva Sfondrati ist die Tochter der Generalpostmeisterin und die Ehefrau eines Markgrafen und spanischen Generalkapitäns. Ihr hingegen seid nichts weiter als ein unbedeutender Freiherr, denn Eure Titel habt Ihr ja alle bereits verwirkt, nicht wahr?«, sagte er, ohne von Paar dabei aus den Augen zu lassen. Dieser hielt in seiner Bewegung inne, und sosehr er auch versuchte, sich nichts anmerken zu lassen, die hektischen, roten Flecken auf seinen Wangen verrieten ihn.

»Ich bin immerhin der Großprior der Johanniter in Böhmen, vergesst das nicht«, verteidigte sich von Paar.

Den gesamten Ritt von Bruchsal bis hierher hatte Sigismondo überlegt, was genau er nur mit dem Namen von Paar verband.

Stundenlang hatte er sich den Kopf darüber zermartert. Und dann war es ihm wieder eingefallen. Rudolf von Paar war Rat, Kämmerer und eine Weile lang sogar Oberststallmeister des alten Kaisers Ferdinand gewesen. Aber er schien sich übernommen zu haben mit seinen Aufgaben, denn bereits nach wenigen Monaten hatte er alle seine Ämter wieder niederlegen und sich auf sein Schloss in der Steiermark zurückziehen müssen. Nur durch Zufall hatte Sigismondo davon erfahren, da einer der Arkebusiere in Sigismondos Truppe, ein gebürtiger Österreicher, die Geschichte von Rudolf von Paars unrühmlichem Abgang eines Abends feixend am Lagerfeuer zum Besten gegeben hatte.

»Also, von Paar. Wo ist sie?«, fragte Sigismondo erneut in die angespannte Stille hinein.

»Wenn Ihr selbst nicht einmal wisst, wo sich Eure eigene Ehefrau …« Aber er kam nicht mehr dazu, den Satz zu beenden. Mit einer blitzschnellen Bewegung packte Sigismondo ihn am Kragen und zog ihn zu sich heran. »Wenn Genoveva etwas zustößt, und Ihr habt dabei Eure Finger im Spiel, werde ich Euch jede Eurer Gliedmaßen einzeln vom Körper schneiden und sie Euren Hunden zum Fraß vorwerfen.«

Von Paar machte sich aus Sigismondos Griff los und zog sein Wams wieder zurecht.

»Ich weiß nicht, wo Eure Frau steckt. Ich weiß auch nicht, welche Machenschaften Ihr mir mit diesen Vorwürfen unterstellen wollt, aber Ihr irrt Euch, Sfondrati. Ich bin Großprior und der Hofpostmeister von Österreich. Ich mag meine anderen Titel verloren haben, aber nicht meine Ehre«, presste er hinter zusammengebissenen Zähnen hervor. »Und jetzt, entschuldigt mich.«

Er strich seinen Kragen glatt, rückte das große, glänzende Johanniterkreuz auf seiner Brust zurecht, das er an einer Kette um den Hals trug, und machte auf dem Absatz kehrt, während sein Diener Sigismondo die Tür mit Nachdruck vor der Nase zuschlug.

Das Krachen hallte von den gegenüberliegenden Wänden der Gasse wider, und er wandte sich um.

Und zum zweiten Mal an diesem Abend blickte er in Simons weit aufgerissene Augen. Sein Schutzmann hatte auf der anderen Straßenseite mit den Pferden am Zügel auf ihn gewartet. Der silbrige Mondschein ließ sein Gesicht noch blasser erscheinen, als es ohnehin war. Es war offensichtlich, dass er Angst hatte, und Sigismondo war sich nicht sicher, ob vor seinem Zorn oder um Genoveva.

Er verkniff sich einen bissigen Kommentar, kratzte sich am Hinterkopf und blickte unschlüssig die Gasse hinab.

Von Paar mochte Bellnerns Schreiben bekommen haben, aber allem Anschein nach wusste er tatsächlich nicht, wo Genoveva steckte. Noch nie war Sigismondo in Augsburg gewesen. Er hatte hier weder Freunde noch Bekannte, und er wusste auch nicht, ob Genoveva möglicherweise Verbindungen in dieser Stadt besaß, von denen er nichts ahnte.

Fest stand, dass weder die Taxis noch von Paar seine Frau gesehen hatten – wo war sie nur hin verschwunden, nachdem sie das Stadttor passiert hatte?

Irgendetwas regte sich tief in seiner Magengrube. Unruhe, Nervosität, vielleicht war es sogar Angst?

Er musste Genoveva so schnell wie möglich finden. Es war nur ein vages Gefühl, eine Ahnung, dass sie in Gefahr schwebte. Aber sie verdichtete sich zu einem hässlichen, dunklen Knoten in seinem Bauch. Die Zeit drängte.

33.

Eine Gasse in der Nähe von David Freys Haus, Augsburg

Genoveva

Genoveva brauchte einen Moment, ehe sich ihre Augen an die plötzliche Dunkelheit gewöhnt hatten.

»Madame Sfondrati?« Der Mann sprach Französisch, aber mit einem ungewöhnlichen Akzent, den sie nicht zuordnen konnte. Seine Kleidung wirkte edel, er trug einen Schlapphut, wie es gerade in Mode war, auf dem eine ausladende Feder wackelte. Sein eleganter, halblanger Mantel glänzte seidig im Mondlicht.

Genoveva musste schlucken. Selbst wenn er sprach, wirkte das Gesicht des Mannes so leblos wie das einer Statue. Nur in seinen Augen funkelte etwas Hartes, Unerbittliches, das ihr den Schweiß auf die Stirn trieb.

Langsam nahm er seine rechte Hand von Genovevas Mund, beließ seinen linken Arm, der noch immer gegen ihren Hals drückte, aber an Ort und Stelle. Seine Haut roch stark nach einer Seife, süß und blumig. Es passte zu seinem gepflegten Erscheinungsbild.

»Wieso nur habt Ihr es so eilig?« Er klang belustigt, aber dennoch hörte Genoveva die Drohung in seinen Worten.

»Lasst mich los«, verlangte sie barsch.

»Aber, aber. Jetzt, wo wir es doch gerade so schön miteinander haben, in dieser lauen Frühlingsnacht, nicht wahr?«, plauderte er mit sanfter, weicher Stimme, und Genoveva spürte, wie Panik in ihr aufstieg.

»Was wollt Ihr von mir?«

Er legte den Kopf ein wenig schräg. Irgendetwas in seinem Gesicht, ein Zug, die Form seiner Augen oder der Nase kam Genoveva vage bekannt vor. Aber sie hatte keine Zeit, weiter darüber nachzudenken.

»Ihr scheint Euch in Angelegenheiten einzumischen, die Euch nichts angehen, werte Gräfin«, bemerkte er, und jegliche Freundlichkeit war nun aus seiner Stimme gewichen.

»Lasst mich los!«, schrie sie erneut. Seine Hand presste sich sofort wieder auf ihre Lippen. Sie zappelte in seinen Armen, aber obwohl er nicht größer war als sie und von schmächtiger Statur, konnte sie ihm nichts entgegensetzen.

»Na, wer wird denn so unartig sein.«

Erst jetzt bemerkte Genoveva die beiden Männer, die mit verschlossenen Gesichtern hinter dem kleinen Mann Aufstellung nahmen.

»Gebt mir die Briefe«, befahl er und streckte seine flache Hand aus. Mit einem Ruck befreite Genoveva ihren Kopf.

»Ich weiß nicht, wovon Ihr sprecht«, stieß sie hastig hervor, solange seine Hand nicht auf ihrem Mund lag. Ein unechtes Lächeln verzog die Lippen des Mannes.

»Wollt Ihr wirklich, dass wir Eurem Gedächtnis erst auf die Sprünge helfen müssen, Madame?«, fragte er, sein Blick glitt zu einem seiner groß gewachsenen Begleiter, der einen drohenden Schritt nach vorne machte. Genoveva spürte erste Schweißperlen auf der Stirn. Es war sinnlos, weiter zu leugnen.

»Wer schickt Euch? Bellnern? Oder etwa von Paar? Hat er nicht den Mut, persönlich mit mir zu sprechen, wenn er etwas von mir möchte?«

»Man erkennt Eure Verwandtschaft mit der Gräfin von Taxis, denn etwas Ähnliches hat Eure werte Frau Mutter auch verlauten lassen, als sie mich sah.«

Genoveva wurde von einem Moment auf den anderen eiskalt. »Was ist mit meiner Mutter?«, stieß sie schnell hervor.

»Es geht ihr gut. Wobei ich offen gestanden ein wenig indigniert bin, dass die gesamte Taxisfamilie ihr Augenmerk immer nur auf den Freiherrn von Paar richtet und nicht auf mich … aber das tut jetzt nichts zur Sache«, plauderte der Mann weiter. »Die Briefe, ich möchte sie wiederhaben.«

»Die werden Euch nichts nützen«, schleuderte sie ihm entgegen. Sie war noch nicht gewillt, kampflos aufzugeben. »Der Verrat der Hofpost wird so oder so ans Tageslicht kommen.«

»Verrat!«, wiederholte der Mann und lachte amüsiert in sich hinein. »Was für klingende Worte Ihr doch benutzt, Gräfin. Ich weiß gar nicht, wie Ihr überhaupt darauf kommt. Ich glaube vielmehr, Ihr habt da etwas vollkommen missverstanden.«

Noch immer war seine Stimme beängstigend sanft, und Genoveva merkte, wie ihre Knie unkontrolliert zu zittern begannen.

»Aber ich helfe Euch ein wenig auf die Sprünge, damit ich sichergehen kann, dass Ihr es auch begriffen habt, nicht wahr?«

Genoveva blickte dem Mann in die Augen, las die unerbittliche Härte darin und ahnte, was nun kommen würde. Tief holte sie Luft, um ihm zu widersprechen, um den Mann zu beschäftigen, um Zeit zu gewinnen, aber sie kam nicht einmal mehr dazu, das erste Wort zu formulieren.

Der Schlag, der ihre linke Wange traf, war so heftig, dass er ihren Kopf herumriss. Sie verlor das Gleichgewicht und schlug der Länge nach auf das Pflaster. Schmerz schoss durch ihren Schädel, und sie spürte, dass ihr warmes Blut aus einer Wunde an der Stirn in die Augen rann.

Sie blinzelte und wischte sich mit der flachen Hand über die Lider. Trotzdem konnte sie nichts mehr sehen. Sie hörte Schritte auf dem Boden, jemand nahm Anlauf, und dann traf sie eine Stiefelspitze in den Bauch. Augenblicklich explodierte ein Schmerz in ihren Eingeweiden, der ihr den Atem raubte. Ein zweiter Tritt traf sie in die Nieren, aber sie konnte nicht einmal mehr schreien. Zusammengekrümmt lag sie auf dem Boden und rang nach Luft.

Du musst weg von hier. Du musst sofort weg.

Vorsichtig streckte sie die Hände nach vorne, krallte ihre Finger in die Ritzen zwischen den Pflastersteinen und wollte fortkriechen. Sie legte den Kopf in den Nacken, um die Umgebung vor sich besser ausmachen zu können, blinzelte erneut, und viel zu spät erkannte sie den Stiefelabsatz, der über ihrer Hand schwebte.

Er fuhr nach unten, sie hörte ein Knacken, und diesmal war der Schmerz so gewaltig, dass ihre Stimme beim Schreien kippte.

Reflexartig zog sie beide Hände an sich heran und verbarg sie unter dem Bauch. Ihre Linke war taub, und sie traute sich nicht, diese mit ihrem ganzen Körpergewicht zu belasten. Die linke Hüfte deshalb ein wenig nach oben gereckt, robbte sie weiter nach vorne, weg von diesen Männern.

»Da windet sie sich wie ein Aal, die hochwohlgeborene Gräfin Sfondrati«, spottete eine Stimme über ihr. »Durchsucht sie.«

Grobe Hände tasteten über ihren Mantel und rissen das Briefpaket hervor. Sie konnte sich nicht mehr dagegen wehren. Überall in ihrem Körper pulsierte Schmerz, der es ihr unmöglich machte, sich zu bewegen. Ihre Nase war voller Blut, es rann ihr die Kehle hinab, sodass sie durch den Mund atmen musste.

Als ein weiterer Tritt in ihrem Bauch landete, krümmte sich ihr Körper zusammen, und sie musste würgen. Keinen Lidschlag später übergab sie sich und rang mit einem hässlichen, keuchenden Geräusch nach Luft. Sie hörte ein Lachen, Finger fuhren in ihre Haare und drückten ihr Gesicht in das Erbrochene.

Genoveva gab jeglichen Widerstand auf und ließ es mit sich geschehen. Kurz wurde noch Druck auf ihren Kopf ausgeübt, dann ließ der Mann sie los, packte sie am Arm, zog sie ein wenig zur Seite und drehte sie auf den Rücken.

Leichte Schläge auf ihrer Wange. Ihr Angreifer tätschelte sie, und Tränen schossen Genoveva in die Augen. Noch nie in ihrem Leben hatte sie sich so erniedrigt gefühlt.

»Gut gemacht, Genoveva. Das war ein kleiner Vorgeschmack darauf, was passiert, wenn du dein Vorhaben nicht aufgibst«, hörte sie die Stimme des Mannes. »Wenn du deine Mutter das nächste Mal siehst, richte ihr schöne Grüße aus von Christophe de Longwy.«

Genoveva hatte die Augen geschlossen. Sie schluchzte, die Schritte entfernten sich, ein oder zwei Atemzüge schaffte sie noch, dann erlöste sie eine Ohnmacht, die sie in tiefer Dunkelheit versinken ließ.

34.

Augsburg

Sigismondo

Es war die längste Nacht in Sigismondos Leben.

Gemeinsam mit Simon hatte er die gesamte Stadt durchkämmt, jede Herberge aufgesucht, an jedes Klosterportal geklopft, sogar die zwielichtigen Schenken hatten sie nicht ausgelassen.

Ohne Erfolg. Die Stadt schien Genoveva verschluckt zu haben.

Als der Morgen dämmerte, machte er sich erneut auf die Suche, ließ Simon schlafend in der Herberge zurück, in der sie weit nach Mitternacht Unterschlupf gefunden hatten. Erneut durchkämmte er alle Straßen und Gassen, kontrollierte sogar die Vorsprünge und Nischen der Stadtmauern, in denen sich meist zweifelhafte Gestalten tummelten.

Dann aber, unweit des Rathausplatzes, wo die Gassen noch gepflastert waren, fiel ihm etwas auf.

Ein Hund stand geduckt vor einem dunklen Auslass zwischen zwei Häusern, jederzeit bereit, davonzuspringen. Zaghaft beschnupperte er etwas, das Sigismondo nicht erkennen konnte. Er kam einen Schritt näher und roch, dass es Erbrochenes sein musste. Der Hund schleckte vorsichtig daran. Mit einem Händeklatschen verscheuchte er das Tier, das einen Satz zur Seite machte und sich verzog.

Noch einen Schritt kam er näher, kniff die Augen zusammen, und dann blieb die Welt um ihn herum stehen.

Er sah die reglose Gestalt, die dort in der Straßenecke lag, erkannte das grüne Kleid, und ein so grässliches Gefühl jagte durch seinen Körper, dass er einen Lidschlag lang wie erstarrt dastand.

Dann war er auf den Knien bei Genoveva, drehte sachte ihren Kopf zu sich, starrte in ihr blutverkrustetes Gesicht und auf ihre Brust.

»Genoveva«, flüsterte er, so voller Entsetzen und Verzweiflung, dass ihm seine eigene Stimme fremd vorkam.

Bitte, flehte er in Gedanken. *Bitte, lieber Gott, lass sie nicht tot sein.*

Als er sah, dass sich ihre Brust hob und senkte, entrang sich seiner Kehle ein Geräusch, ein Schluchzen, das ihn erschreckte, denn er hatte nicht geglaubt, einen solchen Laut von sich geben zu können.

Genovevas Gesicht war eiskalt, ebenso wie ihre Hände, aber ihre Augenlider flatterten, als käme sie allmählich wieder zu sich.

Vorsichtig tastete er ihren Körper nach offenen Wunden und gebrochenen Gliedmaßen ab, aber bis auf ihre blutige und geschwollene Linke und die Platzwunde an ihrer Stirn konnte er keine offensichtlichen Verletzungen erkennen.

Ihr Kleid war verschmutzt und besudelt, sie hatte sich übergeben, und ihr Erbrochenes klebte überall in ihrem Gesicht, als hätte sie sich darin gewälzt.

Behutsam nahm er ihre verletzte Hand, dennoch zuckte sie unter der Berührung zusammen.

Vermutlich war sie gebrochen oder zumindest geprellt, und er konnte sich ausmalen, wie das passiert war. Er kannte sie, die Foltermethoden, die Schmerzen zufügten, ohne einen lebensbedrohlich zu verletzen.

»Genoveva«, murmelte er erneut, strich vorsichtig über ihre Haare, bettete ihren Kopf in seinen Schoß und säuberte ihr Gesicht notdürftig.

»Wach auf, Genoveva«, er war sich seines Flehens vollkommen bewusst und spürte ein Brennen in den Augen. Tränen rollten seine Wangen hinab. Doch es war ihm gleichgültig.

Genovevas Lider flatterten erneut, und dann schlug sie die Augen auf. Sie blinzelte, blickte ihn an, und einen Moment glaubte er, sie würde ihn gar nicht erkennen.

»Es ist alles gut, Genoveva, ich bin jetzt da«, sagte er nur, und ihre Züge entspannten sich.

Aber nichts war gut. Zu seiner unbeschreiblichen Angst, die in den letzten Stunden seinen Körper und seinen Geist gequält hatte, mischte sich nun Wut, unsägliche Wut auf Genoveva und die gesamte Welt. Vor allem aber auf den Menschen, der sie so zugerichtet hatte.

Und noch etwas anderes kroch in Sigismondo empor. Etwas, das noch viel schlimmer war als Angst und Wut: Schuld.

Er fühlte sich schuldig, und das Gefühl bedrängte ihn so mächtig und unbarmherzig, dass er seine Tränen kaum noch in Schach halten konnte.

Genoveva war seine Ehefrau, sie unterstand seinem Schutz, und es war seine gottgegebene Aufgabe, auf sie aufzupassen.

Er war zu langsam gewesen heute Nacht. Er hatte versagt.

Wieder entkam ihm ein unkontrollierter Laut. Qualvoll und aus seinem tiefsten Inneren heraus hallte er durch die Gasse.

Genovevas kalte Hand, die seine berührte, zog seine Aufmerksamkeit auf sich.

Ihre Lippen bewegten sich, sie wollte etwas sagen, aber ihre Stimme war so leise, dass er sie nicht verstehen konnte. Sie räusperte sich.

»Zu David Frey«, flüsterte sie erneut und schaute ihm in die Augen.

Sigismondo nickte. »Wo?«

Kraftlos deutete ihr Arm nach rechts, während sie flüsterte: »In der Gasse zwei Ecken weiter.«

Die Morgendämmerung färbte den Himmel bereits in ein helleres Blau, durchsetzt von einem leichten Gelb und Rosarot, als er

Genoveva vorsichtig hochhob. Er folgte ihrer Anweisung und betrat schließlich die besagte Gasse.

»Frey!«, brüllte er. »David Frey!«, während er, Genoveva auf den Armen, langsam durch die Straße ging. Es war vollkommen still.

Noch einmal rief er den Namen, dann schwang ein Fensterladen im ersten Stock auf, und ein Mann blickte heraus, die dunklen, kurzen Locken standen ihm wirr vom Kopf. Einen Moment starrte er auf Sigismondo und das Bündel in seinen Armen hinab, dann schlug er das Fenster zu. Im Inneren des Hauses polterte es, und nur wenige Momente später wurde die Tür in dem roten Eingangstor zum Hof aufgerissen.

»Was um alles in der Welt ist passiert?«, stieß Frey vollkommen entgeistert hervor und winkte Sigismondo mit seiner kostbaren Fracht nach innen.

35.

Im Haus von David Frey, Augsburg

Genoveva

Frey hatte ihnen alles Nötige zur Verfügung gestellt, damit Genoveva sich waschen und ihre Wunden versorgen konnte. Im Grunde übernahm Sigismondo diese Aufgabe, denn sie selbst schaffte es gerade einmal, sich aufrecht auf dem Stuhl zu halten, auf den ihr Ehemann sie gesetzt hatte.

Genovevas Körper war übersät mit Prellungen und Schrammen. Als Sigismondo die handtellergroßen, dunklen Blutergüsse durch ihr dünnes Unterkleid hindurch sah, sog er scharf die Luft ein und half ihr behutsam aus dem Kleid. Er säuberte kleinere Schürfungen und legte mit geübten Händen Verbände an. Aber er stellte keine Fragen.

Ihre Hand schien nicht gebrochen zu sein, denn trotz des pochenden Schmerzes und der Schwellung konnte sie noch mit den Fingern wackeln und schaffte es beinahe, sie zu einer Faust zu ballen. Als er fertig war, schützte ein dicker Verband ihre Linke, die in einer Schlinge um ihren Hals lag.

Frey hatte ihnen einen Krug starkes, dunkles Bier in die Stube gestellt, und mit einem Ächzen goss Genoveva zwei Becher voll. Sie nahm einige gierige Schlucke und genoss das wärmende Gefühl, das sich gleich darauf in ihrem Magen einstellte. Ihre Wangen röteten sich, und schnell merkte sie, wie ihr das Bier zu Kopf stieg. Aber es schien die Schmerzen ein wenig zu lindern, die sie bei jeder Bewegung anfielen wie ein beißwütiges Tier.

Vor allem aber spürte sie, dass der Alkohol sie entspannte. Sigismondo hatte ihr noch geholfen, ihr Kleid zu reinigen und es wieder anzulegen, und sich danach in die andere Ecke des Raumes zurückgezogen. Die ganze Zeit über hatte er kein Wort gesprochen.

Als sie in der Gasse zu sich gekommen war, ihr Kopf in seinem Schoß, hatte sie ihn weinen gesehen. Er hatte seine Erleichterung nicht verbergen können. Sobald sie jedoch in Freys Haus angekommen waren und er das ganze Ausmaß ihrer Verletzungen in Augenschein genommen hatte, war seine Miene immer düsterer und verschlossener geworden. Weder er noch sie hatten seitdem miteinander gesprochen, und je länger das Schweigen anhielt, desto weniger traute Genoveva sich, etwas zu sagen.

»Was genau ist passiert?« Es waren die ersten Worte, die er an sie richtete, und seine Stimme klang so unnahbar und kalt, dass es Genoveva einen Stich versetzte. Mit verschränkten Armen lehnte er an dem gusseisernen Ofen am anderen Ende des Raumes. Obwohl er so weit entfernt war von ihr, konnte sie seine Ablehnung beinahe körperlich spüren.

»Ich habe Bellnern dabei beobachtet, wie er Briefe unterschlägt, indem er sie an die Hofpost abzweigt, wir müssen es unverzüglich …« Sigismondo winkte ab, noch ehe sie den Satz beendet hatte.

»Wer war das?«, fragte er rau und wies dabei mit der Hand auf ihren Körper. Einen winzigen Moment lang meinte Genoveva, dass seine Stimme dabei zitterte.

»Ich … ich kannte den Mann nicht. Er war klein, edel gekleidet, und er hatte blaue Augen. Er trug mir auf, ich solle meiner Mutter schöne Grüße von Christophe de Longwy ausrichten. Ich …«

Sie sah es ganz genau. Selbst ohne Brille. Einen winzigen Moment lang war Entsetzen über Sigismondos Züge geglitten.

»Der Mann ist dir bekannt?«

»Flüchtig«, antwortete er mit belegter Stimme und räusperte sich. Er begegnete Genovevas fragendem Blick und merkte offenbar selbst, dass er sie mit dieser Antwort nicht abspeisen konnte.

»Ich habe ihn einmal kennengelernt. Vor vielen Jahren.« Einen Atemzug lang schien er mit sich zu ringen, ob er weitersprechen sollte, doch dann fuhr er fort: »Er ist ein Auftragsmörder der Oberen. Er hat mehr Menschen auf dem Gewissen als so mancher Soldat an der Front. Jeder Herrscher scheint auf die eine oder andere Weise bei ihm in der Schuld zu stehen. Was auch erklärt, warum er noch immer nicht am Galgen baumelt …«

Genoveva nickte, und erst jetzt bemerkte sie, mit welcher Intensität Sigismondo sie ansah.

Du könntest tot sein. Er sprach die schrecklichen Worte nicht aus, aber Genoveva wusste ohnehin, was er dachte.

»Sigismondo, ich …«, begann sie und machte eine hilflose Geste mit ihrer freien Hand. Sie musste sich bei ihm entschuldigen. Das musste sie wirklich.

»Ist dir überhaupt klar, was du gemacht hast?«, fuhr er sie an, noch ehe sie den Gedanken in Worte fassen konnte. So scharf und zornig war seine Stimme, dass Genoveva schluckte.

»Ja … nein …«, stammelte sie und atmete tief ein. »Es tut mir leid. Es war eine Augenblicksentscheidung, ich … ich wusste doch, dass du zurückmusst nach Brüssel, und …«

»Und wo bin ich jetzt?«

»Du bist hier, Gott sei Dank. Ich wollte dir nicht erzählen, dass ich mich in der Posthalterei umgesehen hatte in Bruchsal. Ich wollte dich nicht wütend machen.« Sie haspelte die Wörter hervor, schnell und auch ein wenig hilflos.

»Wütend?«, fuhr Sigismondo sie an, laut und ungehalten. »Glaubst du, ich bin jetzt einfach nur wütend?«

Du bist auch verletzt und enttäuscht. Und du vertraust mir nicht mehr. Allein der Gedanke war so schwer zu ertragen, dass Genoveva unwillkürlich die Augen schloss.

»Ich habe den Befehl meines Landesherrn ignoriert, um dir zu folgen und dich vor dem Schlimmsten zu retten. Und meine Befürchtungen sind ja auch eingetreten, bevor ich dich hier halb tot in einer Gasse gefunden habe.«

Die Worte dröhnten in ihren Ohren. Er hatte recht, denn sie hatte überhaupt nicht darüber nachgedacht, in welche Situation sie Sigismondo mit ihrem kopflosen Aufbruch gebracht hatte. Er musste sich wahnsinnige Sorgen gemacht haben. Und natürlich hatte er ihr folgen müssen, sie war seine Ehefrau und unterstand seinem Schutz. Er hatte gar keine andere Möglichkeit gehabt.

Sie schloss die Augen bei dieser Erkenntnis und versuchte, den bitteren Geschmack auf ihrer Zunge herunterzuschlucken. Sie fühlte sich elend. Den Kopf gesenkt, gestand sie: »Ich weiß nicht, wie ich das alles wiedergutmachen kann. Ob ich es überhaupt jemals kann«, und wartete danach auf eine Antwort. Aber er sagte kein Wort. Selbst ein Wutanfall wäre ihr lieber gewesen als dieses eisige Schweigen.

»Ich weiß nur, dass Rudolf von Paar etwas Ungeheuerliches treibt, und wir dem Kaiser davon berichten müssen«, versuchte sie es erneut. Sie wünschte sich in diesem Moment nichts anderes, als endlich eine Regung in seinem Gesicht zu sehen. Etwas, das ihr verriet, dass er zumindest im Ansatz verstand, warum sie so dringend etwas hatte unternehmen müssen.

»Lies selbst.« Genoveva tastete nach dem Schreiben, das sie vorhin aus ihrem Mieder gezogen hatte. De Longwy mochte den Briefstapel haben. Auch Savellis halb verbrannten Hilferuf besaß Genoveva nicht mehr. Aber das Schreiben von François Sublet, die Zahlungsanweisung, die ihr wichtigstes Beweismittel war, hatte er nicht bei ihr gefunden. Genoveva hatte es zu gut versteckt.

Noch ehe sie es ihm reichen konnte, klopfte jemand verhalten an die Tür.

»Ja?«, sagte Sigismondo auffordernd, woraufhin der Kopf von David Frey im Türspalt erschien.

»Nur herein, Frey. Meine Ehefrau möchte mich gerade über ihre Entdeckungen aufklären«, sagte er in sarkastischem Tonfall. »Ich denke, das wird Euch interessieren. Schließlich handelt es sich ja um eine Angelegenheit der Reichspost, nicht wahr?«, fragte er an Genoveva gewandt und funkelte sie an.

Statt einer Antwort hielt sie ihm das Schreiben hin und erwiderte seinen Blick trotzig, als er danach griff. Sie mochte vorschnell aufgebrochen sein in Bruchsal, aber das änderte nichts an den Tatsachen.

»Es war in einem Stapel von Briefen aus Paris, die Bellnern aussortiert hatte«, erläuterte sie, blickte dabei prüfend zu Frey, erkannte befriedigt, dass auch er aufmerksam zuhörte, und fuhr fort: »Der Vermerk *Kaiserliche Hofpost* stand darauf. Ich vermute, Bellnern wollte den ganzen Packen an die Hofpost abzweigen, um sicherzugehen, dass sie nicht in die falschen Hände geraten.« Kurz pausierte sie, um Sigismondo Zeit zu geben, das Schreiben genauer in Augenschein zu nehmen. Frey linste ihrem Ehemann nun neugierig über die Schulter.

Oftmals hatte Genoveva den Reichspostverwalter die letzten Jahre über an der Seite ihrer Mutter gesehen. Seit dem Tod ihres Vaters schien er einer ihrer engsten Vertrauten zu sein, denn die beiden standen in ständigem Austausch miteinander.

Genoveva mochte Frey. Vor allem das ehrliche, aufrichtige Lächeln, das zumeist auf seinem Gesicht lag. Auch wenn ihre Unterhaltungen nie über das Geschäftliche hinausgegangen waren, hatte sie in Frey immer eine Art väterlichen Freund gesehen.

»Das Siegel des Seigneur du Plessis ist echt, ich habe es in Brüssel bereits mehrmals zwischen die Finger bekommen. Der Inhalt des Briefes ist vollkommen unmissverständlich. Rudolf von Paar arbeitet für die Franzosen, und damit gegen den Kaiser. Ich habe noch einen weiteren Brief gefunden. De Longwy hat ihn mir abgenommen. Darin hat ein Feldmarschall namens Savelli …«

»Savelli? Federigo di Savelli?«, vergewisserte sich Sigismondo.

»Genau der. Er bat darin den Kaiser um Verstärkung gegen Bernhard von Sachsen-Weimar in Hochburgund. Bellnern hat diesen Brief, kurz bevor ich zu ihm in die Gaststube kam, offensichtlich verbrannt. Ich konnte später nur noch einen beschriebenen Rest davon aus dem Feuer fischen!«

Beide Männer starrten sie entsetzt an.

»Das klingt … ungeheuerlich.« Frey fand als Erster seine Sprache wieder.

»Eben!«, fuhr Genoveva vom Stuhl auf, erleichtert über die soeben erhaltene Zustimmung. »Deshalb musste ich auch sofort aufbrechen. Ich musste eine Entscheidung treffen, und es war nicht viel Zeit«, erklärte sie an Sigismondo gewandt.

»Aber Genoveva, wie oft muss ich es dir noch sagen: Du bist jetzt verheiratet, du …«

Genoveva wollte ihn schon unterbrechen.

»Lass mich ausreden«, verlangte Sigismondo, dem es offenbar gleichgültig war, dass Frey ihre Auseinandersetzung mitbekam. »Du bist nicht mehr alleine, und musst auch deine Probleme nicht mehr alleine lösen. Du hättest mit mir reden müssen.« Er betonte dabei die letzten Worte. Sein Tonfall klang gereizt und auch ziemlich vorwurfsvoll, fand Genoveva. Natürlich hätte sie mit ihm reden müssen. Aber sie hatte bereits vorher gewusst, wie seine Antwort ausgefallen wäre.

Sie sah ihm direkt in die Augen. »Wärst du mit mir nach Wien geritten, um die Briefe dem Kaiser zu übergeben und Klage gegen die Hofpost zu führen?«, fragte sie ruhig.

Stille. Er erwiderte ihren Blick mit ausdrucksloser Miene. »Nein.«

Genoveva verbarg die Genugtuung nicht, die sie in diesem Moment verspürte. Aber sie kam nicht dazu, ihm ein »Siehst du« entgegenzuhalten.

»Wir hätten diesen Vorfall an deine Mutter berichtet. Oder meinetwegen auch an Frey«, er deutete auf den Verwalter. »Schließlich ist die Gräfin von Taxis die Generalpostmeisterin, es sind ihre Briefe, die unterschlagen wurden, und es ist auch ihre Aufgabe, diesen Missstand zu beseitigen, und nicht deiner.«

»Es geht doch hier schon lange nicht mehr darum, dass Briefe verschwinden. Bellnern vernichtet Nachrichten von der Front, Sigismondo, verstehst du das denn nicht?«

Erwartungsvoll blickte sie ihren Ehemann an, aber der schien ihr nicht mehr zuzuhören. Mit einem frustrierten Seufzer ließ sie sich zurück auf ihren Stuhl fallen und verzog dabei schmerzhaft das Gesicht.

Geistesabwesend fuhr Sigismondo mit den Fingern die grob gemaserte Tischplatte entlang. Ohne den Kopf zu heben, sagte er schließlich: »Bellnern hat von Paar darauf aufmerksam gemacht, dass du Briefe entwendet hast. Ich habe einen seiner Boten abgefangen.« Er nickte bitter. »Ich hätte das Schreiben vernichten und den Boten irgendwo einsperren müssen. Dann wäre von Paar gar nicht erst auf dich aufmerksam geworden und dir wäre auch nichts passiert«, schloss er mit leiser Stimme.

Auch wenn Genoveva im Grunde erleichtert darüber war, dass er die Schuld an dieser ganzen Misere nicht mehr ihr allein anlastete, konnte sie nicht zulassen, dass Sigismondo sich nun auch noch Selbstvorwürfe machte.

»Der Mann, der sich de Longwy nannte, hat abgestritten, etwas mit von Paar zu tun zu haben. Er wolle mir eine Lektion erteilen, behauptete er. Mir persönlich«, erklärte sie deshalb rasch.

Aber ihre Erklärung schien das genaue Gegenteil zu bewirken.

Ihr Ehemann blickte sie scharf an, und in seinen Augen lag mit einem Mal ein so wilder, zorniger Ausdruck, dass es Genoveva fast schon unheimlich wurde. Er machte einen ausfallenden Schritt in Richtung der Eingangstüre und nahm seinen Mantel vom Haken.

»Ich habe noch etwas zu erledigen«, erklärte er an Frey gewandt, drehte sich zu Genoveva um und befahl ihr: »Du rührst dich nicht vom Fleck.«

Genoveva sank noch ein klein wenig mehr in sich zusammen.

Die Zimmertür schlug hinter ihm zu, wenig später auch die Haustür, und sie hörten, wie sich Sigismondos Schritte in der Gasse entfernten.

»Was hat er vor?«, fragte Genoveva bang.

Freys besorgter Blick blieb auf ihr hängen. »Ich weiß es nicht. Ich hoffe nur, nicht etwas allzu Dummes.«

36.

Hofpostamt Augsburg

Sigismondo

Es dauerte nicht lange, bis er das Haus der Hofpost wiedergefunden hatte. Er wusste, dass er de Longwy dort antreffen würde, denn obwohl Genoveva ihm das Gegenteil weiszumachen versuchte – hatte der Überfall auf sie natürlich etwas mit dieser Witzfigur von Paar zu tun.

Er hämmerte mit der Faust an die Tür und drückte sie sofort mit dem Ellbogen auf, als derselbe Knecht ihm diese genau wie gestern abermals nur einen Spaltbreit öffnen wollte. Ohne das Wort an ihn zu richten, stiefelte er in den Raum, in dem er die Stube vermutete.

Er riss die Tür mit einem Ruck auf und schlug sie scheppernd gegen die Wand. Von Paar saß mit einem Mann zusammen, offenbar beim Frühstück. Sigismondo brauchte einige Momente, ehe er ihn erkannte. Es war Jahre her, dass er Christophe de Longwy das letzte Mal gesehen hatte. Grau hatte sich in seine schwarzen Haare gemischt, einige Falten gruben sich in seine Stirn, aber sein Blick war noch immer so stechend und eisig wie eh und je.

Ein Erkennen huschte über de Longwys Gesicht. Es verwandelte sich in ein feines, kaum merkliches, aber kaltes Lächeln, als er die Wut auf den Zügen des Generalkapitäns erkannte, und am liebsten hätte Sigismondo de Longwys Visage sofort zu blutigem Brei gedroschen.

Er hatte die Hände bereits zu Fäusten geballt, rief sich jedoch im letzten Moment zur Ruhe.

»Ihr schon wieder«, begrüßte ihn von Paar indigniert. Der Blickwechsel zwischen Sigismondo und seinem Gast schien ihm vollkommen entgangen zu sein.

»Ich weiß noch immer nicht, wo Eure Frau ist, wenn es das ist …«, begann er vehement, verstummte jedoch, als er erkannte, dass der Ankömmling nur Augen für de Longwy hatte.

Mit einem Quietschen rückte dieser seinen Stuhl nach hinten, stand auf und kam einen drohenden Schritt näher, obwohl er dem Generalkapitän körperlich weit unterlegen war.

Sigismondo wunderte sich insgeheim über die Unnachgiebigkeit, mit der dieser kleine, unscheinbare Mann seinen Blick erwiderte. Was ihm jedoch nicht entging, war die Kaltblütigkeit in seinen Augen, die Sigismondo nicht einmal bei den übelsten Soldaten auf dem Schlachtfeld gesehen hatte.

Er riss seinen Blick von dem Auftragsmörder los und wandte sich an von Paar. »Keine Sorge. Ich habe meine Frau inzwischen gefunden.« Einen Moment wartete er, dann richtete er die nächsten Worte an de Longwy: »Und Ihr seid ein toter Mann.«

Dieser lachte in sich hinein und verschränkte mit einer süffisanten Geste die Hände vor dem Bauch. »Das habe ich schon des Öfteren gehört. Bisher hat es sich jedoch nie bewahrheitet.«

»Dann wird es Zeit, dass sich das ändert.« Sigismondos Hand lag bereits auf dem Schwertknauf. »Ihr habt eine wehrlose Frau überfallen und zusammengeschlagen. *Meine* Frau.«

»Ich habe ihr eine Lektion erteilt«, berichtigte ihn de Longwy.

»Ihr streitet es also nicht ab?« Schon wieder war Sigismondo überrascht.

»Was ist passiert?«, warf von Paar ein, und seine Stimme klang alarmiert. Doch de Longwys beschwichtigend erhobene Hand ließ ihn sofort verstummen, und Sigismondo verstand nun, wer hier eigentlich die Fäden zog.

»Ich hatte bereits ihre Mutter gewarnt. Sie hat sich dennoch eingemischt. Ich denke, sie wird es kein zweites Mal tun.« Die Gönnerhaftigkeit und Arroganz, mit der dieser Mann sprach, verursachte Sigismondo Brechreiz.

»Ich habe nicht vor, gegen den Landfrieden zu verstoßen, indem ich eine Fehde gegen Euch führe. Denn zum einen seid Ihr diese nicht wert, und auch die Scherereien nicht, die eine solche unweigerlich für mich nach sich ziehen würde. Ich kenne Euren Stammbaum nicht, aber ich bezweifele stark, dass Ihr satisfaktionsfähig seid.«

De Longwys Augenlider zuckten, und Sigismondo entging dies nicht. Hatte er gerade einen wunden Punkt getroffen?

Sofort aber legte sich wieder die gewohnte Selbstsicherheit auf de Longwys Züge.

»Sie hat gar nicht so viel geschrien, wie ich erhofft hatte. Erst als mein Stiefelabsatz ihre Hand zerschmetterte, hat sie angefangen zu kreischen.«

Schneller, als de Longwy Atem holen konnte, war Sigismondo bei ihm, packte ihn am Kragen und drosch ihm seine rechte Faust ins Gesicht. Als er nochmals ausholte, schlug de Longwy geistesgegenwärtig seine Hände davor, und schon war von Paar zur Stelle und warf sich zwischen die beiden.

»Meine Herren, ich darf doch sehr bitten!«, rief er energisch und hängte sich wie ein Äffchen an Sigismondos Ellbogen, der ihn mit einem einzigen Stoß wieder loswurde.

»Und Ihr? Lasst eine Markgräfin auf offener Straße zusammenschlagen?«, fuhr er den Hofpostmeister an. »Ihr seid noch ehrloser als das Gesindel vor den Stadtmauern!«

»Ich weiß nicht, was …«, begann von Paar, sein fragender Blick huschte zu de Longwy, der seine Hände inzwischen wieder heruntergenommen hatte.

»Versucht mir nicht weiszumachen, Ihr wüsstet nicht, was dieser Mann tut. Ihr seid schließlich sein Auftraggeber, Ihr bezahlt ihn für sein schändliches Verhalten!« Sigismondo schüttelte voller Verachtung den Kopf. »Ein ehemaliger Kämmerer des Kaisers.«

»Euer Zorn ist ungerechtfertigt«, verteidigte sich von Paar. Halbherzig nur, denn er konnte seine Verunsicherung mittlerweile nicht mehr verbergen.

»Wofür das alles?«, wollte Sigismondo wissen, der sich diese Frage ebenfalls schon gestellt, aber nicht beantworten hatte können. »Damit Eure lächerliche Hofpost gegen die Reichspost bestehen kann? Ist es das? Dafür geht Ihr eine Allianz mit einem Mörder ein?«

Von Paars buschige Augenbrauen zogen sich zusammen. »Urteilt nicht über Angelegenheiten, von denen Ihr nichts versteht.«

»Ich weiß genug über Eure Machenschaften, um zu urteilen. Aber unser beider Freund de Longwy hat dieses Mal einen Fehler begangen, der ihn seine räudige Haut kosten wird.«

Zufrieden grinsend stand dieser in einer Ecke, in sicherer Entfernung vom Generalkapitän. Er blutete aus der Nase und an den Lippen, und Sigismondo merkte, wie der Anblick seinen Pulsschlag beschleunigte.

»Ehe es so weit kommt, sind die Taxis und die Reichspost dank mir bereits dem Untergang geweiht«, erwiderte de Longwy.

»Was habt Ihr da gesagt?« Sigismondo machte einen Schritt auf ihn zu.

»Das werdet Ihr schon noch herausfinden. Und wie es aussieht, sogar früher, als Euch lieb ist«, prophezeite de Longwy.

»Ich fordere Euch zum Duell, de Longwy. Auch wenn Ihr es eigentlich nicht verdient, denn Ihr seid mit keiner Faser Eures Körpers ein Ehrenmann.«

Dieser fixierte Sigismondo, und ein nachdenklicher Ausdruck trat auf sein Gesicht. So, als hätte er gerade etwas erkannt. »Ihr habt Euch in diesem Moment einen Feind geschaffen, an dem Ihr ersticken werdet«, stellte er fest und kam langsam näher. Womöglich wollte er nicht, dass von Paar seine nächsten Worte hörte.

»Wisst Ihr, was passieren wird, wenn Ihr das Duell verliert? Denn genauso wird es kommen, darauf könnt Ihr Euch verlassen. Eure wunderschöne, kleine Genoveva wird vollkommen schutzlos zurückbleiben in dieser grässlichen, grausamen Welt.«

»De Longwy, was redet Ihr da!«, intervenierte der Hofpostmeister, fand aber keine Beachtung.

»Und ich werde es zu meiner Aufgabe machen, mich um sie und ihren verführerischen Mädchenkörper zu kümmern, um sie über Euren Verlust hinwegzutrösten. Ob sie will oder nicht.«

Irgendetwas in Sigismondo zerbrach bei diesen Worten. Er sah nichts mehr um sich herum und hörte auch nichts mehr. Kopflos begann er, auf de Longwy einzuschlagen. Er drosch ihm ein zweites Mal ins Gesicht, dann ein weiteres Mal, bis er plötzlich von vielen Armen gepackt und festgehalten wurde. Mehrere Männer waren im Raum und zerrten ihn von de Longwy herunter.

»Ihr werdet schon sehen«, prophezeite ihm de Longwy, und das Lächeln, das trotz der vielen Schläge auf sein malträtiertes Gesicht trat, war das Letzte, was Sigismondo wahrnahm, ehe er zur Haustür hinausgeworfen und diese hinter ihm zugezogen wurde.

Genoveva

»Wo hält sich die Generalpostmeisterin gerade auf?«, fragte Sigismondo den Verwalter, als er die Tür zu Freys Stube aufriss. Er war ein wenig außer Atem, wunderte sich Genoveva.

Wo war er die letzte Stunde über gewesen?

Frey stellte sich offenbar die gleiche Frage, denn er kam nur langsam nach oben. »Ehrlich gesagt, ich weiß es nicht.«

Genoveva hatte mit ihm gemeinsam die nächsten Schritte erörtert, die nun zu tun waren. Sie würden eine Nachricht an die Generalpostmeisterin schicken und in Augsburg auf diese warten. Erst nach deren Eintreffen würden sie mit ausreichend Schutzmännern an der Seite in Richtung Wien aufbrechen. Es war das einzig Sinnvolle, was sie tun konnten. Die Last der Verantwortung nicht mehr alleine auf den Schultern zu tragen und sich mit Frey austauschen zu können, hatte Genoveva erleichtert. Mit erstaunlichem Appetit hatte sie sich anschließend über den Frühstücksbrei hergemacht, den Freys Köchin ihnen kredenzt hatte, und sich im Kopf bereits die Worte zurechtgelegt, mit denen sie ihre Mutter davon überzeugen wollte, nicht ohne sie am Wiener Hof vorzusprechen.

Aus dem Augenwinkel heraus erkannte sie, wie Sigismondo nickte. Er schien eine Entscheidung getroffen zu haben. »Meine Ehefrau und ich reisen nach Wien«, erklärte er. »Wir werden Klage führen gegen von Paar und gegen Christophe de Longwy.«

Einen Moment lang wusste Genoveva nicht, was sie antworten sollte.

Aber Frey kam ihr ohnehin zuvor. »Denkt Ihr nicht, es wäre besser, dies der Generalpostmeisterin oder mir zu überlassen? Schließlich ist es eine Angelegenheit der Reichspost, wie Ihr selbst bereits sagtet«, versuchte er es vorsichtig. Ebenso wie Genoveva war ihm die blanke Wut, die Sigismondo ausstrahlte, offenbar nicht entgangen.

»Es ist gerade eben zu meiner persönlichen Angelegenheit geworden«, erklärte Sigismondo kurz angebunden. Einen Moment lang schauten sich die Männer in die Augen, ein stummer Austausch, dem Genoveva nicht folgen konnte. Schließlich nickte Frey, als hätte er verstanden.

Genoveva aber verstand rein gar nichts.

»Was ist passiert?«, wollte sie wissen, und je länger sie Sigismondos zornig entschlossenes Gesicht betrachtete, desto schlechter wurde das Gefühl in ihrer Magengegend.

»Das spielt jetzt keine Rolle«, speiste er sie ab. »Wir haben das Schreiben, richtig?«

Genoveva nickte und deutete auf das Papier auf dem Tisch.

»Verwahre es gut. Es ist unser wichtigstes Beweisstück.«

Eigentlich hätte sich Genoveva freuen müssen. Es war genau das, was sie gewollt hatte. Sigismondo und sie würden Klage führen, auch ohne dass ihre Mutter dabei involviert war. Sie würden zusammen an den kaiserlichen Hof reisen, wo sie zeigen würde, dass sie noch immer ein Teil der Taxisfamilie war, obwohl sie nun verheiratet war und einen anderen Namen trug. Und Teil der Reichspost.

Dennoch – die plötzliche Meinungsänderung ihres Ehemannes weckte ihr Misstrauen.

»Setzt Euch in Wien, sobald Ihr angekommen seid, mit Dr. Ponzon in Verbindung, er ist der Anwalt der Generalpostmeisterin am kaiserlichen Hof«, riet ihnen Frey. »Und stellt Euch darauf ein, dass sich auch die Generalpostmeisterin binnen kürzester Zeit nach Wien begeben wird. Es ist meine Pflicht, ihr unverzüglich Bericht zu erstatten, ich hoffe, Ihr wisst das, Sfondrati.«

»Tut, was Ihr nicht lassen könnt«, winkte Sigismondo ab, als hätte er bereits damit gerechnet. »Ich benötige noch zwei oder drei weitere berittene, fähige Schutzmänner – könnt Ihr mir bei der Suche behilflich sein?«

»Sicher doch«, antwortete Frey. »Die Stadtoberen beschäftigen schon seit geraumer Zeit Söldner, deren Dienste sie für eine entsprechende Summe auch Reisenden anbieten.«

»Bestens. Geld spielt keine Rolle«, erklärte Sigismondo und wandte sich an Genoveva. »Ich habe Rhea in Cannstatt eingesammelt.«

Natürlich wusste er, wie viel ihr an der treuen Stute lag. Und tatsächlich machte deren Herz einen Sprung, so sehr freute sie sich darüber, Rhea bald wieder bei sich zu haben.

»Sobald wir die weiteren Schutzreiter rekrutiert haben, reiten wir los. Simon wird uns ebenfalls begleiten.« Mit prüfendem Blick musterte er Genoveva. Die wusste sofort, dass er sich gerade die Frage stellte, ob sie in ihrem Zustand wohl in der Lage wäre, mehrere Stunden auf dem Rücken ihres Pferdes zu verbringen.

»Natürlich kann ich reiten«, erklärte sie selbstsicherer, als sie war, denn die Schmerzen in ihren Gliedern wurden mit jeder Stunde stärker.

Wie zum Beweis stand sie rasch auf und lief an ihm vorbei in Richtung Türe. Er packte sie am Arm und zog sie an sich, obwohl er wissen musste, dass es ihr wehtat.

»Glaube nicht, dass wir im Reinen miteinander sind, Genoveva«, raunte er so leise, dass nur sie ihn verstehen konnte. Seine Stimme klang so zornig, dass sie eine Gänsehaut bekam.

Er ließ sie los, und mühsam blinzelte Genoveva die Tränen weg, die ihr sofort in die Augen geschossen waren.

Sigismondo verabscheute sie. Ja, er verabscheute sie, und sie wusste nicht, wie sie damit umgehen sollte.

37.

Augsburg

Alexandrine

Niedrig und unscheinbar war die Eingangstür, deren rote Farbe bereits vom rissigen Holz abblätterte. Der abgegriffene Messingklopfer an der Tür des Eingangstors, der die Form eines Löwenkopfes hatte, glänzte im Licht der untergehenden Sonne. Gerade als Alexandrine die Hand erhob, um ihn zu bedienen, wurde die Tür aufgerissen. Den Blick über die Schulter noch in den Hof gerichtet, machte ein Mann einen ausladenden Schritt nach draußen und wäre beinahe mit Alexandrine kollidiert. Beide schreckten zurück und starrten einander verdattert an.

»Was machst du hier?« Die Frage kam Alexandrine reflexhaft über die Lippen.

»Du meinst in meinem eigenen Haus?« Schneller als sie selbst schien David Frey sich von der unerwarteten Begegnung zu erholen.

Sein Blick wanderte zu den beiden Schutzreitern hinter ihr. Alexandrine hatte, ohne nachzudenken, das Wort an ihn gerichtet und ihn so vertraulich angesprochen, wie sie es in Gesellschaft für gewöhnlich nie tat. Erst jetzt fiel ihr der erstaunte Gesichtsausdruck ihrer beiden Begleiter auf.

»Bringt Ares und Eure Pferde in Freys Stall«, befahl sie ihnen. Ganz selten überließ sie Ares der Obhut ihrer Männer, aber heute machte sie eine Ausnahme. Irgendetwas an David Freys überraschter Reaktion gefiel ihr nicht, und sie wurde das Gefühl nicht los, dass sie dringend mit ihm sprechen musste.

»Und dann meldet Euch in der Küche«, ergänzte Frey. Er löste den Riegel, ließ das große Eingangstor in den Hof aufschwingen und winkte die Schutzreiter mit den Pferden am Halfter herein. Ehe er das Tor hinter sich schloss, blickte er noch hastig nach rechts und links in die Gasse. Etwas zu hastig, fand Alexandrine.

Sofort führte David sie in seine Empfangsstube. Vielleicht war diese auch sein Schreibzimmer, das war für Alexandrine nicht genau ersichtlich. Jedenfalls sah man dem Raum an, dass keine Frau hier lebte. Der große, fleckige Esstisch diente offenbar auch als Schreibpult. Überall lagen Papiere herum, mehrere, teils ausgetrocknete Tintenfässchen standen hier und da, die Regale an den Wänden waren vollgestellt mit Büchern und Mappen, und ein schwacher Duft nach Pfeifenrauch lag in der Luft. Und noch etwas fiel Alexandrine ins Auge. Ein Weidenkorb voller blutverschmierter Tücher und Binden.

»Ich wundere mich ein wenig, wie schnell du deinen Weg nach Augsburg gefunden hast, wo du doch so schwer beschäftigt warst in Brüssel«, spöttelte sie und blieb unschlüssig in der Mitte des Raums stehen. Mäßig interessiert begutachtete sie einige abgebrochene Schreibfedern, die einen unordentlichen Haufen neben einem leeren Bierkrug bildeten.

Sie hatte in Freys Haus lediglich die Dienerschaft erwartet, nicht jedoch mit der Anwesenheit des Hausherrn persönlich gerechnet. Der Postverwalter musste wie der Teufel geritten sein, denn sie hatte die Strecke von Köln bis nach Augsburg selbst nur mit wenigen Pausen absolviert.

»Die Schreibarbeiten waren erledigt, und ich bin das Gefühl nicht losgeworden, dass meine Dienste im Süden des Reiches dringend gebraucht werden«, erklärte er, unübersehbar zufrieden. »Ich habe mich nicht getäuscht, scheint mir.«

Stille.

»Verfolgst du mich?«, sagte Alexandrine nach einer Weile und ließ ihre Frage absichtlich ein wenig scherzhaft klingen. Im Grunde genommen aber war sie ernst gemeint.

Kurz schwieg David, dann räusperte er sich und sagte nachdenklich: »Mit Verlaub – ich hatte eher das Gefühl, dass du Reißaus vor mir genommen hast.«

»Ich hatte zu tun, David. Die Übergriffe auf meine Postreiter nehmen kein Ende, nahezu täglich erreichen mich Beschwerden über verlorene Briefe, und vermutlich wartet in Brüssel bereits die nächste kaiserliche Abmahnung auf mich.«

»All das ist umso mehr ein Grund, deinen Postverwalter in deine Pläne einzuweihen. Vor allem, wenn es um Gebiete geht, für die ich die Verantwortung trage«, warf er ihr vor. Vollkommen zu Recht, musste sich Alexandrine eingestehen. Denn statt einfach blindlings und ohne jegliche Absprache loszureiten, hätte sie auch einfach einen ihrer Postverwalter auf die Strecken schicken können, um dort nach dem Rechten zu sehen. Genau dafür bezahlte sie die Männer schließlich auch.

Jedoch würde sie das ihrem Verwalter gegenüber niemals eingestehen und entgegnete kühl: »Du überschätzt deinen Wert.«

Der Vorwurf war verletzender ausgefallen, als sie es eigentlich gewollt hatte.

David atmete laut hörbar aus. »Und weshalb bist du dann hier in meinem Haus?«, fragte er unwirsch, und Alexandrine spürte ihn bereits, den Ärger, der im Anflug war und sich mit einem Stechen in ihrem Nacken ankündigte.

»Du weißt genau, dass ich nicht bei Susanna Jacobe von Taxis nächtige, wenn ich in Augsburg weile. Die Scherereien, die du mit ihr hattest, waren noch gravierender als meine. Ich habe kein Interesse, meine schmutzige Wäsche vor ihr zu waschen. Sie würde dies ausnutzen, um es bei der sich nächstbietenden Möglichkeit gegen mich zu verwenden«, eröffnete sie ihm.

»Du bist also nur gekommen, weil du nicht zu deiner Familie konntest. Und ein Gasthaus hätte es nicht getan?«

»Wenn ich mir dein Gerede so anhöre, wäre ein Gasthaus tatsächlich die bessere Wahl gewesen«, antwortete Alexandrine giftig.

Er nickte, als wären ihre Worte genau die Bestätigung, nach der er die ganze Zeit über gesucht hatte. »Du versuchst, mich wegzubeißen. Natürlich versuchst du das, denn das tust du immer. Und gleichzeitig brauchst du meine Hilfe, denn sonst wärst du nicht hier.« Er spitzte die Lippen ein wenig und schaute ihr in die Augen. »Ich mag mir gar nicht ausmalen, wie unangenehm die Situation gerade für dich ist«, sagte er langsam und schien dabei jedes Wort auszukosten.

Alexandrine konnte förmlich spüren, wie sie langsam die Beherrschung verlor. Sie biss die Zähne zusammen und merkte, dass ihre Hand nach vorn zuckte, vielleicht, um ihn zu ohrfeigen für seine Unverfrorenheit, oder zumindest, um ihn von sich wegzustoßen.

Aber er kam ihr zuvor.

Blitzschnell griff er nach ihrem Gelenk, als sie die Hand hob. Er tat ihr weh, so fest hielt er sie gepackt, aber der Schmerz entlockte Alexandrine lediglich ein höhnisches Schnauben.

»Du meinst wohl, dass du mich damit …«

»Das hier ist mein Haus«, unterbrach David sie. »Ob du die Generalpostmeisterin bist oder der Kaiser höchstpersönlich – hier gelten meine Regeln. Und die erste davon ist Ehrlichkeit und Aufrichtigkeit.« Er schluckte schwer. »Mehr verlange ich nicht.«

Einige endlose Augenblicke lang standen sie so da, starrten einander an, lieferten sich ein wortloses Gefecht. David wusste, dass Alexandrine seinem Blick niemals ausweichen und auch in einem Streitgespräch mit ihm niemals einen einzigen Zoll nachgeben würde.

Sein Griff lockerte sich, auf einmal fühlte sich seine Hand sanft und warm an auf ihrer Haut. Alexandrine schaute auf sie hinab.

Seine Finger glitten über ihren Arm nach oben. Die Berührung war leicht, wie ein warmer Lufthauch, er streichelte ihre nackte Haut, und Alexandrine unterdrückte einen Schauer.

Dann war seine Hand wieder weg, und Alexandrine wünschte sich, er würde einfach weitermachen.

»Wieso bist du hier?«, hörte sie ihn erneut fragen, und er klang freundlich, sanft, ganz anders als gerade eben noch. Ein Friedensangebot.

Alexandrine atmete gequält aus. »Tatsächlich bin ich geschäftlich unterwegs. Mir kam zu Ohren, dass Rudolf von Paar sich innerhalb der Stadtmauern aufhält«, berichtete sie. »Ich möchte ihn um ein Gespräch bitten.«

Für einen Moment war ihr, als würde David die Luft anhalten.

»Du weißt es noch nicht, oder?«, fragte er düster. »Meine Nachricht hat dich noch nicht erreicht. Natürlich nicht, ich habe sie ja auch erst vor einigen Stunden losgeschickt«, stellte er fest, als spräche er zu sich selbst.

Alexandrine verengte die Augen. »Was weiß ich nicht?«

Er zögerte.

»Raus mit der Sprache, David. Was ist passiert?«, fragte sie und hatte den Tonfall angeschlagen, dessen sie sich immer bediente, wenn sie keine Widerworte duldete.

»Es geht um deine Tochter, sie ist …«, er schaffte es nicht, den Satz zu Ende zu bringen, fuhr aber sofort fort, als er ihren entsetzten Gesichtsausdruck bemerkte. »Es geht ihr wieder gut, es ist nur …«

Sie packte ihn am Arm. Körperliche Einschüchterungen waren selten etwas, dessen sich Alexandrine bediente, denn es war stets ein Zeichen von Hilflosigkeit.

Aber genauso fühlte sie sich in diesem Moment: hilflos.

»Was ist passiert?« Ihre Stimme klang sogar in ihren eigenen Ohren erschreckend dünn und ängstlich.

»Ich glaube nicht, dass es ratsam ist, dir das vor deinem Gespräch mit …«

»Rede, David«, unterbrach sie ihn.

»Sie begleitet ihren Ehemann zu einem Antrittsbesuch nach Wien. In der Reichspoststation in Bruchsal hat sie den Unterschleif von Briefen beobachtet. Ein gewisser Johann Georg Bellnern, der dortige Postmeister, scheint mit der Hofpost zu paktieren und Briefe an diese abzuzweigen.«

»Aber warum …«, murmelte Alexandrine.

»Das wissen wir noch nicht. Genoveva konnte einen Brief von François Sublet sichern. Darin bittet er im Auftrag des Kardinals Richelieu einen Wiener Financier, Zahlungen an von Paar zu leisten. Für dessen treue Dienste dem Hause Bourbon gegenüber, so war der Wortlaut, wenn ich mich recht entsinne. Es sieht also ganz danach aus, als würde von Paar für den französischen König arbeiten und unseren Kaiser verraten.«

Kurz pausierte er, und gab Alexandrine damit Zeit, die Neuigkeiten sacken zu lassen. »Deine Tochter ist ohne ihren Ehemann losgeritten, um Sublets Brief an den kaiserlichen Hof nach Wien zu bringen.«

»Sie ist was?« Alexandrine glaubte, nicht richtig gehört zu haben. Jeder Satz, der aus Freys Mund kam, war noch ungeheuerlicher als der vorherige.

Eindringlich blickte David sie an. Vermutlich überlegte er, wie er das Geschehene formulieren konnte, ohne Genovevas Handeln offen als Torheit zu bezeichnen. Denn nichts anderes war es. Eine Torheit.

»Nun, ich denke, ihr Plan war zunächst, mir in Augsburg die Briefe zu übergeben und dann gemeinsam mit mir an den Wiener Hof zu reisen. Sfondrati musste eigentlich zurück zu Don Fernando nach Brüssel. Dringend sogar. Er hätte einer Reise Genovevas nach Wien niemals zugestimmt. Aber dann kam alles noch einmal ganz anders.«

»Wieso?« Die Wörter klebten Alexandrine zäh auf der Zunge. Ihr war übel. »Was ist passiert?«

David blickte zu Boden. »Sie ist einer Horde Straßenräuber in die Hände gefallen. Hier in Augsburg. Unweit meines Hauses.«

Alexandrine schloss die Augen und hatte einen Moment lang das Gefühl, als wäre sie im freien Fall. Ihre Beine wollten sie kaum noch tragen, und sie musste sich einen Moment Zeit nehmen, um sich zu sammeln. Als sie die Augen wieder öffnete, war das Gefühl zwar noch immer da, aber sie schaffte es dennoch, mit fester Stimme zu fragen: »Und weiter?«

»Sie ist etwas mitgenommen, aber nicht ernstlich verletzt. Sfondrati ist seiner entlaufenen Ehefrau natürlich hinterhergeritten und hat sie in einer Gasse vom Boden aufgelesen. Wortwörtlich. Die Briefe, die sie in Bruchsal an sich genommen hatte, sind nun weg.«

»Wusste von Paar, dass sie kompromittierende Briefe entwendet hat?« In Alexandrines Kopf überschlugen sich die Gedanken. Es konnte kein Zufall sein, dass Genoveva überfallen worden war, so kurz nachdem sie die Unterschlagung in Bruchsal aufgedeckt hatte. Er musste etwas damit zu tun haben.

»Das können wir nicht mit Sicherheit sagen, aber wir vermuten es.«

»Wann ist das passiert?«

»Heute Nacht.«

»Wo ist sie jetzt?«, fragte Alexandrine schnell und blickte sich unwillkürlich im Raum um, als könnte sie Genoveva noch hier entdecken.

»Auf dem Weg nach Wien. Zusammen mit dem Marquis«, beeilte sich David zu sagen.

»Wieso hat sie mir keine Nachricht geschickt? Nichts davon sollte ihre Sorge sein. Sie ist mit Sfondrati verheiratet und nicht mehr Teil der Reichspost. Es geht sie nichts mehr an«, warf Alexandrine David vor, obgleich sie wusste, dass er nichts für das Verhalten ihrer Tochter konnte.

»Wohin hätte sie dir die Nachricht denn schicken sollen, Alexandrine?« Sie meinte einen Vorwurf in seiner Frage mitschwingen zu hören. Überrumpelt blickte sie zu ihm auf und sah, dass er sie geradezu fixierte.

»Wo warst du?«, wollte er wissen.

David hatte recht. Sie war einfach losgeritten und hatte in Köln sogar ihren Privatsekretär zurück nach Brüssel geschickt, damit er Lamoral unterstützte. Und dann war sie der Spur dieses rätselhaften Mannes gefolgt. Hatte sie dabei womöglich ihre Aufgaben vernachlässigt?

»Ich war unterwegs, ich …« Sie hielt inne. »Ich werde mit von Paar sprechen. Unverzüglich.« Sie wollte schon nach ihrem Mantel greifen und ihn sich mit Schwung über die Schultern werfen.

»Warte«, hielt Frey sie zurück. »Ich denke, eine Sache ist noch wichtig für dich zu wissen.«

Alexandrine horchte auf. »Der Mann, der die Gräfin Sfondrati zusammengeschlagen und ihr die Briefe abgenommen hat, gab ihr auf, eine mündliche Nachricht zu übermitteln.« Er pausierte. »An dich.«

Alexandrine konnte nicht sagen, woher sie mit absoluter Sicherheit wusste, dass ihr David nun eine Schreckensbotschaft übermitteln würde. Aber sie kündigte sich bereits mit einem grässlichen Kribbeln auf der Kopfhaut an.

»Sie solle ihrer Mutter schöne Grüße von Christophe de Longwy ausrichten, hat der Mann ihr aufgetragen.«

Alexandrine war, als hätte man ihr den Boden unter den Füßen weggezogen. Ihre Hand griff mehrmals hinter ihrem Rücken ins Leere, bis sie endlich die Stuhllehne zu greifen bekam. Kraftlos ließ sie sich auf die Sitzfläche sinken.

Irgendetwas sagte David noch zu ihr, aber die Worte kamen nicht mehr bei ihr an, denn der Name Christophe de Longwy dröhnte in ihren Ohren wie ein Donnerschlag.

»Wer ist dieser Mann?«, hörte sie David fragen, aber Alexandrine winkte ab, griff nach dem Becher, den er ihr darbot, und nahm einen tiefen Zug von dem dunklen, etwas süßlich schmeckenden Bier.

Sie bemerkte, dass David sie die ganze Zeit über beobachtete mit diesem typischen, besorgten Blick, der ihm als Verwalter einfach nicht zustand.

»Ich denke nicht, dass du alleine zu von Paar solltest«, versuchte er es. Halbherzig nur, denn er wusste nur zu gut, dass seine Sorge um ihr Wohlergehen bei ihr auf taube Ohren stieß.

»Ich habe meine Schutzreiter. Und ich möchte das Treffen zunächst inoffiziell halten.«

Sie erkannte die Zweifel auf Davids Gesicht. »Du sammelst inzwischen alle Informationen über Rudolf von Paar, derer du habhaft werden kannst.«

David nickte ergeben, aber sie sah ihm an, dass ihm nicht wohl dabei war.

38.

Hofpostamt Augsburg

Alexandrine

»Von Paar, wir haben zu reden.«

Alexandrine machte keinerlei Anstalten, ihren Widersacher zu begrüßen. Mit der Schuhspitze hatte sie die angelehnte Stubentür aufgestoßen und mit einer knappen Geste einem ihrer Schutzmänner bedeutet, sich auf der Schwelle zu postieren, während sie selbst sich mit verschränkten Armen vor dem Hofpostmeister aufbaute.

Nur ein oder zwei Mal hatte sie Rudolf von Paar an der Seite seines älteren Bruders Johann Christoph gesehen. Zuletzt am Kurfürstlichen Kollegialtag in Regensburg vor einigen Monaten. Damals war er als stummer Begleiter des damaligen Hofpostmeisters kaum aus dessen Schatten hervorgetreten, und vermutlich hätte Alexandrine ihn auch nicht wiedererkannt, wäre er ihr irgendwo auf der Straße über den Weg gelaufen.

Einige Atemzüge lang starrte von Paar sie verdattert an, dann legte sich ein verdrossener Zug um seine Mundwinkel, als er seine Schreibfeder beiseitelegte, die Hände ineinander verschränkte und vor sich auf dem Tisch ablegte.

»Gräfin von Taxis, welche Ehre.« Er neigte den Kopf. »Meine Wohnung scheint auf die Taxis und ihre Verbündeten heute eine unwiderstehliche Faszination auszuüben«, bemerkte er trocken. »Und allesamt haben sie die Angewohnheit, grußlos und ohne Vorankündigung hier einzudringen.«

Alexandrine stutzte. Wer war heute noch bei ihm gewesen? Sie ließ sich jedoch nichts anmerken und erwiderte rasch: »Das sollte

Euch zu denken geben, die Taxis sind für gewöhnlich recht höfliche Zeitgenossen. Aber auch ich komme nicht in freundlicher Absicht«, fuhr sie fort. »Denn mir ist eine ganze Menge zu Ohren gekommen über die Machenschaften der Hofpost.«

Wenn Alexandrine ehrlich war, wunderte sie dieser Umstand nicht besonders. Es war nur eine Frage der Zeit gewesen, bis von Paar auf fragwürdige Mittel zurückgreifen würde, um sein angeschlagenes Unternehmen über Wasser zu halten. Die letzten Jahre über hatte der Ruf der Hofpost empfindlich gelitten. Schon seit über einer Dekade standen die von Paars unter finanziellem Druck, denn bereits mehrmals hatten sie der Hofkammer in Wien die Rechnungslegung verweigert. Eine geradezu astronomische Summe war strittig, die die Hofpost dem kaiserlichen Hof möglicherweise schuldete. Das zumindest hatte der Innsbrucker Landespostmeister Paul von Taxis, ein entfernter Vetter ihres verstorbenen Ehemannes, Alexandrine in einem vertraulichen Brief berichtet.

»Machenschaften«, wiederholte von Paar abschätzig. »Was denn bitte für Machenschaften?«

Alexandrine lachte auf. »Lasst es mich kurz zusammenfassen: Ihr überfallt meine Postreiter, entwendet deren Felleisen, macht Euch in meinen Städten breit wie eine Wanze …«

»Das sind doch alles haltlose Anschuldigungen.« Mit einer fuchtelnden Handbewegung bedeutete er Alexandrines Begleitschutz, die Tür zu schließen. Dessen fragenden Blick beantwortete die Generalpostmeisterin mit einem kurzen Nicken. Der Mann trat daraufhin nach draußen, sodass Alexandrine nun mit dem Hofpostmeister alleine war. Mit voller Absicht erwähnte sie den Überfall auf Genoveva nicht. Noch nicht.

»Entwendete Felleisen. Pah«, von Paar erhob sich. Bisher hatte er nicht das Mindestmaß an Höflichkeit besessen und Alexandrine einen Platz angeboten, ganz zu schweigen von einer Erfrischung. »Meine Präsenz in den Städten der Reichspost baue ich unter der ausdrücklichen Billigung der Kurfürsten aus, wenn Ihr Euch an den Beschluss des Kollegialtages erinnern wollt«, fuhr er fort.

»Die Kurfürsten mögen Eure Präsenz auf den Routen gebilligt haben, nicht jedoch, dass Ihr die Postfelleisen der Reichspost entwendet und meine Reiter niederschlagen lasst.«

Von Paar gab ein seltsames Geräusch von sich. Vielleicht sollte es ein Lachen sein, doch wenn dies zutraf, war es ihm gründlich misslungen. »Schon wieder fangt Ihr damit an. Was meint Ihr damit eigentlich?«

Er stand nun etwa zwei Schritte vor ihr, und Alexandrine überragte ihn fast um eine Handbreit. Befriedigt erkannte sie am Zucken seiner buschigen Augenbrauen, dass er allmählich unter Druck geriet.

»Ich habe einen meiner Postreiter eigenhändig aus dem Graben gefischt. Angeblich hat ihn ein städtischer Bote niedergeschlagen und ihm seinen Postsack abgenommen. Ein städtischer Bote mit einem Posthorn.« Alexandrine wartete ein paar Atemzüge, denn sie wollte von Paar die Möglichkeit geben, sich zu verteidigen. Als nichts kam, fuhr sie fort: »Wir wissen ja nun beide, dass es keine städtischen Boten gewesen sein können, denn außer der Reichspost und der Hofpost hat niemand die Erlaubnis, ein Posthorn mit sich zu führen, nicht wahr?«

»Vollkommen zu Recht. Wo kämen wir denn hin, wenn nun schon dahergelaufene Stadtboten Posthörner tragen dürften? Sie sind Euch doch genauso ein Dorn im Auge wie mir«, pflichtete von Paar Alexandrine bei.

Ein Ablenkungsmanöver, wenn auch kein besonders geschicktes. Lange Zeit hatte von Paar am kaiserlichen Hof verbracht und viele Ämter innegehabt. Er war offenkundig geübt in gezwirbelten Sätzen, Wortklaubereien und Schmeicheleien, mit denen man sein Gegenüber mundtot zu machen versuchte. Vermutlich war er einer dieser Ministerialen, die am Hofe wie aufgedonnerte Gockel durch die Gegend flanierten, aber wenig Talent zeigten, wenn es darum ging, tatsächlich etwas zu organisieren oder gar Probleme zu lösen.

Wie er es geschafft hatte, das Vertrauen des Kaisers zu gewinnen und das Hofpostmeisteramt zu ergattern, war Alexandrine schleierhaft. Aber genau deshalb war sie auch auf der Hut vor diesem Mann.

»Außerdem hörte ich von einem unglaublichen Unterschleif, der in Bruchsal passiert ist.« Sie wartete, aber als von Paar sie lediglich fragend anblickte, fuhr sie fort: »Mein Postverwalter David Frey eröffnete mir gerade eben, dass Ihr mit einem meiner Postmeister gemeinsame Sache macht. Wie hieß er gleich noch einmal? Ah ja. Bellnern.«

Auf von Paars Gesicht legte sich ein spöttisches Lächeln. »Ach. Bellnern«, sagte er bloß, als spräche er von einem guten alten Bekannten.

»Leider habt Ihr Euch mit einem notorischen Säufer eingelassen, der es nicht einmal schafft, das Schindluder, das er treibt, vor seinen Gästen zu verbergen. Damit kommt Ihr nicht durch, von Paar. Wir sind Euren schäbigen Methoden auf der Spur, und sie werden Euch das Kreuz brechen, das schwöre ich Euch.« Alexandrine merkte selbst, wie sich ihr ganzer Körper anspannte und sie die Schultern verkrampft nach oben zog. Sofort rief sie sich wieder zur Ruhe.

»Bellnern ist doch einer *Eurer* Postmeister, nicht wahr?«, erwiderte von Paar. »Wieso stellt Ihr ihn nicht zuerst zur Rede, bevor Ihr mir mit Euren haltlosen und noch dazu dreisten Drohungen in den Ohren liegt?«

»Weil der Fisch immer vom Kopf her stinkt, und ich den Kopf gerade in meinen Händen halte.«

»Ach lasst doch diese unschönen Reden, Gräfin. Wollt Ihr Euch nicht setzen? Und eine Erfrischung zu Euch nehmen? Sicher seid Ihr müde, Ihr scheint ja gerade erst in Augsburg angekommen zu sein.« Etwas spöttisch begutachtete er ihren schlammbespritzten

Rocksaum. Alexandrine ging auf diese Unverfrorenheit gar nicht erst ein.

»Afra?«, rief er nach draußen. Kurz darauf trat eine Frau ins Zimmer und blieb ehrerbietig an der Tür stehen. »Einen Krug Wein und zwei Becher für die Gräfin und mich«, schaffte er ihr an. Er deutete auf einen der Stühle, aber Alexandrine verneinte das Angebot mit einem Kopfschütteln. »Ich setze mich nicht an einen Tisch mit Verrätern.« Ganz genau sah sie, wie von Paars Züge daraufhin versteinerten.

Freys Vermutung stimmte also. Er paktierte mit den Franzosen.

»Wie meint Ihr das?«, fragte von Paar nach, aber seine Stimme hatte den selbstsicheren und arroganten Tonfall verloren, den sie die ganze Zeit bisher getragen hatte.

»Das spielt gerade keine Rolle. Wisst Ihr, es verwundert mich nicht, dass Ihr zu schmutzigen Mitteln greift und meine Männer überfallen lasst und ziemlich sicher auch mit den städtischen Botenanstalten paktiert. Ich hatte das von einem verzweifelten Mann, wie Ihr es seid, schon erwartet. Lasst mich ausreden«, hielt sie von Paar davon ab, sich zu verteidigen, denn er hatte bereits die Hand erhoben, um sie zu unterbrechen und ihr Widerworte zu geben. »Aber dass Ihr tatsächlich einen Mann wie Christophe de Longwy damit beauftragt, meine Tochter niederzuschlagen und ausrauben zu lassen – das hat mich tatsächlich sprachlos gemacht.«

»Aber was redet Ihr denn da! Das klingt ja entsetzlich. Ist Eurer Tochter etwas geschehen?« *Dafür, dass er so lange Zeit an einem kaiserlichen Hof verbracht hat, lügt er erstaunlich schlecht,* dachte Alexandrine und sagte dann:

»Ein solch ehrloses Verhalten hätte ich von Euch nicht erwartet. Und auch nicht eine so kurzsichtige Entscheidung. Ihr müsst doch wissen, dass Ihr damit Euren Untergang besiegelt habt.«

»Gnädigste, niemals würde ich zu solch schändlichen Mitteln greifen, das müsst Ihr mir glauben.« Alexandrine war nicht groß überrascht, dass er nun alles abstritt. Den Mut, diese unverzeihliche Tat zuzugeben, traute sie ihm schlichtweg nicht zu. Kein Wort glaubte sie ihm.

»Ich rate Euch eines, von Paar: Ihr solltet weder mir noch dem Ehemann meiner Tochter in nächster Zeit unter die Augen kommen. Am besten niemals wieder, denn wenn Ihr zu schmutzigen Mitteln greift, werde ich nicht davor zurückscheuen, es ebenfalls zu tun. Vor allem, wenn es darum geht, meine Kinder zu schützen.« Von Paar merkte, dass ihre Worte bitterernst gemeint waren, denn das besorgte, entschuldigende Lächeln auf seinen Zügen war nun dem Ärger gewichen.

»Mit einer ähnlich unerfreulichen Wortwahl hat uns bereits der Generalkapitän heute Morgen beglückt, ehe er auf meinen Agenten losgegangen ist. Er wollte sich tatsächlich mit ihm duellieren. Wir mussten ihn vor die Tür setzen – zu seinem eigenen Schutz, versteht sich.«

»Und das gedenkt Ihr jetzt auch mit mir zu tun, oder warum erzählt Ihr mir das?«, erkundigte sich Alexandrine.

»Aber wo denkt Ihr hin, Gnädigste. Ich möchte lediglich offen zu Euch sein.«

Alexandrine ersparte sich eine Antwort.

»Wo ist er eigentlich jetzt, Euer Agent?« Sie bemühte sich, ihren Satz möglichst beiläufig klingen zu lassen. Aber sie hielt gespannt den Atem an, während sie auf die Antwort wartete.

»Christophe de Longwy meint Ihr?« Mit gespieltem Bedauern zuckte von Paar mit den Schultern. »Ihr habt ihn bedauerlicherweise verpasst. Er befindet sich bereits auf dem Weg nach Wien.«

39.

Haus von David Frey, Augsburg

Alexandrine

»Habt Ihr ihn mit den Tatsachen konfrontiert?«, fragte David, ohne dabei aufzusehen. Alexandrine und er befanden sich im Innenhof seines Hauses. Frisches Gras wucherte aus den Ritzen zwischen den Pflastersteinen. Ein Beweis dafür, dass der Hausherr nicht allzu oft in Augsburg weilte und selten jemand den Hof überquerte. Und dass die Dienerschaft es mit ihren Aufgaben in seiner Abwesenheit nicht allzu genau nahm.

Ein Knecht hielt Freys Pferd am Halfter. Der Postverwalter selbst stand über ein erhobenes Hinterbein des Hengstes gebeugt und kratzte dessen Huf aus.

Als die Gräfin nicht antwortete, ließ er das Bein los und nickte seinem Stallknecht zu. Ehe dieser das Pferd zurück in den Stall führte, klopfte David dem Tier noch einmal beruhigend auf den Hals. Dann erst wandte er sich an Alexandrine.

»Natürlich habe ich das«, antwortete sie schließlich ein wenig gereizt. »Aber er streitet alles ab. Den Überfall auf die Postreiter, die Unterschlagung der Briefe und selbstverständlich auch den Angriff auf Genoveva.«

»Dies offen zuzugeben, wäre auch zu dreist«, kommentierte David.

Alexandrine warf einen Blick hinter sich. Sie waren nun alleine im Innenhof. Einzig eine getigerte Katze schlich anscheinend auf der Suche nach Mäusen in geduckter Haltung an der Hausmauer entlang. Endlich konnte sie offen reden.

»Wieso hast du mir nicht sofort gesagt, dass Sigismondo Sfondrati sich heute früh mit Christophe de Longwy duellieren wollte?«, fragte sie hitzig, aber mit gesenkter Stimme. David schaute sie etwas verdattert an. »Weil ich es nicht wusste.«

Sofort rief sich Alexandrine zur Ruhe. Vermutlich hatte Sfondrati ihm wirklich nichts von dem Zusammenstoß erzählt. Außerdem wusste Frey auch rein gar nichts von all dem, was sie wusste. Die Versuchung war groß, ihm alles zu verraten, was sie mit dem Namen Christophe de Longwy verband. Die sagenhaften Beziehungen, die er zu fast jedem Herrscherhaus Europas pflegte. Die vielen Toten, die seinen Weg zum Erfolg säumten. Die Lebensgefahr, in der man schwebte, wenn man sich mit ihm anlegte. Und vor allem die dunkle Geschichte seiner Herkunft, von der außer ihr kaum jemand auf dieser Welt wusste. Aber sie entschied sich dagegen.

»Was wissen wir inzwischen über von Paar?«, fragte sie stattdessen.

David deutete einladend auf eine Bank, die an einer von der Sonne beschienenen Wand gegenüber dem Stall stand. Ein kleiner Fliederbusch wuchs daneben, der die ersten, hellen Blätter austrieb.

Frey war ein wahrer Meister darin, etwas über Menschen herauszufinden. Niemals fragte Alexandrine ihn nach seinen Quellen, die ihm binnen kürzester Zeit zuverlässige Informationen lieferten, auch wenn sie diese Kontakte noch so sehr interessierten.

Während sie den Hof querten, begann Frey: »Von Paar ist im Grunde erledigt. Er hat von seinem Bruder vor vier Monaten ein vollkommen marodes Unternehmen übernommen. Bereits seit Jahren verlangt die kaiserliche Hofkammer Einsicht in die Bücher der Hofpost, was ihr Johann Christoph von Paar aber verweigerte. Ich müsste mich schon sehr täuschen, wenn Rudolf diese Strategie ändern würde.«

»Das wussten wir ja schon. Ich vermute, sie unterschlagen Gelder«, stellte Alexandrine fest. Der Verdacht, den schon ihr Vetter

Paul von Taxis aus Innsbruck kürzlich geäußert hatte, schien sich zu bestätigen.

»Davon ist auszugehen«, sagte David. »Was auch erklärt, weshalb er mit den Franzosen paktiert. Er braucht das Geld. Ganz einfach.«

»Möglicherweise«, erwiderte Alexandrine. »Allerdings schätze ich von Paar als Opportunisten ein. Auch wenn es gerade nicht danach aussieht, sind die Franzosen dennoch die zweitstärkste Macht auf diesem Kontinent und scheinen im Krieg gerade Oberwasser zu bekommen. Ich vermute, er sieht sich auch nach neuen Geschäftschancen um.«

»Das würde Sinn ergeben.«

Sie waren bei der Bank angekommen, und Alexandrine setzte sich mit voller Absicht an deren sonniges Ende. Es mochte für eine Dame von Stand unschicklich sein, statt eines hellen den dunklen Teint eines Bauern zu haben, aber Alexandrine verbrachte so viel Zeit auf der Straße, dass ihre Haut ohnehin schon gebräunt war. Außerdem liebte sie das Gefühl von Sonnenstrahlen auf ihrer Haut.

»Möglicherweise möchte er sich auch dafür rächen, dass er vor gut zehn Jahren alle seine Ämter abgeben musste?«, gab Alexandrine zu bedenken. »Er wurde zwar nicht unehrenhaft entlassen, aber es muss trotzdem eine Schmach gewesen sein für ihn.«

»Das würde auch sehr gut zu dem passen, was ich sonst noch über von Paar herausgefunden habe. Denn seit er seine Ämter verloren hat, ging es nur noch bergab für ihn, und er hat einen immer größer werdenden Schuldenberg aufgebaut. Seine Ehefrau, Baronin Anna von Teufel, verließ ihn wegen einem der Palffys. Vor drei Jahren war er sogar gezwungen, sein Schloss zu verpfänden.«

Alexandrine schwieg betroffen.

»Von Paar steht das Wasser bis zum Hals«, fuhr David fort. »Und obwohl Kaiser Ferdinand bei seinem Amtsantritt einige der Spitzenämter in seinem Hofstaat neu besetzt hat, ging von Paar dabei leer aus. Wenig überraschend, wenn du mich fragst.«

Mit verengten Augen verfolgte David die Katze, die mit einem Sprung vergeblich versuchte, eine Maus zu erwischen. Er lachte leise in sich hinein und strich sich die kurzen Locken aus dem Gesicht. Alexandrine beobachtete ihn von der Seite, und ihr Herz machte dabei einen kleinen Sprung.

»Immerhin ist er noch der Großprior der Johanniter«, kommentierte sie und riss sich von seinem Anblick los.

»Zweifellos ein würdiges Amt, das allerdings nicht den geringsten Gewinn abwirft. Reines Prestige.«

Alexandrine nickte einvernehmlich. »Und mit einem Mal sind auch seine Kurserweiterungen nicht mehr ganz so unsinnig, wie wir die ganze Zeit dachten. Er braucht die Stationen im Westen des Reiches, wenn er mit den Franzosen gemeinsame Sache machen möchte«, erkannte sie. Frey schwieg, er schien seinen Gedanken nachzuhängen.

»Ich breche morgen nach Wien auf«, beschloss Alexandrine. »Wenn ich schnell bin, werde ich nicht lange nach Genoveva und meinem Schwiegersohn ankommen. Ich werde zusammen mit Dr. Ponzon die Klage vorbringen. Schließlich haben wir ja mit Sublets Schreiben ein Beweisstück in der Hand.«

David nickte bestimmt. »Ich begleite dich.«

»Kommt gar nicht infrage. Ich brauche dich hier vor Ort, in Augsburg.« *Und ich weiß nicht, wie lange ich mich noch im Griff habe, wenn du die ganze Zeit in meiner Nähe bist.*

Sie sprach es nicht aus, aber sie wurde das Gefühl nicht los, dass David dies sehr wohl wusste und ihr auch genau deshalb diesen Vorschlag gemacht hatte.

»Dann halte mich doch davon ab.« Er schenkte ihr ein herausforderndes Lächeln. Einen Moment verweilte Alexandrines Blick auf seinem Gesicht. Sie bewunderte das Funkeln seiner Augen, das sein Lächeln so einzigartig machte, und beschloss, das warme Gefühl in ihrer Brust so bald wie möglich in einem großen Becher des starken, dunklen Biers zu ertränken, das David stets zu Hause hatte.

»Eine Sache noch: Erinnerst du dich zufällig an den Namen des Wiener Financiers, der von Paar auszahlen sollte?«, fragte sie schließlich.

David nickte. »Ja, ich meine, es war ein gewisser Oppenheimer.«

Alexandrine spürte ein Stechen in ihrem Magen.

Natürlich. Oppenheimer. Sie kannte diesen Mann nur zu gut. Und allmählich ergab alles einen Sinn.

Dunkles Bier allein würde es jetzt nicht mehr tun. »Hast du noch etwas von dem scharfen Branntwein, den du von deiner letzten Reise aus London mitgebracht hast?«

»Gewiss doch.«

Alexandrine nickte grimmig. »Ich könnte ein Glas davon vertragen. Oder auch drei.«

40.

Auf der Straße zwischen Augsburg und Passau

Genoveva

Das Schweigen war zu Sigismondos Waffe geworden.

Stundenlang verbrachten sie Seite an Seite im Sattel, aber außer einigen wenigen Worten, die er mit Simon wechselte, sprach Sigismondo nicht. Ein- oder zweimal hatte Genoveva versucht, ein Gespräch zu beginnen, aber er hatte es jedes Mal mit einer kurzen, forschen Handbewegung unterbunden, noch ehe sie den ersten Satz beenden konnte.

Dabei hätte der Ritt so angenehm sein können. Sie hielten sich abseits der Hauptstrecke, waren auf kleineren, wenig begangenen Pfaden unterwegs und begegneten außer einigen Bauernjungen und einem Ochsenkarren niemandem. Ehe sie den Hauptverkehrsweg kreuzten, schickte ihr Ehemann stets Simon oder einen der anderen drei Schutzreiter vor, damit sie prüften, wer sich auf der Straße befand, und sobald sie auf gerodeten, frei einsehbaren Flächen unterwegs waren, zogen Sigismondo und Genoveva sich ihre Kapuzen tief ins Gesicht. Er wollte nicht gesehen werden, trotz der vier Schutzreiter, die sie nun begleiteten, ging Genoveva auf, und sie bekam ein mulmiges Gefühl bei dem Gedanken.

Aber auch wenn sie die meiste Zeit unter einem sprießenden Blätterdach ritten, verwöhnte sie das milde und trockene Frühlingswetter mit viel Sonnenschein und hatte sogar einen leichten Sonnenbrand auf den Gesichtern und Händen ihrer fünf Begleiter hinterlassen. Genoveva selbst trug ihre Maske, die sie stets in ihrer Manteltasche mit sich führte, zum Schutz gegen die Sonne. Und weil sie nicht wollte, dass Sigismondo ihr ins Gesicht blicken konnte.

Am Ende des ersten Tages hatte sie die Selbstbeherrschung verloren. Stumm hatte sie auf ihrem Pferd geweint, die Tränen waren ihre Wangen hinabgerollt und im Stoff der Maske versickert. Nicht nur, weil ihr jeder Knochen im Körper wehtat, Sigismondo einfach keine Rücksicht auf sie nahm und sie viel zu stolz war, ihm ihre Schwäche zu offenbaren. Sie hatte auch geweint, weil sie das Gefühl hatte, dass sich seit ihrem überstürzten Aufbruch in Bruchsal ein unüberbrückbarer Abgrund zwischen ihr und ihrem Ehemann auftat. Genoveva ertrug es einfach nicht mehr.

Ein leises Schniefen verriet sie. Sigismondo blickte forschend zu ihr, konnte aber aufgrund der Maske kaum etwas erkennen. Einen Moment lang bildete Genoveva sich ein, dass sich sein Gesichtsausdruck verändert hatte. Weicher erschien er ihr, und Wärme glomm in seinen Augen auf. Aber sofort wandte er sich wieder nach vorne, schaute stur die Straße geradeaus und hob grüßend den Arm, als sie eine kleine Gruppe Zisterzienser passierten.

Sigismondo wollte sie bestrafen, das wusste Genoveva ganz genau. Sie hatte es erwartet, aber sie hatte nicht gedacht, dass es so wehtun würde.

Auch an ihrem zweiten Tag zu Pferd änderte sich daran nichts. Sie waren unbehelligt vorangekommen, hatten die bayerischen Niederungen gequert und befanden sich nur noch einen Steinwurf von Passau entfernt, von wo aus sie ein Schiff nach Wien nehmen wollten. Die Donau war eine viel befahrene Schifffahrtsroute, es sollte ihnen daher ein Leichtes sein, gleich am nächsten Morgen auf einem der Kähne einen Platz für sie und ihre Pferde zu ergattern.

»Wir werden verfolgt«, bemerkte Sigismondo in die gewohnte Stille hinein, und er sagte es so beiläufig, dass Genoveva zunächst nicht sicher war, ob sie sich vielleicht verhört hatte. Aber sie hatte sich nicht getäuscht, denn Simon, der direkt neben ihnen ritt, fuhr im Sattel herum, als hätte ihn ein bösartiges Tier gebissen, und starrte in die aufkommende Dunkelheit.

Sigismondo stöhnte. »Geht es noch ein wenig auffälliger?«

»Verzeiht, Generalkapitän, ich …« Sigismondos erhobene Handfläche hielt ihn davon ab, weiterzureden. Der drückte seinem Pferd die Fersen in die Flanken, ließ es in einen Galopp fallen und setzte sich an die Spitze der Gruppe. Die anderen folgten ihm wortlos.

Die Sonne war inzwischen untergegangen, und es wurde empfindlich kühl. Genoveva versuchte gar nicht erst, im Galopp die Handschuhe aus ihrer Manteltasche zu zerren, sondern verbarg die bandagierte Hand stattdessen unter einer Rockfalte, um sie ein wenig vor dem eisigen Luftzug zu schützen.

Sie bogen in einen kleinen Seitenweg, der sich bald in tiefem Dickicht verlor. Sigismondo legte seinen Finger an die Lippen, und so leise es ihnen möglich war, saßen sie ab. Modriger Geruch umfing sie, der Boden war hier auf einmal nicht mehr trocken, sondern sumpfig, die Pferdehufe sanken mit einem schmatzenden Geräusch tief in den aufgeweichten Waldboden ein, aber Sigismondo bedeutete ihnen, dass sie sich noch tiefer zwischen die Bäume zurückziehen sollten. Die Pferde an den Zügeln, warteten sie hinter einer Gruppe halbhoher Fichten, und einige Atemzüge lang passierte gar nichts.

Dann näherte sich das dumpfe Getrappel von Hufen. Genoveva holte ihr Brillenglas hervor, das nun wieder im Etui an ihrer Seite baumelte. Gestern hatte Sigismondo es ihr zurückgegeben. Sie hielt es sich vor die Augen und blinzelte zwischen den Zweigen hindurch.

Vier Männer auf Pferden konnte sie ausmachen, die den Weg entlanggeritten kamen, aber die dicht stehenden, Schatten werfenden Bäume machten es ihr unmöglich, sie in der einsetzenden Dämmerung zu erkennen. Einen winzigen Moment streifte ihr

Blick Sigismondo, dann schaute sie erneut nach vorne, aber sofort wieder zurück zu ihrem Ehemann. Seine Miene war wie versteinert. Eine steile Falte hatte sich in seine Stirn gegraben, und nun schaute Genoveva noch einmal genauer hin.

An der Spitze der Reiter befand sich ein auffallend kleiner, schmaler Mann. Sie konnte dessen Gesicht nicht erkennen, aber etwas an seiner Gestalt, an der Art und Weise, wie er sich im Sattel hielt, kam Genoveva bekannt vor.

Als sie verstand, um wen es sich handeln musste, keuchte sie unwillkürlich, und ein grässliches Kribbeln, als würden Hunderte Ameisen über ihren Körper laufen, erfasste sie. Sigismondo warf ihr einen eindringlichen Blick zu, sagte aber nichts.

Der Hufschlag verklang, und geraume Zeit verharrten sie noch reglos zwischen den Bäumen, hörten aber nichts außer den Rufen eines Kauzes und dem Schnaufen ihrer Pferde, das Genoveva mit einem Mal entsetzlich laut vorkam.

Langsam trat Sigismondo aus dem Dickicht hervor und gab ihnen somit das Signal, dass auch sie sich wieder rühren konnten.

Genoveva räusperte sich. »Wann hast du sie bemerkt?«, fragte sie mit belegter Stimme und räusperte sich erneut.

»Sie sind uns seit heute Morgen auf der Spur«, erklärte er nüchtern, und Simon sog scharf die Luft ein, während sich die drei anderen Schutzreiter nur ansahen.

»Wieso habt Ihr nichts gesagt?«, wollte er wissen.

»Weil ich mit lauter Hasenfüßen unterwegs bin?«, antwortete Sigismondo gereizt und ignorierte den aufgebrachten Blick eines der Augsburger Schutzreiter. »Außerdem war ich mir nicht sicher«, fügte er beschwichtigend hinzu.

»Was will de Longwy denn noch von uns?«, fragte Genoveva ein wenig kläglich.

Ein kurzes Weilchen schaute Sigismondo sie an, als überlege er, ob oder was er ihr nun antworten sollte.

»Im besten Falle möchte er verhindern, dass wir Klage einreichen.«

»Im besten Falle?«, wiederholte Genoveva entgeistert, aber eigentlich wollte sie Sigismondos Antwort darauf gar nicht mehr hören. Denn mittlerweile hatte sie eine Ahnung oder vielmehr eine Befürchtung, wo Sigismondo gewesen war, nachdem er gestern David Freys Haus für eine Weile verlassen hatte. Und als hätte er ihre Gedanken gelesen, ging er auf ihre Frage auch nicht weiter ein.

Langsam führten sie ihre Pferde zurück zur Straße.

»Wir sollten nicht nach Passau hineinreiten. Vermutlich schaffen die Männer es noch vor dem Schließen der Tore hinter die Stadtmauern«, stellte Genoveva fest. »Wenn die Tore erst einmal zu sind, sitzen wir wie die Ratten in der Falle. Die Stadt ist klein, ich war bereits einmal dort.«

Sigismondo nickte bestätigend. »Du hast recht. De Longwy wird außerdem den Hafen im Auge behalten, denn ihm wird klar sein, dass wir die nächstmögliche Schiffspassage nehmen.«

Befriedigt, dass Sigismondo ihr zuhörte und ihren Vorschlag sogar annahm, klopfte sie den Hals ihres Pferdes.

»Wieso fragen wir nicht die Fischer in einem der umliegenden Dörfer, ob er uns in einem seiner Kähne nach Wien bringt?«, warf nun Simon ein, der sich für gewöhnlich aus den Unterhaltungen zwischen Sigismondo und Genoveva heraushielt. Wohlweislich.

»Und was ist dann mit unseren Pferden?« Sie wollte sich ungern ein zweites Mal in so kurzer Zeit von Rhea trennen.

Sigismondo schien zu überlegen. Auch er ritt auf seinem eigenen Hengst. Ein Schlachtross, das ein Vermögen wert war. Natürlich wollte er das Tier in einem Stall sicher unterstellen, wenn er es nicht bis nach Wien mitnehmen konnte. Er fuhr sich über seine sprießenden Bartstoppeln. Schon mehrere Tage hatte er sich nicht mehr rasiert, und Genoveva gefiel sein dunkler Stoppelbart. Am liebsten hätte sie ihn mit den Fingerspitzen berührt, ihrem Ehemann über das Gesicht gestreichelt oder ihn einfach umarmt.

Sie sehnte sich so sehr nach seiner Nähe und nach dem Gefühl der Sicherheit und Geborgenheit, das er ihr bislang stets vermittelt hatte. Während ihrer Reise bis Bruchsal hatte Sigismondo immer wieder heimliche Momente der Zweisamkeit geschaffen, in denen er ihre Hand genommen und zärtlich gestreichelt oder ihr einen Kuss auf die Wange gehaucht hatte, wenn niemand es sehen konnte. Ihr war gar nicht klar gewesen, wie viel ihr das bedeutete.

»Wenn wir die nächste Poststation vor Passau kennen würden …«, murmelte Sigismondo vor sich hin und hievte sich in den Sattel.

»Sandbach«, antwortete Genoveva, ohne lang zu überlegen. Etwas ungläubig schaute er von seinem Pferd auf sie herab, was sie mit einem Schulterzucken beantwortete. »Wunderst du dich noch immer?«, sagte sie bloß. »Die Station liegt nah am Fluss, und ich denke auch, dass wir dort ein Boot ausfindig machen können.«

Ganze Tage und Nächte hatte Genoveva mit dem Studium von Landkarten verbracht. Immer, wenn weniger los gewesen war im Brüsseler Sitz der Taxis, hatte sie über den Postverzeichnissen gebrütet und die Ortschaften mit Stationen der Reichspost auf den Landkarten ausfindig gemacht. Sie kannte alle, selbst die kleinsten, unbedeutendsten.

Und sie war sich sicher, dass sie sich schon in Flussnähe befanden, denn sie meinte, bereits das Wasser der Donau riechen zu können. Nur Sandbach konnte die nächstgelegene Station sein.

Mit Einbruch der Nacht hatten sie Sandbach erreicht, einen zusammengeworfenen Haufen von Häusern direkt am Donauufer. Mühelos hatten sie die Poststation ausfindig gemacht und den betagten Postmeister aus seinem zweifellos wohlverdienten Schlaf gerissen. Ihre Pferde hatten sie sicher in einem neu erbauten Heuschober untergebracht und dem Laufburschen der Poststation noch zwei Münzen zugesteckt, damit er die Tiere täglich pflegte und bewegte. Der steinalte Postmeister, dem sein schlohweißes Haar wie ein wirrer Heiligenschein um den Kopf stand, hatte sogar einen Fischer gewusst, der sie für eine stattliche Summe bis nach Wien überführen würde. Er hatte mit seinem fast zahnlosen Mund etwas genuschelt, nachdem ihn jedoch keiner der Reisegefährten verstand, war er einfach losgeschlurft und hatte ihnen bedeutet, ihm zu folgen.

Nur kurz war der Weg bis ans Flussufer gewesen, wo er mit einem gut platzierten Tritt einen Mann aufweckte, der sich neben seinem Kahn zusammengerollt hatte und lautstark schnarchte. In den frühen Morgenstunden würde der Fischer seinen Kahn auf den Fluss hinaustreiben lassen, um seinen täglichen Fang zu machen, hatte ihnen der Postmeister erklärt. Der Fischer rappelte sich auf und brummte etwas in einem so starken Akzent, dass Genoveva ihn nicht verstand. Aber er schien die Gunst der Stunde schnell zu erfassen – oder die Verzweiflung seiner Passagiere –, denn er verlangte fünfzig Gulden für die Passage, eine geradezu astronomische Summe. Fragend blickte Genoveva zu ihrem Mann. Dieser schüttelte verdrossen den Kopf.

»Das kann nicht sein Ernst sein«, mokierte sich selbst Simon über den Fischer und tippte mit der Schuhspitze gegen das morsche Holz des Kahns, der am Flussufer vertäut war und bedenklich in den Wellen schaukelte. Das Boot war nicht nur altersschwach und machte einen wenig vertrauenerweckenden Eindruck, es bot zudem neben dem Fischer auch nur drei weiteren Passagieren Platz – die drei Schutzmänner aus Augsburg würden zurückbleiben müssen. Genoveva sah Sigismondo an, wie ungern er die Reise ohne die Söldner fortsetzte.

»Wir haben nur leider keine andere Wahl. Wenn wir bis morgen früh warten, um das Boot zu besteigen oder um ein zweites Boot zu organisieren, werden wir wie auf dem Präsentierteller an unseren Verfolgern vorbeischippern«, beschied Sigismondo.

Genoveva sah sich um. Ganz in der Ferne, im Süden, meinte sie bereits die Lichter von Passau zu erkennen. Da zudem fast Vollmond war und sich die Wolken am Himmel rarmachten, war die Nacht gerade ihr größter Schutz.

»Also gut.« Sigismondo zückte seinen Geldbeutel und zählte dem Fischer den Betrag in die flache Hand. Geflissentlich überprüfte dieser die Münzen und deutete dann einladend auf seinen Kahn. Drei Sitzbänke befanden sich darin, einige Netze und Reusen lagen in der Mitte, und es roch streng nach Fisch. Genoveva war froh, in der Finsternis nicht genauer erkennen zu können, was dort alles zu ihren Füßen lag. Zwei Ruder waren an den Seitenwänden angebracht, aber die Strömung war an dieser Stelle des Flusses so stark, dass sie nicht nachhelfen mussten. Mit einem langen Stock hatte der Fischer sie sogleich vom Ufer abgestoßen und diesen nun im Bauch des Bootes verstaut. Die drei zurückgelassenen Schutzmänner starrten ihnen noch eine Weile hinterher, dann verschwand Sandbach langsam hinter einer Flussbiegung.

Wortkarg saß der groß gewachsene Fischer am Heck, die Mütze tief ins Gesicht gezogen, eine Hand am Ruder. Die Haut in seinem Gesicht und an seinen Händen war von den vielen Jahren auf dem Wasser braun gebrannt und ledrig.

Bereits nach Kurzem fiel Genoveva die trübe Brühe auf, die um ihre Schuhsohlen herumschwappte, aber sie beschloss, das Wasser zu ignorieren. Schon beim Besteigen des Kahns hatte sie ein ungutes Gefühl beschlichen, aber sie schob es auf ihre überreizten Nerven. Sie tastete in ihren Ausschnitt, fühlte die harten Kanten des Papiers unter ihren Fingerkuppen und hielt sich dann ein klein wenig beruhigter mit beiden Händen an der Holzbank fest, eigentlich nicht viel mehr als ein Brett, das an den beiden Seiten des Kahns festgenagelt worden war.

Lautlos glitten sie über das schwarze Wasser, das seidig und weich den Bug umspülte. Bäume ragten bis tief in den Fluss hinein, wie Finger und Arme, die nach ihnen greifen wollten. Ein, zwei Mal mussten sie sich unter ein paar besonders tief hängenden Ästen hinwegducken. Aber mit erstaunlicher Sicherheit umschiffte der Fischer alle Hindernisse wie einige aus dem Wasser ragende Baumstümpfe und Felsbrocken und hielt sich auch von der Mitte des Flusses fern, wo gefährliche Stromschnellen und Strudel das Wasser unberechenbar machten. Mehrmals schreckten sie einige schlafende Enten auf, die laut zeternd das Weite suchten. Ansonsten blieb alles ruhig.

»Am dritten Tag sind wir in Wien, wenn wir wenige Pausen machen«, sagte der Mann schließlich in die Stille hinein. Seine Stimme klang rau, als spräche er nicht allzu oft. Er räusperte sich. »Und wenn ihr ein wenig mithelft.« Mit dem Finger zeigte er auf die beiden festgemachten Ruder. Simon, der mit dem Rücken zu dem Mann saß, wandte sich um und wollte schon danach greifen, aber Sigismondo hielt ihn am Ärmel fest. »Später. Wir möchten in Passau nicht gesehen werden und auch kein Aufsehen erregen.«

Kurz blickte der Fischer von einem zum anderen, gab aber mit einem angedeuteten Nicken seine Zustimmung. Überhaupt stellte er keine Fragen und trug den Gesichtsausdruck eines Menschen, den nichts mehr schrecken konnte, hatte Genoveva den Eindruck. Einzig Sigismondo hatte der Mann, noch bevor sie sich handelseinig geworden waren, einige linkische Blicke zugeworfen. Vielleicht hatte ihn dessen Bewaffnung verstört, vielleicht hatte er auch das Wappen auf seinem Mantel gesehen und ihn als Generalkapitän erkannt. Womöglich war er früher selbst einmal Soldat gewesen.

»Warst du schon mal am Hof in Wien?«, wollte sie leise von Sigismondo wissen, der direkt neben ihr Platz genommen hatte. Sein Oberschenkel berührte ihr Bein, und sie rückte näher an ihn heran und griff nach seiner Hand.

»Zwei Mal«, antwortete Sigismondo, schaute einen Moment lang auf ihre beiden Hände und erwiderte ihre Berührung, indem er Genovevas Finger umschloss.

Nur kurz, aber Genovevas Herz machte vor Erleichterung einen Satz.

Dann aber ließ er sie wieder los und beobachtete aufmerksam das Ufer.

Die grauen Stadtmauern von Passau glitten an ihnen vorüber. Vereinzelt brannten noch Lichter in den Häusern. Es hatte mittlerweile vollkommen aufgeklart, und im hellen Mondlicht waren die Gassen, die ans Ufer führten, gut zu erkennen. Einige Stege reichten weit ins Wasser hinein, vereinzelt meinte Genoveva sogar noch Gestalten in den Straßen zu erkennen. Ein Mann starrte eine Weile angestrengt zu ihnen herüber und lief dann eilig davon.

»Geht ein wenig in Deckung«, flüsterte Sigismondo und warf dem Fischer einen prüfenden Blick zu, der einmal mehr mit einem Nicken bedeutete, dass er verstanden hatte. Genoveva rutschte von der Bank nach unten, hockte mit ihrem Hintern in einer Pfütze und verzog angewidert das Gesicht, aber Sigismondo drückte sie noch tiefer gegen den Kiel. Die Wände des Kahns waren jedoch so niedrig, dass sie es nicht schafften, sich zur Gänze hinter ihnen zu verbergen.

Plötzlich stieß Sigismondo einen Fluch aus, seine Hand tastete an die rechte Körperseite, und er riss eine der beiden Pistolen aus der Halterung an seinem Gürtel.

»Da sind sie!«, hörte sie einen Ruf vom Kai herüberschallen, und dann ging alles ganz schnell.

Genoveva sah das Blitzen in der Dunkelheit, als sich ein Schuss löste, dann noch einer. Ohrenbetäubend laut hallte der Knall durch die Nacht und fetzte ein Loch in die Bordwand, keine drei Handbreit neben Genovevas Kopf. Irgendjemand brüllte »Nicht schießen, ihr Narren«, unmittelbar gefolgt von einem weiteren Schuss.

Genoveva schrie und drückte sich, so tief sie konnte, auf den Boden des Kahns. Dieser begann, gefährlich zu schlingern und ein Eigenleben zu entwickeln, und Genoveva konnte an den immer heftigeren Bewegungen spüren, dass das Boot außer Kontrolle geriet.

Ein tiefer, schmerzerfüllter Schrei ließ sie ihren Kopf heben, durch eine Pulverwolke hindurch sah sie die hochgewachsene Gestalt des Fischers wanken, dann fiel er seitlich ins Wasser, wobei sein Körper dem Kahn beim Eintauchen einen heftigen Stoß verpasste. Das Boot krängte nun so stark, dass eine Seite hoch aus dem Wasser aufragte. Genovevas gesunde Hand krallte sich an der Sitzbank fest, sie konnte Sigismondo ausmachen, der offenbar zur hoch aus dem Wasser stehenden Bordwand zu gelangen versuchte, um das Gefährt mit seinem Körpergewicht wieder flach ins Wasser zu drücken. Simon war vollkommen ihrem Blickfeld entschwunden. Dann kippte der Kahn. Einen winzigen Moment wähnte Genoveva sich mitten in der Luft, aber sofort fiel sie mit einem harten Aufprall in den Fluss, über ihr der Bauch des Bootes. Vollkommene Dunkelheit umfing sie, und eine so beißende, durchdringende Kälte, dass ihr die Luft wegblieb. Sie wusste nicht mehr, wo unten und wo oben war.

Der Drang einzuatmen, wurde immer stärker, sofort musste sie Luft holen. Sie japste, und ihr Mund und ihre Nase füllten sich mit Wasser. Wild schlug sie um sich, strampelte, röchelte. Kleine Luftbläschen bahnten sich ihren Weg nach oben, und sie versuchte, sich in die gleiche Richtung zu bewegen. Dann war ihr Kopf auf einmal über Wasser, sie hustete und rang verzweifelt nach Luft. Genoveva meinte, eine Hand zu spüren, die nach ihr tastete, sie ruderte mit den Armen, damit sie an der Oberfläche blieb, hörte Schüsse, das gefährliche Auftreffen der Kugeln, die neben ihr ins Wasser schlugen. Ihr Kopf tauchte erneut unter, mit aller Kraft kämpfte Genoveva sich wieder nach oben, merkte aber, dass die Kälte ihre Gliedmaßen zunehmend lähmte und ihre Bewegungen immer schwerfälliger wurden. Panisch blickte sie sich um, schrie Sigismondos Namen, meinte seinen dunklen Haarschopf zu erkennen, der einige Armlängen von ihr entfernt auftauchte, dann aber wieder in den Fluten versank, und spürte, wie ein Strudel sie erfasste und unerbittlich nach unten in die eiskalte Schwärze zog.

41.

Auf der Straße in Richtung Landshut

Alexandrine

Er war noch immer da.

Schon vor geraumer Zeit waren die Stadtmauern von Augsburg hinter den hellgrünen Spitzen eines dichten Laubwaldes verschwunden, aber David Frey ritt trotzdem unbeirrbar hinter ihr her.

Und jedes Mal, wenn sich Alexandrine zu ihm umdrehte, grinste er sie frech an.

Was konnte sie nur tun, um ihn loszuwerden? In rasendem Galopp über die Straßen fegen und ihr Pferd zuschanden reiten? Ihren eigenen Postverwalter von den beiden sie begleitenden Schutzmännern stellen lassen und ihn mit Gewalt zum Rückzug zwingen?

Natürlich ging das alles nicht.

Zunächst hatte sie noch gemeint, es wäre ein Scherz, als sie ihn in seinen Stallungen kurz vor ihrem Aufbruch ebenfalls aufsatteln sah. *Vielleicht wird er mich noch bis zum Stadttor begleiten,* hatte sie gedacht. Aber dann hatte Frey, zwar mit gebührendem Abstand, aber immer in Sichtweite, seinen Gaul ebenfalls auf die große Straße in Richtung Landshut gelenkt und folgte ihr seither unverdrossen.

Nun aber hatte sie genug. Sie zügelte Ares und wartete am Wegesrand, bis Frey zu ihr aufgeschlossen hatte. Ihre Schutzreiter ritten ein Stück voraus und hielten diskret einige Pferdelängen Abstand zu ihnen. Jedoch waren sie noch immer in Hörweite, weshalb Alexandrine auch einen förmlichen Tonfall anschlug.

»Was soll das hier werden?«, verlangte sie zu wissen und versuchte dabei, so unfreundlich wie möglich zu klingen.

»Ich reite nach Wien«, antwortete er knapp, als wäre es das Selbstverständlichste der Welt.

»Ich habe Euch doch gesagt, dass Ihr mich nicht zu begleiten habt«, fuhr sie ihn an.

»Euch begleiten, Gräfin? Ganz und gar nicht. Ich besuche meinen werten Vetter in Wien. Wollte das schon lange einmal machen.« Angestrengt blickte er auf die Mähne seines Pferdes, zupfte einen Strohhalm heraus und schnipste ihn mit Daumen und Zeigefinger zu Boden.

»Ihr habt doch gar keinen Vetter in Wien«, widersprach ihm Alexandrine und verengte erbost die Augen.

»Dann wisst Ihr wohl besser über meine Familienverhältnisse Bescheid als ich selbst.« Frey schien fest entschlossen zu sein, sich seine glänzende Laune nicht verderben zu lassen.

Einen Augenblick sprach keiner von ihnen. Die Vögel zwitscherten fröhlich an diesem warmen und trockenen Apriltag, die Sonne wärmte Alexandrines Gesicht und Hände und hinterließ ein wohliges Gefühl. Es hätte eine so angenehme Etappe werden können bis nach Landshut.

»Und was, wenn Ihr dabei Eure Aufgaben als Postverwalter vernachlässigt?«, versuchte sie es erneut.

»Habt keine Sorge«, er klopfte auf einen dicken Packen Papiere und Dokumente, die in Wachstücher eingeschlagen unter seinem Mantel hervorragten. »Ich bringe die Rechnungslegung des letzten Quartals persönlich nach Wien. Sie wird vom Hofrat bereits sehnsüchtig erwartet.«

Alexandrine antwortete nicht, sondern starrte ihn einfach nur an. Und nun konnte Frey ein zufriedenes Grinsen nicht mehr unterdrücken.

Er deutete nach vorne. »Nur zu, Gräfin, lasst Euch nicht aufhalten von mir. Eure Männer warten sicher schon auf Euch.«

Alexandrine presste die Lippen aufeinander, lenkte Ares um, ritt zu ihren Schutzreitern und bedeutete ihnen, dass es nun weiterging.

Ein Schulterblick. Auch Frey hatte sich wieder in Bewegung gesetzt und lachte wie ein Lausbub, sobald sie sich umsah. Der Anführer ihrer Schutzreiter warf ihr einen verstohlenen Blick zu. »Herrin, sollten wir nicht auf …« Alexandrine schaute ihn giftig an und brachte ihn damit zum Schweigen. Etwas linkisch zuckte dieser mit den Schultern und ritt weiter.

Gut eine halbe Meile später wurde Alexandrine das Spiel zu dumm.

»Nun los doch, Frey. Schließt schon auf!«, rief sie voller Verdruss nach hinten, und als hätte er nur darauf gewartet, gab er seinem Pferd die Sporen und lenkte es an ihre Seite.

Eine Weile ritten sie schweigend nebeneinanderher, und Freys zufriedene Miene entlockte Alexandrine ein resigniertes Augenrollen. Den Blick auf das frische, lichte Grün der sprießenden Sträucher am Wegesrand gerichtet, fragte sie: »Zufrieden?«

»Ein wenig«, entgegnete er.

Um ihm nicht auch noch den Triumph ihrer ungeteilten Aufmerksamkeit zu gönnen, winkte sie einigen Bauern zu, die mit einem Ochsengespann ihr Feld umpflügten. Dabei zogen sie so unregelmäßige Bahnen, dass es aussah, als würden sie die Erdhaufen einer Horde von Wühlmäusen umgehen, die dort ihr Unwesen getrieben hatte.

»Danke, dass Ihr mich als Zeugen zu Eurem Gespräch mitgenommen habt«, versuchte Frey schließlich, eine Unterhaltung anzustoßen. Denn Alexandrine hatte an diesem Morgen von Paar noch einen weiteren Besuch abgestattet. Der war jedoch weit unschöner verlaufen als ursprünglich geplant, und im Nachhinein war sie verdammt froh gewesen, Frey mit dabeizuhaben. Förmlich hatte Alexandrine dem Hofpostmeister erklärt, dass sie unverzüglich Klage einreichen würde gegen ihn, und zwar direkt beim kaiserlichen Geheimen Rat in Wien, dem wichtigsten Entscheidungsorgan des Kaisers. Selbstredend hatte von Paar erneut alle ihre Vorwürfe abgestritten und dann auch noch ihre Tochter beleidigt, indem er erklärte, sie solle sich eben nicht des Nachts in dunklen Gassen herumtreiben wie eine fille de joie, eine Dirne, denn damit beschwöre sie einen Überfall ja geradezu herauf. Alexandrine war drauf und dran gewesen, die Beherrschung zu verlieren und handgreiflich zu werden – was sie selbstredend vor Frey nie zugeben würde. Vor allem jetzt nicht.

»Warum, das ist eine Eurer Aufgaben als Postverwalter.« Sie zuckte arglos mit den Schultern. »Schließlich war es ein offizielles Treffen, bei dem ich die Hofpost von meiner Klageabsicht in Kenntnis gesetzt habe. Es ist wichtig, dass Ihr das protokolliert habt. Auch die Beleidigungen, die von Paar bei diesem Gespräch geäußert hat, werde ich übrigens dem Geheimen Rat des Kaisers in Wien vorlegen.«

Frey nickte. »Von Paar ist seiner Aufgabe nicht gewachsen«, stellte er fest. »Er ist ganz … anders als sein verstorbener Bruder Johann. Vermutlich wäre er besser in einer Bibliothek hinter den Klostermauern der Johanniter oder als Höfling in Wien oder Innsbruck aufgehoben, als im Postgeschäft mitzumischen.«

»Nun, für ganz so unfähig halte ich ihn nicht«, widersprach Alexandrine. »Seine Kooperation mit den Franzosen mag gewagt sein. Aber es sieht momentan nicht gut aus für den Kaiser, und es ist durchaus im Rahmen des Möglichen, dass der französische König den Krieg zu seinen Gunsten entscheiden und die Habsburger in ihrer Vormachtstellung in Europa ablösen wird.«

»Und dennoch würdet Ihr selbst eine Zusammenarbeit mit den Franzosen kategorisch ablehnen«, stellte Frey fest.

»Ich habe mich eben für einen anderen Weg entschieden als von Paar. Der Wohlstand der Familie Taxis ist untrennbar mit dem Schicksal der Habsburger verknüpft, und daran wird sich auch nichts ändern. Ihr werdet schon sehen, Frey. Vielleicht schon in einer Generation werden die Taxis weit mehr sein als die Grafen, die nur das Postmandat ihr Eigen nennen.«

Wonach Alexandrine eigentlich strebte, war der gesellschaftliche Aufstieg. Um dieses Ziel zu erreichen, benötigte sie jedoch Landbesitz, Schlösser und Titel. Die Hochzeit mit Sfondrati war ein erster, wenn auch kleiner Schritt in die richtige Richtung gewesen. Die Ahnenforschung, mit der Julius Chifletius in Bälde beginnen würde, ein weiterer.

Und nun würde Alexandrine sich mit den Diensten der Reichspost dem neuen Kaiser unentbehrlich machen. Schon bald würden sie Schlösser und Ländereien besitzen wie alle anderen Brüsseler Familien, die so oft die Nase über sie rümpften. Nie wieder würde jemand Alexandrine *die Gräfin ohne Land* nennen. Alexandrine hatte eine Vision für ihre Familie, und sie wollte alles daransetzen, diese zu verwirklichen.

Dabei hätte ihr eigentlich gar nichts Besseres passieren können, als dass von Paar nun auf Abwege geriet, denn dies gab ihr die Möglichkeit, die Loyalität ihrer eigenen Familie unter Beweis zu stellen. Auch wenn sie liebend gern auf die Gefahr, in der ihre Tochter und ihr Schwiegersohn gerade schwebten, verzichtet hätte. Und vor allem auf eine Konfrontation mit Christophe de Longwy, von der sie wusste, dass sie kommen würde, und das vermutlich sogar schneller, als es ihr lieb war.

Freys Stimme riss sie aus ihren Gedanken. *»Ich werde erfolgreich sein, auch ohne meine Überzeugungen mit Füßen zu treten«*, zitierte er sie. »Das waren beeindruckende Worte, die Ihr von Paar heute Vormittag an den Kopf geworfen habt.«

Alexandrine war drauf und dran, David ein Lächeln zu schenken, ertappte sich jedoch gerade noch rechtzeitig dabei und unterließ es tunlichst. »Aufrecht und ehrlich, so wie Ihr es noch tags zuvor von mir gefordert hattet, nicht wahr?«, sagte sie stattdessen.

»Er war erbost«, stellte David ein wenig amüsiert fest und begann, mit der Mähne seines Gauls zu spielen. Schon oft hatte Alexandrine insgeheim beobachtet, auf welche Weise er dies tat.

»Weil ich ihn auf seinen mangelhaften Charakter und seine fehlende Ehre aufmerksam gemacht habe?«, wollte sie wissen.

»Nein, weil Ihr ihn mit *Fahrt zur Hölle* verabschiedet habt. Die Worte hätten ebenso von Eurem Schwiegersohn stammen können, Madame.« Er lachte.

»Das wiederum ist nicht unbedingt etwas, mit dem ich mich rühmen möchte.« Alexandrine verzog das Gesicht. »Sfondrati scheint mir zuweilen etwas aufbrausend und unbeherrscht zu sein.«

»Dann passt er ja gut in Eure Familie«, brummelte David in seinen Kragen, aber Alexandrine hatte seine Worte dennoch genau verstanden. »Was habt Ihr gesagt?«, hakte sie nach und beugte den Kopf in seine Richtung, um ihn besser hören zu können.

»Ich fragte mich, was Euch zu diesen klaren Worten getrieben hat heute Vormittag«, erwiderte er. »Bei unserer gestrigen vorbereitenden Besprechung auf die Unterredung mit von Paar hatte ich nicht das Gefühl, dass Ihr unbedingt sofort Klage führen wollt.«

»Nun, ich habe eine Nacht darüber geschlafen«, verteidigte sich Alexandrine.

»Ich hatte eher das Gefühl, dass Ihr erbost darüber wart, wie begeistert er von seinem Agenten gesprochen hatte. Wie hieß er noch mal?«

»De Longwy«, ergänzte Alexandrine, und die Unbeschwertheit, die sie gerade eben noch im Gespräch mit ihrem Verwalter gespürt hatte, fiel schlagartig von ihr ab. »Der Mann ist gefährlich.«

Frey antwortete nichts darauf, was Alexandrine Bestätigung genug war, dass er dies sehr wohl wusste. Schweigend galoppierte sie an, den Verwalter dicht auf ihren Fersen.

Sie waren gut vorangekommen an diesem Frühlingstag. Erst am frühen Abend, als die Sonne sich allmählich hinter den sprießenden Baumwipfeln der Eichen, Weiden und Eschen verkroch, die in den ausgedehnten Wäldern bis an den Straßenrand wuchsen, legten sie in einem Örtchen namens Moosburg für die Nacht Rast ein.

»Wieso fürchtet Ihr de Longwy eigentlich so sehr, Gräfin?«, fragte David, als er mit einem Ächzen aus dem Sattel glitt. Der Posthof in Moosburg war klein, aber sauber, und die Witwe des Wirts hatte sie sogleich freundlich empfangen. Sie hatte die Schar Hühner, die gackernd über den Vorplatz geflattert waren, in ihren Verschlag gescheucht und die Magd unverzüglich angewiesen, die besten Zimmer für die Gräfin bereitzustellen.

»Weil er ein unberechenbarer Mann ist?«, antwortete Alexandrine und streckte ihren Rücken durch. Er knackte vernehmlich. Die langen Ritte machten ihr mittlerweile zu schaffen, und bereits seit Stunden schmerzte sie ihr Kreuz. Sie presste die flache Hand dagegen und beugte sich nach vorne, was Frey einen ungewollten Lacher entlockte. Alexandrine warf ihm einen warnenden Blick zu, und er verstummte augenblicklich. Am Zügel führten sie ihre Pferde in das dämmrige Halbdunkel des kleinen, aber gut gepflegten Stalls. Die Wände der Boxen mussten erst kürzlich sauber geschrubbt worden sein, und es roch nach frischem Stroh. Den Knecht, der ihnen seine Dienste anbot, schickte sie mit einer eindeutigen Geste wieder davon. Mit geübten Handgriffen sattelte Alexandrine ab, befreite Ares auch von der Satteldecke und schüttelte sie so fest aus, dass im Licht der letzten Sonnenstrahlen, die sich durch die Ritzen der Holzwände stahlen, die Staubkörner tanzten.

Die beiden Schutzreiter wussten bereits, dass Alexandrine sich stets selbst um Ares kümmerte, und ließen sie gewähren. Eilig versorgten sie ihre eigenen Pferde und verzogen sich in Richtung Wirtsstube, aus der bereits der verlockende Duft von frisch gebackenem Brot zu ihnen herüberwehte. Ihre eigenwillige Liebe zu ihrem Pferd brachte Alexandrine oftmals verwunderte Blicke der Stallknechte ein, aber das war ihr vollkommen gleichgültig. Etwas zähneknirschend folgte Frey ihrem Beispiel, und es war ihm anzusehen, dass er diese Aufgabe lieber dem Gesinde überlassen hätte.

»Mitgefangen, mitgehangen…«, murmelte Alexandrine voller Schadenfreude und gestattete Frey, den frischen Wassereimer in die Box von Ares zu schleppen, der sofort zu saufen begann.

Alexandrine klaubte eine der Bürsten aus einer Kiste neben dem Scheunentor und begann, Ares den Schweiß und den Staub aus dem Fell zu striegeln. Halbherzig tat David es ihr gleich, schien aber nicht ganz bei der Sache zu sein, denn Alexandrine bemerkte, wie er den Kopf wandte und jede ihrer Bewegungen genau verfolgte.

»Eine überraschend sanfte Hand besitzt Ihr, wenn es um Eure Pferde geht.«

Alexandrine hielt inne, und sie wusste nicht, was sie dazu brachte, ihm so zu antworten, wie sie es gleich darauf tat: »Und die habe ich sonst nicht?«

David ließ den Striegel sinken und drehte sich mit dem ganzen Körper zu ihr um. Ein, zwei Atemzüge wartete er und schluckte schwer, ehe er mit belegter Stimme sagte: »Oh doch, das hast du.«

Seine Augen glänzten dunkel, er verschlang Alexandrine geradezu mit seinen Blicken, die auf einmal wie unter einem Bann stand, denn sie schaffte es nicht mehr, ihre Augen von ihm zu nehmen.

Einen Schritt kam er auf sie zu. Seine Nähe wirkte wie ein Sog auf sie, sodass sie ihre Hand auf seine Brust legte. Das Hemd war so dünn, dass sie die Wärme seiner Haut und seinen Herzschlag spüren konnte. Der raste geradezu, und auch Alexandrines Herz begann, auf einmal wild zu pochen. Die Spannung, die sich zwischen ihnen aufbaute, war so stark, dass Alexandrine einen Moment lang den Atem anhielt.

Sie wollte ihren Arm zurückziehen, aber David war schneller. Er schloss seine Finger um ihre, während er mit seiner anderen Hand ihren Kopf umfasste, vorsichtig, als hätte er Angst, sie zu verschrecken. Sachte gruben sich seine Finger in ihr Haar, Alexandrine schloss die Augen und genoss die sanfte Berührung. Langsam zog er sie zu sich heran. Sie konnte ihn riechen, seinen ganz eigenen Duft, den sie so oft wahrgenommen hatte, wenn er in den Poststuben so nah an ihr vorbeigegangen war, dass sein Mantel sie berührt hatte, oder er neben ihr am Tisch gesessen und Rechnungen mit ihr durchgegangen war. Jedes Mal war diese eigenartige Anziehung zwischen ihnen, die sofort wie ein schwelendes Feuer aufflammte, in das ein Windstoß fegte. Sie hatte dieses Gefühl stets unterdrückt.

Heute aber war es anders. Denn nun berührte er sie bewusst, er hielt sie fest, sie spürte seine warmen, rauen Hände auf ihrem Gesicht und in ihrem Haar, und sie merkte, dass sie ihr Verlangen nicht länger in Schach halten konnte. Oder wollte.

Sie blickte ihn an und versuchte, in seinen Augen zu lesen, was er dachte. Sein Daumen streichelte zärtlich ihre Wange. Und sie zögerte nicht länger, zog seinen Kopf zu sich herunter und küsste ihn.

Zunächst reagierte er nicht, war wie erstarrt, aber als Alexandrine mit ihrer Zunge leicht über seine Lippen fuhr, erwachte er und erwiderte ihren Kuss mit so viel Leidenschaft, dass Alexandrine buchstäblich das Gleichgewicht verlor. Zum ersten Mal in ihrem Leben wäre sie wohl aus dem Stand umgefallen, hätte David Frey sie nicht gestützt und sicher gehalten.

Mit einem Ruck löste sie sich von ihm, hielt die Augen dabei aber geschlossen, ihre Brust hob und senkte sich schwer. Als sie die Lider wieder aufschlug, sah sie an Davids verschleiertem Blick, dass auch er mit sich rang.

Alexandrine räusperte sich, strich ihre Haare zurecht, bückte sich nach dem Striegel, den sie achtlos ins Stroh hatte fallen lassen, und begann von Neuem, die Flanken von Ares zu bürsten.

David lehnte sich gegen die Boxenwand, vergrub seine Hände in den Hosentaschen und beobachtete sie dabei.

»Eines musst du mir noch erklären, Alexandrine.«

»Hm?«, antwortete sie, sorgsam darauf bedacht, ihn ja nicht mehr anzusehen.

»De Longwy mag gefährlich sein, aber der Generalkapitän ist wehrhaft. Nach allem, was ich gehört habe, ist er sogar einer der besten Schwertfechter in den gesamten Spanischen Niederlanden. Dennoch machst du dir Sorgen«, stellte David fest. »Untypisch für dich. Und ich frage mich, warum«, ergänzte er nach einem Weilchen, als Alexandrine nicht antwortete.

Abermals wusste sie nicht, wieso sie ihm so antwortete, wie sie es tat – und ihm die Wahrheit sagte. Aber sie ließ den Striegel sinken, schluckte den Kloß, der in ihrem Hals saß, hinunter, schaute David in die Augen und gestand mit rasendem Herzen: »Weil Christophe de Longwy mein Halbbruder ist.«

42.

An der Donau in der Nähe von Passau

Genoveva

Der Schmerz in ihren Lungen war so stark, dass sie meinte, etwas würde darin explodieren. Mit der Faust schlug sie gegen ihr Brustbein und versuchte, das Brennen dahinter zu lindern, aber es wurde stärker und breitete sich in ihrem ganzen Körper aus.

An die Oberfläche. Du musst atmen.

Sie sammelte ihre letzten Kräfte und versuchte, mit langsamen, kontrollierten Bewegungen in Richtung der Helligkeit zu schwimmen, dorthin, wo sie die Oberfläche vermutete. Die Hände waren bereits über Wasser, aber dann erfasste sie erneut eine Strömung und zog sie wieder nach unten, und sosehr sie sich auch mühte und mit den Beinen strampelte, sie schaffte es einfach nicht mehr, mit dem Kopf die Oberfläche zu erreichen. Ein, zwei Beinschläge machte sie noch, dann verließ sie die Kraft.

Das Brennen in ihren Gliedmaßen wich einem sanften Kribbeln. Sie ließ den letzten Rest Atemluft aus ihrem Mund entweichen, schaute den Luftblasen hinterher und fühlte plötzlich, wie Wärme in ihre Arme und Beine floss.

Fühlte es sich so an, wenn man starb?

In dem Augenblick, in dem Genoveva aufgab, schlang sich ein Arm um ihren Bauch und zog sie mit aller Kraft nach oben. Plötzlich lag das dröhnende Gluckern des Wassers nicht mehr in ihren Ohren, sie konnte wieder atmen und saugte gierig Luft in ihre Lungen. Der Arm hielt sie noch immer fest, jemand keuchte ganz nah an ihrem Ohr und zog sie ächzend hinter sich her. Es war Sigismondo.

»Kannst du stehen?«, stieß er hervor. Ein, zwei Atemzüge brauchte Genoveva, ehe sie verstand, dass die Frage an sie gerichtet war.

Sie tastete mit den Stiefelspitzen nach unten, versank in schlammigem Boden, konnte aber tatsächlich stehen. Sigismondos Umklammerung löste sich, als sie nickte, aber er griff sofort nach ihrem Arm und zog sie weiter in Richtung Ufer.

Das Wasser wurde flacher, Genoveva konnte nun auch ihre Hände zu Hilfe nehmen und kroch auf allen vieren voran. Als sie das Ufer vollends erreicht hatte, blieb sie nach Atem ringend liegen. Ihre Finger gruben sich in den feinen Sand, er klebte in ihrem Gesicht und knirschte zwischen den Zähnen. Zwei Atemzüge wartete sie noch, um Kraft zu schöpfen. Dann wandte sie den Kopf. Direkt neben ihr lag Sigismondo auf dem Rücken, die eine Hand auf seiner Brust abgelegt, die sich heftig hob und senkte, die andere Hand noch in ihren Mantel gekrallt.

Ein eisiger Windzug fegte über sie hinweg, und Genoveva spürte augenblicklich, dass sie zu bibbern begann.

»Bist du verletzt?«, fragte er atemlos.

»Nein …«, krächzte sie und musste husten. Sie würgte Wasser hervor, wischte sich mit dem Handrücken den Speichel und den Sand aus dem Gesicht und fragte: »Und du?«

»Mir ist nichts passiert«, sagte er schnell.

»Wo ist Simon? Und der Fischer?«, wollte Genoveva wissen, stützte sich auf die Unterarme und starrte auf den Fluss hinaus, der trügerisch ruhig wie ein dunkles, breites Band vor ihnen lag.

»Ich weiß es nicht. Ich weiß nur, dass wir so schnell wie möglich von hier wegmüssen.«

Mühsam richtete Sigismondo sich auf, hustete dabei erbärmlich und kam dann schwankend auf die Beine. Etwas unbeholfen hievte er auch Genoveva nach oben, und zum ersten Mal blickte sie sich um.

Sie waren auf einer kleinen, sandigen Einbuchtung gestrandet. In ihrem Rücken an der Abbruchkante zum Fluss ragten einige kahle Pappeln in den sternenklaren Nachthimmel, deren Stämme silbrig im Mondlicht schimmerten.

Von der Stadt war nichts mehr zu sehen, die Strömung musste sie ein gutes Stück den Fluss hinabgetragen haben. Genoveva kletterte hinter Sigismondo über die erdige Uferkante, wäre fast an einer Wurzel hängen geblieben, und schon waren sie zwischen den ersten Bäumen verschwunden, die ihnen so kahl und dünn, wie sie waren, jedoch kaum Sichtschutz boten.

Mehrere Hundert Schritt liefen sie durch den Uferwald, hielten immer wieder inne und lauschten, ob jemand kam oder ihnen folgte. Aber alles blieb ruhig, sie entfernten sich weiter vom Ufer, durch sumpfige Auwiesen hindurch und an tief hängenden Trauerweiden vorbei. Sie stießen auf einen schmalen Fußpfad, den Sigismondo einschlug, Genoveva an der Hand.

Sie zitterte inzwischen so stark, dass ihr die Zähne klapperten, und sie fühlte sich, als wäre ihr die letzte Kraft aus den Knochen gesaugt worden. Die Beine knickten unter ihr weg, aber Sigismondo hielt sie fest, schloss seine Arme um sie und rieb ihr fest über den Rücken.

»Ich finde etwas, wo wir uns aufwärmen können. So bald wie möglich. Versprochen«, flüsterte er, aber mehr als ein bejahendes Schniefen brachte Genoveva nicht mehr zustande.

Vom restlichen Fußmarsch bekam sie kaum mehr etwas mit. Ihr Sichtfeld verengte sich auf das Stückchen Gras vor ihren Füßen, und ihre gesamte Willensstärke konzentrierte sich darauf, einen Schritt vor den anderen zu setzen.

Irgendwann sah sie eine Türschwelle und Licht und das verwunderte Gesicht einer alten, grauhaarigen Frau. Sie achtete nicht auf die Worte, die Sigismondo mit ihr wechselte. Aber offenbar hatte sich diese bereit erklärt, ihnen zu helfen.

Das Nächste, was Genoveva bewusst wahrnahm, waren die rauen Hände der Alten, die ihr die Kleider vom Leib schälten.

Sie hüllte Genoveva in eine kratzige Wolldecke, rieb ihr forsch über Arme und Rücken, und es wirkte tatsächlich, denn das Zähneklappern und die Gänsehaut, die ihren ganzen Körper überzog, ließen nach. Wortlos schob die Frau sie vor ein einladend loderndes Feuer und drückte sie auf eine Sitzbank hinab. Aber erst der Becher mit warmem Bier vermochte es, Genovevas Lebensgeister wieder zu wecken. Sie trank zwei kräftige Schlucke und blickte dann in die kleinen, blauen Augen der Frau, die von ihren faltigen, herabhängenden Augenlidern beinahe verdeckt wurden. Besorgt, aber aufmerksam musterte die Alte sie.

»Danke«, stieß Genoveva hervor, und die Frau nickte mit einem gütigen Lächeln.

»Wo ist mein Ehemann?«, wollte Genoveva wissen und blickte sich suchend um. Sie befand sich in einer Stube, klein, aber geräumig. Der Boden war mit Stroh ausgelegt, auf einem Tisch brannte eine Kerze, deren helles Wachs schon seit einem Weilchen den eisernen Halter hinabgetropft war und auf der Platte eine dicke Schicht hinterlassen hatte. Mehrere Stühle reihten sich um den Tisch, und einige Weidenkörbe waren in einer Ecke fein säuberlich in die Höhe gestapelt. Verschieden lange Reisigbündel ragten aus ihnen hervor, und eine Handvoll Holzstecken lehnte direkt neben dem Türstock.

Sie musste im Haus einer Besenmacherin gelandet sein.

»Er ist noch einmal los, jemanden suchen, einen gewissen …«

»Simon«, ergänzte Genoveva den Satz der Frau. Diese nickte bekräftigend.

»Was ist Euch nur passiert, gnädige Frau?«, wollte die Alte wissen und rieb weiter Genovevas Schultern, denn noch immer hatte diese blau gefrorene Hände und Füße und zitterte am ganzen Leib. Und so seltsam es ihr vorkam, fand sie die Berührung der Fremden in diesem Moment tröstlich.

»Unser Boot ist gekentert, wir sind …«

Die Erkenntnis traf sie wie ein Faustschlag. »Wo ist das Schreiben?«, sie fuhr unvermittelt auf, blickte sich hastig um, erntete aber nur einen verwunderten Blick der Alten.

»Wo sind meine Kleider?«, fragte sie erneut und wohl auch ein wenig unwirsch, denn die Alte hob irritiert die Augenbrauen und deutete kommentarlos auf eine Leine, die von einer Seite des Raumes zur anderen gespannt war. Dort hingen all ihre Sachen. Eine Hand um die Decke geklammert, die ihre Blöße bedeckte, ging sie zur Leine und tastete über die Korsage ihres Kleides.

Als sie den Brief zu fassen bekam, der an der Innenseite des Stoffs klebte, stieß Genoveva zunächst erleichtert die Luft aus, bereitete sich aber innerlich bereits darauf vor, dass das Schreiben nach ihrem Sturz ins Wasser in keinem guten Zustand sein dürfte. Mit spitzen Fingern zog sie es hervor. Das Papier war gewellt und vollkommen durchnässt. Wie von selbst löste sich das Siegel und fiel zwischen die Strohhalme auf den Boden. Sofort klaubte Genoveva es wieder auf und trat mit dem Schreiben näher an das Feuer.

Sorgsam faltete sie das Papier auseinander, blinzelte, aber es war wie befürchtet: Mit Ausnahme einiger grauer Schlieren und schwarzer Flecken war es leer. Wo zuvor Buchstaben gestanden hatten, war nichts mehr zu sehen. Der gesamte Brief war bis zur Unkenntlichkeit verwaschen.

Kraftlos sank Genoveva auf die Bank, schloss die Augen und spürte Tränen der Enttäuschung unter ihren Lidern brennen.

Ein Klopfen an der Tür ließ sie aufblicken. Die Alte öffnete, und Sigismondo schlüpfte mit sorgenvoller Miene herein. Seine Haare hingen ihm strähnig ins Gesicht, und noch immer trug er seine nassen Kleider, die ihm wie eine zweite Haut am Körper klebten.

»Keine Spur von Simon oder dem Fischer. Ich kann nur hoffen, dass sich alle beide retten konnten.« Sein Blick fiel auf das nasse Papier, das wie ein Lappen in Genovevas Händen hing. Einen

Atemzug lang schien er zu überlegen, aber seine Augen weiteten sich, als er das breite, rote Siegel erkannte.

»Alles dahin«, flüsterte Genoveva und merkte, wie ihr Kinn zitterte. Sigismondo nahm ihr das Schreiben und das Siegel ab und drehte es ein wenig unschlüssig hin und her, ehe er es vorsichtig auf der Bank ablegte.

»Wir werden trotzdem Klage führen und beim Kaiser vorsprechen, mach dir keine Sorgen«, versuchte er, sie zu beruhigen, aber Genoveva wurde das Gefühl nicht los, dass er selbst nicht so recht an das glaubte, was er sagte.

»Ich gehe nach nebenan, zum Haus meines Sohnes, und werde dort auch nächtigen. Wenn Ihr etwas braucht, zögert nicht und meldet Euch«, erklärte die Frau in ihrem Rücken.

Sigismondo öffnete den nassen Lederbeutel an seinem Gürtel und zog eine Münze hervor, die er der Frau zusteckte. »Habt Dank für Eure Hilfsbereitschaft«, sagte er. Die Frau nahm die Münze entgegen und nickte ihnen wohlwollend zu.

»Es ist noch etwas Eintopf im Kessel, bedient Euch.« Mit dem ausgestreckten Finger deutete sie auf einen eisernen Topf, der an einem Haken über dem Feuer hing. Sie nahm sich ein Tuch aus einer kleinen Truhe neben der Feuerstelle, warf es sich über die Schultern, murmelte einen letzten Gruß und verschwand durch die Eingangstür.

Einen Moment lang herrschte Stille, die Suppe brodelte im Kessel über dem frisch angeschürten, leise knisternden Feuer vor sich hin.

»Das alles ist mein Fehler, und es tut mir wahnsinnig leid«, platzte es aus Genoveva heraus. »Wäre ich in Bruchsal nicht ohne dich losgeritten, wäre all das nicht passiert. Stattdessen hat uns mein Sturkopf beinahe das Leben gekostet. Und das von Simon und dem Fischer obendrein. Wenn ich es irgendwie rückgängig machen könnte, glaube mir, ich würde es tun.«

Stumm schaute Sigismondo sie an, und Genoveva wertete sein Schweigen als Zustimmung. »Wir sollten aufgeben und nach Brüssel zurückreiten, damit dieser Albtraum endlich ein Ende hat«, fuhr sie fort. Sie sagte es nicht, um Sigismondo zu besänftigen, sondern weil sie es genauso meinte.

Wenn sie ihm nur irgendwie verständlich machen könnte, wie wahnsinnig leid ihr alles tat. Dass ihr überhaupt nicht klar gewesen war, wie ihre selbstsüchtige Entscheidung, den Brief persönlich nach Wien zu bringen, sein und das Leben anderer in Gefahr brachte – oder sogar schon gekostet hatte.

»Ich möchte, dass alles wieder so ist, wie es noch vor wenigen Wochen war«, fügte sie leise hinzu. So gern hätte sie ihn berührt und seine tröstende Umarmung gespürt. Aber sie zögerte, den ersten Schritt zu tun, denn sie ahnte, wie wütend und verletzt Sigismondo noch immer sein musste. Zaghaft ließ sie ihren Kopf gegen seine Brust sinken und wartete mit angehaltenem Atem darauf, dass er sich wegdrehte oder sie sogar von sich stieß.

Aber er schlang seine Arme um sie.

»Wir können jetzt nicht mehr zurück«, hörte sie ihn leise sagen.

Sie hob den Kopf. »Aber wir haben doch keinerlei Beweise mehr. Was sollen wir denn nun noch ausrichten können?«

Sigismondos Augen glänzten dunkel, als er mit rauer Stimme gestand: »Darum geht es leider inzwischen nicht mehr.«

»Wie meinst du das?«

Einen Moment blickte er Genoveva in die Augen, und sie hatte den Eindruck, dass ihm nachfolgende Antwort schwer über die Lippen kam.

»Ich habe Christophe de Longwy zu einem Duell gefordert. Er hat mir die Satisfaktion nicht direkt verweigert, aber er hat mir erstens zu verstehen gegeben, dass ich dieses Duell verlieren würde, und er hat mir zweitens …« Er zögerte, und es war offensichtlich, dass ihm bei seinen Worten unwohl zumute war.

»Ja, und? So lass ihn doch. Du bist ein Generalkapitän der Spanischen Niederlande, was könnte er dir denn …«

»Du kennst diesen Mann nicht, Genoveva«, unterbrach er sie.

»Doch, ich habe seine Bekanntschaft bereits gemacht, wie wir ja beide wissen«, erwiderte sie und verzog schmerzhaft die Mundwinkel.

»Er hat meine Ehegattin, die Gräfin Sfondrati, die Frau des Marquis de Montafié, auf offener Straße zusammengeschlagen. Denkst du wirklich, dass ich diese abscheuliche Tat ungesühnt lasse?«

»Darum geht es also?«, wandte Genoveva ein und konnte nicht glauben, was Sigismondo da gerade sagte. »Um dein verletztes Ehrgefühl?«

»Und was ist mit *deinem* Ehrgefühl?«, hielt er ihr entgegen. »Er schlägt dich zusammen wie einen Leibeigenen, und du möchtest ihn dafür nicht zur Rechenschaft ziehen? Wo ist denn auf einmal der viel gerühmte Familienstolz der Taxis geblieben?«, fuhr Sigismondo auf, mahnte sich dann aber sofort zur Ruhe. Ein Weilchen schaute er Genoveva einfach nur an und schien sich dabei im Kopf bereits die Worte zurechtzulegen, die er nun an sie richten wollte.

»Ich reise nicht mit dir nach Wien, um die Postverschwörung von Paars aufzudecken, auch wenn das dein eigentlicher Wunsch war, den du vermutlich, trotz all deiner Beteuerungen noch immer nicht ganz aufgegeben hast. Es geht auch nicht um mein Ehrgefühl, oder was auch immer du für meine Beweggründe hältst. Es geht um mein Leben und deine Unversehrtheit.«

»Was willst du damit sagen?«

»De Longwy trachtet mir nach dem Leben, und er wird sein Ziel nicht einfach so aufgeben, egal, wohin wir uns begeben. Der Überfall auf unser Boot ist Beweis genug.«

»Aber warum bringst du ihn …«

»… nicht einfach selbst zur Strecke?«, führte er Genovevas Frage zu Ende. »Schließlich bin ich doch ein Generalkapitän? Auge um Auge, Zahn um Zahn, nicht?«, wieder war Sigismondo laut geworden. Genoveva traute sich nicht mehr, ihm zu antworten. Aber ja, genau das hatte sie soeben gedacht. Und sie wunderte sich. Denn noch nie hatte Genoveva ihren Ehemann derart unbeherrscht und dünnhäutig erlebt wie in diesem Gespräch. Bereute er seinen unüberlegten Streit mit de Longwy in Augsburg womöglich?

»Auch wenn es im Krieg manchmal anders scheinen mag, es gibt in diesem Reich Regeln und Gesetze. De Longwy besitzt die Protektion vieler hochgestellter Herrschaften aus vielen Herrscherhäusern auf diesem Kontinent. Deren Protektion macht ihn beinahe unantastbar. Nur der Kaiser ist mächtig genug, um einige Könige und Kurfürsten dazu zu bewegen, ihre schützenden Hände von ihm zurückzuziehen.«

»Aber können wir nicht einfach nach Brüssel zurückkehren und …«, versuchte Genoveva es erneut.

»In Bruchsal hast du dich entschieden«, unterbrach Sigismondo sie erneut, »von Paars Intrige auf den Grund zu gehen. In Augsburg haben mich die Umstände dazu gezwungen, dich dabei zu begleiten, auch wenn ich das alles andere als beabsichtigt habe. Es gibt kein Zurück mehr.«

»Und was schlägst du jetzt vor?«, wollte Genoveva wissen, der im Moment völlig schleierhaft war, was sie nun noch tun konnten.

»De Longwys Engagement für von Paar, und der Pakt der beiden mit den Franzosen wird ihnen ein für alle Mal das Kreuz brechen. Zwar haben wir außer dem Siegel keine Beweise mehr, aber wichtig ist zunächst, dass wir das Ohr des Kaisers bekommen. Das Problem dabei ist zwar, dass eine persönliche Auseinandersetzung zwischen de Longwy und mir für den Kaiser völlig belanglos ist. Von Paars Hochverrat allerdings besitzt genügend Tragweite, um eine persönliche Audienz bei Ferdinand III. zu bekommen. Und zwar sogar relativ schnell.«

»Aber ohne Beweise wird der Kaiser uns doch niemals glauben?«, gab Genoveva zu bedenken. Auch wenn sie verstand, in welcher Gefahr sie gerade schwebten, konnte sie sich doch nicht vorstellen, wie es nun weitergehen sollte.

Er strich ihr eine Strähne aus der Stirn. Allmählich trockneten Genovevas Haare wieder und standen ihr in wilden Locken vom Kopf ab. »Darüber machen wir uns Gedanken, wenn es so weit ist. Ein Schritt nach dem anderen.« Ein Funkeln trat bei den nächsten Worten in seine Augen. »Du bist ganz schön tapfer, muss ich sagen. Keine andere Dame, die ich kenne, hätte so einen Überfall wie in Augsburg oder unseren Bootsunfall so gut weggesteckt wie du. Daran könnte sich der eine oder andere Söldner aus meiner Truppe mal ein Beispiel nehmen.«

»Aber geholfen hat es uns dennoch nicht«, mokierte sie sich.

»Es gibt eben keine Tapferkeit ohne Ausdauer.«

»Wie meinst du das?«

»Egal, wie viel Mut du für eine Entscheidung auch aufbringst, du musst sie auch durchhalten können und darfst nicht einknicken. Nicht nach Stunden, nicht nach Tagen, nicht einmal nach Wochen.«

Forschend sah Genoveva ihn an. War es tatsächlich Stolz, Stolz auf sie, den sie in seinen Gesichtszügen las? Sie freute sich so sehr über seine verständnisvollen Worte und den Mut, den er ihr zusprach, dass sich ein warmes Gefühl in ihr auszubreiten begann. Immer mächtiger wurde es, füllte ihre ganze Brust aus und ließ ihr Herz schmerzhaft gegen ihren Brustkorb pochen. Fühlte sich so die Liebe an?

Erst jetzt bemerkte sie, dass er noch immer seine tropfnassen Kleider trug.

»Du musst dich sofort ausziehen.« Ohne auf seine Antwort zu warten, steckte sie den Zipfel der Decke, die sie um sich geschlungen hatte, vor ihrer Brust fest, schob Sigismondo den Mantel von den Schultern, der wie ein nasser Sack zu Boden fiel, und knüpfte dann sein Hemd auf.

Sie kümmerte sich um ihn, ohne dass ein Kammerdiener oder eine Zofe sie dabei störten. Es gefiel ihr, ihm ein Kleidungsstück nach dem anderen vom Körper zu schälen, und noch viel mehr mochte sie, dass er es geschehen ließ.

Genoveva genoss die Nähe und die Vertrautheit, die die einfache Handlung zwischen ihnen schuf. Als er vollkommen nackt vor ihr stand, drängte sie sich an ihn, schloss ihn in die Arme, um jeden Fingerbreit seiner nackten Haut mit ihrem Körper zu wärmen.

»Ich hatte Angst«, murmelte Genoveva an seiner Schulter.

Sigismondo hielt ihre Arme fest und küsste sie auf die Stirn. »Ich auch«, gab er zu. »Du hast aber nichts zu befürchten. De Longwy hat es auf mich abgesehen, nicht auf dich«, erklärte er mit einem gespielt sorglosen Schulterzucken und einem etwas erzwungen wirkenden Grinsen.

»Aber das macht es doch nur umso schlimmer …«

Er nahm ihren Kopf zwischen seine Hände. »Die Gefahr ist Teil meines Lebens, Genoveva. Ich bin Generalkapitän, und mein Geschäft ist der Krieg.«

»Ich möchte nicht, dass du stirbst«, erwiderte sie mit leiser Stimme.

Plötzlich blitzte Schalk in seinen Augen auf. »Wie gut, dass ich gar nicht vorhabe, zu sterben«, sagte er, schloss mit einem Knurren aus tiefster Kehle seine Arme so fest um sie, dass sie unwillkürlich einen erschrockenen Laut ausstieß. Ungestüm bedeckte er sie mit Küssen. Sein Bart kitzelte Genovevas nackte Haut und brachte sie zum Lachen, ein Lachen, das Sigismondo mit einem langen Kuss erstickte. Seine Lippen waren weich und warm, seine Zunge sanft, als sie die ihre liebkoste, seine Arme der Ort, an den sie hingehörte und für immer bleiben wollte.

Und sie merkte, wie hungrig sie nach ihm war, hungrig zu leben. Sie wollte das ganze Grauen der letzten Stunden einfach vergessen und zog ihren Ehemann mit sich auf die Decke hinab, die sie mittlerweile einfach fallen gelassen hatte. Sie ließ ihre Hand über seine Arme, die Schulter und seine Brust gleiten, fühlte seinen Herzschlag und strich über die wenigen Haare, die sich auf ihr kräuselten. Dann führte sie ihre Hand weiter nach unten zum flachen Bauch, dessen Muskeln sich unter ihrer Berührung anspannten. Genoveva tastete weiter, strich über die rauen Schamhaare, bis sie in der Wärme zwischen seinen Beinen angekommen war, wo sich sein Glied bereits zu voller Größe aufgerichtet hatte. Einen kleinen Moment zögerte sie und sah Sigismondo in die Augen. Schwer atmend und erwartungsvoll blickte er sie an. Sie nahm all ihren Mut zusammen und berührte sacht die gerundete Spitze, spürte, wie zart und weich die Haut dort war, und warm. Sanft schloss sie ihre Hand um sein Geschlecht, das größer war, als sie es erwartet hatte. Sigismondo stöhnte. Es gefiel ihm, was sie tat, sie bereitete ihm Lust, und er zeigte sie offen, was eine vollkommen neue Erfahrung für Genoveva war. Ihre Hand schloss sich enger um seinen Schaft und begann, ihn langsam zu reiben. Wieder stöhnte Sigismondo, und Genoveva merkte, wie schutzlos er in ihren Händen gerade war und wie er sich ihr vollkommen hingab.

»Ist es gut so?«, fragte sie und bemerkte, wie sehr es sie berauschte, ihn derart erregen zu können. Sie spürte, wie ihr Schoß feucht wurde, und wollte mehr von ihm.

»Ja«, hauchte Sigismondo, seine Hand schloss sich fest um ihre und leitete sie an. Er führte sie in der gleichen Bewegung, aber deutlich härter und energischer. Dann hielt er inne, nahm sanft ihre Hand von seinem Glied und rollte sich neben sie.

Bewundernd streifte sein Blick über ihre nackten Rundungen. Eine Hand unter ihren Kopf gebettet, ließ er die Finger seiner anderen Hand über ihren Bauch und ihre Hüfte gleiten, vermied es dabei, ihre Prellungen zu berühren, und hauchte ihr leichte Küsse auf Wangen, Kinn und Mundwinkel. Zärtlich biss er sie in die Unterlippe und murmelte: »Weißt du eigentlich, wie wunderschön du bist?«

Ein Glücksgefühl durchströmte Genoveva, sie lächelte.

Aber plötzlich veränderte sich der Ausdruck in seinen Augen. Er packte ihre Haare, sein Griff wurde fester, so fest, dass es fast wehtat, und er zwang Genoveva, ihn anzusehen.

»Lauf mir nie wieder davon, Genoveva. Das ist mein Ernst«, befahl er mit rauer Stimme. Es war eine Drohung, aber Genoveva kam gar nicht dazu, sich weiter Gedanken darüber zu machen, denn sofort küsste er sie. Wild und fordernd brach seine Zunge in ihren Mund ein, umkreiste die ihre, bis ihr gesamter Körper in Flammen stand. Er umfasste ihre Brüste, massierte ihre rosa Knospen, zog mit zwei Fingern daran, und der leichte Schmerz war so erregend, dass Genoveva zu stöhnen begann.

»Ich will dich in mir spüren, Sigismondo«, hauchte sie, als er mit einem Mal wieder ganz sachte ihren Hals liebkoste, denn das Wechselspiel seiner unerbittlichen und dann wieder liebevollen Liebkosungen raubte ihr den Verstand. Seine Hand glitt zwischen ihre Beine, und seine Finger begannen, langsam und sanft zu kreisen. Sie schloss die Augen, ihr Atem ging schneller, und als sie sie wieder öffnete, erkannte sie, wie die Haare zwischen ihren Beinen vor Feuchtigkeit glänzten.

Er stützte sich auf seine Unterarme, sein Gesicht nur eine Handbreit über ihrem. »Zieh deine Knie an«, verlangte er, und ohne Zögern gehorchte Genoveva.

Einen Moment lang blickte er sie an, seine Augen waren ernst und dunkel, und nur einen Herzschlag später drang er in sie ein und füllte sie aus. Genoveva atmete erschrocken ein. Sie hielt ihn an den Unterarmen fest und wollte ihn schon wegdrücken. Doch der anfängliche Schmerz wich sofort einem überwältigenden Lustgefühl. Ganz langsam bewegte er sich in ihr und schaute ihr dabei die ganze Zeit über in die Augen, und ein fast unerträglich starkes Gefühl von Nähe erfasste Genoveva.

»Alles in Ordnung?«, fragte er, und sie nickte. Vorsichtig zog er sich zurück, verharrte einen Moment und stieß dann erneut in sie hinein. Genoveva stöhnte. Sie schloss die Lider und gab sich voll dem Gefühl hin, dass er Besitz von ihr nahm. Zunächst war sein Rhythmus noch langsam, aber als Genoveva sich ihm entgegenwölbte, umfasste er mit seinen Händen ihren Po und zog ihren Unterleib noch etwas höher an seinen heran. Gleichzeitig wurden seine Stöße schneller und härter.

Ganz leicht verlagerte er seine Position. »Ja«, bestätigte ihn Genoveva, als er sich an ihr rieb und sich ihr Körper unter ihm aufzulösen begann. Mit einem Aufschrei kam sie zum Höhepunkt, aber er machte unerbittlich weiter und zog das unglaubliche Gefühl in die Länge. Genoveva schrie auf, laut und ungehalten, und nur wenige Stöße später spannte er sich, drückte ungestüm seine Lippen auf ihre und ergoss sich in ihr.

Er sank auf sie, schloss sie in seine Arme, und in dieser Körperhaltung blieben sie reglos liegen, bis sich ihrer beider Atem wieder beruhigt hatte.

»So. Genauso sollte es sich anfühlen, meine Liebste«, murmelte er in ihr Haar, und Genoveva drückte sich an ihn und konnte nicht genug bekommen vom Geruch seiner Haut. Ein Weilchen lagen sie vor dem Feuer, genossen dessen wärmende Strahlen und strichen einander versonnen über die nackten Körper.

»Wir werden von Paars Intrige aufdecken und seinem Agenten de Longwy das Handwerk legen. Auch ohne das Schreiben«, erklärte Sigismondo leise, aber ernst. »Gemeinsam, in Ordnung?«, fügte er hinzu.

»Ja«, antwortete Genoveva. »Gemeinsam.«

43.

Audienzsaal in der Hofburg, Wien

Genoveva

Mit dem Ellbogen stieß Genoveva gegen einen der über mannshohen Wandteppiche, aus dem nun etwas in ihren Nacken rieselte. Sie zog angewidert die Schultern hoch und machte einen kleinen, hastigen Schritt nach vorne. Prompt trat sie ihrem Vordermann in die Fersen. Dieser drehte sich mit tadelndem Blick um. Ein ergrauter Alter mit exakt ausrasiertem Spitzbart. Er musterte Genoveva missbilligend von Kopf bis Fuß und wandte sich dann wieder nach vorne. Am liebsten hätte sie ihm die Zunge herausgestreckt, aber das schickte sich natürlich nicht. Schon gar nicht in den Gemächern des Kaisers. Vermutlich war dieser Mann einer der unzähligen spanischen Gesandten, vor denen es hier in der Hofburg in Wien geradezu wimmelte.

Sigismondos scharfen Seitenblick ignorierte sie, hielt sich die Brille vor die Augen und tat so, als sehe sie sich interessiert im Raum um.

Sie standen in der zweiten Reihe, aber immerhin hatten sie es bis in eines der berüchtigten Vorzimmer des Kaisers geschafft. Wobei Vorzimmer für Genoveva der vollkommen falsche Ausdruck war. Es handelte sich vielmehr um kleine Säle, in denen Dutzende Menschen Platz fanden. Die Wände waren hoch, und trotz der frühen Stunde waren bereits alle Kerzen in den Wandhalterungen angezündet. Über den dunklen Holzvertäfelungen, die im ganzen Reich gerade Mode waren, wechselten sich riesige Landschaftsgemälde mit schmucken, aber offenbar stark eingestaubten Wandteppichen ab. Von den Decken hingen kristallene Lüster, von denen jeder Einzelne ein Vermögen wert sein musste.

Von diesen Vorzimmern gab es drei, das hatte Johann Rudolf Puchheim, der kaiserliche Oberstkämmerer und ein Freund von Sigismondo, ihnen gestern auf einem kurzen Spaziergang außerhalb der Hofburgmauer erklärt. Puchheim war ein lebenslustiger Mittdreißiger mit langem, blondem Engelshaar. Sein etwas teigiges Gesicht und die beachtliche Plauze verrieten, dass er den Schlafmangel, den sein Amt zweifelsfrei mit sich brachte, mit dem einen oder anderen Zuckertörtchen aus der Hofbäckerei wettzumachen versuchte.

Genoveva hatte ihren Ohren nicht trauen wollen, als Sigismondo ihr nach dem Treffen die Aufgaben des Oberstkämmerers erläuterte. Das Nachtlager des Oberstkämmerers befand sich am Fußende des kaiserlichen Bettes, und er war zu jeder Tages- und Nachtzeit mit der Betreuung des Herrschers beschäftigt. Nun, da Ferdinand bereits seit Wochen mit einem Fieberleiden geschlagen war, verbrachte er die Nächte nicht bei seiner Ehefrau Maria Anna, sondern in seinem eigenen Schlafgemach, wo ihm Puchheim stets zur Verfügung stehen musste. Der Oberstkämmerer war außerdem Ferdinands Vorkoster, begleitete den Kaiser zu allen Messen, Festen, Jagden und auf Reisen, und Genoveva fragte sich ernsthaft, wie dieser Mann es überhaupt geschafft hatte, zwischen all diesen Verpflichtungen noch zu heiraten und ein Kind zu zeugen.

Wie bei fast allen Höflingen der Habsburger hatte Genoveva bereits nach Kurzem den Überblick darüber verloren, mit wem Puchheim verwandt war, und sie war das Gefühl nicht losgeworden, dass auch Sigismondo die tatsächlichen Verwandtschaftsverhältnisse seines Freundes nicht mehr ganz zusammengebracht hatte, als er ihr diese kurz vor ihrem Treffen mit ihm zu erklären versuchte. Puchheim war der Schwager von Obersthofmeister Trauttmansdorff, dem mächtigsten Mann im Habsburgerreich nach dem Kaiser, das zumindest hatte Genoveva sich merken können. Einige Jahre lang war Puchheim zudem Gesandter am Hof Don Fernandos in Brüssel gewesen, und aus dieser Zeit rührte auch seine Freundschaft mit Sigismondo.

Das Wichtigste aber war: Puchheim besaß den Kammerherrenschlüssel und kontrollierte damit auch, wer in die verschiedenen kaiserlichen Vorzimmer gelangen konnte. Am Hof in Wien gab es nur wenige Chancen, dem Kaiser ein dringendes Anliegen vorzubringen, das außerhalb der regulären Audienzen gehört werden sollte. Nur die drei Vorzimmer boten die Gelegenheit, sich dem Herrscher mitzuteilen.

Jeden Tag machte sich Ferdinand zu seinem Morgengebet auf den Weg in die Hofkapelle, mochte er gesundheitlich auch noch so angeschlagen sein. Und dabei durchquerte er unter anderem jene drei Vorzimmer. Man konnte Bittschriften abgeben und mit etwas Glück sogar ein Wort mit dem Kaiser wechseln. Wenn man Zutritt zu ihnen bekam.

Allerdings, und das hatte Puchheim ihnen gestern eingebläut, durften die Besucher der Vorzimmer unter keinen Umständen den Kaiser von sich aus ansprechen. Die Initiative musste stets vom Herrscher ausgehen. Es glich also einem reinen Glücksspiel, auf wen Ferdinands Augen jeweils fielen.

Die Vorzimmer unterlagen außerdem einer strengen Hierarchie. Je wichtiger die Rolle eines Besuchers am Hofe und im Reich war, desto mehr Vorzimmer durfte er betreten. In den Räumlichkeiten kamen Amtsträger, Adelige und Gesandte aus dem ganzen Reich und aus anderen Staaten zusammen und diskutierten, tauschten Informationen und Schreiben aus.

Als spanischer Generalkapitän und Bekannter des Hofkriegsrates Schlick hatte Sigismondo Zutritt zum dritten und am weitesten entfernt liegenden Vorzimmer von den Gemächern des Kaisers aus gesehen. Möglicherweise hätte Genovevas Mutter als Generalpostmeisterin sogar Zutritt zum zweiten Zimmer erhalten, doch war sie nun einmal nicht zugegen, und die Zeit drängte.

Nach dem Bootsunfall in Passau hatten Genoveva und Sigismondo ihre ursprünglichen Reisekleider in zwei Leinenbündel der Besenmacherin gepackt und deren Sohn und seiner Ehefrau einige fadenscheinige, alte Kleidungsstücke abgekauft, um sich auf der Weiterfahrt besser tarnen zu können. In Obernzell, einer Ortschaft flussabwärts auf österreichischem Gebiet, hatten sie schließlich zwei Passagen auf einem Lastkahn bis nach Wien erstanden und waren als einfache Reisende unbehelligt in Wien angekommen. Sie hatten nichts über das Schicksal Simons und des Fischers ausfindig machen können, jedoch versicherte Sigismondo, dass sein Schutzmann ein hervorragender Schwimmer und ein zäher Lappen sei, den nicht einmal ein Kugelhagel umbringen könnte. Seine Waffen hatte Sigismondo zur Tarnung allesamt in einem Bündel verstaut, aber stets bei sich getragen. Erst als sie bei Dr. Fabius Ponzon, dem Wiener Anwalt ihrer Mutter, untergekommen waren, hatte er sie wieder angelegt. Auch ihre Reisekleider, etwas mitgenommen durch das Bad in der Donau, hatten die Bediensteten von Dr. Ponzon gesäubert und in tadellosen Zustand versetzt, sodass sie wieder getragen werden konnten.

Das Quietschen der Türklinke zog Genovevas Aufmerksamkeit auf sich. Zwei livrierte Diener öffneten die schweren, mit goldenen Ornamenten verzierten Flügeltüren, und nach einer geschlagenen Stunde des Wartens erschien endlich der Obersthofkämmerer Puchheim. Er wirkte blass, sein Gesicht zerknautscht, vermutlich hatte er einmal mehr eine viel zu kurze Nacht hinter sich. Schon seit einem Weilchen hatten sie im Nebenraum gedämpfte Stimmen vernommen, vermutlich hatte der Kaiser ein Gespräch mit einem der dort Anwesenden begonnen, und Genoveva war zusehends nervöser geworden. Bedeutete dies, er würde in ihrem, dem letzten der Vorzimmer, für keine Unterhaltung mehr zur Verfügung stehen?

Dann betrat der Kaiser den Raum, schlagartig versiegte das Murmeln, und Genoveva pochte das Herz bis zum Hals. Sie warf einen kurzen Seitenblick zu Sigismondo, dessen gelassener, fast gelangweilter Gesichtsausdruck ihr verriet, dass er im Gegensatz zu ihr nicht im Mindesten von der Anwesenheit der kaiserlichen Hoheit beeindruckt war. Genoveva spürte, wie ihre Handflächen feucht wurden. Das war ihre Chance. All die Mühen und ausgestandenen Ängste der letzten Tage würden sich nun auszahlen, denn sie würde dem Kaiser von dem unglaublichen Verrat der Hofpost berichten. Er würde gar nicht anders können, als ihr zuzuhören. Ihre Finger klammerten sich um Richelieus Siegel, ihr einziges Beweisstück. In der anderen Hand hielt sie die niedergeschriebene Bittstellung, genau wie Puchheim es ihnen geraten hatte. Denn oftmals traf der Kaiser seine Entscheidungen nicht an Ort und Stelle, sondern verlangte alle Anliegen in schriftlicher Form, damit er den Sachverhalt im Geheimen Rat oder mit seinen Ministern erörtern konnte.

Zunächst hielt Genoveva sittsam den Blick gesenkt und knickste höflich, genau wie es sich gehörte. Dann aber widerstand sie ihrer Neugier nicht länger und sah auf.

Gemessenen Schrittes durchquerte der Kaiser den Raum. Er war ganz in Schwarz gekleidet, nur der tadellos weiße, edle Spitzenkragen hob sich vom Rest seiner Kleidung ab und war bis zum Hals zugeknöpft. Genoveva war überrascht, dass er um so viele Jahre jünger aussah als auf dem Porträt, das sie einst in Brüssel von ihm gesehen hatte. Ein wenig blass von den Fieberschüben schien er ihr zu sein, seine schwarzen Locken waren strähnig, aber fein säuberlich über seine Schultern gekämmt. Auf seiner Stirn meinte sie einige Schweißperlen stehen zu sehen. Der Blick seiner grauen Augen wirkte freundlich, und sie las nichts von der verschlagenen Kälte darin, die sie von einem der mächtigsten Männer des Kontinents erwartet hatte.

Immer näher kam er, die Absätze des Kaisers und seiner Entourage klackerten über das Parkett, keiner sprach. Alle Anwesenden versuchten, Blickkontakt mit dem Herrscher aufzunehmen, aber dieser schaute geradeaus auf die noch verschlossene Tür, die ihn in einen der schier endlosen Gänge des Schlosses in Richtung Hofkapelle führen würde.

Als der Kaiser nur noch zwei Schritte von ihnen entfernt war, senkte Genoveva den Kopf, hielt ihm die Bittschrift entgegen, aber er beachtete sie überhaupt nicht.

Und es war eine Eingebung des Moments, dass sie zwei hastige Schritte nach vorne tat, den spanischen Gesandten zur Seite rempelte und sich dem Kaiser in den Weg stellte. Ein Raunen ging durch den Saal.

»Majestät, ich bitte darum, Euch von einem schlimmen Verrat in den Stationen der Reichspost berichten zu dürfen.« Ihre Stimme wurde immer leiser. Der Kaiser sah auf sie hinab, runzelte verstimmt die Stirn, und Genoveva erkannte, dass es ein unverzeihlicher Fauxpas gewesen war, den Herrscher direkt anzusprechen.

Es war vollkommen still im Saal. Ein Atemzug verging, dann noch einer, schließlich machte der Kaiser eine kleine, wedelnde Bewegung mit der Hand, als würde er eine Fliege verscheuchen. Zwei Wachen packten Genoveva daraufhin rüde an den Armen und zerrten sie zur Seite. Als wäre nichts geschehen, verließ der Herrscher den Raum.

Sigismondo baute sich neben den Wachen auf. »Wagt es nicht, meine Frau anzufassen«, zischte er nur, und sofort ließen die Wachen Genoveva wieder los. Mit hochrotem Kopf rieb sie sich über die Arme, die vom harten Zugriff der Männer schmerzten. Einige Augenblicke vergingen, in denen auch die anderen Versammelten den Raum verließen, die meisten mit enttäuschten Gesichtern, da sie die kaiserliche Aufmerksamkeit nicht auf sich hatten ziehen können. Keiner von ihnen ließ es sich jedoch entgehen, Genoveva und Sigismondo im Vorbeigehen mit einem missbilligenden Blick oder einem verurteilenden Kopfschütteln zu bedenken.

Als eine der Letzten gingen auch Genoveva und Sigismondo aus dem Saal, nahmen jedoch nicht den direkten Weg zurück in die Stadt, sondern liefen durch den Lustgarten, der an den neu erbauten Tanzsaaltrakt der Hofburg angrenzte.

Bereits ein gutes Dutzend Schritte waren sie schon zwischen den Rasenflächen hindurchgelaufen, auf denen ein ganzes Meer blau blühender Krokusse wuchs, als Sigismondo endlich das Wort an sie richtete.

»Denkst du überhaupt jemals nach, bevor du irgendetwas tust?«, herrschte er sie an, ohne stehen zu bleiben.

»Ich wollte doch nur …«

»Machst du das eigentlich absichtlich? Widersetzt du dich mit Vorsatz ständig meinen Anweisungen?«, fragte er verärgert.

»Vielleicht möchte ich einfach …«

»Genoveva.« Sigismondo wandte die Augen gen Himmel, als würde er um Geduld beten. Was er vermutlich auch tat.

»Jeder von uns beiden hat seine Aufgaben. Meine ist es, uns Gehör beim Kaiser zu verschaffen, deine ist es, unser Anliegen hervorzubringen, *wenn es so weit ist.*« Er betonte die letzten Worte ganz besonders, so als wäre sie etwas langsam von Begriff, und fuhr fort: »Wir hätten morgen wiederkommen können, und tags darauf ebenfalls. Wir hätten vielleicht vier oder fünf Tage gebraucht, aber er hätte uns angehört, Puchheim hätte schon dafür gesorgt. Aber jetzt …«, er hob beide Arme in die Luft, »… können wir froh sein, wenn sie uns nicht den Zutritt zum Palast verwehren!« Er warf einen misstrauischen Blick über die Schulter auf die beiden Wachen, die ihren Dienst vor einem der vielen Eingänge verrichteten und neugierig zu ihnen herüberschauten.

Genoveva schloss die Augen. Sie wusste genau, welch unverzeihlichen Fehler sie im Eifer des Gefechts begangen hatte, und wünschte sich, er würde ihn ihr nicht auch noch vorhalten. Sigismondo lief weiter, sie folgte ihm und konnte mit seinen weit ausholenden

Schritten kaum mithalten. Sie passierten einen Torbogen und betraten einen weiteren Teil des Gartens.

Der kleine Pfad führte sie zwischen mehreren mannshohen Hecken hindurch, die zu immergrünen Skulpturen und Formen zurechtgestutzt worden waren. Davor erstreckten sich peinlich sauber gepflegte Zierbeete, in denen erste Knospen eine weiße und rote Blütenpracht ankündigten. Einen Moment blieb Genovevas Blick daran hängen, dann hatte sie wieder zu Sigismondo aufgeschlossen. In ihrer Rechten hielt sie noch immer Richelieus Siegel, das sich in ihrer warmen Hand zu verformen drohte. Sie steckte es in die Tasche. Vor einem Strauch, der aussah wie ein kunstvoll nach oben geschraubter Kegel, blieb Sigismondo stehen, wollte augenscheinlich zu seiner nächsten Tirade ansetzen, hielt dann jedoch inne.

Schritte kamen auf sie zu, Stimmen, die schnell lauter wurden. Kurz sah Sigismondo sich um, dann zog er Genoveva hinter den Busch und drückte sie tief in das Laubwerk hinein.

»Der Kaiser verfügt nicht über die nötigen Ressourcen für einen offensiven Feldzug gegen Frankreich, sei es auf französischem Boden oder im Reich«, beschwerte sich eine volle, tiefe Männerstimme.

»Dann stellt in Gottes Namen sicher, dass er bekommt, was er für einen Sieg braucht«, erwiderte ein zweiter Mann hitzig.

»Bei aller Liebe, Schlick, aber ich kann mir nicht so einfach von heute auf morgen Truppen und ihre Ausrüstung aus den Rippen schneiden und sie an die französische Grenze transportieren lassen«, erwiderte wiederum der Erste.

»Ach ja? Ich kann meine schützende Hand auch von Eurer Gemeinde abziehen«, drohte der Mann, der offenbar Schlick hieß. Schlick. Natürlich. Hofkriegsrat Schlick, Sigismondos Bekannter, ging es Genoveva auf, und ein Seitenblick auf Sigismondos überraschte Miene verriet ihr, dass sie richtiglag mit ihrer Vermutung.

»Lasst Eure unsinnigen Drohungen«, erwiderte der andere

scharf. »Ich verfüge durchaus über ausreichend finanzielle Mittel, auch wenn diese irgendwann erschöpft sind. Ich kann Euch auch entsprechende Kredite und Ausrüstung besorgen, aber ich kann Eure Armee nicht verdoppeln.« Genoveva konnte nun einen kurzen Blick auf die Hinterköpfe der beiden Männer erhaschen. Beide trugen edle, bestickte Mäntel in leuchtendem Orange und Gelb. Farben, die nur den gesellschaftlichen Eliten vorbehalten waren. Überhaupt sahen die Menschen hier am Hof ganz anders aus als in Brüssel, wo gedeckte Farben wie Schwarz, Grau und Braun die Kleidung dominierten. Der Mann, der Schlick hieß, agitierte den anderen unter Zuhilfenahme heftiger Armbewegungen, sodass sich sogar die Feder an seinem ausladenden Schlapphut, den er in der rechten Hand hielt, löste und zu Boden segelte.

Er stieß ein missbilligendes Brummen aus, bückte sich ächzend und hob sie wieder auf. Sein Gegenüber beobachtete ihn dabei. Er beugte den Kopf ein wenig nach vorne und sagte in leisem, vertraulichem Ton: »Vor allem kann ich Eure Truppen nicht vor Verrätern in den eigenen Reihen bewahren.«

»Was wollt Ihr damit nun wieder andeuten?«, antwortete Schlick giftig und versuchte vergebens, die Feder wieder an den Hut zu stecken. Einige Momente fummelte er noch an ihr herum, dann stopfte er sie wütend in seine Manteltasche.

»Kursachsen und Kurbrandenburg reduzieren seit mehreren Monaten die Heere, diese Verluste sind nicht aufzufangen«, erklärte sein Gegenüber.

»Sie müssen aber aufzufangen sein! Herrschaft noch mal!«, donnerte Schlick. »Und wenn Euch Euer Leben und das Eurer Familie lieb ist, bester Oppenheimer, dann werdet Ihr auch dafür sorgen, dass der Kaiser in ein paar Wochen mit frischen Truppen ins Feld ziehen kann.«

Sigismondos Hand, die die ganze Zeit über auf Genovevas Arm gelegen hatte, umfasste diese nun so fest, dass sie zusammenzuckte.

44.

Außerhalb der Hofburg in Wien

Sigismondo

»Das war gut«, hörte er Genoveva vorsichtig, mit fast verzagter Stimme sagen, als wolle sie prüfen, ob er noch wütend war.

Und das war er in der Tat. Denn die Vorstellung, die sie gerade eben in ihrer Naivität vor dem Kaiser gegeben hatte, war nicht nur peinlich gewesen. Vermutlich hatte Genoveva es damit auch geschafft, dass weder er noch sie jemals wieder einen Fuß in eines der Vorzimmer setzen würden. Nachdem sie jedoch gerade eben zufällig das Gespräch zwischen Schlick und Oppenheimer belauscht hatten, blieb keine Zeit mehr, um sich weiter über Genovevas Fauxpas zu grämen. Sie hatten das Gelände der Hofburg verlassen und erreichten bereits die ersten, schmucken Stadthäuser. Vermutlich lagen hier die Wohnungen der vielen Höflinge und Bediensteten, die in der Hofburg ihren Dienst verrichteten, dort aber keine Unterkunft gefunden hatten. Ein Weilchen noch hatten sie hinter der Hecke im Lustgarten ausgeharrt und sich vor zwei wenig aufmerksamen Bauarbeitern versteckt, die mit einer Schubkarre voll Gerätschaften in Richtung der Baustelle an ihnen vorbeigetrottet waren, die im vorderen Teil des Schlossgartens lag. Sie hatten ganz sichergehen wollen, dass die beiden Streitenden auch wirklich außer Sicht- und Hörweite waren. Erst dann hatten sie sich durch einen Nebeneingang aus der Gartenanlage geschlichen.

»Denn jetzt«, fügte Genoveva nach einer Weile noch hinzu, »wissen wir ganz sicher, dass Oppenheimer sowohl für die Habsburger als auch mit den Franzosen arbeitet, und können ihn damit unter Druck setzen. Eigentlich hätte uns gar nichts Besseres passieren können.« Sie blickte Sigismondo an, der nun natürlich reagieren musste.

»Das ist wohl wahr«, gab er schließlich zu, die Hände tief in seinen Manteltaschen vergraben. Er hielt den Blick auf das Kopfsteinpflaster zu seinen Füßen gesenkt und dachte nach über das, was sie gerade mit angehört hatten. »Die Frage ist nur, wie wir unser Wissen am besten einsetzen«, bekannte er.

»Hast du verstanden, was er mit Verräter in den eigenen Reihen gemeint hat?«, wollte Genoveva wissen.

»Ich denke, ja. Der Kaiser hat Probleme mit seinen eigenen Streitkräften«, erklärte er und blickte sich suchend um. Drei Gassen zweigten von dem kleinen Platz ab, auf dem sie sich gerade befanden. Er erkannte den Brunnen mit den Engelsfiguren in dessen Mitte wieder und auch die eisernen Gitterspitzen darum herum, die irgendwelche Spaßvögel waagrecht nach innen gebogen hatten. Nun sah es so aus, als würden die Engelskinder auf eisernen Pfeilen gen Himmel reiten. Aber er war heute in der Morgendämmerung noch so schläfrig in der Kutsche gesessen, dass er sich nicht mehr daran erinnerte, in welche Richtung sie nun abbiegen mussten. Sie hatten Dr. Ponzons Kutsche von der Hofburg aus sofort zurückgeschickt, denn der Anwalt brauchte sie selbst für dringende Besorgungen außerhalb der Stadt.

»Wie meinst du das?«, fragte Genoveva und deutete kommentarlos in eine der Gassen.

Sigismondo nickte, hakte Genoveva unter und lief mit ihr in diese Richtung. »Die Armee des Kaisers wird einfach von zu vielen Herren befehligt«, erklärte er.

»Und wie kann das sein?«

»Nun, die Reichsstände, also alle, die einen Sitz im Reichstag besitzen, stellen schließlich das Heer. Und die großen Fürsten teilen sich das Kommando. Kursachsen, Kurbayern, Kurköln …«

»Ich verstehe«, sagte Genoveva, und das war vermutlich nicht einmal eine leere Floskel. Sie hatte schließlich genug Erfahrung in der Poststube gesammelt, um zu wissen, wie kapriziös und selbstbezogen so mancher Herrscher seine eigenen Interessen durchzusetzen versuchte. Sie liefen weiter in die Gasse hinein, die immer schmaler wurde und dunkler, denn die schräg stehende Frühlingssonne hatte es noch nicht über die Giebel der Häuser geschafft.

Er hatte gerade instinktiv einen kurzen Blick zurück zu dem hell erleuchteten Platz geworfen, von dem sie gerade kamen, als er einige Gestalten vor ihnen in die Gasse einbiegen sah und ihm nichts Gutes schwante.

»... und die Fürsten machen, was sie wollen«, fuhr er fort. »Sie wechseln sogar die Fronten, wenn es ihnen gerade in den Kram ...«, er verstummte. Die Männer vor ihnen, es waren vier an der Zahl, nahmen die ganze Breite der Gasse ein. Sie blieben stehen, breitbeinig, drohend, und es war offensichtlich, dass sie ihnen den Weg versperren wollten.

Genoveva und er waren nur noch gut zehn Schritt von ihnen entfernt. Sigismondo fluchte leise, als er erkannte, wer da vor ihnen stand. Hastig schaute er sich nach einer Fluchtmöglichkeit um, aber es gab keine weitere Gasse, auch kein Innenhof lag in erreichbarer Nähe. Leise, aber deutlich wahrnehmbar hallte das metallene Geräusch eines Schwerts von den Wänden wider, das aus der Scheide gezogen wurde.

»Ihr seid wie ein Kater, Generalkapitän, das muss man Euch lassen«, begrüßte de Longwy ihn. »Egal, von wo man Euch auch runterwirft, Ihr landet immer auf den Füßen. Schon auf dem Feld eilte Euch der Ruf voraus, dass Ihr das geradezu erstaunliche Talent besitzt, stets zu überleben.«

Sigismondo zählte drei Pistolenmündungen, die auf sie gerichtet waren.

»Ich fühle mich beinahe schon geehrt, dass ich dem nun ein Ende setzen kann«, fuhr de Longwy fort.

Vier Männer, drei Pistolen, ein Schwert. Es war machbar.

Sigismondo griff an seine Seite, um seine Waffe zu ziehen – und griff ins Leere. Er war unbewaffnet. Natürlich war er unbewaffnet, denn er hatte sein Schwert bei Dr. Ponzon zurückgelassen, bevor sie in der Kutsche zur Audienz gefahren waren. Anders wäre ihm der Zutritt zu den Gemächern des Kaisers gar nicht gestattet worden.

Er schluckte schwer.

»Wir können es hier auf der Straße machen«, fing de Longwy erneut an. »Oder Ihr erspart Eurer liebreizenden Ehefrau den Anblick Eures Leichnams und folgt uns.«

Sigismondo spürte, wie Genoveva neben ihm erstarrte.

Einen Moment herrschte angespanntes Schweigen. De Longwy wartete offenbar auf eine Antwort. Sigismondo senkte mutlos den Kopf, als würde er sich in sein Schicksal fügen.

»So weit wird es nicht kommen«, knurrte er dann, und mit dem nächsten Atemzug stieß er Genoveva von sich in den Hauseingang direkt neben ihnen. Der gemauerte Vorsprung des Türbereichs war nur klein, aber immerhin befand sie sich dort einigermaßen außerhalb der Schusslinie.

»Rein da«, brüllte er nur, sah, wie sich ihre Röcke bauschten, als sie taumelte, vielleicht fiel sie auch, aber das bekam er nicht mehr mit, denn schon warf er sich den Männern entgegen. Schüsse knallten, beißender Qualm stieg ihm in die Nase, ein gewohnter Geruch. Und der altbekannte, grimmige Kampfesrausch, den er so gut kannte von den vielen Feldschlachten, raste durch seinen Körper. Er liebte und hasste ihn zugleich. Aber er machte ihn jedes Mal zuverlässig schneller, kräftiger und aufmerksamer. Genau das, worauf es nun ankam.

Ein, zwei Herzschläge lang wartete Sigismondo auf den stechenden Schmerz einer Kugel in seinem Fleisch. Aber er schien sie tatsächlich übertölpelt zu haben, oder sie hatten nicht richtig gezielt.

Oder er hatte einfach verdammtes Glück gehabt, denn so schnell konnten seine Widersacher nicht nachladen.

Nur noch ein Schritt trennte ihn von den Männern.

»Der Gräfin passiert nichts!«, brüllte de Longwy in dem nun einsetzenden Tumult seinen Männern zu.

Sigismondo hechtete auf den Mann mit dem Schwert zu und schmetterte ihm die Faust ins Gesicht, noch ehe dieser zum ersten Hieb ausgeholt hatte. Er spürte ein scharfes Brennen in der Seite, aber er packte den Mann trotzdem am Arm, riss mit aller Gewalt daran und kugelte ihm die Schulter aus. Der schrie auf und lockerte seinen Griff um das Schwert. Ein kräftiger Tritt gegen die Hand reichte aus, und Sigismondo konnte die Waffe an sich nehmen. Er schlug damit nach einem der beiden anderen Männer, die er durch den Qualm der Schusswaffen hindurch nur schemenhaft wahrnahm, aber allmählich klarte die Sicht wieder auf.

Schnell warf er einen Blick hinter sich. Die Gasse war leer, trotz des Lärms und der Schüsse, die gefallen waren. Ein Mann querte sie am Ende, blieb einen Moment erschrocken stehen, senkte dann sein Haupt und eilte weiter.

Es gab also keine Zeugen, und das war Sigismondo nur recht.

Dann streifte sein Blick Genoveva. Nur kurz, aber lange genug, um eine geradezu unkontrollierbare Wut in seinem Inneren explodieren zu lassen. Denn sie war zu Boden gegangen, hatte die Lider zusammengekniffen, und ein dünnes Rinnsal Blut bahnte sich den Weg von ihrer Nase in Richtung des Kopfsteinpflasters.

Er brüllte, und wie ein Berserker hieb und trat er nun um sich und schien immer wieder zu treffen. Sein erster Gegner fiel schreiend in sich zusammen, und sofort drang ein weiterer auf ihn ein. Sigismondo klaubte eine nutzlos gewordene Muskete vom Boden auf, zog sie dem zweiten Angreifer über den Schädel und warf sie, so weit er nur konnte, in hohem Bogen von sich. Der Mann schwankte, und mit einem gezielten Tritt brachte Sigismondo ihn zu Fall. Schwer atmend wartete er, ob sich sein Gegner noch rührte. Dieser stöhnte, machte aber keine Anstalten, sich aufzurichten und ihn erneut anzugreifen.

Plötzlich sah er einen Schatten neben sich auftauchen und erkannte, dass er einen Fehler gemacht hatte. Sofort wandte sich Sigismondo ihm zu, aber es war bereits zu spät.

Der dritte Mann hatte es geschafft, nachzuladen. Mit einem gehässigen Lächeln auf den Lippen hatte er seine Pistole auf ihn gerichtet.

Aber er kam nicht mehr dazu, abzudrücken, denn Genoveva stand plötzlich hinter ihm, holte mit einer Kraft, die Sigismondo ihr nie zugetraut hätte, aus und rammte seinem Gegner wie eine Furie den Musketen-Kolben in den Rücken. Es knackte vernehmlich, der Mann schrie auf und sackte, nachdem ihm Sigismondo zusätzlich noch von vorne in die Eingeweide getreten hatte, in sich zusammen.

Schwer atmend blickten sie sich um. Drei Männer wanden sich am Boden, einer von ihnen versuchte, auf allen vieren das Weite zu suchen.

Genoveva verfolgte seine Bewegungen, schniefte, denn noch immer rann ihr das Blut aus der Nase. Die Hand mit der Muskete war erhoben, so als wolle sie ihm noch einen weiteren Schlag versetzen, aber sie unterließ es.

Von de Longwy war keine Spur mehr zu sehen.

»Hast du das damals bei Bellnern genauso gemacht?«, wollte Sigismondo wissen und ihr dabei ein verwegenes Grinsen schenken. Aber er spürte, wie in seiner linken Seite allmählich ein Stechen einsetzte, das ihm das Atmen schwer machte.

Genovevas Blick blieb an seiner Verletzung hängen. Statt seine Frage zu beantworten, wollte sie mit einem Kopfnicken in seine Richtung wissen: »Wie schlimm ist es?«

»Nur ein Kratzer«, log Sigismondo und spürte, wie ihm warmes Blut die Seite hinabrann.

Alexandrine

Der Raum war dämmrig, obwohl der Tag schon längst angebrochen war. Die Fensterläden waren zugezogen, nur einige halb offen stehende Lamellen ließen das grelle Sonnenlicht herein. Mehrere Kerzenhalter standen auf den beiden Schreibtischen und erfüllten das Zimmer mit spärlichem, warmem Licht. Nichts hatte sich hier geändert, stellte Alexandrine fest, als sie einige Schritte durch die offen stehende Tür in den Raum hinein machte. Er war geschmackvoll eingerichtet mit Tischen und Stühlen aus dunklem Walnussholz, und zwei Sofas, bespannt mit grünem Brokat, gruppierten sich um einen vergoldeten Tisch.

Es roch nach Büchern und Papier, die Luft war ein wenig staubig und abgestanden. Auf mehreren marmornen Piedestalen standen Büsten, Vasen aus feinstem, chinesischem Porzellan, und an den Wänden zwischen den deckenhohen, dunklen Bücherregalen hingen gewaltige Gemälde, Stillleben, die so echt wirkten, als könnte man nach den Früchten und Speisen greifen und sie essen.

Alexandrines Handflächen waren feucht. Ihr Kleid klebte ihr am Leib, und allmählich begann sie, sich über sich selbst zu ärgern.

Wieso war sie eigentlich so nervös? Schließlich war nicht sie diejenige, die sich etwas vorzuwerfen hatte. Elias hatte doch diesen schändlichen Verrat begangen, sie würde ihn nun lediglich zur Rede stellen. Mit klaren, wohlüberlegten Worten.

Nur hatte sie sich diese noch immer nicht zurechtgelegt. Seit Tagen malte sie sich schon verschiedene Gesprächsabläufe aus, spielte diese im Kopf durch, überlegte, welche Worte am treffendsten waren, was sie jeweils sagen und er erwidern könnte. Und kam zu keinem Ergebnis.

Kurz schloss Alexandrine die Augen, strich ihre Röcke glatt und räusperte sich. Noch war er nicht hier. Noch konnte sie das Haus unter einem Vorwand wieder verlassen und sich genau überlegen, welche Strategie sie wählen sollte, um ihn mit seinem Vergehen zu konfrontieren.

Ob er sich sehr verändert hatte in den letzten zwanzig Jahren? Ob sie ihn überhaupt wiedererkannte?

Die Tür wurde aufgestoßen, Elias trat ein, und Alexandrines Herz setzte einen Schlag aus. Sein zunächst forscher Schritt wurde immer zögerlicher. Dann hielt er inne, starrte sie an, und es war, als würde die Welt um sie herum stehen bleiben.

Dunkle Augen, fast schwarz. Die gleichen, unergründlichen Augen, in denen sie sich damals verloren hatte. Und die ihr auch jetzt wieder den Atem raubten.

»Alexandrine«, sagte er fast tonlos, wie ein Flüstern kam ihr Name über seine Lippen.

Er schaute sie einfach nur an, und Alexandrine war wie festgefroren unter seinem Blick, nicht mehr fähig, sich zu bewegen.

»Elias«, antwortete sie und bemerkte entsetzt, wie ihr Tränen in die Augen schossen. Sie blinzelte. Kaum sah sie ihn in Fleisch und Blut vor sich, war es auch schon um ihre Beherrschung geschehen.

Sein Haupthaar war ergraut und kurz geschnitten, sein langer Bart von damals war verschwunden. Tiefe Falten hatten sich in seine Stirn und um seine Augen herum eingegraben. Er trug ein weißes Hemd und lange, helle Hosen, die in breitkrempigen Stiefeln steckten. Alexandrine hatte das Gefühl, er würde leuchten, genau wie vor zwanzig Jahren.

»Welche Ehre … was …«, er verstummte, und etwas in seinem Gesicht veränderte sich, als er Alexandrines Tränen wahrnahm. Er hob den Arm, als wolle er auf sie zukommen und sie trösten, ließ ihn dann jedoch wieder sinken.

»Was ist passiert?«, fragte er ein wenig hilflos, deutete auf die beiden Sofas und betätigte eine Klingel. Keine drei Atemzüge später steckte ein ebenfalls angegrauter Diener seinen Kopf zur Tür herein. »Etwas Wasser und einen starken Wein für die Gräfin«, trug er dem Mann auf und wandte sich dann wieder Alexandrine zu.

Diese blieb beharrlich stehen und presste die Kiefer aufeinander, ehe sie sprach: »Ich bin hier, um dich zur Rede zu stellen.«

»Wie bitte?«, fragte er überrascht, und sein Erstaunen war nicht gespielt, dessen war sich Alexandrine sicher. Er hatte wirklich keine Ahnung, wovon sie sprach.

»Christophe de Longwy«, begann sie, wischte sich hastig die Tränen aus den Augen und tupfte mit einem Taschentuch die Nase. »Versuch mir nicht weiszumachen, dass dir der Name nichts sagt.«

Ein bitteres, kleines Lächeln erschien auf Elias' Gesicht, das Alexandrine noch nie an ihm gesehen hatte. Was mochte ihm widerfahren sein in den letzten zwanzig Jahren, dass sich sein Lächeln so gewandelt hatte?

»Ich kenne de Longwy, den Bastard deiner Mutter. Oh ja, ich kenne ihn.« Er nickte, senkte dabei den Blick und nickte weiter, als tauche er in seine Erinnerungen ab.

»Dann streitest du also nicht ab, ihn beauftragt zu haben?«, fragte Alexandrine und spürte tiefe Enttäuschung in sich aufsteigen. *Bitte, sag Nein. Bitte.*

»Womit beauftragt?«, wollte er wissen, und das Brennen in Alexandrines Brust schien nun ihren Hals hinauf bis unter die Kopfhaut zu schießen.

»Ich kenne ihn, aber ich stehe in keiner geschäftlichen Beziehung zu ihm, falls du das meinst«, erklärte er.

Versuchte er, Zeit zu gewinnen, bis er sich die passenden Worte zurechtgelegt hatte und ihm die beste Lüge einfiel, um sie zu beschwichtigen und in Sicherheit zu wiegen?

»Gib es doch zu«, sagte sie leise und merkte selbst, dass ihre Stimme zitterte. »Christophe war bei mir, er hat mir alles gestanden.«

Elias' Stirn lag in Falten, es war offensichtlich, dass ihm die Richtung, in die das Gespräch abdriftete, ganz und gar nicht passte.

»Was gestanden?«, forschte er nach, und als Alexandrine nicht antwortete, fuhr er fort: »Du kennst deinen Halbbruder kaum, möchte ich behaupten. Ich kenne ihn ebenfalls nicht besonders gut, aber immerhin gut genug, um zu wissen, dass du seinen Worten nicht trauen darfst. Niemals, egal, was er dir erzählt. Er ist ein zutiefst von Groll und Wut zerfressener Mensch.«

Aber Alexandrine hörte ihm schon gar nicht mehr zu. »Du bist ein Monster«, platzte es aus ihr heraus.

Elias schien ehrlich getroffen zu sein von ihren Worten.

»Du lässt meinen Ehemann umbringen, du finanzierst meine Feinde, die Feinde des Kaisers … Hasst du mich denn so sehr?«, schrie sie.

»Alexandrine, was redest du denn da?« Vollkommen entgeistert kam er auf sie zu. »So beruhige dich doch«, bat er sie, aber seine Worte blieben wirkungslos.

»Konntest du es mir denn nicht verzeihen, dass ich einem Leben in klösterlicher Einsamkeit entfliehen wollte und geheiratet habe, genauso wie du es selbst auch getan hast?«

Durchdringend blickte Elias sie an, sagte aber nichts.

»Und weißt du was?«, fuhr Alexandrine fort. »Du hast bekommen, was du wolltest. Ich bin einsam. Seit dem Tod meines Mannes bin ich so verdammt einsam, als wäre ich der einzige Mensch auf dieser Welt. Nun trage ich zudem noch die Bürde der Verantwortung für dieses Unternehmen, die mich manchmal zu ersticken droht.« Alexandrine rang hörbar nach Luft, denn sie hatte das Gefühl, nicht mehr atmen zu können.

Er kam auf sie zu, ganz langsam, ganz behutsam und schloss sie in die Arme.

Sie ließ es geschehen. Ihr Herz raste, und sie wusste nicht, ob es das tat, weil es sich an diesen Mann erinnerte, an dieses mächtige, nicht stillbare Gefühl der Liebe zwischen ihnen, das nun wieder erwachte, oder einfach nur, weil sie so enttäuscht war.

Er hielt sie fest, und erneut quollen Tränen aus ihren Augen, die sie einfach nicht in Schach halten konnte.

Er zog sie hinunter auf das weiche Sofa und drückte ihr einen Becher mit Wein in die Hand. Der Diener musste mittlerweile im Raum gewesen sein, sie hatte es nicht einmal mitbekommen.

Elias umfasste Alexandrines Hand und den Becher mit seinen. Sie schaute darauf, bemerkte die Muttermale und die kleine Narbe, die schon immer auf seinen Handrücken waren, und presste wieder die Lider aufeinander.

»Alexandrine, schau mich an«, verlangte Elias.

Sie öffnete die Augen. Er saß vor ihr, sein Knie berührte ihres.

»Christophe de Longwy war einige Male bei mir zu Besuch. Er stellte mir Fragen über dich, aber ich habe ihm keine Auskunft gegeben. Du weißt sicher, dass er in den Herrscherhäusern ein und aus geht, und schon allein deshalb habe ich ihn nicht der Tür verwiesen. Was auch immer er dir gesagt hat, war gelogen. Ich habe nichts mit ihm zu schaffen und niemals etwas mit ihm zu tun gehabt. Das schwöre ich dir bei unserer …«

Alexandrine schüttelte den Kopf und hielt ihn davon ab, das Wort auszusprechen.

Kurz herrschte Stille.

»Außerdem bist du gar nicht alleine«, widersprach Elias und erhob sich. Etwas in seiner Stimme hatte sich verändert. Geradezu provokant hatte sein Tonfall geklungen. Er machte einige Schritte zur Tür hin, blieb dann jedoch stehen und deutete mit dem Kopf nach draußen.

»Wer ist er?«, wollte er wissen. Erst jetzt erkannte Alexandrine, dass die Tür nur angelehnt war. David Frey, der im Flur auf sie gewartet hatte, musste alles mit angehört haben. Sie spürte, wie hektische, rote Flecken auf ihrem Hals und ihrem Gesicht erblühten.

Und mit einem Mal schämte sie sich. Was war nur gerade eben in sie gefahren? Was musste Frey jetzt nur von ihr denken? Hastig tupfte sie sich die letzten Tränen aus den Augenwinkeln.

»Mein Postverwalter«, sagte sie laut. So laut, dass David es draußen gar nicht überhören konnte.

Als hätte er nur darauf gewartet, dass die Rede auf ihn kam, stieß er nun die Tür auf und kam herein. Langsam. Drohend. Den brennenden, wütenden Blick auf Elias gerichtet. Ganz und gar nicht wie Alexandrines Postverwalter. Und Elias schien sofort zu verstehen, denn ein leises Lächeln umspielte seine Lippen. Er senkte ehrerbietig den Kopf.

»Und Ihr müsst also David Frey sein«, begrüßte er ihn.

Genoveva

Ganz genau sah sie, wie Sigismondo sich immer wieder verstohlen an die Seite fasste und versuchte, sein Hinken zu überspielen. Sie bemerkte die Schweißperlen auf seiner Stirn und meinte, dass seine Gesichtsfarbe mit jedem Schritt grauer wurde.

Es war offensichtlich, dass er verletzt war, schwer verletzt sogar, und dass er dringend versorgt werden musste.

»Kannst du noch einige Schritte gehen?«, erkundigte sie sich. »Es ist nicht weit zu Dr. Ponzons Wohnung.«

Sigismondo nickte nur, Genoveva schlang seinen Arm um ihre Schultern und stützte ihn auf seiner unverletzten Seite. Schwer lastete sein Gewicht auf ihr, und damit war klar, mochte er auch noch so sehr beteuern, ihm ginge es gut, dass er log. Er konnte sich kaum noch auf den Beinen halten.

Sie bogen um die Ecke, waren nur noch einen Häuserblock von Dr. Ponzons Wohnung entfernt, als Sigismondo plötzlich zu neuem Leben erwachte, denn keinen Lidschlag später drehte er sich zurück in die Gasse, aus der sie gekommen waren, und zog Genoveva ruckartig und mit so viel Kraft hinter sich her, dass sie stolperte.

»Was um alles in der …«

»De Longwy«, sagte er bloß, denn schon vernahmen sie einen Pfiff aus der Straße. Zweifellos galt er ihnen. Sigismondo humpelte nun schneller als noch zuvor, trieb Genoveva vor sich her und scheuchte sie wahllos in die nächste Gasse. Immer wieder nahmen sie weitere Ecken, liefen kreuz und quer, aber Sigismondo war mit seiner Verletzung langsam, sehr viel langsamer als de Longwy und seine Männer. Denn die lauter werdenden Schritte hinter ihnen verrieten, dass sie die Männer nicht abschütteln hatten können.

Als Genoveva über die Schulter blickte und meinte, den ersten ihrer Verfolger bereits am Ende der Gasse ausmachen zu können, zog sie Sigismondo, ohne lange nachzudenken, in einen Innenhof zu ihrer Rechten. Eilig schloss sie das Einfahrtstor hinter sich, schob den Riegel vor und stützte den immer beschwerlicher laufenden Sigismondo, als sie den Hof querten. Genoveva suchte nach einem Versteck, fand keines, dafür jedoch eine weitere Tür, möglicherweise einen Hinterausgang, durch den sie schlüpften. Dann standen sie direkt vor der Stadtmauer.

Nur einige schmale, unbefestigte Trampelpfade führten an dem mehrere Mann hohen Mauerwerk entlang und verbanden die Schuppen und einfachen Verschläge, die sich direkt an die äußere Stadtbefestigung anschmiegten. Zwar hatten sie de Longwys Männer fürs Erste abgehängt, denn diese schienen nicht bemerkt zu haben, dass Genoveva und Sigismondo über einen Innenhof die Gasse verlassen hatten. Aber die Schritte und Rufe der Männer waren ein oder zwei Häuserreihen entfernt noch immer zu hören, und sie kamen näher. Es war sinnlos, umzukehren und weiter davonzulaufen, denn ihre Verfolger hätten sie binnen kürzester Zeit in einer der Gassen eingeholt.

Genoveva überlegte nicht lange. Wahllos stieß sie die Tür zu einem der heruntergekommenen Holzverschläge auf, die große Teile der Stadtmauer säumten. Die Menschen, die sich keine Wohnung leisten konnten: Tagelöhner, Bettler und Diebe, zogen sich des Nachts hierher zurück. Das war in Wien genauso wie in jeder anderen Stadt.

Aber sie hatten Glück, der Verschlag stand leer und bot genügend Platz, um sich zu zweit zusammengekauert in ihm verstecken zu können. Das Dach war bereits eingefallen und von einer Moosschicht bedeckt. Es war feucht im Inneren, ein abgebrochener Spaten und die Reste eines Schubkarrens verrotteten in einer Ecke. Ein Mann lugte aus dem Schuppen direkt ihnen gegenüber, grimmig, misstrauisch, er fühlte sich offenbar gestört. Auch er drehte den Kopf, als er die Schritte und Rufe vernahm, die sich näherten. Einen Moment rang er mit sich, schien zu überlegen, witterte wohl schon fette Beute, wenn er die beiden Fliehenden verraten würde. Aber dann fing er Genovevas flehenden Blick auf und schloss leise und einvernehmlich seine Tür.

Erleichtert tat sie es ihm gleich. Vermutlich war es keine Seltenheit, dass Menschen, die etwas auf dem Kerbholz hatten, sich hier versteckten. Ihnen konnte das nur recht sein.

Die Tür war löchrig, das Schloss schon längst herausgebrochen, und Genoveva musste die morschen Bretter mit der Hand festhalten, damit sie nicht sofort wieder aufschwang.

Mit ihrer bandagierten Linken presste sie Sigismondo gegen die Wand. Er widersetzte sich nicht. Schweiß glänzte auf seinem Gesicht, das nun aschfahl war.

Genoveva hielt sich den Zeigefinger an die Lippen und schaute ihn dabei eindringlich an, er nickte zum Zeichen dafür, dass er verstanden hatte.

Drei große Gestalten hasteten an ihrem Verschlag vorüber, mehr konnte Genoveva nicht erkennen. Ohne die Hand von der Tür zu nehmen, drückte sie Sigismondo noch weiter in die Dunkelheit zu einem Haufen von stinkendem Unrat, ignorierte ihren rebellierenden Magen und auch die Ratte, die an ihnen vorbeihuschte.

Ein weiterer Schatten folgte, er lief bedeutend langsamer und schaute sich auch sehr viel genauer um. Vor dem Verschlag blieb er stehen.

Durch einen Spalt zwischen den morschen Latten hindurch konnte Genoveva sehen, dass er eine Pistole trug, deren Lauf lässig gegen seine rechte Schulter gelehnt war. Sie brauchte ihr Brillenglas nicht zu zücken. Es war de Longwy.

Sie hielt den Atem an, presste die Augenlider aufeinander, als könne sie sich dadurch unsichtbar machen.

Unendlich lange blieb der Mann genau vor ihrem Verschlag stehen. Er schien zu überlegen. Dann lief er weiter, langsamen, schleppenden Schrittes.

Genoveva sank neben Sigismondo auf den feuchten Lehmboden, lehnte den Kopf gegen die Tür und traute sich wieder, tief einzuatmen.

Eine geraume Weile noch saßen sie da und lauschten den Geräuschen draußen. Dann stieß Genoveva mit dem Fuß den Verschlag auf, rappelte sich auf und trat entschlossen ins Freie.

»Was hast du vor?«, hörte sie Sigismondos Stimme in ihrem Rücken.

»Wir fahren zu ihrem Verbündeten«, erklärte sie.

»Wie bitte?«

»Wir fahren dorthin, wo uns de Longwy ganz sicher nicht vermutet.«

Sigismondo schwieg.

»Ins Judenviertel. Zu diesem Oppenheimer.«

Die Judenstadt befand sich am Unteren Werd und damit außerhalb der Stadtmauern. Gestern Abend hatte Genoveva eine Karte der Stadt Wien studiert. Sie hatte sich die Wege und Seitenstraßen eingeprägt, ihre Namen und ihren Verlauf und auch den Weg zur großen Donaubrücke hinüber, zu den Anlagen der Karmeliter und der Barmherzigen Brüder, wo auch die noch recht neue, jüdische Ansiedlung lag.

Da Sigismondo nicht mehr in der Lage war zu laufen, hielt Genoveva nun kurzerhand den nächsten Kutscher mit leerem Gefährt an und bot ihm eine geradezu obszöne Geldsumme dafür an, dass er sie zum Unteren Werd brachte. Zunächst zeigte er sich widerwillig, murmelte etwas von einer ausstehenden Fuhre, konnte dem unerwarteten Geldsegen aber schließlich nicht länger widerstehen. Noch bevor das Judenviertel begann, setzte er sie allerdings ab. Doch sie brauchten nicht lange, um dort Oppenheimers Palais ausfindig zu machen. Der Financier stand hoch in der Gunst der Habsburger und hatte sich erst kürzlich sein Anwesen neu erbauen lassen. Es war ein prächtiger Palast, der selbst einem Grafen alle Ehre gemacht hätte.

»Schon wieder Besucher«, begrüßte sie ein livrierter Diener verdrossen, nachdem Genoveva den breiten Türklopfer betätigt hatte.

»Der Markgraf und die Markgräfin Sfondrati wünschen Herrn Oppenheimer unverzüglich zu sprechen«, verlangte Genoveva ohne Umschweife. Kurz irrte der pikierte Blick des Dieners auf Sigismondos blutverschmierte linke Seite, die unter dem Mantel zum Vorschein kam. Er rümpfte die Nase, ließ sich zu ihrer Überraschung jedoch zu keinem weiteren Kommentar hinreißen, und Genoveva fragte sich, ob hier wohl täglich schwer verletzte Menschen um ein Gespräch mit Oppenheimer baten.

»Herr Oppenheimer empfängt gerade Gäste. Ich bitte Euch, im kleinen Salon auf ihn zu warten«, erklärte er mit einem freudlosen Lächeln.

Sie liefen durch ein blau schimmerndes Vestibül, vorbei an hohen marmornen Säulen, und ließen auch die massive Treppe hinter sich, die in das erste Stockwerk führte. Genoveva vernahm laute

Stimmen von dort, aber schon öffnete der Diener eine Tür zu ihrer Linken und deutete einladend in den Raum dahinter.

Beim Hineingehen warf sie einen kurzen Blick auf Sigismondo, dessen schlechter Zustand ihr große Sorge bereitete.

»Ich brauche warmes Wasser und saubere Tücher, der Generalkapitän ist verletzt«, verlangte Genoveva. Der Diener hob missbilligend die Brauen, schien aber an Genovevas entschlossenem Gesichtsausdruck zu erkennen, dass er ihrer recht ungewöhnlichen Bitte besser Folge leistete. Er nickte knapp und ließ sie alleine.

Genoveva führte ihren Ehemann zu einem der hölzernen Stühle ohne Polsterung, denn sie fürchtete, das Sofa mit Sigismondos Blut zu ruinieren.

»Was machen wir eigentlich hier?«, fragte dieser, ließ sich ächzend auf dem Stuhl nieder und verzog dabei schmerzhaft das Gesicht.

»Das weiß ich noch nicht so genau«, gestand Genoveva.

Irritiert blickte Sigismondo zu ihr auf, nickte dann aber und schien sich in sein Schicksal zu ergeben. »Das ist ja ganz … wunderbar.«

»Mit Oppenheimer reden und ihn unter Druck setzen mit meinem Wissen?«, schlug Genoveva vor. »Vor allem aber deine Verletzung reinigen.«

»Ist schon in Ordnung, ich kann …«, widersprach er, versuchte aufzustehen, aber Genoveva drückte ihn sofort zurück auf den Stuhl.

»Bleib, wo du bist. Ich werde dich gleich versorgen.« Sie sagte es so bestimmt, wie sie nur konnte, und hoffte, dass Sigismondo einsehen würde, dass er gerade ihre Hilfe brauchte und sie zumindest für ein Weilchen die Führung übernehmen musste.

»Aber du kennst dich doch gar nicht aus mit Verletzungen«, erwiderte er halbherzig, gab allerdings seinen Widerstand auf, als Genoveva begann, ihm vorsichtig das Wams aufzuknöpfen.

»Natürlich tue ich das«, behauptete sie.

Als sie jedoch seinen Oberkörper entkleidet hatte und die tief klaffende Wunde sah, aus der unentwegt dunkelrotes Blut sickerte, verfluchte Genoveva sich für ihre maßlosen Reden. Sie schluckte mehrfach, um die Übelkeit in Schach zu halten, die sie schlagartig überfallen hatte.

Inzwischen war der Diener mit einer breiten Metallschüssel, gefüllt mit Wasser, und einem ganzen Stapel an sauberen, weißen Tüchern und Verbänden zurückgekehrt. Dankbar nickte Genoveva ihm zu. Der Mann legte alles auf dem Tisch vor ihr ab und zog sich zurück, aber sie konnte hören, dass er sich noch im Flur aufhielt und sie von dort aus sicherlich im Auge behielt.

Sie tauchte die Enden eines der Tücher ins warme Wasser und begann, die Wunde an den Rändern zu reinigen und die Faserreste, die von Sigismondos Hemd daran klebten, vorsichtig zu entfernen.

Sigismondo ließ alles mit sich geschehen, hielt meistens sogar die Augen geschlossen, und Genoveva fragte sich, ob er nicht vielleicht sogar ein wenig weggetreten war. Er musste starke Schmerzen haben.

»Danke«, sagte er mit belegter Stimme.

»Du bist jetzt nicht mehr allein, Sigismondo. Schon vergessen?«, sagte sie, als er zu ihr aufsah, und versuchte sich an einem aufmunternden Lächeln, das er erwiderte. Zwar etwas schief, aber immerhin. Ein Weilchen brauchte sie noch, um die Wunde zu säubern, danach nahm sie die Verbände, die der Diener gebracht hatte, in Augenschein, auf der Suche nach einer passenden Binde, die sie Sigismondo um den Leib schlingen konnte.

»Ihr macht das gar nicht so schlecht«, hörte sie eine Stimme sagen. Genoveva fuhr in die Höhe. Ein junger Mann stand auf der Türschwelle und blickte neugierig zu ihnen herüber. Er trug einen schwarzen Bart, der sich vor seiner Brust in feinen Zotteln verlor, und beobachtete Genoveva mit dunklen, freundlichen Augen.

»Und Ihr meint das beurteilen zu können?«, fragte sie spitz, und ihr Blick irrte einen Moment zu Sigismondo, der auf seinem Stuhl unwohl hin und her rutschte. Er hatte keinen Blick auf den Fremden, denn Genoveva verdeckte ihm die Sicht.

»Ich meine, ja. Gestatten? Loeb Heschel Chalfan«, er verbeugte sich. »Ebenso wie mein Vater und mein Großvater besaß ich das große Privileg, Medizin studieren zu dürfen und meiner Berufung als Arzt nachzugehen. Aber wie ich sehe, bin ich hier überflüssig«, plauderte er, machte dennoch einen Schritt in den Raum hinein und warf einen schnellen Blick auf Sigismondos Verletzung.

»Wir sollten die Wunde nähen«, erklärte er fachmännisch, legte ein Bündel ab, das er unter dem Arm getragen hatte, und rollte dieses auf. Eine ganze Reihe an Gerätschaften kam darin zum Vorschein, kleine Messer, Nadeln, Gefäße. Jedes einzelne davon war sauber an einer Lasche befestigt. Chalfan entledigte sich seines Mantels, krempelte die weißen Hemdsärmel hoch und wusch sich die Hände ausgiebig mit Seife in der Schüssel, die der Diener zuvor gebracht hatte. Dann erst bemerkte er Genovevas erstaunten Blick.

»Unser treuer Mordecai hat nach mir rufen lassen, falls Ihr Euch fragt, wo ich auf einmal herkomme.« Mit dem Kopf deutete er in Richtung des Dieners, der, halb verborgen hinter dem Türrahmen, neugierig zu ihnen hereinspähte. »Auch wenn Ihr ganz wunderbar alleine zurechtzukommen scheint, hielt er es wohl für ratsam. Habt Ihr die Wunde gesäubert?«

Der Diener erwiderte Genovevas fragenden Blick zwar mit stoischer Miene, aber sie meinte dennoch, einen zufriedenen Glanz in seinen Augen und den Hauch eines Lächelns auf seinem Gesicht erkennen zu können. Dann bemerkte sie, dass der Arzt sie noch immer ansah und offenbar auf eine Antwort wartete.

»Ja, mit warmem Wasser«, erklärte Genoveva schnell.

»Sehr gut.« Er ging in die Knie und schaute Sigismondo nun direkt in die Augen. »Ich werde Euch jetzt etwas gegen die Schmerzen geben«, erklärte er und hielt ihm ein kleines, braunes Fläschchen vor die Nase. »Laudanum. Möglicherweise werdet Ihr etwas müde dadurch, aber es hilft Euch in jedem Fall, die Prozedur leichter zu überstehen. In Ordnung?«, fragte er, während er einige Tropfen der Flüssigkeit in ein Wasserglas gab. Er hatte es sich kurzerhand von dem Tablett auf der Anrichte genommen, wo einige gläserne Pokale mit einer kunstvoll verzierten, silbernen Karaffe für Gäste bereitstanden.

Dankbar nickend griff Sigismondo nach dem Glas, das von der dunkelbraunen Medizin getrübt war, und kippte dessen gesamten Inhalt mit einem Schwung die Kehle hinab.

»Würdet Ihr mir assistieren?«, wandte sich der Arzt nun an Genoveva, die eilig nickte und die Nadel und den Faden, den Chalfan ihr daraufhin reichte, hielt.

Mit routinierten, sparsamen Bewegungen nähte der Arzt die Wunde. Kein Laut kam über Sigismondos Lippen, aber Schweiß glänzte auf seiner Brust, und er atmete schwer, und Genoveva wusste, dass er höllische Schmerzen haben musste.

Sorgsam legte der Arzt den Verband an, prüfte mit geübten Fingern, ob er auch fest genug saß, und schrubbte sich anschließend die Hände wieder über der Wasserschüssel.

»Habt Dank, ich weiß gar nicht, wie ich Euch ...«, begann Genoveva verlegen. Sie kramte in Sigismondos Geldbeutel und beförderte einige Münzen daraus hervor, doch Chalfan winkte ab. »Die Oppenheimers sind meine Freunde. Und von Besuchern meiner Freunde nehme ich kein Geld. Und schließlich ist es doch mein Beruf, den Menschen zu helfen«, antwortete er mit einem Schulterzucken und zögerte kurz. »Teil meines Berufes ist es übrigens auch, keine Fragen zu stellen«, fügte er augenzwinkernd noch hinzu.

Genoveva lächelte. »Ich schulde Euch einen Gefallen, Loeb Heschel Chalfan. Zögert nicht, ihn einzufordern. Beim Generalkapitän. Oder bei mir.«

»Darauf komme ich gerne zurück.« Er neigte den Kopf höflich vor Genoveva. »Der Herr des Hauses scheint Besuch zu haben, ich werde ein anderes Mal wiederkommen. Meine Patienten warten bereits.« Er setzte seinen schwarzen, steifen Hut auf und klemmte sich das Bündel mit seinen Utensilien wieder unter den Arm. Ehe er ging, legte er die Hand auf Sigismondos Schulter. »Seid so gut und sucht mich in zwei oder drei Tagen noch einmal auf, damit ich Euren Verband wechseln kann. Mordecai wird Euch sagen, wo Ihr mich findet.«

Sigismondo nickte matt, dann verließ der Arzt das Haus, und es war wieder ruhig im Zimmer. Gedämpft drangen Stimmen aus dem ersten Stock zu ihnen, die Standuhr zwischen den beiden hohen Fenstern tickte beständig, von der Straße her waren immer wieder Kutschen zu hören, deren Räder über die unbefestigte Straße vor dem Haus ratterten.

»Herr Oppenheimer lässt bitten.« Mordecai war eingetreten und deutete einladend ins erste Stockwerk hinauf.

Das Erste, was Genoveva sah, als sie unter der Tür des Empfangszimmers stand, war David Frey, der mit verschränkten Armen und grimmiger Miene an eine der Säulen gelehnt stand. Genoveva blinzelte, schaute erneut.

»Frey, was …«

Dann drehte sich eine Frau um, die mit dem Rücken zu ihnen auf einem Sofa saß, und Genoveva ließ vor Überraschung ihre Brille fallen. Mit einem leisen Klackern landete sie auf dem kunstvoll verlegten Holzfußboden.

»Mutter, was machst du hier?«, fragte sie tonlos.

Sie hatte geweint. Sogar ohne Brille erkannte Genoveva, dass ihre Mutter geweint hatte. Noch nie hatte sie ihre Mutter weinen gesehen.

»Was hat das zu bedeuten?«, fragte Genoveva. Was machte ihre Mutter in Wien, hier im Hause Oppenheimers?

»Schön, dass wir hier alle so gemütlich beisammen sind«, sagte ein Mann in sarkastischem Tonfall vom Fenster her. Genoveva kniff die Augen ein wenig zusammen und erkannte ihn wieder. Auch ohne seinen ausgefallenen Mantel.

Dieser Mann war Oppenheimer. Elias Oppenheimer.

»Diese nette, kleine Zusammenkunft hast du dir selbst zuzuschreiben, Elias«, erwiderte ihre Mutter giftig. »Schließlich bist du es, der für Richelieu Kredite an Dritte auszahlt. An seine Agenten. An von Paar, obwohl der im Dienst der Habsburger steht«, behauptete sie.

»Wie bitte?«, wehrte Oppenheimer ab. »Du scheinst mehr über meine Geldgeschäfte zu wissen als ich«, schnauzte er zurück.

»Du streitest es also ab?«, fuhr sie ihn an, und Genoveva meinte, ihren Ohren nicht zu trauen. Wie kam es, dass ihre Mutter sich mit diesem Mann duzte und so erbittert stritt, wie sie es selten zuvor bei der sonst so beherrschten Gräfin gesehen hatte? Sie gingen miteinander um, als würden sie sich schon seit Jahren kennen.

Genoveva hob ihr heruntergefallenes Brillenglas vom Boden auf, umrundete eines der Sofas, griff nach dem Arm ihrer Mutter, beugte sich zu ihr hinab und flüsterte: »Wie kannst du so mit diesem Mann sprechen?«

Kurz schien diese mit sich zu ringen. Dann aber zischte sie: »Weil er nicht nur der Geldgeber der Hofpost ist.«

Nur einen Lidschlag brauchte Genoveva, bis sie verstand. Die Kassen, die sich auch während der schlimmen Kriegsjahre immer wieder zumindest so weit gefüllt hatten, dass ein Überleben möglich war. Die Schreiben nach und aus Wien, die nur ihre Mutter lesen durfte. Sie war mit Oppenheimer in Korrespondenz gewesen. All die Jahre über hatte ihre Mutter geschäftliche Beziehungen mit Oppenheimer gepflegt und nie ein Wort darüber verloren. Aber warum hatte sie nie jemandem davon erzählt, wenn er nur ihr Geldgeber war?

Genoveva beschlich ein Verdacht. Sie räusperte sich.

»Aber wieso hast du nie … also …«, sie geriet ins Stottern.

»Es gibt Dinge, die hat eine Tochter nicht zu fragen«, unterbrach ihre Mutter sie. Aber Genoveva hatte genug erfahren. Sie wusste nun oder ahnte zumindest, welcher Art das Verhältnis zwischen Oppenheimer und ihrer Mutter war. Freys säuerliche Miene sprach außerdem Bände.

Erst jetzt fiel ihr Blick wieder auf Sigismondo, der sich von allen unbemerkt gegen den Türrahmen gelehnt hatte und sich verstohlen mit dem Ärmel den Schweiß von der Stirn wischte. Das Laudanum schien erst jetzt seine volle Wirkung zu entfalten, denn er stand stumm und ein wenig in sich zusammengesunken da und blickte entrückt von einem zum anderen. Der Mantel, der um seine Schultern lag, verdeckte seine Verletzung.

»Ist ihm nicht wohl?«, wollte ihre Mutter wissen und deutete auf ihn.

»De Longwy hat uns nach der kaiserlichen Audienz abgepasst«, erklärte Genoveva und erkannte, wie sich das Gesicht ihrer Mutter bei diesem Namen sofort verdüsterte. »Wir konnten fliehen, aber mein Ehemann ist dabei körperlich in Mitleidenschaft gezogen worden«, schloss sie.

»Ist er versorgt?«, fragte Oppenheimer sofort.

»Euer Diener Mordecai hat Euren Leibarzt Chalfan bemüht, habt vielen Dank«, antwortete Genoveva freundlich und schenkte ihm ein dankbares Lächeln. Es störte sie in diesem Moment auch nicht, dass sich ihre Mutter gerade mit diesem Mann stritt. Die Gastfreundschaft, die ihnen bisher im Hause Oppenheimer zuteilwurde, war außergewöhnlich.

»Erst verrät er seine Geschäftspartner, und dann spielt er den helfenden Samariter«, feindete ihre Mutter Oppenheimer erneut an. Und Genoveva wunderte sich. Sie wunderte sich wirklich, denn sie erkannte ihre Mutter nicht wieder. Seit wann war sie so unsachlich, so persönlich und verletzend in ihrer Kritik?

»Hast du mit von Paar nun Geschäfte gemacht, ja oder nein?«, wollte die Gräfin wissen.

Oppenheimer schüttelte den Kopf. »Natürlich habe ich mit der

Familie bereits Geschäfte gemacht, jeder hat das. Sie ist so hoch verschuldet, dass sie nur noch auf Kredit lebt. Es gibt praktisch keinen Financier in dieser Stadt, der den von Paars noch keinen Kredit gewährt hat.«

»Na bitte, da haben wir es!«, fuhr Alexandrine auf. »Und du meinst nicht, dass du mir das hättest sagen sollen?«

»Ich wüsste nicht, was dich das anginge, Alexandrine«, konterte er scharf, und allmählich schien auch er die Geduld zu verlieren. »Ich kann Geld verleihen, an wen ich möchte. An die Hofpost, an die Reichspost, an den Kaiser von China – und nichts davon hat dich zu interessieren!« Er schloss die Augen, rief sich offenbar zur Ruhe und fuhr deutlich leiser fort: »Aber ich mache *nicht* gemeinsame Sache mit den Franzosen und zahle Verräter für ihre Dienste aus. Der alte Kaiser und auch der junge Ferdinand haben immer ihre schützende Hand über mich und meine Familie gehalten. Ich säge doch nicht an dem Ast, auf dem ich sitze!«

Er trat an den Tisch, schenkte sich etwas zu schwungvoll einen Becher mit weißem Wein ein, sodass er einiges davon verschüttete, und stürzte ihn sich die Kehle hinab.

»Er weiß mehr, als er uns sagt«, meldete sich David Frey aus seiner Ecke zu Wort, und Oppenheimer fuhr zu ihm herum, funkelte ihn erbost an und erwiderte: »Wo bin ich hier eigentlich? Vor einem Tribunalgericht?« Mit einem Knall stellte er den Becher wieder ab. »Das hier ist mein Haus, ich kann euch alle *hinauswerfen,* wenn ihr solche Lügen über mich verbreitet.«

»Nur, das werdet Ihr nicht tun, Oppenheimer«, wandte Genoveva mit fester Stimme ein.

»Ach ja?«, meinte er und stierte sie an.

»Denn zurzeit befindet Ihr Euch gerade in keiner besonders guten Position am Habsburger Hof.«

Sofort verzog er unwillig das Gesicht, aber Genoveva ließ ihn nicht zu Wort kommen.

»Ihr steht unter Druck. Schlick bedroht Euch und Eure Familie, solltet Ihr dem Kaiser nicht in Bälde eine weitreichende Finanzierung anbieten«, verriet sie und genoss es, dass nun die Augen aller erstaunt auf sie gerichtet waren.

Oppenheimer drehte den Kopf zu Alexandrine. »Man merkt deutlich, dass sie deine Tochter ist«, warf er ihr voller Verdruss vor. Aber Genoveva ließ sich nicht beirren.

»Ich könnte mir vorstellen, dass der französische König da schon ein wenig gewählter und milder in seinen Mitteln ist«, mutmaßte sie.

»Gar nichts ist der französische König. Ja, ich unterhalte Verbindungen mit dem französischen Königshaus. Korrespondenzen, lediglich. Mehr nicht. Ich habe noch keine Geschäfte mit den Bourbonen gemacht und plane auch nicht, dies zu ändern.«

»In dem Brief von Sublet stand aber etwas ganz anderes«, hielt ihm Genoveva entgegen.

»Was habt ihr eigentlich alle mit diesem Brief? Was denn für ein Brief, verdammt noch mal! Hier ist nie ein Brief von Sublet angekommen«, donnerte Oppenheimer.

»Natürlich nicht, ich habe ihn ja schließlich aus dem Verkehr gezogen. Leider ist er auf unserer Reise hierher dem Wasser zum Opfer gefallen und nun nicht mehr lesbar. Aber das Siegel des Ersten Ministers habe ich noch«, Genoveva merkte selbst, dass die Argumente, die sie vorbrachte, nicht besonders überzeugend klangen. Um ihren Worten mehr Wirkung zu verleihen, griff sie in ihre Manteltasche und förderte das etwas verbogene Siegel und den verwaschenen Brief zutage.

Beim Anblick der beiden traurigen Beweisstücke entkam Oppenheimer ein trockenes Lachen. »Das soll also der ominöse Brief sein? Mit Verlaub, Gräfin Sfondrati. Das kann ja jeder behaupten.«

»Mein hochgeachteter Oppenheimer, vergütet Rudolf von Paar für seine treuen Dienste dem Hause Bourbon gegenüber mit 2500 Florin jährlich. Mit freundschaftlichem Gruß

François Sublet, Seigneur de Noyes, Baron de Dangu im Auftrag des Seigneur du Plessis«, zitierte Genoveva und beobachtete dabei Oppenheimers Züge wie ein Habicht. Und tatsächlich, es schien ihr, als würde er langsam ins Wanken geraten. Sie hatte sogar den Eindruck, als fühlte er sich bei irgendetwas ertappt.

»Es ist nicht das erste Mal, dass François Sublet dir schreibt, habe ich recht?«, sprang ihre Mutter ihr nun zur Seite, in sehr viel versöhnlicherem Tonfall als noch gerade eben.

Vielleicht hatte sie Mitleid mit Oppenheimer, vielleicht hatte sie auch erkannt, dass er zugänglicher war, wenn man ihm nicht ständig Vorwürfe machte.

In jedem Falle sah es nicht gut aus für Oppenheimer, wie ihm offenbar selbst langsam klar wurde. Denn wenn am kaiserlichen Hof jemals der Verdacht aufkäme, dass er Korrespondenzen mit dem Feind führte, selbst wenn diese völlig belanglos waren, würden die Habsburger dies sicher als willkommenen Anlass nehmen, um sich seiner zu entledigen. Ohnehin bedrohte Schlick ihn bereits. Und angesichts des sicher nicht unbescheidenen Schuldenbergs, den der Kaiser mittlerweile bei Oppenheimer angehäuft hatte, gäbe es aus Sicht des Geheimen Rats sicher unangenehmere Dinge, als Oppenheimer dauerhaft aus Wien verschwinden zu lassen. Auf die eine oder andere Weise.

»Ihr müsst in die Offensive gehen, Oppenheimer«, meldete sich plötzlich Frey zu Wort, der sich bisher auffallend zurückhaltend verhalten hatte während dieser Diskussion. »Ihr habt das Recht, eine Audienz beim Kaiser zu beantragen. Tut dies. Nehmt den verwaschenen Brief und lasst Euch von der Gräfin Sfondrati begleiten, die den Brief zitieren kann.«

Oppenheimer schaute ihn widerwillig an, und vermutlich hätte er Frey gerne widersprochen. Aber was der Postverwalter vorschlug, leuchtete ein, fand Genoveva, und auch auf Oppenheimers Gesicht hatte sich ein nachdenklicher Zug gelegt.

»Ich muss Herrn Frey recht geben«, pflichtete nun unerwartet Sigismondo den Worten des Reichspostverwalters mit brüchiger Stimme von seinem Sessel aus bei, auf den er sich mittlerweile gesetzt hatte. Er schluckte etwas angestrengt, ehe er fortfuhr: »Oppenheimer kann sich dem Kaiser offenbaren. Genoveva und ich begleiten ihn und werden auch General Savellis Hilferuf als Argument vorbringen. Außerdem werden wir den Kaiser von Christophe de Longwys Machenschaften unterrichten.«

»Das kommt überhaupt nicht infrage«, widersprach die Gräfin von Taxis sofort. »Ich werde als Generalpostmeisterin zusammen mit Oppenheimer eine Audienz beantragen, und wir werden Klage führen gegen von Paar. Das Siegel aus Paris ist schließlich Beweis genug, und immerhin geht es hier um eine Unterschlagung von Briefen, die der Reichspost entwendet wurden.«

Genoveva kannte ihre Mutter gut genug, um zu wissen, dass diese wütend war. Sehr sogar. Von Paar war ihrer Mutter ein Dorn im Auge, und sie schien fest entschlossen zu sein, ihn mit dieser Klage aus dem Weg zu räumen. Und dabei wollte sie sich von ihrer Tochter oder ihrem Schwiegersohn ganz sicher nicht das Ruder aus der Hand nehmen lassen.

»Ich denke nicht, dass das Siegel allein dem Kaiser oder dem Geheimen Rat als Beweismittel genügen wird«, konterte Sigismondo, und Genoveva wunderte sich, wie lebhaft er mit einem Mal wieder war. »Man müsste an die anderen Briefe herankommen, die von Paar in Verwahrung hat, falls er diese nicht bereits vernichtet hat. Vor allem das Schreiben Savellis wäre das eindeutige Beweismittel, das wir nun bräuchten …«

»Aber ich kann die Inhalte aller Briefe aus dem Gedächtnis heraus exakt wiedergeben«, warf Genoveva ein und ignorierte dabei den warnenden Blick ihrer Mutter. »Sigismondo und ich werden beim Kaiser vorsprechen, und er wird uns Glauben schenken müssen.«

»Glaubst du wirklich, der Kaiser vertraut den haltlosen Worten irgendeiner bedeutungslosen Gräfin?«, fragte ihre Mutter mit so viel Geringschätzung in der Stimme, dass Genoveva betroffen zusammenzuckte. Eigentlich hatte sie damit rechnen müssen. Ihre Mutter war zornig darüber, dass ihre Tochter sich mit ihrem Mann gegen sie verbündete und ihr beide widersprachen.

Dennoch wollte Genoveva jetzt nicht aufgeben und sich von ihr herumschieben lassen wie ein Bauer auf dem Schachbrett. Schließlich wäre diese Intrige nie ans Tageslicht gekommen, hätte Genoveva sie in Bruchsal nicht aufgedeckt. Ohne weiter darüber nachzudenken, platzte es aus ihr heraus: »Es geht hier um viel mehr als nur die Reichspost, Maman. Begreifst du das denn nicht?«

Stille. Sofort bereute Genoveva ihre harschen Worte. Noch niemals hatte sie mit ihrer Mutter in dieser Weise gesprochen, so schäbig und respektlos und noch dazu vor Dritten. »Von Paar unterbindet militärische Operationen, er beeinflusst den Kriegsverlauf«, setzte sie schnell hinterher. »Sigismondo sollte in seiner Rolle als Generalkapitän gemeinsam mit Oppenheimer Klage führen.«

Aber es war bereits zu spät. Die Miene ihrer Mutter war wie versteinert, ihr Blick mit einem Mal so kalt und hart, dass es Genoveva angst und bange wurde.

»Meinst du, Kind?«, fragte diese, und es klang ganz und gar nicht nach einem freundlichen Kosenamen. Es hörte sich an wie eine Verurteilung.

»Nach allem, was ich gehört habe, habt ihr euch vor einigen Stunden im kaiserlichen Vorzimmer vor dem Herrscher zum Narren gemacht. Nachdem ihr, wohlbemerkt, unser *einziges und wichtigstes Beweisstück* auf eurer Reise vernichtet habt.«

»Aber wir wurden angegriffen, unser Leben war in …«

»Es spielt jetzt keine Rolle, wie es passiert ist«, schnitt ihre Mutter ihr das Wort ab. »Wichtig ist allein, dass es passiert ist. Und deshalb werde ich nun endlich diese ganze, verfluchte Geschichte in meine Hände nehmen. Ihr reist zurück nach Brüssel«, verlangte sie.

»Ich werde nicht …«

»Das hier ist eine Angelegenheit der Reichspost, Genoveva«, bestimmte sie. »Weder der Marquis de Montafié noch seine Ehefrau haben irgendetwas damit zu tun. Mir kam zu Ohren, dass der Marquis zudem einen privaten Händel gegen von Paar und seinen Agenten de Longwy führt.« Ihr Blick ruhte nun abschätzig auf Sigismondo. »Und ich verlange hiermit, dass er davon ablässt, denn er macht damit die Position der Reichspost und im Übrigen auch die von Oppenheimer noch angreifbarer. Ihr stellt damit unsere Objektivität und auch unsere Glaubwürdigkeit in dieser Angelegenheit infrage. Die Taxis und ihre Verbündeten haben sich nichts zuschulden kommen lassen bisher, und so wird es in Gottes Namen auch bleiben«, bestimmte sie und wandte sich an Genoveva. »Und du wage es kein zweites Mal, meine Entscheidungen zu hinterfragen.«

Die Worte waren leise, aber so scharf, dass sie Genoveva trafen wie ein Faustschlag.

Es war vollkommen still geworden im Raum.

»Mit Verlaub, der Marquis sieht etwas mitgenommen aus. Oppenheimer wird euch sicherlich gerne seine Kutsche zur Verfügung stellen und euch zu Dr. Ponzon bringen. Morgen reist ihr ab«, bestimmte ihre Mutter. Schnell griff sie nach dem verwaschenen Brief und dem Siegel auf dem Tisch und nahm beides an sich.

Genoveva hatte bereits den Mund geöffnet, um zu widersprechen, aber ein eindringliches Kopfschütteln von Sigismondo hielt sie davon ab.

»Oppenheimer, Gräfin«, etwas mühsam kam er nach oben und verbeugte sich höflich vor beiden. »Ganz wie Ihr wünscht.«

Er bedeutete Genoveva, den Raum zu verlassen, und einen Moment lang wollte sie sich weigern, denn sie konnte nicht fassen, wie schnell er sich von ihrer Mutter von seinem Vorhaben hatte abbringen lassen.

»Ich habe eine Idee«, raunte er ihr im Hinausgehen zu. Kurz ging ihr Blick noch einmal zu ihrer Mutter zurück, die sie und Sigismondo mit Argusaugen zu beobachten schien, nickte ihr einen frostigen Gruß zu und folgte ihrem Ehemann hinaus ins Treppenhaus. »Aber bevor ich sie dir verrate, versprichst du mir, dich daran zu halten. Unter allen Umständen.«

45.

Donauufer vor den Toren der Stadt Wien

Alexandrine

»Ich habe dir noch nicht zugesagt, dass ich mich um eine Audienz bemühen werde«, erklärte Elias entschieden und unterstrich das Gesagte mit abwehrend erhobenen Händen. Sogleich verschränkte er sie wieder im Rücken und lief weiter.

Sie spazierten entlang des befestigten Donauufers vor den Stadtmauern und blickten auf die Inseln gegenüber. Auf einigen von ihnen wucherten noch unberührte Auwälder, andere waren bereits mit Siedlungen befestigt, und auch die Judenstadt befand sich dort. Alexandrine meinte sogar, zwischen den Hausdächern die Turmspitzen des Palais Oppenheimer ausmachen zu können.

Erst vor zwölf Jahren hatte der alte Kaiser Ferdinand die Wiener Juden am Unteren Werd angesiedelt. Seitdem bescherten sie diesem Teil der Vorstadt einen gewaltigen Aufschwung. Mittlerweile hatte der neue Kaiser die reizvolle Lage der Inseln erkannt und ließ dort dieser Tage sogar einen Au-Garten errichten, hatte Elias ihr berichtet.

Der Wind hatte die letzten Regenwolken des Vormittags vom Himmel gefegt, die warme Aprilsonne war mit voller Kraft zurückgekehrt, und am Donauufer herrschte reges Treiben. Unzählige Lastkähne lagen in mehreren Reihen an den Kaimauern vertäut, Waren wurden geladen oder gelöscht, in Kisten oder Körbe verstaut und in die Stadt gebracht. Fischer priesen lautstark ihren frischen Fang an, und streng dreinblickende, schwarz gekleidete Beamte wuselten zwischen den ankommenden Schiffern umher und forderten den fälligen Wasserzoll.

»Willst du warten, bis Richelieu ein zweites Schreiben schicken lässt? Oder bis von Paar bei dir aufschlägt wegen der von Sublet angewiesenen Zahlung, die du ihm noch nicht geleistet hast?«, redete Alexandrine ihm ins Gewissen. »Jeden Tag, den du länger wartest, wird sich die Schlinge, die dir dein Freund Richelieu um den Hals gelegt hat, enger zuziehen.«

»Er ist nicht mein Freund.«

»Ich weiß.« Alexandrine blieb stehen und beobachtete die Flößer, die dort, wo die Kaimauern aufhörten und nur noch feiner Ufersand das Wasser begrenzte, ihre riesigen Flöße an Land zerrten. Sie bestanden aus mehreren grob behauenen, miteinander vertäuten Baumstämmen, die zweifellos für die nie enden wollenden Bauarbeiten an der Hofburg bestimmt waren. Mithilfe von Pferdegespannen wurde das Holz durch die Stadt zum kaiserlichen Anwesen geschafft.

»Elias«, sagte sie und riss ihren Blick von den Männern los.

»Ja?« Auch er hatte die Flößer beobachtet.

Sie wartete so lange, bis er sie wieder ansah und ihr seine volle Aufmerksamkeit schenkte. »Ich muss mich bei dir entschuldigen«, gestand sie schließlich, und es fiel ihr bedeutend leichter, als sie gedacht hatte. »Ich habe dich unfair behandelt und zu Unrecht beschuldigt, und es tut mir aufrichtig leid.«

Elias' Gesicht blieb ernst, er sah sie aus seinen dunklen, unergründlichen Augen an, aber er antwortete nicht.

Ganz so einfach wollte er es ihr offenbar nicht machen, erkannte Alexandrine und presste die Lippen aufeinander. Vermutlich fand er Gefallen daran, dass sie ihm nun so ungewohnt kleinlaut begegnete. Sie schluckte ihren Stolz und auch den allmählich aufkeimenden Trotz herunter und fuhr fort: »Was du auch gesagt hast, ich habe dir gar nicht mehr zugehört. Ich hätte dich nicht auf diese Weise attackieren dürfen in unserem gestrigen Gespräch. Und schon gar nicht vor meiner Tochter und meinem Verwalter. Aber ich war …« Sie zögerte. »Ich war wie von Sinnen. Die Zweifel, die de Longwy in mir gesät hatte, wirkten wie Gift in meinen Adern.«

»De Longwy ist ein Teufel«, pflichtete Elias ihr bei, sein Tonfall blieb jedoch distanziert. »Und es ist genau das, was er möchte. Er will Schmerz erzeugen und Angst. Offenbar ist es ihm bei dir gelungen.«

Alexandrine nickte. »Es war vermessen von mir und ungerecht, dich derart zu beschuldigen.«

Er schwieg, verschränkte die Hände vor dem Bauch und tippte mit den Daumen gegeneinander. Wie es schien, hatte er noch immer nicht genug. Alexandrine atmete hörbar aus.

»Ich hätte es besser wissen müssen. Du warst immer aufrecht und ehrlich mir gegenüber und hast mich nie hintergangen. Verzeih mir bitte. Nach de Longwys Besuch in Brüssel hatte ich mit einem Mal solche Angst, du könntest etwas mit dem Tod meines Mannes zu tun haben.«

»Aber du weißt doch, dass ich dir niemals …«

»Ja, Elias, ich weiß. Natürlich weiß ich das«, beschwichtigte ihn Alexandrine. Jetzt, da sie Elias direkt vor sich hatte, kamen ihr die Gedanken, die sie über viele Wochen hinweg gehegt hatte, auf einmal vollkommen absurd vor.

»Aber er kannte den Satz«, brach es erneut aus ihr hervor, heftiger als beabsichtigt. »Unseren Satz. *Effugere non potes necessitates, potes vincere* – Du kannst den Zwängen nicht entkommen, aber du kannst sie besiegen. Niemand kannte ihn, außer dir und mir.«

Elias schüttelte den Kopf, kaum merklich und mit einem bitteren Ausdruck im Gesicht. »Ich weiß nicht, wie dieser Mann an unseren Satz gekommen ist. Er hatte mich einige Male besucht. Er hat versucht, mich auszufragen über dich, aber ich habe ihn bei seiner letzten Stippvisite, so schnell es ging, vor die Tür gesetzt, ohne allzu unhöflich zu sein.«

Einmal mehr sah Alexandrine ihm an, dass er die Wahrheit sagte.

»Weißt du, manchmal habe ich das Gefühl, dass meine Position als Generalpostmeisterin mich vollkommen korrumpiert. Schon seit längerer Zeit erwarte ich immer das Schlimmste und denke stets nur das Schlechteste von Menschen. Kaum jemandem glaube oder vertraue ich noch. Ich meine … war ich schon immer so?« Fragend hob sie die Schultern.

»Nein«, antwortete Elias sofort. Sie wusste nicht einmal, warum ihr seine Meinung so wichtig war, aber es erleichterte sie, das Wort aus seinem Mund zu hören.

»Außerdem stimmt nicht, was du sagst«, widersprach er. »Du hast mir lange Zeit vertraut. Und so, wie du gestern warst – das ist eben auch ein Teil der Alexandrine von Taxis. Der leidenschaftliche, unbeherrschte. Der ausbricht wie ein Vulkan und sich erst sehr viel später Gedanken darüber macht.« Er grinste. »Diese Alexandrine kenne ich noch ziemlich gut.«

»Damals war ich jung. Und unreflektiert.« Entschuldigend hob sie die Hände. »Ich habe daraus gelernt, denn es hat mir niemals zum Vorteil gereicht, mich jemandem gegenüber gehen zu lassen. Uns hat es schließlich auch nichts gebracht«, fügte sie leise und etwas wehmütig hinzu und ließ gedankenversunken den verzierten Griff ihres Sonnenschirms zwischen den Fingern hin und her rollen.

Eigentlich hielt Alexandrine nichts von solch weiblichem Tand wie einem Sonnenschirm. Aber sie hatte sich gestern auf dem Markt vor dem Stephansdom von einem Händler dazu breitschlagen lassen, das unpraktische Ding zu erstehen. Aus purer Langeweile. Allmählich konnte sie nachvollziehen, warum so viele Frauen ihr ganzes Leben darauf ausrichteten, ständig noch mehr von diesem unnützen Firlefanz anzuhäufen. Was sonst blieb ihnen zu tun übrig, wenn sie keine andere Aufgabe in ihrem Leben zu erfüllen hatten, als hübsch auszusehen?

Statt den Schirm aufzuspannen und ihn seiner eigentlichen Bestimmung – dem Sonnenschutz – zuzuführen, trug sie ihn nun in der Hand. Mehrmals hatte sie schon mit dem Gedanken gespielt, ihn zufällig an der steilen Kaimauer zu verlieren, so sehr ging er ihr im Weg um.

»Mittlerweile bin ich älter und sollte auch klüger sein und mich nicht zu solch unüberlegten Streitgesprächen hinreißen lassen. Vor allem nicht, seit ich Generalpostmeisterin bin.«

Oft genug hatte sie zu hören bekommen, dass Frauen zu gefühlsgetrieben für wichtige Ämter seien. Und stets hatte ihr Betragen dieses Vorurteil widerlegt. *Bis auf gestern,* dachte sich Alexandrine grimmig.

»Du kannst eben nicht immer alles kontrollieren. Weder deine eigenen Gefühle noch das, was um dich herum passiert. Spätestens der Krieg sollte dich das doch gelehrt haben, oder etwa nicht?«, gab Elias zu bedenken.

Und er hatte recht. Es war grässlich, wie sie damals in den schlimmsten Kriegsjahren die Hände in den Schoß legen und tatenlos hatte abwarten müssen, was sich an den Fronten tat und wie sich dies auf ihre Poststrecken auswirkte.

»Außerdem darfst du die Verantwortung auch manchmal abgeben, denn es gibt genügend Menschen in deiner Umgebung, die mit dir am gleichen Strang ziehen«, fuhr er fort. »Dr. Ponzon, zum Beispiel. Er ist zwar ein ganz und gar humorloser Mann, genauso verstaubt wie seine Bücher, aber er ist absolut verlässlich. Ebenso wie dein Postverwalter Frey übrigens.« Er pausierte. »Und deine Tochter.«

»Hm«, gab Alexandrine lediglich von sich. Die Spannungen zwischen ihr und Genoveva waren ihm also auch aufgefallen. Ihre Tochter hatte sich verändert seit ihrer Hochzeit. Das musste sie zwangsläufig, denn sie führte als Genoveva Sfondrati nun ein ganz anderes Leben. Selbstbewusster und selbstbestimmter war sie geworden die letzten Monate über. Oft genug bot sie ihrem Ehemann die Stirn, und jedes Mal, wenn Alexandrine das mitbekam, war sie stolz auf ihren Sprössling. Ihre kleine Genoveva war erwachsen geworden, ging ihr auf, und die Erkenntnis versetzte ihr einen Stich.

»Du warst harsch zu deiner Tochter und deinem Schwiegersohn«, erklärte Elias. »Das hat mich offen gestanden verwundert. Ich kenne dich als direkte Frau. Aber deine Worte waren fast schon beleidigend.«

»Manchmal muss man absonderliche Wege gehen, um zum Ziel zu gelangen.« Ihre Antwort war mit Absicht vage gehalten, aber Elias verstand trotzdem.

»Du schützt die beiden«, erkannte er und nickte langsam. Ein leichter Wind wehte vom Fluss herauf und ließ Elias' breiten Kragen auf seinen Schultern flattern. Etwas unbeholfen hielt er ihn fest, gab aber nach einem Weilchen auf.

»Natürlich schütze ich sie. Hinter Rudolf von Paar steht de Longwy. Und ich weiß genau, was er möchte. Mich verletzen, vielleicht sogar ruinieren. Ihm ist bewusst, wie er das anstellen muss: über meine Kinder und über die Reputation meines Unternehmens. Sigismondo und Genoveva müssen fort aus Wien, und zwar schnellstmöglich.«

»Nun, streng genommen ist Sfondrati nicht dein Kind«, wandte Elias ein.

»Nein, aber er ist mit Genoveva verheiratet. Hast du gesehen, wie die zwei sich anschmachten? Sie liebt ihn. Und ich liebe meine Tochter. Ganz einfach.« Und Alexandrine wunderte sich selbst, dass sie die Tatsache nun einfach so ausgesprochen hatte.

»Dann solltest du ihr das auch zeigen«, erwiderte Elias und beobachtete sie dabei genau. »Auch ich habe Kinder, Alexandrine. Ich weiß, wie es sich anfühlt, wenn sie einem entgleiten. Wenn sie eigene Entscheidungen treffen, die wir so gar nicht mehr nachvollziehen können.«

Unwillig zog Alexandrine die Augenbrauen zusammen. Er mochte recht haben mit dem, was er sagte. Dennoch ärgerte sie sich darüber, dass er ihr so freigiebig unerbetene Ratschläge erteilte. Als ob sie jemanden bräuchte, der ihr das Verhalten ihrer eigenen Kinder erklärte.

Insgeheim aber fragte sie sich dennoch, ob sie nicht tatsächlich etwas uneinsichtig war, wenn es um Genoveva und Lamoral ging.

Schließlich hatte Elias genügend Erfahrung mit Kindern. Natürlich hatte auch er geheiratet. Standesgemäß. Drei Kinder hatte seine Ehefrau ihm geschenkt, ehe sie gestorben war. Mehr aber hatte Alexandrine nie wissen wollen, denn sie hatte sich stets vor dem Schmerz gefürchtet, den es ihr bereiten könnte, etwas über Elias' Familienleben zu erfahren. Vor allem über die Frau, die das besessen hatte, was sie selbst nie hatte haben dürfen. Die Brieffreundschaft, die sie mit Elias in den letzten Jahren wieder aufgenommen hatte, war wie eine Parallelwelt gewesen. Ein Luftschloss, in das sie sich hatte zurückziehen können, wenn die Wirklichkeit ihr wieder einmal mit ihrer hässlichen Fratze ins Gesicht gebrüllt hatte. Ebenso wie Alexandrine hatte Elias nach dem Tod seiner Frau kein zweites Mal geheiratet. Dies jedoch aus freien Stücken und ohne den testamentarischen Zwang, der Alexandrine auferlegt worden war.

Nun ging sie auf seinen Vorschlag, ihre Kinder betreffend, nicht weiter ein, und Elias zuckte lediglich mit den Schultern, lehnte sich über das Geländer der Kaimauer und sah einer Handvoll Möwen zu, die sich lautstark um einen Fischkopf zankten.

Aus dem Augenwinkel heraus beobachtete Alexandrine ihn. Noch immer schien er zu erkennen, wann er einlenken musste, um sie nicht vor den Kopf zu stoßen. Er kannte sie, und er konnte sie lesen wie kaum ein anderer. Diese Gabe hatte er schon vor zwanzig Jahren besessen. Trotz der langen Zeit, die sie sich nicht gesehen hatten, waren sie einander nicht fremd geworden. Und das Gespräch mit Elias tat ihr gut, musste sie sich eingestehen.

Dennoch hatte sich etwas verändert in Alexandrine, denn das rasende Herzklopfen, die schweißnassen Hände und die vor Aufregung zittrige Stimme hatten sich nach ihrem ersten Zusammentreffen nicht wieder eingestellt. All das war etwas anderem gewichen: Vertrautheit, gegenseitiger Sympathie, Freundschaft.

Und als hätte er ihre Gedanken erraten, fragte Elias unverblümt: »Was ist nun eigentlich mit diesem David Frey?«

Etwas verdattert schaute Alexandrine ihn an. »Wie meinst du das?«, wollte sie wissen.

»Du vertraust ihm. Vielleicht sogar mehr als irgendwem sonst auf dieser Welt. Ich habe gesehen, welche Blicke ihr gestern miteinander ausgetauscht habt.«

Täuschte sich Alexandrine, oder war er eifersüchtig?

»Natürlich muss ich ihm vertrauen. Er ist mein Postverwalter«, versuchte Alexandrine, seine Worte herunterzuspielen.

»Ist er das?«

»Was sonst?«

»Alexandrine. Es ist mehr zwischen euch, ich bin doch nicht blind.«

Er musste ihren abweisenden Gesichtsausdruck gesehen haben, denn sofort fuhr er fort: »Was wäre denn so schlimm daran, wenn du wieder einen Mann in dein Leben ließest?«

»Ich habe mir geschworen, es nie wieder zu tun, nachdem ich dich …«

»Und was war mit Leonhard?«, schnitt er ihr das Wort ab, fast so, als fürchte er sich vor den Worten, die Alexandrine beinahe ausgesprochen hätte.

»Das war etwas anderes. Er war meine einzige Möglichkeit, den Klostermauern zu entfliehen. Außerdem haben wir gut miteinander gearbeitet.« Kurz pausierte sie. »Frey ist zuverlässig und kompetent. Für mehr ist kein Platz in meinem Leben.« Alexandrine verschränkte abwehrend die Arme vor ihrer Brust und hätte Elias dabei beinahe mit ihrem Sonnenschirm einen Schlag verpasst.

»Hast du mir vorgestern nicht noch erklärt, wie einsam du eigentlich bist?« Kurz hielt er inne, tat so, als würde er angestrengt nachdenken, und tippte sich dabei mit dem Finger gegen das Kinn. »Ach ja, richtig. Du hast es mir sogar ins Gesicht gebrüllt«, schloss er.

Alexandrine spürte, wie ihr das Blut in die Wangen schoss. Sicherheitshalber senkte sie den Kopf, um ihre Röte zu verbergen, sah aber dennoch, wie Elias schmunzelte.

»Du hast es doch in der Hand«, fügte er etwas sanfter hinzu.

»Habe ich das? Ich darf mich nicht mehr liieren, Elias. Das weißt du. Und er auch.«

Elias' Augen wanderten von rechts nach links. »Und das ist ein Grund?«

Verblüfft hob Alexandrine den Kopf. Vielleicht blieb ihr dabei für einen winzigen Moment sogar der Mund offen stehen. Aber sofort fing sie sich wieder.

»Gerade habe ich offen gestanden ganz andere Probleme. Und du auch«, erklärte sie streng, worauf auch seine Miene wieder ernst wurde.

»In der Tat«, gab er verdrossen zu.

»Weißt du, es würde mich nicht wundern, wenn es de Longwy gewesen wäre, der von Paar den Floh für diese gesamte, verfluchte Geschichte ins Ohr gesetzt hat. Ich meine damit die Vereinbarung mit dem französischen König und diese Jagd auf Sfondrati. Ich traue von Paar eigentlich nicht zu, dass er das alles von sich aus ersonnen hat. De Longwy hat mir den Krieg erklärt. Auf allen Fronten. Und von Paar ist lediglich seine Marionette, auch wenn er das nicht einmal mitzubekommen scheint.«

»So ungern ich es in diesem Fall tue, aber ich muss dir recht geben«, pflichtete Elias ihr bei. »Ich kenne von Paar seit vielen Jahren. Sein Fall am Hof von Ferdinand II. war unglücklich und hat ihn verbittert. Aber die Skrupellosigkeit, die er neuerdings an den Tag legt, fällt aus seinem Charakter.«

Sie sah Elias nun direkt an, und ohne weiter darüber nachzudenken, griff sie nach seiner Hand. Er zuckte zurück, aber Alexandrine hielt sie trotzdem fest.

»Elias, ich brauche deine Hilfe. Ich brauche diese Audienz beim Kaiser und deine Aussage gegen von Paar. Wir haben nicht die Zeit, uns wochenlang in den Vorzimmern herumzudrücken, ehe wir gehört werden. So oft hast du mich schon unterstützt, und plötzlich zögerst du?« Sie spürte, wie erneut Enttäuschung bei diesen Worten in ihr aufkam, versuchte diese aber, so gut es ging, wieder abzuschütteln.

»Selbst wenn du nicht willst, kannst du doch gar nicht mehr anders«, versuchte sie es weiter. »Du bist zum Mitwisser geworden. Du hast von der Zahlungsanweisung, die Sublet an dich geschickt hat, erfahren. Du kannst deine Augen nicht mehr davor verschließen, so gerne du das auch tun würdest.« Sie zögerte, die nächsten Worte auszusprechen. Dann tat sie es aber doch. »Sollte auch nur ansatzweise der Verdacht auf dich fallen, dass du mit den Franzosen gemeinsame Sache machst, und jemand zeigt dich an, bist du erledigt.«

Sie hatte es absichtlich nicht vorwurfsvoll gesagt, sondern war leise und freundlich geblieben. Und auch wenn ihre Worte in seinen Ohren eigennützig klingen mussten, machte sie sich wirklich Sorgen um Elias.

»Denkst du, das weiß ich nicht?«, erwiderte er, heftiger, als Alexandrine es erwartet hatte. Sie ließ seine Hand los.

»Aber warum, um alles in der Welt, zögerst du dann?«

Elias schwieg, schaute mit verengten Augen und zusammengebissenen Zähnen zum gegenüberliegenden Ufer, und ein furchtbarer Verdacht beschlich Alexandrine.

46.

Ein Vorort von Wien

Genoveva

Was hatte sie nur geritten, Sigismondos grässlicher Idee zuzustimmen?

Seit mehr als vier Stunden wartete sie bereits auf ihn, und ihr war schon ganz übel vor Angst.

Sie waren nicht abgereist. Natürlich nicht, denn Sigismondo hatte ihr seinen Plan unterbreitet, der ihnen die Briefe, die de Longwy ihr im Auftrag von Paars abgenommen hatte, wieder in die Hände spielen sollte: Er würde von Paar aufsuchen und ihm ein Angebot unterbreiten, das für die Hofpost äußerst lukrativ wäre. Sein Vorschlag hatte vernünftig geklungen, und Genoveva war so aufgebracht gewesen über die Worte ihrer Mutter, dass sie sich alleine schon aus Trotz dazu bereit erklärt hatte, ihn umzusetzen.

Leider sah er auch vor, dass sie in dem angemieteten Zimmer ihres Gasthauses auf Sigismondo wartete. Und Warten hatte noch nie zu Genovevas Stärken gezählt.

Bereits nach wenigen Stunden hatte sie es in dem beengten Zimmer nicht mehr ausgehalten und war auf den kleinen Marktplatz hinausgelaufen, an dem ihr Gasthaus lag.

Gemeinsam mit Sigismondo hatte sie entschieden, eine Herberge außerhalb der Stadtmauern aufzusuchen. Viele der Donauinseln rund um die befestigte Stadt waren besiedelt, Wohnhäuser wechselten sich hier mit Bauernhöfen, Spitälern, Klöstern, Gastwirtschaften und vor allem Gärten und Feldern ab.

Sie hatten sich höflich von Dr. Ponzon verabschiedet, sobald Sigismondo in der Lage gewesen war, zu reiten. Aber ihr Weg hatte sie nur bis kurz hinter die Stadtmauern geführt. Denn es käme wohl niemand auf die Idee, dass der Marquis und seine Ehefrau sich dort, so weit entfernt von der Hofburg und mitten unter dem gemeinen Volk, niederlassen würden.

Ganz sicher würde Genoveva hier auch niemanden treffen, den sie kannte, und könnte sich unerkannt und unbehelligt ein wenig zwischen den Marktständen umsehen. Alles war besser, als in ihrer Schlafstube zu hocken, die Wand anzustarren und sich auszumalen, was passieren würde, wenn Sigismondo den Hofpostmeister von seiner Idee nicht überzeugen konnte. Sie mussten außerdem damit rechnen, dass dort, wo sich von Paar aufhielt, auch de Longwy nicht weit war. Und das wiederum würde bedeuten, dass Sigismondo sich direkt in die Arme jenes Mannes geworfen hätte, der ihm nach dem Leben trachtete. Denn sosehr er auch beteuert hatte, die Hofpost nur dann zu betreten, wenn de Longwy außer Reichweite wäre, blieb sein Unterfangen doch riskant.

Obwohl sie keinen Appetit hatte, erstand sie einen der süß duftenden, fluffig weichen Zuckerkringel, die es hier in Wien an jeder Ecke zu geben schien. Einen winzigen Happen riss sie davon herunter, steckte ihn sich in den Mund und kaute halbherzig darauf herum. Dann hätte sie sich vor Schreck fast verschluckt.

»Frey!«, stieß Genoveva hervor, als plötzlich der Verwalter ihrer Mutter wie aus dem Erdboden gestampft vor ihr stand.

Er schien sich jedoch bedeutend schneller von dem Schock ihres Aufeinandertreffens zu erholen als sie selbst.

»Genoveva Sfondrati«, er neigte huldvoll den Kopf. »Wieso bin ich eigentlich nicht überrascht«, stellte er dann mit schleppender Stimme fest. Er klang verdrossen.

Genoveva reckte das Kinn, denn sie wusste sofort, worauf er hinauswollte. »Ich wüsste nicht, seit wann ich Euch Rechenschaft schuldig bin über das, was ich tue oder lasse.«

»Nein, das seid Ihr nicht. Ich Eurer Mutter allerdings schon«, antwortete er ein wenig resigniert.

»Wir könnten dieses Dilemma ganz einfach umgehen, indem Ihr Euch nun umdreht und vergesst, dass wir uns getroffen haben«, schlug Genoveva ihm vor, allerdings ohne viel Hoffnung, dass er sich darauf einließ.

»Nein, ich denke nicht, dass das möglich ist«, erwiderte Frey und ließ seinen durchdringenden Blick beharrlich auf ihr liegen.

»Was habt Ihr eigentlich hier in diesem Viertel zu suchen, außerhalb der Stadtmauer? Als ob Ihr mich verfolgt hättet.« Genoveva zog die Augenbrauen zusammen, und einen Moment lang überlegte sie wirklich, ob Frey sie die ganze Zeit über beschattet hatte.

»Selbst wenn Eure Mutter es mir noch immer nicht glaubt, habe ich tatsächlich einen Vetter hier in Wien, bei dem ich auch nächtige.« Er deutete vage nach Norden, dorthin, wo die vielen Obstgärten lagen.

»Wie dem auch sei. Was tut Ihr noch hier?« Natürlich hatte er sich von Genovevas kleinem Ablenkungsmanöver nicht irritieren lassen.

»Mein Mann ist noch nicht gesund genug, um die strapaziöse Rückreise auf sich zu nehmen. Er ruht hier in der Gaststube.« Sie deutete vage auf das Gasthaus hinter sich und warf dann einem der struppigen Hunde, die auf dem Markt nach Futter suchten, ihren Kringel zu. Der Hund las das Gebäck mit wedelndem Schwanz vom Boden auf und verschlang es in erstaunlichem Tempo.

Frey legte den Kopf schräg. »Und in Dr. Ponzons geräumiger Wohnung direkt neben der Hofburg habt Ihr es wohl nicht mehr ausgehalten?«

»Wir wollten ihm nicht länger zur Last fallen. Ist das nicht nachvollziehbar?«

»Ganz und gar nicht. Und es ist auch nicht die Wahrheit. Ihr wart noch nie besonders gut darin, zu flunkern«, erwiderte Frey trocken.

Ein paar Schritte waren sie gemeinsam gegangen und standen nun am Ufer eines der vielen Seitenarme der Donau. Eine Gruppe Waschweiber ging hier ihrer Arbeit nach. Laut scherzend und zeternd schrubbten sie körbeweise Wäsche und hängten diese an eigens dafür aufgestellten Leinen und Gestellen zum Trocknen auf.

Erst vor Kurzem war ein gewaltiger Regenschauer herabgegangen, die Erde unter ihren Füßen war noch feucht und etwas aufgeweicht. Es roch nach Regen. Frey atmete tief die Luft ein, und unwillkürlich tat Genoveva es ihm gleich.

Ein Weilchen schwieg er, aber sie wurde das Gefühl nicht los, dass er sie die ganze Zeit über beobachtete.

»Eure Mutter kann manchmal sehr streng sein und hart wirken«, begann er, zögerte dann jedoch, weiterzusprechen.

»Kümmert Ihr Euch nun auch schon um ihre privaten Angelegenheiten?«, fragte sie barsch und schluckte das ungute Gefühl herunter, das ihr die Kehle hinaufkroch.

»Nein«, beschied er und ging auf ihren unfreundlichen Tonfall gar nicht ein. »Sie macht es, um sich zu schützen. Und Euch, auch wenn Euch das vielleicht wundern mag. Sie hatte sicher gute Gründe, Euch aus der Stadt zu schicken.«

»Und warum nennt sie diese nicht, sondern befiehlt es einfach nur?«

»Aus Gewohnheit?«, bot ihr Frey als Erklärung an. »Außerdem meint sie, immer alles alleine regeln zu müssen.« Wieder ruhte sein aufmerksamer Blick auf ihr.

Wieso starrte er sie so an?

»Aha«, sagte Genoveva nur, fühlte sich aber ertappt. Denn auch sie hatte in Bruchsal für sich beschlossen, die Briefverschwörung alleine ans Licht bringen zu wollen – und es war ein Fehler gewesen.

Kurz hielt Frey inne. »Geht zu Eurer Mutter und redet mit ihr«, riet er ihr.

Redet mit ihr, redet mit ihr. Als ob er nicht wüsste, wie unangenehm die Zwiegespräche mit ihrer Mutter sein konnten. Vor allem, wenn man sich ihren Anweisungen widersetzt hatte.

»Sie hält nicht besonders viel von meinem Engagement für die Reichspost, deshalb werde ich den Teufel tun und ihr auf die Nase binden, dass ich genau deshalb die Stadt noch nicht verlassen habe«, erklärte sie ein wenig beleidigt. Es war Genoveva gleichgültig, dass Frey nun den wahren Grund dafür kannte, warum sie und Sigismondo noch nicht aufgebrochen waren. Ihre zugegebenermaßen dürftige Ausrede von vorhin hatte er ihr ohnehin nicht abgenommen.

»Ihr tut ihr unrecht«, sagte Frey. »Und – verzeiht mir meine Offenheit – Ihr habt das gleiche Ziel wie Eure Mutter, redet allerdings ständig aneinander vorbei.« Er fuhr sich mit der Hand durch seine dichten, kurzen Locken, kniff die Augenlider ein wenig gegen das ihn blendende Licht der schräg stehenden Sonne zusammen, deren goldene Strahlen sein Gesicht zum Leuchten brachten. Seit Augsburg schon hegte sie den Verdacht, dass das Verhältnis ihrer Mutter zu Frey weit über die geschäftliche Beziehung einer Generalpostmeisterin zu ihrem Verwalter hinausging. Und allmählich konnte sie verstehen, wieso ihre Mutter gerade für diesen Mann eine gewisse Schwäche entwickelt hatte.

Sie rieb sich über die Stirn.

Außerdem hatte er recht. Sie sollte sich bei ihrer Mutter entschuldigen. Vor allen Anwesenden hatte sie der Gräfin widersprochen, obwohl sie ganz genau gesehen hatte, dass diese in keiner guten Gemütsverfassung gewesen war. Es stand ihr nicht zu, so mit ihrer Mutter zu sprechen.

»Sie hat Euch nicht aus der Stadt geschickt, weil sie Euch für unfähig hält oder den Marquis nicht leiden kann«, nahm Frey den

Faden wieder auf. »De Longwy ist ein gefährlicher Mann, und offenbar hat er es sich in den Kopf gesetzt, Eurer Familie zu schaden. Ich weiß nicht, wo sich der Generalkapitän gerade befindet, aber solange er sich in der gleichen Stadt aufhält wie de Longwy, schwebt er in Lebensgefahr.«

Er blickte Genoveva erwartungsvoll an.

Wäre es nicht besser, wenn ich doch noch jemanden in unsere Pläne einweihe? Jemanden, der so gewieft und kompetent ist wie der Postverwalter?, überlegte Genoveva insgeheim. Auch wenn sie Sigismondo hoch und heilig versprochen hatte, sich an seine Anweisung zu halten und einfach in ihrer Stube zu bleiben – was, wenn er scheiterte? Wenn er auch morgen früh noch nicht aufgetaucht war? Wäre es dann nicht schon längst zu spät, um das Schlimmste verhindern zu können?

Frey ahnte doch ohnehin schon etwas.

Sie würde ihm alles erzählen. Schließlich konnte er Sigismondo nicht mehr von seinem Plan abhalten, aber vielleicht käme er noch auf den einen oder anderen hilfreichen Gedanken, den sie selbst nicht bedacht hatten.

»Versprecht mir, nichts davon meiner Mutter zu erzählen«, begann sie, erntete jedoch nur einen resignierten Seufzer. Schnell versicherte sie: »Ich werde es ihr selbst sagen. Wenn es sein muss, auch sofort.«

Frey nickte, und seine Züge wirkten nun angespannt. »Also los, Gräfin Sfondrati. Ich bin ganz Ohr.«

47.

Kaiserliches Hofpostamt in Wien

Sigismondo

»Von Paar«, Sigismondo neigte den Kopf.

Erstaunlich ruhig blickte der Hofpostmeister ihm entgegen. Offenbar hatte einer seiner Diener ihm den Besuch des Generalkapitäns bereits angekündigt.

Sigismondo war überrascht, wie schlicht der Familiensitz der von Paars direkt neben dem St. Jakobsfreithof war. Einfach und zweckmäßig war er eingerichtet, die Decken niedrig, und weder Gemälde noch Gobelins zierten die nackten Wände. Allerdings sah er noch die Nägel, die einst in die kalkweißen Mauern geschlagen worden waren, und er meinte sogar, dunklere rechteckige Ränder erkennen zu können, wo bis vor Kurzem noch Bilder gehangen hatten. Vermutlich hatte von Paar sie veräußern müssen, um das nötige Kleingeld für de Longwys Dienste aufzubringen.

Der ausgetretene Holzfußboden quietschte unter Sigismondos Sohlen, als er den Raum betrat. Und wüsste er es nicht besser, hätte er geglaubt, sich in einem Bürgerhaus und nicht im Hauptsitz derer von Paar zu befinden.

Zwei Stockwerke unter ihnen befanden sich die Räumlichkeiten der Hofpost, in denen noch reges Treiben herrschte, obwohl der Abend bereits angebrochen war. Höflinge und Ratsmitglieder gaben sich dort die Klinke in die Hand, lieferten Briefe und Päckchen ab, Kunden verhandelten den Preis für die Leihpferde und tauschten lautstark Klatsch und Tratsch untereinander aus. Die Stimmen der Besucher drangen bis in die persönliche Schreibstube des Hofpostmeisters herauf.

Stunden hatte Sigismondo in der Wirtschaft gegenüber der Hofpost verbracht und das Gebäude beobachtet, hatte genau darauf geachtet, wer ein und aus ging. Und das Glück schien tatsächlich auf seiner Seite zu sein an diesem Tag, denn in den frühen Abendstunden hatten de Longwy und eine Handvoll seiner Schergen die Hofpoststation verlassen, lachend, scherzend. In gebührendem Abstand war er ihnen gefolgt. Sie hatten sich in eines der gehobeneren Wirtshäuser begeben, nur zwei Straßen weiter. Sicher würden sie dort für ihr Abendmahl in etwa eine Stunde bleiben, möglicherweise sogar zwei. Sigismondo hatte deshalb nicht gezögert, sondern war sofort zur Hofpost zurückgelaufen, denn dies war seine Chance, Rudolf von Paar unter vier Augen zu sprechen.

Absichtlich war Sigismondo unten durch die Poststube gelaufen, damit ihn sowohl die Kunden als auch die Schreiber und Pferdeknechte sahen. Er hatte sie sogar mehrmals nach Rudolf von Paar gefragt und ihnen seinen Namen genannt, ehe er in den Wohnbereich des Hofpostmeisters gelotst worden war.

Falls die Unterredung nicht so verlaufen würde, wie Sigismondo es sich erhoffte, gab es nun zumindest Zeugen dafür, dass er das Haus betreten, es aber nicht mehr verlassen hatte.

»Wollt Ihr mich wieder beleidigen oder bedrohen?«, fragte von Paar ihn nun unwirsch.

»Würde Euch das wundern?«, konterte Sigismondo, hob aber sofort beschwichtigend die Hand. »Ich halte Euch für einen vernünftigen Mann, von Paar. Ich bin hier, um mit Euch zu verhandeln«, erklärte er. Zwar hielt er von Paar ganz und gar nicht für vernünftig, sondern für einen verblendeten, alten Narren, aber er hatte beschlossen, ihn das im Gegensatz zu ihrer letzten Begegnung nicht spüren zu lassen. Denn schließlich wollte er etwas von dem Hofpostmeister.

Sein Gegenüber hob die Brauen, stieß aufgebracht die Luft durch die Nase, und Sigismondo bemerkte schon jetzt das Stechen im Nacken, das er immer verspürte, wenn er sich über etwas ärgerte. Allmählich beschlichen ihn Zweifel, ob er wirklich in der Lage war, von Paar die gesamte Unterhaltung hindurch glaubhaft seine Kooperationsbereitschaft vorzuspielen.

»Was gäbe es wohl, das Ihr mir anbieten könnt?«, fragte von Paar und verschränkte die Finger vor dem Bauch. Er wähnte sich in Sicherheit.

Lange und durchdringend blickte Sigismondo den Hofpostmeister an, und genau, wie er es vermutet hatte, schluckte dieser und begann nun doch, nervös zu blinzeln. Sein Blick zuckte irritiert zu Sigismondos Hand, die dieser wie zufällig auf seinen Schwertknauf gelegt hatte.

Einen winzigen Moment noch genoss Sigismondo die Verlegenheit seines Gegenübers, ehe er beschwichtigend erklärte: »Ich komme in friedlichen Absichten, von Paar.«

Eigentlich tat ihm der Hofpostmeister fast schon leid. Wie unsicher dieser Mann doch war, sobald er de Longwy nicht an seiner Seite hatte, wunderte sich Sigismondo. Mit gesenkter Stimme fuhr er fort: »Ihr wollt die Hofpost wieder erfolgreich machen, nicht wahr?« Er machte einen Schritt auf von Paar zu. Es hatte eine vertrauensvolle Geste sein sollen, aber unwillkürlich wich dieser zurück. »Endlich soll das, was Ihr angeht, auch gelingen. Es soll Euch nicht mehr so ergehen wie damals, als Eure Ehe mit der Baronin Anna von Teufel geschieden wurde, auf ihren Wunsch hin. Oder als Ihr Eure diversen Posten am Hof schon so bald wieder abgeben musstet. Als Hofpostmeister wollt Ihr Euch nun endlich beweisen, habe ich recht?«

Von Paars Augen wurden größer, tief holte er Luft, war vermutlich drauf und dran, sich über Sigismondos Worte zu echauffieren, aber der ließ ihm keine Zeit dazu.

»Ihr wollt Euch sogar so sehr beweisen, dass Ihr nicht einmal davor zurückschreckt, mit einem Mann wie Christophe de Longwy zu paktieren.« Kurz hielt er inne. »Einem Mörder«, ergänzte er. Und es interessierte ihn tatsächlich, was von Paar nur dazu gebracht hatte, sich ausgerechnet diesen Mann an seine Seite zu holen.

»De Longwy berät mich lediglich. Er ist ein ausgezeichneter Mann, er …«

»All das ist seine Idee gewesen, nicht wahr?«, fiel Sigismondo ihm ins Wort. »Die versteckten Überfälle auf die Reiter der Reichspost, die Kooperation mit den Franzosen, die geschmierten Postmeister, welche die Briefe der Taxis-Post an Euch abzweigen.«

»Woher wollt Ihr das denn wissen«, stritt von Paar ab, obwohl er sich mit dieser Antwort bereits verraten hatte.

»Soll ich ehrlich sein?«, fragte Sigismondo, aber es war nur eine rhetorische Frage. »Ich traue Euch diese Kaltschnäuzigkeit schlicht und ergreifend nicht zu. Ihr seid ein verantwortungsvoller und rechtschaffener Mann.«

Die Lüge war ihm erstaunlich leicht über die Lippen gekommen, wunderte sich Sigismondo. Und von Paar schien sie ihm tatsächlich abzunehmen, denn seine Züge entspannten sich ein wenig.

»Ihr vergesst dabei aber eines«, fuhr Sigismondo fort. »Christophe de Longwy denkt immer zuerst an sich selbst. Ich kenne ihn. Er hat es sich zur Aufgabe gemacht, die Familie von Taxis zu zerstören, und das versucht er nun, indem er Euch als Marionette vorschiebt. Er reißt Euch in den Abgrund, von Paar«, warnte er.

»Was für ein Unsinn«, tat der Hofpostmeister Sigismondos Worte ab.

»Es interessiert ihn letztendlich nicht, ob Ihr bei der gesamten Geschichte erfolgreich seid und das Ansehen zurückgewinnt, das Ihr Euch so sehr wünscht. Und selbst wenn, wird er in ein paar Jahren zurückkehren und Euch damit erpressen. Ein Pakt mit de

Longwy ist wie ein Pakt mit dem Teufel, von Paar. Lasst die Finger davon.«

Und Sigismondo sah, dass seine Worte etwas bewirkten. Der Hofpostmeister war für seine Verhältnisse ungewöhnlich ruhig geworden, und seine Mundwinkel zuckten, während er nachdachte. Hatten von Paar am Ende selbst schon Zweifel beschlichen? Ahnte er womöglich den skrupellosen Egoismus, der de Longwy antrieb?

Mit dem Zeigefinger strich der Hofpostmeister seinen Schnurrbart glatt. Einmal, dann noch einmal. Schließlich fragte er, mit etwas zu hoher Stimme: »Und was ist es nun, das Ihr mir anzubieten habt?«

»Ich kann ein gutes Wort für Euch einlegen bei der Gräfin von Taxis. Immerhin bin ich mit ihrer Tochter verheiratet. Was Ihr braucht, sind einige fähige Verwalter, die Eure Bücher in Ordnung bringen, und eine sinnvolle Kooperation mit der Reichspost, bis die Hofpost von alleine wieder in der Lage ist, Gewinne einzufahren«, erklärte Sigismondo.

Es war ganz ruhig geworden im Raum. Eine Krähe landete flatternd auf dem Fenstersims und blickte neugierig zu ihnen herein. Ihre Füße kratzten leise über das Holz. Von Paar antwortete nicht, aber ihm war deutlich anzusehen, dass er ins Grübeln gekommen war.

»Das alles ist doch gar nicht Euer Fehler, von Paar. Ihr wisst es, ich weiß es, die ganze Welt weiß es«, erklärte Sigismondo mit sanfter Stimme. »Ihr habt einen Schuldenberg geerbt mit der kaiserlichen Hofpost, ein vollkommen marodes Unternehmen.« Wieder wartete Sigismondo ein wenig, um seine Worte sacken zu lassen. »Ich besitze beste Beziehungen zum Hof Don Fernandos und zum Hause Taxis. Ich kann Euch helfen, ohne dass Ihr Eure Seele dafür verkaufen müsst. Ich kenne die Methoden de Longwys. Er erpresst Euch mit Euren eigenen Plänen. Ihr müsst von ihm loskommen«, beschwor er den Hofpostmeister, und mit Genugtuung erkannte Sigismondo, wie von Paar mit sich rang.

»Ich frage mich, warum Ihr mir auf einmal so gewogen seid«, argwöhnte dieser, und es war ein durchaus berechtigter Einwand, fand Sigismondo. Natürlich hatte er damit gerechnet.

»Ihr wart Kämmerer und Oberststallmeister des alten Kaisers. Euch geschah großes Unrecht, als man Euch alle diese Positionen entzog und Euch einfach fallen gelassen hat. Versteht es als brüderliche Geste«, bot Sigismondo an, und von Paar schien seinen Köder tatsächlich zu schlucken. Eigentlich war es lediglich eine Vermutung gewesen, dass von Paar seinen Rausschmiss am Hof nie wirklich verwunden hatte und sein gekränkter Stolz ihm bis heute zu schaffen machte. Fast wunderte Sigismondo sich, wie einfach es war, zu von Paars innerstem Kern vorzudringen.

»Und was wollt Ihr nun von mir?«, fragte dieser unwirsch, kam aber nicht umhin, Sigismondo mit einem etwas milderen Blick zu bedenken.

»Die Briefe, die Ihr meiner Ehefrau abnehmen habt lassen.«

Einen Moment brauchte von Paar, bis er es schaffte, ein herablassendes Lächeln auf seine Züge zu legen. Es gelang ihm nicht besonders gut. »Ja, glaubt Ihr denn wirklich, diese Briefe existieren noch? Natürlich habe ich sie sofort vernichtet«, erklärte er, und ein eigentümlicher Glanz lag dabei in seinen Augen, der Sigismondo mehr verriet, als es Worte vermocht hätten.

»Die Briefe mit dem kompromittierenden Inhalt existieren noch«, stellte er deshalb fest und wartete kurz, ohne den Hofpostmeister dabei aus den Augen zu lassen. »De Longwy hat sie Euch niemals zurückgegeben und übt nun damit Druck auf Euch aus, habe ich recht?«

Eine gewagte Vermutung. Aber nach allem, was er über de Longwy wusste, war ihm klar, dass dieser irgendwann damit anfangen würde, von Paar zu erpressen, um seine eigenen Interessen zu verfolgen. Denn dass er dies schon oftmals mit seinen geschäftlichen Partnern getan hatte, war Sigismondo aus vertrauenswürdigen Quellen bekannt.

Von Paars Gesicht verschloss sich von einem Moment zum anderen.

»Wir brauchen die Briefe von de Longwy. Verlangt sie von ihm zurück und gebt sie in meine Obhut.«

»Denkt Ihr, ich bin vollkommen verblödet und gebe meinem Feind den Dolch in die Hand, mit dem er mir den Todesstoß versetzt?«, fuhr dieser plötzlich auf. Wie bei allen jähzornigen Männern witterte Sigismondo die Unsicherheit dahinter, die sie damit zu verbergen suchten.

»Besitzt de Longwy eigentlich noch weitere Schreiben, die er gegen Euch verwenden kann? Eine Anweisung der Franzosen, dass Ihr Briefe der Kaiserlichen von der Front vernichten sollt, zum Beispiel?«

Kurz blickte von Paar über seine Schulter, als fürchtete er, in seinen eigenen vier Wänden belauscht zu werden. »Natürlich nicht«, zischte der Hofpostmeister. »Und den Teufel werde ich tun und dieses vermaledeite Schreiben an Euch und damit auch unmittelbar an meinen größten Konkurrenten aushändigen.«

»Aber wo denkt Ihr hin«, wiegelte Sigismondo ab. »Für Euch geht doch keinerlei Gefahr von dem Schreiben aus. Die Zahlungsanweisung Sublets ist das einzige Beweisstück, das Euch belastet hat. Und das ist zerstört, denn meine Ehefrau und mich ereilte ein bedauernswerter Unfall auf der Donau.«

Von Paar schien die Ironie in Sigismondos Stimme vollkommen zu entgehen, und einmal mehr beschlich diesen das Gefühl, dass der Hofpostmeister vielleicht gar nicht wusste, was de Longwy in seinem Namen eigentlich so alles trieb.

»Wir haben nichts in der Hand gegen Euch. Savellis Schreiben, das sich noch in de Longwys Besitz befindet, werden wir voll und ganz Bellnern anlasten, und damit seid Ihr aus der Schusslinie.«

Sigismondo fühlte sich verdammt schäbig bei dem, was er da gerade sagte. Denn auch wenn er Bellnern für einen versoffenen Nichtsnutz hielt, hegte er nicht die geringste Absicht, ein so kleines

Licht, wie der Mann es war, vorzuschieben, um von Paar und seine kriminellen Machenschaften zu schützen. Allein, dass er dies vorschlug, widersprach bereits seinen moralischen Überzeugungen.

Aber er tat es trotzdem, weil er überzeugt davon war, dass de Longwy von Paar inzwischen unter Druck setzte. Und er brauchte das Vertrauen des Hofpostmeisters, um de Longwy zur Strecke zu bringen. Dafür wiederum benötigte er das halb verbrannte Schreiben, von dem Genoveva ihm berichtet hatte, denn nur mit diesem konnte er den Pakt von de Longwy und der Hofpost mit den Franzosen vor dem Kaiser ans Tageslicht bringen.

»Ihr gebt mir Savellis Schreiben, wir liefern gemeinsam mit der Gräfin von Taxis Bellnern ans Messer und entlarven ihn als Agenten der Franzosen. Ihr werdet damit zum bedingungslosen Unterstützer des Hauses Habsburg, der den Kaiser vor einem Spitzel gewarnt hat, und wer weiß, vielleicht erlangt Ihr als Belohnung sogar wieder das eine oder andere Amt zurück.«

Ehe das passiert, fresse ich meine Muskete auf, samt Schwarzpulver, ergänzte Sigismondo in Gedanken, schenkte seinem Gegenüber jedoch ein verbindliches Lächeln. Kurz wartete er. »Ihr wisst genau, dass Ihr am Abgrund steht. Ihr habt Euch verkalkuliert, als Ihr de Longwy an Eure Seite geholt habt.«

Von Paars Haltung hatte sich verändert während Sigismondos letzten Worten, er hielt den Kopf gesenkt und fuhr mit einem Finger die Kante des Schreibtischs auf und ab, an die er gelehnt stand. Er vermied den Blickkontakt mit Sigismondo, als er mit leiser Stimme gestand:

»De Longwy händigt sie mir nicht aus.« Er bestätigte damit genau das, was Sigismondo befürchtet hatte. Schon lange hatte von Paar nicht mehr die Zügel in der Hand. De Longwy besaß den halb verbrannten Brief von Savelli, und damit war es ihm ein Leichtes, eine Geschichte zu spinnen, die von Paar zum Hochverräter machte. Oder die Taxis, was noch viel schlimmer war. Schließlich war Bellnern ein taxischer Postmeister. Obwohl er für seinen Verrat von der Hofpost vergütet worden war, würde es schwierig werden, dies zu beweisen.

»Ich kenne de Longwy und seine Machenschaften. Ich weiß, dass er Euch damit bedroht. Seinem Treiben muss Einhalt geboten werden, und ich kann Euch dabei helfen«, legte Sigismondo noch einmal nach, denn er konnte förmlich spüren, dass er kurz davorstand, von Paar auf seine Seite zu ziehen.

»Wie überaus interessant«, drang da eine Stimme vom Türstock her zu ihnen.

Ein Lächeln erschien auf von Paars Visage, dünn und unsicher zunächst, aber es wurde mit jedem Schritt, den de Longwy in den Raum setzte, breiter. »Habt Ihr wirklich geglaubt, ich falle meinen Verbündeten so schnell in den Rücken?«, fragte der Hofpostmeister, mit einem Mal wieder selbstsicher und obenauf.

Sigismondo drehte sich um und spürte ein warnendes Kribbeln in seinem Nacken, denn de Longwy war nicht alleine gekommen. Einige seiner Schergen standen in der Tür, allesamt mit Verbänden und offensichtlichen Verletzungen. Es waren die gleichen Männer, die ihn und Genoveva vor zwei Tagen überfallen hatten. Genau diese Situation hatte Sigismondo vermeiden wollen. Mit de Longwy selbst wäre er spielend fertiggeworden, selbst wenn von Paar diesem noch zur Seite gestanden hätte. Aber so viele bewaffnete Begleiter auf engem Raum veränderten seine Chancen drastisch. Wieso waren sie so schnell aus der Wirtsstube zurückgekehrt? Sie konnten ihr Abendmahl unmöglich bereits beendet haben. *Jemand muss sie gewarnt haben,* schoss es Sigismondo durch den Kopf. Das Ausmaß, in dem de Longwy in der gesamten Hofpost und damit auch beim Personal schon die Fäden zog, überraschte selbst ihn.

»Habt Ihr Euch beeindrucken lassen von den schmeichelnden Worten des Generalkapitäns?«, fragte dieser an von Paar gewandt und machte einen Schritt in die Schreibstube hinein. Die Männer hinter de Longwy betraten ebenfalls den Raum, und Sigismondo sah die Rachelust, die in ihren Augen stand. Er schluckte.

»Er weiß doch gar nicht, wovon er spricht. Dieser hochwohlgeborene Mann, der schon immer im Geld geschwommen ist«, fuhr de Longwy fort. »Was weiß er schon von unserem Los? Von den vielen durchwachten Nächten, in denen wir nicht wussten, wie wir uns durch den nächsten Tag bringen sollen? Nichts weiß er, der Goldjunge Don Fernandos. Er kennt die Not nicht, die wir, Ihr und ich, bereits am eigenen Leibe erfahren mussten. Also hört auch nicht auf ihn«, sagte de Longwy und fixierte den Hofpostmeister dabei.

Das also war die Strategie, mit der de Longwy von Paar eingefangen hatte. Sigismondo konnte zusehen, wie dessen Worte von Paar einlullten und all die Zweifel, die er gesät hatte, mit einem Mal bedeutungslos wurden. De Longwy war wie ein Vater für von Paar, der seinem Sohn den so dringend benötigten Zuspruch spendete.

Und für einen Moment konnte er nicht anders, als de Longwy zu bewundern.

Schaffte es dieser doch mit erstaunlichem Geschick, die Menschen für sich einzunehmen. Er spürte die Schwachstellen in deren Persönlichkeit auf und gab ihnen genau das, was sie brauchten, stellte Sigismondo ein wenig beklommen fest.

»Ich bin überrascht«, erklärte de Longwy an Sigismondo gewandt, und sein Grinsen entblößte eine Reihe schief gewachsener Schneidezähne. »Ich hätte nicht erwartet, dass Ihr es mir letztendlich so einfach macht, Euch aus dem Weg zu räumen. Erstaunlich. Wirklich erstaunlich.«

»Von Paar, überlegt Euch gut, was Ihr macht«, versuchte Sigismondo es erneut. »Ich biete Euch einen Ausweg an aus dieser Sackgasse.« An de Longwy gewandt, fuhr er fort: »Es gibt eine Menge Leute, die mich in diese Wohnung haben gehen gesehen, offenbar auch einer Eurer Spitzel. Sollte ich plötzlich verschwinden, wird es auffallen, und Ihr würdet Euren wackeren Protegé, den Hofpostmeister, damit in noch schlimmere Bedrängnis bringen, als er es ohnehin schon ist, meint Ihr nicht?«, gab Sigismondo zu bedenken.

»Redet nur, redet nur, Ihr werdet Eure Haut damit nicht retten können, Sfondrati. Eure Zeit ist vorüber. Und Eure Witwe wird sich sicher freuen, wenn bald ein anderer ihr das Bett wärmen wird, nicht wahr? Mein Freund von Paar hier möglicherweise.« Er deutete auf den Hofpostmeister. »Oder am Ende gar ich selbst?«, fragte er mit einem schmierigen Grinsen.

Natürlich wollte de Longwy ihn nun provozieren, bis er die Beherrschung verlor. Sigismondo merkte, wie sich jeder Muskel in seinem Körper anspannte, wie er bereits die Hände zu Fäusten ballte, aber er gab dem Drang, auf sein Gegenüber loszugehen, nicht nach. Denn es war genau das, was de Longwy beabsichtigte. Nur dann könnte er den ganzen Vorfall so aussehen lassen, als hätte Sigismondo versucht, den Hofpostmeister umzubringen, und er, de Longwy, hätte das arme Opfer lediglich vor einem schrecklichen Mordanschlag bewahrt.

Vier Männer umringten Sigismondo, alle hatten ihre Pistolen auf ihn gerichtet. Es war sinnlos, sich zu wehren, auch wenn er dieses Mal zur Abwechslung bewaffnet war.

»Ich hoffe, Ihr habt Euch noch gebührend von Eurer Ehefrau und Eurer Schwiegermutter verabschiedet, Sfondrati. Ihr werdet sie nie wiedersehen.«

Und allmählich verstand Sigismondo. De Longwy erfreute sich an der Angst, die seine Worte bei den meisten seiner Opfer auslösten. Er wollte die Macht spüren, die er mit jedem bedrohlichen Satz über seine Gefangenen hatte.

Und mit voller Absicht grinste Sigismondo nun höhnisch.

Ein fester Stoß, den de Longwy ihm mit dem Pistolenkolben auf die Wunde an seiner Seite versetzte, ließ sein Lächeln erstarren. Der Schmerz, der augenblicklich in seinem Körper explodierte, war so stark, dass er einen Aufschrei nicht unterdrücken konnte.

Die genähte Wunde musste aufgeplatzt sein, warmes Blut rann seine Seite hinab.

Ein weiterer Stoß traf ihn in den Magen, so fest, dass alles um ihn herum in Schwärze versank und er in die Knie sackte. Finger krallten sich in seinen Haarschopf, zogen ihn erneut nach oben, jemand schlug ihm die Faust ins Gesicht, dass sein Kiefer knackte, ein weiterer Schlag, das Blut spritzte auf den Boden. Er ächzte, spuckte aus, sah noch das Gesicht von Paars über sich schweben, meinte Erschrecken darin zu erkennen, die nervösen Augen, die verstört zwischen dem Blutfleck auf dem Boden und den vier Männern hin und her zuckten. Er fürchtete sich vor ihnen und ihrer Gewalt.

Der nächste Schlag presste den letzten Atemzug aus ihm heraus. Sigismondo würgte sein Frühstück wieder hervor, spuckte es von Paar auf die Stiefel und konnte ein Grinsen nicht unterdrücken.

Aber er wusste, dass es bald vorbei sein würde.

Etwas wehmütig stellte er fest, dass er Genoveva niemals seine Liebe gestanden hatte. Dabei war es so, erkannte er in diesem Moment. Er liebte Genoveva mit jeder Faser seines Körpers. Es ihr nicht gesagt zu haben, war das Einzige, was er bereute.

»Sprecht Euer letztes Gebet, Sfondrati.« Dieses Mal war es de Longwy selbst, der mit einer Pistole auf ihn zielte. Er hielt sie ruhig und stabilisierte den Arm mit seiner zweiten Hand. Es bestand kein Zweifel. Er würde treffen.

Einen winzigen Moment lang irrte Sigismondos Blick zu von Paar. Dieser kniff die Augen zusammen wie ein verschrecktes Kind, zog die Schultern nach oben, als wartete er auf den lauten Knall, und Sigismondo konnte nicht fassen, dass dessen weinerliche Visage wirklich das Letzte sein sollte, was er auf dieser Welt sah.

48.

Nikolaifriedhof, Wien

Alexandrine

»Ein reizendes Plätzchen hast du dir da ausgesucht, Christophe«, begrüßte Alexandrine den kleinen Mann, der in einen dunklen Mantel gehüllt mit dem Rücken zu ihr stand.

Er hatte sie tatsächlich auf einen Friedhof einbestellt, mitten in der Nacht. *Eine dramatischere Szene hätte er sich gar nicht aussuchen können,* dachte Alexandrine spöttisch, als sie mit einigen Schritten Abstand hinter ihm stehen blieb. Er drehte sich um.

»Hast du mich endlich wiedererkannt, Schwesterherz?«, fragte er, und ein Schauer lief Alexandrine bei diesem Wort über den Rücken.

Denn auch wenn sie nicht vermutete, dass er sie hier umbringen würde – schließlich wussten genügend Menschen von ihrem nächtlichen Ausflug auf den Nikolaifriedhof vor den Mauern der Stadt und auch, mit wem sie sich dort traf –, fühlte sie sich unwohl.

Genau das, was de Longwy bezwecken wollte, erkannte sie indigniert und drückte den Rücken durch.

Sie standen unweit des Eingangstores der Friedhofsmauer auf einem der Kieswege, die zwischen den Gräbern hindurchführten. Ein Einerlei aus grauen Grabsteinen eröffnete sich in de Longwys Rücken, immer wieder durchbrochen von dem einen oder anderen frisch aufgeworfenen Grab, auf dem nur ein Holzkreuz steckte. Ein leichter Wind fuhr durch die noch kahlen Bäume, die zwischen den Gräbern standen, und trieb altes, vertrocknetes Laub aus dem letzten Jahr auf den Wegen vor sich her. Im hellen Mondlicht konnte Alexandrine das Gesicht ihres Gegenübers und den befriedigten

Ausdruck darin problemlos erkennen. Sie schüttelte den Kopf. »Was ist nur aus dir geworden«, sagte sie leise und ganz deutlich mit verurteilendem Tonfall. De Longwys Züge wurden ernster.

»Habe ich mir nicht einen Namen gemacht? Gehe ich nicht in den Herrscherhäusern ein und aus? Selbst hier in Wien.« Einen Moment lang glaubte Alexandrine, dass er sich rechtfertigte. Dann aber erkannte sie den Stolz in seinen Augen.

»Um was zu tun? Zu intrigieren? Zu morden, wie du es gerade für von Paar machst?«, warf sie ihm vor.

»Um zu beraten und Strategien zu ersinnen«, verbesserte er sie, und seine Stimme war einen Deut schärfer geworden. »Damit die Gerechtigkeit wiederhergestellt wird.«

Alexandrine entschlüpfte unwillkürlich ein Lachen. »Entschuldige, Christophe. Aber wenn du von Paar wirklich beraten hättest, hättest du ihn nicht zu diesen Streckenerweiterungen bewegt. Selbst dann nicht, wenn er dafür einen kleinen Zuschuss der Franzosen erhält. Und schon gar nicht hättest du Genoveva Sfondrati überfallen und Händel mit ihrem Ehemann angefangen.«

Ein dünnes Lächeln umspielte de Longwys Lippen. »Das wiederum ist eine andere Geschichte. Eine persönlichere, wenn du so magst.«

»Ah ja?« Alexandrine versuchte, ruhig zu atmen. Keinesfalls durfte sie Christophe ihr Entsetzen offenbaren. Denn das, was sie seit einigen Wochen vermutete, hatte sich soeben bestätigt. »Eine persönliche Geschichte, mit der du am Ende mich treffen möchtest, habe ich recht?«, vergewisserte sie sich und verschränkte die Arme ineinander. Obwohl sie ihren gefütterten Mantel trug, fröstelte sie. In der Gegenwart dieses Mannes hatte sie immer das Gefühl, zu frieren, erkannte sie verärgert und ließ sofort die Arme wieder sinken.

»Du warst schon immer die Scharfsinnigste von euch Schwestern«, bekannte de Longwy.

Vielleicht war es als Kompliment gedacht, in Alexandrines Ohren jedoch klang es wie Hohn.

»Du hast in meinem Leben herumgeschnüffelt, du hast dich bei meinen Freunden und Feinden eingeschlichen und sie beeinflusst. All das, nur um mich zu verletzen?«, wollte sie wissen und spürte, wie sich ihr Magen verkrampfte. Denn im Grunde fürchtete sie sich vor seiner Antwort.

Er lächelte. »Ich bin überall, Alexandrine«, antwortete er vage, und ein Funkeln lag dabei in seinen Augen, eine Begeisterung, die Alexandrines Puls in die Höhe schnellen ließ.

»Woher kanntest du den Satz zwischen Elias und mir?«, fragte sie nun, vollkommen zusammenhangslos. Wochenlang hatte sie sich den Kopf darüber zermartert und wollte nun endlich eine Antwort darauf erhalten.

Schlagartig wurde sein Blick düster. »Er hat ihn eingraviert, in einem Amulett, das er um den Hals trägt. Tag und Nacht. Er legt es nie ab. Wie blind doch die Liebe macht.« Ein unechtes Lachen kam über seine Lippen, und einen winzigen Moment lang bildete Alexandrine sich ein, Schmerz dahinter zu erkennen.

»Etwas, das du ganz und gar nicht nachvollziehen kannst«, stellte sie fest.

»Liebe und Zuneigung wurden mir ja schon früh ausgetrieben, nicht wahr?«, konterte de Longwy, und Alexandrine ahnte oder befürchtete vielmehr, dass er das Gespräch nun auf ihre gemeinsame Kindheit lenken wollte. Schnell fragte sie: »Was willst du eigentlich erreichen mit deinen Ränken und deinen perfiden Spielchen, Christophe?«

Sein Blick folgte einem Kauz, der aus einer der steinernen Grüften hervorgeflogen kam und sich vermutlich auf die nächtliche Jagd begab. Dann wandte er sich ihr wieder zu, legte den Kopf ein wenig schräg und antwortete: »Ein bisschen Chaos anrichten im Leben der hohen Herrschaften. Sie in ihrem absurden Luxus schmecken lassen, was es heißt, Entbehrungen, Trauer und Schmerz zu empfinden.«

Alexandrine konnte sich ein bitteres Lächeln nicht verkneifen. »Wenn deine Auftraggeber das hören könnten. Diese Verachtung, die du für sie hegst …«

»Sie werden es nie herausfinden, denn es interessiert sie einfach nicht. Es ist ihnen egal, wer ich bin und was meine Beweggründe sind, solange ich die Aufgaben erledige, die sie mir auftragen. Die Adeligen und Reichen, sie drehen sich nur um sich selbst.«

Alexandrine konnte ihm noch nicht einmal widersprechen, denn auf viele Herrscher traf dieser Vorwurf zweifellos zu.

Vielleicht sogar auf dich selbst, überlegte sie beklommen, ärgerte sich aber im gleichen Moment über diesen Gedanken. Hatte es de Longwy nun auch geschafft, seinen Weg in ihren Kopf zu finden?

»Und deshalb bist du ein Mörder geworden?«

»Ich morde nicht immer«, gab de Longwy freimütig zu. »Ganz selten, eigentlich. Oftmals ist es schlimmer, zu überleben. Denn die Schmerzen hören nicht auf, wenn man weiterlebt. Sie quälen einen und rauben einem den Verstand, bis man sich selbst verliert und sich nichts sehnlicher wünscht, als endlich sterben zu dürfen.«

Alexandrine spürte, wie ihr die Kehle eng wurde. Alles in ihrem tiefsten Inneren sträubte sich gegen die Worte dieses Mannes. Sie wollte sich von ihm abwenden, wegrennen, fliehen vor diesem kranken Geist. Aber sie blieb.

»Wie fremd meine Worte in deinen Ohren klingen müssen«, sinnierte er.

»Glaub mir, Christophe, ich weiß genug über Schmerz und Verlust«, erklärte Alexandrine mit leiser, rauer Stimme.

Und es war offenbar genau das, was de Longwy hatte hören wollen. Statt einer Antwort umspielte nun ein zufriedenes Lächeln seine Lippen.

Alexandrine erkannte es und hielt den Atem an. Gedanken schossen durch ihren Kopf, Erinnerungen, die sie längst verdrängt hatte. Bei welchen Ereignissen in ihrem Leben hatte er wohl die

Finger im Spiel gehabt? Welche Tragödien in ihrer Familie hatte er mit zu verantworten?

Und als hätte sie ihre Überlegungen laut ausgesprochen, nickte de Longwy bestätigend.

Alexandrines Schultern begannen zu beben. Sie konnte es nicht mehr kontrollieren.

»Aber warum?«, stieß sie mit mühsam beherrschter Stimme hervor.

»Kannst du dich noch erinnern? An die Zeit, als ich einige Jahre bei eurer Familie verbrachte?«, begann er, und die Selbstsicherheit in seinen Augen wich nun dem Schmerz, vielleicht sogar der Verbitterung.

»Deine Brüder Francis und Claude haben nur zugesehen, wenn euer Vater mich geschlagen hat, vor allem der Älteste, Christophe. Deine Mutter hat ihn nach ihrem ersten Sohn benannt. Nach mir.« Mit leerem Blick starrte er in die Dunkelheit. Aber sofort hatte er sich wieder im Griff.

»Und dann haben sie es ihrem Vater, dem großen Vorbild, gleichgetan. Getreten und bespuckt haben sie mich, einen Bastard genannt. Und das bin ich auch! Ein Bastard! Ein ehrloser Bastard! Ich habe es zu meiner Lebensaufgabe gemacht, endlich dem zu entsprechen, was deine Brüder unbedingt in mir haben sehen wollen.«

Alexandrine antwortete nicht. Sie konnte nichts antworten, denn ein schreckliches Gefühl kroch in ihr empor. War auch sie schuld daran, dass aus diesem Menschen ein Monster geworden war?

»Euer Vater hat mich nie haben wollen, und meine Mutter, Gott hab sie selig, konnte sich nicht gegen diesen Unmenschen durchsetzen.«

»Du? Ausgerechnet du nennst meinen Vater einen Unmenschen?«, fuhr Alexandrine ihren Halbbruder an.

»Wie wenig du weißt von damals. Von den ewigen Ausgrenzungen und Demütigungen, von den vielen Schlägen und den Schmerzen.« Ganz genau merkte Alexandrine, wie Christophe sie beobachtete und auf jede ihrer Regungen achtete.

Streng war ihr Vater gewesen, das musste sie Christophe zugestehen. Aber sie hatte nichts gewusst von ständigen Prügeln und Züchtigungen. Vielleicht lag es daran, dass sie so wenig Zeit verbracht hatte mit ihren Brüdern. Sie war gemeinsam mit ihren Schwestern erzogen worden. Malen, Nähen und Lesen hatten Alexandrines Kindheit bestimmt.

»Der tragische Unfall damals an der Senne«, fuhr Christophe fort, »war gar keiner. Ich habe mich davongeschlichen wie ein Dieb. Ich habe die ewige Geringschätzung deines Vaters und deiner Brüder einfach nicht mehr ertragen.«

»Ich habe dich gesucht am Flussufer«, antwortete Alexandrine mit brüchiger Stimme. »Stundenlang, tagelang. Nicht alle haben dich gehasst.«

»Aber ihr habt zugesehen. Alle. Alle! Ihr alle wart Zeugen der Ungerechtigkeiten und habt nichts gesagt«, fuhr er auf.

»Was hätte ich denn …«

»Bist du jetzt auch noch so? Kriegst du jetzt auch dein Maul nicht auf?«, brüllte er sie an.

Alexandrine wurde wütend. »Ich war noch nicht einmal zwölf, Christophe, was erwartest du denn …«, verteidigte sie sich. Aber sie führte den Satz nicht zu Ende.

Denn sie erkannte, dass er es geschafft hatte.

Sie zweifelte, sie fühlte sich schuldig, und genau das wollte Christophe erreichen.

War ihr Vater wirklich ein Schläger gewesen? Ein ungerechter Mann, der Kinder misshandelte? Unwillkürlich schüttelte Alexandrine den Kopf.

»Schau«, hörte sie die Stimme ihres Halbbruders. Er deutete auf einen gravierten Grabstein, der auf einem frisch aufgeworfenen Grabhügel stand.

»Lies«, befahl er, und jetzt bemerkte Alexandrine auch die Pistole, die er auf sie gerichtet hielt.

»Sigismondo Sfondrati, Generalkapitän der Spanischen Niederlande, Marquis de Montafié«, las sie vor und nahm all ihre Kraft zusammen, damit ihre Stimme klar und kräftig klang. »Ist er tot?« Sie blickte ihn an, mit ausdrucksloser Miene, als wäre ihr all das hier egal. Aber ihr Herz raste, der Schweiß lief ihr den Rücken hinab, und sie atmete tief, um das grässliche Brennen hinter ihrem Brustbein loszuwerden.

De Longwy antwortete nicht, sondern machte eine abwiegelnde Handbewegung mit seinem Pistolenrohr. Ein zweiter Grabstein stand daneben, das Grab jedoch lag noch ausgehoben und leer vor ihnen.

»Was siehst du?«, verlangte er zu wissen. Alexandrine war so wütend, dass sie nicht antwortete. Er stieß ihr die Pistolenmündung in den Rücken und zischte: »Was siehst du?«

Sie spürte seine Speicheltropfen in ihrem Nacken und schloss die Augen. »Einen Grabstein.«

»Und weiter?«

»Er ist leer.«

»Gut so. Es ist deiner.« Alexandrine hielt die Luft an.

»Wenn du nicht tust, was ich dir sage, wirst du neben deinem ach so geliebten Schwiegersohn deine letzte Ruhestätte finden. Deine Tochter ist jetzt eine Witwe. Von Paar wird um ihre Hand anhalten und sie ehelichen. Er wird sich beim Kaiser um das Patent für das Generalpostmeisteramt bemühen, und du«, wieder stieß er ihr mit der Pistole in die Rippen, »wirst ihn dabei unterstützen. Er ist so einfach zu manipulieren, der arme Rudolf.«

»Und warum sollte ich das tun?«, erwiderte Alexandrine.

Christophe zupfte an seinem Mantel und zog mit spitzen Fingern ein Schreiben hervor, dessen Ränder verkohlt waren.

»Ich nehme an, du weißt, worum es sich hier handelt?« Als Alexandrine den Brief nur anstarrte, aber nichts erwiderte, fuhr er fort: »Es ist Savellis Hilferuf, der es nicht weiter als bis nach Bruchsal geschafft hat. Dein Schwiegersohn war ganz versessen darauf, das Schreiben an sich zu nehmen. Der taxische Postmeister Bellnern hat es verbrannt. Sollte er festgenommen und zu einer Aussage gezwungen werden, wird er unter Eid aussagen, dass es die Generalpostmeisterin höchstselbst war, die ihn zu diesem Unterschleif gezwungen hat.«

Kurz schloss Alexandrine die Augen, zwang sich dazu, ruhig zu bleiben und zu atmen.

»Du kannst entscheiden, ob du als Hochverräterin angeklagt wirst oder ob du noch eine Schonfrist bekommst. Schau dir deinen Grabstein gut an. Ich hoffe, er wird dir heute Nacht deine Träume versüßen.«

»Du bist krank«, erwiderte Alexandrine.

»Wütend bin ich, Alexandrine. Wütend. Auf die de Rye und die Taxis, und sie werden meine Rache zu spüren bekommen. Denkst du, es war Zufall, dass dein Bruder Claude im Feld sein Bein verlor? Dass Francis seine große Liebe im Kindbett hat sterben sehen? Dass deine Eltern von deiner Liebschaft mit dem Hofjuden Oppenheimer Wind bekamen, noch ehe ihr heimlich heiraten konntet?«

Alexandrine spürte, wie ihr übel wurde. Wie ihr Herz so heftig schlug, dass sie meinte, es müsste jeden Moment zerspringen. Langsam und bedacht drehte sie sich zu ihrem Halbbruder um und schaute ihm in die leblosen, blauen Augen.

»Und? Hast du jetzt Angst?«, fragte er erwartungsvoll.

Alexandrine schluckte den bitteren Geschmack herunter, der ihr auf der Zunge lag.

»Nein, Christophe, ich habe keine Angst vor dir«, sagte sie ruhig, wandte ihm den Rücken zu und schritt ohne Eile davon.

49.

Kloster der Laurenzerinnen am Fleischmarkt, Wien

Genoveva

Genoveva stand neben einem Mauervorsprung des Klosters und strich mit den Fingern über die verkohlten Reste eines Holzbalkens, der unter ihrer Berührung zerbröselte. Sie biss sich auf die Unterlippe, schmeckte Blut und spuckte aus. Jedes Mal, wenn einer der Bauarbeiter an ihr vorüberkam, verbarg sie sich im Schatten der Steine.

Sie verfluchte sich für ihr Zögern. Dennoch brachte sie es nicht über sich, den Klostergarten zu betreten.

Es war noch früh, vielleicht sieben Uhr, aber Genoveva war bereits zu Fuß den gesamten Weg in die Stadt gelaufen. Sie hatte die ganze Nacht nicht geschlafen, war in ihrer Kammer auf und ab gelaufen wie ein gefangenes Tier und hatte aus dem kleinen Fenster hinaus in die Dunkelheit gestarrt, bis ihr die Augen brannten.

Aber Sigismondo war nicht zurückgekehrt. Zwar hatte er ihr gesagt, dass es mehrere Stunden dauern könnte, bis tief in die Nacht hinein womöglich, bis er wieder in ihre Herberge zurückkehren würde. Aber nun war es früher Morgen, von Sigismondo noch immer keine Spur, und sie hatte es einfach nicht länger ausgehalten.

Nach ihrem Intermezzo mit David Frey war sie unverzüglich in ihre Kammer zurückgekehrt. Doch das seltsame Gefühl, das sich, schon gleich nachdem Sigismondo die Herberge verlassen hatte, eingestellt hatte, war sofort zurückgekehrt. Und war mit jedem Stundenschlag, der von den Kirchtürmen zu ihr in die Kammer drang, stärker geworden.

Die ganze Nacht über hatte sie sich die schrecklichsten Dinge ausgemalt, hatte mit schwitzigen Händen und eiskalten Füßen angezogen auf ihrem Bett gesessen und auf die Tür gestarrt.

Sie mussten Sigismondo gefangen genommen haben. Sicher hatten sie das, denn es gab keine andere Erklärung dafür, warum er noch immer nicht zurückgekehrt war. Außer sie hätten ihn …

Sofort waren ihr Tränen in die Augen geschossen. Nein, das konnte, das durfte nicht sein. Natürlich war er nicht tot. Den unsäglichen Schmerz, der allein schon bei diesem Gedanken in ihrer Brust aufgeflammt war, hatte sie ganz weit von sich weggeschoben und weiterhin aus dem Fenster gestarrt.

Als sich die ersten Sonnenstrahlen durch das verstaubte Fensterglas gekämpft hatten und die Bauern mit ihren vollgefüllten Handkarren in Richtung Stadttore aufgebrochen waren, hatte Genoveva den Entschluss gefasst, dass sie ihre Mutter ins Vertrauen ziehen musste.

Genau wie Frey es dir tags zuvor bereits geraten hat, gestand sie sich zähneknirschend ein. Aber sie hatte sich endlich einmal an Sigismondos Anweisungen halten wollen. Schließlich hatte er sie schwören lassen, mit niemandem über ihr Vorhaben zu sprechen. Besonders nicht mit ihrer Mutter. Und mitten in der Nacht hätte sie die Stadttore ohnehin nicht passieren können.

Genoveva hatte Frey nicht eigens danach fragen müssen, wo sie die Gräfin von Taxis finden würde. Zweifellos war diese wie jedes Mal, wenn sie in Wien weilte, im Kloster der Laurenzerinnen am Fleischmarkt abgestiegen. Bereits seit einigen Jahren pflegte sie eine Freundschaft mit deren Oberin Polyxena von Muschingen, und mehrmals schon hatte sie das Kloster, deren Krankenküche und auch die Apotheke mit einer großzügigen Spende unterstützt. Besonders jetzt, so kurz vor dem Osterfest, fanden sich bei den Laurenzerinnen oftmals adelige Damen ein, um sich zu besinnen und sich der Askese zu verschreiben, denn die Nonnen nahmen es sehr genau mit der Fastenzeit. Was ihrer Mutter vermutlich gerade recht kam. Einige Tage bei trocken Brot und stark verdünntem Wein schreckten sie nicht, ganz im Gegenteil – ihre Mutter sah im Fasten stets eine gute Möglichkeit, Mäßigung und Selbstbeherrschung zu üben.

Vor knapp zehn Jahren hatte ein Stadtbrand in Wien auch das Gebäude der Klosterschwestern heimgesucht, was die Oberin dazu veranlasst hatte, nicht nur die zerstörten Gebäude zu renovieren, sondern auch einen umfassenden Anbau errichten zu lassen, und das Hämmern und Sägen der Arbeiter war bereits am frühen Morgen bis ans andere Ende des Fleischmarkts zu hören.

Genoveva streifte ihre schwitzenden Handflächen an ihrem Mantel ab, wischte sich mit dem Handrücken über ihre aufgebissene Lippe und kontrollierte, ob diese noch blutete. Sie strich sich die Haare aus dem Gesicht, machte einen letzten, tiefen Atemzug und betrat das Klostergelände dann durch einen Hintereingang, den offenbar nur die Bauarbeiter benutzten.

Noch immer hatte sie sich gedanklich nicht zurechtgelegt, wie sie das Gespräch mit ihrer Mutter überhaupt beginnen würde.

Sie bog in einen schmalen Kiesweg ein und passierte einige zart begrünte Büsche, deren Blätter überzogen waren von feinem Staub, der in Schwaden von der Baustelle herüberwehte.

Sie musste sich bei ihrer Mutter entschuldigen und ihr erklären, warum sie und Sigismondo die Stadt noch nicht verlassen hatten. Selbstredend würde das Gespräch äußerst unangenehm werden, und sie war sich nicht einmal sicher, ob die Gräfin ihr nicht …

»Genoveva!«, hörte sie da eine ihr wohlvertraute Stimme und blieb abrupt stehen. Sie fummelte ihr Brillenglas aus dem Säckchen und blickte sich um. Keine fünf Schritt neben ihr saß ihre Mutter auf einer Bank mit einer Nonne zusammen.

Genoveva mochte sich täuschen, aber ihre Mutter schien von ihrem Anblick keineswegs überrascht zu sein. Sie richtete ein paar leise Worte an die Frau neben sich, die diese mit einem verständnisvollen Kopfnicken beantwortete. Die Nonne erhob sich, bedachte Genoveva mit einem freundlichen Lächeln und ging über den frisch aufgeschütteten Schotterpfad in Richtung Kirche davon.

Gemessenen Schrittes kam ihre Mutter über den Rasen auf sie zu, und falls sie sich über Genovevas unordentliches Erscheinungsbild erschreckte, ließ sie sich zumindest nichts anmerken.

»Frey hat dir bereits alles erzählt, nicht wahr?«, fragte Genoveva, ohne ihre Mutter gebührend zu begrüßen, und bemerkte erschrocken, wie brüchig ihre Stimme klang. Sie fuhr mit der Hand an ihre Kehle und räusperte sich.

»Dass ihr euch meiner Anweisung widersetzt habt und in der Stadt geblieben seid, meinst du? Oder dass dein Ehemann einen lebensmüden Plan ersonnen hat, und du ihn nicht davon abgehalten hast?«, fragte diese und klang verärgert. Sogar sehr verärgert, wie Genoveva bei sich feststellte. »Er ist nicht zurückgekehrt«, flüsterte sie, und ihre Hände zitterten so stark, dass sie die linke rasch mit ihrer rechten umfasste. »Seit beinahe einem Tag ist er nun fort.«

Ihre Mutter schloss einen Moment lang die Augen und schluckte schwer. Genoveva hatte mit einem Zornesausbruch gerechnet, mit wütenden Anschuldigungen, aber nicht mit einer so verhaltenen Reaktion. Als die Gräfin die Augen wieder öffnete, meinte sie, Trauer darin zu erkennen. Genoveva bekam Angst. Befürchtete ihre Mutter womöglich das Gleiche wie sie selbst?

»Es tut mir so leid, Mutter! Ich hätte mich deinen Anweisungen niemals widersetzen dürfen! Aber ich war so gekränkt von deinen Worten, ich wollte meine Entdeckung unbedingt selbst vor dem Kaiser vorbringen und war blind vor falschem Ehrgeiz«, erklärte Genoveva schnell.

Ihre Mutter schaute sie nur mit undurchdringlicher Miene an, antwortete aber nicht.

»Ich wollte mich unbedingt beweisen, koste es, was es wolle«, fuhr Genoveva fort. »Dabei wusste ich doch, dass dieser de Longwy Sigismondo nach dem Leben trachtet. Ich … Es ist alles meine Schuld«, ihre Stimme erstarb, und plötzlich entkam Genovevas Kehle ein lauter Schluchzer, obwohl sie sich fest vorgenommen hatte, unter keinen Umständen zu weinen. »Sigismondo hat das alles nur für mich getan, jetzt ist er verschwunden, und ich hätte sofort zu dir kommen müssen, vielleicht ist es jetzt schon zu spät. Wenn sie ihn … also, wenn er …« Ihr versagte die Stimme. Sie schlug sich die Hand vor den Mund und kniff die Lider zusammen. *Jetzt nur nicht in Tränen ausbrechen*, beschwor sie sich.

»Beruhige dich, Kind. Es war ebenso seine Entscheidung wie deine. Schließlich ist er Generalkapitän und kein unmündiger Lausebengel. Wenn sich irgendjemand Vorwürfe machen sollte, dann er selbst. Er hat sich ebenso von seinem Stolz und seinem gekränkten Ehrgefühl leiten lassen wie du dich von deinem vermeintlichen Ehrgeiz. Er hätte es besser wissen können. Er hätte es sogar besser wissen *müssen*. Es ist nicht dein Fehler, was passiert ist, hörst du?«

Wieso sagte ihre Mutter das? *Es ist nicht dein Fehler, was passiert ist?* Was meinte sie damit? Es war also etwas passiert? Mit wachsendem Entsetzen blickte Genoveva sie an.

Die Gräfin betrachtete sie, als würde sie sich ihre nächsten Worte ganz genau überlegen.

Und dann geschah etwas, mit dem Genoveva niemals gerechnet hätte.

Ihre Mutter griff nach Genovevas Hand, und der Ausdruck in ihren Augen wurde sanft und liebevoll.

»Und nicht zuletzt war es auch mein Fehler, Genoveva. Ich hätte dich mit einbeziehen müssen. Stattdessen habe ich immerzu nur das Kind in dir gesehen und nicht die erwachsene Frau, die du mittlerweile geworden bist.« Sie stockte. »Ich habe dich nicht ernst genommen«, fügte sie leise hinzu und schaute Genoveva fest in die Augen. »Und deshalb bin ich diejenige, die um Verzeihung bitten muss.«

Genoveva wusste zunächst nicht, was sie antworten sollte. Sie konnte sich nicht daran erinnern, dass sich ihre Mutter jemals für etwas bei ihr entschuldigt hätte.

Das Herz pochte ihr bis zum Hals, und sie fühlte sich auf einmal eigentümlich befreit. Erst jetzt erkannte sie, wie viel es ihr bedeutete, diese Worte aus dem Mund der Gräfin zu hören.

Bedeuteten sie doch, dass ihre Mutter sie verstand.

Wieder bahnte sich ein Schluchzer seinen Weg, die Tränen saßen nun locker, und Genoveva blinzelte verschämt. Da sie wusste, wie sehr ihre Mutter Tränen und Gejammer verabscheute, rechnete sie jeden Augenblick mit einer Zurechtweisung. »Komm zu mir«, hörte sie ihre Mutter jedoch stattdessen sagen. Sie zog Genoveva an sich und schloss sie in die Arme. Beruhigend streichelte sie ihr über den Kopf.

Ganz fest drückte Genoveva sich an sie und hielt die Augen geschlossen. Wie oft hatte sie sich genau das gewünscht, was ihre Mutter nun tat: dass sie sie einfach in den Arm nahm, sie tröstete und ihr Mut zusprach.

»Du musst außerdem wissen, dass du, was auch immer zwischen uns vorfällt, trotzdem stets zu mir kommen kannst. Niemals wird sich das ändern«, versicherte ihre Mutter.

Ein Weilchen wartete sie, ehe sie flüsternd fortfuhr: »Wir müssen jetzt stark sein, in Ordnung? Wir werden niemals aufgeben, auch wenn das Schicksal es nicht gut mit uns meint.«

Genoveva sah auf und meinte, Tränen in den Augen der Gräfin schimmern zu sehen.

Es war der Moment, in dem ihr klar wurde, dass ihre Mutter bereits vom Schlimmsten ausging. Sie glaubte nicht mehr daran, dass Sigismondo noch lebte.

Aber das stimmte nicht. Denn Sigismondo war nicht tot. Sie spürte doch, dass er noch lebte. Ganz tief in ihrem Inneren.

Und deshalb ging sie auf die Andeutung der Gräfin auch nicht ein. Sie schniefte, wischte sich die Nase an ihrem Ärmel ab und richtete sich wieder zu voller Größe auf.

»Was tun wir jetzt?«, fragte sie.

»Wir? Gar nichts. Aber Oppenheimer wird etwas tun«, erklärte ihre Mutter entschlossen. »Und zwar sofort.«

Alexandrine

»Meine Geduld ist am Ende, Elias. Was hat Richelieu gegen dich in der Hand?«, wollte Alexandrine wissen. Sie hatte alle Einwände von Mordecai ignoriert und war direkt in Oppenheimers Arbeitszimmer gerauscht. »Was beinhalten diese angeblich so harmlosen Korrespondenzen, die du mit dem Kardinal bisher geführt hast?«

»Was …«, sein Blick schweifte zurück zur Tür, in der Genoveva stehen geblieben war, und sofort verdüsterte sich seine Miene. Genoveva brauchte nichts zu sagen. Man sah ihr an, dass etwas Schreckliches passiert sein musste.

Mit einer Handbewegung forderte er den glatzköpfigen Mordecai auf, die Tür hinter sich zu schließen.

»Setzt Euch«, lud er die beiden Frauen ein.

»Ich will mich nicht setzen, ich will endlich wissen, was du verdammt noch mal mit Richelieu zu schaffen hast und warum du dich weigerst, uns zu helfen«, herrschte Alexandrine ihn an. Mit voller Absicht bediente sie sich eines raueren Tons. Sie hatte Elias' Zögern satt.

Beinahe lautlos trat Genoveva hinter sie, und Alexandrine freute sich erstmals ganz bewusst darüber, ihre Tochter an ihrer Seite zu wissen.

»Was ist passiert?«, fragte Elias nun doch, sein durchdringender Blick traf Alexandrine und hatte seine Wirkung auf sie noch immer nicht verloren. Prompt stieg Hitze in ihr auf. Sie atmete gequält aus, zog die Schultern ein wenig hoch und berichtete: »Sfondrati ist zu von Paar gegangen. Bereits gestern. Er ist nicht zurückgekehrt, wir müssen deshalb davon ausgehen, dass …«, sie hielt inne, denn sie glaubte, den brennenden Blick ihrer Tochter im Nacken zu spüren, »… dass von Paar ihn in seiner Gewalt hat. Er schwebt in Lebensgefahr.«

Sie brachte es nicht übers Herz, die Wahrheit auszusprechen. Dass es für de Longwy gar keinen Grund gab, Sigismondo am Leben zu lassen. Und dass sie bereits dessen Grabstein gesehen hatte. Auch wenn sie selbst noch immer nicht so recht glauben konnte, dass Sfondrati wirklich tot sein sollte.

Sie wusste genau, wie es sich anfühlte, den Menschen zu verlieren, den man am meisten liebte. Es war, als würde ein Teil von einem selbst sterben, und sie wollte ihrer Tochter diesen Schmerz nicht antun. Zumindest nicht, solange es noch einen Funken Hoffnung gab, dass Sfondrati noch am Leben war.

»Wir müssen Klage führen gegen von Paar. Unverzüglich. Wir wissen, dass Ihr Privilegien und besonderes Ansehen am Hof genießt. Bitte helft uns, eine Audienz beim Kaiser zu bekommen. Ohne wochenlange Wartezeit«, mischte sich nun Genoveva in das Gespräch ein. Sie klang erstaunlich ruhig und gefasst, stellte Alexandrine ein klein wenig stolz fest.

Elias' Augen wanderten zwischen ihr und ihrer Tochter hin und her.

»Warum in Gottes Namen hältst du deine Füße jetzt still und gehst mit der Zahlungsanweisung nicht direkt zum Kaiser und führst Beschwerde gegen von Paar?«, drang Alexandrine weiter auf ihn ein. Sie würde sich nicht länger mit irgendwelchen Ausreden abspeisen lassen.

Elias schloss die Augen und atmete aus. Alexandrine sah ihm an, dass er mit sich rang. Und noch ehe er die Augen wieder öffnete, begann er zu sprechen: »Ich schulde dem Kardinal etwas. Richelieu hat meinen Cousin Loeb in sein Gefolge aufgenommen und ihn vor der Verfolgung der Obrigkeiten in Frankfurt bewahrt, als ich ihn darum gebeten habe. Gut zehn Jahre ist das her. Damals schenkte mir der Kardinal höchstselbst sein Gehör und Loeb danach seine Gunst. Seitdem habe ich nie wieder etwas von Richelieu oder Sublet gehört. Aber ich wusste immer, dass er den Gefallen, um den ich ihn damals bat, irgendwann bei mir einfordern würde.« Er wartete kurz und deutete dann auf Genoveva. »Und offenbar ist diese Zeit nun gekommen. Zumindest lässt das Schreiben Sublets, das nie bei mir ankam, keinen anderen Schluss zu.«

»Aber das ist doch nichts, Elias! Gar nichts! Keinerlei belastendes Material, keinerlei stichhaltige Beweise, mit denen man dir einen engeren Austausch mit den Franzosen zur Last legen, geschweige denn beweisen könnte. Wieso zierst du dich daher so sehr, uns zu helfen?«, fuhr Alexandrine auf. Sie verstand nicht, warum er nicht sofort den kaiserlichen Geheimen Rat von Sublets Zahlungsaufforderung in Kenntnis gesetzt hatte, genau wie es von David Frey vorgeschlagen worden war.

»Nichts?« Elias hob seine Stimme. »Das nennst du nichts? Weißt du, was alleine der Verdacht, mit dem Feind zu paktieren, für einen Juden bedeutet? Kannst du dir das überhaupt ausmalen?« Kurz herrschte betretene Stille im Raum. »Seit Jahrhunderten werden wir verfolgt und massakriert, für bedeutend weniger als für dieses Schreiben von Sublet. Ich trage Verantwortung, nicht nur für mich oder meine Familie. Sondern auch für die gesamte jüdische Gemeinde am Unteren Werd. Wenn ich einen Fehler begehe und in den Augen des Kaisers unter Verdacht gerate, Hochverrat zu begehen, stellt das die Existenz von Dutzenden Menschen aufs Spiel.«

»Kaiser Ferdinand ist ein gütiger und rechtschaffener Mann, er würde niemals …«

»Du weißt nicht, wovon du sprichst!«, schnitt er ihr das Wort ab. Seine Stimme klang ungewohnt wütend. »Wirklich nicht, Alexandrine. Maße dir nicht an, in meinen Schuhen zu stecken, denn das wirst du niemals tun. Gott sei Dank.«

»Wenn das so ist«, meldete sich Genoveva von hinten und schickte sich an, den Raum zu verlassen, »gehe ich jetzt zu von Paar und stelle ihn zur Rede.«

»Bist du noch ganz bei Sinnen?« Unwillkürlich hielt Alexandrine ihre Tochter am Arm fest. Waren denn nun plötzlich alle verrückt geworden?

»Ich weiß, in welch schwierige Situation wir dich gebracht haben, Elias.« Beschwörend wandte sie sich wieder an ihren alten Freund. Sie flehte sogar, stellte Alexandrine bei sich fest und schlug sofort einen nüchternen Tonfall an. »Und dennoch appelliere ich an dich, uns nun zu unterstützen. Glaube an das Gute im Menschen und glaube vor allem an das Gute in Kaiser Ferdinand. Denn tun wir das nicht …«, ihre Stimme wurde leiser. »Was bleibt uns dann noch?«

Lange blickte Elias sie an. Skepsis funkelte in seinen schwarzen Augen, womöglich auch ein klein wenig Zorn. Aber Alexandrine wusste genau, wie schwierig es für ihn war, ihr etwas abzuschlagen. Sie spürte, dass er noch immer eine Schwäche für sie hatte. Auch nach so vielen Jahren. Und vermutlich ging es ihr genauso, selbst wenn sie sich das niemals eingestehen würde.

Schließlich seufzte er.

»Einverstanden. Ich werde euch helfen«, erklärte er. »Ich werde einen schriftlichen Antrag auf eine Audienz stellen. Und Sublets Zahlungsanweisung offenlegen.« Als er Alexandrines ungeduldigem Blick begegnete, ergänzte er: »Noch heute. Am besten jetzt sofort.«

Sie schenkte ihm ein kleines Lächeln, das nur im Ansatz deutlich machte, wie erleichtert sie über sein Entgegenkommen war. »Wie schnell, denkst du, werden wir Bescheid bekommen?«, wollte sie wissen.

»Das kommt ganz darauf an, welcher Laune der Kaiser heute ist. Wenn wir viel Glück haben, sogar noch diesen Tag.«

Sein Blick blieb auf Genoveva haften, er deutete mit dem Finger auf sie, wandte sich aber wieder Alexandrine zu. »Wir nehmen sie mit.«

»Genoveva hat bereits einmal den Unwillen des Kaisers auf sich gezogen. Ich glaube kaum, dass sie uns eine große Hilfe sein wird«, widersprach Alexandrine. Sie hielt es für keine gute Idee, Genoveva, noch dazu so aufgelöst, wie sie war, ein zweites Mal mit in die Hofburg zu nehmen. Der Zwischenfall im Vorzimmer lag schließlich erst drei Tage zurück.

»Deine Tochter besitzt ein beeindruckendes Talent«, beharrte Elias. »Ich weiß, dass der Kaiser einen Schwachpunkt hat für besondere Begabungen. Ich kenne den jungen Ferdinand. Er wird uns einige Momente seiner Aufmerksamkeit schenken, in denen wir ihn davon überzeugen müssen, Truppen in die Hofpost zu schicken, die dort nach dem Generalkapitän suchen. Das ist es doch, was ihr erreichen wollt, oder nicht?«

Alexandrine nickte. *Und wir müssen sicherstellen, dass der Kaiser in mir keine Hochverräterin sieht, egal, was de Longwy in nächster Zeit anstellen wird,* ergänzte sie in Gedanken.

»Was wir deshalb vor allem schaffen müssen, ist, sein Interesse zu wecken und uns sein Wohlwollen zu sichern. Genoveva ist unser Schlüssel dazu.«

»Warum sollte der Kaiser uns nicht wohlgesonnen sein?«, fragte Alexandrine.

Tadelnd blickte Elias sie an. *Das weißt du nicht?,* fragte sein Blick, und sie beantwortete diesen mit einem Schulterzucken.

»Seit jeher besitzt die Familie von Paar enge Beziehungen zu den von Trauttmansdorff. Maximilian von Trauttmansdorff ist nicht nur die rechte Hand des Kaisers, sondern als Obersthofmeister auch Mitglied des kaiserlichen Geheimen Rats, und nicht selten ist er das Zünglein an der Waage, wenn es um Entscheidungen geht. Wenn wir Klage führen gegen von Paar, können wir davon ausgehen, dass Ferdinands Obersthofmeister auch dabei sein wird. Er ist wie sein Schatten. Aber wir müssen den Kaiser dazu bewegen, seine eigene Entscheidung zu fällen, ohne dass Trauttmansdorff dabei mitmischt.«

Und nun verstand Alexandrine auch, wie ausgerechnet Rudolf von Paar es geschafft hatte, an das Amt des Hofpostmeisters zu kommen, obwohl die Familie über so viele Jahre hinweg nicht in der Lage gewesen war, die Hofpost finanziell erfolgreich zu betreiben, und sogar im ständigen Streit mit der Hofkanzlei lag. Er genoss die Fürsprache von Maximilian von Trauttmansdorff.

»Können wir auf die Anwesenden bei der Audienz keinen Einfluss nehmen?«

»Kaum«, beschied Elias. »Ich halte deine Tochter deshalb für unseren größten Trumpf. Und schließlich ist es ihr Ehemann, der verschwunden ist und um den es bei unserem Anliegen ebenfalls geht, nicht wahr? Es ist ihr gutes Recht, bei der Vortragung der Klage zumindest anwesend zu sein.«

Zweifelnd blickte Alexandrine zu ihrer Tochter. Noch nie war diese mit einem besonders robusten Nervenkostüm ausgestattet gewesen. Vor allem jetzt, da sie um das Leben ihres Ehemannes bangte, konnte sie sich nicht vorstellen, dass Genoveva ihnen irgendeine Hilfe sein würde.

Dann aber hielt sie inne, denn es lag ein Ausdruck im Gesicht ihrer Tochter, als diese sie unverwandt ansah, den sie noch nie zuvor bei ihr wahrgenommen hatte.

Der bittende, flehende Blick, den Alexandrine in den letzten neunzehn Jahren so oft bei Genoveva gesehen hatte, war verschwunden. Stattdessen lag nun um ihren Mund ein entschlossener Zug und in ihren Augen eine Bestimmtheit, die Alexandrine vollkommen neu war.

»Was soll ich tun?«, fragte Genoveva mit ernster Stimme und fegte damit Alexandrines letzte Zweifel beiseite.

Sie stand auf und legte beide Hände auf die Schultern ihrer Tochter und zwang sie damit, ihr in die Augen zu blicken. »Kannst du dich noch daran erinnern, wie ich dir früher eingebläut habe, mit deinem besonderen Talent hinter dem Berg zu halten?«

Genoveva nickte.

»Vergiss, dass ich das jemals gesagt habe. Du und dein Gedächtnis, ihr seid jetzt unser größter Trumpf. Zeig dem Kaiser, was du kannst.«

Elias hatte den Kopf abgewandt und schmunzelte zum Fenster hinaus. Aber er nahm sich nur einen Moment Zeit dafür. Dann griff er nach der Klingel auf seinem Schreibtisch und läutete vehement nach seinem Diener. »Einen Eilboten an den kaiserlichen Hof, Mordecai«, befahl Elias. »Ich habe eine Nachricht, die unseren Kaiser sofort nach seinem Morgengebet erreichen muss. Es geht um Hochverrat.«

»Egal, was ich tun muss, um Sigismondos Leben zu retten«, flüsterte Genoveva neben ihrer Mutter. »Ich werde es tun.«

Alexandrine wandte den Blick zum Fenster und schwieg.

Genoveva

Genoveva wusste nicht, wie Oppenheimer es angestellt hatte. Überhaupt wusste sie nichts über die streng hierarchisierten Abläufe am Habsburger Hof und konnte deshalb nur erahnen, wie wichtig die Stellung des Hoffaktors bei Ferdinand sein musste. Denn tatsächlich erreichte sie nur zwei Stunden, nachdem sie den Eilboten losgeschickt hatten, eine Einladung des Kaisers höchstpersönlich.

Es wäre Seiner Majestät möglich, hieß es darin, sie an diesem Nachmittag für ein kurzes Gespräch zu empfangen, ehe er sich mit einer größeren Jagdgesellschaft aufs Land begäbe.

Sofort war Genoveva zurück in den Gasthof geeilt, um sich frisch zu machen.

Einen oder zwei Atemzüge lang war sie in der Herberge vor der Kammertür gestanden, die Hand über der Klinke, und hatte sich der irren Hoffnung hingegeben, dass Sigismondo zurückgekehrt sein könnte und nun hinter der Tür auf sie wartete.

Sie wünschte sich so sehr, dass er da war und alles gut werden würde.

Doch die Tür schwang auf, und Genovevas Hoffnung erstarb. Verwaist lag die Kammer vor ihr, die Bettdecke war noch genauso zusammengeknüllt, wie sie sie zurückgelassen hatte. Mit einem beklemmenden Gefühl in der Brust wusch sich Genoveva das Gesicht, schrubbte den Dreck unter den Fingernägeln weg, bis ihre Haut ganz rot war und brannte, und versuchte notdürftig, einige Knitter aus ihrem Kleid zu streichen. Sie frisierte ihre Haare mit dem grobzinkigen Kamm, den sie stets in ihrem Reisegepäck mit sich führte, und steckte sie mehr schlecht als recht zusammen. Anschließend lief sie zurück zu Oppenheimers Kutsche, die vor dem Gasthaus auf sie wartete und sie wieder zu dessen Palais brachte.

Nur kurze Zeit nach Genovevas Rückkehr brachen sie in Richtung Hofburg auf.

Sowohl ihre Mutter als auch der Hoffaktor blieben die ganze Fahrt über eigentümlich ruhig. Oppenheimers Miene war besorgt, die ihrer Mutter konzentriert und entschlossen, wie fast immer.

Die behandschuhten Hände ineinander verschränkt, starrte Genoveva durch die staubige Fensterscheibe, doch sie nahm nicht wirklich wahr, was es auf ihrem Weg zum Palast zu sehen gab. Ihre Zähne waren so fest zusammengebissen, dass ihre Wangenmuskeln wehtaten. Allmählich mischte sich in ihre rasende Angst um Sigismondo auch Aufregung. Ein zweites Mal bekam sie nun die Möglichkeit, vor den Kaiser zu treten, und dieses Mal durfte sie auf keinen Fall etwas falsch machen.

Ständig hatte sie das Gefühl, dass ein Kloß in ihrem Hals saß, den sie sich jedoch nicht wegzuräuspern traute. Sie wollte die Stille in der Kutsche nicht durchbrechen.

Am Einfahrtstor zur Hofburg wartete man bereits auf sie.

Eine ganze Schar von Bediensteten lotste die drei Ankömmlinge durch eine nicht enden wollende Folge von Räumen und Gängen. Dieses Mal ließen sie die drei prunkvollen, nun menschenleeren Vorzimmer hinter sich und wurden direkt in die Privatgemächer des Kaisers weitergeführt.

Sie liefen vorbei an riesigen Gemälden und marmornen Statuen, dick gepolsterten Möbeln, sogar der Duft von frisch geschnittenen Blumen wehte an ihnen vorbei. Genoveva traute sich nicht, sich genauer umzusehen, sondern hastete mit gesenktem Blick hinter ihrer Mutter her, einen livrierten Wächter dicht auf den Fersen.

Vor einer breitflügeligen, mit goldenem Stuck prunkvoll verzierten Tür blieben sie schließlich stehen.

Der vorderste der Diener klopfte zwei Mal, eine leise Stimme antwortete von drinnen, und wie von selbst schwang die Tür auf.

Sie traten ein. Mehrere deckenhohe Fenster ließen sanftes Licht vom Innenhof in den Raum fluten. Baulärm drang aus dem unmittelbar angrenzenden Schlosstrakt zu ihnen, einmal mehr wurde die Hofburg offenbar erweitert. Schon aus der Ferne, als sie noch in der Kutsche gesessen hatten, war ihnen die Baustelle ins Auge gestochen, die sich bis weit in die Lustgärten des Palastes hineinzog.

Genoveva konnte die Silhouetten von vier Männern ausmachen, die offenbar bereits auf sie warteten. Sie nahm den süßlichen Geruch eines Parfums wahr und hatte den Eindruck, dass ihr das Atmen mit einem Mal schwerer fiel.

Unwillkürlich holte sie tief Luft, und um ein Haar hätte sie es nicht gehört, das »Gottverflucht«, das ihrer Mutter entfuhr, als diese erkannte, wer sich noch mit ihr im Raum befand. Der Ausruf ihrer Mutter war so leise gewesen, dass ihn nur sie und möglicherweise Oppenheimer hatte hören können. Dennoch meinte Genoveva zu erkennen, dass einer der Livrierten neben ihnen missbilligend eine Braue nach oben zog.

Als Genoveva einen Schritt hinter der Gräfin hervortat und mit leicht zusammengekniffenen Augen erkannte, was ihre Mutter zu dieser Unzulänglichkeit hingerissen hatte, hätte sie am liebsten auf dem Absatz kehrtgemacht und das Weite gesucht.

Aber es war zu spät. Der Kaiser hatte sich bereits zu ihnen umgedreht und blickte ihnen erwartungsvoll entgegen.

Einer seiner Berater stand zu seiner Rechten und war in ein lockeres Gespräch vertieft, wie es schien.

Mit niemand Geringerem als Rudolf von Paar und Christophe de Longwy.

Genoveva spürte einen Stich in ihrem Magen, bemerkte, wie ihre Knie plötzlich zu zittern begannen, und war in diesem Moment nur froh über den weiten Rock, der ihre Unsicherheit unter einem ganzen Berg von Stoff verbarg.

»Trauttmansdorff«, wisperte ihre Mutter ihr kaum hörbar zu, als Genovevas Blick auf dem Berater hängen blieb, der gerade eben seinen Kopf mit dem Rudolf von Paars zusammengesteckt hatte.

Genoveva war überrascht, denn sie hatte sich eine ganz andere Vorstellung von dem Obersthofmeister des Kaisers gemacht. Im Gegensatz zu den meisten Höflingen in Wien war er von Kopf bis Fuß in Schwarz gekleidet. Lediglich ein schmuckloser, weißer Kragen durchbrach das einheitliche Dunkel seiner Erscheinung. Er war deutlich kleiner als der Kaiser und kräftig gebaut. Seine dunkle, lockige Perücke setzte sich stark von seinem ergrauten Spitzbart ab. Tiefe Falten gruben sich in seine Stirn, sein Gesicht war kantig, die Kieferknochen kräftig. Wach, aber ganz sicher nicht wohlwollend lagen seine braunen Augen auf den Ankömmlingen. Einige leise Worte richtete er noch an von Paar, lachend beendeten sie ihr Gespräch, und Genoveva dämmerte, dass sie bereits verloren hatten, noch ehe sie ihre Klage überhaupt vorbringen konnten.

Sie knicksten tief und hielten den Blick gesenkt, bis der Kaiser sie ansprach.

»Die Gräfin von Taxis«, begrüßte er ihre Mutter ohne Umschweife. »Es muss Jahre her sein, dass wir uns das letzte Mal gesehen haben. Ihr beehrt mich ja nicht mehr selbst mit Eurer Gegenwart, sondern schickt mir stets Euren Bücherwurm Dr. Ponzon.«

»Eure Majestät«, erwiderte ihre Mutter förmlich und ging auf die heitere Begrüßung des Kaisers nicht ein. Genoveva wunderte sich, da ihre Mutter doch sonst so schlagfertig war und dies eine hervorragende Möglichkeit gewesen wäre, die Gesprächsführung bereits zu Anfang an sich zu ziehen.

Vielleicht ist es der höfischen Etikette geschuldet, mutmaßte Genoveva, *dass sie so zurückhaltend ist?*

Freundlich klang der Kaiser, auch er entsprach ganz und gar nicht dem Bild, das sich Genoveva von ihm gemacht hatte. Sie riskierte einen Blick nach vorne. Seine dunkelbraunen, schulterlangen Haare trug er heute glatt gekämmt. Er sah viel frischer aus als noch vor drei Tagen, und erst jetzt bemerkte sie, wie spärlich und licht sein Schnurrbart spross und wie exakt dieser die Konturen seiner Lippen betonte. Aber auch wenn seiner Stimme nichts anzumerken war, blickten seine grauen Augen kraftlos und müde drein, vermutlich aufgrund seiner Erkrankung. Er trug bereits seine Reitstiefel und lediglich ein weißes Hemd mit einem glänzenden, breiten Kragen.

»Unser Freund Oppenheimer bat um eine dringende Unterredung«, begann er das Gespräch und nickte nun auch Oppenheimer zu. »Die Bekanntschaft mit Eurem reizenden Fräulein Tochter haben wir ja schon gemacht.« Genoveva spürte, dass er sie nun direkt ansah, wagte es aber nicht, seinen Blick zu erwidern. »Ein rechter Wildfang scheint sie mir zu sein«, schloss er seine Rede ab. Es klang ein wenig vergnügt, wie er es sagte, und die leise Hoffnung beschlich Genoveva, dass ihr unüberlegtes Verhalten vor drei Tagen sie nicht in kaiserliche Ungnade hatte fallen lassen. Trotzdem wurde ihr vor lauter Aufregung ganz heiß, und sie ahnte, dass ihr das Blut ins Gesicht schoss. Vorsichtshalber hielt sie ihren Kopf weiter gesenkt.

Der Kaiser setzte sich auf einen breiten Lehnstuhl, der mit einem scharlachroten, seidig glänzenden Stoff bezogen war. Trauttmansdorff reichte ihm einen Pokal, aus dem der Herrscher einen tiefen Schluck nahm. Es schien ihm nichts auszumachen, dass die Augen aller im Raum auf ihn gerichtet waren. Er musste es gewohnt sein, stets im Mittelpunkt zu stehen.

»Nun, was habt Ihr vorzubringen?«, fragte der Kaiser, und verstohlen ließ Genoveva den Blick durch den Raum wandern. Erst jetzt bemerkte sie, dass Christophe de Longwy sie die ganze Zeit über anstarrte. Seine eisig blauen Augen glitten über ihren Körper, sodass sie ein Schaudern unterdrücken musste. Als sie seinen Blick erwiderte, nur einen Lidschlag lang, verzog ein gehässiges Lächeln seine Lippen, und Genovevas Magen zog sich zusammen.

Er machte es mit voller Absicht. Zweifellos wusste er, wie sehr sie sich um ihren Ehemann sorgte. Am liebsten wäre Genoveva zu ihm gerannt, um ihn zu beuteln und zu fragen, wo Sigismondo steckte.

Doch diesmal rief sie sich zur Vernunft. Denn sie ahnte, dass genau das de Longwys Intention war. Er wollte sie provozieren, damit sie sich zu einer unüberlegten Handlung hinreißen ließ und damit vorschnell die Audienz beendete. Vielleicht hatte er von ihrem Missverhalten im Vorzimmer vor drei Tagen gehört, vielleicht aber war ihr die Angst, die tief in ihrer Seele saß, auch nur allzu deutlich ins Gesicht geschrieben. Aber sie würde ihm diesen Triumph nicht gönnen.

Stur senkte sie den Blick, biss die Zähne so fest aufeinander, dass ihre Kiefer schmerzten, und blieb stumm. Sie würde nichts tun, was die Klage gegen von Paar gefährden könnte.

Als die Stille im Raum andauerte und niemand sprach, forderte der Kaiser mit unverhohlener Ungeduld: »Also was ist denn nun, ich dachte, Ihr hättet dringend um eine Anhörung gebeten, und meine Zeit ist äußerst begrenzt.«

Genoveva warf einen schnellen Blick zu ihrer Mutter. Warum sprach sie denn nicht endlich und brachte ihr Anliegen vor? Oder aber an ihrer Stelle Oppenheimer?

Dann erkannte sie mit wachsendem Entsetzen, wie die Gräfin von Taxis de Longwy mit hasserfülltem Blick anstarrte. Sie merkte, wie sich ihre Mutter bereits straffte, wie sie drauf und dran war, de Longwy einen unüberlegten Satz entgegenzuschleudern, den sie vor dem Kaiser zweifellos sofort bereuen würde. Niemals durfte de Longwy mit seiner perfiden Strategie bei ihrer Mutter Erfolg haben.

Sacht, aber bestimmt legte Genoveva ihre Hand von hinten auf den Arm der Gräfin, die sich sofort zu ihr umwandte. Der harte Zug im Gesicht ihrer Mutter verschwand. Sie räusperte sich leise.

»Gewiss, Eure Majestät«, begann sie nun mit gewohnt fester Stimme. »Ich wundere mich nur ein wenig, dass Ihr auch den Hofpostmeister und seinen … Begleiter zur Audienz hinzugezogen habt.«

»Nun, wenn mich nicht alles täuscht, geht es einmal mehr um einige der leidigen Klagen, die Ihr schon seit Jahren gegen die Hofpost vorzubringen habt. Da scheint es Uns nur gerecht, auch die Gegenseite einzuladen, nicht wahr?« Ein kurzer Blick zu Trauttmansdorff, der seinem Kaiser einen bestätigenden Augenaufschlag schenkte.

Und Genoveva begriff in diesem Moment, dass es nicht nur der Kaiser war, den sie von dem Verrat der Hofpost überzeugen mussten.

Denn so, wie es aussah, war es tatsächlich der Obersthofmeister Trauttmansdorff, der hier zu keinem geringen Anteil die Entscheidungen traf – genau, wie es Oppenheimer prophezeit hatte.

Genoveva schloss die Augen und schluckte die Verzweiflung hinunter, die unwillkürlich in ihr aufkam.

»Wir müssen davon ausgehen, Eure Majestät, dass Rudolf von Paar und die Hofpost nicht nur im Dienste Eurer kaiserlichen Majestät stehen, sondern auch für den französischen König arbeiten.«

Ein kurzer, hysterischer Lacher war vonseiten des Hofpostmeisters zu hören, der Kaiser wandte den Kopf, runzelte die Stirn, um seiner Verwunderung Ausdruck zu verleihen, und widmete seine Aufmerksamkeit dann wieder der Gräfin von Taxis.

Ihrer Stimme war in keiner Weise anzumerken, dass sie nervös war. Jedoch erkannte Genoveva an ihren zu Fäusten geballten Händen, dass auch ihre Mutter bis aufs Äußerste angespannt war.

»Er hat einen meiner Postmeister bestochen, einen gewissen Johann Georg Bellnern, um Briefe der Reichspost zu unterschlagen. Briefe von der Front, die Eure Generäle Euch schicken lassen, Euer Majestät.«

»Das ist eine ungeheuerliche Anschuldigung. Womit wollt Ihr Eure Vermutungen beweisen?«, meldete sich nun Trauttmansdorff zu Wort.

»Wir haben eine Zahlungsanweisung entdeckt, die François Sublet im Auftrag des Kardinals von Richelieu verschickt hat. Von Paar sollte 2500 Florin jährlich für seine Dienste erhalten.«

»Mit Verlaub, Eure Majestät, es handelt sich hier um die gröbste Verleumdung, die mir je untergekommen ist«, warf von Paar hastig ein, schaffte es aber nicht ganz, das Zittern in seiner Stimme zu verbergen. »Nichts von dem, was die Gräfin hier vorträgt, stimmt«, behauptete er.

»Es stimmt sehr wohl, Eure Majestät, denn die Zahlungsanweisung war an mich adressiert«, Oppenheimer machte einen Schritt nach vorne. Eigentümlich ruhig war er bisher gewesen, und Genoveva vermutete, dass er die leise Hoffnung gehegt hatte, bei dieser Audienz gar nicht in Erscheinung treten zu müssen.

»Und was, in Gottes Namen, habt *Ihr* nun mit dieser ganzen Geschichte zu schaffen, Oppenheimer?« Der Kaiser kniff die Augen zusammen und machte damit deutlich, dass sich seine Geduld allmählich dem Ende zuneigte.

»François Sublet schickte ein Schreiben an mich mit der Anweisung, von Paar für seine Dienste auszuzahlen. Selbstredend würde ich aber niemals einen solchen Verrat am Hause Habsburg begehen«, beeilte er sich zu sagen. Der Gesichtsausdruck des Kaisers hatte sich jedoch bereits verändert. Misstrauen war in seinen Blick getreten, vielleicht war es sogar Abneigung. Genau das, was Oppenheimer befürchtet hatte, erkannte Genoveva.

»Ihr steht in Korrespondenz mit dem Kriegsminister der Franzosen? Das ist ja überaus interessant«, sagte der Kaiser, und ein seltsamer Unterton hatte sich in seine Stimme geschlichen. Als hätte er sich nach den wenigen Worten seines Kreditgebers von einem Moment auf den anderen ein anderes Urteil über ihn gebildet.

Kaum merklich warf Oppenheimer ihrer Mutter einen Blick zu. *Habe ich es dir nicht gesagt,* besagte dieser.

Dann schaute er dem Kaiser direkt in die Augen. »Ein Vetter von mir weilt am Hofe von König Louis. Vor gut zehn Jahren sah er sich vollkommen zu Unrecht der Verfolgung durch die freie Reichsstadt Frankfurt ausgesetzt. Der Kardinal von Richelieu hat ihn in sein Gefolge aufgenommen, als ich ihn damals um Hilfe bat. Es war nur eine Frage der Zeit, dass er dafür einen Gefallen von mir einfordern würde. Wie es scheint, war dieser Zeitpunkt nun gekommen«, erklärte Oppenheimer, und das Gesicht des Kaisers wurde immer finsterer und verschlossener.

»In der Tat«, antwortete er schleppend, wechselte einen Blick mit seinem Obersthofmeister, und mit einem Mal war jegliche Freundlichkeit aus seiner Erscheinung gewichen.

»Und Ihr meint nicht, dass das etwas gewesen wäre, das Ihr mir hättet mitteilen sollen? Bereits vor Jahren?«, erkundigte sich der Kaiser mit frostiger Stimme.

»Es war und ist von keinem Belang für meine bedingungslose Treue Eurer Majestät gegenüber«, erklärte Oppenheimer mit gesenktem Haupt.

Lange blieben die grauen Augen des Kaisers auf ihm haften.

»Mit Verlaub, Eure Majestät. Es geht hier um eine Klage, die ich gegen Rudolf von Paar führe«, durchbrach Alexandrine das unheilvolle Schweigen und zog damit die Aufmerksamkeit des Kaisers wieder auf sich.

»Wo ist denn dann diese ominöse Zahlungsanweisung«, erkundigte sich von Paar, und ein überhebliches Lächeln umspielte seine Mundwinkel. »Der Vorwurf, ich würde Eure Majestät verraten, ist doch geradezu absurd.«

»Wir haben das Schreiben durch einen bedauerlichen Unfall verloren«, erklärte Alexandrine nun. »Aber meine Tochter kann es wortgetreu wiedergeben.«

Zweifelnd runzelte der Kaiser die Stirn, Trauttmansdorff warf ihnen einen vielsagenden Blick zu. Zwar ließ sich ihre Mutter dadurch kein bisschen aus der Ruhe bringen, aber Genoveva konnte förmlich spüren, wie das Gespräch zu ihren Ungunsten kippte.

Dieses Mal war es Christophe de Longwy, der einen Schritt nach vorne tat, ehrerbietig sein Haupt senkte und sagte: »Entschuldigt vielmals, Eure Majestät, dass ich mich nun zu Wort melde. Christophe de Longwy ist mein Name, ich bin ein enger Vertrauter und Freund derer von Paar. Ist es mir gestattet, zu sprechen?«

Der Kaiser nickte.

»Die Geschichte, die uns die Gräfin hier auftischt, ergibt überhaupt keinen Sinn. Es ist die Missgunst der Taxis angesichts der Expansionen der Hofpost im ganzen Reich, die womöglich hinter dieser haltlosen Verleumdung steht. Oder aber vielleicht sogar ein Manöver, mit dem die Taxis versuchen, von einem eigenen Vergehen abzulenken«, mutmaßte er und schaute Alexandrine dabei offensiv an, die seinen Blick stoisch erwiderte.

Genoveva sog scharf die Luft ein, und der Kaiser runzelte seine Stirn. Seine Zweifel an de Longwys Worten waren unverkennbar. Dennoch schien er ins Grübeln gekommen zu sein und tauschte einen nicht deutbaren Blick mit seinem Obersthofmeister.

De Longwy zog sich indessen zurück neben von Paar, und ein kleines, zufriedenes Lächeln umspielte erneut seine Lippen.

»Nun, Missgunst ist kein Wesenszug, den ich vom verstorbenen Grafen Leonhard von Taxis kenne. Und ebenso wenig von der Gräfin von Taxis«, erklärte der Kaiser schließlich mit strengem Blick in Richtung von de Longwy, und Genoveva hielt den Atem an. »Ich wundere mich zwar durchaus über die gravierenden Anschuldigungen, die die Gräfin von Taxis hier gegen die Hofpost hervorbringt, aber ich werde sie nicht sofort als nichtig abtun und davon Abstand nehmen, sie einer näheren Untersuchung zu unterziehen.« Nun wandte er sich an Alexandrine. »Dennoch erscheint es mir eine durch und durch verworrene Geschichte zu sein, von der Ihr mir da berichtet, Gräfin. Ich bitte Euch, tragt Euer Anliegen schriftlich vor, und Wir werden es im Geheimen Rat in den nächsten Wochen einer genaueren Inspektion unterziehen.« Er warf Trauttmansdorff einen ungeduldigen Blick zu. »Wir werden Uns nun entfernen.«

Ohne auf eine Antwort zu warten, erhob sich der Kaiser, stieg von dem kleinen Podest herunter, auf dem er bisher gesessen hatte, und schickte sich an, den Raum zu verlassen.

Ein Bediensteter öffnete dem Kaiser eine Tür zu dessen Rechten, Genoveva erkannte den siegesgewissen Glanz in den Augen von de

Longwy und reagierte, ohne lange nachzudenken. Denn dies war die einzige Chance, die sie noch hatten.

»Eure Majestät«, Genoveva machte einen hastigen Schritt nach vorne. Ihr Herz schlug so heftig und laut in ihrer Brust, dass sie meinte, der ganze Raum müsste es hören.

Der Kaiser hielt inne.

»Die Pariser Straßen sind mal wieder fürchterlich verschmutzt vom Pöbel. Aber meine Lilien sind mittlerweile um eine Handbreit gewachsen und zeigen die ersten Knospen. Der einzige Sonnenschein meines Tages«, zitierte Genoveva so schnell, wie ihr die Worte nur über die Lippen treten wollten. Die Sätze waren vollkommen zusammenhangslos, und sie erkannte die Verwirrung auf der Miene des Kaisers.

Es war genau das, was sie beabsichtigt hatte.

Sein vorwurfsvoller Blick irrte zu ihrer Mutter.

»Belangloses Geschwätz, nicht wahr?«, versuchte sie, seine Aufmerksamkeit wieder auf sich zu ziehen und seinen Unmut aufzufangen. Doch er antwortete nicht.

»Die Sätze stammen von einer Gräfin namens Claudine de Harcourt. Sie schrieb diese Zeilen in einem Brief, den ich in der Reichspoststation Bruchsal an mich nahm. Zusammen mit einem ganzen Stapel anderer Briefe, die der dortige Postmeister Johann Georg Bellnern an die Hofpost abzweigte, weil er vom Hofpostmeister von Paar dafür geschmiert wurde … noch immer scheinen meine Ausführungen Euch zu langweilen, Majestät«, kommentierte Genoveva die düster zusammengezogenen Augenbrauen des Herrschers.

»Ganz recht«, bestätigte dieser und blickte sich suchend nach Trauttmansdorff um.

»Dieser ganze Stapel mit Belanglosigkeiten enthielt aber auch etwas, das von eminent wichtiger Bedeutung war. Einen Brief von François Sublet, dem neuen Kriegsminister der Franzosen. Darin stand: *Mein hochgeachteter Oppenheimer, vergütet Rudolf von Paar für seine treuen Dienste dem Hause Bourbon gegenüber mit 2500 Florin jährlich. Mit freundschaftlichem Gruß François Sublet, Seigneur de Noyes, Baron de Dangu im Auftrag des Seigneur du Plessis*«, schloss Genoveva und starrte Rudolf von Paar dabei an.

»Das sind dreiste Lügen, Eure Majestät. Niemals würde ich …«

»Erneut handelt es sich hier um schwerwiegende Anschuldigungen, Gräfin Sfondrati«, sprang ihm nun Obersthofmeister Trauttmansdorff zur Seite. »Das hatten wir ja bereits. Bringt handfeste Beweise vor, und wir werden uns Eures Falles annehmen«, schloss er und deutete einladend in den Nebenraum, damit ihm der Kaiser nun endlich folgen möge. Dessen Schritte stockten jedoch, und sofort ergriff Genoveva ihre Chance.

»… Bernhard von Sachsen-Weimar wendet sich gegen Hochburgund. Wir brauchen Verstärkung, um unsere Festungen zu halten. Federigo Duca di Savelli, General Seiner Majestät Kaiser Ferdinand III., 02. März 1637«, zitierte sie weiter mit klarer, monotoner Stimme wie ein Uhrwerk.

Und Genoveva meinte, endlich einen Funken Interesse in den Augen des Kaisers erwachen zu sehen. »Ihr habt Hochburgund verloren, nicht wahr? Lange Zeit hattet Ihr nichts mehr gehört von Savelli. Er ist bekannt für sein unmäßiges Leben und dass er nicht zuverlässig berichtet. Aber dieses Mal waren Eure Majestät zweifellos besonders enttäuscht.«

Es war dreist, was sie da sagte. Anmaßend, dem Kaiser gegenüber. Genoveva war sich dessen sehr wohl bewusst. Aber sie hatte nichts mehr zu verlieren. »Jedoch hat Euer General Eure Hoheit nicht enttäuscht. Er hat um Hilfe gerufen, bereits vor mehr als einem Monat. Der Hilferuf hat Eure Hoheit nur nie erreicht. Weil auch dieses Schreiben von Bellnern aus dem Verkehr gezogen wurde. Er hat es verbrannt, aber ich konnte im letzten Moment einen Teil davon aus dem Feuer retten. Er tat auch dies auf Anweisung unseres hochgeschätzten Hofpostmeisters Rudolf von Paar.«

»Eure Majestät, die Anschuldigungen werden immer grotesker. Sie sind das Hirngespinst eines zweifellos verrückten Weibes«, verteidigte sich von Paar.

»Das Schreiben, von dem ich gerade sprach, existiert noch, und von Paars Agent de Longwy hat es mir gewaltsam abgenommen.« Anklagend wandte sie sich in die Richtung de Longwys, dessen Miene vollkommen ausdruckslos blieb. Aber sie meinte, erste Schweißperlen auf seiner Stirn erkennen zu können.

»Nichts davon ist wahr, und ich verbitte mir jegliche weitere Anschuldigung«, verteidigte sich nun von Paar.

»Eure Majestät, ich denke wirklich, dass wir die Audienz an dieser Stelle nun beenden sollten«, Trauttmansdorff nickte von Paar zu. Sie hatten sich abgesprochen. Natürlich hatten sie das.

»Einen Moment noch«, bat der Kaiser mit erhobener Hand und wandte sich an Genoveva. »Euer Talent interessiert mich. Es ist erstaunlich, mit welcher Akkuratesse Ihr die Briefe wiederzugeben vermögt. Wie aber wollt Ihr mir beweisen, dass Ihr Euch dies alles nicht einfach nur ausgedacht habt, Gräfin Sfondrati?« Langsamen Schrittes ging der Kaiser in die Mitte des Raumes zurück.

»Alles, was ich lese, versuche ich zu verstehen. Und sobald ich es verstanden habe, merke ich es mir. Wort für Wort.« Kurz herrschte Stille. »Stellt mich auf die Probe«, verlangte Genoveva ungerührt und verbarg ihre schweißnassen Hände hinter dem Rücken.

Einen Moment lang blickte der Kaiser sie verblüfft an. Offenbar passierte es nicht allzu oft, dass einer seiner Untergebenen es wagte, ihn zu etwas aufzufordern. Nichtsdestotrotz schien er Gefallen an diesem Spiel zu finden.

»Trauttmansdorff, seid so freundlich und besorgt einen Brief für die Gräfin Sfondrati. Keinen allzu kurzen, nicht wahr? Wir wollen es unserem Wunderkind doch nicht zu einfach machen.«

Ein Anflug von kindlicher Begeisterung zeigte sich auf dem kaiserlichen Gesicht, und Genoveva war sich nicht sicher, ob sie sich darüber freuen sollte oder nicht.

Der Obersthofmeister schüttelte missbilligend den Kopf, wandte sich dann aber kommentarlos um und blätterte in einer Kladde, die auf einem Tisch hinter ihm lag. Kurz darauf hielt er dem Kaiser einen Brief hin und verständigte sich flüsternd mit ihm.

»Nun denn, zeigt mir Eure herausragenden Fähigkeiten, wenn Ihr sie mir schon so anpreist. Lest!«, verlangte er.

Höchstselbst übergab der Kaiser Genoveva den Brief. Mit einem höflichen Knicks nahm sie das Schreiben entgegen, schaffte es aber nicht, das Zittern ihrer Hände dabei zu verbergen.

Sie warf einen ersten Blick auf den Brief, blinzelte, hob den Kopf und schaute erneut.

Und dann konnte sie förmlich spüren, wie ihr jegliche Farbe aus dem Gesicht wich.

Denn der Brief war nicht in ihrer Muttersprache Französisch geschrieben. Er war auf Deutsch und mehr als eine Seite lang.

Genoveva merkte, wie ihr am ganzen Körper der Schweiß ausbrach.

Sie sprach Deutsch, natürlich sprach sie Deutsch, aber nicht besonders gut. Ihr Vokabular war beschränkt, und sie würde ganz sicher auf Wörter stoßen in diesem Brief, die sie nicht kannte.

Sie schaute auf das Schreiben und kniff die Lider zusammen, denn die Buchstaben verschwammen vor ihren Augen.

Sie würde es nicht schaffen, das Schreiben in seiner Gänze wiederzugeben. Nicht in einer Sprache, die sie so schlecht beherrschte.

Ihr unsicherer Blick ging kurz zu ihrer Mutter. Ganz genau spürte sie, wie alle Augen erwartungsvoll auf ihr lagen.

Die Gräfin von Taxis nickte ihr beruhigend zu.

Sie würde ihre Mutter lächerlich machen, sie bloßstellen und sich selbst noch dazu. Und vermutlich verspielte sie gerade auch

Sigismondos Leben, denn von Paar und de Longwy würden sich bitter rächen für die Anschuldigungen, die sie in dieser Audienz hervorgebracht hatte.

Wenn sie jetzt versagte, bedeutete dies für Sigismondo den sicheren Tod. Denn was Genoveva und auch ihre Mutter mit der Audienz beabsichtigten, war ja nichts Geringeres, als den Kaiser dazu zu bewegen, unverzüglich Truppen in die Hofpost zu schicken, die dort nach dem unterschlagenen Schreiben und weiterem belastenden Material suchen sollten, das von Paars Hochverrat bewies. Und natürlich Sigismondo aus dessen Fängen befreien würden. Darüber jedoch wollten sie dem Kaiser gegenüber zunächst noch Stillschweigen bewahren.

Einige Herzschläge lang schloss Genoveva die Augen und versuchte, sich zu sammeln.

Sie durfte jetzt nicht aufgeben. *Du musst den Brief lesen und verstehen. Du musst. Für Sigismondo.*

Sie atmete aus, und dann begann sie zu lesen. Ruhig, konzentriert, Satz für Satz. Die gesamte Seite.

Einmal las sie es. Dann ein weiteres Mal.

Schließlich gab sie das Schreiben dem Kaiser zurück.

»Allerdurchlauchtigster, großmächtigster Kaiser, gnädigster Herr und herzliebster Herr Bruder. Welch Glück es war, endlich einmal wieder einige Zeilen von meinem von Krankheit geschwächten Bruder …« Holprig und ungewohnt kam Genoveva das Deutsch über die Lippen, sie merkte es selbst, und mit Sicherheit sprach sie vieles falsch aus. Aber sie trug den gesamten Brief vor, Wort für Wort.

Der Kaiser hielt das Schreiben in Händen, las mit, und je mehr Genoveva von dem Brief wiedergab, desto größer wurden seine Augen.

»… Eure Euch untertänigst liebende Erzherzogin Cäcilia Renata«, schloss Genoveva ihren Vortrag.

Stille herrschte im Raum.

»Ich muss zugeben, ich bin beeindruckt«, gestand der Kaiser nach einigen Atemzügen, die er Genoveva unverhohlen angestarrt hatte.

»Eure Majestät. Mit den Briefen, die ich vor Euch zitierte, hat alles seine Richtigkeit. Schickt Eure Männer in das Hofpostamt, lasst es durchsuchen, und Ihr werdet Beweise dafür finden, dass von Paar ein Agent des französischen Königs ist. Ich gebe Euch mein Wort«, sagte Genoveva, so ruhig sie es vermochte. *Und vor allem findet meinen Ehemann,* ergänzte sie in Gedanken.

Alles hing nun davon ab, dass der Kaiser ihr zustimmte und Truppen in die Hofpost sandte, um die betreffenden Schreiben zu sichern und vor allem, um Sigismondo zu befreien. Genoveva wusste es, und alle anderen auch, denn ihre Mutter war unbemerkt hinter sie getreten und drückte verstohlen ihre Hand.

»Ihr stachelt den Kaiser dazu an, Truppen in sein eigenes Postamt zu schicken? In das Hauptpostamt der kaiserlichen Hofpost? Ja, sind wir denn im Krieg?«, echauffierte sich von Paar, und das war der Moment, in dem Genoveva doch noch die Beherrschung verlor.

»Mein Ehemann, der Generalkapitän Sigismondo Sfondrati, Marquis de Montafié, suchte Euch gestern auf, um Euch um ebenjenes Schreiben zu bitten, von dem ich den Kaiser gerade in Kenntnis gesetzt habe. Seitdem ist er verschwunden«, fuhr sie dem Hofpostmeister über den Mund. Sie war laut geworden und ungehalten, und es war ganz und gar nicht das, was sie beabsichtigt hatte.

De Longwys spöttisches Lächeln zog Genovevas Aufmerksamkeit auf sich.

»Sfondrati?«, fragte er. »Der Marquis de Montafié? Eure Majestät kann sich die Mühen sparen, denn der Marquis ist tot. Gefallen, in einem Duell.«

»Nein, er ist nicht tot«, widersprach Genoveva tonlos, und jede Faser ihres Körpers rebellierte gegen die Worte, die de Longwy gerade gesagt hatte. Natürlich war er nicht tot. Das konnte nicht sein. »Ich weiß, dass er nicht tot ist!«, rief sie. Lauter, als es in Gegenwart des Kaisers gestattet war. Aber der Gedanke war so ungeheuerlich, so entsetzlich, dass Genoveva alles andere um sich herum vergaß.

Die Hand ihrer Mutter schloss sich fester um die ihre, und ihr eindringlicher Blick brachte sie zum Schweigen.

»Habt Ihr diese gesamte Vorstellung etwa veranstaltet, nur um mir Truppen abzugaunern, die nach Eurem verschollenen Ehemann suchen sollen?«, fragte nun der Kaiser, und sein gerade gewonnenes Wohlwollen schien von einem Moment zum anderen in Ärger umzuschlagen.

Genoveva schnappte nach Luft, denn sie spürte, wie ihr Tränen in die Augen traten. Das konnte, das durfte nicht sein. Der Kaiser durfte jetzt ihre Bitte nicht abschlagen. Sie war so kurz davor gewesen, ihn zu überzeugen.

Der Herrscher schüttelte den Kopf und schickte sich an, den Raum zu verlassen.

Sie erkannte den zufriedenen Glanz in de Longwys Augen, das dezent amüsierte Lächeln, das seine Lippen umspielte, und machte bereits einen ersten Schritt, um dem Kaiser zu folgen. Aber Trauttmansdorff stellte sich ihr in den Weg und hielt sie unsanft am Arm fest. »Untersteht Euch«, warnte er sie.

Genoveva spürte, wie die Beine unter ihr nachgaben. »Aber Majestät, der Generalkapitän befindet sich…!«, rief sie.

»Es reicht, Gräfin Sfondrati«, schnitt der Obersthofmeister ihr das Wort ab. »Wache?«, brüllte er in Richtung der Vorzimmer. Eine Tür in ihrem Rücken wurde aufgerissen. »Ich verweise Euch hiermit offiziell des kaiserlichen …«

Eine Stimme in ihrem Rücken unterbrach ihn. Dunkel und fest hallte sie durch den Raum. Ihr bestimmter Tonfall duldete keinen Aufschub.

»Eure Majestät.«

Genoveva blieb das Herz stehen.

Alle drehten sich um.

In der Tür stand Sigismondo. Blutüberströmt, abgerissen, die Haare zerzaust, seine Brust hob und senkte sich schwer, als wäre er gerannt. Schritte waren hinter ihm zu hören, vier bewaffnete Männer tauchten im Türrahmen auf, packten ihn und rissen ihn zu Boden. Ihre Hände krallten sich in Sigismondos Haarschopf und drückten seinen Kopf unsanft zu Boden. Mehrere Waffen waren nun auf ihn gerichtet. Er rührte sich nicht mehr, niemand rührte sich, alle Anwesenden im Raum waren wie erstarrt.

Ein Moment verstrich, ein weiterer, und dann glaubte Genoveva, ihren Augen nicht zu trauen. Denn ausgerechnet ein Fingerzeig von Trauttmansdorff gebot den Wachen Einhalt.

»Lasst den Generalkapitän frei«, unterstrich er seinen zuvor wortlosen Befehl. *Der Obersthofmeister kennt Sigismondo,* ging es Genoveva auf. *Und offenbar besser, nicht nur dem Namen nach.*

Sie konnte sich nicht vorstellen, wie dieser es überhaupt angestellt hatte, bis in die Gemächer des Königs vorzudringen. Überall waren Wachen und Bedienstete. Plötzlich entdeckte sie neben all dem Blut auch Staub auf Sigismondos Kleidern, als dieser sich langsam erhob, die Arme weit von sich gestreckt, um den Wachen zu versichern, dass er unbewaffnet war und keine Gefahr von ihm ausging. *Er muss über die Baustelle in einen Seitenflügel des Palastes eingedrungen sein,* schoss es Genoveva durch den Kopf.

Sein Blick suchte den ihren, und einen Atemzug lang schauten sie einander versichernd an.

Sigismondo lebte, und er war hier, bei ihnen. Genoveva wurde von einer so unglaublichen Erleichterung ergriffen, dass ihr die Tränen in die Augen schossen.

»Ihr müsst keine Truppen bemühen, um Beweise zu finden. Denn sie sind längst hier in diesem Raum. Christophe de Longwy trägt das Schreiben von Savelli bei sich.«

Von Paar wurde leichenblass. Sein unsicherer Blick flackerte zu seinem Begleiter.

»Habe ich es Euch nicht gesagt«, zischte de Longwy ihm zu. Es war nur für von Paar bestimmt, aber Genoveva stand nah genug, um es zu hören. Und der Kaiser ebenfalls.

Dieser drehte sich um und nahm nun de Longwy ins Visier, dem die plötzliche Aufmerksamkeit sichtlich unangenehm war. Er senkte den Kopf. »Verzeiht, Eure Majestät«, entschuldigte er sich, setzte an, einen weiteren, erklärenden Satz hinzuzufügen, aber der Herrscher kam ihm zuvor.

»Nun denn, de Longwy. Wollt Ihr uns das Schreiben wohl aushändigen, von dem der Generalkapitän spricht und das schon die ganze Zeit über Thema dieser Audienz war?«

Als dieser nicht reagierte, schnippte der Kaiser mit dem Finger, und die Wachen, die eben noch Sigismondo zu Boden gedrückt hatten, steuerten auf de Longwy zu. Bevor dieser aber die Schmach, vor aller Augen gewaltsam durchsucht zu werden, über sich ergehen ließ, förderte er von sich aus ein Papier zutage, das er mit ausdrucksloser Miene den Wachen hinhielt. Die übergaben es dem Kaiser. Genoveva erkannte es sofort wieder. Es war tatsächlich das Schreiben Savellis.

»Ich denke, Eure Majestät hält hier in Händen, was Sie benötigt, um ein Urteil fällen zu können«, erklärte Sigismondo vom Türstock her und machte ein paar vorsichtige Schritte in den Raum hinein. Noch während der Kaiser las, fiel er vor ihm auf die Knie.

Hinter Sigismondo betrat David Frey den Raum.

Sein Gesicht war reglos, aber in seinen Augen blitzte es zufrieden, als er Alexandrine mit einem vielsagenden, fast schelmischen Blick bedachte.

»Ich erkenne die Handschrift Savellis wieder. Das Schreiben stammt tatsächlich aus seiner Feder«, erklärte der Kaiser. »Eine Sache ist aber doch kurios. Wie kommt denn ausgerechnet ein Agent der Hofpost in den Besitz dieses Briefes?« Der kritische Blick des Kaisers schweifte zwischen de Longwy und Sigismondo hin und her.

»Ich habe von Bellnern in Bruchsal dabei erwischt, wie er das Schreiben vernichten wollte«, erklärte nun Genoveva. »Ich war bereits auf dem Weg an den Hof Eurer Majestät, um Euch von dieser Ungeheuerlichkeit zu berichten, als Christophe de Longwy mir das Schreiben in Augsburg gewaltsam entwendete.«

Der Herrscher schaute Genoveva nun direkt in die Augen, und zum ersten Mal fand Genoveva den Mut, seinen Blick zu erwidern. Und sie sah es ganz deutlich. Er zweifelte noch immer.

»Und wer sagt uns, dass alles, was Ihr von Paar zur Last legt, nicht einfach nur der Schlamperei Eurer eigenen Postmeister geschuldet ist, die dieses Schreiben verloren haben? Mit Verlaub, der Reichspost sind die letzten Jahre über eine Menge Briefe abhandengekommen. Das ist doch eine viel naheliegendere und logischere Erklärung, nicht wahr?«, warf Trauttmansdorff nun überraschend ein. Er blickte Genoveva erwartungsvoll an. Diese sah hilflos zu Sigismondo. Der schluckte, aber auch er hatte darauf keine Antwort.

»Das zweite Schreiben, das Sublet an mich gerichtet hat und das heute am frühen Morgen eingetroffen ist«, erklärte Oppenheimer gepresst und trat erneut nach vorne. Und man sah ihm an, wie ungern er diese Information preisgab.

Er reichte dem Kaiser einen Brief.

»Bester Oppenheimer, wenn Ihr die jährlichen Zahlungen an Freiherrn Rudolf von Paar um einen einmaligen Kredit von zehntausend Florin erhöht, wären wir Euch sehr verbunden. Er hat sich in der Angelegenheit im Hochburgund als äußerst nützlich erwiesen. Wir vergessen solche Gefälligkeiten nicht und unterstützen Euch gerne, sollte die Gunst der Habsburger einmal ein Ende haben«, las der Kaiser laut vor.

Wortlos reichte er das Schreiben an seinen Obersthofmeister. Dieser prüfte die Unterschrift und das Siegel und nickte bestätigend.

Die Kiefer des Kaisers mahlten, es war deutlich zu sehen. »Ich versuche wirklich, Frieden mit Louis zu schaffen, aber immer wieder wird er wortbrüchig und hintergeht mich.« Dann blieben seine Augen auf Elias liegen und verengten sich.

»Ihr arbeitet also doch für die Franzosen?«, warf er diesem vor.

»Keineswegs, mein Kaiser. Genauso wie die Familie Taxis sind auch die Oppenheimers den Habsburgern in ewiger Treue verbunden.«

»Das Schreiben lässt mich etwas anderes glauben, auch wenn Ihr Euren Verrat freiwillig gestanden habt.«

»Ich verbürge mich für Elias Oppenheimer.« Alexandrine war nach vorne getreten und sank auf die Knie. »Die Familie von Taxis verbürgt sich für Elias von Oppenheimer. Er ist den Habsburgern ebenso treu ergeben wie ich selbst«, wiederholte sie laut und blickte Elias dabei an.

»Auch das Haus Sfondrati verbürgt sich für Elias Oppenheimer, Eure Majestät. Er spricht die Wahrheit«, sprang ihr Sigismondo zur Seite.

Einige Atemzüge lang herrschte beklommene Stille im Raum. Zorn loderte in Trauttmansdorffs Augen auf. »Was ist das nur für eine elendigliche Sauerei?«, fuhr er von Paar an. Dieser schluckte und warf de Longwy einen hilflosen Blick zu. Sein Agent jedoch senkte den Kopf und trat einen Schritt zurück.

Der Kaiser legte seinem Minister eine Hand auf den Arm, tauschte sich flüsternd mit ihm aus und beschied dann: »Von Paar, ich denke, es ist an der Zeit, dass Ihr Euch um eine Nachfolge bemüht. Gravierende Anschuldigungen lasten auf Euch, und ich glaube nicht, dass Ihr Euer Amt unter diesen Umständen noch zu unserer Zufriedenheit erfüllen könnt«, erklärte Kaiser Ferdinand.

»Wachen?«, rief er daraufhin, und diese standen sofort parat, nachdem sie vorhin nur wenige Schritte zurückgetreten waren. »Freiherr Rudolf von Paar ist mit sofortiger Wirkung seiner Ämter entbunden. Zudem steht er unter Hausarrest. Begleitet ihn zurück zu seinem Anwesen und stellt sicher, dass er sich von dort nicht entfernt.« Kurz hielt er inne. »Gleiches gilt auch für seinen Agenten Christophe de Longwy. Mir ist es, als hätte ich den Namen schon einmal gehört.« Nachdenklich blickte er seinen Obersthofmeister an, wandte sich dann jedoch an Genovevas Mutter. »Gräfin von Taxis, ich bin Euch und Eurer Tochter zu tiefstem Dank verpflichtet, dass Ihr diesen Missstand aufgedeckt habt. Wir werden uns zu gegebener Zeit erkenntlich erweisen.« Sein Blick wanderte suchend über die Köpfe der Anwesenden. »Und nun wollen wir wohl endlich aufbrechen?«, richtete er seine Worte vorwurfsvoll an Trauttmansdorff, der ergeben nickte. »Aber selbstverständlich, Majestät.«

»Herrschaft noch mal, jetzt haben wir schon wieder ein Amt neu zu besetzen, ich frage Euch, bester Trauttmansdorff, hört das denn nie auf …«, entfernte sich die Stimme des Kaisers, während er den Raum verließ. Die vier Wachmänner hatten rechts und links neben von Paar und de Longwy Aufstellung genommen und begleiteten beide hinaus. Der soeben seines Amtes enthobene Hofpostmeister schaffte es nicht, einem der Anwesenden in die Augen zu schauen. Den Kopf gesenkt, leistete er den Anweisungen der Wachen Folge. De Longwy warf Alexandrine im Vorbeigehen einen brennenden Blick zu, der auch Genoveva nicht entging. Und sie wusste, er würde sich rächen für die Schmach, die ihm in seinen Augen gerade vor dem Kaiser angetan worden war.

Als die Schritte der Männer verklangen, vergaß Genoveva alle Zurückhaltung. Sie stürmte auf Sigismondo zu und schloss ihn in die Arme. »Ich habe mir solche Sorgen gemacht«, murmelte sie an seinem Hals und kümmerte sich nicht darum, dass sie ihr Kleid mit Sigismondos Blut gerade vollends ruinierte.

»Die Taxisfrauen, nicht wahr? Wozu sie einen nur immer wieder treiben …«, raunte David mit einem verwegenen Grinsen und schlug Sigismondo auf die Schulter.

»Ihr habt mir vermutlich das Leben gerettet, Frey«, gestand Sigismondo.

»Bedankt Euch bei Eurer Ehefrau, sie war es, die mich erst auf Eure Spur gebracht hat«, erwiderte Frey. »Und bei von Paars Charakterstärke, der offenbar doch ein besserer Mensch ist, als wir alle meinten. Schließlich hat er de Longwy davon abgehalten, Euch zu ermorden, und damit seinen eigenen Untergang besiegelt.«

»War es womöglich doch gut, dass ich mich deinen Anweisungen widersetzt habe?«, fragte Genoveva spitz. Sigismondos Lippen umspielte ein Lächeln. »Ich glaube, ja, meine wunderschöne, unbezähmbare Ehefrau.« Kurz hielt er inne, schaute ihr tief in die Augen und flüsterte: »Und genau das ist der Grund, warum ich dich so sehr liebe, Genoveva Sfondrati.«

Sie schloss ihn in die Arme, presste ihn, so fest sie konnte, an sich, unterdrückte ein erleichtertes Schluchzen und murmelte in sein Ohr: »Ich dich auch, Sigismondo.«

»Und so hat die Gräfin ohne Land sogar einen Verrat an Kaiser Ferdinand aufgedeckt«, sagte David Frey und versteckte seinen Stolz dabei nicht. Kurz erlaubte sich ihre Mutter, sein Lächeln zu erwidern, dann jedoch erschien wieder der gewohnt geschäftsmäßige Ausdruck auf ihrem Gesicht. »Frey, ich benötige Eure Dienste«, erklärte sie.

»Gewiss, Gräfin«, der Postverwalter senkte sein Haupt.

»Bringt mir alles, was Ihr über einen gewissen Christophe de Longwy herausfinden könnt, seid so gut«, und sowohl ihr Blick als auch der von Frey schweifte durch die Fenster nach draußen und folgte den beiden Gestalten, die nun von einer ganzen Traube von Wachen umringt durch den Hofgarten geführt wurden.

50.

Vor den Toren Brüssels, Anfang August 1638

Genoveva

Ehrfürchtig öffnete Genoveva die schwarz-gelbe Seidenschnur, die die Urkunde verschlossen hielt. Bereits vor einigen Wochen hatte Dr. Ponzon ihr eine Nachricht zukommen lassen. Es könne durchaus sein, dass die Markgräfin Genoveva Sfondrati bei Kaiser Ferdinand einen bleibenden Eindruck hinterlassen habe, hatte es darin geheißen. Mehrmals hätte er bereits nach ihr gefragt. Sie könne sich seines Wohlwollens sicher sein.

Genoveva hatte sich darüber gefreut, sehr sogar. Aber erst jetzt begriff sie, was Dr. Ponzon ihr damit hatte sagen wollen. Was er ihr wirklich hatte sagen wollen.

Einen letzten Blick warf sie auf Sigismondo, der abgesessen war und nun, die Zügel seines Pferdes in Händen, neben ihr stehend darauf wartete, dass sie das Schreiben öffnete. Offenbar war er eilig aufgebrochen, denn er war nur mit seinen Stiefeln, Reithosen und einem hellen Leinenhemd bekleidet, das sich von seiner leicht gebräunten Haut absetzte. Jedes Mal, wenn Genoveva ihn so sah, stolperte ihr Herz ein klein wenig.

Er hatte es sich nicht nehmen lassen, selbst zu den Weiden der taxischen Postpferde vor den Brüsseler Stadtmauern zu reiten und ihr das kaiserliche Schreiben zu überreichen, das gerade mit der Extrapost angekommen war. Oftmals zog es Genoveva bei ihren Ausritten hierher, und auch heute hatte sie den Pferdeknechten und ihren vierbeinigen Schützlingen einen Besuch abgestattet.

Sie entfaltete das Schreiben und las mit lauter Stimme: »Kaiser Ferdinand III. bestätigt der Markgräfin Genoveva Sfondrati, geborene Gräfin von Taxis, die Urkunde Kaiser Ferdinands II. vom 27. Oktober 1621 über die Belehnung der Töchter des verstorbenen Leonhard, Grafen von Taxis, und erklärt sie hiermit zur Anwärterin auf die Stelle der Generalpostmeisterin. Prag, den 23. Juli 1638, Maximilian von Trauttmansdorff.«

Sie ließ das Schreiben sinken, blickte noch einige Momente darauf, dann sah sie zu Sigismondo.

Dieser erwiderte ihren Blick und konnte sich ein breites Lächeln nicht mehr verkneifen.

»Herzlichen Glückwunsch, Frau Anwärterin«, sagte er, schloss die Arme um sie und drückte ihr einen innigen Kuss auf die Lippen.

Ihr Leben lang hatte sie davon geträumt, und nun war es Wirklichkeit geworden. Genauso wie ihr Bruder war nun auch sie Anwärterin auf die Generalpostmeisterstelle. Der Kaiser hatte sie anerkannt, obwohl sie inzwischen geheiratet hatte. Obwohl sie gemäß der Erbfolge nun gar kein Recht mehr auf die Generalpostmeisterstelle besaß.

Als hätte er ihren Gedanken erraten, legte Sigismondo seine warme Hand auf ihren Arm. »Ein weiser Mann sagte einmal: Du kannst den Zwängen nicht entkommen, aber du kannst sie besiegen, Genoveva. Du hast sie besiegt«, sagte er augenzwinkernd und saß auf sein Pferd auf. »Nun los doch, lass uns nach Hause reiten, das müssen wir feiern.«

Er drückte seinem Pferd die Fersen in die Flanken und galoppierte an, der untergehenden Sonne entgegen.

Sorgsam verstaute Genoveva das Schreiben in ihrem Mantel und saß mit einem Schwung ebenfalls auf. Rhea begrüßte ihre Herrin mit einem leisen Schnauben und tänzelte ungeduldig. Offenbar wollte sie Sigismondo und seinem vorausgaloppierenden Hengst hinterher.

»Falsch, Sigismondo. *Wir* können sie besiegen. Gemeinsam«, flüsterte sie, und mit einem Zungenschnalzen trieb sie Rhea an, um Sigismondo einzuholen.

Nachwort

Natürlich entsprechen nicht alle Vorkommnisse in diesem Roman den tatsächlichen Ereignissen. Falls Sie sich, liebe Leser, aber ein wenig für die historischen Hintergründe interessieren, möchte ich Ihnen auf den nächsten Seiten noch einige Informationen geben.

Ein Großteil der Personen, die die Handlung dieses Romans tragen, haben tatsächlich gelebt. Allen voran natürlich Gräfin Alexandrine von Taxis. Sie ist eine nicht unbedingt bekannte, aber ausgesprochen eindrucksvolle Vertreterin der Thurn-und-Taxis-Familie.

Noch vor dem überraschend frühen Tod ihres Mannes Leonhard II. von Taxis besaß sie die Weitsicht, ihren Mann dazu zu bewegen, beim Kaiser das sogenannte Weiberlehen durchzusetzen. Dieses ermöglichte, dass nicht nur männliche, sondern auch weibliche Nachkommen die Erbfolge des Postgeneralats im Heiligen Römischen Reich antreten durften. Während des Dreißigjährigen Krieges schaffte sie es als Generalpostmeisterin, die so wichtigen Postrouten im Heiligen Römischen Reich gegen die erstarkenden Schweden und deren Königlich-Schwedische Post zu verteidigen und damit den Informationsfluss im gesamten Habsburger Reich aufrechtzuerhalten. Dabei scheute sie sich auch nicht, selbst regelmäßig auf den Strecken nach dem Rechten zu sehen. So zumindest ist es überliefert, wenngleich die meisten ihrer zahlreich erhaltenen Korrespondenzen von Brüssel aus geführt wurden. Der Historiker Wolfgang Beringer bezeichnet sie – vollkommen zu Recht meines

Erachtens – als »Managerin« der Reichspost zur Zeit des Dreißigjährigen Krieges.

Leider ist der Forschung kaum etwas über das Privatleben von Alexandrine bekannt. Schaut man sich aber die wirtschaftlichen Erfolge an, die sie für das Postunternehmen der Taxis eingefahren hat, und liest man die eine oder andere ihrer Korrespondenzen, muss man davon ausgehen, dass sie eine beeindruckende und sehr durchsetzungsfähige Persönlichkeit gewesen ist. Voraussetzung dafür, dass sie das Amt der Generalpostmeisterin stellvertretend für ihren Sohn übernehmen konnte, war aber tatsächlich, dass sie nicht mehr heiraten durfte. Womit wir auch schon bei der Frage wären, ob Alexandrine von Taxis und ihr Verwalter David Frey wirklich ein Verhältnis miteinander hatten. Und ich muss Sie enttäuschen, denn aller Wahrscheinlichkeit nach war dies nicht der Fall. Wirft man wiederum einen Blick auf Alexandrines Originalkorrespondenzen, fällt zwar auf, dass sie sich sehr oft mit David Frey austauschte und die beiden sehr eng zusammenarbeiteten – darüber hinaus ist aber (noch) nichts über ein engeres (Liebes-)Verhältnis bekannt. Dieser Gedanke ist also allein meiner künstlerischen Freiheit entsprungen und nicht historisch belegt.

Einige von Ihnen werden sich vielleicht auch fragen, wo im Roman denn eigentlich das »Thurn« im Adelstitel der Thurn und Taxis abgeblieben ist. Alexandrine von Taxis betraute tatsächlich den Gelehrten Kanonikus Julius Chiefletius damit, eine Verbindung ihrer Familie zum italienischen Hochadel zu finden. Er konnte eine Verbindung zum Geschlecht der Torriani oder della Torre aus Mailand entdecken und brachte seine Forschungsergebnisse schließlich in Buchform heraus. Das Werk wurde 1645 veröffentlicht. Alexandrine von Taxis ist also der Name »Thurn« zu verdanken, den die Familie ab 1650 schließlich auch trägt: Die Grafen von Thurn, Valsassina und Taxis.

Es entspricht auch den Tatsachen, dass Alexandrines Kinder Lamoral und Genoveva schon früh auf ihre spätere Aufgabe, die Übernahme des Reichspostgeneralats, vorbereitet wurden. Auch die Art und Weise, wie beide in der Poststation ausgebildet wurden, bewegt sich durchaus im Rahmen der damaligen Zeit. Es war nämlich gar nicht unüblich, dass die Nachfolger von Postmeistern in den jeweiligen Poststationen im ganzen Land als sogenannte Praktikanten früh und umfassend in allen Tätigkeiten einer Poststation ausgebildet wurden.

Apropos Poststationen: Der Einfachheit halber habe ich die damalige Aufteilung von Posthaltereien (vornehmlich zur Haltung von Postpferden), Postverwaltungen (kleine Poststationen) und Postämtern (ihnen waren noch weitere Posten und Stationen unterstellt) zusammengefasst und sie nur in Verteilerpostämter und normale Poststationen unterschieden. Einige der Briefe, die in diesem Roman vorkommen, etwa das Hilfegesuch von Gerard Vrints oder David Freys Beschwerde in der ersten Hälfte des Romans, sind im Originalwortlaut wiedergegeben. Die Schreiben befinden sich heute noch in den Thurn-und-Taxis-Archiven.

Und wie sieht es mit Genovevas Eheschließung aus? Der Dramatik geschuldet, habe ich die Hochzeit vom 07. Juli 1637, dem Tag, an dem sie tatsächlich stattgefunden hat, in den Winter vorverlegt. Es gibt keinerlei Quellen darüber, wie Genoveva zu Sigismondo Sfondrati stand, und ob es sich um eine Liebesheirat oder um eine rein dynastische Verbindung handelte. Genovevas beeindruckendes Talent ist übrigens ebenfalls meiner Fantasie entsprungen. Von ihrem kleinen Bruder Lamoral wird berichtet, er sei ein Sprachengenie gewesen, deshalb habe ich es mir nicht nehmen lassen, auch Genoveva ein Talent anzudichten, das ein wenig aus dem Rahmen fällt. Fest steht, dass ihre Mutter beim Kaiser durchsetzen konnte, dass auch sie die Anwartschaft auf die Generalpostmeisterstelle erhielt, obwohl sie doch bereits mit Sfondrati verheiratet war. Sigismondo Sfondrati machte sich übrigens wie seine Ehefrau gleichfalls einen Namen und wurde schließlich von den Habsburgern nicht nur zu einem Kämmerer ernannt, sondern sogar zum Ritter vom Orden des Goldenen Vlies geschlagen. Noch eine Kleinigkeit zur Namensgebung: In den Originalbriefen aus der Zeit wird Genoveva nach ihrer Heirat stets als »Genoveva Sfondrata« betitelt. Um keine Verwirrung über die weibliche Endung ihres Nachnamens aufkommen zu lassen, habe ich mich aber dafür entschieden, ihr im Roman den Namen Genoveva Sfondrati zu lassen.

Kommen wir zur großen Intrige des Romans. Die von Paars und die Taxis lagen tatsächlich miteinander im Streit, auch wenn ich diesen, es sei mir verziehen, ein wenig ausgebaut habe. Johann Christoph von Paar stritt mit Alexandrine im Jahr 1636 darüber, wer in Regensburg die Briefe des Kurfürstlichen Kollegialtags befördern durfte. Diesen Streit habe ich mir erlaubt, auf das gesamte Reich auszuweiten. In Wahrheit hat die Hofpost damals also nicht versucht, auch in anderen deutschen Städten Fuß zu fassen, sondern sich auf ihr eigentliches Gebiet in Österreich, Böhmen und Ungarn konzentriert. Konkurrenz hatte die Reichspost neben der Königlich-Schwedischen Post etwas später vor allem von den Metzgerposten und den einzelnen Kurfürsten, die sich anschickten, ihre eigenen Postanstalten zu gründen. Das ist jedoch eine andere Geschichte …

Dem Spannungsbogen dieses Romans geschuldet, habe ich Rudolf von Paar einige weniger schöne Charaktereigenschaften angedichtet, die er möglicherweise gar nicht hatte. Fest steht, dass er nur kurze Zeit (ein oder zwei Jahre, je nach Quellenlage) das Amt des Hofpostmeisters innehatte und dass die von Paars in den 1630er-Jahren tatsächlich massive finanzielle Schwierigkeiten hatten. Im Jahr 1634 mussten sie sogar ihr Familienschloss Hartberg in der Steiermark verpfänden. Auch scheint Rudolf sich in den 20er-Jahren mit seinen vielen Ämtern am Habsburger Hof übernommen zu haben, denn er wurde ihrer recht schnell wieder enthoben. Uneinig sind sich die Quellen auch, was Rudolf von Paars Ableben betrifft – die einen besagen 1627, die anderen 1640. Ich habe mich für das spätere Datum entschieden, da es sich mit den Aufzeichnungen über die Hofpostmeisterstelle deckt.

Vor allem die Kooperation der von Paars mit dem französischen König entsprang jedoch komplett meiner Fantasie, wenngleich man damals wie heute bei wirtschaftenden Unternehmen nie ganz sicher sein kann, mit wem sie alles zusammenarbeiten.

Wo wir gerade bei den Bösewichten sind: Gänzlich meiner künstlerischen Freiheit entsprungen ist Christophe de Longwy, der Bastard der de Ryes und Gegenspieler von Alexandrine, ein rachsüchtiger, getriebener Mann, der als Auftragsmörder in den Herrscherhäusern Europas ein und aus ging. Gesichert ist jedoch, dass Gräfin Alexandrine im April 1637 beim Reichshofrat Klage gegen einen Kurier namens Johann Georg Bellnern erhob. Sie warf ihm vor, Briefe geöffnet und zerstört, Pakete entwendet und den Reichspostverwalter aus Rheinhausen verprügelt und noch dazu die Generalpostmeisterin, also sie selbst, beleidigt zu haben. Ganz so dramatisch, wie der Auftritt von Alexandrine und ihrer Tochter Genoveva in meinem Roman ist, wird diese Klage jedoch sicherlich nicht eingereicht worden sein.

Ein paar Sätze möchte ich noch zu Peter Paul Rubens verlieren. Was viele nicht wissen, ist, dass er tatsächlich auch als Diplomat im Dienst der Infantin Isabella unterwegs war. Vor allem zum englischen König besaß Rubens Verbindungen. Leider waren seine diplomatischen Bemühungen von sehr viel weniger Erfolg gekrönt als seine künstlerischen Leistungen. Die enge Freundschaft mit Alexandrine habe ich frei erfunden. Allerdings ist nicht auszuschließen, dass sie sich am Hofe der Infantin Isabella das eine oder andere Mal über den Weg gelaufen sind, da beide gute Verbindungen zu der Herrscherin pflegten. Jedoch wird Rubens in Wirklichkeit nicht ganz so viel Zeit in Brüssel zugebracht haben, befand sich sein Hauptsitz doch in Antwerpen und sein Landsitz bei Mechelen.

Elias Oppenheimer gab es in Wirklichkeit nicht, jedoch waren jüdische Hoffaktoren und Geldgeber an den europäischen Herrscherhäusern keine Seltenheit. Im Umgang mit ihnen griffen unter anderem auch die Habsburger gerne auf Drohungen zurück, wenn ihre Kreditgeber nicht weitere Darlehen zur Verfügung stellen wollten oder konnten. Und da wir nun ohnehin gerade über die Eigenheiten von Herrscherhäusern sprechen: Einige der uns heute möglicherweise seltsam anmutenden Rituale am Habsburger Hof wie die drei Vorzimmer oder einen am Bettende schlafenden Oberstkämmerer gab es tatsächlich. Auch wissen wir, dass Kaiser Ferdinand III. kurz nach seinem Amtsantritt, vielleicht dem psychischen Druck geschuldet, der auf ihm lastete, an einem länger währenden Fieber litt.

Ich habe nach bestem Wissen und Gewissen versucht, die aktuellen, der Forschung bekannten historischen Fakten korrekt und wahrheitsgetreu darzustellen. Ist dennoch etwas falsch, liegt das alleine an meiner eigenen Unzulänglichkeit.

Etwas, das mir noch ganz wichtig ist: Beinahe die Hälfte dieses Romans habe ich während der Corona-Krise geschrieben, weshalb es mir nicht mehr möglich war, einige Schauplätze persönlich zu besuchen oder gar Bücher aus meiner Lieblingsbibliothek, der Staatsbibliothek München, zu entleihen. Aber es gibt ein paar fantastische Online-Quellen, wie das Wienwiki und die Kaiserhof-Datenbank der Fakultät für Geschichts- und Kunstwissenschaften der LMU München, die unglaublich viel historisches Wissen frei zugänglich machen und mir sehr geholfen haben, diesen Roman zum Abschluss zu bringen.

Glossar

Felleisen: Wetterfeste Postsäcke

Hoffaktor: An einem höfischen Herrschaftszentrum beschäftigter Kaufmann, der Waren, Heereslieferungen oder Kapital für den Herrscher beschaffte

Katholische Liga: Bündnis katholischer Reichsstände, also aller katholischen Personen und Korporationen, die einen Sitz und eine Stimme im Reichstag hatten, als Antwort auf das zuvor gegründete Bündnis lutherischer und calvinistischer Reichsstände, die Protestantische Union

Kurfürstlicher Kollegialtag: Da zwischen 1613 und 1640 keine Reichstage stattfanden, wurden stattdessen die Kurfürstlichen Kollegialtage als ständische Repräsentationsform abgehalten, auf denen jeweils der Kaiser und die sieben vornehmsten Reichsfürsten oder deren Vertreter tagten

Ordinaripost: Internationale, wöchentliche Postlinie der Taxis-Post zwischen Brüssel, Antwerpen und Venedig

Posthalterei: Stationen, die vor allem der Haltung von Postpferden dienten, aber nebenher auch kleinere Briefexpeditionen hatten

Salva Guardia: Kaiserlicher Schutzbrief und Passierschein, der die Postreiter vor Übergriffen z. B. von Soldateska beschützen sollte und mit dem sie auch durch Frontlinien gelangen konnten

Tercio: Truppenverband nach spanischem Vorbild mit bis zu 3000 Arkebusieren, Musketieren und Pikenieren

Danke

Natürlich bedeutet einen Roman zu schreiben, dass man viele Wochen und Monate alleine vor dem Notebook vor sich hinarbeitet. Nichtsdestotrotz gibt es eine ganze Reihe an Menschen, die mich bei der Entstehung der »Gräfin ohne Land« unterstützt haben und die ich hier nicht unerwähnt lassen möchte.

Bedanken möchte ich mich zunächst bei meinem Verlag Droemer Knaur und ganz besonders bei der wunderbaren Christine Steffen-Reimann für ihr Vertrauen, das sie mir entgegengebracht hat, und ihre stets hilfreichen Anregungen und Kommentare zu meinem Text. Mein Dank gilt auch Dr. Heike Fischer für ihr genaues Lektorat und ihren entwaffnend ehrlichen Blick auf meine Figuren, ihre Anstupser bei Plotholes und auch den sprachlichen Feinschliff.

Noch bevor dieser Text überhaupt entstanden ist, hatte ich bereits meine fantastische Agentin Vanessa Gutenkunst von der Agentur Copywrite an meiner Seite, die mich von den ersten Zeilen an, die sie von mir gelesen hat, mit extrem hilfreichem und positivem Feedback unterstützt hat, die für mich gekämpft hat wie eine Löwin und deren untrügliches Gespür für Storys und Figuren in vielen Telefonaten und Treffen meine Texte erst zu dem gemacht hat, was sie heute sind.

Ganz besonders bedanken möchte ich mich auch bei Barbara Eger, die sich stundenlang meinen Fragen über Alexandrine und ihre Zeitgenossen gestellt und mir sogar die Zwischenstände ihrer

Forschung über Alexandrine von Taxis zur Verfügung gestellt hat. Dein Input war Gold wert, Barbara, danke!!

Danken möchte ich auch meiner Freundin Tatijana, die mich jahrelang durch meine Schreibversuche getragen und gecoacht hat und mir so oft, wenn ich kurz vor der Verzweiflung stand, Mut zugesprochen hat. Du weißt gar nicht, wie sehr du mir geholfen hast, Tatijana! Danke auch an Ana fürs Testlesen, Zuhören und einfach nur Dasein seit so vielen Jahren. Und natürlich möchte ich mich auch bei meinen vielen anderen Freunden und Kollegen bedanken, die ich an dieser Stelle nicht einzeln erwähnen kann, die mich aber schon lange begleiten und mich immer positiv bestärken, genauso weiterzumachen und niemals aufzugeben.

Außerdem möchte ich Can, dem Mann an meiner Seite, danken, der sich unermüdlich mein Geschwurbel über meine Figuren, Plotwendungen und geschichtlichen Fakten anhört, tagelang historische Stätten in ganz Europa mit mir abklappert, mich bei meinen Recherchen unterstützt und nicht müde wird, mich in meinem Vorhaben, historische Romane zu schreiben, zu bestärken. Du bist wirklich das Beste, was mir jemals passiert ist, danke!

Wer sich noch weitergehend mit der Postgeschichte und dem Haus Thurn und Taxis befassen möchte, wird hier fündig:

Adam, Robyn: »Diplomacy and Early Modern Culture.« Palgrave Macmillan, 2011.

Alt, Wolfgang: »Sprache und Macht.« Dissertation an der Universität Trier, 2005.

Behringer, Wolfgang: »Im Zeichen des Merkur.« Vandenhoeck & Ruprecht, 2003.

Behringer, Wolfgang: »Thurn und Taxis. Die Geschichte ihrer Post und ihrer Unternehmen.« Piper Verlag, 1990.

Dallmeier, Martin: »Quellen zur Geschichte des Europäischen Postwesens.« Lassleben Verlag, 1977.

Dohr, Ferdinand: »Das Postwesen am linken Niederrhein.« Kühlen, 1972.

Edelmayer, Friedrich: »Finanzen und Herrschaft.« Böhlau Verlag, 2003

Hengerer, Mark: »Kaiser Ferdinand III. 1608–1657. Eine Biographie.« Böhlau Verlag, 2012.

Lohrmann, Klaus: »Zwischen Finanz und Toleranz. Das Haus Habsburg und die Juden.« Styria Verlag, 2000.

Panzer, Marita: »Fürstinnen von Thurn und Taxis.« Verlag Friedrich Pustet, 2008.

Paravicini, Werner: »Höfe und Residenzen im spätmittelalterlichen Reich.« Thorbecke, 2012.

Piendl, Max: »Das Fürstliche Haus Thurn und Taxis. Zur Geschichte des Hauses und der Thurn und Taxis-Post.« Verlag Friedrich Pustet, 1980.

Roeck, Bernd: »Lebenswelt und Kultur des Bürgertums in der Frühen Neuzeit.« DeGruyter, 2011.

Außerdem sehr hilfreiche Websites, neben dem allseits bekannten Wikipedia:

http://kaiserhof.geschichte.lmu.de

https://www.geschichtewiki.wien.gv.at

Traumhafte Strände, gefährliche Kannibalen und eine dramatische Familien-Fehde

INY LORENTZ

Die Perlenprinzessin

Kannibalen

Roman

Im zweiten Teil der historischen Familiensaga »Die Perlenprinzessin« entführt Bestseller-Autorin Iny Lorentz in die Südsee Anfang des 19. Jahrhunderts.

Fernab ihrer verfeindeten Familien in Hamburg soll für Ruth und Hinrich Mensing auf der Südsee-Insel Hiva Oa ein neues Leben beginnen: Hinrich möchte dort den Stamm der Hanatea zum Christentum bekehren – Berichte über Kannibalen auf der Insel hält er für übertrieben.

Tatsächlich wird das junge Ehepaar freundlich aufgenommen. Ruth schließt schnell Freundschaft mit der Frau des Häuptlings und beginnt, die Sprache der Hanatea zu lernen. Das gefällt Hinrich zwar nicht besonders, andererseits gelingt es ihm aber dank Ruths Hilfe mehr als einmal, die Hanatea zu beeindrucken und zu einem geachteten Mitglied des Stammes aufzusteigen. Bald ist er überzeugt, große Fortschritte als Missionar zu machen.

Als jedoch ein feindlicher Stamm das Dorf überfällt, muss Hinrich erkennen, wie sehr er die alten Götter der Hanatea unterschätzt hat …

KNAUR